Nora Berger
Das Hexenzeichen

Das Buch

Oberschwaben, im Jahre 1415: Emmas Leben beginnt auf den Stufen eines Klosters. Als sich die Burgherrin Magdalena des Findelkindes annimmt und es als ihr eigenes ausgibt, scheint ihre Zukunft gesichert. Doch das Schicksal ist unberechenbar. Emma wächst bei ihrem Vater und ihrem Stiefbruder Ekart auf. Sorgenfrei verlebt sie eine unbeschwerte Kindheit, und als sie sich unsterblich in den Ritter Wolfram verliebt, glaubt Emma, ihr Glück gefunden zu haben. Doch ihre Liebe steht vor großen Herausforderungen: Ihr Geliebter ist ein leidenschaftlicher Verfechter der Kirchenreform und ein Verteidiger des Ketzers Jan Hus. Zudem verbirgt Emma ein großes Geheimnis: ein Muttermal, von dem nur wenige Menschen wissen. Als Vater und Bruder zu einer Pilgerreise ins Heilige Land nach Jerusalem aufbrechen, gerät ihre Welt aus den Fugen.

Die Autorin

Nora Berger lebt seit vielen Jahren in Bayern. Sie studierte in Paris und hat seitdem eine Vorliebe für französische Literatur und Geschichte. Dies spiegelt sich vor allem in ihren historischen Romanen mit Schwerpunkt Frankreich wider.

NORA BERGER
DAS HEXEN ZEICHEN

ROMAN

Deutsche Erstveröffentlichung bei
Tinte & Feder, Amazon Media EU S.à r.l.
5 Rue Plaetis, L-2338, Luxembourg
September 2017
Copyright © der Originalausgabe 2017
By Nora Berger
All rights reserved.

Umschlaggestaltung: semper smile, München, www.sempersmile.de
Umschlagmotiv: © Steve Gorton / Getty; © Heinz Wohner / LOOK-foto / Getty; © Lightix / Shutterstock; © Lukasz Szwaj / Shutterstock; © brickrena / Shutterstock; © Fedorov Oleksiy / Shutterstock; © alfocome / Shutterstock; © Lelene / Shutterstock
Lektorat und Korrektorat: Verlag Lutz Garnies, Haar bei München, www.vlg.de
Printed in Germany
By Amazon Distribution GmbH
Amazonstraße 1
04347 Leipzig, Germany

ISBN 978-1-542-04735-7

www.tinte-feder.de

PERSONEN

Mit einem Rückblick ins Jahr 1396 spielt der Roman im Zeitraum 1415/1416. Historischer Hintergrund ist das Konzil zu Konstanz. Das seit 1378 andauernde Schisma der römisch-katholischen Kirche sollte beim Konzil zu Konstanz 1414 bis 1418 bereinigt werden. Bei dem Kirchenschisma kämpfen drei Päpste um die Macht: Gegenpapst Johannes XXIII., der römische Papst Gregor XII. und Benedikt XIII.

Historische Personen

Jan Hus (1370–1415), Professor aus Böhmen, Freigeist, Reformator, der gegen den Ablass und die Machtgier der Kardinäle und Bischöfe kämpfte

Hieronymus von Prag (1379–1416), böhmischer Gelehrter und Mitstreiter von Jan Hus

John Wyclif (1330–1384), englischer Philosoph, Theologe und Kirchenreformer, der in 45 Thesen die römisch-katholische Kirche kritisiert

König Sigismund von Luxemburg (1368–1437), römisch-deutscher König

Markgraf Friedrich I. (1371–1440), Reichsverweser und Kurfürst, Vertreter des Königs in Abwesenheit

Die wichtigsten fiktiven Personen

Emma von Schrockenstein

Ekart von Schrockenstein, Emmas Bruder

Magdalena von Schrockenstein, Emmas Mutter

Ethelbert von Schrockenstein, Emmas Vater

Wolfram von Hohenberg

Heinrich von Hohenberg, Wolframs Bruder

Ritter Friedrich von Hohenberg aus Ansbach, Wolframs Vater, Kammer- und Gerichtsprokurator beim Prozess von Jan Hus

Friedhelm von Hunoldstein, Verwandter Ethelberts

Sigurd, Friedhelms unehelicher Sohn

Sabrina, Kurtisane in Konstanz

Suleika, Tochter eines Emirs

Al Hadi, alias Hartmut von Birkheim, Knappe eines Ritters, der sich den Nomaden angeschlossen hat

Mona, Anna, Huren

Conrad von Geldern, Hauptmann, Freier von Emma

Josebius, Mönch

Hannes, junger Reitknecht

Rosine, Lene, Berta, Mägde auf Burg Schrockenstein

Kreszentia Wolfbauer, Zuchthausinsassin und Pestpflegerin

Lucardis Stockmeier, Hebamme

Graf Dobruska, böhmischer Adeliger

Bruder Eusebius, lebt im Kloster Beuron

Abt Domenikus, lebt im Kloster Beuron

Prolog

Zuerst war es nur ein auf- und abschwellender hoher Ton, eine Art Winseln, das den Abt Hieronymus des Klosters Sankt Paul während der Vesper aus seiner Andacht riss. Es musste eine Katze oder ein anderes Tier sein, vielleicht ein Wiesel, das in eine der Rattenfallen geraten war. Er versuchte, das seltsame Geräusch in der Stille des Gebets zu ignorieren, doch es war durchdringend und steigerte sich in einem Maße, dass man es schwerlich überhören konnte. Die Brüder wurden unruhig und wandten die Köpfe. Hieronymus lauschte mit einer leisen Ahnung. Das klang wie das Schreien eines kleinen Kindes. Er seufzte innerlich. Es geschah nicht zum ersten Mal, dass eine verzweifelte Mutter ihr Neugeborenes vor die Pforte des Klosters oder die der Kirche legte – in der Hoffnung, die Mönche würden sich seiner erbarmen. Ein Ächzen unterdrückend, erhob er sich mit schmerzenden Knien und zog die Kordel seiner rauen Kutte fester um die füllige Mitte. Er würde nachsehen und dem Pförtner Bescheid sagen, dass er sich darum kümmern solle. Die Kälte dieses strengen Winters machte ihm diesmal mehr zu schaffen als sonst. Um die Messe nicht zu unterbrechen, schlurfte er durch die Sakristei über den verschneiten Klosterhof. Er wirkte trist und grau in der Dämmerung. Der Frühling ließ auf sich warten und es war ungewöhnlich kalt für diesen März des Jahres 1396. Die Mauern des Klosters und der Kirchturm ragten wie dunkle Schatten in den Abendhimmel. Schneeflocken rieselten wie kleine Sterne herab. Der unebene Boden war gefroren und Hieronymus musste achtgeben, nicht auszugleiten. Im Kreuzgang kam ihm der Pförtner schon aufgeregt entgegen. »Ehrwürdiger Vater – es hat jemand an der Glocke geläutet. Eine Frau, die rasch fortlief, als ich öffnete. Sie hat ein Bündel auf die Kirchenstufen gelegt.«

»Hast du nachgesehen, was es ist?«

Der Pförtner senkte den Blick. »Nein – ich hielt es für besser, erst Eure Erlaubnis einzuholen.« Er hielt inne und fügte hinzu: »Es scheint ein Neugeborenes zu sein.« Mit ängstlicher Miene sah er den Abt an. »Ich wollte es weder berühren noch ansehen, um sicher zu sein, dass es kein Hexenwerk ist. Ihr wisst ja selbst, dass Teufelsanbeterinnen in unserer Gegend ihr Unwesen treiben.«

»Beruhige dich, Bruder Reginhard! Von deinem Aberglauben und den Gerüchten über Hexen halte ich nichts. Der Teufel sitzt ganz woanders. Aber wenn du dich fürchtest, werden wir zusammen nachsehen.« Sich mit ihren Kapuzen gegen den scharfen Wind und Schneefall schützend, schritten sie gemeinsam zum Außenportal der Kirche hinüber.

»Es ist doch immer das Gleiche.« Der Abt schüttelte den Kopf und sah auf das wimmernde Bündel Mensch am Boden hinab, das auf den eisigen, von einer dünnen Schneeschicht bedeckten Stufen lag. »Als wenn es einfach so möglich wäre, seine Lebenslast abzulegen und sie anderen aufzubürden!« Er schüttelte den Kopf. »Doch die Vergangenheit holt jeden Sünder ein …«

Das Quäken des Kindes wurde eindringlicher, der Abt bückte sich, nahm es auf und machte ihm ein Kreuzzeichen auf die Brust. Die kleinen Fäustchen des winzigen Wesens waren schon blaurot angelaufen und es schrie mittlerweile erbärmlich und aus Leibeskräften. »Sieh her, Bruder Reginhard! Dieses Wunder Gottes, die Unschuld selbst, war der Grund deiner Furcht«, sagte er mit ironischem Unterton. Doch die furchtsame Miene des einfältigen Pförtners, der leicht zurückgewichen war, wirkte unbelehrbar. Der Abt drückte das Kind nun fast zärtlich gegen seine Brust, um es zu wärmen. »Wirf in meinem Arbeitszimmer gleich noch ein paar Scheite in den Kamin, Bruder«, sagte er, als sie ins Kloster zurückgingen. »Und lass ein Tellerchen warmes Mehlmus herrichten. Das Kleine wird hungrig sein.« In seinem Arbeitszimmer angekommen, zog er den Lehnstuhl dicht an das hell auflodernde Feuer. Er lüftete die Decke, in die das Kind gehüllt war. »Ein Mädchen«, murmelte er lächelnd. »Ich werde dich Emma Gertrudis nennen. Nach meiner verstorbenen Schwester. Und sobald das Schneetreiben aufhört, bringt dich Bruder Reginhard ins Waisenhaus der armen Kinder zu Sankt Agatha. Dort wird man sich deiner annehmen.« Er seufzte tief auf, als er an das kalte, abweisende Gemäuer dachte, in dem das lieblose Elend mutterloser Kinder herrschte. Sinnend betrachtete er das rosige Gesichtchen des kleinen Mädchens, das aufgehört hatte zu weinen und ihn mit großen Augen ansah, und ein Gedanke begann in seinem Kopf zu keimen.

1. Kapitel

Ungeduldig riss Emma das mit bemalten Butzenscheiben versehene Burgfenster auf. »Ekart!«, schrie sie, so laut sie konnte, und winkte ihrem Bruder nach, der mit einem vom Vater angeführten Tross von Knappen und Knechten dem Wald zuritt. Die Sonne verfing sich in ihrem zu dicken Zöpfen geflochtenen blonden Haar und ließ es hell aufleuchten. Ihre Wangen glühten vor Aufregung. »Ekart!« Hörte er sie denn nicht? Der junge Mann, der stolz und aufrecht mit gegürtetem Schwert und gespornten Stiefeln auf seinem Rappen saß, wandte sich nicht um. Sein dunkles Haar wehte im Wind und der blaue Mantel mit dem eingestickten Wappen der Schrockensteiner schwang bei jedem Pferdetritt mit. »Komm gesund zurück …« Emmas Stimme war leiser geworden und versagte schließlich. Enttäuscht ließ sie die Hand sinken und wischte ärgerlich die Tränen fort, die ihr in die Augen stiegen. Sie folgte dem Bruder mit ihrem Blick, bis die Dunkelheit des Waldes die kleine Reitergruppe verschluckte. Ruhig und friedlich lagen die Wiesen und Kornfelder im Glanz der strahlenden Sonne. Der lange Schatten der Mauern des mächtigen Burggebäudes fiel auf den sich die Anhöhe hinabschlängelnden Weg, der ins nahe gelegene Dorf führte. Dicke Tropfen rollten jetzt über Emmas

Wangen, ihre Lippen zuckten und voll dunkler Vorahnungen schluchzte sie leise vor sich hin. Der Schmerz, den Bruder fortreiten zu sehen, war schwer zu ertragen.

»Aber Emma.« Die Mutter war hinter sie getreten und legte tröstend den Arm um sie. »Ekart wird bestimmt gesund wiederkommen. Dein Vater hat versprochen, gut auf ihn achtzugeben.« Ihre Stimme zitterte verräterisch bei diesen Worten, hinter denen sich ihre eigene Besorgnis verbarg. »Er hat sich so auf die Reise nach Jerusalem gefreut. Auf die feierliche Zeremonie, bei der er zum Ritter vom Heiligen Grab Christi geschlagen wird.« Sie seufzte lautlos. Ihr Sohn war erwachsen geworden und es war ganz natürlich, dass er jetzt das Nest verließ und flügge wurde. Für Emma, die zurückbleiben musste, war dies wohl schwer zu begreifen. Von Anfang an waren die Geschwister unzertrennlich gewesen und sie hatte die zunehmende Vertrautheit der beiden, als sie erwachsen wurden, fast mit Sorge beobachtet. Ekart war mit seinem dunklen Haarschopf und den blaugrauen Augen schon immer ein hübscher Junge gewesen, aber jetzt, als junger Mann, groß und schlank, mit markanten und ausdrucksstarken Zügen, sahen ihm die Frauen nach. Es war gut, Ekart nun eine Weile von seiner Schwester getrennt zu wissen.

»Dass er gesund wiederkommen wird, haben Sie auch gesagt, als Vater ihn auf den Kreuzzug gegen den König von Neapel mitnehmen wollte«, stieß Emma trotzig hervor. »Das hätte ihn das Leben kosten können.«

»Kind – sei doch vernünftig! Konnte ich denn deinen Vater davon abhalten, mit seinem heranwachsenden Sohn in den Kampf zu ziehen? Noch dazu, wo der Gegenpapst Johannes XXIII. den christlichen Rittern einen Ablass versprochen hat, wenn sie ihre Feinde töten …«

»Einen Ablass? Was nützt ihnen das?«, murrte Emma. »Die Osmanen haben sie bei der Schlacht von Nikopolis überrannt und die meisten Streiter getötet. Das hat Vater mir selbst erzählt.

Und dass die anderen an der Pest zugrunde gingen. Es war wohl ein Wunder, dass Vater lebend davonkam …«

»Ich weiß.« Magdalena zuckte die Schultern. »Aber dein Vater muss selbst entscheiden, was er tut und für richtig hält. Das Wohl und die Politik unseres Landes beschäftigen ihn. Deshalb reist er ja zuerst nach Konstanz, zum Konzil. Dort geht es um den Frieden der Kirche und die Wahl des Papstes. Und um die Eindämmung der Ketzerei und des Hexenwerks …«

»Aber was hat Vater denn damit zu tun?«

»Was für eine dumme Frage. Jeder Adelige und christliche Ritter in diesem Land ist von diesem Fall betroffen. Man will wissen, wie der Ketzer Jan Hus aus Prag sich rechtfertigt und wie die Kirche und König Sigismund sich in einem so heiklen Fall entscheiden. Ekart war noch nie in Konstanz …«

»Und ich? Warum durfte ich nicht mitreiten?«, fragte Emma aufrührerisch. »Ich wäre auch gerne dabei gewesen! Um Land und Leute kennenzulernen, etwas Neues zu sehen …« In ihre Augen trat ein unternehmungslustiger Glanz.

»Was redest du denn da? Du weißt doch genau, dass sich das nicht schickt.« Die Miene der Mutter wurde streng. »Wir Frauen sind dazu bestimmt, auf der Burg zu bleiben, das Heim in Ordnung zu halten. Wer sollte es sonst tun? Wir müssen ein Auge auf den Burgvogt haben, darauf achten, dass er nicht betrügt, zusehen, dass die Felder bestellt, die Bauern ihre Lehensabgaben entrichten, die Knechte und Mägde ordentlich arbeiten – und viele Dinge mehr! Das Gesinde würde sich davonmachen – Diebe und Landräuber würden unser Hab und Gut verwüsten, wenn wir es verlassen.«

Emma zog finster die dunklen Augenbrauen zusammen, die in reizvollem Gegensatz zu ihrem hellen Haar standen. »Was für ein eintöniges Leben ist doch unserem Geschlecht beschieden«, maulte sie. »Ich würde zu gerne mit meinem Bruder tauschen.«

Die Mutter lächelte nachsichtig. »Das kann man sich

nicht aussuchen. Wenn du einmal heiratest, wirst du anders denken. Ekart hat das Blut seines Vaters geerbt, eines Ritters vom alten Schlag. Und er brennt darauf, die letzten Weihen zu empfangen.«

»Ich wäre auch lieber ein Ritter, als tagein, tagaus hier herumzusitzen. Ich kann genauso gut wie jeder andere Mann reiten, jagen und fechten. Und ich war darin sogar besser als Ekart!«, stellte Emma mit Triumph in der Stimme fest.

»Kind! So etwas darfst du nicht sagen!«, rief die Mutter empört. »Das gehört sich nicht! Eine Frau, die fechten kann. Das hat dir niemand erlaubt!«

»Doch! Vater hat es getan. Und er war sogar stolz auf meine Fortschritte!«, gab Emma zurück. An der aufgebrachten Miene der Mutter, die gerade zu einer Strafpredigt ansetzen wollte, merkte sie jedoch, dass sie zu weit gegangen war. Rasch und überaus geschickt wechselte sie das Thema. »Frau Mutter! Ihr spracht eben von Ketzerei und Hexenwerk. Und dass die Kirche beim Konzil zu Konstanz dagegen kämpft. Was bedeutet das?«

»Nun«, Magdalena zögerte, »ich denke, dass es dort zu einem Prozess gegen den Ketzer Jan Hus kommen wird. Er ist der Häresie, einer von der Kirche abweichenden Auslegung des Glaubens, angeklagt.«

»Jan Hus? Wer ist denn das überhaupt?«, fragte Emma, neugierig geworden.

»Ein Professor aus Böhmen, ein Freigeist, der sich gegen die Lehren der Kirche, den Ablass und die Bereicherung der Bischöfe und Kardinäle stellt. Man hat ihn bereits exkommuniziert und gefangen genommen, obwohl König Sigismund ihm freies Geleit versprochen hat.«

»Das ist doch schändlich!«, stieß Emma empört hervor. »Etwas zu versprechen und dann nicht einzuhalten.«

»Der Mann brauchte nur abzuschwören und Abbitte zu leisten, dann wäre er frei«, gab die Mutter zu bedenken. »Aber er ist sehr eigensinnig. Dein Vater ist natürlich ganz auf der Seite der Kirche. Du weißt doch, welch strenger Katholik er ist und wie er an seinen Grundsätzen festhält. Wenn es zu einer Abstimmung kommen sollte, wird er gegen ihn stimmen.«

»Dann ist wohl jeder, der etwas frischen Wind in die verstaubte Tradition der Kirche bringen will, ein Ketzer?«, fragte Emma provozierend.

»Die Kirchenfürsten haben strenge Regeln. Aber sie sollen ja bereit sein, mit Jan Hus zu verhandeln.« Sie zuckte die Achseln. »Wenn er sich ihren Vorgaben unterwirft. Aber das verstehst du vielleicht noch nicht, mein Kind.«

»Ich verstehe sehr wohl«, protestierte Emma, »und ich glaube, es ist höchste Zeit, dass die Bischöfe und Kardinäle einmal von ihrem hohen Ross herabsteigen …«

»Emma! Wie kannst du nur solche Reden führen!«, fiel ihr die Mutter ins Wort. »Gut, dass dein Vater das nicht hören kann. Beim Konzil geht es in erster Linie um die Wahl des Papstes und seine Vorherrschaft als Kirchenoberhaupt. Der römische Papst Gregor XII. möchte sich gegen die beiden Gegenpäpste Johannes XXIII. und Benedikt XIII. behaupten. Bisher gab es keine Einigung. König Sigismund will nun nicht mehr nach Köpfen, sondern nach Nationen abstimmen lassen.«

»Nicht einmal in diesem Punkt können sich die hohen Herren einigen?«, lachte Emma spöttisch auf.

»Ja, der Streit zieht sich schon längere Zeit hin«, antwortete die Mutter nachdenklich. »Vielleicht kommt es daher, dass die Christengemeinde sich teilt und Ketzer wie Jan Hus auftreten und für Unruhe im Volk sorgen. Aber wir brauchen eine feste Moral und strenge Gesetze …« Sie hielt ein, weil sie beinahe über ihre eigenen Worte erschrak. Über den Kopf der Tochter hinweg blickte sie in die Ferne, wo der kleine Trupp Reiter längst verschwunden war. Ihre sorgenvollen Züge und das streng zu einer Krone geflochtene Haar ließen sie älter und strenger aussehen, als sie an Jahren zählte. Moral! War es nun so weit gekommen, dass sie die Meinung ihres Gatten annahm, dessen strenge Zucht ihr all die Jahre das Leben schwer gemacht hatte? War sie nicht selbst unmoralisch? Hatte sie nicht ein Gesetz gebrochen, eine schwerwiegende Lüge begangen?

»Dann ist Vater also nach Konstanz gereist, um einen Reformer der Kirche brennen zu sehen?«, stellte Emma mit hartnäckiger Penetranz fest.

»Es wird sicher nicht dazu kommen, sondern eine Einigung geben«, erwiderte die Mutter müde. Sie schwankte und strich sich über die Stirn. In diesem Moment erinnerte Emma sie an sich selbst – an das aufrührerische junge Mädchen, das ihre Eltern vor vielen Jahren mit Ethelbert von Schrockenstein verheiratet hatten. Mit einem Mann, dessen unbeugsamer Starrheit sie sich unterordnen musste. Am Anfang ihrer Ehe hatte sie ihn von Herzen verabscheut. Die Regeln, die er ihr aufzwang, seine gewalttätige Art, hatten sie eingeschüchtert. Zum Glück war Ethelbert oft fort gewesen. Es gab kaum einen Aufruf zu einer Fehde oder einem Kampf, zu dem er nicht bereit war. Ständig befand er sich auf Feldzügen oder auf der Jagd.

»Eines Tages wirst du lernen, dich mit vielen Dingen abzufinden, gegen die du dich jetzt auflehnst, mein Kind«, sagte sie leise. »Und nun möchte ich nichts mehr davon hören. Mein Kopf schmerzt wieder. Sei so lieb und bring mir Wasser und etwas von meinem Pulver. Genau eine Messerspitze voll. Die Mischung aus Pappelpulver, Pestwurz und Weidenrinde ist das Einzige, das mir wirklich hilft.« Sie nestelte den Schlüsselbund von ihrem Gürtel. Emma lief betrübt hinaus, um das Gewünschte zu holen, das sich in einem gut verschlossenen kleinen Schränkchen im Erdgeschoss befand. Sie hatte nicht die Absicht gehabt, die Mutter aufzuregen. Aber ihr Temperament ging eben immer wieder mit ihr durch.

Magdalena wandte sich vom Fenster in die dunkle Stube.

Mit bebenden Händen nahm sie ihren Stickrahmen und beugte sich über die Arbeit. Doch das Muster verschwamm vor ihren Augen. Das Gespenst der Vergangenheit tauchte, wie sonst nur in ihren Träumen, plötzlich vor ihr auf. Ihre Mundwinkel zitterten, längst vergessene Gefühle überfluteten sie, gegen die sie sich bereits abgestumpft glaubte. Niemand wusste, was in ihrem Herzen wirklich vorging. Dass sie schon so lange mit einer Lüge, einem dunklen Geheimnis lebte, mit dem sie sich gegen ihren Gatten schwer versündigt hatte. Würde Emma sie verstehen, wenn sie ihr eines Tages die Wahrheit sagte? Dass sie nicht ihr leibliches Kind war? Wenn sie davon sprechen würde, wie sehr sie in der ersten Zeit ihrer Ehe gelitten hatte? Nein, Emma war zu jung, um zu begreifen, wie sehr der Ekel vor Ethelberts schwitzendem behaartem Körper sie gewürgt hatte, wenn er im Bett auf seinen Rechten als Ehemann bestand. Brutale Züchtigung war die Folge jeder Verweigerung gewesen. Erst nach und nach hatte sie gelernt, seinen Schweißgeruch und keuchenden Atem zu ertragen, wenn ihn die Lust überkam. Trotzdem war sie lange Zeit nicht schwanger geworden. Ethelbert hatte das maßlos geärgert und seine Anstrengungen, ein Kind zu zeugen, noch verstärkt. In einem seiner Wutausbrüche über ihre Gefühllosigkeit hatte er gedroht, sie zu verstoßen, wenn sie ihm keinen Erben schenkte. Dann war sie endlich schwanger geworden und er hatte sich beruhigt zu einem neuen Feldzug aufgemacht. Das Kind, ein Mädchen, war in seiner Abwesenheit tot zur Welt gekommen. Magdalena war untröstlich gewesen – sie fürchtete den Zorn ihres Gatten, wenn er zurückkam, seine Wut und seine Beschimpfungen. Was dann geschehen war, erschien ihr im Nachhinein wie ein Wunder. Niemand außer ihr, der Hebamme und dem Abt Hieronymus des nahe gelegenen Klosters wusste, was vor nunmehr neunzehn Jahren geschehen war. Damals, als der Abt das neugeborene Findelkind, das halb verhungert vor der Klostertür lag, aus Mitleid und auf den Rat der Hebamme Lucardis zu ihr auf die Burg gebracht hatte, um es ein wenig aufzupäppeln, bevor es ins Heim kam. Als es auf ihren Armen lag, wusste sie bereits, dass sie es nie wieder hergeben würde. Das arme Wurm trug ein deutliches Muttermal am Rücken, dessen Form bei abergläubischen Menschen als Hexenzeichen galt. Sicher hatte seine Mutter es aus diesem Grund an die Kirchentür gelegt. Ihr eigenes verlassenes Mutterherz hatte sich in wenigen Tagen so sehr an das kleine Wesen gehängt, dass sie es am liebsten nicht mehr hergeben wollte. Und aus diesen Gefühlen heraus war die Tat erwachsen, das arme Waisenkind als ihre eigene Tochter auszugeben. Ethelbert würde zufrieden sein und sie nicht länger mit seiner Forderung nach einem Erben, seinem Zorn und seinen Schlägen quälen. Die Hebamme Lucardis hatte sie durch Geld und die Aussicht auf eine lebenslange jährliche Zahlung dazu gebracht, das Geheimnis zu bewahren. Das Kloster erhielt eine großzügige Spende und dem Abt gebot sein Amt ohnehin Stillschweigen über die Sünden seines Beichtkindes.

Alles war so gekommen, wie sie es erhofft hatte, und nichts davon hatte sie jemals bereut. Als Ethelbert von seinem Feldzug zurückkehrte und das Kind in der Wiege vorfand, war er außer sich vor Freude. Der harte Mann wurde von einer rauen Zärtlichkeit für seine kleine Tochter ergriffen, die sich über die Jahre zu einer nahezu abgöttischen Liebe wandelte. Emma konnte sich bei ihrem groben Vater fast alles erlauben. Die Zartheit, mit der er das Kind behandelte, erschien Magdalena nach wie vor wie ein wirkliches Wunder. Emma war der Sonnenschein auf der Burg, und als dann Ekart zur Welt kam, der Sohn und Erbe, milderte sich Ethelberts jähzorniges Temperament noch mehr und ließ das Zusammenleben mit ihm erträglicher werden. Nein, niemals durfte Emma erfahren, dass sie nicht die leibliche Tochter ihres Vaters war! Sie musste dieses Geheimnis mit in den Tod nehmen.

Magdalena erhob sich, atmete tief ein und schloss das Fenster. Emma war zurückgekehrt und reichte ihr das in frischem Brunnenwasser aufgelöste Mittel. Mit einer impulsiven Gebärde drückte sie das junge Mädchen fest an sich. »Du, mein Kind, bist mir geblieben. Ich danke Gott dafür. Aber eines Tages wirst du mich allein lassen, dich verheiraten und fortgehen.«

»Das wird so schnell nicht geschehen!« Emma schob die helle Siamkatze mit den ungewöhnlich blauen Augen von ihrem roten Samtkissen hinunter. Das Tier, das der Vater ihr eines Tages aus einem fernen Land mitgebracht hatte, maunzte leise und schlich auf leisen Pfoten davon. Dann umschlang sie stürmisch die Mutter. »Es müsste jemand wie Ekart sein, den ich lieben könnte.«

Magdalena unterdrückte einen Seufzer und nahm den Stickrahmen wieder auf. »Du wirst eines Tages einen passenden Mann finden, ihn lieben und achten«, sagte sie ausweichend und blickte auf das Muster im Stoff vor ihr. »Schließlich hat es schon etliche Bewerber um deine Hand gegeben, die deinem Vater gefallen hätten.«

»Aber nicht mir«, unterbrach Emma sie schmollend und mit dem gewohnten Trotz in der Stimme.

»Die Zeit wird kommen, in der du anders denkst«, lenkte die Mutter ab, die spürte, wie sich der eiserne Reifen des Schmerzes um ihren Kopf langsam löste. »Aber jetzt schau mir gut zu, mit welchen Stichen dieses schwierige Muster zustande kommt.« Sie hielt den Stickrahmen gerade und zog die Nadel mit dem Garn demonstrativ langsam durch den Stoff. »Man muss an dieser Stelle sehr sorgfältig arbeiten.« Sie kniff die Augen leicht zusammen, stand auf und trat in den kleinen Erker, in dem die Fensterrundungen mehr Licht einließen. Das schon zur Hälfte gestickte Heiligenbild für einen Wandbehang wurde durch den Sonnenstrahl, der in die Nische fiel, förmlich zum Leben erweckt. Emma folgte ihr und sah gelangweilt zu, wie die flinken Finger der Mutter mit der Nadel hin und her fuhren. Sie hasste es, stundenlang zu sticken, aber für ein junges Mädchen war es einfach Pflicht, solche Dinge zu lernen. Nebeneinanderstehend konnten die beiden Frauen nicht gegensätzlicher sein. Magdalena von Schrockenstein hatte breite Hüften, einen dunklen Teint und ebensolche Augen. Emma dagegen überragte ihre Mutter um Kopfgröße. Ihre Haut war hell, fast durchsichtig, und mit ihren klaren grünen Augen, den goldblonden Haaren war sie eine auffallende Schönheit, die Brautwerber magisch anzog. Das mit Goldborten verzierte dunkelrote Samtkleid mit dem kleinen Pelzkragen, das sie trug, betonte ihren schlanken Wuchs. Gehorsam holte sie ihre eigene Handarbeit, warf die hellen Flechten zurück und versuchte, sich nicht zu oft in den Finger zu stechen. Sehnsuchtsvoll sah sie von Zeit zu Zeit in den sonnigen Morgen hinaus und beneidete ihren Bruder, der in der freien Natur jetzt sorglos auf seinem Pferd über die Felder jagte. Sobald sie konnte, würde sie sich davonstehlen, in ein anderes Gewand schlüpfen und in den Stall gehen.

2. Kapitel

Die kleine Gruppe Reiter hatte bereits eine gute Strecke Wegs hinter sich. Es war trocken und durch das griffige Gras ließ es sich ausgezeichnet galoppieren. Ethelbert und sein Sohn Ekart hofften, möglichst schon vor dem Abend in Konstanz einzutreffen. Es würde nicht leicht sein, eine Herberge zu finden, die sie noch aufnahm. Ekart ritt erwartungsvoll voran, obwohl ihm der Abschied von Mutter und Schwester nicht leichtgefallen war. Doch er hatte sich bemüht, mannhaft zu erscheinen, nicht zurückzusehen und aufrecht neben dem Vater her zu reiten.

Konstanz war überfüllt. Die Erwartung des spektakulären Prozesses gegen den Ketzer Jan Hus lockte viele Leute und Schaulustige in die Stadt. Das Konzil sollte endlich die religiöse Spaltung, das seit 1378 andauernde abendländische Schisma, beenden, aber auch über Reformfragen und die Bekämpfung der Ketzerei entscheiden. Jahrelang stritt man sich bereits über anstehende Kirchenfragen, ohne eine Einigung zu erzielen. Die Bischöfe, Kardinäle, Professoren und Magistrate, die den Ort bevölkerten, waren in der Frage der Papstwahl immer noch überfordert. Ohne größeren Zwischenfall kamen die Schrockensteiner mit ihrem Gefolge endlich vor den Toren der Stadt an, an denen ein Gewühl von Pferden, Rittern mit ihren Knechten sowie fliegenden Händlern und Marktleuten herrschte. Die Herberge »Zum Goldenen Pflug«, in der sie nach einigem Suchen und etwas Glück außerhalb der Stadt unterkamen, war bis auf den letzten Platz besetzt, doch der Vater polterte in seiner gewohnt grobschlächtigen Art so lange herum, bis die Wirtsleute Angst bekamen und dem Herrn Ritter und seinem Gefolge Platz machten. Ekart übergab sein Pferd dem Stallknecht und sah sich in der mit einfachem Holz verkleideten bescheidenen Dachkammer um, in der er mit dem Vater, der gleich im Schankraum verschwunden war, nächtigen sollte. Er fragte sich, warum außer den einfachen Bauernstockbetten noch eine geraume Anzahl Strohsäcke am Boden lagen, die provisorische Lager darstellten. Das Rätsel löste sich erst mitten in der Nacht, als noch zwei andere junge Reisende eintrafen, denen der Wirt aus Not diese Schlafplätze zugewiesen hatte. Ekart war froh, dass der Vater längst schnarchte, denn sonst hätte er in seinem üblichen Jähzorn sicher gleich einen Streit vom Zaun gebrochen und die Nachtruhe der ganzen Herberge gefährdet. So einigte er sich flüsternd mit den seriös wirkenden Männern, die sich wegen der späten Stunde wohl oder übel mit den Strohsäcken zufriedengaben und müde darauf ausstreckten.

Am nächsten Morgen stellten sich die beiden Herren als Wolfram und Heinrich von Hohenberg aus Ansbach vor. Sie wollten ebenfalls am Konzil teilnehmen, weil ihr Vater, Ritter Friedrich von Hohenberg, der in der Stadt übernachtete, als ausgewählter Kammerprokurator zum Prozess des der Häresie angeklagten Jan Hus geladen war. Ethelbert beäugte die Fremden misstrauisch, als er erwachte. Sein Kopf brummte jedoch so sehr von dem vielen Wein, den er in der Schankstube genossen hatte, dass er nicht weiter Notiz von ihnen nahm. Nach der Morgensuppe und einem erfrischenden Humpen Bier zog er mit seinem Sohn und den Knechten voller Neugier auf das Kommende in die von Besuchern wimmelnde Stadt.

Der Platz rund um das Konstanzer Münster war abgesperrt – im Kirchenschiff fand die feierliche Konzilssitzung statt, an der in diesem Falle König Sigismund von Luxemburg selbst sowie Repräsentanten geistlicher und weltlicher Mächte und Bischöfe verschiedener Länder teilnahmen. Das Urteil über den vorgeblichen Ketzer Jan Hus sollte nach vielem Lamentieren heute gesprochen werden und alle Welt war neugierig, wie es ausfallen würde. Es hieß, dass etwa zwölftausend Menschen nach Konstanz gekommen waren, die sich wegen des Schismas, der Kirchenspaltung, sorgten und auf eine Einigung hofften. Dazu musste aber in allen Punkten Klarheit geschaffen werden. Durch die weitgehenden Verwicklungen der Päpste untereinander fand der Prozess gegen Hus ohne päpstliches Oberhaupt statt. Wolfram und Heinrich drängten sich mit ihren Passierscheinen durch die Menge. Sie waren durch die Funktion ihres Vaters zum Eintritt ins Konstanzer Münster berechtigt. Ethelbert von Schrockenstein und sein Sohn Ekart warteten dagegen in der ersten Reihe der Menge an Schaulustigen, die von der Garde nur mit Mühe vom Konstanzer Münster zurückgehalten wurde. Die Sonne brannte heiß herab und der Vater sah sich nach einer Weile nach der erstbesten Schänke um. Ekart jedoch harrte aus. Wolfram, der ihn erblickte, winkte ihn herbei und verschaffte ihm einen Stehplatz neben ihm und seinem Bruder im kühlen Inneren des Münsters. »Dieser Jan Hus ist ein Schwätzer. Er eifert gegen die alten und unantastbaren Traditionen der Kirche«, flüsterte Ekart Wolfram zu.

»Wieso? Ich finde, er ist völlig im Recht, wenn er den Ablasshandel der Kirche, die erfundenen Reliquien, Wunder und die Bilderverehrung kritisiert«, antwortete Wolfram ebenso leise, aber sichtlich bewegt. »Und dass er gegen die Laster der Priester wettert. Christus hätte das alles nicht gewollt. Mein Vater wird versuchen, Gerechtigkeit in den Fall zu bringen. Ich hoffe, König Sigismund hält sein Wort und spricht Jan Hus frei.«

Ekart schüttelte unwillig den Kopf. Sein Vater hatte es ihm anders erklärt und er war der Meinung, dass Gott auf der Seite der Kirche stand und den Priestern die richtigen Entscheidungen eingab. Er sah zu Wolfram hinüber, der sichtlich von Mitleid beim Anblick des angeblichen Ketzers erfasst war, der bleich und abgezehrt vor dem Tribunal stand und sich kaum aufrecht halten konnte. In der Mitte, etwas erhöht, saß König Sigismund im Staatsornat mit rotem Mantel und der Tiara auf dem Kopf auf einem Thron und verfolgte die Verhandlung mit mäßiger Aufmerksamkeit. Der Burggraf von Nürnberg, Friedrich von Hohenzollern, hielt sich ganz links von ihm in seiner Nähe. An jeder Seite drängten sich wohlgenährte Bischöfe und Kardinäle, in violette und rot bestickte Gewänder gekleidet, auf denen goldene Kreuze leuchteten, die spitz zulaufende Mitra auf dem Kopf. Berühmte Persönlichkeiten aus aller Welt waren hier versammelt, um den Konflikt zu lösen. Ihre Namen wurden feierlich verlesen: Kardinal Giovanni de Brogni, der Bischof von Ostia; Kardinal Pierre d'Ailly; Friedrich von Hohenzollern, der Burggraf von Nürnberg; der mailändische Erzbischof Bartolomeo della Capra: Heinrich XVI., Herzog von Bayern-Landshut; Kardinal Francesco Zabarella. Sie drängten sich zusammen, um den Ketzer Hus genau ins Visier zu nehmen und Argumente zu finden, seine Behauptungen zu entkräften. Das bunte Bild der Talare bildete einen protzigen Gegensatz zu den ärmlichen, zerfetzten Lumpen des Gefangenen, dem man notdürftig einen weiten Mantel mit abgeschabtem Wolfsfellbesatz übergeworfen hatte. Majestätisch erhob sich der Kardinalbischof. »Ich frage Euch nun, Jan Hus: Wollt Ihr Euren Lügen und Theorien abschwören und gehorsam wieder in den Schoß der Kirche zurückkehren? Widerruft Ihr? Antwortet mit Ja oder Nein!« Der Angeklagte hob sein abgezehrtes Gesicht. »Ich kann nur wiederholen: Meine Überzeugung ist, dass die Bibel ganz wahr und zur Seligkeit des Menschen da ist – aber die Autorität der Kirche steht nicht über der Lehre der Bibel. *Es ist genug, dass sich ein jeglicher Mensch in seinem Herzen zu Gott bekennt …*«

Empörtes Gemurmel erhob sich ob dieser Halsstarrigkeit und der Richter, der Bischof von Concordia, erhob das juwelengeschmückte Kreuz, das auf einem kleinen Tisch bereitlag. »Dann klage ich Euch offiziell der Häresie an und überantworte Euch, Eure Schriften und Bücher im Namen des Königs und der hier anwesenden Vertreter der Kirche dem Feuertod.«

Der Prokurator wollte das Wort ergreifen, wurde aber von den aufgebrachten Geistlichen und Fürsten, die alle empört durcheinanderredeten, überschrien. Wolfram erwartete mit großer Spannung den Protest des Königs, die Begnadigung von Hus. Dieser gab seinem Sprecher, Berchthold zu Wildungen, ein Zeichen. »Jan Hus ist ein Ketzer und er soll die gerechte Strafe erleiden!«, rief dieser laut in die Versammlung hinein. »Den Feuertod!«

»So sei es«, wiederholte König Sigismund trocken und erhob sich gleichgültig, dem flehenden Blick des Delinquenten ausweichend. Mit einer Geste erklärte er die Versammlung für beendet und wandte sich dem Ausgang zu. Ihm folgten die Bischöfe und Kardinäle und der Magistrat mit der Bibel unter dem Arm, angeregt miteinander tuschelnd.

»Gnade!«, schrie Jan Hus jetzt laut und fiel auf die Knie. »Ich bitte um Gnade, mein König – und den mir zugesagten freien Abzug!« Doch niemand hörte auf ihn, die Schergen packten ihn grob bei den Schultern und rissen ihn hoch. Es war erschütternd, mit anzusehen, wie der abgemagerte Angeklagte um sein Leben flehte, ohne Beachtung zu finden.

»Halt!« Wolfram hörte seine eigene Stimme überlaut durch das Konstanzer Münster hallen. Beim Anblick der fetten, selbstgefälligen Bischöfe und Kardinäle, die sich erstaunt nach ihm umwandten, stieg unbändiger Zorn in ihm auf. Warum wagte es denn niemand, den hilflosen Angeklagten zu verteidigen, der nichts weiter als die Wahrheit gesagt hatte? Er trat der Prozession der Geistlichen und Noblen in den Weg, ehe Ekart ihn zurückhalten konnte, und holte tief Luft. »Mein König! Edle Herren der Kirche! Bedenkt Eure Entscheidung. Ich hörte, dass Jan Hus das Wort König Sigismunds hatte, freies Geleit zu erhalten. Und die schriftliche Zusicherung, seine Überzeugung frei äußern zu können, ob sie nun gefiele oder nicht. Wenn Ihr Euer Versprechen nicht haltet, macht Ihr Euch vor Gott schuldig.«

»Die Thesen von Jan Hus sind falsch und gefährlich«, ließ sich der Burggraf von Nürnberg mit scharfer Stimme hören. »Es ist gotteslästerlich, die Kirche der Unzucht zu bezichtigen, ihr vorzuwerfen, sie sei geld- und machtgierig und folge nicht der reinen Lehre Jesu Christi.«

»König Sigismund würde eine schwere Sünde begehen, diesen ehrlichen Mann nach Konstanz zu locken und ihn dann dem Feuer auszuliefern!« Die Stimme Wolframs hallte dumpf von den hohen Mauern wider. Er wusste selbst nicht recht, was ihn plötzlich dazu trieb, öffentlich Partei für einen Mann wie Jan Hus zu ergreifen, den er zuvor noch nie gesehen hatte. Bisher hatte ihn auch das Kirchenrecht nur am Rande interessiert. Aber hier, hautnah und Auge in Auge mit den mächtigen Vertretern des Klerus, die den geschwächten und gefolterten Gefangenen wie eine Laus zu zertreten gedachten, hier geriet sein Blut in Wallung.

»Schwere Sünde?«, wiederholte Kardinal Zabarella fassungslos. »Wer seid Ihr, dass Ihr den König der Sünde bezichtigt? Das ist Majestätsbeleidigung!«

»Dieser Mann hat den Scheiterhaufen nicht verdient«, fuhr Wolfram fort, ohne den Kardinal zu beachten. »Ich fühle in meinem tiefsten Herzen, dass er die Wahrheit spricht. Jesus selbst hätte den käuflichen Ablass, die Heiligenverehrung und das ausschweifende und protzige Leben des Klerus zutiefst verachtet.«

»Ich bitte um Ruhe!« Der Fürstbischof hob beschwichtigend die Hände, wandte sich um und gab den Wachen einen Wink. »Nehmt diesen Mann fest!«, befahl er. »Er ist ketzerischer Gesinnung und hat König Sigismund beleidigt. Werft ihn in den Kerker, wegen Verhöhnung und Störung des Tribunals!«

»Ihr dürft Jan Hus nicht mundtot machen«, beharrte Wolfram. Ihm war, als könne er nicht aufhören zu reden. Die Worte sprudelten nur so aus seinem Mund. »Er sagt die Wahrheit! Aber ich sehe hier nur Bosheit und Hass gegen ihn.«

Die anwesenden Anhänger von Jan Hus, der Graf Dobruska, Michal de Causis und einige seiner Getreuen applaudierten ihm. Jan Hus sah seinen unerwarteten Verteidiger überrascht und mit Tränen in den Augen an. Ein Tumult entstand, die Bischöfe und Kardinäle empörten sich und schrien durcheinander. Zwei muskelbepackte Gefängnisknechte traten vor und Wolfram, selbst erschrocken über seinen Mut, wich zurück. Welcher Geist hatte ihn bloß dazu getrieben, sich so auf die Seite des Ketzers zu stellen? Aber alles, was er gesagt hatte, war die Wahrheit gewesen und er bereute kein einziges Wort.

Ekart trat beherzt vor ihn, zückte sein Schwert und focht ein paar Hiebe in die Luft. »Flieht!«, rief er ihm über die Schulter zu und Wolfram drängte sich, gefolgt von seinem Bruder Heinrich, nach einem Moment des Zögerns zwischen den Umstehenden hindurch, die rasch eine Gasse bildeten, um dem Fremden, der aussprach, was sie alle dachten, einen Fluchtweg zu schaffen. Einer der Knechte wollte sich auf Ekart werfen, aber er erhielt einen heftigen Hieb gegen seinen Arm. Mit einem Aufschrei fiel er zu Boden und mit einem Mal herrschte ein so panisches Durcheinander, dass es Ekart leichtfiel, sich blitzschnell den Weg aus dem Münster zu bahnen und sich unerkannt davonzumachen. Er sah sich noch einmal nach Wolfram um, doch der war bereits im Tumult der Menge verschwunden, in der sich der Zwischenfall und das Urteil über Hus schon herumgesprochen hatten.

***

Lautes Klappern von Pferdehufen ertönte am nächsten Tag auf dem sich hinaufschlängelnden Weg zur Burg Schrockenstein. Es war ein sonniger Vormittag, friedlich und von Vogelgezwitscher erfüllt. Magdalena beugte sich neugierig aus dem Fenster. Sie erwartete zwar keine Gäste, freute sich aber immer über eine Abwechslung im eintönigen Alltag. Selbst wenn es manchmal nur ein Hausierer oder Bänkelsänger war, der für ein paar Pfennige seine Lieder zum Besten gab und Neuigkeiten aus der fernen Welt brachte. Zwei Reiter, gefolgt von ihren Knechten, überquerten gerade die heruntergelassene Zugbrücke. Einer davon, ritterlich gekleidet, trug das Wappen der Hunoldstein auf seinem weiten braunen Mantel. Mit leichtem Unbehagen erkannte Magdalena in ihm Friedhelm, einen Verwandten ihres Gemahls. Der ein wenig verschlagen wirkende Friedhelm, der gerade mithilfe seines Knechtes von seinem schwerblütigen Apfelschimmel stieg, war ihr noch nie besonders angenehm gewesen. Die Magd eilte auf Magdalenas Befehl hinunter, damit man das Tor öffnete, um den Besuch in den Burghof einzulassen. Der Begleiter Friedhelms, ein junger Mann mit feurigem Blick und angenehmen Zügen, der auf einem temperamentvollen hin und her tänzelnden Rappen saß, sprang mit einem eleganten Satz herab. Magdalena musterte ihn aufmerksam. Das konnte doch niemand anderer als Sigurd sein, der Bastard, den Friedhelm mit seiner Geliebten, der Zofe seiner Frau Heidelinde, gezeugt hatte. Sie war gestorben, ohne ihm eigene Kinder zu schenken.

Magdalena hatte Sigurd zuletzt als Knaben gesehen, doch inzwischen war er sichtlich zum Jüngling herangereift. Trotz seiner schlichten Kleidung, des schmucklosen Oberkleids und enger Beinlinge, war der junge Mann eine auffallende und – im Gegensatz zu seinem Vater – äußerst anziehende Erscheinung. Er trug sein zurückgekämmtes dunkles Haar lang wie ein Edelmann, aber statt eines Schwertes steckte nur ein kurzer Dolch in seinem Gürtel. Über seiner Schulter hing eine von einem Tuch nur oberflächlich verhüllte Laute. Seine stolze Miene drückte schon jetzt die Überzeugung aus, eines Tages als rechtmäßiger Sohn und Erbe eingesetzt zu werden. Friedhelm sah zu Magdalena hinauf und hob mit breitem Grinsen die Hand. Sie zwang sich zu einem Lächeln und erwiderte den Gruß. Dann schlug sie ihren Samtmantel um die Schultern und eilte hinunter, um die unerwarteten Gäste zu begrüßen.

»Gott sei mit Euch, Vetter Friedhelm. Was führt Euch in dieser Stunde zu uns?«

Friedhelm verbeugte sich ehrerbietig, aber ungelenk. Er war ein rotbärtiger Mann mit spitzem Gesicht und dünnen Beinen, die im Gegensatz zu seiner sich über den Gürtel wölbenden Mitte standen. »Der Wunsch, Euch und Euren Gemahl wiederzusehen. Euch Gesundheit und Wohlstand zu wünschen, schöne Base«, sagte er schmeichlerisch und verzog dabei seine schmalen Lippen zu einem spärlichen Lächeln. Seine flinken dunklen Knopfaugen, denen nichts entging, glitten rasch über den sauber gefegten Hof, der eine neu gebaute Empore aufwies, zu der eine in Stein gehauene verzierte Treppe führte. »Ihr habt weiträumig renoviert, wie ich sehe«, sagte er, leise mit der Zunge schnalzend. »Gott lasse Euch die Mittel dazu nicht ausgehen und schütze Eure Güter.« Er lachte kehlig auf und wies auf den hinter ihm wartenden Sigurd. »Mein Bastard begleitet mich. Er war mir in letzter Zeit eine gute Stütze. Und er spielt ausgezeichnet Laute, womit er jederzeit zur Abendunterhaltung beitragen kann.« Magdalena nickte dem hochgewachsenen Jüngling zu, dessen jugendliche Schönheit aus der Nähe selbst sie ein wenig verwirrte. Sie konnte nicht anders, als ihn freundlich anzulächeln. »Sigurd! Ich hätte Euch beinahe nicht mehr erkannt. Ihr habt Euch herausgemacht.«

»Ich danke Euch!« Sigurds dunkle Augen blitzten erfreut auf.

»Lobt ihn nur nicht zu sehr«, knurrte Friedhelm. »Er bildet sich sonst noch etwas darauf ein. Sigurd wird sich seine Sporen erst hart verdienen müssen.« Es klang wie eine Drohung und er fügte noch rasch hinzu: »Immerhin zeigt er sich nicht ungeschickt in den ritterlichen Übungen, die ich ihm zuteilwerden lasse. Nicht wahr, Bursche?«

Er klopfte ihm auf die Schulter und Sigurd schlug die Augen nieder. Doch die aufsteigende Hitze in seinem Gesicht verriet seine Gefühle. »Gewiss, Herr Vater.« Die demütigen Worte standen im Gegensatz zu dem harten Tonfall, mit dem er sie aussprach.

Doch Friedhelm achtete nicht darauf. »Euer Gatte ... ist er nicht da?«, fragte er und schien mit angehaltenem Atem auf Magdalenas Antwort zu warten.

»Ich bedauere – aber Ethelbert ist zum Konzil nach Konstanz geritten«, antwortete Magdalena kühl. »Von dort aus will er ins Heilige Land ziehen, um unseren Sohn Ekart am Heiligen Grab Christi zum Ritter schlagen zu lassen.«

Friedhelms Miene verzog sich bei ihren Worten enttäuscht und Magdalenas Verdacht wurde stärker, dass es sich bei seinem Besuch wieder um die Bitte eines neuen Darlehens handeln könnte. Durch allerlei Listen hatte Friedhelm bei ihnen bereits ein ansehnliches Schuldenkonto angesammelt, von dem er trotz aller Versprechen noch nicht einen einzigen Gulden zurückgezahlt hatte. Er fand immer neue Ausflüchte und Magdalenas Gemahl hatte ihr verboten, ihm auch nur noch einen Heller zu leihen. Friedhelm verstummte kurz und kratzte nachdenklich seinen rötlichen Bart. Die lange Abwesenheit des Burgherrn schien nicht in seinen Plan zu passen. »Schade. Ich hätte dringend etwas mit Eurem Gemahl zu besprechen gehabt. Eine einmalige Gelegenheit, ein … ähh … vorteilhafter Landkauf, von dem Ethelbert sehr profitieren würde, wenn er mich mit einer geringen Summe unterstützte …«

»Ich bedauere«, unterbrach ihn Magdalena, »aber ich bin leider nicht befugt, mich in solche Geschäfte zu mischen – wenn Ihr das meint.«

Friedhelm schwieg enttäuscht. Hatte er den Umweg hierher umsonst gemacht? Das wäre mehr als ärgerlich. Aber es war ja noch nicht aller Tage Abend. In Wahrheit steckte er bis zum Hals in Schwierigkeiten. Da er die Hypothek, die der Ritter Waldemar von Zug ihm vor einiger Zeit auf seinen Stammsitz geliehen hatte, nicht zurückzahlen konnte, hatte dieser von der Hunoldstein'schen Burg Besitz ergriffen und ihm und Sigurd nahegelegt zu verschwinden. Seinem Vetter hatte er nun alles beichten und um Hilfe bitten wollen.

»Aber kommt doch mit in die Stube und nehmt Platz, um Euch auszuruhen, Herr Friedhelm. Wie wäre es mit einem erfrischenden Trunk?«, lenkte Magdalena ab und gab der Magd ein Zeichen, Bier zu holen.

Friedhelm kniff die von schlaffen Lidern halb verhängten dunklen Augen nachdenklich zusammen und schien die Frage gar nicht vernommen zu haben, die Magdalena wiederholen musste. »Gerne«, beeilte er sich dann das Angebot anzunehmen und folgte ihr mit Sigurd in den Saal, in dem trotz des warmen Sommertags ein schwaches Kaminfeuer brannte. »Ihr seid zu freundlich.« Mit einem leisen Seufzer nahm er in einem der steifen Sessel Platz. Er fühlte sich unbehaglich. Seine Gedanken kreisten darum, wie sich sein leerer Geldbeutel dennoch etwas auffüllen ließe. Immerhin konnte er sich ein paar Tage auf der Burg Schrockenstein bewirten und es sich gut gehen lassen. Alles andere würde sich dann schon finden. Er nahm einen tiefen Zug von dem kühlen Bier aus dem Humpen, den er mit

Sigurd teilte. »Nun, wir werden sehen. Ich könnte die Sache dem Burggrafen Gisbert unterbreiten. Wir sind ohnehin auf dem Weg zu ihm, weil er wegen einer Lehnserhöhung mit seinen Bauern Ärger hat. Aber mein treues Ross begann zu lahmen und ich sah es als eine Art Vorsehung an, zu Ethelbert als Erstem von meinen Plänen zu sprechen.« Er seufzte. »Nun ja, es sollte nicht sein. Aber der Schimmel braucht eine Schonzeit und vor allem einen guten Schmied, bevor wir weiterreiten können. Wenn es Euch nicht allzu lästig ist, würden wir so lange Eure Gastfreundschaft in Anspruch nehmen. Natürlich wollen wir Euch kein Ungemach bereiten, teure Magdalena. Meine Leute werden sich selbst um alles kümmern.«

»Macht Euch darüber keine Sorgen, Friedhelm«, erwiderte Magdalena mit säuerlicher Miene. »Ihr seid immer willkommen. Allerdings müsst Ihr mit der Gesellschaft meiner Tochter und mir vorliebnehmen.« Sie wandte sich zum bereitstehenden Hausdiener: »Jörg, lass die Pferde in den Stall führen und Hafer auffüllen.«

»Ethelbert ist also auf dem Weg nach Konstanz?«, wiederholte Friedhelm und biss auf seiner schmalen Unterlippe herum. Dem Vetter hinterherzureisen, hätte vermutlich wenig Sinn, denn selbst wenn er ihn einholte, würde dieser gewiss keinen Heller von seiner Reisebörse für ihn abzweigen. Aber vielleicht konnte er Magdalena doch noch überreden, ihre häusliche Geldkatze für ihn zu öffnen. Irgendwo musste er die dringend benötigten Gulden schließlich auftreiben. »Sagtet Ihr nicht vorhin, dort tage das Konzil?« Noch bevor Magdalena antworten konnte, wurde die Tür aufgerissen.

»Frau Mutter!«, rief eine helle Stimme und Emma stürzte mit roten Wangen, blitzenden Augen und dem ihr eigenen Ungestüm in den Raum. »Ich habe den wilden Teufel gezähmt...« Sie hielt ein, als sie die Augen der erstaunten Runde auf sich haften fühlte. Unbekümmert riss sie ihre Pelzkappe vom Kopf, sodass ihr blondes Haar ungebändigt herabrieselte. Zu ihren derben Reiterstiefeln trug sie eine grobe Leinentunika und eine Jacke mit Fuchsfellbesatz. Ihre Schönheit, derer sie sich nicht bewusst war, aber mehr noch ihre ungewöhnliche knabenhafte Aufmachung verschlug den beiden Männern in diesem Augenblick förmlich die Sprache. Unter dem vorwurfsvollen Blick der Mutter besann sie sich jedoch. »Oh, Verzeihung!« Sie knickste höflich vor Friedhelm. »Seid gegrüßt, werter Herr Friedhelm! Ich habe Eure Pferde schon von Weitem gesehen und mich beeilt, Euch mit meinem Ross einzuholen. Ich wollte meiner Mutter nur mitteilen, dass ich es geschafft habe, den ungebärdigen Braunen meines Bruders zuzureiten. Er hat versucht, mich abzuwerfen – aber es ist ihm nicht gelungen.« Ihr unbekümmertes, fröhliches Lachen fand keinen Widerhall, denn Friedhelm musterte das junge Mädchen in der ungewöhnlichen Gewandung betreten von oben bis unten. Schließlich rang er sich zu den Worten durch: »Grüß dich Gott, liebes Kind! Du bist erstaunlich gewachsen, seit ich dich das letzte Mal sah.« Mit gesenkter Stimme wandte er sich sodann an ihre Mutter: »Weiß Ethelbert, dass Ihr Eure Tochter in diesem Aufzug und wie einen Mann alleine in der Gegend herumreiten lasst?«

Die Burgherrin fasste sich rasch. »Er hat es ihr ausdrücklich erlaubt.«

»Ja«, platzte Emma frei heraus, »er hat immer gesagt, aus mir wäre besser ein Junge geworden.«

Um Friedhelms dünne Lippen zuckte es, aber er zog es vor zu schweigen.

»Emma, das ist Sigurd, Friedhelms Knappe«, fuhr Magdalena fort. »Du kennst ihn ja aus früheren Zeiten.«

»Knappe?«, rief Friedmund wichtigtuerisch. »Noch ist Sigurd nur mein Knecht. Ein Bastard, der mir zunächst einmal Gehorsam schuldig ist. Ich werde es mir gut überlegen, ob ich ihn so erhöhe!« Er warf Sigurd einen Blick von oben herab zu. »Und es bleibt immer noch meine Entscheidung, ob er sich vom Knappen zum Ritter bilden darf. Bis jetzt ist sie noch nicht gefallen.« Der junge Mann verzog keine Miene bei dieser groben Demütigung. Nur seine Wangen färbten sich wieder dunkler und man konnte nicht feststellen, ob es aus Wut war oder aus Scham.

»Du kannst mich ruhig Oheim nennen, schönes Kind«, wandte sich Friedhelm wieder Emma zu.

»Ihr seid zu gütig, Oheim.« Artig knickste sie erneut. Sigurd war jetzt zu ihr getreten. Sie reichte ihm die Hand, auf die er zur sichtlichen Empörung seines Vaters einen kühnen und langen Kuss drückte. Als sie den Kopf hob, blickte sie direkt in seine dunkel aufglühenden Augen und errötete wider Willen. Er verschlang sie förmlich mit seinen Blicken und auch ihr fiel es schwer wegzusehen. Sie zuckte förmlich zusammen, als Friedhelm sich vernehmlich und unmutig räusperte. »Sigurd – du solltest im Stall mal nach dem Rechten sehen. Kümmer dich um die Pferde und versorg meinen verletzten Schimmel!«, befahl er in herrischem Ton. »Sein Huf muss unbedingt behandelt werden. Er hat sich wahrscheinlich einen Splitter oder einen spitzen Stein eingetreten.« Er unterstrich seine Worte mit einer ungeduldigen Handbewegung. »Geh jetzt!«

Der schöne Jüngling verzog keine Miene und ließ sich nicht beirren. Er schien eine solch derbe Behandlung gewohnt zu sein. Ritterlich verbeugte er sich vor den beiden Frauen, wobei sein langes, dunkles Haar zu beiden Seiten wie ein Schleier über seine Wangen fiel. Verstohlen zwinkerte er Emma zu, bevor er sich zur Tür wandte.

»Wartet, Sigurd – ich begleite Euch in den Stall!«, rief Emma mit einem plötzlichen Entschluss. »Ich habe ein wirksames Elixier für den Schimmel.« Und bevor ihre Mutter oder

Friedhelm einen Einwand vorbringen konnte, war sie Sigurd bereits gefolgt.

»Ihr lasst Eurer Tochter sehr viel Freiheiten durchgehen«, erklärte Friedhelm missbilligend. »Frauen sollten sich züchtig im Haus beschäftigen, anstatt Pferde zuzureiten oder sich im Stall aufzuhalten. Ich wundere mich sehr, dass Ethelbert das duldet.«

Magdalena verzog das Gesicht, als habe sie auf etwas Saures gebissen. Der Vetter mit seinen Belehrungen und Geldforderungen war ihr mehr als lästig. Sie hätte ihn und sein Gefolge am liebsten aus der Burg geworfen. Aber sie wollte das Gastrecht nicht verletzen. Ihr Gemahl würde ihr das nie verzeihen.

»Entschuldigt meine Kritik, beste Magdalena! Ich meine es schließlich nur gut«, fuhr Friedhelm vertraulich und in etwas milderem Ton fort. Er hatte begriffen, dass er in diesem Fall zu weit gegangen war. »Auch Sigurd ist auf seine Art ziemlich eigenwillig. Aber ich lasse ihm nichts durchgehen, züchtige ihn und halte ihn sehr kurz – das zeigt gute Wirkung. Da mir meine Gemahlin keine Kinder geschenkt hat, ist er schließlich der einzige Nachkomme, den ich habe.« Er runzelte die Stirn. »Wenn mir auch sein Charakter oft zweifelhaft erscheint. Ich fürchte, er hat das heftige Temperament seiner etwas leichtfertigen Mutter geerbt.«

»Sigurd wirkt sehr wohlerzogen. Er macht auf mich den besten Eindruck. Ansonsten danke ich Euch für Eure guten Ratschläge, Friedhelm. Als gehorsame Gattin folge ich natürlich nur den Anweisungen meines Gemahls.« Magdalena zwang sich zu einem spröden Lächeln. »Und nun entschuldigt mich – ich habe zu tun. Ich werde veranlassen, dass eine Kammer für Euch und Sigurd gerichtet wird. Dort könnt Ihr Euch ausruhen. Später erwarte ich Euch dann zu einem Imbiss. Ihr müsst sicher hungrig sein.«

Friedhelms verstimmte Miene erhellte sich und seine Augen leuchteten gierig auf. »Wohl wahr. Der Ritt war anstrengend. Man wird schließlich nicht jünger.«

Emma war Sigurd in den Stall gefolgt, wo die Knechte bereits die Pferde gefüttert, getränkt und ihnen den Reisestaub aus dem Fell gebürstet hatten. »Seid vorsichtig«, warnte Sigurd das junge Mädchen, das die Tür zum Einstand des Schimmels geöffnet hatte. »Lasst das lieber einen Knecht machen. Faustino ist sehr heftig und schlägt bei Fremden gerne aus.«

»Macht Euch darüber keine Sorgen«, lachte Emma, »ich werde mit ungebärdigen Pferden recht gut fertig. Wenn mein Bruder hier wäre, könnte er es bestätigen.« Sie nahm eine Flasche mit einer braunen Flüssigkeit aus einer Truhe und näherte sich damit vorsichtig dem aufgeregt schnaubenden Schimmel. Beruhigend klopfte sie ihm auf den Hals. Er warf heftig den Kopf hoch, als sie sich bückte. Doch dann ließ er zu, dass sie sein schmerzendes und leicht geschwollenes Bein berührte und es mit einem vorsichtigen Ruck hochzog. Sie betrachtete aufmerksam die empfindliche Stelle und der Schimmel schien es sich gefallen zu lassen. »Das arme Tier hat sich einen Holzsplitter eingetreten«, sagte sie bedauernd. »Da kann nur der Hufschmied helfen. Er muss das Eisen entfernen und den Splitter herausschneiden, damit die Wunde nicht anfängt zu eitern. Ich werde einen Knecht zu ihm ins Dorf schicken.« Rasch träufelte sie etwas von der braunen Flüssigkeit in den Huf. Mit einem Satz bäumte sich der Schimmel wiehernd auf, doch Emma, die das vorausgesehen hatte, war behände zur Seite gesprungen. »Ich dachte mir, dass er das nicht gerne hat«, sagte sie kühlen Blutes. »Es brennt höllisch und der arme Kerl weiß ja nicht, wozu es gut ist.«

»Ihr habt wirklich Mut«, stellte Sigurd achtungsvoll fest, der die Szene mit verschränkten Armen von draußen beobachtet hatte. Er fühlte sich wie verzaubert, konnte seine Augen kaum von Emmas schneeweißer Haut, ihren heiß geröteten Wangen und ihrer grazilen Gestalt lösen. Noch nie hatte er ein Mädchen gesehen, das ihm so vollkommen schien. Emma legte ihre in der Hitze der Bewegung unbequem gewordene Jacke ab, band sie um die Taille und schüttelte ihr dichtes blondes Haar zurück. Ihre einfache Tunika ließ jetzt freizügig Arme und Schultern sehen. Sie schickte die gaffenden Knechte hinaus, nahm selbst eine ordentliche Menge Heu auf die Harke und warf es dem Schimmel vor. »Da hast du deine Belohnung, weil du so tapfer warst. Seht her, Sigurd!«, rief sie, seine Hand fassend und ihn mit sich ziehend. »Das ist meine Aldana. Sie lässt sich nur von mir reiten.« Sie deutete auf eine kupferfarbene Stute mit schlanken Fesseln, die ihren schmalen Kopf neugierig über den Holzbalken streckte. »Sie passt gut zu deinem Rappen. Wollen wir morgen vor Tagesanbruch nicht einmal gemeinsam ausreiten? Wir werden zurück sein, bevor es Euer Vater überhaupt bemerkt.« Sie strahlte ihn aus ihren hellen seegrünen Augen so vergnügt an, als wäre ein solcher Ausritt das Selbstverständlichste von der Welt.

Sigurd nickte nur, ganz überwältigt von Emmas Energie und ihrer Lebensfreude. Sie wirkte wie ein Knappe mit unübersehbar weiblichen Reizen. Diese ungewöhnliche Mischung reizte und verwirrte ihn zugleich. »Ja«, sagte er, hielt ganz impulsiv ihre beiden Hände fest und zog sie leicht an sich. »Ja, das wäre wunderschön.«

Emma errötete mit plötzlicher Beklommenheit vor der unverhohlenen Bewunderung in Sigurds Augen und seiner Nähe. »Dann ... also auf morgen!« Sie wollte zurückweichen, doch er hielt sie fest. Vergeblich kämpfte sie gegen das seltsame Gefühl, mit dem sie wie magnetisch von seinen samtbraunen Augen und seinem Lächeln in Bann gezogen wurde. Etwas hatte sich zwischen ihnen verändert und Emma fragte sich verwundert, was es sein konnte. Als Kinder waren sie einander hin und wieder begegnet, ohne mehr als flüchtige Sympathie füreinander zu empfinden. Sigurd hatte ohnehin immer im Hintergrund gestanden, ein geduldeter Bastard und schüchterner Knabe, der keine Rolle spielte. Aber jetzt war er zum Mann geworden und sein attraktives Äußeres, dessen er sich wohl bewusst war, seine selbstsichere Ausstrahlung übten einen seltsamen Zauber auf sie aus. Schon bei der Begegnung im Burgzimmer hatte sie die Spannung gespürt, die in der Luft lag, wenn ihre Augen sich trafen. Erneut versuchte sie, ihm ihre Hände zu entziehen. Dabei entglitt ihr die Jacke und fiel zu Boden. Sigurd bückte sich und legte sie ihr sorgsam wieder um die Schultern. Seine Hände streiften wie unabsichtlich länger als schicklich ihren Nacken und fuhren über ihren Rücken bis zur Taille. Emma fühlte einen warmen Schauer durch ihren Körper strömen, eine unbestimmte Sehnsucht, die sie noch nie empfunden hatte. Was war das? Sie schwankte, und wie aus einem Traum erwachend, trat sie ein paar Schritte zurück. »Ich muss jetzt gehen. Ihr … Ihr solltet darauf achten, dass der Hufschmied den Splitter völlig entfernt«, stammelte sie mit erhitzten Wangen.

Sigurd achtete nicht auf ihre Worte. »Ihr habt Euch unglaublich verändert, Emma. Noch nie habe ich ein schöneres Mädchen gesehen als Euch«, sagte er mit rauer Stimme. Beide standen sich für einen kurzen Moment befangen und mit seltsamer Verlegenheit gegenüber. Emma versuchte ein künstliches Lachen: »Ihr solltet so etwas nicht sagen …«, begann sie, ohne zu wissen, wie sie fortfahren sollte. Sie fröstelte mit einem Mal unter einem kühlen Luftzug, der durch den Stall wehte. Ohne ein weiteres Wort drängte sie sich an Sigurd vorbei und lief ins Freie, immer noch die Wärme und den Klang seiner Stimme im Ohr. War sie wirklich schön? Noch nie hatte ihr dies jemand gesagt. Die neugierigen Blicke der Knechte hinter der Tür folgten ihr und um Sigurds Lippen spielte ein leichtes Lächeln.

3. Kapitel

Den halben Tag und die Nacht über war Wolfram in den Gassen von Konstanz umhergeirrt, ohne zu wagen, seinen Vater oder gar die Herberge aufzusuchen. Er verstand sich selbst nicht mehr. Was hatte er da für eine Dummheit begangen? Sich für einen Mann einzusetzen, dessen Lehre er nicht einmal genau kannte? Aber es war die himmelschreiende Ungerechtigkeit der ganzen Verhandlung gewesen, die heimtückische Art, die Verurteilung, die ihn so empört hatten. Mit einem Schlag war ihm bewusst geworden, welchen überflüssigen Pomp die Kirche zelebrierte und wie hart, gnadenlos und geldgierig sich ihre Vertreter zeigten. Dank Ekarts Hilfe war er vorerst den Soldaten entkommen, die ihn festnehmen wollten. Und dann hatte er sich rücksichtslos durch das Gedränge in der Menschenmenge hindurchgekämpft, bis er seine Verfolger abgehängt hatte. Zu seinem Glück war die Stadt überfüllt – Handwerker, Händler, Edelleute zu Pferde oder Bedienstete mit Sänften der hohen Geistlichkeit schoben sich über die Plätze und durch die Gassen, und es wurde erst um Mitternacht, als die Nachtwächter die Runde machten, ruhiger. Eine einfache voll besetzte Schänke diente Wolfram als Versteck und er wagte sich erst hinaus, als der letzte Zecher verschwand. Die Nacht war lau und er verbrachte die Stunden, bis es hell wurde, dösend in der Ecke einer schmalen Gasse zwischen der Stadtmauer und dem Stall eines ärmlichen Hauses, weitab vom Konstanzer Münster. Auf irgendeine Weise musste er jetzt seinen Bruder Heinrich erreichen, ihn fragen, was dieser von seiner Lage hielt, und seinen Rat hören.

Er dachte über sein Tun nach und empfand keine Reue. Sein Sinn für Gerechtigkeit und der Zorn über das Urteil der Verbrennung von Jan Hus sagten ihm, dass er richtig gehandelt hatte. Gleich heute, am 6. Juli 1415, sollte die offizielle Hinrichtung des Mannes stattfinden, den er für unschuldig hielt und dessen Worte seine Seele und sein ganzes Wesen aufgewühlt hatten. Er wurde den Gedanken nicht los, dass man das ungerechte Urteil unbedingt verhindern müsse. Dieser mutige Verfechter der Wahrheit durfte nicht mundtot gemacht werden! Dabei hatte er Jan Hus noch nie im Leben gesehen, geschweige denn, ihn predigen hören. Aber tief in seinem Innern spürte er, dass der Mann aus Prag die Wahrheit sprach. Die Worte, mit denen er den Fremden im Konstanzer Münster verteidigt hatte, waren so impulsiv aus ihm herausgebrochen, als habe jemand seine Zunge gelöst und ihm in den Mund gelegt, was er sagen sollte. In diesem Augenblick hatte er nicht daran gedacht, was sein Vater, der Magister, sein Bruder oder die Obrigkeit davon halten würden, und auch nicht, in welche Schwierigkeiten er durch seine offene Rede geraten konnte. Er erhob sich, streckte die steif gewordenen Glieder und sah sich um. Noch waren die Gassen leer, ein fahler Streifen am Horizont kündigte die Morgendämmerung an, die zaghaft den Himmel erhellte. Nur die »Heimlichkeitskehrer«, im Volksmund »Goldgräber« genannt, waren bereits unterwegs, um die Kloaken zu leeren. Ein sonniger, wolkenloser Tag schien sich anzukündigen. Er kannte die Stadt kaum und überlegte, wohin er sich wenden sollte. Wo würde die Hinrichtung von Jan Hus stattfinden?

Konnte man ihn dem Feuertod noch entreißen?

Er betrat die nahe gelegene Sankt-Stephans-Kirche, um Gott um eine Antwort zu bitten. Als der verschlafene Mesner, der alles für die Tagung der Römischen Rota, die eigene Gerichtsbarkeit des Papstes, herrichtete, ihm den Rücken kehrte und die Sakristei betrat, nutzte er die Gelegenheit und stieg schnell die schmale Wendeltreppe hoch, bis in den Kirchturm. Von oben bot sich ein weiter Blick auf die Umgebung, den Rhein und den Bodensee. Im Westen, ein Stück weit von den Stadttoren entfernt, regte sich etwas. Arbeiter schafften Holz herbei und schichteten es auf, zweifellos um den Scheiterhaufen für den Verurteilten zu errichten. Wolfram lief ein Frösteln über den Rücken. Er stieg wieder ins Kircheninnere hinunter, kniete sich in die Bank und faltete die Hände zum Gebet. Fieberhaft kreisten die Gedanken durch seinen Kopf, ohne dass sie sich zu einem konkreten Plan formten. Was konnte er als Einzelner schon ausrichten? Als der Mesner ihn hinauswies, verließ er die Kirche und schlenderte durch die Gassen in den erwachenden Morgen hinein. Ein Straßenkehrer erklärte ihm auf seine Frage den Weg zum Gefängnisturm des Schlosses Gottlieben, in dem Jan Hus vor seinem Urteil die letzte Zeit seiner Gefangenschaft verbracht hatte. Niemand hielt ihn auf, als er am Ufer des Rheins hinauswanderte. Das hohe Gebäude mit den beiden Türmen war leicht auszumachen und schon von Weitem zu sehen. Er blickte zu den grauen, tristen Mauern hinauf, den vergitterten Fenstern, die den Geist der unerbittlichen Kirchenregeln zu repräsentieren schienen. Die Wachen vor dem Tor versahen gleichgültig und träge ihren Dienst und beachteten ihn nicht. Dennoch hielt er einen gewissen Abstand und umrundete das mächtige Gebäude. Ein leises »Psst, psst …« neben ihm schreckte ihn auf. »Ihr seid doch der, der gestern auch im Konstanzer Münster wart?«, flüsterte ein Mann, der wie ein Geist plötzlich aus einer Nische der hinteren Mauer getreten war. Er trug einen grauen Kittel mit Kapuze, hielt einen Spaten in der Hand und sah auf den ersten Blick wie ein einfacher Arbeiter aus. Wolfram nickte verblüfft und der Mann machte ihm ein Zeichen, ihm unauffällig zu folgen. Sie gingen ein gutes Stück zusammen über ein Feld bis zu einem halb verfallenen Gebäude unweit des Turmes. Er klopfte dreimal an ein verrostetes blechernes Schild. Eine kleine Klappe öffnete sich. »Im Namen Gottes, des Allmächtigen«, murmelte der Mann im grauen Kittel das Losungswort und Wolfram spürte hinter der Klappe ein Augenpaar auf sich ruhen, das ihn misstrauisch musterte.

»Wer ist das?«, fragte eine hohl klingende Stimme.

»Der Mann, der Jan Hus im Münster so leidenschaftlich verteidigt hat«, antwortete sein Begleiter.

»Dann seid Ihr einer der Unseren«, tönte die Stimme. »Seid willkommen!« Wie durch Zauberhand öffnete sich die fast ganz von Efeu bedeckte Pforte und Wolfram trat hinter seinem Begleiter in einen wild überwachsenen Hof, der wie ein ehemaliger Klostergarten aussah. Unter den Arkaden stand ein von Moos überzogener Marmortisch, an dem ein Mann von etwa vierzig Jahren saß, bärtig, mit stubenblasser Haut und scharfen Denkfalten. Er war in eine vor ihm liegende Schriftrolle vertieft. Aufblickend betrachtete er Wolfram mit seinen klugen, wachen Augen einen kurzen Moment. Er nickte ihm freundlich zu und reichte ihm die Hand. »Professor Hieronymus von Prag. Ihr seid neu in unserer Gruppe?«

Wolfram nickte ihm zu. »Wolfram von Hohenberg. Ich habe die Gerichtsverhandlung und die Anklage gegen Jan Hus im Münster verfolgt. Und zum ersten Mal sind mir dort die Ungeheuerlichkeiten, die die Kirchenfürsten im Namen Gottes begehen, bewusst geworden.«

Hieronymus' dunkle Augen blitzten zustimmend auf und er schlug seinen grauen Mantel enger um die Schultern. »In der

Tat. Ich selbst bin als Abgesandter des böhmischen Adelsbundes extra nach Konstanz gekommen, um meinem Freund und Glaubensbruder Jan Hus beizustehen, den man zu Unrecht eingekerkert hat. Aber ich fürchte, es ist zu spät. Der König hat sein Wort des freien Geleits gebrochen.« Es klang bitter. Er hielt Wolfram die Schriftrolle hin, die er studiert hatte. »Wisst Ihr, was das ist?«

Dieser schüttelte bedauernd den Kopf.

»Dann lest! Diese Wahrheiten hat der englische Gelehrte John Wyclif mit eigener Hand aufgeschrieben. Es ist ein unersetzliches Dokument. Kennt Ihr seine fünfundvierzig Thesen gegen die katholische Kirche?« Hieronymus' Miene belebte sich und man sah die Leidenschaft hinter seiner asketischen Stirn glühen.

Wolfram trat näher und entzifferte ein paar Sätze der verschnörkelten Handschrift in großen Buchstaben. »Die Wahl des Papstes ist vom Teufel eingeführt worden«, murmelte er lesend vor sich hin. »Wenn ein Mensch genügend reuig ist, so ist jede äußere Beichte für ihn überflüssig und nutzlos.« Diese Worte schienen ihm außergewöhnlich provokant – und gefährlich. »Nein« erwiderte er aufsehend. »Und ich habe auch noch nie etwas von Wyclif gehört! Aber seine Thesen treffen genau ins Schwarze.«

»Ihr solltet alle fünfundvierzig kennen – sie aufmerksam lesen! Diese Thesen sind sein Vermächtnis an uns, wenn wir unserem klaren Verstand folgen und uns von der Kirche keine Märchen aufbinden lassen wollen. Sie sagen uns auch, dass wir niemals aufhören dürfen, für die Wahrheit zu kämpfen, sie zu predigen, auch wenn wir dafür mit dem Leben bezahlen müssen.« Hieronymus' blasses Gesicht hatte sich vor Eifer rot gefärbt. Er senkte seine Stimme. »Dieses Dokument möchte die Kurie in ihren Besitz bringen, um es der Öffentlichkeit zu entziehen und es zu vernichten. Es muss nach Böhmen zu unseren

Freunden in Sicherheit gebracht werden. Heute werden wir beschließen, wer diese große Verantwortung auf sich nehmen wird.« Er brach ab, denn etliche Männer ließen sich jetzt auf den grob behauenen Steinklötzen um den Marmortisch nieder und im selben Augenblick wurde das Schweigen gebrochen. Mit wütendem Gemurmel, Flüchen und Schimpfworten auf die Geistlichkeit machten sich die Versammelten Luft. Der Mann, der Wolfram hierhergeführt hatte, legte seinen grauen Kittel ab. Das Samtwams darunter, der grüne Überrock und breite Gürtel, an dem ein Kurzschwert hing, wiesen ihn als Adeligen aus. Er schlug mit einem silbernen Hammer zweimal auf den Stein des Tisches. Der helle Ton ließ die empörten Ausrufe sofort verstummen. »Brüder im Geiste, beruhigt euch! Ich fasse zusammen: Unsere Versuche sind alle gescheitert«, begann er. »Wir konnten unserem Meister und Freund Jan Hus nicht helfen, ihn nicht befreien. Und er wollte nicht widerrufen, um sein Leben zu retten.« Er senkte bedrückt den Kopf. »Aber wir geben nicht auf. Heute werden wir die letzte und vielleicht günstigste Gelegenheit haben, ihn den Klauen seiner Verfolger zu entreißen. Gott wird uns helfen – er kann diesen feigen Mord, diese hinterhältige Ungerechtigkeit nicht zulassen! Wir werden sein Werkzeug sein und die öffentliche Schmach verhindern!«

»Was können wir tun?«, fragte einer der Versammelten. »Hus ist schwer bewacht!«

Der Mann mit dem Samtwams wischte seinen Einwand beiseite. »Hört meinen Plan: Es gibt nur eine Möglichkeit, zur Tat zu schreiten. Auf dem Richtplatz! Dann, wenn die Henkersknechte beginnen, dem Verurteilten die Binsen um den Körper zu binden. Einige unserer Brüder werden in diesem Moment ein Feuer in einer alten Scheune gleich in der Nähe des Scheiterhaufens entzünden. Verbündete haben bereits Holz, Lumpen und Stroh in die Scheune geschafft. Wenn das Feuer hoch auflodert, wird Panik in der Menge entstehen, und es wird die Bischöfe, Kardinäle und Bewaffneten in Verwirrung stürzen. Sie werden von Jan Hus ablassen – mit den anderen fliehen. Unsere Hoffnung ist, dass man sich darauf konzentrieren wird, den Brand zu löschen, damit er nicht auf den danebenliegenden Hof und die Stadt übergreift. Diesen Moment müssen wir nutzen – und sehr schnell sein. Befreit Jan Hus von seinen Fesseln! Tragt ihn fort, wenn er zu schwach ist zu gehen! Fünf Pferde stehen auf dem Anger bereit, der gleich an den Richtplatz grenzt. Unser Vorteil ist, dass wir uns außerhalb der Stadtmauern befinden und dadurch freien Weg zur Flucht haben. Martin«, er wandte sich an einen Graubärtigen, »du sorgst dafür, dass Jan Hus auf sein Pferd gelangt. Halt dich nicht damit auf, seine Binsen herabzureißen. Das hat später Zeit, wenn wir in Sicherheit sind. Du, Clothis, packst die Zügel seines Pferdes, und ihr nehmt ihn beide in die Mitte. Ihr seid doch gute Reiter und Hus wird es trotz seiner Schwäche auch nicht verlernt haben. Hugo und ich werfen uns auf die Pferde und folgen euch. Wir werden fort sein, ehe die Wachen und Soldaten überhaupt zur Besinnung kommen. Ihr anderen«, er sah in die Runde, »bleibt in der Menge zurück und taucht so unauffällig wie möglich unter. Unser Treffpunkt ist die Burg Krakovec in Mittelböhmen, dort werden wir mit dem Meister in Sicherheit sein. Graf Dobruska erwartet uns dort. Seid ihr bereit, Männer?«

Ein einstimmiges »Ja« aus rauen Kehlen ertönte. »Schwört ihr Jan Hus Treue bis in den Tod?« Er sah sich fragend in der Runde um, bis die Zustimmung ertönte. »Wer unsicher ist, ob wir das Richtige tun, verlasse uns jetzt für immer.« Niemand rührte sich und auch Wolfram blieb stumm. »Ihr«, der Sprecher wandte sich jetzt an ihn, »habt gestern großen Mut im Konstanzer Münster bewiesen. Die ganze Stadt spricht davon. Man sucht Euch überall. Das wisst Ihr, nicht wahr?«

Wolfram nickte bewegt.

»Niemand sonst hat es gewagt, Hus öffentlich zu verteidigen. Dafür sagen wir Euch großen Dank.«

Beifälliges Gemurmel erhob sich und anerkennende Blicke streiften Wolfram, der versicherte: »Ich schließe mich Eurem Bund an, was immer auch geschieht und wohin Ihr geht. Das Unrecht, das Jan Hus geschehen soll, hat mich sehr berührt.« Wieder kamen die Worte aus seinem Mund, als spräche er mit fremder Zunge. »Aber wie nennt Ihr Euch, Brüder? Wie und wo soll ich Euch wiederfinden, wenn die Befreiung gelungen ist?«

»Wir nennen uns ›Hussiten‹, antwortete der Graubärtige. »Anhänger der Lehre von Jan Hus. Jeder, der in seinem Namen handelt, ist einer von uns. Ihr findet seine Getreuen überall im Volk. Ich bin überzeugt, dass sich uns immer mehr Menschen anschließen – nicht nur in Böhmen. Auf Krakovec, der Ziegenburg oder der Burg Mladá Vožice auf dem Berg Beránek fanden unsere bisherigen Zusammenkünfte statt. Dorthin musste sich auch Jan Hus flüchten, nachdem er von der römischen Kurie exkommuniziert worden war. Merkt Euch die Namen!«, fuhr er fort. »Auf der Burg Krakovec werden wir kommendes Pfingsten beraten, wie es weitergehen soll. Gebe Gott, dass wir Jan Hus befreien können und er als unser Oberhaupt weiter unter uns sein kann.«

Hieronymus von Prag klopfte auf den Steintisch und erhob sich. »Vergesst dieses Dokument nicht, Brüder im Geiste!«, sagte er mit lauter, rhetorisch geübter Stimme. Er hielt die Schriftrolle hoch: »Die Thesen John Wyclifs, die Basis, auf der wir unsere Kritik an der Kirche, dem Papst, den Kardinälen und Bischöfen aufbauen wollen. Seine fünfundvierzig Punkte, von ihm eigenhändig verfasst, dienen uns als Leitlinien. Ich selbst wollte diese Schrift zu unseren Anhängern und Freunden nach Böhmen bringen. Doch ich fürchte, ich werde es vielleicht nicht schaffen. Mein Leben ist in Gefahr.« Er sah in die Runde. »Wer unter euch ist bereit, das Vermächtnis John Wyclifs und die Schriften unseres Bruders Jan Hus statt meiner zu unseren Freunden und Verbündeten zu bringen?« Schweigen entstand, eine unschlüssige Stille. Jeder wusste um die Brisanz dieser Dokumente und darum, dass derjenige gnadenlos gejagt werden würde, bei dem man sie vermutete.

»Ich mache es. Ich habe nichts zu verlieren.« Wolfram hob die Hand und alle Versammelten sahen überrascht auf. »Vertraut es mir an.« Stimmengemurmel erhob sich. Hieronymus von Prag rollte das Dokument zusammen, steckte es in eine Hülse, die an einer Schnur hing, und übergab es Wolfram. Danach überreichte er ihm noch ein paar weitere Papiere. »Das sind Passierscheine und ein Empfehlungsschreiben, signiert vom Grafen Dobruska. Falls man Euch in Böhmen irgendwo aufhalten sollte.« Wohlwollend klopfte er ihm auf die Schultern. »Gott hat Euch uns gesandt. Er hat Euch erleuchtet. Das habe ich sofort gespürt. Möge er Euch auf Eurem Weg beschützen. Denkt immer daran, wie kostbar die Thesen dieser Schrift sind.«

»Ich werde sie so gut behüten, wie ich nur kann«, versprach Wolfram feierlich, hängte sich die Hülse um und verbarg sie auf seiner nackten Brust unter seinem Hemd. »Eines möchte ich noch wissen, Brüder«, fragte er. »Wie begann das alles?«

»Mit den Predigten unserer Meister! John Wyclif aus England, Hieronymus von Prag und Jan Hus haben uns die Augen geöffnet. Sie haben uns klargemacht, dass die Häupter der Kirche sich nicht nach der Wahrheit der Bibel richten, sondern aus Macht- und Geldgier nur an ihre eigenen Vorteile denken«, mischte sich ein blondlockiger Jüngling ein, der ein kostbares Kreuz um den Hals trug. »Jan Hus hatte Geleitschutz und predigte in der Herberge der St.-Pauls-Gasse – bis man ihn verhaftete und zur Bischofspfalz beim Münster brachte. Dann hielt man ihn im Haus des Konstanzer Münsterkantors gefangen …« Er unterbrach seine Erzählung auf einen Wink des

Wortführers. »Die Zeit läuft uns davon, Hugo. Lasst uns jetzt den Eid schwören«, fuhr dieser fort, »niemals den Glauben an die Bibel und die Überzeugung der wahren Lehre des Herrn Jesus Christus zu verleugnen. Schwört!« Er hob die Hand und alle anderen taten es ihm nach. Auch Wolfram schloss sich an.

»Wir schwören, nicht davon abzulassen, die Kirche auf ihre Irrtümer hinzuweisen und die wahre Lehre der Bibel der Öffentlichkeit zugänglich zu machen.« Im Chor wiederholten alle diese Worte. »So sei es!«, schloss der Wortführer. »So wahr ich Graf Bernhard von Altenstein heiße. Und jetzt ans Werk, um unseren Bruder Jan Hus zu befreien! Gott helfe uns.«

***

Der Schinderkarren mit Jan Hus in Begleitung einer Schar Bewaffneter, an deren Spitze Pfalzgraf Ludwig ritt, rumpelte vom Konstanzer Münster über die Plattengasse durch das Paradieser Stadttor Richtung Gottlieben zum Brühl. Dort befand sich der Richtplatz, auf dem bereits eine Menge Schaulustiger warteten, unter die sich unauffällig Hus' Anhänger und auch Wolfram gemischt hatten. Unter seiner aufgesetzten spitzen Papiermütze mit sieben aufgemalten Teufeln, die einen Reigen tanzten, sah der Verurteilte bleich, aber entschlossen aus. Widerstandslos ließ er sich zum bereits aufgerichteten Scheiterhaufen führen und die Knechte begannen, Garben und Strohbündel um seinen Körper zu binden. Der Himmel hatte sich bezogen, graue Wolken schienen ein Gewitter anzukündigen. Unruhiges Gemurmel ertönte in der Menge, als plötzlich der Reichsmarschall von Pappenheim in eigener Person hoch zu Ross heranritt. Mit lauter Stimme forderte er Jan Hus im Namen des Königs ein letztes Mal zum Widerruf auf.

»*Ihr tut Unrecht – aber Gott ist gnädig!*«, antwortete der Todgeweihte mit fester Stimme.

»Widerruft!«, brüllte der Reichsmarschall, wütend über den Trotz, der sich ihm bot. Jan Hus schüttelte nur müde den Kopf. Da klatschte der Reichsmarschall in die Hände, um das Zeichen zur Exekution zu geben. Der Henker näherte sich mit einer brennenden Fackel dem Scheiterhaufen. Jan Hus schrie laut: »*Die Wahrheit stirbt nicht in den Flammen! Heute bratet ihr eine Gans – aber aus der Asche wird ein Schwan entstehen!*« Leiser Regen begann zu fallen, als hätte der Himmel Einsicht und Mitleid mit dem Geprüften. Aus dem nahe gelegenen Schuppen kam das Feuer nicht recht in Gang, das die Verbündeten heimlich zu Jan Hus' Rettung gelegt hatten. Nur dichter, erstickender Rauch wölkte sich aus dem alten Gebälk. In wenigen Minuten stand jedoch Jan Hus mit seinen um den Körper gebundenen Strohbündeln, dem Papierhut auf dem Kopf, der ihn als Ketzer brandmarkte, lichterloh in Flammen. Seine Schreie trieb der Wind davon, während seine Retter hilflos über ihren fehlgeschlagenen Plan die Fäuste in den Taschen ballten.

Da stürzte Wolfram, wie von einer unsichtbaren Macht getrieben, nach vorne, in der sinnlosen Absicht, die zischenden Strohbündel vom Körper des Verurteilten zu reißen. Aber er kam nicht weit, Bewaffnete rissen ihn zurück, stießen ihn zu Boden und hielten ihn fest. Erst jetzt, viel zu spät, ging der alte Schuppen endlich in Flammen auf, die mit dem Scheiterhaufen um die Wette loderten. Die Menge stob voller Angst davon. Für die Rettung von Jan Hus war es jedoch zu spät. Seinen Anhängern und Freunden trieb es Tränen in die Augen – ihr Held, Vorbild und Mentor war einen erbärmlichen Tod gestorben, den sie nicht verhindern konnten. Wolfram nutzte den Moment der Flammenhölle, sich den vom Feuer abgelenkten Soldaten mit aller Kraft zu entwinden. Er rannte um sein Leben. Der Weg zum Anger war versperrt, einige Bewaffnete setzten ihm nach und waren ihm hart auf den Fersen. In seiner Not mischte er sich unter die vor dem Feuer flüchtenden

Schaulustigen. Die erhoffte Panik mit großem Geschrei und planloser Flucht war in vollem Gange und seine Verfolger verloren ihn im Gewühl aus den Augen. Es gelang ihm, mit anderen Vorwärtsdrängenden unbehelligt das geöffnete Stadttor zu passieren. Schnellen Schrittes durchquerte er einige Gassen. Da hatte ihn einer der Soldaten auch schon entdeckt. Er rannte zurück – doch auch auf der anderen Seite erwartete ihn ein Bewaffneter, der ihn sofort verfolgte. Er saß in der Falle. Was tun? Blindlings lief er wie ein gejagter Hase hin und her. Aus der halb geöffneten Tür unter einem Torbogen, an der ein Kranz von geflochtenen gelben und roten Bändern hing, drangen leise Stimmen. Er stürzte hinein, geradewegs in die weichen Arme einer wohlduftenden Frau. »Helft mir!«, rief er, stieß die Tür hinter sich zu und umklammerte sie wie ein Ertrinkender.

Mit leise girrendem Lachen stieß sie ihn von sich. »Nur nicht so stürmisch, mein Herr. Wenn Ihr genügend Geld im Beutel habt, wird es mir ein Vergnügen sein, Euch zu helfen.« Wolfram sah auf – in das sorgfältig geschminkte Gesicht einer wunderschönen Frau, deren dunkles, sanft gewelltes Haar bis zu den Hüften reichte. Sie hatte sprechende dunkle Augen und einen sinnlichen Mund, dessen Mundwinkel sich spöttisch nach unten zogen. Sie drängte ihn in den Hintergrund des Raumes, der luxuriös mit Teppichen, Sesseln und Kissen ausgestattet war. In vergnügter Runde saßen dort ein paar leicht bekleidete und, wie es Wolfram schien, sehr anziehende Frauen. Einige von ihnen spielten Karten, andere besserten ihre Gewänder mit Nadel und Faden aus und eine ältere Frau verschönerte ihr Gesicht mit Reispuder und Wangenrot. Ein junges Mädchen lag schlafend mit unbedecktem Busen auf dem Sofa in der Ecke.

Da klopfte es mit harten Schlägen gegen die Tür. Alle fuhren auf und wandten den Kopf. »Öffnet!«, drang dumpf eine Stimme von draußen. »Im Namen des Königs.« Wolfram erschrak bis ins Mark. Jetzt war er verloren!

4. Kapitel

Als Sigurd vor dem Morgengrauen zum Stall schlich, fand er Emma schon dort. Sie trug Männerkleidung, hatte ihre Haare im Nacken nur locker zusammengebunden und lächelte ihm aufmunternd zu. Trotz der frühen Stunde sah sie frisch, rosig und unternehmungslustig aus. Ein verschlafener Knecht putzte und sattelte bereits die beiden Pferde und führte sie in den Hof. »Wir sollten uns beeilen, damit wir zurück sind, bis die anderen erwachen. Meine Mutter wäre nicht begeistert, uns so zu sehen.«

Sigurd lachte. »Ihr tut wohl immer, was Ihr wollt, egal, ob es erlaubt ist oder nicht. Kommt, ich helfe Euch in den Sattel.« Er trat auf sie zu und legte beherzt seinen Arm um ihre Taille.

Verlegen befreite sich Emma und schob ihn zurück. Seine Berührung, der Blick seiner braunen Augen hatten sie erneut verwirrt, mehr, als sie sich eingestehen wollte. Das kam sicher daher, dass sie in der Nacht irgendeinen Unsinn von Sigurd geträumt hatte, an den sie sich nur noch schwach erinnerte. »Nicht nötig«, sagte sie rasch. »Das schaffe ich schon allein.« Aldana scharrte ungeduldig mit den Hufen und blähte die Nüstern. Sie tänzelte unruhig auf der Stelle, während der Knecht das Tor öffnete und Emma geschmeidig im Herrensitz in den Sattel stieg.

»Ein ungewöhnliches Mädchen«, dachte Sigurd und wusste nicht, ob er ihre freie Art, sich zu geben, bewundern oder verachten sollte. Immerhin habe ich Eindruck auf sie gemacht, stellte er selbstbewusst fest. Er beeilte sich, ebenfalls aufzusitzen, und sie überquerten im Schritt die Zugbrücke und ritten bergab. Es war noch ziemlich dunkel, doch ein leichter Silberstreif am Horizont kündigte den kommenden Tag an. Langsam verblichen die Sterne am wolkenlosen Himmel. Es würde heute wieder heiß werden, doch jetzt war die Luft klar und frisch und roch nach Gras und Erde. Sie sprachen eine ganze Weile nicht, doch Emmas Herz klopfte in schnellerem Takt als gewöhnlich. Erst nach einer Weile ergriff Sigurd das Wort. »Ich muss mich für meinen Vater entschuldigen. Er legt großen Wert auf Tradition und hat eine etwas raue und ungeschickte Art …«

»Oh ja, das habe ich bemerkt«, unterbrach ihn Emma. »Es gefällt eben nicht jedem, dass ich mir gewisse Freiheiten herausnehme. Aber das macht mir nichts aus.« Sie lachte, warf den Kopf mit dem wehenden blonden Zopf zurück und schlug eine etwas schnellere Gangart an. Der Weg endete vor einem abgeernteten Kornfeld. »Wie wär's mit einem kleinen Wettrennen?«, schlug sie übermütig und mit blitzenden Augen vor. Sigurd ließ sich das nicht zweimal sagen. Er gab seinem Pferd die Sporen und der Rappe schoss wie ein Pfeil los. Emma hielt mit, blieb aber hinter ihm. In gestrecktem Galopp preschten sie über das weite Feld und Sigurd glaubte sich schon als Sieger, als sie plötzlich neben ihm auftauchte. Auf gleicher Höhe warf sie ihm einen triumphierenden Blick aus blitzenden Augen zu. Aldana spitzte die Ohren und als Emma leise mit der Zunge schnalzte, machte sie sich lang und zog an Sigurd vorbei. Vergeblich schlug er auf seinen Rappen ein, stemmte ihm die Sporen in die Weichen, doch Emmas Stute hatte bereits einen beachtlichen Vorsprung. Mit trommelnden Hufen stoben die Pferde im Rausch der Geschwindigkeit über die Felder dahin. Das Brausen des Windes in den Ohren, geschmeidig den Bewegungen ihres Pferdes folgend, fühlte Emma sich frei und unbeschwert wie nie zuvor. Den mit Wasser gefüllten Graben, der sich am Ende der Wiese wie ein Schemen im Morgennebel vor ihr auftat, sah sie zu spät. Sigurd warf seinen Oberkörper im Sattel zurück und zog mit aller Kraft die Zügel an, um sein Pferd zu stoppen. Emmas Stute war jedoch nicht zu bremsen, ja, sie schien noch schneller werden zu wollen. Wie ein Pfeil flog sie mit einem gewaltigen Satz auf die andere Seite des Grabens und blieb dort mit keuchenden Flanken abrupt und zitternd stehen. Emma hatte einen lauten Schrei ausgestoßen, als sie das Hindernis so plötzlich auf sich zukommen sah. Doch ohne auch nur den Versuch zu unternehmen, die Zügel anzuziehen, duckte sie sich tief über den Pferderücken und passte sich der Schnelligkeit Aldanas an. Doch die Landung, das abrupte Stoppen aus vollem Lauf, katapultierte sie wie ein Geschoss über den Kopf des Pferdes hinweg ins Gras.

Sigurd war abgesprungen und führte sein Pferd vorsichtig über den Graben. Erschrocken beugte er sich über Emma, die mit geschlossenen Augen wie betäubt im Gras lag. »Emma!«, rief er leise und berührte ihre Wange. Sie schlug die Augen auf und versuchte ein verkrampftes Lächeln. »Fehlt Euch etwas?«, fragte Sigurd besorgt. »Seid Ihr verletzt?«

Emma schüttelte den Kopf und richtete sich langsam, aber noch ein wenig benommen mit Sigurds Hilfe auf. Ihr Zopf hatte sich halb gelöst und ihr Haar fiel wild über Schultern und Gesicht. »Jedenfalls hab ich gewonnen, seht Ihr das nicht?«

»Ich wollte Euch wirklich nicht in Gefahr bringen«, stammelte Sigurd, der sich ausmalte, welches Strafgericht über ihn hereinbrechen würde, wenn der Vater erfuhr, was passiert war.

»Na und? Wenn man reitet, muss man damit rechnen, auch runterzufallen.« Emma verzog das Gesicht beim Auftreten. »Mein Knöchel«, murmelte sie mit zusammengebissenen Zähnen. Sie klopfte ihre Hose ab, die sie sich aus der Garderobe ihres Bruders ausgeliehen hatte. »Aber Unkraut vergeht nicht!« Sie humpelte ein paar Schritte und besah ihren Fuß. »Ein bisschen verstaucht!«, sagte sie lakonisch. »Auf jeden Fall habt Ihr verloren!« Ein triumphierendes Lächeln erhellte ihre Züge.

Sie schwankte leicht und Sigurd schlang mit einem raschen Griff seinen Arm fest um ihre Taille. »Wartet, ich werde Euch stützen …«

Emma befreite sich verlegen. Das Blut war ihr bei seiner Berührung ins Gesicht geschossen. »Nein, danke. Es geht schon. Helft mir lieber wieder aufs Pferd.« Sie deutete auf Aldana, die, ruhig und friedlich grasend, nicht weit von ihnen stand.

»Ihr habt wirklich Mut«, sagte Sigurd, halb bewundernd, halb von ihrer Tollkühnheit abgestoßen. »Wollt Ihr Euch nicht zuerst etwas ausruhen?« Er betrachtete fasziniert ihr Gesicht mit den vom stürmischen Ritt geröteten Wangen, ihre vor Eifer blitzenden Augen, deren helles Grün sich nach dem Sturz ein wenig verdunkelt zu haben schien.

Emma nahm die Zügel, warf das Haar in den Nacken und lächelte Sigurd an. »Man muss gleich wieder aufsitzen; das habe ich von meinem Vater gelernt!«

Sigurd konnte seinen Blick nicht von ihrem von der Aufregung belebten schönen Gesicht abwenden. Er begehrte sie plötzlich mehr als jede andere Frau, die er bisher kennengelernt hatte. Der Wunsch, dieses ungestüme Wesen zu zähmen, es zu besitzen, erfüllte ihn mit unbezwingbarer Macht. Seine Hände fuhren wie unabsichtlich von ihrer Taille bis zu den Hüften, als er Emma in die Steigbügel half. Kraftlos rutschte sie mit dem verletzten Fuß ab, glitt gegen ihn und hielt sich an ihm fest. Es war ein magischer Moment, als ihre Körper sich berührten, und Emma schien es, als würde sie dieser ungewollte Kontakt förmlich lähmen. Ohne es zu wollen oder sich dagegen zu wehren, lag sie plötzlich an Sigurds Brust und blickte direkt in das dunkle, samtige Braun seiner Augen, die sie mit einer gefährlichen Mischung aus Lockung und Verführung ansahen.

»Du wildes Mädchen«, murmelte er und zog sie fester an sich. »Weißt du nicht, dass ich mich auf der Stelle in dich verliebt habe?«

Seine Worte rannen wie Feuer durch ihre Adern und berauschten sie. Liebe! War es nicht das, wovon die Minnesänger sangen, die vor den Toren der Burg manchmal ein Ständchen brachten? Sie wollte sich Sigurd mit schwacher Abwehr entziehen, doch es gelang ihr nicht, denn sein Gesicht war dem ihren jetzt so nahe, dass sie die Augen schließen musste. Zärtlich berührten seine Lippen die ihren und wie von selbst erwiderte sie seinen Kuss, bis seine Liebkosungen leidenschaftlicher wurden. Er zog sie sacht mit sich ins Gras und sie gab seufzend nach. Hatte sie nicht beim ersten Blick das Besondere gespürt, die Ausstrahlung, die von diesem Mann ausging? Das dunkle Geheimnis in seinem und ihrem Blut, die geheimnisvolle Macht, die sie zueinander zog? Der erste Blick in seine Augen hatte ein süßes Gefühl in ihrem Herzen entzündet, das ihr bisher unbekannt war. Sie wehrte sich nicht, als sie spürte, wie seine Hände zärtlich unter ihr Hemd glitten. Es war verboten, was sie da tat, unzüchtig, verwerflich. Aber so unsagbar süß. Die undeutlich aufsteigenden Warnungen der Mutter, die ihr ins Gedächtnis kamen, verhallten ungehört in weiter Ferne; sie lösten sich auf, wie die Wolken am Himmel, nachdem die Sonne aufgegangen war.

***

»Öffnet – oder wir sind gezwungen, die Tür aufzubrechen!«

»Geduldet Euch noch ein wenig, Männer! Gebt uns Zeit, uns etwas anzuziehen. Dies ist kein öffentliches Freudenhaus, sondern ein privates Bordell«, flötete die dunkelhaarige junge

Frau mit sanfter Stimme durch die Tür. »Mit den schönsten Hübschlerinnen der Stadt.« Sie sah Wolfram mit ihren dunklen, mandelförmigen Augen prüfend an und lächelte ihm so lieblich zu, dass ihm trotz der Gefahr ganz warm ums Herz wurde. »Ich sehe, du bist in Schwierigkeiten, mein Lieber«, flüsterte sie. Wolfram nickte mit trockener Kehle. Die Frau legte leicht die Hand auf seinen Arm und ihre Berührung und der Blick, den sie ihm dabei unter ihren langen, seidigen Wimpern zuwarf, jagten ihm einen angenehmen Schauer über den Rücken. Die Schläge von draußen wurden lauter. »Spart euch die Ausreden! Macht auf oder wir müssen uns den Eingang erzwingen!«

»Nicht so eilig. Wir öffnen schon.« Die Stimme der Schönen blieb melodisch und klangvoll. »Schade, dass Ihr im Dienst seid. Sonst würden wir Euch einen besonderen Preis machen – für ein unvergessliches Vergnügen.« Ein leises, warmes Lachen untermalte ihren verführerischen Ton. Die Mädchen im Hintergrund kicherten erheitert bei diesen doppelsinnigen Worten.

»Schwatz nicht lange, Frau – öffne jetzt!«, klang die grobe Stimme. »Du zwingst uns sonst, die Tür aufzubrechen.«

»Helft mir – bitte!«, bat Wolfram leise. »Sie werden mich in den Kerker sperren!«

Die dunkelhaarige Schöne zögerte nur einen Moment, dann gab sie einem Mädchen aus der Gruppe einen Wink. »Komm mit!«, hauchte die üppige Kleine, die ihren wogenden Busen nur notdürftig mit einem Schal verhüllte. »Und beeil dich!«

Wolfram folgte ihr hastig. Sie stiegen eine schmale Treppe hinauf in den oberen Stock und er hörte, wie unten der Riegel beiseitegeschoben wurde und die Soldaten mit lautem Gepolter ins Haus drangen. Das Mädchen schob in fliegender Eile ein großes Ölgemälde beiseite, hinter dem sich ein Verschlag befand. »Da hinein«, flüsterte sie. »Schnell! Und rühr dich nicht!«

Wolfram zwängte sich in die Öffnung und der Eingang

verschloss sich vor ihm. Er hörte, wie die Soldaten lärmend das Haus durchsuchten. Die Mädchen lachten und schäkerten mit ihnen, sodass die Männer bald ihre Aufgabe vergaßen und nur daran dachten, sich zu amüsieren. Wolfram verharrte gekrümmt, bis es endlich still wurde und die Soldaten abgezogen waren. Seine Beine waren durch die Enge und Bewegungslosigkeit in dem Versteck ganz taub geworden, als endlich jemand das Bild zurückschob und die Klappe des Verschlages öffnete. Er blinzelte ins einfallende Licht und sah die dunkelhaarige junge Frau vor sich, die ihn empfangen hatte. Sie reichte ihm ihre gepflegte, mit kostbaren Ringen überladene Hand. »Komm heraus, Fremder!«

»Ich danke Euch«, stieß Wolfram hervor, kletterte aus seinem engen Versteck und reckte die Glieder. »Ihr habt mich gerettet. Ich bin in Eurer Schuld!« Seine Wangen färbten sich, als er sie ansah. Sie trug einen an den Schultern von einer Brosche zusammengehaltenen offenen Umhang und darunter nur ein langes, durchsichtiges Hemd, das die ganze Schönheit ihres Körpers erkennen ließ. Betreten wich er einen Schritt vor ihr zurück, doch sie nahm nachsichtig lächelnd seinen Arm. »Komm!« Mit wiegenden Hüften schritt sie an seiner Seite durch einen von Kerzen erhellten Gang und ihr Umhang aus kostbarem rotem Brokatstoff schwang bei jedem Schritt mit und ließ ihre langen, makellosen Beine sehen. »Wie schön du bist«, stammelte Wolfram verlegen, der noch nie eine Frau wie diese gesehen hatte.

»Gefalle ich dir?« Sie blieb stehen, drehte und wendete sich lachend hin und her. Dann nahm sie seine Hände und führte sie an ihre Brüste, deren rosige Spitzen unter dem Schleier unter seiner Berührung zu beben schienen. Erregt ließ er seine Hände streichelnd und beinahe zärtlich über ihren Körper gleiten und spürte, wie sie erschauerte, den Kopf zurückbog und leise seufzte. Fasziniert und ganz in ihrem Bann, zog er sie an sich und fühlte ihren warmen, biegsamen Körper an dem seinen. Sein Atem wurde schneller, sein Verstand setzte aus und er hatte nur noch den Wunsch, diese verlockende Frau zu besitzen. Tastend, kaum mehr Herr seiner Sinne, fuhr er über ihre Hüften bis zu den Schenkeln – doch plötzlich entzog sie sich ihm. »Warte. Zuerst das Geld – du hast es doch bei dir, oder?«, flüsterte sie leise.

Ihre Worte ernüchterten Wolfram und er ließ sie abrupt los. »Ich bin dir sehr dankbar«, lenkte er ab, ohne auf ihre Frage zu antworten, »dass du mir geholfen hast. Aber sag mir zuerst … was das für ein Haus ist. Und wer du bist.«

»Wer ich bin?« Sie lachte schallend auf. »Das ist eine sehr naive Frage.« Sie blinzelte ihm unter langen, seidigen Wimpern zu. »Hast du noch nie etwas von der berühmten Kurtisane Sabrina gehört? Dabei bildete ich mir ein, weit über die Grenzen von Konstanz und sogar bis nach Italien bekannt zu sein!« Ihre Brust bewegte sich unter dem Schleier und sie spielte mit einem zur Schleife gebundenen gelben Band an ihrer Schulter.

»Ich bitte um Entschuldigung. Aber ich bin noch nie einer so bezaubernden Frau wie dir begegnet«, gestand er. »Du verwirrst mich! Ich hielt dich eher für die Gattin eines einflussreichen Fürsten. Ohne dich säße ich jetzt bei Wasser und Brot im Kerker.«

»Komm mit mir!«, sagte Sabrina und zog ihn mit sich in einen anliegenden intimen Raum, in dem ein Bett stand und im Kamin ein wärmendes Feuer brannte. »Hier können wir besser zusammen plaudern.« Sie nahm eine Karaffe vom Tisch, in der sich dunkler Wein befand, und goss ihn in zwei Gläser, von denen sie eines Wolfram reichte. »Trink! Du gefällst mir! Setz dich zu mir – ganz nah!« Sie zog ihn mit sich auf die weichen Kissen des Bettes. Ihr Überwurf öffnete sich verführerisch und sie ergriff seine Hand und legte sie auf ihr Knie. »Die Männer waren schon immer verrückt nach mir. Da habe ich beschlossen, diese Vorliebe zu meinem Beruf zu machen.«

»Ich bin schließlich nicht gekommen, weil ich mit dir schlafen will«, sagte Wolfram zögernd, ohne es zu wagen, seine Hand zurückzuziehen, »obwohl du eine so betörende Frau bist. Ich hätte nicht gedacht, dass jemand wie du …« Er stockte und trank sein Glas mit einem Zug aus.

»… ein Freudenmädchen ist«, ergänzte Sabrina und nickte mit ernster Miene. »Das wolltest du doch sagen, nicht wahr? Ich selbst würde mich eher eine Kurtisane nennen. Schließlich verlange ich nicht wenig für meine Dienste.« Sie richtete sich halb auf und sah ihn an. Ihre dunklen, schwarz umrandeten Augen blitzten. »Und ich schäme mich dessen nicht.« Sie nahm einen Schluck Wein. »Ich stamme aus guter Familie – verarmtem Adel, wie man so sagt. Meine Eltern sind tot und ich musste meinen Lebensunterhalt selbst verdienen. Du musst wissen, dass ich in meiner Heimat sehr gefragt und die Beraterin mächtiger Männer war.«

»Und … was machst du dann hier?« Ohne sie aus den Augen zu lassen, leerte Wolfram ein weiteres Glas Wein, das seinen Körper mit angenehmer Wärme erfüllte.

Belustigt sah Sabrina ihn an. »Was für eine Frage. Ich habe ein Haus gemietet, hier in Konstanz. Für meine Mädchen und mich. Während des Konzils kann man sehr viel Geld mit der käuflichen Liebe verdienen.« Sie machte eine Pause. »Die hohen Herren suchen Zerstreuung bei mir. Auch Papst Benedikt ließ mich schon zu sich kommen. Und ich habe außerordentlich gute Beziehungen zu König Sigismund.« Sie sah ihn triumphierend und beinahe stolz an. Dann nestelte sie kurzerhand die Brosche von ihrem Umhang, warf ihn mitsamt dem Schleier zu Boden und präsentierte sich ihm in schamloser Nacktheit. »Na, was ist? Wieso zögerst du? Gefalle ich dir nicht – bist du so schüchtern? Oder willst du nicht für die Liebe zahlen?« Sie verschränkte die Arme hinter ihrem Kopf und lehnte sich in die Kissen zurück. Ihr dunkles, leicht gewelltes offenes Haar, das wie ein Schleier um ihre Schultern fiel, bildete einen reizvollen Gegensatz zu ihrer perlmuttfarben schimmernden Haut und den zarten, aber sehr weiblich gerundeten Formen. Noch nie hatte Wolfram eine schönere Frau gesehen und noch nie eine, die ihren Körper so zur Schau stellte. Als er nicht reagierte, beugte sie sich vor, ergriff seine Hand und führte sie zwischen ihre Schenkel. Seine Finger zitterten und er beherrschte sich nur mit Mühe, denn er wusste, dass es besser war, der verlockenden Versuchung nicht zu erliegen. »Du gefällst mir und ich könnte mir nichts Schöneres vorstellen, als dich zu lieben. Aber …«, er zog seine Hand zurück, »bisher habe ich noch nie für Liebesdienste zahlen müssen.« Er sah ihr in die Augen. »Man hat mir immer freiwillig gegeben, was ich wollte.« Er erhob sich. »Und das soll auch so bleiben. Ich danke dir von Herzen, dass du mir geholfen hast. Aber jetzt muss ich weiter, sonst sitze ich schon morgen im Gefängnis.« Er sah sie mit festem Blick an.

Sabrina hatte den Umhang wieder aufgenommen und sich um die Schultern geworfen. Sie goss ihm neuen Wein ein. »Normalerweise müsste ich dir jetzt sehr böse sein. Aber ich mag dich. Setz dich und erzähl mir, was dir passiert ist«, sagte sie nach einer Weile. »Du siehst nicht gerade wie ein Verbrecher aus. Du kannst mir vertrauen. Warum wirst du von den Soldaten gesucht?«

Wolfram gehorchte und nahm erneut einen Schluck aus seinem Glas. Dann berichtete er seine Geschichte von Anfang bis Ende, seine Verwirrung und den inneren Drang, den er empfand, den verurteilten Jan Hus zu verteidigen.

Sabrina sah ihn unverwandt mit ihren großen schwarzen Augen an und es fiel ihm schwer, sich ihrem Zauber zu entziehen. »Du erinnerst mich an jemanden«, sagte sie mit rauer Stimme, als er seinen Bericht beendet hatte. »Ich weiß nur nicht, an wen …« Sie legte die Arme um seinen Hals und schmiegte sich an seine Brust. »Aber jetzt will ich dich – auch ohne Geld.«

Wolfram umschlang sie leidenschaftlich, jede Vorsicht vergessend, mit der sein Vater ihn vor käuflichen Dirnen gewarnt hatte. Mit heißer Glut presste er seine Lippen auf ihren vollen roten Mund und sie sanken zusammen auf die weichen Kissen, die bald zu Boden rollten.

***

Sabrina beherbergte Wolfram die nächsten Tage in ihrem mit viel Komfort ausgestatteten Haus und wollte ihn am liebsten gar nicht mehr fortlassen. Doch er war ungeduldig und hatte vor, der Stadt Konstanz so bald wie möglich den Rücken zu kehren. Aber auch ihm fiel es schwer, sich von der schönen Kurtisane zu trennen. Von ihrem ungewöhnlichen Liebreiz und körperlichen Vorzügen abgesehen, verfügte sie über beachtliche Geistesgaben, war gebildet und gut erzogen. Sie schien sich ein wenig in ihn verliebt zu haben, doch Wolfram erwiderte diese Gefühle nicht. Für ihn war die Liebe mit ihr ein Abenteuer, ein aufregendes Spiel, ein prickelndes Erlebnis, das er nie vergessen würde – aber nicht mehr. Er war unruhig und fragte sich, ob sein Vater und Bruder sich noch in der Stadt aufhielten. Sicher machten sie sich inzwischen große Sorgen um ihn. Vielleicht hatten sie ja versucht, ein gutes Wort bei den Konzilsmitgliedern für ihn einzulegen. Wenn aber der Bann über ihn weiter bestehen würde, brauchte er für seine Reise nach Böhmen mehr als die paar Gulden, die er noch bei sich trug. Er hatte festgestellt, dass das Haus Sabrinas sich in der Nähe des Kornmarktes befand, auf dem zu jeder Zeit geschäftiges Getriebe herrschte. Nicht ohne Gewissensbisse verließ er seine Gönnerin eines Tages heimlich und ohne Abschied und mischte sich draußen unters Volk. Erleichtert und gelassen schlenderte er durch die Stände, die Waren besehend. Überall schoben sich Menschen durch die Stadt, Händler priesen ihre

Erzeugnisse an und die Gattinnen einflussreicher Ratsteilnehmer hielten auf dem Markt Ausschau nach neuem Putz und dem berühmten Konstanzer Leinen. Der Obrigkeit war es unmöglich, bei solchem Auflauf die Übersicht zu behalten.

Ein zerlumpter, unglaublich schmutziger Gassenjunge tauchte plötzlich vor Wolfram auf und streckte die Hand aus. »Schenkt mir ein paar Pfennige, hoher Herr«, bettelte er mit klagender Stimme.

Wolfram schüttelte den Kopf und wollte sich schon abwenden. Doch dann kam ihm plötzlich ein Gedanke. »Hör zu, Kleiner!« Er packte den Knaben an einem Hemdzipfel, bevor er verschwinden konnte. »Willst du dir einen Gulden verdienen?«, fragte er ihn hastig.

Der Junge nickte mit gierig aufleuchtenden Augen: »Was soll ich tun, hoher Herr?«

Der unterwürfige Tonfall gefiel Wolfram zwar nicht, aber er hatte keine andere Wahl. »So schnell wie möglich eine Nachricht in die Herberge ›Zum Goldenen Pflug‹ überbringen.«

»Ihr könnt Euch auf mich verlassen, Herr!«, beeilte sich der Junge zu versichern. »Ich eile wie der Wind. Wie lautet die Nachricht? Ist sie für eine Dame?« Er zwinkerte ihm frech zu.

Wolfram seufzte. »Es handelt sich nicht um eine Dame, sondern um meinen Bruder, Heinrich von Hohenberg. Merk dir: Das, was du ihm unter vier Augen sagen sollst, ist streng geheim.« Er zog seine Börse und nahm einen Gulden heraus. »Sag ihm …« Er hielt ein. Wie kam er dazu, solch einem verlausten Bürschchen zu trauen? Er würde den Gulden einstecken und verschwinden. Überhaupt war das Ganze ein zu großes Wagnis. Aber eigentlich blieb ihm gar nichts anderes übrig, als es einzugehen. Es war seine einzige Chance.

»Sag ihm, er soll mit dir kommen.« Der Junge streckte die Hand begehrlich nach dem Gulden aus, doch Wolfram zog ihn zurück. »Du bekommst das Geld erst, wenn ich sicher bin, dass du den Auftrag erledigt hast und meinen Bruder mitbringst.«

Er sah ihn scharf an und es entging ihm nicht, dass der Junge enttäuscht die Augen niederschlug. »Willst du es nun tun oder nicht?«, fragte er ungeduldig.

Der Junge grinste. »Ich sehe, Ihr habt etwas zu verbergen. Das treibt den Preis natürlich etwas höher. Zwei Gulden – und ich mache alles für Euch. Ich bin Euer treuester Diener.« Er machte eine weit ausholende Verbeugung und Wolfram hätte dem unverschämten kleinen Kerl am liebsten eine Ohrfeige verpasst. Doch er hielt sich zurück. Das Bürschchen schien jedenfalls nicht dumm zu sein. Er tat so, als müsse er nachdenken. »Nun gut«, sagte er schließlich. »Zwei Gulden, wenn du es geschickt anstellst. Sag meinem Bruder, dass ich ihn dringend erwarte. In einer Kirche …«

»Und in welcher?«, fragte der Bettelknabe ungeduldig. Als Wolfram schwieg und darüber nachdachte, welche abgelegenen Kirchen er in Konstanz kannte, fügte der Junge nach einer Weile hinzu: »Ich sehe, Ihr seid ortsfremd. Ich schlage Euch die Kirche am Kloster auf der Dominikanerinsel im Bodensee vor. Dort ist es um diese Zeit recht ruhig.«

»Gut«, sagte Wolfram rasch. »Und wie komme ich dorthin?«

»Geht über den Fischmarkt und nehmt die kleine Brücke über den Stadtgraben. Das könnt Ihr gar nicht verfehlen.« Mit diesen Worten war er wie der Blitz um die nächste Ecke gesaust und aus Wolframs Blickfeld entschwunden.

»Das Kloster auf der Dominikanerinsel«, murmelte Wolfram leise vor sich hin. Aus den Augenwinkeln sah er eine Gruppe bewaffneter Männer aufmerksam über den Markt schlendern. Sie schienen etwas zu suchen. Ihr Blick fiel auf ihn. Erkannten sie ihn, suchten sie ihn? Einer zeigte mit dem Finger in seine Richtung. Wolframs Herz begann heftig zu schlagen. Er drängte sich an den Ständen vorbei, dann begann er zu laufen, durch die verwinkelten Gassen, bis er sich in einer Toreinfahrt am Rindermarkt in Sicherheit brachte. In der Stadt herrschte

Unruhe, überall hatten sich kleine Gruppen von Menschen gebildet, die beisammenstanden und mit ernster Miene miteinander tuschelten. Die Verbrennung des Jan Hus gab den einfachen Leuten zu denken. Aber den hochnäsigen Pfalzgrafen und die hohe Geistlichkeit schien das wenig zu kümmern. Mit der Inquisition, Strafen und Drohungen des ewigen Fegefeuers sollte das Volk auch weiterhin in Schach gehalten werden.

Es stank immer noch nach Rauch, vereinzelt zogen dunkle Schwaden über die Stadt. Zum Glück hatte man das Feuer, das sich auf der Wiesenfläche des Brühls westlich der Stadt über ein nahe gelegenes Kornfeld bis zu einem Weiler ausgebreitet hatte, von Konstanz abhalten können. Auch der Befehl, die Asche des verbrannten Ketzers einzusammeln und in den Fluss zu werfen, war bereits befolgt worden. Kein Rest sollte übrig bleiben, den seine Anhänger als Reliquie verehren konnten.

Wolfram lugte vorsichtig hinter einem Pfeiler hervor. Die Gasse war jetzt leer. Er wagte sich hinaus und schlenderte weiter. Jetzt durfte er nichts Unüberlegtes tun. Aber in welche Richtung sollte er sich nun wenden? Ein Mann mit einer Pfeife im Mund lud in der Nähe gemächlich Säcke mit Hirse und Hafer von einem Fuhrwerk ab und trug sie ins Haus. »Die Dominikanerinsel – wie komme ich am schnellsten dorthin?«, sprach ihn Wolfram im Vorbeigehen so unverfänglich wie möglich an.

Der Mann sah ihn erstaunt an. Aber es waren so viele Fremde in der Stadt, dass die Frage wohl ganz natürlich war. Er deutete mit seiner Pfeife in die östliche Richtung. »Geht dort entlang bis zum Fischmarkt. Dann seht Ihr schon die Brücke.«

***

Unbehelligt war Wolfram über den Stadtgraben auf die kleine Insel gelangt. Das mächtige Kloster mit seiner angrenzenden Kirche, das sich dort befand, war nicht zu übersehen. Die

Mönche schienen bei der Arbeit zu sein, denn die Kirche war um diese Zeit leer und Wolfram konnte sie unbemerkt betreten. Er fuhr zusammen, als die eiserne Tür mit einem lauten Geräusch hinter ihm ins Schloss fiel. Den Atem anhaltend, hielt er kurz inne. Der Schlag hallte von den steinernen Wänden wider und trotz seines samtenen Umhangs und bestickten Wamses fuhr ihm ein Frösteln über den Rücken. Würde Heinrich kommen? Die Spannung war fast unerträglich und er ließ sich auf eine Kirchenbank sinken. Jetzt konnte er nichts anderes tun als warten. Wenn der Bettlerjunge den Bruder nicht fand, wusste er nicht, wie es weitergehen sollte. Er konnte es nicht wagen, weiter in Konstanz herumzuspazieren – und ohne Geld war es unmöglich, die Thesen Wyclifs nach Böhmen zu bringen. Er brauchte seine Sachen und ein finanzielles Polster. Die Gefahr, dass er hier erkannt wurde und man ihn festnahm, war einfach zu groß. Er fühlte sich innerlich zerrissen – vielleicht hatte ja Heinrich einen Rat für ihn. Immer noch ließ ihn das Geschehene nicht los – unablässig stand es vor seinen Augen. Und die Erkenntnis, dass die Übermacht des Klerus ein Schandfleck im ganzen Christentum war. *Die Wahrheit stirbt nicht in den Flammen*. Diese Worte waren die letzten, die aus dem Munde von Jan Hus gekommen waren, bevor das Feuer seine Schreie erstickte. Er sah das entsetzliche Bild noch genau vor sich, den Moment, als Jan Hus bei lebendigem Leib wie eine Fackel zu brennen begann. Da war es über ihn gekommen – der sinnlose Versuch, sich durch die Wachen zu drängen, das Feuer zu ersticken und Hus zu retten. Erfüllt von einer Mischung aus Wut, Empörung und Widerstand, schien es ihm, als wäre er von einer fremden Macht gelenkt. *»Ihr tut Unrecht – aber Gott ist gnädig«*, hatte Jan Hus dem Reichsmarschall geantwortet, als dieser ihn zum Widerruf aufforderte.

Wolfram schritt zum Altar und fiel auf die Knie. »Heilige Mutter Gottes, bitte für uns Sünder …«, stammelte er mit blutleeren Lippen, »lass mich die Wahrheit erkennen...« Er hielt ein. Neue Zweifel beschlichen ihn. Hatte der Kirchenreformer nicht auch gesagt, man solle weder die Jungfrau Maria noch irgendwelche Heiligen anrufen, weil sie niemandem helfen könnten? Er vergrub das Gesicht in den Händen. Das verzerrte Gesicht des Predigers, vom Feuerbrand umlodert, stand vor seinen Augen, er sah die züngelnden Flammen des Holzstoßes, die blitzschnell den lächerlichen Hut mit den kreisenden Teufeln erfassten, den man ihm aufgesetzt hatte, und die sich knisternd in seinem Bart verfingen. Warum hatte Gott ihm nicht geholfen? Kraftlos kauerte er auf der Kirchenbank. Kaum eine Stunde musste vergangen sein, als das Knarren des Portals ihn herumfahren ließ.

Der Bettlerjunge hatte Wort gehalten. Wolframs älterer Bruder Heinrich von Hohenberg stand auf der Schwelle, die Hand am Schwert und die Stirn düster umwölkt. Der Bettlerjunge drängte sich hinter ihm hervor und hielt triumphierend die Hand auf. »Meine Gulden, Herr!«

Wolfram händigte ihm die letzten beiden Gulden aus, die er besaß, und der Junge verschwand ohne ein weiteres Wort.

Hastig und außer Atem schob Heinrich den Riegel der Kirchentür vor. »Hier bist du also? Was ist bloß in dich gefahren, Wolfram?«, stieß er hervor. »Zählst du dich jetzt zu den Anhängern des Jan Hus, wie man in der Stadt berichtet?«

Wolfram nickte. »Es ist wahr. Ich wusste zwar vorher wenig über ihn. Aber nach allem, was geschehen ist, bin ich sicher, dass er recht hat. Nie zuvor habe ich solch eindringliche Worte gehört.«

»Du bist ja verrückt.« Heinrich gab ihm einen unsanften Stoß vor die Brust. »Wach auf! Das kann dich den Kopf kosten! Vater ist außer sich. Der Feldmarschall von Pappenheim hat sich furchtbar darüber empört, als du: ›Haltet ein! Der Mann ist unschuldig!‹, geschrien hast! Auch der Pfalzgraf ist in Rage geraten und hat seine Männer ausgeschickt, dich zu suchen und festzunehmen. Aber was noch schlimmer ist: Deine unbedachte Tat, ihn den Flammen entreißen zu wollen, hat die Aufständischen im Volk ermutigt, sich zu erheben. Es hat einen solchen Tumult gegeben, dass die Soldaten einschreiten mussten.« Er holte kurz Atem. »Als wenn das nicht schlimm genug wäre. Man hält dich jetzt für einen Ketzer. Aber hör zu. Es ist noch nicht zu spät, sich öffentlich beim Fürstbischof und beim Feldmarschall zu entschuldigen und bei König Sigismund Abbitte zu leisten. Ein von Pappenheim kann es sich nicht erlauben, ein solches Benehmen zu dulden.«

Wolfram knirschte mit den Zähnen. »Ich kann nicht – und ich will nicht. Es ist gegen meine innere Überzeugung! Als ich Hus sah, war es wie eine Erleuchtung – die plötzlich über mich gekommen ist. Der Heilige Geist Gottes hat mich angerührt!«

»Du irrst dich! Es ist der Teufel, der dich verwirrt, Unseliger! Du wirst unsere ganze Familie ins Verderben stürzen.« Heinrich wischte sich mit dem Ärmel seiner samtenen Tunika den Schweiß von der Stirn. »Vater hat vor Kummer einen Schwächeanfall erlitten, weil man ihm den Posten als Prokurator entzogen hat. Und nicht nur das: Man wird ihn deinetwegen zur Rechenschaft ziehen. Wir werden alle in Schwierigkeiten kommen.«

Dumpfe Schläge ertönten plötzlich gegen die Kirchentür. »Aufmachen! Im Namen des Pfalzgrafen und Fürstbischofs!« Die Brüder fuhren zusammen. »Man ist mir gefolgt. Du musst fort«, stieß Heinrich hervor und schob Wolfram zu einer kleinen Holztür hinter dem Altar. »Niemand darf wissen, dass wir uns hier getroffen haben.« Er drückte ihm einen Beutel in die Hand, in dem Goldstücke klingelten. »Hier, nimm das! Für alle Fälle. Überleg dir gut, was du tust. Stell dich freiwillig, leiste Abbitte, das wäre das Beste.«

Wolfram rüttelte an der Klinke der Tür zur Sakristei. »Verdammt! Verschlossen!« Mit seinem ganzen Gewicht warf er sich gegen die Tür, doch sie sprang erst auf, als Heinrich sein

Schwert zog und das Schloss mit ein paar Hieben herausschlug. Wolfram überlegte nicht lange und betrat die Sakristei, den Raum, in der die heiligen Geräte aufbewahrt wurden. Hinter sich hörte er, wie die Soldaten lärmend in die Kirche einfielen und die Stimme Heinrichs sie zurückhielt und ihnen Einhalt gebot.

***

Durch die Sakristei war Wolfram zu einem Nebenausgang gelangt, der dem Mesner dazu diente, im Kloster beliebig ein und aus zu gehen. Es war eine kleine Pforte, die in einen efeuüberwachsenen Kreuzgang führte. Wolfram irrte durch die Gänge und fand schließlich einen Ausgang. Ein Bettler schlief, an die Klostermauer gelehnt, hinter einem großblättrigen Busch den Schlaf des Gerechten. Wolfram rüttelte ihn an der Schulter. »He, mein Freund! Hör mir zu. Lass uns die Kleider tauschen.«

Der Bettler kniff ein Auge zu und sah verwundert zu ihm hoch. »Die Kleider?«, rief er aus. »Wieso? Wer seid Ihr – was wollt Ihr von mir? Meine Kleider sind nichts wert – nur zerrissene Lumpen.«

»Psst!« Wolfram legte den Finger auf den Mund. »Gerade deswegen sollst du sie mir ja geben. Hier.« Er zog sein besticktes Leinenhemd über den Kopf, legte das Wams und den Samtumhang ab. »Mach schon, beeil dich!«, zischte er ihm zu. Mit Nachdruck legte er die Hand an sein Schwert, bevor er sich seiner Stiefel entledigte und aus den Beinlingen schlüpfte.

Der Bettler rutschte mit angstvoll aufgerissenen Augen ein Stück zurück. »Ein Verrückter«, murmelte er in seinen Bart. »Aber ich muss ihm gehorchen, sonst tötet er mich.« Langsam, den starren Blick auf den Mann vor ihm gerichtet, warf er ihm seine löchrige Jacke hin, schlüpfte aus seinem schmutzigen Hemd und stieg aus seinen Hosen aus fleckigem Sackleinen.

»Hier – da habt Ihr, was Ihr wollt!« Kopfschüttelnd betastete er dann das Hemd aus feinem Leinen und die geschmeidige Struktur des weichen Wamses. So etwas Feines hatte er noch nie in Händen, geschweige denn auf dem Körper gehabt.

»Los, jetzt noch die Schuhe. Her damit!«, drängte Wolfram.

Der Bettler sah auf die abgelaufenen Treter an seinen Füßen, als wolle er nicht glauben, dass jemand daran Interesse haben könnte. »Was soll das?«, fragte er verständnislos. »Ihr wollt doch nicht im Ernst meine ... Schuhe? Die Sohle ist kaputt, sie haben Löcher und ...«

»Gib sie her, aber schnell! Sonst mache ich dir Beine!«, fuhr Wolfram ihn an und die entschlossene Miene, mit der er seine eigenen spitzen Stiefel aus feinem weichem Kalbsleder vor ihm hinstellte, ließ nicht an seiner Absicht zweifeln. Der Bettler stieß hörbar die Luft durch die Nasenlöcher, beeilte sich aber, dem Wunsch des irren Fremden nachzukommen. Langsam begann ihm das merkwürdige Spiel zu gefallen. Ein erfreutes Grinsen verzog nach und nach seine Lippen. Er strich abwechselnd über die eingestickten Initialen des Leinenhemdes und prüfte das duftende Leder der hellbraunen Stiefel, als könne er nicht glauben, dass jemand dies alles freiwillig für seine schmutzigen Fetzen eingetauscht hatte.

Wolfram hatte beim Kleiderwechsel keine Zeit, lange zu überlegen. Er unterdrückte den aufsteigenden Ekel gegen die stinkenden Lumpen, schlüpfte, die Luft anhaltend, hastig hinein und trat in die löchrigen Schuhe mit aufgeplatzter Sohle, bei denen seine Zehenspitzen vorne herausragten. Dann packte er den zerknautschten Hut, der vor dem Bettler lag, und kippte die paar Heller, die er in der Stadt erbettelt hatte, auf den Boden.

»Meinen Hut!« protestierte der Bettler vergeblich.

»Nimm den.« Wolfram zog seinen mit einer prächtigen Feder geschmückten Hut vom Kopf. »Oder kauf dir einen neuen!« Er stülpte sich das fleckige Etwas über den Kopf und warf dem Bettler eine Münze zu, die dieser geschickt in der Luft auffing. Unter dem schmutzigen Hemd schnallte er sich seinen Paradegürtel mit den Waffen um, verstaute die Hülse mit dem Pergament daran, nahm etwas Erde und verrieb sie in Gesicht und Haaren. In gebeugter Haltung schlurfte er eilig davon.

Der Bettler sah ihm kopfschüttelnd nach, bevor er sich der eingehenden Betrachtung seiner neuen Kleider widmete. Verwundert besah er sich in dem feinen Leinenhemd, das nun seinen mageren Körper umschmeichelte, den Beinlingen aus feinstem Wollstoff, dem warmen Samtumhang und setzte den Hut aus biegsamem Filz mit der Fasanenfeder auf. Ehrfürchtig stieg er in die Stiefel aus schmiegsamem Leder, die ihm etwas zu groß waren. »Niemand wird mir das glauben, wenn ich es erzähle!«, murmelte er. »Aber heute war wohl mein Glückstag!« Er machte ein paar vorsichtige Schritte mit den ungewohnt spitzen Stiefeln und trat, vom Lärm der Soldaten mit klirrenden Waffen angezogen, aus dem Schatten der Mauer. Sofort stürzten sich drei Hellebardenträger auf ihn und packten ihn. Der aufgeregte Abt des Klosters folgte ihnen auf den Fersen. »Haben wir dich, Ketzer!«, riefen sie, drehten ihm grob die Hände auf den Rücken und banden sie mit einem Strick.

»Lasst mich los!«, schrie der Bettler und wehrte sich heftig, »was wollt Ihr von mir? Ihr verwechselt mich mit jemandem. Ich bin bloß ein armer Almosenempfänger ...« Einer der Häscher lachte laut auf. »Almosenempfänger? Wolfram von Hohenberg bist du – und hiermit verhaftet als Ketzer und wegen Beleidigung der Obrigkeit.«

»Nein – ich schwöre, ich habe nichts mit dem Gesuchten zu tun.« Der Bettler riss an seinen Fesseln. »Er hat mich reingelegt, meine Kleider verlangt. Sogar meine abgetretenen Schuhe. Und er gab mir das da dafür.« Er sah an sich herab, schüttelte sich, als wollte er sich des Wamses und des Leinenhemdes entledigen.

»So hört doch! Der Fremde – er hat mich getäuscht. Er kam einfach daher und …«

»Halt's Maul!« Der Soldat schlug ihm grob seine Faust ins Gesicht. »Das kannst du dem Bischof … oder dem Papst erzählen, wenn er das überhaupt wissen will.«

Der Bettler duckte sich vor weiteren Schlägen und hielt den Arm vors Gesicht. Seine Nase blutete. »Dem Bischof oder dem Papst? Wieso denn? Habt Mitleid«, klagte er wehleidig. »Ich weiß nicht, wovon Ihr redet – was Ihr von mir wollt. Ich habe mit den hohen Herren nichts zu schaffen.«

»Mistkerl!« Einer der Schergen stieß ihn mit einem weiteren groben Schlag zu Boden. »Du hast dich gegen die Kirche versündigt und verdienst eine gerechte Strafe.«

»Versündigt? Oh nein! Ich saß nur hier an der Mauer des Klosters, ruhte mich aus und wartete auf den Napf mit Essen, den mir die Klosterbrüder oft zukommen lassen. Man hat mich betrogen, hereingelegt«, wimmerte der Bettler, »ich bin ein armer Mann …«

»Das wird sich zeigen.« Einer der Soldaten, ein rotgesichtiger, feister Grobian, riss ihn hoch. »Komm mit, Satansbraten! Dem Fürstbischof wird es eine Freude sein, dich brennen zu sehen.« Er lachte auf und trieb den Unglücklichen mit seiner Schwertspitze vor sich her.

Wolfram, der sich ein Stück entfernt hatte, beobachtete hinter den überhängenden Zweigen einer Linde den Vorfall. Der Mann tat ihm leid. Er musste einen ordentlichen Schrecken bekommen haben. Aber sicher würde sich die Verwechslung bald herausstellen und er kam frei. Ihm selbst stellte sich allerdings die Frage, wie er ungehindert aus der Stadt kommen sollte. Er wartete, bis die Söldner mit ihrem Gefangenen über die Brücke in der Stadt verschwanden und der von dem Schrecken völlig aufgelöste Abt, gefolgt von einem Grüppchen seiner Mönche, ins Kloster gegangen war. Langsam, absichtlich schlurfend spazierte er los und mischte sich unter einige fromme Pilger, die gerade über die Brücke des Stadtgrabens gingen. In Konstanz begegnete er Edelleuten zu Pferd, denen er bittend die Hand entgegenstreckte, doch sie ritten stolz mit einem verächtlichen Blick vorbei. »Mach dich fort, Kerl!«, rief ihm einer mit einem dunklen Schnauzbart zu und Wolfram wich seinem kräftigen Ross aus, das mit geblähten Nüstern an ihm vorbeitrabte. Als er die Stadtmauer erreichte, begann er zu hinken, als müsse er ein Bein nachziehen. Die Wächter am Stadttor musterten ihn misstrauisch, doch als er sich in einer Ecke niederließ und die Hand den Vorübergehenden für eine milde Gabe entgegenstreckte, beachteten sie ihn nicht weiter.

Wolfram beobachtete unter seiner zerbeulten Hutkrempe einen fremden Ritter zu Pferd mit seinem Gefolge, einem Knappen, einem Diener und einem jungen Knecht. Letzterer führte ein lebhaftes Pferd, einen schon gesattelten edlen Schimmel, am Zügel und stellte sich dabei recht tollpatschig an. Der Ritter beschimpfte den ängstlichen Knaben, der den Schimmel nicht zu bändigen verstand. »Pass gefälligst auf, dummer Kerl! Ich habe nicht umsonst auf dem Markt einen so hohen Preis für die Stute bezahlt. Sie ist ein wertvolles arabisches Vollblut!« Die Schimmelstute schnaubte wie zur Bestätigung, rollte die Augen und schlug heftig nach hinten aus. Der Bursche zog vergeblich am Zügel, doch die Stute gehorchte nicht, sie bäumte sich auf und riss sich los. Wolfram sprang auf und kam dem Burschen zu Hilfe, indem er dem Pferd in die Kandare fuhr. Er packte geschickt die Zügel und ging dann wie selbstverständlich hinter dem Knecht und dem gleichgültig dreinblickenden Ritter auf seinem Schlachtross in dessen Gefolge weiter.

Große Unruhe entstand in diesem Moment vor dem Stadttor. Die Soldaten des Pfalzgrafen erschienen, lärmten und brüllten mit rauen Stimmen die Wachen vor dem Tor an.

Unzweifelhaft hatten sie die Täuschung mit dem Bettler entdeckt. Nicht der Ketzer Wolfram von Hohenberg war ihnen in die Falle gegangen, sondern ein unbekannter, stinkender Tunichtgut, der dessen Kleider trug! Die Blamage vor dem Pfalzgrafen, der den Betrug wahrscheinlich sofort erkannt und sie beschimpft hatte, war beträchtlich. Sein Befehl, den Geflüchteten auf der Stelle dingfest zu machen, bevor er die Stadt verlassen konnte, duldete keinen Aufschub.

Wolfram, dem das Herz bis zum Hals schlug, bemühte sich, seinen Schritt nicht zu beschleunigen. Der Knecht, ein junger Bursche, der froh war, dass der Fremde den widerspenstigen Gaul fest im Zaum hielt, sagte kein Wort. Nur noch wenige Meter, dann würde er das Stadttor hinter sich gelassen haben.

»Halt, edler Herr!«, rief einer der Wächter plötzlich den Ritter an, dessen Passierschein schon kontrolliert worden war. »Wer ist der Mann da – in Eurer Gefolgschaft?« Er deutete auf Wolfram. Der Ritter schlug seinen schweren weißen Umhang zurück, auf dem ein schwarzes Kreuz prangte, und wandte sich träge herum. »Das ist mein Bursche!«, rief er zurück. »Das siehst du doch.« Sein Blick fiel auf Wolfram, der sich dicht an den Leib der Schimmelstute drückte, als könne er sich dadurch unsichtbar machen. Er zog die Augenbrauen zusammen und wies mit dem Finger auf ihn. »Aber den Kerl da kenne ich nicht. Haltet ihn zurück! Der Mann hat sich bei mir eingeschlichen. Ihr habt ja ein schönes Gesindel in der Stadt!«

»Stehen bleiben!« Der Stadtwächter näherte sich mit schweren Schritten, die Hellebarde drohend erhoben. Die Soldaten des Pfalzgrafen hatten sich in einer Linie hinter ihm aufgereiht. »Haltet den Kerl da!«, schrie der Kommandant. »Das ist der gesuchte Ketzer!«

Wolfram fuhr zusammen und sah sich nach allen Seiten um. Es schien unmöglich zu flüchten. Der Weg in die Stadt war versperrt – aber auch wenn er in der anderen Richtung ins freie Feld davonlief, würde man ihn bald eingeholt haben. Vor ihm hatte sich jetzt auch der Ritter des Deutschordens drohend auf seinem schweren Ross aufgebaut. Ein tollkühner Gedanke durchzuckte Wolfram, und ohne lange zu überlegen, schwang er sich mit einem geschickten Satz auf den Rücken der Stute, die erschrocken den Kopf zurückwarf. Nur eins konnte ihn jetzt noch vor Verhör, Folter und Gefängnis retten: die Flucht! Er hieb dem temperamentvollen Pferd die Fersen in die Weichen. Das empfindsame Tier bäumte sich auf und ruderte mit den Vorderhufen in der Luft, doch Wolfram folgte geschickt der Bewegung. Das schwere Ross des Ritters buckelte wiehernd voran und hätte seinen Reiter fast abgeworfen. Die Soldaten und der Wächter sprangen mit einem Aufschrei zur Seite und machten den Weg frei. Wolfram hatte Mühe, sich im Sattel zu halten, als die Stute in rasendem Galopp wie ein Pfeil mit ihm davonschoss.

5. Kapitel

Der Tag war erwacht und die Sonne aufgegangen. Ihr Glanz fiel über das abgemähte Feld und ließ die Stoppeln in mattem Gold schimmern. Doch dann verschwand sie plötzlich hinter einer Wolke und ein kühler Wind erhob sich. Sigurd zögerte plötzlich und schob Emma mit einem Seufzer des Bedauerns von sich. Er musste sich zusammenreißen, denn es war gefährlich, was er da tat. Es durfte nicht sein. Sein Vater Friedhelm würde ihn verprügeln und hinauswerfen, wenn er hörte, dass er sich an Emma herangemacht hatte. Dann war sein Traum von Anerkennung, Rittertum und Erbe endgültig vorbei. Für eine Weile hatte ihm die Schönheit des Mädchens beinahe den Verstand geraubt. Emma öffnete die Augen, als käme sie von weit her. Sie war von einem bisher unbekannten Gefühl erfüllt. Noch nie hatte sie sich so lebendig gefühlt, ihre Weiblichkeit so sehr gespürt, die Verführungskraft, die sie besaß und derer sie sich gar nicht bewusst gewesen war. Doch Sigurd hatte so plötzlich von ihr abgelassen, dass sie nur mühsam ihr Gleichgewicht wiederfand. Sie holte tief Luft und lachte verlegen. »Nächstes Mal müsst Ihr Euch mehr anstrengen, Sigurd, wenn Ihr gewinnen wollt!«

»Ihr seid nicht nur schön, sondern habt auch Mut!«, erwiderte

Sigurd, ohne sie anzusehen. »Verzeiht mir mein schlechtes Benehmen – die Küsse, die ich Euch geraubt habe. Es soll nicht wieder vorkommen. Vergesst meinen Moment der Schwäche.« Er fügte hastig hinzu: »Und sagt vor allem dem Oheim nichts davon.«

Emmas leuchtender Blick, mit dem sie ihn ansah, verlor an Glanz. Sie senkte den Kopf und versuchte sich den Anschein von Gleichgültigkeit zu geben. »Ich weiß nicht, was Ihr meint. Ihr habt mich nur aufgehoben, als ich vom Pferd gefallen bin. Dabei sind wir uns zufällig ein wenig zu nahe gekommen. Es hat nichts zu bedeuten …«

»In der Tat – es hat wirklich gar nichts zu bedeuten!« Sigurd nickte erleichtert und strich sein Haar aus der Stirn. »Ich bin froh, dass Ihr es so seht! Verzeiht meinen Fehler.« Unsicher, als habe er Angst, sie noch einmal zu berühren, fügte er hinzu: »Lasst uns zurückreiten.«

Emma nickte. Sie spürte eine plötzliche Leere in ihrem Innern – die gleiche Leere, die sie eben in Sigurds Gesicht und in seinen Augen gelesen hatte. Alles erschien ihr mit einem Mal in einem anderen Licht, trüb und verzerrt. Aber wenn das nicht Liebe war, was war es dann, was sie für einen kurzen Moment gefühlt hatte? Nachdenklich zog sie sich in den Sattel auf Aldanas Rücken. Schweigend ritten sie nebeneinander her zur Burg zurück. Sie mussten die Pferde in den Stall bringen, bevor man etwas von ihrem heimlichen Ausflug bemerkte. Sigurd sah von der Seite her verstohlen zu Emma hinüber. Friedhelm kümmerte es normalerweise nicht, mit welchem Mädchen er sich abgab, wenn er ihm nur gehorchte, aber mit der Tochter seines Vetters war das etwas anderes. Insgeheim hasste ihn Sigurd, vor allem, weil er ihn ständig wie einen Sklaven und nicht wie einen Sohn behandelte. Doch die Aussicht, kein Bastard mehr, sondern ein legitimer Nachfolger zu sein, den Titel eines Freiherrn von Hunoldstein zu erben – dies alles ließ ihn sich ducken, alles ertragen und ausharren. Er wusste, wenn er auch nur mit einem

Wort oder einer Tat den Vater verstimmte, würde dieser ihn fortjagen wie einen räudigen Hund. Tief aufseufzend ergab er sich in sein Schicksal. Es würde ihm schwerfallen, Emma in Ruhe zu lassen. Sie war anders als alle Frauen, die er jemals besessen hatte. Immer noch spürte er ihre Küsse in seinem Blut, die Ungezwungenheit und Wildheit, die in ihr wohnte und deren Zauber er sich nicht entziehen konnte. Sie reizte ihn umso mehr, weil er sie nicht haben konnte. Aber der Vater hatte ihn mehr als einmal ermahnt, sich auf Schrockenstein tadellos zu benehmen. Dieser alte Bock – wer wusste, was er vorhatte, was in seinem Kopf vorging. Er war Witwer und vielleicht hatte er selbst ein Auge auf das junge Mädchen geworfen.

Ohne sich nach ihm umzusehen, sprang Emma von ihrem Pferd, sattelte selbst ab und übergab Aldana dem Stalljungen, der gerade ausmistete und Futter austeilte. Beim Verlassen des Stalles stellte sich ihr Sigurd mit flackerndem Blick in den Weg. Er kämpfte gegen den nahezu unbezwingbaren Wunsch, sie erneut in die Arme zu schließen. Zum Teufel mit dem guten Benehmen, den Ratschlägen seines Vaters Friedhelm, des alten Schwätzers! »Emma«, begann er, doch das Mädchen drängte sich rasch an ihm vorbei, ohne ihn anzusehen. »Ich muss dir etwas sagen!«, rief er ihr nach. »Es ist nicht so, wie du denkst, ich …« Doch sie hörte ihm nicht zu und schloss die Tür vor seiner Nase. Sigurd stieß einen Fluch aus. Er hatte verspielt – sich im Gegensatz zu seinen üblichen Affären dumm und ungeschickt angestellt. Konnte er das wiedergutmachen? Aber war es überhaupt wert, den Zorn des Vaters Emmas wegen auf sich zu ziehen – seine Zukunft zu verderben?

***

Aufgeregt und erwartungsvoll ritt Ekart dicht an der Seite seines Vaters, der voller Tatendrang war, aber trotzdem sehr gelassen wirkte. Schließlich hatte dieser schon an mehreren Kreuzzügen teilgenommen und war als Pilger auch schon im Heiligen Land gewesen. Ein kleiner Tross folgte ihnen: Knechte mit Ersatzpferden und Maultiere, die das umfangreiche Gepäck trugen.

Nachdem die Abstimmung zur Neuwahl eines Papstes ausgesetzt worden war, hatte Ethelbert Konstanz enttäuscht verlassen. Es sah so aus, als würde sich die Lösung der Kirchenspaltung noch länger hinziehen, da die Konzilsmitglieder nicht in der Lage waren, sich zu einigen. Papst Johannes, der einzige der drei rivalisierenden Päpste, der persönlich nach Konstanz gekommen war, hatte sich rasch wieder davongemacht, weil man ihn wegen seines unsittlichen Lebenswandels angeklagt hatte. Die ganze Stadt befand sich nach der Verbrennung von Jan Hus in Aufruhr, die Gemüter waren erregt. Das Urteil überschattete das Konzil, aber da Ethelbert aufseiten der Kirche stand, sah er die Strafe als gerecht an. Jan Hus hatte schließlich den Klerus seit Jahren mit seinen Predigten provoziert, beleidigt und die Heiligenverehrung und den Ablass als Humbug bezeichnet. Für Ethelbert war er nur einer der vielen Wanderprediger, die sich wichtigmachten, um dann als Märtyrer hingestellt zu werden.

Sein Sohn Ekart teilte nicht ganz seine Meinung. Die abscheuliche Prozedur der Verbrennung des Reformers in Konstanz hatte ihn tief erschüttert. Als der Vater zur Abreise drängte, war es ihm ganz recht, den Ort dieses unbegreiflichen Geschehens wieder zu verlassen. Die neuen Eindrücke und die Vorfreude, im Heiligen Land zum Ritter geschlagen zu werden, verdrängten bald die grausamen Bilder.

Als sie die Alpen erreichten und viele Meilen über steiles und bergiges Gelände ritten, spürte er zum ersten Mal, dass er sich seine Ritterehre mit viel Schweiß und Anstrengung würde verdienen müssen. Bei Hitze und strömendem Regen ging es mit dem Führer durch Schluchten und über schwindelerregende

Höhen. Auf gefährlichen und abschüssigen Pfaden voller Schotter in unwegsamem Gelände mussten sie oft absteigen und die Pferde und Maultiere führen.

Dem Vorbild des Vaters folgend, biss Ekart die Zähne zusammen und dachte mit einem unruhigen Vorgefühl an das, was noch vor ihm lag: Die Schiffsreise auf dem Meer ins Heilige Land! Die reich ausgeschmückten Erzählungen und Berichte von Pilgern, die in der Ritterschaft die Runde machten, sprachen von vielen Gefahren. Da war von Stürmen, von Piratenschiffen die Rede und vor allem von einem Seeungeheuer, das mit seinem riesigen schnabelförmigen Maul Schiffe aufschlitzte und zum Sinken brachte, wenn man ihm nicht geradewegs ins Auge blickte.

Sein Vater Ethelbert dagegen war guter Dinge, er fürchtete weder das Meer noch Piraten oder Krankheiten. Immer schon hatte er sich mit Leidenschaft in jedes neue Abenteuer gestürzt, ohne groß darüber nachzudenken, was geschehen konnte. Sein Sohn war ein wenig bedächtiger, dünnhäutiger und vorsichtiger. Am Abend, wenn sie in der Herberge Rast machten und zur Ruhe kamen, überfiel Ekart das Heimweh, die Sehnsucht nach dem Vertrauten, nach der Mutter und der Schwester. Emma und er waren bisher immer unzertrennlich gewesen, sie hatten Freud und Leid miteinander geteilt und er vermisste sie sehr. Mit dem Vater konnte er natürlich nicht über seinen Seelenschmerz sprechen, der würde glauben, er wäre zu weich und er müsste ihn noch härter anpacken.

Als sie bei Treviso die Ebene erreichten, wurde es langsam wärmer und die Reiter konnten ihr Tempo verdoppeln. Das bergige Bild der Landschaft hatte sich zu waldigen Hügeln und grünen Wiesen gewandelt. Schon am frühen Morgen brannte in dieser Gegend die Sonne heiß herab. Ekarts an der Brust verstärktes Hemd, der ungewohnte Hut und wollene Pilgerumhang sowie das Kurzschwert an seiner Seite drückten ihn, aber es schien ihm unehrenhaft, etwas davon abzulegen. Sie rasteten an einem Gasthof, der an einem Fluss lag, und stellten die Pferde dort bis zur Rückkehr ein.

In der Morgendämmerung des nächsten Tages ging es dann bei frischem Wind mit einer Barke weiter, die sie bis zur Flussmündung ins Mittelmeer brachte. Am blendenden Horizont zeichnete sich wie mit Zauberhand plötzlich eine unwirklich scheinende Kulisse auf dem Wasser ab. Das Märchenbild Venedigs mit seinen Palästen und Kirchen tauchte wie eine Fata Morgana vor den staunenden Augen der Pilger auf. Mit einem Schlag hatte Ekart alle Beschwerlichkeiten der Reise vergessen. Staunend betrachtete er die farbenprächtigen Paläste, die goldenen Kuppeln und die in der Sonne glänzenden Türme. Auf dem Canal Grande fuhren sie weiter, unter der Rialtobrücke hindurch, direkt bis zu ihrer Herberge. Im Vergleich zu den grauen Mauern der befestigten Städte daheim, der grünen, waldreichen Umgebung und den Trutzburgen auf felsigem Gelände wirkte Venedig auf Ekart wie eine unwirkliche Stadt aus einem Märchenbuch.

Nach dem Ausladen des Gepäcks stärkten sie sich in der Unterkunft mit einer wohlschmeckenden Mahlzeit und suchten bald darauf todmüde ihre Betten auf.

Am nächsten Morgen wurde Ekart schon in aller Frühe vom Vater geweckt, den es zum Hafen zog. Er wollte dort nach einem Reeder und einer stabilen Galeere Ausschau halten und sich die besten Plätze sichern. Für den Zauber und die Schönheit der in der Lagune errichteten quirligen Stadt, die seinen Sohn so anrührte, hatte er kaum einen Blick. Ihn beschäftigten vielmehr die praktischen Dinge, die vor der Abfahrt zu erledigen waren. Mit lauter Stimme rief er im Hafen nach einem Patron, dem Kapitän einer Galeere, um mit ihm den Reisevertrag abzuschließen. Dieser war dann auch bald gefunden. Aber nun mussten noch die Einzelheiten verhandelt und um den Preis gefeilscht werden. Für ein Extrahonorar bot der Patron regelmäßige Mahlzeiten an Bord an und die Bereitstellung eines Dolmetschers, genannt Dragoman. Ferner sollten bei der Ankunft im Hafen von Jaffa Esel mit Treibern und ein bewaffneter Geleitschutz für den Weg nach Jerusalem bereitstehen.

Nach und nach erschienen nun weitere Pilger am Hafen, unter denen sich ein Priester und ein Bettelmönch befanden. Auch eine Gruppe dunkelhäutiger Männer in weißen Burnussen mit ihren Dienern und verschleierten Frauen zeigten Interesse an der Überfahrt. Vorerst hielten sie sich jedoch abseits. Einer von ihnen, ein Mann mit einem großen Turban, an dem eine auffallende Brosche prangte, musterte die Christen mit grimmigen und abschätzigen Blicken. Ekart griff automatisch nach seinem beschützenden Glücksbringer, einem wertvollen Kreuz, das er um den Hals trug. Es war mit Granaten und Smaragden besetzt und in der Mitte seiner hohlen Glasfläche befand sich ein winziger Fetzen vom Grabtuch des heiligen Petrus – eine kostbare Reliquie, die ihm der Vater von seiner ersten Pilgerfahrt mitgebracht hatte.

Nach dem erfolgreichen Abschluss des Vertrages musste an die Vorräte für die lange Schiffsreise gedacht werden. Die Knechte Ethelberts besorgten in der Stadt getrocknetes Rauchfleisch, Fladenbrot, harten Biskuit und schafften kleine Fässchen Wein und Wasser herbei. Alles wurde bis zum Auslaufen des Schiffes vorsorglich im bewachten Lagerraum des Patrons deponiert. Ekart wunderte sich, wie leicht man diese notwendigen Dinge für die Seereise in den Läden von Venedig kaufen konnte. Aber die unablässigen Pilgerfahrten der Christen nach Jerusalem hatten sich für die Venezianer – ebenso wie für die Muselmänner im Heiligen Land – zu einem florierenden Handelszweig entwickelt, der ihnen viel Geld einbrachte. Die Stadt war auf die Bedürfnisse der Pilger eingerichtet und man stellte sogar Eselskarren für den Transport der Ware zur Verfügung.

Auf der Liste des Vaters standen noch weitere Einkäufe für die Bedürfnisse des täglichen Lebens an Bord. Matratzen, Bettsäcke, Harngläser, Küchengeräte und Geschirr wurden angeschafft, zusammen mit zwei verschließbaren großen Truhen, die zur Aufbewahrung und als Schlafstatt dienen sollten. Ethelbert versteckte heimlich noch zwei Dolche und schmale Kurzschwerter im Bettzeug, obwohl er wusste, dass es den Pilgern nicht erlaubt war, Waffen mit ins Heilige Land zu nehmen. Trotz des bewaffneten Begleitschutzes konnte man dort auf umherziehende Banden, Diebe und Christenhasser stoßen. Ethelbert hatte seinem Sohn eingeschärft, sich vorzusehen, immer den leichten Brustpanzer anzulegen und niemandem zu trauen. Zahllose unbekannte Gefahren konnten überall in der Fremde auf einen lauern.

Ermattet vom Palavern in der ungewohnten Sprache, dem Diskutieren, Handeln und Vorbereiten, begaben sich Ethelbert und Ekart bald wieder zurück in die Herberge. Ekart machte sich daran, den Schiffsplan abzuzeichnen, und beschäftigte sich mit der Route der Galeere, deren Weg an Sizilien, Griechenland, Rhodos und Zypern vorbei bis zum Zielhafen Jaffa gehen sollte. An einigen Inseln würde man anlegen, um frisches Wasser aufzunehmen und Proviant und Wein bei den Einheimischen zu kaufen. Man hoffte auf ruhiges Meer, guten Wind und eine angenehme Überfahrt.

Vor dem Auslaufen des Schiffes blieb jetzt noch Zeit, sich in Venedig umzusehen. Mit einem Führer begaben sich Ekart und sein Vater zuerst in die Kirche Sankt Jeremia, wo der erste Bischof von Venedig, der heilige Magnus, einst gewirkt hatte. Man sagte, dass von seinem dort unversehrt aufbewahrten Leib magische und beschützende Kräfte ausgehen sollten. Sie berührten die heilige Stätte mit zuvor erworbenen kleinen Schmuckstücken aus Murano-Glas und baten am Altar um Schutz und das gute Gelingen der Reise. Die Pracht der

Ausstattung, die wertvollen in Gold eingefassten Reliquien der Heiligen und die lebendigen Wandmalereien biblischer Szenen beeindruckten Vater und Sohn sehr. Aber sie genossen auch die Stille in der Kirche – denn draußen stürmte unablässig ein Wirbel von Eindrücken, Stimmen, Farben und Gerüchen auf sie ein. Kaum trat man in irgendeine Gasse, so war man schon umringt von Händlern, die laut schreiend ihre Ware anpriesen.

An den Marktständen auf dem Markusplatz ging es noch turbulenter zu. Orientalische Waren und exotisch duftende Gewürze wurden mit lautem Geschrei angepriesen. Die Pilger wussten nicht, wohin sie zuerst schauen sollten. Salben und Öle, Stoffe und Seidentücher sowie fein ziselierte Silberschalen, Edelsteine und edler venezianischer Schmuck warteten auf Käufer.

Großes Erstaunen riefen auch die mit Metall verzierten und von einem Baldachin überspannten kleinen Boote hervor, die durch die engen Kanäle glitten. Sie wurden von stehenden Ruderern gelenkt und setzten vornehme Venezianer direkt an der Tür ihrer ins Wasser gebauten Palazzi ab. Heimlich und mit klopfendem Herzen sah Ekart den bildschönen, freizügigen Venezianerinnen nach, die durch die Gassen promenierten und ihm unter ihrem Schleier zuzulächeln schienen. Mit ihrer Eleganz und den Wohlgerüchen, die sie umgaben, wirkten sie auf ihn wie feenhafte Wunderwesen. Es war eine neue Welt, die sich vor ihm auftat, eine Welt, die bisher nur in seinen Träumen geherrscht hatte.

Die allerletzten Einkäufe wie lebende Hühner in Käfigen, frisches Brot, Eier, Käse, Konfitüre und in Zucker gekochte getrocknete Früchte sowie Kerzen und Feuerzeuge konnten erst dann getätigt werden, wenn der Patron den endgültigen Abfahrtstermin bekannt gab. Bis dahin hieß es sich zu gedulden. Immer noch war die Galeere wegen verschiedener Reparaturarbeiten nicht auslaufbereit. Es handelte sich um ein stattliches und großes Schiff, und wenn man dem Schiffseigentümer Glauben schenken wollte, hatte es diese

Fahrt schon über zwanzig Mal unternommen.

Ethelbert zählte zufrieden seine Münzen nach. Sein Lederbeutel war ziemlich schwer. Außer dreihundert Dukaten befanden sich auch eine beträchtliche Anzahl Marzellen und Margetten darin – eine Währung, die vor allem die Griechen und Heiden im Heiligen Land gerne nahmen. Er teilte die Summe. Auch Ekart sollte sein Geld während der ganzen Reise in einem Lederbeutel um den Hals tragen. Den Rest der Summe schloss er in die Truhe.

Ethelbert vermied es, sich mit den übrigen Gästen der Herberge zu sehr anzufreunden. Die einfache Pilgergruppe und der Priester, die sich ihnen bei Besichtigungen anschlossen, schienen unteren Standes zu sein, wie man an ihren groben Beinkleidern und den schlichten wollenen Umhängen mit spitzen Kapuzen erkennen konnte. Außer ihnen hatten sich noch drei in bürgerliches Tuch gekleidete Kaufleute mit kurzen Röcken und runden Hüten für die Fahrt mit der Galeere eingeschrieben. Sie trugen dicke Ballen leerer Sackleinwand mit sich, die sie vermutlich mit Gewürzen oder besonderen Spezereien des fremden Landes füllen und zurückbringen wollten. Seiner gewohnten Autorität vertrauend, hatte Ethelbert vom Kapitän gleich die größte Fläche der abgesteckten Schlafplätze auf dem Unterdeck gefordert und dies mit guten Goldmünzen bekräftigt. Der Oberste der Arabergruppe hatte Widerspruch dagegen eingelegt, da er für sich und die Seinen ein Zelt aufzuschlagen gedachte. Nach langen Debatten räumte der Patron den Arabern dann einen etwas größeren Platz ein, ohne dass Ethelbert etwas abtreten musste.

Da sich die Reise wegen des ungünstigen Windes verzögerte, blieb nun noch genügend Zeit, weitere Besichtigungen zu unternehmen, Kirchen und Klöster zu besuchen, in denen die Gebeine diverser Heiliger oder andere Reliquien aufbewahrt wurden. Die prächtige goldverzierte Kirche San Marco und der anschließende Dogenpalast mit seinen Pfeilern und Kapitellen hatten es Ekart besonders angetan. Und er war wie sein Vater tief ergriffen, als sie das Wunder des heiligen Simeon von Zara sahen, dessen Körper die Verwesung nichts anhaben konnte.

Endlich kam der Tag, an dem die Galeere bereit zum Einsteigen war. Sie lag draußen im Meer bei Sankt Niclas, in der Nähe der Kastelle, und die Pilger betraten erwartungsvoll die große Barke, die sie hinausrudern sollte. Der Wind war gut, die Segel blähten sich und die Rudersklaven legten sich fest in die Riemen, um den Hafen zu verlassen. Auf der Galeere angekommen, begab sich ein Teil der Passagiere gleich zum Oberdeck, wo sich am Heck in einem kleinen mehrstöckigen Kastell die Kajüte des Kapitäns befand. Direkt daneben war der Platz des Steuermanns. Ekart sah auf die glitzernde Wasseroberfläche, nahm seine Kopfbedeckung ab und ließ seine dunklen Locken im Wind wehen. Ein Gefühl der Freiheit überkam ihn. Die Wellen leckten leise schmatzend am Rumpf des Schiffes und es zog leicht schwankend, aber mit vollen Segeln auf die See hinaus. Eine aufkommende frische Brise wehte ihm die Gischt ins Gesicht und er spürte den Salzgeschmack des Meeres auf den Lippen. Versonnen blickte er auf die sich langsam entfernenden Kuppeln und Kirchen von Venedig, die wie eine geheimnisvolle und unwirkliche Kulisse am Horizont verschwanden. Der Himmel war klar, die Wellen brachen sich schäumend im Sonnenlicht und der kräftig blasende Wind brachte sie rasch vorwärts. Plötzlich waren alle Zweifel verschwunden. Er fühlte sich frei und stark genug, bereit, es mit jeder Herausforderung, jedem Abenteuer, das ihn in der unbekannten neuen Welt erwartete, aufzunehmen.

***

»Haltet den Mann!« Die Soldaten des Pfalzgrafen warfen sich auf ihre Pferde und stürmten dem Flüchtenden nach. Wolfram galoppierte blindlings vorwärts, über die große Brücke, den

Weg am Wasser entlang und dann über Wiesen und Kornfelder, hinter denen ein dichtes Waldgebiet lag. Die Stute war vollblütig, temperamentvoll und wendig. Ein Schenkeldruck genügte jetzt, um sie zu einem Tempo anzutreiben, bei dem ihre Hufe flogen und kaum den Boden zu berühren schienen. Im Wald lenkte er sie in vielen Windungen geschickt durch Büsche und Bäume hindurch.

Bald hatte er seine Verfolger in unwegsamem Gelände abgeschüttelt. Die Stute zitterte am ganzen Körper, als sie schließlich schaumbedeckt, mit geblähten Nüstern, den Atem wie Dampf heftig ausstoßend, an einer von der Sonne erhellten kleinen Lichtung stehen blieb. Wolfram selbst war in Schweiß gebadet, als er sich aus dem Sattel gleiten ließ. Er führte das aufgeregte Tier im Kreis, bis es sich beruhigt und ausgeschnaubt hatte. Dann sah er sich um. Er hatte keine Ahnung, wo er sich befand und in welcher Richtung der Fluss oder gar der Bodensee sein konnte. Er setzte sich auf den Waldboden und ließ die Stute auf der kleinen Wiese der Lichtung eine Weile grasen. Tastend fühlte er unter dem Hemd nach dem Geldbeutel, seinem Schwertgürtel und der Hülse mit den Thesen Wyclifs. Alles befand sich noch an seinem Platz. Ihn ekelte vor den stinkenden Lumpen, die er trug. Eine Weile lauschte er in den Wald hinein. Nur Vogelgezwitscher und das Rauschen des Windes in den Bäumen waren zu vernehmen. Ein aufkommendes Hungergefühl stillte er mit ein paar Beeren, die er in den umliegenden Büschen fand, und seinen Durst an einem kleinen Bach in der Nähe.

Nach der Rast ritt er weiter. Das undurchdringliche Dickicht, die hohen Bäume, die sich über ihm schlossen und die sich, soweit er sehen konnte, über Berg und Tal hinzogen, schienen kein Ende zu nehmen. Bis jetzt war ihm noch kein lebendes Wesen begegnet – niemand, den er nach dem Weg oder der Richtung fragen konnte. Nur fort wollte er in diesem Moment

– weg vom Konzil und den Häschern, die ihn suchten. Aber wo sollte er vorläufig Unterschlupf finden, eine Weile unauffindbar bleiben, bis sich die Aufregung über seine Parteinahme für Jan Hus gelegt hatte? Erst dann war es möglich, das Dokument Wyclifs unversehrt nach Böhmen zu bringen. Er war erschöpft, hungrig und durstig, und als die Dunkelheit hereinbrach, blieb ihm nichts anderes übrig, als die Nacht im Wald zu verbringen. Fröstelnd hüllte er sich in die bestickte Pferdedecke, die auf dem Rücken der Stute gelegen hatte, baute aus Moos ein Lager und kauerte sich in eine Mulde unter einer großen Tanne. Er konnte jedoch kaum schlafen und war bereits vor Morgengrauen wieder auf den Beinen und im Sattel.

Die Richtung nach dem Stand der Sonne bestimmend, ritt er nach Osten. Bald lichtete sich der zuvor noch unabsehbare Wald und ein liebliches kleines Tal tat sich vor ihm auf. Vieh weidete auf den Wiesen und das anhaltende Blöken einer Kuh wies darauf hin, dass sie noch nicht gemolken war. Freudig hielt er auf ein schmuckes Häuschen zu und klopfte vorsichtig an die Tür.

Als sich niemand meldete, stellte er fest, dass sie nicht verschlossen war. Übler Geruch schlug ihm beim Öffnen entgegen und als er in die Stube trat, sah er ein wüstes Durcheinander. Geschirr und von Ratten angenagte Lebensmittel lagen am Boden verstreut, auf dem Tisch standen Teller mit den Resten eines Mahls, in denen Maden wimmelten. In der großen Küche hing noch der Kessel mit einer trüben, stinkenden Suppe darin über der erkalteten Feuerstelle. Entweder waren die Bewohner dieses Hauses einem Raubüberfall zum Opfer gefallen, oder sie hatten aus einem anderen Grund Hals über Kopf die Stätte verlassen. Vorsichtig erklomm er die hölzerne Stiege zu den Schlafräumen und prallte entsetzt zurück. Unter der Bettdecke des ersten Zimmers lagen die halb verwesten Leichen zweier Kinder, die Gesichter schwärzlich verfärbt. Gleich daneben in einer Wiege fand sich ein toter Säugling. Waren sie Opfer der Pest, die immer wieder in Dörfern und Städten aufflackerte? Schickte der Himmel eine neue Epidemie, die halbe Landstriche ausradierte und vor der niemand sicher war? Ein paar Ratten, die Besitz von dem schaurigen Ort ergriffen hatten, huschten schleifend umher. Wolfram presste die Hand vor den Mund. Der Gestank war kaum zu ertragen. Ein Würgen überkam ihn. Rasch stieg er hinab, den Brechreiz unterdrückend. Sich auf das Schlimmste gefasst machend, warf er noch einen Blick in einen Nebenraum. Doch der war leer. Waren die Eltern der toten Kinder geflüchtet und hatten ihr Vieh, ihr Hab und Gut zurückgelassen? Niemand konnte ihm diese Frage beantworten.

Draußen, an der frischen Luft, holte er tief Atem, setzte sich neben dem leise plätschernden Viehtrog ins Gras und dachte nach. Der Hunger wütete in seinen Gedärmen und er wusste, dass er noch einmal ins Haus zurückkehren musste, um nach etwas Essbarem zu suchen.

Nach einer Weile hatte er sich erholt und war so weit, dass er es wagen wollte. Die Speisekammer war verschlossen, doch er spaltete das Schloss mit einem Schwerthieb. Unversehrt hing dort ein luftgetrockneter großer Schinken und auf einem Strohbett lag ein Laib Käse. Auf dem Regal daneben reihte sich eine Batterie Flaschen mit selbst gebranntem Schnaps. Er beschloss, den Schinken, den Schnaps und ein gutes Stück Käse als Wegzehrung mitzunehmen. In der Stube fand er in einer Kommode noch fein zusammengelegte Bauernkleider und eine aus Schafwolle gewirkte einfache Jacke. Er wusch sich am Brunnen, wechselte die alten Lumpen des Bettlers mit der neuen Kleidung, legte seinen Waffengürtel wieder an, hängte sich den Geldbeutel und die Hülse mit den Thesen Wyclifs um und verbarg alles unter seinem neuen Hemd. Endlich war er die stinkenden Fetzen los, die man wohl nur noch verbrennen konnte.

Zögernd betrat er den Stall – doch der war völlig leer. Man

hatte wohl die Tiere frei gelassen, damit sie draußen ihr Futter fanden. Er hörte die Kuh wieder verzweifelt muhen. Rasch holte er eine Schale und ging hinaus, um sie zu melken. Ihr Euter war voll und Wolfram gelang es mühelos, einen Teil der Milch in der Schale aufzufangen. Gierig trank er davon und fühlte sich gleich bedeutend besser. Dann beeilte er sich, den lieblich und einfach wirkenden Ort zu verlassen, über dem jedoch ein böser Fluch zu liegen schien.

Er ritt weiter, stellte aber nach einiger Zeit fest, dass er kaum vorankam und sich fast nur im Kreis bewegte. Wolken verhängten den Himmel und es war nicht möglich, die Richtung nach dem Stand der Sonne zu bestimmen. Zwei Tage lang irrte er so umher und verlor sich immer mehr in unbekanntem Gelände. Von Zeit zu Zeit überfiel ihn die Angst, sich auf dem verlassenen Gehöft mit einer unbekannten Krankheit oder gar der Pest angesteckt zu haben, und er beobachtete die Funktionen seines Körpers auf das Genaueste.

In der zweiten Nacht richtete er sich in einem Heuschober in der Nähe einer Hütte ein. Dort verzehrte er mit gesundem Appetit Scheiben des saftigen Schinkens, die er mit seinem Schwert herunterschnitt. Ein Stück Käse und ein paar kräftige Schlucke aus der Schnapsflasche ließen ihn sein Ungemach vergessen und auf dem Heu bald in tiefe Träume sinken. Am nächsten Tag ging es wieder ohne festes Ziel weiter.

Er durchquerte ein dichtes Waldgebiet, und als er aus diesem herausritt, tauchte in einer Ebene unvermittelt ein mächtiges Klostergebäude vor ihm auf. Ein rettender Gedanke schoss durch seinen Kopf. Ob er dort für eine Weile Zuflucht finden konnte, bis Gras über die Sache gewachsen war und man ihn nicht mehr suchte?

Er vergrub sein Schwert, den größten Teil seines Geldes und die kostbare Hülse der Thesen unter einem Busch in der Nähe von drei Eichen, die etwa hundert Meter vom Eingangstor des Klosters entfernt standen. Mit seinem Messer schnitt er an versteckter Stelle ein Zeichen in die Rinde des Baumes, der dem Busch am nächsten stand. Langsam näherte er sich dann dem imposanten Bau des Klosters und läutete an der Glocke der Pforte. Eine kleine Klappe öffnete sich an der Tür und ein Mönch fragte nach seinem Begehr. »Ich suche in Christi Namen eine Herberge. Zu welchem Orden gehört das Kloster und wie heißt es?«

»Wir sind Augustiner.« Die brummige Stimme des Pförtners klang abweisend. »Und das ist das Kloster zu Beuron. Zieht weiter, Fremder! Seit das Konzil zu Konstanz tagt, sind wir von Obdachsuchenden überlaufen. Sie haben sehr viel Ärger und Unruhe in unser friedliches Kloster gebracht. Der Abt hat beschlossen, niemanden mehr aufzunehmen.«

Er wollte die Klappe gerade wieder schließen, als Wolfram einige Münzen aus der Tasche zog und sie in der hohlen Hand aneinanderklingen ließ. »Wartet, Bruder! Ich zahle auch im Voraus.«

Die helle Musik der Münzen schien dem Pförtner nicht unangenehm zu sein, denn Wolfram hörte, wie er den Riegel der Tür eilends zurückschob. Vor ihm stand ein behäbiger Mönch mittleren Alters in einer braunen Kutte, dessen Auge flink über das Geld in Wolframs nun geöffneter Hand glitt. »Das ist natürlich etwas anderes!« Sein feistes Gesicht verzog sich zu einem freundlichen Grinsen. »Ich sehe, Ihr seid ein ehrlicher Mann und keiner von den Dahergelaufenen oder gar den geizigen Rittern, die alles verlangen, aber nichts dafür geben. Ich bin übrigens Bruder Eusebius.«

»Ihr habt wohl sehr schlechte Erfahrungen gemacht, Bruder Eusebius.« Wolfram drückte ihm eine Goldmünze in die Hand.

»Das kann man wohl sagen«, sagte der Mönch, der das Geldstück von allen Seiten betrachtete. Mit falscher Demut setzt er hinzu: »Materialismus ist uns Brüdern natürlich fremd

– wir dürfen eigentlich nichts annehmen. Aber wir müssen schließlich auch leben. Unsere Gemeinschaft ist gottgefällig, bescheiden. Wir haben strenge Ordensregeln und erwirtschaften fast alles, was wir brauchen, selbst …« Er steckte die Münze rasch ein, bevor Wolfram sie zurücknehmen konnte. »Bete und arbeite, so heißt es. Ihr versteht doch?« Er ging beiseite und ließ Wolfram passieren. »Tretet ein, Herr. Wie ist Euer Name? Und wie lange gedenkt Ihr zu bleiben?«

»Ich … ich heiße Anton Müller, meines Zeichens wohlhabender Kaufmann aus Freiburg«, log Wolfram. »Meine Frau und mein Kind leben nicht mehr. Da habe ich beschlossen, mich von der Welt abzuwenden und Einsiedler zu werden. Auf der Suche nach einem geeigneten Platz, an dem ich eine Kapelle zu Ehren der Muttergottes errichten könnte, sah ich Euer Kloster. Es schien mir wie Gottes Fügung und ich dachte sofort, diesem Kloster das Geld für den Bau der Kapelle zukommen zu lassen.« Er machte eine kleine Pause. »Ich habe in letzter Zeit eine nicht unbedeutende Erbschaft gemacht. Wenn ich in meinem Testament mein gesamtes Vermögen dem Kloster überschreibe, könnte ich mir durch die Gebete der Brüder bestimmt einen Platz im Paradies sichern. Was meint Ihr?«

Der Mönch nickte beifällig. »Ihr tut damit ein gutes Werk.«

»Vorausgesetzt«, fuhr Wolfram fort, »dass ich mich für den Rest meines Lebens im Kloster gut aufgehoben fühle. Es gäbe nur eine einzige Bedingung …«

Der Mönch runzelte die Stirn. »Ihr wollt Bedingungen stellen?«

»Nur eine einzige. Ich hänge sehr an meinem Pferd und möchte es nicht fortgeben. Mit dem Gnadenbrot, ein wenig Heu, einem kleinen Unterstand im Winter und einer Weide im Sommer wäre es sicher zufrieden. Auch wenn mir mein gesamter Besitz, mein Vermögen und meine Erbschaft gleichgültig geworden sind – so bringe ich es doch nicht übers Herz, mich von meinem besten Gefährten, meiner Stute, zu trennen.«

»Ich verstehe. Ihr sagtet etwas von einer Erbschaft – Ihr habt … ein größeres Vermögen?« In den Augen des dicken Mönches blitzte es interessiert auf.

»Oh ja«, seufzte Wolfram mit leidender Miene. »Aber weltlicher Besitz ist mir gleichgültig geworden.«

»Folgt mir. Ich werde mit dem Abt darüber reden. Wir sind in dieser Hinsicht sehr aufgeschlossen und könnten Euer Pferd zu unseren beiden Ackergäulen stellen. Aber sprecht, erklärt mir, wie seid Ihr zu diesem Entschluss gekommen?«

Wolfram trat in den Hof des Klosters und sah sich um. Ein großer Kräutergarten war dort angelegt und ringsum und in Beeten blühten ihm unbekannte Blumen und andere Pflanzen, zwischen denen zwei Brüder Unkraut jäteten. »Schön ist es hier«, sagte er anerkennend, ohne gleich auf die Frage des Mönches zu antworten. Stattdessen entzifferte er den Spruch, der auf einer steinernen Tafel an einer Säule angebracht war. »Das Leben ist wie ein Buch. Immer wenn ein Kapitel endet, beginnt ein neues.« Er lächelte feinsinnig. »Wie wahr, Bruder!« Aus der nahe gelegenen Klosterküche drangen köstliche Gerüche und er fügte schnuppernd hinzu. »Ihr habt hier wohl alles, was Ihr braucht.«

»Gott schenkt es uns – und wir arbeiten mit Fleiß daran. Seht dort – das ist unsere eigene Klosterapotheke. Wir liefern nach Sigmaringen – sogar bis Konstanz und an den Bodensee. Auch unser Bier brauen wir selbst«, sagte der Mönch stolz. »Aber Ihr wolltet mir berichten, wie Ihr zu dem Entschluss gekommen seid, Euch von der Welt abzuwenden.«

Wolfram überlegte kurz. »Wie ich schon sagte: Meine Frau und mein Kind – sie sind an einer Krankheit gestorben. Das hat mich dazu bewogen, auf die irdischen Güter zu verzichten und mich auf das Himmelreich zu konzentrieren.«

»Eine Krankheit? Doch nicht etwa die schwarze Pest?« Die runden Augen des Mönches weiteten sich mit sichtlicher

Furcht. Er trat einen Schritt zurück. »Ihr müsst wissen, dass die Seuche vor Jahren hier schrecklich gewütet hat. Ein Pilger schleppte sie ins Kloster ein. Der damalige Abt und viele Brüder sind daran gestorben.« Er bekreuzigte sich hastig.

»Nein, nein«, beeilte sich Wolfram zu erwidern. »Es war nicht die Pest. Eine … eine ganz andere Krankheit …« Ihm fiel nichts weiter ein und er stockte.

»Doch nicht etwa die Pocken?« Die Augen des Mönches wurden noch größer und sein Doppelkinn begann zu zittern. »Seid Ihr sicher, dass es nicht die Pocken waren? Ihr … könntet den Keim in Euch tragen …«

»Nein, Bruder, Ihr braucht wirklich keine Angst zu haben«, beruhigte ihn Wolfram. »Ich habe schon seit einem halben Jahr keine Familie und keine Nachkommen mehr. Sie starben an Frieselfieber.«

»Gott schütze uns alle vor Krankheit, Unglück und Not«, murmelte der dicke Mönch und bekreuzigte sich erneut. »Ich werde Euch dem Abt Domenikus vorstellen, damit er Euch eine Zelle zuweist.« Er ging Wolfram mit wehender Kutte durch lange Gänge voran und deutete dann auf eine Bank im Vorraum. »Geduldet Euch eine Weile.«

Kurze Zeit später stand er dem Abt gegenüber, dessen Umfang noch gewaltiger war als der des Mönches. Er hatte ein rotes Gesicht, runde Wangen und eine dicke, warzige Nase. »Warum habt Ihr gerade unser Kloster gewählt, mein Herr?«, fragte er mit einem breiten Lächeln und bat ihn in sein Arbeitszimmer.

»Gott hat es mir gewiesen. Und es scheint mir geeignet, hier meine weltlichen Angelegenheiten zu vergessen. Ich würde gerne als Novize bei Euch bleiben.«

»Bruder Eusebius sagte mir, Ihr wolltet Euer gesamtes Vermögen unserem Kloster überschreiben?« Der Abt sah ihn lauernd aus seinen von Fettwülsten umgebenen kleinen Augen an.

Wolfram senkte den Kopf. »In der Tat, das habe ich vor. Ich will den irdischen Gütern entsagen.« Er seufzte. »Es ist alles nur noch eine Last für mich.«

»Sehr lobenswert, mein Herr …«

»Mein Name ist Anton …«

»Wir werden Euch Bruder Antonius nennen. Gebt Euch Mühe, Euch in unsere Gemeinschaft einzufügen. Bruder Magnus wird Euch beim Einkleiden helfen und Euch Eure Zelle zeigen. Übergebt ihm Euer persönliches Besitztum, also alles, was Ihr mit Euch führt.« Er öffnete die Tür und winkte einem Mönch, der in einiger Entfernung wartete. »Die Vesper ist pünktlich um fünf Uhr. Bis dahin könnt Ihr Euch ein wenig im Kloster umsehen. Bruder Magnus wird Euch führen. Und am Abend können wir dann ein Schreiben aufsetzen, mit dem Ihr Euren Willen vor Zeugen kundtut und dem Kloster Euren Besitz überschreibt.«

»Ich danke Euch!« Wolfram verneigte sich. »Gestattet mir jedoch eine kleine Einkehr und Ruhepause, um zu beten und Gott für diesen Fingerzeig zu danken. An dem Ort im Wald, an dem ich eine kleine Kapelle zu errichten gedenke.«

»Ganz wie Ihr wünscht.« Der Abt hatte erstaunt die Augenbrauen hochgezogen. Was für ein frommer Mann! Und er wollte sein Vermögen dem Kloster überschreiben. Den hatte ihm der Himmel geschickt. »Aber seid vor der Vesper wieder zur Stelle«, mahnte er. »Ich kann wegen Euch nicht die Klosterregeln ändern. Und Euer Testament muss noch heute Abend schriftlich festgelegt werden«, sagte er mit gewollter Strenge und entließ Wolfram. Dieser war erleichtert, dass seine Aufnahme ins Kloster ohne größere Umstände vor sich gegangen war. Hier konnte er als Bruder Antonius eine Zeit lang untertauchen und war vor den Schergen König Sigismunds sicher. Wie gut, dass er das Pergament mit den Thesen, die Papiere, die ihn als Wolfram von Hohenberg auswiesen, sein Schwert und seinen Beutel mit dem größten Teil der Münzen im Wald unter einem Busch vergraben hatte. Fürs Erste war er gerettet.

***

Mit ehrerbietig gesenktem Kopf näherte sich ein Diener König Sigismund, der an seinem Tisch saß und sich auf die anstehende Konferenz mit den Vertretern der Kirche, dem Kardinalbischof von Ostia, dem Bischof von Lodi, dem von Concordia sowie dem Erzbischof von Mailand vorbereitete. Alle hatten in Konstanz für die Verbrennung von Jan Hus gestimmt. Eigentlich war es ja seine Absicht gewesen, den fanatischen Wahrheitsfinder zu schonen – aber nachdem außer den Bischöfen und Kardinälen auch Ludwig von der Pfalz und ein Vertreter der ungarischen Interessen für seine Verurteilung gestimmt hatten, war es schwierig gewesen, seine eigene Meinung durchzusetzen. Am Ende war er zu dem Schluss gekommen, dass es die Situation erforderte, ein Exempel zu statuieren. Man musste in dieser Sache hart durchgreifen, damit die ewigen Kritiker des Klerus endlich das Maul hielten. Die Aufrührer, die das Volk unruhig machten, trugen schließlich die Schuld an dem zermürbenden Schisma, der Spaltung der Kirche, und dem ganzen Ärger, den man mit den mittlerweile drei konkurrierenden Päpsten hatte. Gregor XII., der französische Gegenpapst Benedikt XIII. und Johannes XXIII. aus Italien stritten immer noch unerbittlich über die Vormacht.

Sigismund blickte verärgert hoch, denn er wollte in seinen Überlegungen nicht gestört werden. Der Diener behauptete jedoch, der Magister Hieronymus von Prag sei als Abgesandter des Adelsbundes der Stadt Prag gekommen und habe Dringendes mitzuteilen. Eine Audienz sei ihm zugesagt worden. »Führ ihn her!«, herrschte der König unwillig den Diener an. »Aber sag ihm, er möge sich gefälligst kurz fassen. Die Beratungen des Konzils beginnen in einer Stunde.«

Hieronymus trat unter Verbeugungen ein. In der Hand trug er ein mit vierhundertzweiundfünfzig Siegeln versehenes Dokument, das er dem König ehrerbietig überreichte. »Mein Herr und König«, begann Hieronymus. »Man hat mich dazu auserwählt, der Überbringer dieser Schrift zu sein. Mögt Ihr sie gnädig aufnehmen und in Ruhe studieren.«

Sigismund betrachtete das Dokument mit gerunzelter Stirn und überflog seinen Inhalt. Es handelte sich um einen Protest der tschechischen Großen, die erklärten, das Vorgehen gegen Jan Hus sei ein Brandmal und diene zur dauerhaften Schmach gegen Böhmen und Mähren. »Du wagst es«, rief er wütend und warf das Dokument zu Boden, »mir so eine Schmähschrift zu überreichen? Wer bist du – und wie kommst du dazu, dass man dich zu solchen Diensten ausersehen hat?«

»Ich bin ein Prediger der Wahrheit – so wie sie in der Bibel steht. Ein Freund und großer Bewunderer von Jan Hus …«

»Aha«, unterbrach ihn der König, wobei die Röte des Zornes seine Wangen färbte. »Ich erinnere mich sehr gut an das, was man über dich erzählt. Ein Mann namens Hieronymus von Prag wiegelt das Volk mit seinen Reden auf!« Er schlug mit der Faust auf den Tisch vor ihm. »Er predigt in der Universität von Prag, auf den Märkten und Straßen von Konstanz! Ist die Verurteilung von Jan Hus nicht Beispiel genug, was man mit Aufrührern und Falschrednern macht? Hast du keine Angst, dir würde das Gleiche geschehen?«

»Hört mich an, mein König. Meine Absicht ist nicht, das Volk aufzuwiegeln. Ich sage nur die Wahrheit – predige das, was wortgetreu in der Bibel steht. Vielleicht hat man mich deshalb ausgesucht, zu Euch zu gehen, Euch und den Konzilsmitgliedern untertänig vorzuhalten, was der tschechische Adelsbund von Euren Beschlüssen denkt. Man hat die Verbrennung von Jan Hus im Volk als großen Irrtum und schlimme Ungerechtigkeit empfunden.«

»Zum Teufel mit dem Volk und dem tschechischen Adelsbund! Was habe ich mit den ewig unzufriedenen böhmischen Fürsten zu tun? Man kann es ihnen ohnehin niemals recht machen«, fuhr ihn König Sigismund gereizt an. »Seht, was ich mit dem Dokument mache, das Ihr mir übergeben habt.« Er sprang auf und trat die Protestschrift wütend mit Füßen. »Aus meinen Augen! Du bist ein ebensolcher Ketzer wie Jan Hus! Er hat gewagt, meine Entscheidungen und die Unanfechtbarkeit der Beschlüsse der Kirche infrage zu stellen. Wachen!« Die Wachen traten vor. »Führt den Mann hinaus. Sollte er noch einmal in meine Nähe kommen, dann nehmt ihn fest. Und werft dieses Dokument ins Feuer.« Er schob die Protestschrift mit dem Fuß von sich.

Hieronymus von Prag erblasste, als die Wachen ihn packten und gewaltsam hinausschieben wollten. Er wehrte sich. »Mein König!«, rief er mit lauter Stimme an der Tür. »Ich bin weit davon entfernt, Euch verstimmen zu wollen. Hört mich an – ich habe Euch noch weitere Meldungen und Vorschläge des Adelsbundes zu machen. Ich stehe unter seinem Schutz!«

Statt einer Antwort zerrten ihn die Wachen hinweg und beförderten ihn mit einem heftigen Fußtritt auf die Straße. Einer von ihnen knurrte düster: »Der gibt keine Ruhe. Den werden wir bald wiedersehen.« Er wandte sich zu seinem Kumpel und lachte hämisch. »Mal sehen, welchen Ton er anschlägt, wenn ihm die Folterknechte die Daumenschrauben ansetzen.«

Hieronymus taumelte durch die Gassen über den Fischmarkt bis zum Bodensee, der unschuldig und blau in der Sonne lag. Es war mutig gewesen, nach der Verurteilung von Jan Hus noch einmal mit dem König sprechen zu wollen. Aber er hatte es gewagt, obwohl es für ihn schlecht ausgehen konnte. Jetzt war er völlig aufgewühlt und sein Herz klopfte bis zum Hals. Er sah auf den See hinaus und überlegte, was er falsch gemacht und was er dem König noch hätte sagen können. Da näherte sich ihm ein Mann in bürgerlicher Kleidung. Hieronymus hielt ihn für einen Händler und rückte ein Stück von ihm ab. Doch der Mann ließ nicht ab, er trat zu ihm und steckte ihm etwas zu. »Ich soll Euch sagen, Ihr sollt so schnell wie möglich aus Konstanz verschwinden«, flüsterte er. »Das Konzil hat Euren Fall auf die Tagesordnung genommen. Euch droht große Gefahr!«

»Wer seid Ihr – wer hat Euch das aufgetragen?« Hieronymus sah den Mann erstaunt an.

»Ein hoher Herr«, erwiderte dieser, sah sich nach allen Seiten um und war wie ein Geist von seiner Seite verschwunden. Hieronymus sah auf das, was er in Händen hielt. Es war eine Nachricht in lateinischer Sprache. »Flieht, wenn Euch Euer Leben lieb ist.« Seine Kehle wurde eng, ein Schauer lief über seinen Rücken. Von wem war diese Nachricht? Sollte er nicht besser so schnell wie möglich die Stadt verlassen? Aber nein, das sähe aus, als hätte er ängstlich Reißaus genommen! Trotz stieg in ihm auf. So leicht würde er sich nicht niederzwingen lassen.

Langsam, mit erhobenem Haupt, spazierte er zwischen den Ständen auf dem Fischmarkt zurück in seine Herberge. Er würde heute noch auf offener Straße für seine Anhänger predigen.

6. Kapitel

»Wo bist du so lange gewesen?« Im Morgenkleid stand die Mutter wie ein drohender Racheengel vor Emma, als diese die Treppe zu den Gemächern der Burg hinaufstürmte, um so rasch wie möglich ihr Zimmer zu erreichen. Erhitzt und außer Atem blieb Emma stehen. Sie senkte den Kopf und wagte nicht aufzusehen. »Ich bin mit Aldana ausgeritten«, sagte sie trotzig. Ihre blonden Haare waren zerzaust und umwogten offen ihr Gesicht, in dem sich Verwirrung und Erregung spiegelten. Vergeblich versuchte sie, die Bluse über die Abschürfung an ihrem Arm zu ziehen.

»Ich habe dir doch ausdrücklich verboten …« Die Mutter hielt inne, als ihr Blick auf die kleine Wunde fiel. »Du bist ja gestürzt!«, rief sie mit großer Besorgnis aus. Sie fasste Emmas Arm, schob den Ärmel zurück und besah die Verletzung. »Wie oft habe ich dir gesagt, du sollst nicht allein ausreiten«, sie sah Emma prüfend ins Gesicht, »sondern wenigstens einen Knecht mitnehmen. Sieh mich an!«

Das Mädchen schlug zögernd die Augen zu ihr auf und ihr war, als könnte die Mutter mit diesem Blick in ihrem Herzen lesen. »Ich war nicht allein«, gab sie errötend zu. »Sigurd hat mich begleitet.«

»Sigurd? Dieser Bastard – dieser Nichtsnutz? Heimlich – hinter meinem Rücken?« Die Mutter war außer sich. »Wie kannst du nur? Dein Vater wäre damit nicht einverstanden.«

»Was ist schon dabei?«, murrte Emma. »Wir sind spazieren geritten und haben den Sonnenaufgang angeschaut. Das war alles. Dann ist Aldana gestolpert und ich bin gestürzt. Was hast du eigentlich gegen Sigurd? Ich finde ihn sehr nett. Er ist höflich und liebenswert …«

»Liebenswert? Sigurd ist kein Mann für dich, merk dir das! Seine Herkunft ist zweifelhaft. Er hat nichts und er ist nichts. Du weißt, dass ich von den Hunoldstein überhaupt nichts halte. Die haben es mit der Moral noch nie so genau genommen und lebten wie die Hunde auf ihrer verwahrlosten Burg, die jetzt verpfändet ist. Friedhelm ist bis an den Hals verschuldet. Ich bin wirklich nicht begeistert, dass sie ausgerechnet in Vaters Abwesenheit gekommen sind. Aber ich kann sie ja nicht hinauswerfen!« Magdalena holte nach diesem Redeschwall tief Atem. »Friedhelm ist dauernd in Geldschwierigkeiten und Sigurd lässt keine Gelegenheit aus, um mit den Dienstboten zu schäkern. Ich habe ihn schon mehrmals ermahnen müssen, das Küchenmädchen in Ruhe zu lassen.«

Emma durchfuhr es mit einem schmerzhaften Stich. »Das Küchenmädchen? Das glaube ich nicht …«

»Ich werde mal mit Friedhelm ein ernstes Wort reden. Er wird Sigurd schon noch zurechtstauchen …«

»Nein, bitte, Mutter«, flehte Emma, »sag nichts davon zu Friedhelm.« Ihre Stimme erstickte vor unterdrücktem Schluchzen und sie lief durch den Gang in ihr Zimmer und zog die Tür fest hinter sich zu.

Magdalena schüttelte den Kopf über so viel Unverstand. Schon von Kind auf hatte Emma einen ungestümen und leidenschaftlichen Charakter gezeigt und es meist geschafft, ihren Kopf durchzusetzen. Ethelbert, der sonst grob und streng war, liebte Emmas Wildheit, vielleicht, weil dieser Charakterzug seinem eigenen Wesen so nahe kam. Aber dass sich Sigurd jetzt an seine Tochter heranmachte, wäre ihm sicher nicht recht. Auf jeden Fall musste sie die Augen offen halten, solange die Gäste auf der Burg waren. Besser war es jedoch, ihnen nahezulegen, bald abzureisen. Seufzend öffnete Magdalena ihre Hausapotheke und nahm ein Kräuterelixier und eine Heilsalbe heraus. Sie würde Emmas Schürfwunden damit behandeln.

Sigurd, im Gang verharrend, hatte einen Teil des Gesprächs von Mutter und Tochter belauscht. »Hat nichts und ist nichts!« So dachte man also von ihm! Verächtlich zogen sich seine Mundwinkel nach unten. Eines Tages würde er den eingebildeten Schrockensteinern schon noch zeigen, was in ihm steckte! »Wartet nur«, murmelte er leise vor sich hin. Er würde sein Ziel erreichen, denn in Emmas Augen hatte sich genau das gespiegelt, was er schon in den Augen anderer Frauen gesehen hatte. Heute Morgen wäre es ihm ein Leichtes gewesen, sie zu verführen, wenn er nur gewollt hätte. Jede hatte ihm bisher nachgegeben, nach der ihm der Sinn stand! Er schob selbstbewusst die Schultern zurück und strich sich eine widerspenstige Strähne aus der Stirn. Übereilen durfte er jetzt nichts. Wenn Friedhelm ihn einmal als Sohn und Erben anerkannt hatte, würde die Sache viel einfacher sein. Er musste sich gedulden, auch wenn es schwerfiel. Bis dahin konnte er sich ja an der gut gebauten Rosine, der hübschen Küchenmagd, schadlos halten. Er ging hinunter in die Küche, wo Rosine mit der Köchin beschäftigt war, das Essen vorzubereiten. Das Mädchen bekam heiße Wangen, als es ihn sah, und warf ihm kokette Blicke zu. Die kräftigen roten Haare zu einem Zopf geflochten, saß sie auf einem Stuhl und rupfte das Huhn, das sie zwischen den Knien hielt. Der Kuchen, der im Ofen buk, duftete schon köstlich und einladend. Sigurd stellte sich hinter sie, um ihr zuzusehen. »Wenn du mit der Arbeit fertig bist, komm heraus. Ich warte hinter den Ställen auf dich!«, flüsterte er ihr leise ins Ohr. Als die Köchin ihnen den Rücken drehte, fuhr er genussvoll über Rosines wohlgerundete Hüften.

Das sommersprossige Gesicht der Magd rötete sich stärker und ihre Hände begannen unsicher zu werden. Sie legte den Kopf zurück und seufzte leise, während ein Wonneschauer sie überlief. Mit einem raschen Seitenblick sah sie zur Köchin hinüber, die sich gerade darauf konzentrierte, eine Wildpastete mit Pilzen in den heißen Ofen zu schieben. Kühn schob Sigurd seine Hand in den Ausschnitt ihres Mieders. Verwirrt sprang das Mädchen auf und das Huhn landete am Boden. Sigurd zog sich rasch zurück und verließ die Küche, als sei nichts geschehen. Das Mädchen starrte ihm mit offenem Mund nach. Der junge Herr Sigurd gefiel ihr über die Maßen und sie war stolz darauf, dass er sich für sie, ein einfaches Mädchen, überhaupt interessierte. Was er da tat, war zwar nicht erlaubt, aber prickelnd, gefährlich und zugleich so aufregend. Sie schmolz förmlich unter seinen Blicken und Berührungen. Das war etwas anderes als mit den groben Bauernlümmeln, die ihr ungeschickt den Hof machten. Wie hübsch und nobel er war. Seine schlanke Statur, die fein geschnittenen Züge, seine galante Art und herrschaftliche Kleidung. Sie unterdrückte einen erneuten Seufzer.

Die Köchin sah jetzt missbilligend zu ihr hinüber. Sie hatte sich bei der Herrin schon heimlich beschwert, dass der junge Hunoldstein wie der Teufel hinter den Weibern her sei. Sogar im Dorf sollte er sich schon am Brunnen herumgetrieben, mit den Frauen geschwatzt und ihnen angeboten haben, den schweren Krug nach Hause zu tragen. Die Männer sind doch alle gleich, dachte sie, während sie die Magd anherrschte: »Wenn du das Huhn fertig hast, kannst du Wasser für die Suppe aufsetzen und die Bohnen hineingeben.«

Rosine beeilte sich und tat, was ihr aufgetragen war. Sollte sie den jungen Herrn wirklich nachher bei den Ställen treffen

– oder doch lieber die Flucht vor ihm ergreifen? Sonst konnte es ihr so ergehen wie dieser Malwine, ihrer Vorgängerin, die sich mit dem Burgherrn selbst eingelassen hatte. Sie war mit Schimpf und Schande fortgejagt worden, als sie ein Kind erwartete, und Frau Magdalena hatte so getan, als wüsste sie von nichts. Man hatte nie erfahren, was aus ihr geworden war. Rosine legte das Huhn auf ein Holzbrett, nahm es aus und zerteilte es mit einem breiten Messer so, wie die Köchin es ihr beigebracht hatte. Doch sie war nicht recht bei der Sache und schnippelte ungeschickt ein paar Karotten und Zwiebeln in ungleiche Stücke. Wie zärtlich er war – welch gewählte Liebesworte er ihr schon ins Ohr geflüstert hatte. Nie wieder würde ein Mann sie so umwerben. Aber es war gefährlich, sich mit ihm einzulassen. Sie würde es ihm sagen … ihn ein letztes Mal küssen. Sie warf das Huhn mit dem Gemüse in den Kessel. Als die Köchin hinausging, um im Garten Kräuter für die Mahlzeit zu schneiden, entwischte sie rasch. Sigurd stand bereits gelangweilt hinter den Ställen und wartete auf sie. Sein Gesicht erhellte sich, als er sie erblickte. Er schloss sie stürmisch in die Arme und zog sie in den Stall, der um diese Zeit menschenleer war. Rosine wehrte sich, nach allen Seiten spähend. »Herr Sigurd, lassen Sie mich«, stieß sie hervor, »ich muss Ihnen etwas sagen.«

»Nicht hier«, raunte Sigurd. »Komm mit nach oben.« Er deutete auf den Heuboden. »Dort oben hört uns niemand. Da kannst du mir alles sagen.« Er zog sie mit sich die Leiter hoch und erstickte ihre Gegenwehr mit einem heißen Kuss, der dem Mädchen den Atem nahm.

»Aber ich«, versuchte sie erneut und schnappte nach Luft, doch Sigurd hatte sich rasch ins Heu gleiten lassen und sie mitgezogen.

»Noch einen Kuss«, flüsterte er, »dann höre ich dir zu.«

Rosine spürte sein schweres Gewicht auf sich, seine Hände, die hastig und mit geschickten Griffen ihr Mieder aufknöpften und ihre Brüste entblößten. Jetzt fasste seine Hand auch unter ihre Röcke. »Nein«, stieß sie atemlos hervor, »nicht …«

Sigurd küsste sie sanft auf den Mund. »Sei still, mein süßes Schätzchen«, flüsterte er mit verführerisch klingender Stimme. »Oder willst du, dass man uns beide hier erwischt? Das würde doch ein schlechtes Licht auf dich werfen, oder?«

»Aber ich – will das nicht …« Rosines Gedanken verwirrten sich unter den Küssen und sanften Berührungen Sigurds, ihre Glieder wurden schwer, sie wehrte sich nur noch schwach und begann schließlich, seine Zärtlichkeiten zu erwidern.

***

Emma war Sigurd aus dem Weg gegangen, doch ihre Gedanken kreisten ständig um ihn. Die Mutter hatte sie vor ihm gewarnt, doch sie glaubte ihr nicht. Sigurd war ehrenhaft – er hatte an jenem Morgen nicht einmal versucht, seine Schranken zu überschreiten. Was war schon geschehen? Ein paar Küsse, nichts weiter. Was konnte Sigurd dafür, wenn er den Frauen gefiel und sie sich ihm anboten? Im Grunde war er zu bedauern. Er musste sich von seinem grässlichen Vater Friedhelm herumkommandieren lassen wie der letzte Knecht. Nur weil er als Bastard geboren wurde! Dabei war er feinsinnig und liebenswert. Sie nahm sich vor, einmal mit dem Onkel zu sprechen und ihn darauf hinzuweisen, dass es nicht recht sei, ihn so schlecht zu behandeln. Ihn vor allen Leuten zu demütigen und zu beschimpfen. Vielleicht sollte sie es gleich heute tun, denn der Mutter war Friedhelms Anwesenheit lästig und sie würde ihm sicher nahelegen, bald abzureisen.

Von solchen Gedanken bewegt, betrat sie den Stall, um noch einmal nach Aldana zu sehen, die nach ihrem forschen Sprung über den Graben auf dem linken Fuß ein wenig lahmte. Die Stute schnaubte aus, als Emma mit eigener Hand den kühlenden Verband um ihr Bein erneuerte. Sie strich über das seidige Fell der Kruppe und Aldana schnupperte mit ihren samtigen Nüstern an ihrer Hand, in der sie einen saftigen Apfel hielt.

Seufzer, Rascheln im Stroh und das leise Knarren auf dem Heuboden weckten Emmas Aufmerksamkeit. Sie schloss das Gatter, spähte nach oben und stieg dann vorsichtig die Stiege zum Heuboden hinauf. Rosine sprang auf. Mit entsetztem, feuerrotem Gesicht stand sie vor ihr. Die gelösten Haare, in der Strohhalme hingen, umstanden wirr ihren Kopf und sie versuchte vergeblich, ihre nackten Brüste mit dem aufgeschnürten Mieder zu bedecken und ihre Röcke herabzuziehen. Emma musterte sie verwundert. »Rosine! Was machst du denn da oben?«

Das Mädchen schüttelte wortlos den Kopf, warf einen flehenden Blick zum Himmel und kletterte rasch die Stiege hinunter. Erst in diesem Moment erblickte Emma Sigurd, der sich langsam aus dem Heu erhob und seine Kleidung ordnete. Sie starrte ihn an wie einen Geist. Verlegen und mit sichtlichem Unbehagen stand er vor ihr. »Versteh mich nicht falsch, liebste Emma«, brachte er mit einem einfältigen Grinsen hervor, »es ist nicht so, wie du denkst. Ich habe da oben nachgesehen – hörte ein Geräusch …«

»Spar dir deine dummen Ausreden!« Mehr konnte Emma nicht hervorbringen, denn die Tränen schossen ihr in die Augen und ihre Stimme erstickte. Sie lief hinaus, über den Burghof und die schmalen Steintreppen, die nach oben führten. Als sie den Riegel ihrer Zimmertür vorgelegt hatte, brach sie in Schluchzen aus. Die Mutter hatte sich also doch nicht getäuscht. Der nette, liebenswerte Sigurd, der sie so leidenschaftlich geküsst hatte, trieb es mit einer anderen im Heu. Mit der Erstbesten – der Küchenmagd! Wenn sie ihn nur nie wiedersehen würde!

Verärgert stieß Sigurd einen unterdrückten bösen Fluch

aus. Das war gründlich schiefgegangen. Aber wieso hatte er nicht besser aufgepasst! Diese kleine Liebschaft mit Rosine war es doch gar nicht wert, so viel aufs Spiel zu setzen. Jetzt hatte er wohl bei Emma endgültig verloren. Wenn sie das ihrer Mutter und die es seinem Vater Friedhelm erzählte. Der würde ihn halb tot prügeln oder zu den Soldaten schicken. Schon oft hatte er ihm gedroht, ihn als Erben nicht anzuerkennen, wenn er nicht spure und ein tadelloses Benehmen an den Tag lege. Bis jetzt hatte er ihm ja keinen Fehler nachweisen können – und nun das. Ausgerechnet hier auf Schrockenstein, wo Friedhelm und er den besten Eindruck machen wollten. Wenn Emma die Sache für sich behielte, wäre alles in Ordnung. Vielleicht half es ja, ihr zu drohen, dass er der Mutter sonst Einzelheiten über ihren gemeinsamen Ausritt erzählen würde.

Am nächsten Tag passte er Emma ab, als sie mit einem Korb Äpfel am Arm über den Burghof schritt.

»Bitte.« Sigurd trat ihr in den Weg. Seine Stimme klang beinahe flehend. »Lass mich dir die Sache erklären …« Ihren Arm fassend, wollte er die Widerstrebende hinter einen Torpfeiler ziehen.

Emma warf ihm einen vernichtenden Blick zu und riss sich los. »Fass mich nicht an!«, fauchte sie. »Da gibt es nichts zu erklären. Und ich hab nicht die geringste Lust, mit dir zu reden.«

»Hör mir doch wenigstens zu. Es war nicht so, wie es aussah«, versuchte Sigurd es erneut. »Diese Schlampe von Rosine wollte mich hereinlegen – ich schwöre es. Sie … sie hat nach mir gerufen, als ich im Stall war. Ich dachte, dass sie Hilfe braucht. Und … und dann lag sie plötzlich da …«

»Sie lag plötzlich da?« Emmas Stimme klang spöttisch. »Halb nackt? Denkst du etwa, so etwas glaube ich dir? Im Übrigen kannst du machen, was du willst. Mich geht das nichts mehr an.« Ihre Mundwinkel zuckten verräterisch. »Mir tut nur die arme Rosine leid.«

»Rosine ist mir ganz egal. Ich habe mich doch in dich verliebt – und in keine andere. Ich wollte es dir schon bei unserem Ausritt sagen«, stieß Sigurd hastig hervor. »Doch dann wagte ich es nicht. Ich war mir nicht sicher, ob unsere Väter einverstanden sind, wenn ich um deine Hand anhielte. Du weißt doch, wie schwierig mein Oheim ist. Ich wollte warten, bis er mich als Sohn anerkennt. Ich schwöre es dir bei allen Heiligen …«, er senkte schuldbewusst den Kopf, und künstliche Verzweiflung spiegelte sich in seiner Miene, »das mit Rosine war nichts. Zugegeben – vielleicht habe ich ein wenig mit ihr geschäkert. Aus Langeweile. Das hat sie wohl falsch verstanden. Aber mit dir und mir hat das doch gar nichts zu tun.« Er trat auf sie zu und zog sie mit einem kühnen Griff an sich. »Ich will, dass du meine Frau wirst. Noch nie habe ich mir etwas so sehr gewünscht.« Seine Augen senkten sich zwingend in die ihren. »Du liebst mich doch auch, gib es zu!«, flüsterte er heiser, presste sie an sich und suchte ihren Mund.

Emma wehrte sich verzweifelt und stieß ihn so heftig von sich, dass er taumelte. »Im Gegenteil – ich hasse dich!«, stieß sie wütend hervor. »Und glaube dir keine Wort. Mein Vater würde niemals erlauben, dass ich dich heirate – du … du Bastard!« Sie spie das Wort förmlich aus, von dem sie wusste, dass es Sigurd am meisten traf. »Und meine Mutter auch nicht! Wenn ich ihr erzähle, wie du dich benommen hast, wird sie dich und Friedhelm sofort von der Burg jagen. Ihr habt unser Gastrecht verletzt …«

Sigurds Miene veränderte sich und aufsteigender Zorn verzerrte seine Züge. »Ach – so ist das also! Ein Bastard wie ich ist wohl nicht gut genug für dich! Aber wenn du dich so aufführst, werde ich deiner Mutter mal erzählen, was bei unserem Ausritt wirklich geschehen ist. Du hast es doch genossen, in meinen Armen zu liegen! Und vergiss nicht, dass du es warst, die mich zu diesem kleinen Abenteuer überredet hat. Du hast dich mir angeboten, so ist es doch gewesen! Dein Vater würde das wohl nicht gerne über seine Tochter hören, wenn er von seiner christlichen Pilgerreise zurückkehrt.«

»Angeboten?« Emma sah Sigurd mit flammenden Augen an und presste die Lippen zusammen. »Ich?« Sie ließ den Korb fallen, hob die Hand und schlug ihm mit aller Kraft ins Gesicht. Die Äpfel rollten in alle Richtungen davon. In diesem Moment hörte man das langsame Klappern von Pferdehufen. Friedhelm kehrte gerade von dem nahe gelegenen Feld zurück, das der Burgherr als Turnierplatz benutzte. Er hatte an den dort angebrachten Strohpuppen ein paar Übungen mit dem Schwert gemacht, mit Pfeil und Bogen geschossen und seine Pferde trainiert. Ohne auf die wild herumkullernden Äpfel zu achten, wandte sich Emma um und lief blitzschnell davon, während Sigurd verblüfft die Hand auf seine brennende Wange presste.

»Warte nur«, zischte er leise, »ich werde dich schon noch zähmen, du Miststück!«

Schwer atmend und schweißüberströmt sprang Friedhelm jetzt vom Pferd und warf dem Knecht die Zügel zu. Seine Miene drückte Unzufriedenheit aus. Er hatte festgestellt, dass er mit zunehmender Körperfülle immer schwerfälliger und ungeschickter wurde. Die Kraft in Armen und Beinen fehlte ihm. Heute war er nicht einmal mehr ohne Hilfe aufs Pferd gekommen. Das hatte er wohl dem guten Bier und schmackhaften Essen auf Burg Schrockenstein zu verdanken, mit dem er sich während der letzten Tage den Bauch vollgeschlagen hatte. »He, Bastard, was machst du da?«, rief er Sigurd zu, der mit rotem Kopf dabei war, die Äpfel aufzulesen und in den Korb zurückzuwerfen. »Statt mir auf dem Feld die Waffen zu reichen, lungerst du hier faul im Hof herum. Wo warst du die ganze Zeit? Wenn du nur besser gehorchen lerntest!«, schimpfte er, seine schlechte Laune an ihm auslassend. »Aber alles muss man dir dreimal sagen.« Der schwere Schimmel, der sich von dem Splitter im Huf erholt hatte und keineswegs mehr lahmte, schnaubte geräuschvoll aus und der Knecht führte ihn zum Stall. »Schindmähre«, murmelte er hinter seinem Pferd her. »Hat einen so harten Sitz, dass ich mir jedes Mal das Kreuz verrenke, wenn ich ihn reite.«

Er betrachtete neidisch die breitbrüstigen, weitaus edleren Pferde im Stall seines Vetters, die mit ihren ausdrucksvollen Köpfen und schmalen Fesseln bedeutend geschmeidiger wirkten als sein grobknochiger Schimmel. »So etwas müsste man unter dem Hintern haben«, dachte er bei sich, »und nicht diesen alten Klepper.« Er humpelte ächzend und mit griesgrämiger Miene auf Sigurd zu. »Hast du mir wenigstens den Lederriemen am Schild geflickt und das Zaumzeug eingeölt?«, fuhr er ihn an.

Sigurd biss die Zähne zusammen. »Noch nicht – verzeiht, Vater …«

»Nenn mich nicht Vater«, grollte Friedhelm, sich immer mehr in seinen Ärger hineinsteigernd. »Ein Narr wäre ich, wenn ich einen Nichtsnutz wie dich als Sohn und Erben anerkennen würde.« Er stapfte an ihm vorbei. »Los, hilf mir die Stiefel ausziehen. Und bring mir einen kühlen Trunk aus dem Keller.«

Wut und Ärger verbergend, tat Sigurd, wie ihm geheißen. Mit einem tiefen Seufzer streckte Friedhelm sich kurze Zeit später auf dem Lehnstuhl seines Vetters im Rittersaal aus, legte die Füße behaglich auf einen Schemel und nahm einen tiefen Zug aus seinem Humpen. Hier auf der Burg ließe es sich wohl sein. Da konnte er sein halb verfallenes eigenes Gemäuer, in dem sich jetzt sein Todfeind, der Ritter Waldemar von Zug, mit seiner Familie eingenistet hatte, vergessen. Er rückte das Brokatkissen in seinem Rücken zurecht und lehnte sich tief ausatmend zurück.

»Vetter Friedhelm!« Beim Ton der nichts Gutes verheißenden Stimme nahm er sofort die Füße vom Schemel und fuhr hoch. »Es ist an der Zeit, dass wir beide ein Wörtlein miteinander reden.« Magdalena stand mit ernstem Gesicht vor ihm.

Friedhelm verzog sein Gesicht zu einer süßlichen Grimasse und stand auf. »Aber nur zu, geschätzte Magdalena, Engel der wahren Gastfreundschaft. Ich danke Euch für alles. Euer Gemahl kann sich glücklich schätzen. Aber sprecht, sagt mir, was Ihr auf dem Herzen habt.«

»Ihr braucht mir nicht zu danken, Friedhelm. Meine Gastfreundschaft ist selbstverständlich. Aber sie hat auch ihre Grenzen. Ich bin sicher, der Burggraf Gisbert erwartet Euch schon ungeduldig wegen der Regelung der Lehnserhöhung. Ich möchte Euch nicht davon abhalten, in dieser dringenden Angelegenheit gleich morgen weiterzureisen. Kommt wieder, wenn mein Gatte zurückgekehrt ist. Es schickt sich nicht, dass Ihr noch länger bei uns Frauen verweilt. Ihr wisst, was ich meine. Ich habe eine heiratsfähige Tochter. Und Euer Sohn Sigurd ist ein recht ansehnlicher junger Mann.«

»Ihr denkt doch nicht …«, empörte sich Friedhelm.

Doch Magdalena unterbrach ihn mit fester Stimme: »Der Anstand muss gewahrt bleiben. Ich habe schon ein gutes Paket für Eure Zehrung vorbereiten lassen, damit es Euch auf der Reise an nichts fehlt.« Sie lächelte ihn so liebenswürdig wie möglich an.

Friedhelms Mundwinkel fielen herab und er versuchte, seine Enttäuschung zu verbergen. Mit einer höflichen Verbeugung bewahrte er Haltung, so gut es ging. »Ihr habt recht«, gab er mit säuerlicher Miene zu und kratzte mit einem tiefen Seufzer seinen rötlichen Bart. »Ich habe an diesem angenehmen Ort ein wenig die Zeit vergessen. Mein Freund Gisbert erwartet mich sicher schon ungeduldig zur Klärung seiner Sache. Und Euch will ich natürlich nicht länger zur Last fallen.«

Magdalena widersprach nicht. Instinktiv spürte sie eine tiefe Abneigung gegen diesen unliebsamen Verwandten ihres Gatten. Nicht nur, weil er hässlich und ungepflegt war, sondern weil er es sich so ungeniert auf Burg Schrockenstein gut gehen ließ. Doch ihre größte Sorge galt Emma: Sie hatte bemerkt, wie Sigurd sie ansah und wie sie seinen Blick erwiderte. Ihr war nicht ganz klar, was sie von dem jungen Mann halten sollte, aber da sie selbst eine Frau war, spürte sie, wie gefährlich es war, einen solchen Schönling, der zudem noch über Liebenswürdigkeit, Charme und Lebensart verfügte, in der Nähe eines heiratsfähigen jungen Mädchens zu dulden. Sigurds Wirkung auf das übrige weibliche Gesinde war ihr ebenfalls nicht verborgen geblieben. Die Mägde erröteten, kicherten und bekamen glänzende Augen, wenn sie ihn sahen. Es war höchste Zeit, dass Friedhelm und Sigurd verschwanden, denn ihr Gatte wäre niemals damit einverstanden, dass Emma ausgerechnet den Bastard Friedhelms heiratete.

»Herrin!« Die Magd Lene näherte sich ihr mit gekrauster Stirn. »Ist es Euch recht, wenn ich heute serviere? Die Berta ist ganz plötzlich krank geworden. Heute Morgen war sie noch ganz munter – und auf einmal …«

»Was fehlt ihr denn?«, fragte Magdalena besorgt, während Friedhelm sich mit kurzem Gruß empfahl, um seine Sachen zu packen.

»Ich weiß nicht – sie hat plötzlicher Fieber und Halsweh bekommen. Und starke Kopfschmerzen. Sie meint, sie hätte sich verkühlt. Der Sommer ist schließlich fast schon vorbei.«

»Sie soll vor allem im Bett bleiben. Ich habe noch ein paar von den Halspastillen aus der Klosterapotheke. Später werde ich einmal nach ihr schauen. Es wird wohl nicht so schlimm sein«, sagte Magdalena beruhigend. »Und sonst läufst du schnell zu der Kräuterfrau im Wald, hinter dem Anger. Du weißt schon, die alte Stockmeierin. Sie kann dir etwas gegen Fieber mitgeben.«

»Aber die soll doch eine Hexe sein«, erwiderte Lene erschrocken.

»Unsinn! Sie kennt viele gute Heilmittel und hat mir selbst

schon oft geholfen. Und jetzt sag im Stall Bescheid, dass unsere Gäste morgen abreisen, damit die Pferde dafür vorbereitet werden. Und Mathis soll sich um Herrn Friedhelms Gepäck kümmern.«

»Herr Friedhelm reist ab?«, fragte Lene erstaunt. Zögernd setzte sie hinzu. »Auch … der junge Herr Sigurd?« Sie errötete.

»Natürlich! Was dachtest du?« Magdalena warf ihr einen kritischen Blick zu. »Lass mich später wissen, wie es Berta geht.«

Die Magd nickte und zog sich zurück. Schade, dass der schöne junge Herr abreiste. Er hatte ihr immer flammende Blicke zugeworfen und sie hatte kokett zurückgesehen. Es war nur ein Spiel gewesen, denn ein so hoher Herr meinte es ohnehin nicht ernst mit einer armen Magd. Auf keinen Fall würde sie aber zu der alten Stockmeierin, genannt Lucardis, gehen, die in einer halb verfallenen Hütte im Wald hauste, das nahm sie sich fest vor. Schon der Weg dorthin war ihr unheimlich. Der Alten sagte man außerdem nach, dass sie den bösen Blick besaß und jeden verwünschte, der ihr nicht gefiel.

Magdalena öffnete inzwischen mit einem Schlüssel das Schränkchen, in dem sie einen Vorrat an leinenen Binden sowie Salben und Elixiere gegen Husten, Kopfweh, Bauchgrimmen und andere Erkrankungen aufbewahrte. Auf der abgelegenen Burg war es wichtig, bestimmte Heilmittel gleich zur Hand zu haben. Viele bereitete sie selber zu, aus selbst gezogenen Kräutern aus ihrem Garten. Im Dorf gab es zwar einen Medicus, aber den holte man nur, wenn man gar nicht weiterwusste.

Während sie die Fläschchen und Tiegel ordnete, fiel ihr auf, dass auf der Burg ungewöhnliche, ja geradezu verdächtige Ruhe herrschte. Wo war eigentlich ihre Tochter? Emma war ein Wirbelwind, sie schaffte es nie lange, stickend oder nähend an einem Platz zu sitzen. Selbst wenn sie beide miteinander plauderten, sprang das Mädchen nach kurzer Zeit wieder auf und lief, ein Lied auf den Lippen, treppauf, treppab. Immer herrschte ein Treiben auf der Burg, schlugen Türen, hantierten Dienstboten, schallte Emmas Lachen über den Hof oder es war irgendwo ihre Stimme zu hören. Beunruhigt schloss Magdalena das Medizinschränkchen. Sie würde zuerst einmal nach ihrer Tochter sehen, bevor sie sich um die kranke Magd kümmerte. Die Röcke raffend, stieg sie nach oben und trat in ihr Zimmer.

Emma lag auf dem Bett, das Gesicht in den Armen vergraben. Als sie sich umwandte, waren ihre Augen gerötet und verschwollen. »Um Himmels willen«, stieß Magdalena erschrocken hervor. »Was ist mit dir, Kind? Bist du krank? Hast du Fieber?« Sie legte ihre Hand auf Emmas Stirn und zog sie dann erleichtert zurück. Nein, die Stirn des Mädchens war kühl. Aber vielleicht hatte sie etwas Schlechtes gegessen! »Ist dir übel?«

Emma schüttelte den Kopf und wandte das Gesicht ab. »Lass mich, Mutter. Es ist alles in Ordnung. Ich habe nur plötzlich Kopfweh bekommen.«

Magdalena atmete auf. Sie kannte diese unangenehmen Schmerzattacken, die auch sie ab und zu heimsuchten. »Ruh dich aus. Ich hole dir meine Tropfen und etwas Pfefferminzöl. Damit kannst du dir die Schläfen einreiben. Das wird dir Erleichterung bringen«, sagte sie und tätschelte Emmas Wange. Ihr kleines Mädchen wurde zur Frau, das war deutlich zu sehen und sie wusste aus Erfahrung, wie sehr Bauchschmerzen und Stimmungsschwankungen das Wohlbefinden einer Frau beeinträchtigen konnten. Ihr war es in diesem Alter nicht anders ergangen.

Emma machte eine abwehrende Geste, doch Magdalena eilte hinaus und begann, in ihrem Medizinschränkchen nach Extrakten aus Mariendisteln, Mutterkraut und Schlüsselblumen zu suchen, die sie tropfenweise mit Thymian mischte, mit heißem Wasser aufgoss und zusammen mit Minzöl auf ein Tablett stellte.

Als sie jedoch Emmas Zimmer betrat, war diese verschwunden. Magdalena war verärgert. Das sah Emma wieder einmal ähnlich! Sie war launisch, und wenn ihr etwas nicht passte, verschwand sie einfach. Schon als Kind versteckte sie sich, wenn sie ungezogen war, einfach in den unzugänglichsten Ecken der Burg und kam erst wieder zum Vorschein, wenn man ihr nicht mehr böse sein konnte. Ihr sonst so strenger Gatte Ethelbert hatte darüber nur gelacht und dem Mädchen alle Launen und Streiche durchgehen lassen. Immer war es ihr gelungen, ihren Kopf beim Vater durchzusetzen. Es hatte ihm Freude gemacht, sie wie einen Jungen zu erziehen, sie reiten zu lehren und sogar zu Übungen auf dem Turnierplatz mitzunehmen. Magdalena zitterte jedes Mal vor Angst, wenn Emma wild über die Felder ritt oder ohne die geringste Furcht vor Räubern oder anderem Gesindel im nahe gelegenen Wald nach Pilzen suchte.

Ein schwerer Seufzer entrang sich ihrer Brust. Das bisher unentdeckte Geheimnis von Emmas Geburt belastete sie in manchen Nächten schwer, raubte ihr den Schlaf und verursachte ihr Albträume. Dann kämpfte sie mit ihrer Schuld und bat Gott um Vergebung ihrer schweren Lüge. Doch meist waren alle beängstigenden Vorstellungen am nächsten Morgen wieder verschwunden. Sie beruhigte sich damit, dass Ethelbert niemals erfahren würde, dass Emma nicht seine richtige Tochter, sondern ein Findelkind unbekannter Herkunft war, das auf der Schwelle des Klosters gelegen hatte. Und dass ihre Mutter sie wahrscheinlich deshalb ausgesetzt hatte, weil sie ein sogenanntes Hexenzeichen am Körper trug. Sorgfältig hatte Magdalena darauf geachtet, dass das für viele so beängstigende Muttermal an Emmas Rücken, dem sie selbst nicht die geringste Bedeutung beimaß, immer verdeckt blieb. Die Zeit gab ihr recht. Die Vergangenheit mit ihrem dunklen Geheimnis wurde völlig bedeutungslos, als Ekart, der Stammhalter, geboren wurde. Ethelbert freute sich über alle Maßen über seinen Sohn, war jedoch zunehmend enttäuscht über das Wesen des Kindes. Er fand ihn zu ängstlich, verweichlicht und seinem eigenen

Temperament völlig entgegengesetzt. Mit ritterlichen Übungen und Reitkunststücken trainierte er ihn hart, doch für den Knaben war das Ganze eine Quälerei, die ihn so manche Träne kostete. Das letzte Mittel, seinen Sohn nach seinem Willen zu formen, sah Ethelbert in der Pilgerfahrt nach Jerusalem. Am Heiligen Grab sollte Ekart feierlich zum Ritter geschlagen werden. Die gefährliche und mühevolle Reise würde den Jungen zum Mann machen und ihn abhärten. Dann konnte er endlich stolz auf seinen Sohn sein.

Kopfschüttelnd füllte Magdalena eine Schale mit warmem Gerstenwasser und fügte Honig hinzu. Dieses Mittel war fiebersenkend und würde der kranken Berta vielleicht helfen, bald wieder auf die Beine zu kommen. Sie nahm die Schale und machte sich damit auf den Weg zu den Dachstuben der Mägde.

7. Kapitel

Die Magd Berta lag bleich und leidend auf ihrem Lager, den Kopf auf ein mit Stroh gefülltes Kissen gebettet. »Wie geht es dir?«, fragte Magdalena, die sich ihr vorsichtig genähert hatte. Sie nahm Bertas Hand, die glühend heiß war.

Die Kranke seufzte tief auf. »Ich glaube, ich hab mich erkältet – neulich, als das Wetter umschlug.« Trotz der dicken Decken fröstelte sie. »Mein Hals und mein Kopf schmerzen, als wären sie mit Stacheln gespickt«, klagte sie.

»Komm, trink davon!« Magdalena setzte sich auf die Bettkante und versuchte ihr mit einem Löffel das warme Gerstenwasser einzuflößen. »Das wird dir guttun.«

Doch Berta spuckte gleich den ersten Schluck wieder aus. »Es geht nicht«, krächzte sie hustend und atemlos. »Mein Hals fühlt sich wie eine brennende Wunde an.« Erschöpft sank sie auf ihr Kissen zurück. »Es ist aus mit mir«, stöhnte sie, »ich fühle es.« Sie schob die Schale von sich und zog die Bettdecke bis zum Kinn. »Ich werde bald sterben.«

»Unsinn. Sag so etwas nicht, Berta«, erwiderte Magdalena beschwichtigend, von plötzlich aufsteigender Sorge erfüllt. »Du hast eine schwere Halsentzündung ...« Sie brach ab, denn sie hatte eine merkwürdige Schwellung in der Achselhöhle der

Magd bemerkt, als diese den Arm hob, um die Schale wegzuschieben. Auch an Bertas Hals sah sie nun eine merkwürdig dunkel verfärbte Ausbuchtung, die auf nichts Gutes schließen ließ. Ein unheimlicher Gedanke ging ihr durch den Kopf und sie rückte ein Stück von der Kranken fort. »Du warst doch erst kürzlich ein paar Tage im Dorf, nicht wahr?«, fragte sie.

Berta nickte. Mühsam brachte sie hervor: »Meine Großmutter lag im Sterben und ich wollte ihr beistehen. Sie lebte allein. Aber sie war schon tot, als ich kam. Wir brachten sie dann nur noch unter die Erde.«

»War deine Großmutter sehr krank?«

»Ich weiß nicht. Es ging alles sehr schnell. Sie hatte es auf der Brust und konnte kaum mehr atmen.« Bei diesen Worten packte auch sie ein erstickender Husten, der sie so sehr erschöpfte, dass sie mit geschlossenen Augen liegen blieb.

»Ruh dich aus, Berta«, sagte Magdalena und erhob sich vom Bettrand. »Ich werde dir noch ein paar Salbeiblätter für den Hals bringen. Du kannst sie kauen. Wenn es nicht besser wird, lassen wir den Medicus kommen.«

»Nein, nur nicht den Medicus«, heulte Berta auf. »Ich fürchte mich vor ihm. Holt die Kräuterfrau. Wenn sie mir nicht helfen kann, gelingt es niemand.« Wieder hustete sie und hinterließ dabei etwas Schwärzliches in dem Tuch, das sie sich vor den Mund hielt.

»Es soll geschehen, wie du willst«, sagte Magdalena hastig. »Ich lasse dir am Abend noch eine heiße Fleischbrühe bringen. Sie wird dich kräftigen.«

Berta antwortete nicht mehr. Sie war in einen leichten Schlummer gefallen. Ihre geschlossenen Augen lagen tief in den Höhlen und waren dunkel umschattet. In Magdalena keimte ein fürchterlicher Verdacht. Ihr Herz begann ängstlich zu klopfen und ihre Hände zitterten, als sie das Zimmer verließ. Schon vor Wochen hatte sie von den Gerüchten gehört, im Dorf gebe es einige Fälle von Pest. Man wusste aber nichts Genaues. Die Angehörigen versuchten wahrscheinlich, die Krankheit zu vertuschen, um nicht gebrandmarkt und aus dem Dorf gejagt zu werden.

Hatte sich Berta etwa bei ihrer Großmutter angesteckt und die Seuche jetzt in die Burg eingeschleppt? Magdalena beschloss, einen Boten ins Dorf zu schicken, der sich umhören sollte. Und Lene musste gleich zum Anger ins Wäldchen, wo die Kräuterfrau lebte. Vielleicht konnte sie helfen. Oder sollte man lieber doch gleich den Medicus zurate ziehen? Er konnte zumindest die Räume ausräuchern. Nein, besser war es, zuerst die Kräuterfrau zu befragen.

Magdalena ging hinunter und sagte der Magd Bescheid. Anschließend betrachtete sie ihre Hände. Sie hatte die Kranke berührt, um festzustellen, ob sie Fieber hatte. Es hieß, dass die Pest fast jeden befiel, der einem Kranken zu nahe kam. Sie rieb ihre Finger einzeln mit Kräuteressig ab, in der Hoffnung, dass ihre schlimme Ahnung falsch war. Im Falle aber, dass Berta tatsächlich die Pest hatte, müsste man sie so schnell wie möglich und wohl noch in dieser Nacht aus der Burg schaffen. Unruhig ging Magdalena am Fenster auf und ab und wartete auf die Kräuterfrau, die Lene holen sollte. Doch das Mädchen ließ sich Zeit und kam allein zurück.

»Was ist?«, fuhr Magdalena sie an. »Hast du die Stockmeierin um ein Mittel gefragt?«

Lene sah an ihr vorbei. »Hab sie nicht angetroffen. Sie war nicht zu Hause.«

»Und was hast du denn dann die ganze Zeit getan?«

»Ich hab vor ihrem Haus gewartet.« Lene war bei dieser Lüge ganz rot geworden. In Wahrheit war sie gar nicht in den Wald gegangen. Sie fürchtete sich vor der unheimlichen Kate der Kräuterfrau. An dem nahen Bachlauf hatte sie ihre Füße gebadet und vor sich hin geträumt. Von dem jungen Herrn

Sigurd, der seit einiger Zeit auf der Burg war. Er hatte ihr schöne Augen gemacht, doch ob sie das ernst nehmen konnte? Er war sichtlich hinter jedem Rock her und man munkelte, er habe sich sogar an die Tochter der Burgherrin herangemacht. Bei diesem Gedanken musste Lene ein Kichern unterdrücken. »Vielleicht lebt die Stockmeierin gar nicht mehr«, fügte sie mit einem naiven Augenaufschlag hinzu. »Sie war ja schon sehr alt.«

»Unsinn«, sagte Magdalena ärgerlich. »Nun gut, dann lauf jetzt schnell zum Medicus. Aber lass mich nicht wieder so lange warten. Sag ihm, wenn er gleich morgen früh kommt, zahle ich ihm zwei Dukaten mehr.« Lene drehte sich mit gelangweilter Miene um und schlenderte zur Tür. »Lauf, hab ich gesagt!«, rief Magdalena verärgert hinter ihr her. »Oder soll ich dir Beine machen?« Lene schlug einen schnelleren Schritt an und hopste wie ein junges Fohlen die Wendeltreppe hinunter.

Am nächsten Tag hatte Friedhelm alle Vorbereitungen zur Abreise abgeschlossen. Die Pferde standen bereit, Knechte und Gefolge hatten Waffen und Rüstungen aufgeladen und Magdalenas Korb, beladen mit großzügigem Proviant, stand bereit. Sigurd schwang sich geschmeidig in den Sattel seines Braunen. Neben dem plumpen Friedhelm kam seine schlanke Gestalt in dem rostfarbenen Rock, blauen Umhang und den hellen Beinkleidern ganz besonders zur Geltung. Sein braunes Haar fiel in leichten Wellen auf die Schultern und seine Augen blickten melancholisch, was einige der anwesenden weiblichen Wesen auf sich bezogen.

Emma empfand nach der ersten jähen Enttäuschung keinerlei Bedauern mehr über seine Abreise. Sie hatte hinter seiner schönen Fassade rechtzeitig die Hohlheit seines Wesens erkannt. Das war bitter, aber sie würde es verschmerzen können, das fühlte sie. Sigurd war es nicht wert, dass man ihm auch nur eine Träne nachweinte. Hinter sich hörte sie ein leises Geräusch, ein unterdrücktes Schluchzen. Als sie sich umwandte, sah sie, wie Rosine sich die Tränen abwischte und dem davonreitenden Sigurd mit verzücktem Gesicht eine Kusshand zuwarf. Verärgert drehte sich Emma herum und ging über die Zugbrücke in die Burg zurück.

»Emma!« Ihre sonst so gelassene Mutter schien aufgeregt, denn ihre Wangen hatten rote Flecken. »Was hast du gestern eigentlich den ganzen Tag über gemacht? Ich war in Sorge um dich. Zum Glück sah ich dich dann abends schon sehr früh in deinem Bett liegen. Ich wollte dich nicht wecken.«

»Ich war müde und habe mich gleich niedergelegt. Davor habe ich im Wald Beeren gesucht«, sagte Emma so harmlos wie möglich.

»Im Wald? Um Himmels willen!« Magdalena rang die Hände. »Doch nicht etwa allein? Wie oft habe ich dir gesagt, du sollst wenigstens einen Knecht mitnehmen, wenn du draußen herumläufst. Es schickt sich nicht für ein junges Mädchen, solche Dinge zu unternehmen – und das ganz ohne Aufsicht. Abgesehen davon, dass dein Ruf leidet, lauern im Wald Gefahren – ein Räuber oder Tagedieb würde dich schon wegen einer Nichtigkeit erschlagen.«

Emma umarmte die Mutter und gab ihr einen flüchtigen Kuss. »Du machst dir zu viele Sorgen, Mama! Ich sehe schon zu, dass mir nichts geschieht. Meinen Dolch habe ich immer dabei.« Sie betrachtete sich von allen Seiten im Spiegel und schüttelte ihr dichtes blondes Haar, das sich aus dem Band, das es zusammenfassen sollte, halb gelöst hatte.

Die Mutter schüttelte den Kopf. »Dein Dolch würde dir in einer Notlage wenig helfen. Wenn du nur einmal auf mich hören würdest! Aber seit Ekart fort ist, machst du nur Dummheiten. Er hat wenigstens auf dich aufgepasst.« Sie atmete tief auf, nahm ihren Stickrahmen und setzte sich in die Fensterecke. Mit zitternden Fingern stach sie die Nadel in den Stoff. Die eintönige Arbeit, bei der sie sich nur auf das Muster konzentrieren musste, beruhigte sie, wenn sie sich zu sehr aufregte. »Ich bin jedenfalls froh, dass in unseren Mauern endlich wieder Ruhe herrscht und Friedhelm fort ist«, begann sie nach einer kleinen Pause, in der sie eifrig die Nadel führte. »Dieser Schmarotzer und Faulpelz lebt doch nur auf anderer Leute Kosten und verlangt dazu noch neue Darlehen. Dabei hat er die alten Schulden nicht einmal zurückgezahlt. Er hat seine Burg verpfändet und hofft jetzt, dass dein Vater ihm die fehlende Summe leiht, um sie zurückzukaufen. Ich würde es jedenfalls nicht tun. Das hieße nichts anderes, als das Geld aus dem Fenster zu werfen.« Sie betrachtete die Stickerei und zog einen falschen Faden heraus. »Und dieser Nichtsnutz von Sigurd hat mir das weibliche Gesinde ganz schön durcheinandergebracht – allen Mägden den Kopf verdreht. Die Köchin hat sich bei mir beschwert, dass er Rosine nicht in Ruhe ließ. Ich bin froh, dass die beiden endlich fort sind.«

»Wie meinst du das, Mutter?«, fragte Emma mit einem leicht vibrierenden Unterton. »Was hat Sigurd denn gemacht ... mit Rosine?«

»Er war hinter ihr her wie der Teufel hinter der armen Seele. Hoffen wir, dass sie kein Kind bekommt. Die Köchin hat die beiden des Öfteren im Heu erwischt.«

»Des Öfteren?«, wiederholte Emma so gleichgültig wie möglich. »Im Heu? Hat sie ... das mit eigenen Augen gesehen?«

»Sie behauptet es jedenfalls. Und im Gesinde erzählt man herum, Sigurd hätte Rosine von einer Minute auf die andere stehen lassen. Wahrscheinlich hat er ein anderes Opfer gefunden.« Sie hielt ein und sah Emma prüfend an. »Dieser Kerl kennt wahrscheinlich keine Hemmungen. Aber warum interessiert dich das überhaupt?«

Emma zwang sich zu einem Lächeln. »Ach, nur so. Es gibt ja sonst nicht viel Neues. Und ich bin ein wenig traurig, seit Ekart und Vater fort sind. Es ist ziemlich langweilig, so allein.«

»Es wird Zeit, dass du einen guten Mann findest. Aber das wird nie etwas, wenn du jeden Bewerber abweist, der sich vorstellt.« Magdalenas Stimme klang vorwurfsvoll.

»Bis jetzt war eben keiner dabei, der mir gefällt«, verteidigte sich Emma. Um einer weiteren Diskussion über Freier auszuweichen, verließ sie rasch das Zimmer. Dieser Sigurd war ein Lügner und größerer Schurke, als sie es vermutet hatte.

Es klopfte und Lene trat mit dem Medicus ein. Erschrocken und mit einem leisen Schrei fuhr Magdalena auf. Der Mann trug Handschuhe und eine merkwürdige Schnabelmaske vor dem Gesicht, um sich vor der Krankheit zu schützen. Nur seine Augen waren ausgespart. Da es in der Umgebung vereinzelt Pestfälle gab und in der Bevölkerung große Angst herrschte, dass die Seuche das Land erneut überfluten könnte, ergriffen die Ärzte derartige Vorsichtsmaßnahmen.

»Ihr habt mich rufen lassen«, klang es dumpf unter der seltsamen Verkleidung, »weil eine Kranke im Haus ist? Ihr wünscht eine Untersuchung?«

»Ja«, bestätigte Magdalena gefasst. »Eine meiner Mägde klagt über Kopf- und Halsschmerzen. Seht sie Euch bitte an.« Sie ging voraus und stieg mit dem Medicus in die Dachkammer empor. An der Tür zu Bertas Zimmer blieb sie stehen und ließ den Mann als Ersten eintreten. Er näherte sich der Kranken mit gebührendem Abstand. Bertas Zustand hatte sich seit gestern bedeutend verschlimmert. Sie schien große Schmerzen zu haben und wand sich in Fieberdelirien unaufhörlich hin und her. Die Beule am Hals trat nun deutlich hervor und wirkte rot und entzündet, an ihren Mundwinkeln hatten sich schaumig-blutige Bläschen gebildet. Der Anblick des Medicus in seiner Schutzkleidung erschreckte sie so sehr, dass sie einen spitzen Schrei ausstieß.

»Öffne den Mund, mein Kind«, tönte es aus dem Schnabel. Berta weigerte sich, von Angst geschüttelt. Sie schrie noch lauter, als der behandschuhte Arzt sie beim Arm packte, um ihre Achselhöhle in Augenschein zu nehmen. Ihr Sträuben war so energisch, dass sich der Arzt unverrichteter Dinge wieder zurückziehen musste. Er zuckte die Schultern und meinte, zur Hausherrin gewandt: »Ihr seht es selbst. Die Patientin verweigert die Untersuchung. Ich hätte ihr sonst einen Aderlass gemacht und ein Brechmittel verabreicht.«

»Ist es … die Pest?«, fragte Magdalena angstvoll und mit gepresster Stimme.

Der Schnabel bewegte sich auf und nieder. »Es sieht so aus. Die Krankheit scheint die inneren Weichteile des Halses befallen zu haben. Das ist sehr schmerzhaft. Vielleicht ist auch die Lunge angegriffen. Wir haben hin und wieder einzelne Fälle der Seuche in der Umgebung. Wenn es nicht besser wird, dann schafft die Frau am besten noch heute aus der Burg und bringt sie in ein Pesthaus. Der Raum muss anschließend ausgeräuchert werden. Ich empfehle Euch eine Kräutermischung aus Wacholder, Weihrauch und Schwefel, die ich bei mir habe. Wenn sie fort ist, lasst den gesamten Raum mit Essigwasser auswischen, jede Stelle, auch das Bett. Und versprüht überall Rosenwasser.« Er zog aus den Tiefen seines weiten Ledermantels ein kleines Paket und reichte es ihr.

Magdalena zahlte den verlangten weit überhöhten Preis ohne Widerrede.

»Gott befohlen«, klang es wieder dumpf durch die Schnabelmaske. »Ich werde heute Abend wiederkommen und den nächtlichen Transport der Kranken überwachen. Stellt Decken und eine aus Holz gezimmerte Trage bereit. Wir werden den Raum später gründlich ausräuchern, wie ich vorhin schon erklärt habe, und alles verbrennen, womit die Kranke in Berührung kam. Ich empfehle mich bis dahin.« Er verbeugte sich, so gut es ihm in der starren Verkleidung gelang, und ging steifen Schrittes hinaus.

»Wartet!«, rief Magdalena ihm nach. »Glaubt Ihr, dass die Magd wieder gesund wird?«

Der Medicus zuckte die Achseln. »Das steht allein in der Hand Gottes, des Allmächtigen.« Er bekreuzigte sich. Magdalena tat es ihm voller Angst im Herzen nach. Mochte der Himmel verhüten, dass sich die Seuche auf der Burg ausbreitete!

***

Seit einer Weile schon betete und arbeitete Wolfram nach den Klosterregeln als Novize bei den Brüdern des Augustinerordens. Er trug eine einfache Kutte wie alle anderen und hatte sich inzwischen an den immer gleichen strengen Tagesablauf gewöhnt. Der Winter kündigte sich an, und obwohl er froh war, in der kühleren Jahreszeit eine Bleibe gefunden zu haben, war er innerlich voller Unrast. Das Mönchsleben war nichts für ihn, das spürte er nur zu genau. Das Kloster lag abgeschieden, und man hatte ihm gesagt, dass es im Winter nahezu unzugänglich war, weil die Wege verschneit und bei Tauwetter sumpfig wurden. Von Wald umgeben, lag es in einer Talsenke, ruhig und einsam und vom fallenden Schnee wie in Watte gehüllt. Nur manchmal durchschnitt nachts das hungrige Geheul von Wölfen oder streunenden Hunden die Stille. Die Brüder wärmten sich am Kachelofen in einem kleinen Aufenthaltsraum, wenn sie von der Messe aus der Kirche kamen. Selbst der Kreuzgang wurde trotz seiner geschützten Innenlage zu einem kalten und zugigen Ort, an dem die Andacht schwierig wurde, wenn man fror und Hände und Füße eiskalt waren. Wolfram fühlte sich im Kloster zwar sicher und geschützt vor den Schergen König Sigismunds, des Pfalzgrafen und der Bischöfe, aber zugleich auch verloren und wehrlos. Er war besessen von dem Gedanken, seine Mission erfüllen zu müssen und Wyclifs Traktat zu seinen Anhängern nach Böhmen zu transportieren. Sobald der Winter vorbei war, würde er sich auf den Weg machen. Sein Protest bei der Verurteilung von Jan Hus schien jedoch noch nicht vergessen zu sein. Der Zwischenfall hatte im ganzen Land Wellen geschlagen und selbst die Mönche in Beuron erzählten sich mit einer Mischung aus Ehrfurcht und Empörung von dem Mann, der es gewagt hatte, sich beim Konstanzer Konzil auf die Seite des Ketzers zu stellen und den Kirchenfürsten zu widersprechen. Wolfram wusste, dass er sehr vorsichtig sein musste. Die strenge Lebensart der Mönche, der eintönige Alltag im Kloster mit Gebeten und Fastenübungen, begann ihn zu langweilen und er musste sich mit aller Gewalt zur Geduld zwingen. Ob er es den ganzen Winter über in diesem abgeschiedenen Kloster aushalten würde? Der Wunsch fortzuziehen wurde täglich stärker in ihm und drängte zur Ausführung. Das Konzil tagte noch und würde wohl nicht so schnell enden. Die Kunde, dass man Hieronymus von Prag, den Prediger, der die gleiche Meinung wie Jan Hus verfocht, ebenfalls als Ketzer in den Kerker geworfen hatte, machte bei den Augustinern die Runde. Wolfram fühlte nichts als Verachtung gegen die Gewalt, mit der sich die Vertreter der römischen Kurie gegen die Kritiker ihrer Lehre durchsetzen wollten.

Als die Luft milder wurde, Tauwetter einsetzte und die Vögel zwitscherten, begann auch sein Blut rascher durch die Adern zu pulsen. Er wollte weg, sobald die Wege passierbar waren.

Im Stillen begann er alles für eine baldige Flucht vorzubereiten. Sein Pferd stand gut im Futter und die in der Nähe vergrabenen Sachen, das Geld, die Waffen sowie die Hülse mit dem Dokument von Wyclifs Thesen, waren leicht zu erreichen.

Aber es gab auch noch einen anderen Grund, sich baldigst davonzumachen. Der Abt von Beuron war durch seine manches Mal etwas zu aufrührerisch geäußerte Meinung, das Schisma der Kirche betreffend, hellhörig geworden. Er verlangte von Wolfram eine sofortige großzügige Spende in bar und die Auflistung des Wertes seiner Güter. Wolfram verweigerte ihm dies voller Empörung. Der argwöhnische Abt schickte daher prompt einen Boten nach Freiburg, der heimlich herausfinden sollte, welche Besitztümer der ehrenhafte Anton Müller überhaupt besaß. Doch in der Stadt war ein Kaufmann solchen Namens nicht bekannt.

Wolfram wusste nichts von dieser Suche, doch er ahnte, dass der Zeitpunkt gekommen war, baldigst zu verschwinden, bevor herauskam, wer er wirklich war. In der Bibliothek des Klosters befand sich eine sorgfältig ausgeführte Karte der Umgebung, die er eingehend studierte. Er versuchte, sich die feinen Linien einzuprägen, die Wege, die darauf vermerkt waren. Heimlich zeichnete er die Grundrisse ab und fertigte eine Kopie an. Ein inneres Pflichtgefühl trieb ihn dazu, zuerst nach Ansbach zu reiten, um seinem Vater und Bruder Heinrich ein Zeichen zu geben, dass er noch lebte. Er hoffte auch, dass der Vater seine erneute Bitte um Geld nicht abschlagen würde. Zudem wollte er erfahren, ob seiner Familie, einem uralten und untadeligen Rittergeschlecht, Nachteile durch seine Ächtung erwachsen waren. Sicher hatte dem Vater als Prokurator der Skandal in Konstanz sehr viel Ärger und Kummer bereitet, aber es war nun einmal nicht zu ändern. Jeder musste seinen eigenen Weg gehen und zu seiner Überzeugung stehen.

»Bruder Antonius!« Die sonst so salbungsvolle Stimme des dicken Abtes, die ihn aus seinen Betrachtungen riss, hatte einen ungewohnt strengen und beinahe drohenden Ton. Rasch schob Wolfram die Zeichnung des Wegeplans unauffällig unter sein Gewand und sah zu dem Abt hinüber, der mit gefurchter Stirn an der Tür der Bibliothek stand. Er hatte gerade die Bücher geprüft, in denen durch seinen etwas übereilten Reliquienkauf im letzten Jahr, einen Finger des heiligen Blasius, ein großes Defizit verzeichnet stand. Außerdem hatte der Winter Schäden im Kloster angerichtet – in der Kirche war ein Balken des Daches eingebrochen und eine Marienstatue davon in Mitleidenschaft gezogen worden. Nun fehlte es an allen Ecken und Enden an Geld für die nötige Renovierung. Nicht zuletzt hatte die Fastenzeit begonnen und sein knurrender Magen verschlechterte seine Stimmung erheblich. »Bruder Antonius!«

»Was gibt es, ehrwürdiger Vater?« Wolfram erhob sich und kam näher. Das rote Gesicht des dicken Abtes vor ihm hatte seine schmeichlerische Freundlichkeit völlig verloren.

»Folgt mir in meine Schreibstube!«, sagte er in einem Ton, der keinen Widerspruch duldete. Wolfram gehorchte und der Abt nahm mit einem tiefen Seufzer hinter seinem Schreibtisch Platz. »Wer seid Ihr?«, fragte er beinahe drohend. Als Wolfram verdutzt schwieg, schrie er wütend: »Sprecht, Bruder Habenichts! Wie kommt Ihr dazu, Euch hier im Kloster unter falschem Namen einzuschleichen und uns ein Vermögen zu versprechen, das gar nicht existiert?« Er schlug ganz unchristlich mit der Faust auf den Tisch, seine aufgesetzte Demut vergessend. »Ihr habt uns Kosten verursacht – Euch in unserem Kloster den Winter über durchfüttern lassen! Nennt Euren wirklichen Namen, wenn Ihr kein dahergelaufener Vagabund seid! Niemand kennt den Kaufmann Anton Müller in Freiburg.«

Wolfram wollte auffahren, doch dann senkte er mit künstlicher Bescheidenheit die Augen. »Verzeiht, Bruder Domenikus! Aber ich habe hier im Kloster wie die anderen gearbeitet und mein Brot verdient. Ich … ich kann Euch meinen wahren Namen nicht sagen …«

»Dann werde ich ihn herausfinden!«, schnaubte der Abt, erhob sich und stemmte seine feisten Arme auf den Tisch. »Aber bis dahin«, er klingelte mit der kleinen Glocke auf seinem Schreibtisch, »werdet Ihr zahlen oder in Eurer Zelle Buße tun. Ihr habt schwer gesündigt und Euch der Lüge schuldig gemacht. Wer weiß, was Ihr sonst noch auf dem Kerbholz habt. Ich werde Klage gegen Euch erheben.«

»Ehrwürdiger Vater«, begann Wolfram, »übereilt nichts. Lasst mich alles erklären …« Er zog seine Worte in die Länge und suchte nach einer plausiblen Ausrede. »Vielleicht habe ich nicht ganz die Wahrheit gesagt. Aber ich bin in der Lage, auf der Stelle hundert Dukaten für Euer Kloster zu stiften, wenn Ihr das wollt.«

»Auf der Stelle?« Der Abt sah ihn zweifelnd an. »Heißt das – Ihr habt das Geld bei Euch?«

»Nicht direkt. Es befindet sich an einem geheimen Ort. Ich habe Euch nicht belogen – Eure Leute haben nur falsche Auskünfte eingeholt. Vertraut mir.«

Der Abt schwankte. »Wo … wollt Ihr das Geld hernehmen?«, fragte er unsicher. »Ihr hattet doch nichts bei Euch, als Ihr kamt.«

»Nehmt es mir nicht übel, ehrwürdiger Bruder«, sagte Wolfram lächelnd, »wenn ich dieses Geheimnis für mich behalte. Ihr werdet die Dukaten morgen Abend in den Händen halten, wenn Ihr mir einen Tag Urlaub gebt.«

»Es könnte Euch so passen, so zu verschwinden. Zuerst Euren Namen!« Der Abt, der ihm nicht zu trauen schien, blieb hartnäckig.

Wolfram presste die Lippen zusammen, schüttelte den Kopf und schwieg.

»Dann kann ich Euch leider nicht glauben«, sagte der Abt ärgerlich und gab den beiden Brüdern, die gerade die Schreibstube betreten hatten, einen Wink. »Bruder Sebastian und Bruder Oswald werden Euch begleiten. Ihr habt eine Nacht Zeit, mir die ganze Wahrheit zu sagen.« Wolfram sah sich um. Er fühlte sich in die Enge getrieben. Die Fenster des Raumes waren mit dicken bräunlichen Butzenscheiben verglast, doch wenn er sie einschlug, war es sicher möglich, sich gerade noch hindurchzuzwängen. Er ergriff einen Briefbeschwerer in Form eines Kreuzes vom Schreibtisch des Abtes und sprang zur Seite, doch schon waren die beiden Brüder neben ihm, packten seine Arme und drehten sie auf den Rücken. »Das habe ich mir gedacht. Bringt ihn in seine Zelle!« Der Abt strich über seinen borstigen Bart. »Und schließt ihn ein. Morgen werden wir sehen, was mit ihm geschehen soll.«

Wie ein gefangenes Tier schritt Wolfram in seiner Zelle auf und ab. Die Nacht war hereingebrochen und morgen würde man vielleicht schon wissen, wer er wirklich war. Wenn alles herauskam, würde er wie Hus für unbestimmte Zeit in den Kerker geworfen werden. Er musste dem Abt auf jeden Fall zuvorkommen, sonst sah es sehr schlecht für ihn aus. Vorsichtig bearbeitete er mit dem Dolch, den er unter seiner Bettstatt versteckt hatte, das eiserne Schloss der Zelle. Es war wacklig und mit dicken Schrauben befestigt. In mühsamer Kleinarbeit drehte Wolfram mit der Spitze des Dolches die Schrauben ein Stück heraus. Er sah sich in dem karg möblierten Raum nach einem weiteren Werkzeug um. Kurzerhand brach er ein Bein des Holzschemels heraus, der unter dem winzigen Fenster in seiner Zelle stand. Jetzt war das Schloss so locker, dass er es mit ein paar festen Hieben herausschlagen konnte. Er lauschte in die Stille der Nacht. Hatten die Schläge jemanden geweckt? Und wenn – jetzt musste er schnell handeln.

Er öffnete die Tür, schlich leise zum Hauptportal und schob den Riegel beiseite. Es knarrte verräterisch. Schon war er im Stall. Sein Schimmel begrüßte ihn schnaubend, als er ihm den Sattel überlegte und ihn eilig hinausführte. Es war ziemlich kalt, die Nacht sehr dunkel und das Keuchen seines Atems bildete eine weiße Wolke. Im Dormitorium flackerten plötzlich vereinzelt Lichter auf. Irgendjemand hatte wohl etwas gehört. Jetzt nur noch schnell seine Sachen ausgraben!

Er lief, das Pferd am Zügel haltend, zu den drei Eichen, fand den Busch und schaufelte mit den Händen hastig die Erde fort. Ungeduldig nahm er einen spitzen Stein zu Hilfe, da, wo der Boden noch etwas hart war. Seine Waffe, das Dokument und sein Geld befanden sich glücklicherweise noch an derselben

Stelle, an der er sie vergraben hatte, und kein Tier war bis jetzt darauf gestoßen. Erleichtert schulterte er seine Habe, hängte sich Wyclifs Traktat um und schob es unter sein Hemd. Da hörte er das Portal zum Kloster ein zweites Mal knarren. Murmelnde Stimmen der Brüder ertönten, dazwischen die fast schrill klingende Stimme des Abtes, der eine Büchse in der Hand hielt.
»Holt ihn zurück, den Betrüger …«

Schon hatte Wolfram sich auf seinen Schimmel geschwungen. Doch in dem Moment, als er losritt, ertönte ein lauter Knall. Er spürte einen Schlag und augenblicklich einen rasenden Schmerz in der linken Schulter, der ihm fast das Bewusstsein raubte. Trotzdem gelang es ihm, den Schimmel mit einem kräftigen Schenkeldruck so anzutreiben, dass er in wildem Tempo mit ihm davonstob. Er spürte etwas Warmes über seinen Rücken rinnen. Blut.

***

Erst eine gute Weile nach Abfahrt der Galeere, als das Ufer im Dunst des Horizonts verschwunden war, war Ekart unter Deck in die spartanische Behausung zurückgekehrt, in der sich der Vater schon so gut wie möglich eingerichtet hatte. Man konnte mit dem kajütenartigen Verschlag im Großen und Ganzen zufrieden sein. Er war den Umständen entsprechend geräumig und bot genügend Platz. Die beiden mit Matratzen versehenen Truhen, die als Schlafplatz dienten, schützten vor Ungeziefer und konnten als Aufbewahrungsort für Vorräte und Kleidung genutzt werden.

Die Pilgergruppe mit dem Priester und dem Bettelmönch musste sich dagegen mit bedeutend kleineren Verschlägen begnügen. Sie beteten und sangen laut und schienen fromme Leute zu sein, während die drei Kaufleute an Deck auf und ab spazierten und sich in einer fremden Sprache unterhielten, die Ekart für niederländisch hielt.

Die Araber in ihren weiten weißen Burnussen blieben für sich, wobei sich die verschleierten Frauen in einem mit Tüchern verhangenen gesonderten Zelt aufhielten, das sie provisorisch errichtet hatten. Ihr Oberhaupt, der Turbanträger mit der Brosche, saß vor dem Eingang und warf Ekart beim Vorübergehen einen finsteren Blick zu. Er schien nicht vergessen zu haben, dass der deutsche Ritter mit seinem Sohn ihm den besten Platz auf dem Schiff vor der Nase weggeschnappt hatte. Ekart wich ihm aus, so gut es ging, wenn er sich an Deck oder in der Nähe des Mastbaumes befand, der als eine Art Gemeinschaftsort für alle diente.

Eines Tages, als er gedankenversunken auf das aufgewühlte Meer hinaussah, rutschte eine der verschleierten Frauen, die an ihm vorüberging, auf einem Wasserfleck aus und wäre beinahe gestürzt, wenn Ekart sie nicht am Arm festgehalten hätte. Ein dankbarer Blick aus dunklen Augenpaaren über dem Schleier traf ihn, doch ehe er sich's versah, stürzte der Mann im Burnus, der sie begleitete, auf ihn zu, packte ihn an seiner Jacke und schrie ihn wütend an: »Du wagst es, meine Tochter unsittlich zu berühren, Ungläubiger?«

Ekart stieß ihn von sich. »Sie wäre gestürzt, wenn ich sie nicht festgehalten hätte.«

»Spar dir die Ausreden, Lüstling! Du wolltest wissen, wie sie sich anfühlt. Sie betasten.«

»Nein!« Ekart schüttelte wütend den Kopf und wich zurück. »Das ist nicht wahr!«

»Du lügst. Aber das sollst du büßen, Elender! Du hast Allah erzürnt und ich werde dich strafen«, geiferte der Mann, zog einen Krummdolch aus seinem Burnus, und bevor Ekart ausweichen konnte, stieß er blitzschnell zu. Der Dolch glitt an Ekarts Brustpanzer ab. Ekart packte den Angreifer mit beiden Händen am Hals und stellte ihm zugleich ein Bein, sodass dieser rücklings, sich in seinem weiten Burnus verheddernd, mit einem dumpfen Aufprall auf die Schiffsplanken stürzte. Sein Turban rollte ein Stück davon. Der Griff, den der Vater ihn zu seinem anfänglich großen Verdruss auf dem Turnierplatz für einen Nahkampf üben ließ, hatte jetzt seine Wirkung getan. Mit einem Schwert hätte Ekart den Gegner nun ohne Weiteres niederstrecken können.

Die junge Frau stieß einen Schreckenslaut aus. »Vater!« Mit gelöstem Schleier hatte sie abseits gestanden und das Geschehen ängstlich beobachtet. Ekart wandte sich um. Sie war eine exotische Schönheit mit betörenden samtbraunen Mandelaugen, die von langen Wimpern gesäumt waren, und kunstvoll geflochtenen schwarzen Haaren. Bevor sie den Schleier wieder über ihr Gesicht warf, sandte sie Ekart einen rätselhaften, aber keineswegs vorwurfsvollen Blick, den er nicht zu deuten wusste. Besorgt beugte sie sich über ihren Vater, half ihm, auf die Füße zu kommen, und hob seinen Turban vom Boden auf.

Der Mann starrte ihn hasserfüllt an und murmelte etwas, was Ekart nicht verstand, das aber wie ein lästerlicher Fluch klang. Unglücklicherweise war bei dem kurzen Kampf die Kette an Ekarts Hals gerissen und das Kreuz mit der kostbaren Reliquie, die ihm der Vater von der letzten Pilgerfahrt mitgebracht hatte, zu Boden gefallen. Bevor er sich jedoch danach bücken konnte, hatte der Araber die Kostbarkeit aufgehoben und blitzschnell in den Falten seines Burnus verschwinden lassen. Rasch zog er noch eine zweite Waffe, einen langen Krummdolch, unter seinem Gewand hervor. Seine Züge waren verzerrt, die Augen blitzten tückisch.

Gerade als er ansetzte, sich auf Ekart zu stürzen, verloren beide durch einen heftigen Ruck den Halt. Das Schiff schwankte unter dem Ansturm einer Welle und geriet durch eine Bö in Schieflage. Die beiden Kontrahenten hatten nicht darauf geachtet, welch bedrohliches Gewölk sich am Himmel zusammenballte und das Meer aufpeitschte. Im selben Moment brach ringsum die Hölle los. Der Patron und die Schiffsleute rannten an Deck, der Steuermann, im Rang der Nächsthöchste nach dem Kapitän, pfiff gellend auf seiner Silberpfeife und ein Hin und Her in den Wanten begann. Ein heftiger Windstoß fegte heran, die noch aufgezogenen Segel blähten sich und das Schiff neigte sich unter der Wucht eines Brechers so weit zur anderen Seite, dass selbst die Seeleute zu Boden stürzten. Wie von unsichtbarer Faust getroffen, bäumten sich weitere Wellen gischtend auf und schlugen über das Deck. Am Horizont wälzte sich ein weiteres schwarzes Sturmgebilde wie eine undurchdringliche Wand auf die Galeere zu.

Der Araber erschrak, als sein Blick auf das aufgewühlte Meer und eine in der Ferne erkennbare Windhose fiel. Allah anrufend, flüchtete er, die junge Frau hinter sich herziehend, so schnell er konnte in sein Zelt unter Deck. Sein mit Juwelen geschmückter Dolch rollte nach einem weiteren Aufbäumen der Galeere unter einer Planke hervor, Ekart genau vor die Füße. Er hob ihn auf und steckte ihn in seinen Gürtel, während er mühsam um sein Gleichgewicht kämpfte.

Von den angeketteten Ruderknechten, die in Dreierreihen auf ihren Bänken saßen, hörte man wilde Flüche, die sich mit dem Gerumpel der Ruder, dem Fauchen und Brausen des Sturmes, den Schreien und Befehlen des Patrons zu einem furchterregenden Spektakel mischten. Die Pilger drängten sich ängstlich betend zusammen, während der Patron dem Steuermann rasche Anweisungen in italienischer Sprache gab. Zu allem Übel erschallten plötzlich vom gefährlich schwankenden Mastkorb her die Rufe des Tagwächters. Er hatte zwei Bartschen erspäht, die er für Seeräuberschiffe hielt. Sie näherten sich rasch, für alle deutlich sichtbar. Es war den Seeleuten bekannt, dass sie gerne Stürme für einen Angriff nutzten.

So gut es beim heftigen Schwanken des Schiffes möglich war, befreite man die Galeoten, die Galeerensklaven, von ihren Ketten und rüstete sie mit Lanzen aus. Stein- und Schlangenbüchsen wurden mit ihren Anzündern kampfbereit gemacht und alle Arten von Waffen hervorgeholt und ausgeteilt, damit sich jedermann an Bord im Falle eines Angriffs feindlicher Türken oder anderer Räuber selbst verteidigen konnte. Jetzt ging es darum, nicht nur das Schiff durch den Sturm zu führen, sondern auch das eigene Leben zu retten.

Ethelbert, der von der ungewohnten Kost auf dem Schiff und dem heftigen Seegang an Magenkrämpfen litt, holte sein unter dem Bettzeug verstecktes Schwert hervor und war kampfbereit. Doch der Patron mahnte zur Vorsicht und ließ erst einmal die Segel reffen, um das Schiff im Sturm stabiler zu machen. Dann wollte man abwarten, was die beiden feindlich aussehenden und gut ausgerüsteten Meeresräuber vorhatten, die sich bei hohem Wellengang auf gefährliche Weise näherten. Einer davon drehte plötzlich ab, doch die zweite unheimliche Bartsche näherte sich ihnen bis auf wenige Meter. Nach einer Weile, in der alle den Atem anhielten, pfiff der Steuermann der Piraten auf seiner Pfeife und gab unerwartet Bescheid, dass sie keine feindlichen Absichten hätten. Es schien allen wie ein Wunder, dass die Bartsche schließlich davonsegelte.

Erleichtert ging die Mannschaft wieder an ihre Arbeit, nur die seekranken Handelsleute und die einfachen Pilger, geführt von ihrem Gebete murmelnden Priester, hatten Angst, während des Sturms ins Unterdeck zurückzukehren. Doch die schäumenden Wellen, die von Zeit zu Zeit über Bord gingen, die Schräglage, mit der das Schiff in ein Wellental hinunterfuhr und sie den Halt verlieren ließ, trieben sie dann doch in ihre Verschläge zurück. Ekart hielt sich am Oberdeck tapfer an einem Balken fest, während das Schiff hin und her schlingerte. Die als Proviant mitgeführten Schweine, Lämmer und Hühner in den Ställen im Bauch des Schiffes gackerten, quiekten und grunzten aufgeregt. Doch so plötzlich, wie der Sturm aufgekommen war, so rasch legte er sich. Der Himmel nahm bald wieder seine unschuldige Bläue an und die Flaute, die nun eintrat, ließ die aufgezogenen Segel erschlaffen und forderte die Galeoten zum Rudereinsatz.

Ekart kehrte in die Kajüte zurück, in der sein Vater ganz ungewohnt blass und von Bauchschmerzen befallen auf seiner Matratze lag. Er wischte ihm den Schweiß von der Stirn, leerte sein Nachtgeschirr und gab ihm zu trinken. »Hüte dich vor den Heiden«, flüsterte der Vater kraftlos. »Lass dich in keinen Streit ein. Sie sind heimtückisch – greifen dich von hinten an und morden ohne Kampf.«

Ekart wagte nicht, ihm von der Auseinandersetzung mit dem Araber und dem Verlust des Kreuzes, der wichtigsten Reliquie, die sich in seinem Besitz befand, zu sprechen. Der Vater würde nur glauben, dass dies Unglück brächte. In der Nacht schlief Ekart unruhig, von wirren Träumen geplagt.

Plötzlich spürte er, wie ihn etwas berührte, jemand sich über ihn beugte. Er fuhr im Dunkeln hoch und packte den vermeintlichen Angreifer mit beiden Händen. Es gab keine Gegenwehr und nur ein leises Psst, das ihn verwundert einhalten ließ. Seine Hand tastete über weiche Haut, sanfte Körperformen, einen seidigen Schleier und duftendes Haar. Eine Frau! Er ließ sie los und entzündete mit zitternden Fingern die Kerze neben der Truhe. Die verschleierte junge Frau, die er an Deck vor einem Sturz bewahrt hatte, stand vor ihm. Ihre mit schwarzen Strichen umrahmten dunklen Augen funkelten im Kerzenlicht wie schmeichelnder Samt und er spürte die gleiche Schwäche in den Adern wie beim ersten Mal, als sie ihn angesehen hatte.

»Verzeihen Sie«, flüsterte sie leise, indem sie die italienische Sprache wählte, deren sie mächtig war, »dass ich diesen Weg gewählt habe – aber es war nicht anders möglich.«

Ekart sah zum Vater hinüber, der nach einem Opiumtrank, der seine Schmerzen lindern sollte, fest schlief und laut schnarchte.

»Oh, das ist nicht weiter schlimm«, sagte er mit einem Lächeln. Sie legte den Finger auf die Lippen und sah zu dem Schlafenden hinüber, der sich gerade ächzend auf die andere Seite gewälzt hatte. Ekart erhob sich und zog die junge Frau vorsichtig in den kleinen Zwischenraum, der die Schlafplätze von einem winzigen Aufenthaltsraum trennte. »Wer sind Sie?«, fragte er in stockendem Italienisch, der Sprache, die er zusammen mit einigen Brocken Arabisch gelernt hatte. Langsam wiederholte er seine Worte. »Was wollen Sie? Warum sind Sie gekommen?«

»Erkennen Sie mich nicht?«, hauchte die mandeläugige Schönheit mit einem bezaubernden, fremd klingenden Akzent. »Mein Name ist Suleika.« Anmutig schlug sie ihren Gesichtsschleier zurück und lächelte. »Danke, dass Sie mich heute vor einem Sturz bewahrt haben. Ihre Tür war unverschlossen. Habe ich Sie sehr erschreckt?«

»Das kann man wohl sagen«, erwiderte Ekart verwirrt und glättete sein zerzaustes dunkles Haar. »Ich dachte, man wollte mich erneut überfallen. Beinahe hätte ich Sie niedergeschlagen. Sie haben Glück, dass mein Vater nicht erwacht ist.« Er räusperte sich. »Suleika ist übrigens ein sehr schöner Name.«

Die junge Frau nickte lächelnd. »Richtig. Ich bin die Tochter des Emirs Saliman al Harik, des Mannes, dem Sie heute eine nahezu unverzeihliche Niederlage beigebracht haben. Mein Vater hat Ihnen Rache geschworen – und ich wollte Sie vor ihm warnen.«

»Mich warnen? Das ist aber sehr … « Ekart fehlten plötzlich die Worte, er starrte sie wie gebannt an. Wie wunderschön diese Frau im flackernden Kerzenlicht war. Ihr voller, fein geschwungener Mund lächelte ihn an und gab eine Reihe perlweißer Zähne frei. Das pechschwarze Haar, das Suleikas bräunliches Gesicht mit der feinen Nase und hohen Wangenknochen umgab, war mit edelsteinverzierten Bändern durchflochten und fiel bis auf den Rücken ihres Gewandes, über dem ein zarter goldbestickter Schleier lag. Er fing sich und vollendete den Satz, bei dem er stecken geblieben war: »… das ist sehr freundlich von Ihnen.«

»Ja. Aber warum sehen Sie mich so an?«

»Sie sind so unwirklich«, stammelte Ekart, »so schön! Wie eine Erscheinung aus einem Märchen.« Er versuchte sich zu fassen. »Sie haben sich selbst in Gefahr begeben. Das … ist ein großes Wagnis. Wieso tun Sie das? Ich bin doch ein Fremder für Sie, ein … ein Ungläubiger.«

Das schöne Mädchen zuckte die Schultern und ihr Lächeln schien noch rätselhafter. »Ich weiß es selbst nicht. Vielleicht habe ich Mitleid mit Ihnen. Sie sind noch so jung … und unerfahren.« Beinahe kokett strich sie sich eine Locke ihres schimmernden Haares aus der Stirn. »Aber vor allem wollte ich Ihnen dies hier bringen.« Sie zog aus den Falten ihres Kleides das Kreuz, das ihm der Muselmann gestohlen hatte. »Für meinen Vater ist es nur eine Trophäe. Als er schlief, habe ich es ihm fortgenommen. Er wird meinen, er habe es während des Sturms verloren. Ich dachte, dass es Ihnen vielleicht etwas bedeutet.«

Erfreut griff Ekart nach dem Kreuz. »Ja, das ist wahr. Dieser Schmuck ist mein Talisman und ich war wirklich sehr bestürzt über den Verlust. Er enthält einen winzigen Fetzen vom Grabtuch des heiligen Petrus. Ich danke Ihnen von ganzem Herzen.« Beglückt ergriff er ihre Hand, küsste sie, und als er aufsah, versank er erneut in dem samtschwarzen Abgrund ihres Blickes, der ihn wie hypnotisch festhielt. Nur mit Mühe konnte er sich aus diesem seltsamen Bann lösen. Er wandte sich um und nahm den Dolch, der unter seinem Umhang lag. »Und das hier gehört Ihrem Vater. So sind wir quitt.«

Suleika wehrte die mit Edelsteinen verzierte kostbare Waffe energisch ab. »Lassen Sie nur. Mein Vater besitzt viele solcher wertvoller Waffen. Ich wüsste nicht, wie ich ihm das erklären sollte. Er darf auf keinen Fall wissen, dass ich Sie aufgesucht habe.«

»Sie könnten sagen, Sie hätten den Dolch irgendwo gefunden.«

»Nein, nein. Behalten Sie ihn. Als Andenken. Falls wir uns nicht mehr wiedersehen.« Sie wandte sich um und glitt auf leisen Sohlen zur Tür.

»Warten Sie«, versuchte Ekart sie zurückzuhalten. »Ich muss … ich möchte Sie sehr gerne wiedersehen und mit Ihnen sprechen. So wie jetzt.«

»Das wird nicht möglich sein. Ich werde immer bewacht. Meine Amme und meine Frauen passen sehr gut auf mich auf.«

»Aber Sie sind doch jetzt auch gekommen.«

Sie lachte leise und zog den Schleier wieder über ihr Gesicht. »Das war schwierig genug. Aber meine Amme hat zum Glück einen guten Schlaf.« Bevor Ekart noch etwas erwidern konnte, war sie zur Tür hinaus.

Er fuhr sich über die Stirn. War das alles ein Traum gewesen? Das kühle Metall des Kreuzes in seiner Hand überzeugte ihn davon, dass der überraschende Besuch Wirklichkeit gewesen war. Er schüttelte den Kopf, riss die Tür der Kajüte auf und sah Suleika nach, wie sie anmutig über das Deck huschte. Diesmal schob er den Riegel vor die Tür. Aufgewühlt und völlig außer sich legte er sich wieder zu Bett. Aber er konnte nicht einschlafen. Immer sah er ihre dunklen, mandelförmigen Augen vor sich, die perfekte Zeichnung und Wölbung ihrer Lippen, die Art, wie sie ihn angelächelt und ihren Schleier zurückgeschoben hatte. Was wusste er von ihr? Nichts – nur, dass sie eine Heidin war und einer gegensätzlichen Religionsgemeinschaft angehörte. Dass sie völlig unerreichbar für ihn war und einen gewalttätigen Vater hatte. Er wälzte sich von einer Seite zur anderen. Was ging ihn diese Frau überhaupt an? Sie hatte ihm den Schmuck zurückgebracht – und ihn vor ihrem rachsüchtigen

Vater gewarnt, damit er sich vorsehen sollte. Das war alles. Trotzdem konnte er sich nicht erklären, warum er immer weiter an sie denken musste, sich jedes ihrer Worte und den Klang ihrer Stimme ins Gedächtnis rief. Wie ein Zauberwesen war sie in sein Leben getreten und hatte sich mit magischer Kraft seiner Gedanken und seiner Seele bemächtigt. Gegen Morgen erst gelang es ihm endlich einzuschlafen. Er war verliebt. Restlos – und ohne jegliche Hoffnung.

***

Heimlich, mitten in der Nacht, hatte man Berta auf einer Trage aus der Burg geschafft und sie in ein Pesthaus außerhalb des Ortes gebracht. Es war ihr immer schlechter gegangen, Flecken waren aufgetreten, die Beulen hatten sich rasant vermehrt, entzündet und einige waren sogar aufgebrochen. Stinkender Eiter lief heraus. Man gab der Kranken nur noch Tage. Magdalena war froh, als sie fort war. Nun galt es, sich selbst und alle anderen Bewohner auf Burg Schrockenstein zu schützen. Noch in der Nacht ließ sie alles mit Essigwasser abwaschen und den Raum ausräuchern.

Sigurd und Friedhelm waren endlich weitergereist und so hatte sie eine Sorge weniger. Was bedeutete es schon, dass sich Emma in ihrem Zimmer vergrub und schmollte. Sie selbst hatte in ihrer frühen Jugend auch einmal für einen gut aussehenden Knecht geschwärmt. Das würde vorübergehen.

Nach zwei Tagen erfuhr sie, dass Berta gestorben war und man sie auf dem Pestanger begraben hatte. Zum Glück gab es seitdem keine neuen Krankheitsfälle in der Umgebung und auch auf der Burg schien sich niemand angesteckt zu haben. Magdalena war erleichtert, dass die Seuche, die hier und dort in den Dörfern aufflammte, sie noch einmal verschont hatte.

Der milde und sonnige Herbst war ganz plötzlich zu Ende,

stürmisches und kaltes Wetter war hereingebrochen, bei dem auch schon mal ein paar Schneeflocken durch die Luft tanzten. Nun musste dafür gesorgt werden, dass genügend Holz da war, um die Kamine und Kachelöfen zu beheizen. Der Winter nahte und es war höchste Zeit, die Vorräte zu ergänzen und den Keller zu befüllen. Magdalena überwachte persönlich das Einlagern von Schmalz- und Pökelfleisch, sah nach, ob die Weinfässer ordentlich voll waren, und kontrollierte, ob man das Heu für die Pferde so stapelte, dass es nicht feucht wurde. Die Köchin hatte zusätzlich Obst eingekocht und Konfitüre hergestellt. Es war immer Magdalenas Aufgabe gewesen, sich um die häuslichen Belange und Vorräte der Burg zu kümmern, denn Ethelbert hatte für solche »Kleinigkeiten«, wie er sie nannte, nie Zeit gehabt. Ihn interessierten nur die großen Taten und Themen, wie Fehden, die Politik der Reichsfürsten oder die Spaltung der Kirche. Für Magdalena war es daher wichtig, dass er alles in Ordnung auf der Burg vorfinden würde, wenn er mit Ekart aus dem Heiligen Land zurückkehrte.

Emma sah durch die Butzenscheiben ihres kleinen Fensters in den trüben Regentag hinaus und legte die Stickarbeit beiseite, an der sie gerade arbeitete. Sie hasste diese mühselige Stichelei, die jedes adlige Burgfräulein zu erlernen hatte. Ihre Mutter vertrat sogar die Meinung, es sei wichtig, dass die Hände beschäftigt seien, damit der Geist frei bleibe. Ihr leuchtete das gar nicht ein und sie fröstelte bei dem Gedanken, dass der Winter vor der Tür stand und sie so lange Gefangene auf der Burg wären, bis im Frühjahr der Schnee schmolz und die Wege passierbar waren. Nichts war dann mehr mit ihren kleinen Fluchten, den Ausritten und dem Gefühl der Freiheit, das sie dabei spürte.

Aber vor allem vermisste sie den Bruder, mit dem es nie langweilig gewesen war. Die gemeinsamen Kartenspiele in der dunklen Jahreszeit, die Ritterturniere, die sie mit kleinen Holzfiguren aufführten, die Geschichten, die sie erfanden und einander erzählten, und die harmlosen Streiche, die sie verübten, fehlten ihr genauso wie die Lehrstunden, die Ekart erhielt und denen sie sich angeschlossen hatte. Ein Mönch, der dem Bruder seit Jahren Stunden in der lateinischen Sprache gab, hatte im Hinblick auf die Reise ins Heilige Land von Ethelbert die Erlaubnis bekommen, den Unterricht auch auf Italienisch und Arabisch auszudehnen. Emma und Ekart übten fortan Rollenspiele in den fremden Sprachen, die sie, wenn der gelehrte Mönch fort war, wie Theaterstücke aufführten. Auch während der Abwesenheit des Bruders hätte Emma die Stunden gerne fortgesetzt. Doch die Mutter meinte, es zieme sich nicht für ein junges Mädchen, so etwas für Frauen Nutzloses zu lernen. Lieber solle sie sich mit der Haushaltsführung auf der Burg und sonstigen organisatorischen Belangen beschäftigen. Emma fügte sich und so verging der Winter, der mit Kälte und unwirtlichem Wetter die Bewohner der Burg in deren Mauern festhielt und sie ihre Zeit vorzugsweise in der Nähe eines warmen Kaminfeuers verbringen ließ. Die Mägde und Knechte verrichteten die notwendigen Arbeiten im Waschkeller und Stall, und die Köchin bereitete jeden Tag einen großen Topf nahrhafte Suppe zu, der ständig über dem Feuer hing.

Ende Februar schreckte wie aus heiterem Himmel ein weiteres Ereignis die Burgbewohner auf. Ein junger Stallbursche war erkrankt und mit schwarz gefärbten Nägeln und Fingerspitzen plötzlich tot zwischen den Heuballen gelegen. Man munkelte, er habe gehustet und die Lungenpest gehabt, doch so genau war das nicht mehr festzustellen, denn man brachte die Leiche gleich zu seinen Eltern ins Dorf. Nicht lange danach klagte auch ein betagter Knecht, der sich seit Jahrzehnten in den Gewölben der Burg um das Feuerholz, die Vorräte und den Wein kümmerte, über Unwohlsein und starkes Kopfweh und starb kurz darauf bei einem Sturz über die Kellertreppe. Auch er wies den Stempel der Pest auf: die schwarz gefärbten Hände und

Fingernägel. Wie ein Gespenst erhob sich nun die dunkle Angst, auf Burg Schrockenstein ginge die Pest um. Magdalena spürte, wie die Furcht in ihr emporkroch und ihr nachts den Schlaf raubte. Was sollte sie nur tun? Die vergangenen Krankheitsfälle gaben ihr zu denken. Ob es nützte, wenn man die Tore schloss und keine Fremden mehr einließ? Aber wenn die Seuche bereits die Schwelle der Burg überschritten hatte, half das auch nichts mehr. Magdalena verdoppelte ihre Bemühungen zum Schutz der Bewohner, ließ jeden Tag die Stuben mit Essigwasser auswischen, verbrannte Myrrhe, Thymian und Buchsbaumblätter im Palas und im Rittersaal und hoffte, dass der Schwarze Tod an ihnen vorbeiziehen würde. Auch Emma spürte die drohende Gefahr, die unsichtbar über ihnen schwebte, und die Hilflosigkeit, mit der sie ihr ausgeliefert waren.

Eines Tages wunderten sich die beiden Frauen, dass das Mittagessen im kleinen Saal der Burg so lange auf sich warten ließ. »Wo bleibt denn heute nur die Suppe?«, fragte Magdalena mit strenger Miene die servierende Dienstmagd, die sich in eine Ecke drückte und nur verschüchtert die Schultern zuckte.

»Die Köchin«, stammelte das Mädchen, »sie ist … sie ist fort. Und die Lene auch.«

Gemeinsam begaben sich Emma und Magdalena in die Küche, um nachzusehen, was geschehen war. Der Herd war kalt, die Küche leer. Eine unzerteilte Henne lag auf dem Hackbrett und ausgerollte Teigplatten trockneten an der Luft. Die Köchin hatte anscheinend alles stehen und liegen gelassen und war verschwunden. Stumm, mit in die Hüften gestemmten Armen, sah sich Magdalena um. »Anna! Rosine, Lene!«, rief sie mehrere Male hallend durch das Gewölbe, obwohl sie schon ahnte, dass es vergeblich sein würde. »Ihr bekommt den doppelten Lohn, wenn ihr zurückkehrt!« Aus dem Nebenraum war ein Geräusch zu hören und eine junge Frau schlurfte herbei. Es war Rosine, die Beiköchin.

Emma erkannte in ihr erst auf den zweiten Blick das hübsche Mädchen mit den lustigen Augen von früher, denn sie sah rund und aufgedunsen aus. Ihre roten Haare, zuvor zu adretten Zöpfen geflochten und aufgesteckt, hingen ungepflegt und zerzaust um ihr Gesicht. »Rosine!«, rief Emma erstaunt. »Was ist mit dir passiert?«

»Mit mir?« Die Magd lachte hässlich auf. »Was soll schon sein? Nichts, gar nichts.«

Emma musterte sie entsetzt von oben bis unten und Magdalena fragte in mildem Ton: »Weißt du, wo die Köchin bleibt? Ist etwas geschehen?«

»Sie ist fort – aus Angst vor der Seuche. Es scheint, dass es schon wieder jemanden erwischt hat. Die neue Magd Anna, die der Köchin zur Hand ging, liegt auf ihrem Zimmer und fiebert. Niemand will sie pflegen. Jetzt bin nur noch ich da.«

Magdalena fuhr der Schreck in die Glieder, als sie von dem neuen Krankheitsfall hörte. Dann fasste sie sich und sagte streng: »Man muss jeden Kranken sofort ins Hospiz schaffen. Aber was ist mit dir? Warum bist du geblieben?«

»Ich habe keine Angst vor der Pest. Wohin sollte ich auch gehen? Ich habe doch niemanden!«, sagte Rosine mit einem stumpfen Ausdruck im Gesicht. »In meinem Zustand«, sie strich über ihren gerundeten Bauch, »will mich ja doch keiner haben.«

Magdalena sah sie von oben bis unten an. »Du bekommst ein Kind? Von ihm … dem Bastard?«

»Ja, es ist Sigurds Kind. Er hat mir versprochen wiederzukommen … Von mir aus können Sie mich jetzt hinauswerfen«, fuhr Rosine mit monotoner Stimme fort. »Es ist mir gleich … alles ist mir gleich! Ich hab keine Angst. Vor nichts – und niemandem! Auch nicht vor dem Tod.« Sie ließ sich auf einen Stuhl fallen und barg das Gesicht in ihrer Schürze. Ein Schluchzen erschütterte ihren Körper.

Magdalena trat zu ihr und legte die Hand auf ihre Schulter. »Bist du sicher – dass es wirklich Sigurd war?« Rosine antwortete nicht, sondern schluchzte nur noch stärker. »Du kannst bleiben«, fuhr Magdalena fort. »Aber nur, wenn du die Stelle der Köchin übernimmst. Richte uns jetzt eine einfache Mahlzeit her. In der Vorratskammer sind Käse, Schinken und Eier.«

»Ja.« Rosine fuhr sich mit der Schürze über das verweinte sommersprossige Gesicht. »Ich danke Euch von Herzen, Frau Magdalena, dass ich bleiben darf.« Sie trat zum Herd, um das Feuer neu anzufachen.

»Dieser Kerl, dieser hinterhältige Bastard! Ich habe es immer gewusst!«, schimpfte Magdalena wütend, als sie die Küche verlassen hatten. »Solange ich lebe, kommt dieser Sigurd nicht mehr in meine Nähe. Ich werde Friedhelm darüber unterrichten …« Sie hielt ein. »Aber was würde das schon nützen? Wie der Vater, so der Sohn. Wir können nur froh sein, wenn Rosine die Einzige ist, die er geschwängert hat.«

Emma ging stumm neben ihrer Mutter her. Magdalena sah ihre Tochter prüfend an und Emma zwang sich zu einem Lächeln. »Du hast recht gehabt, Mutter. Sigurd hat keinen guten Charakter. Ich habe mich in ihm getäuscht. Er hat sich abscheulich benommen.«

»Ich bin froh, dass du das einsiehst, mein Kind. Es war mir gar nicht recht, dass du damals mit ihm ausgeritten bist.« Draußen schien der Winter zurückgekommen zu sein, es schneite und war so dunkel, als wenn es schon Abend wäre. Magdalena zündete eine Kerze an und seufzte, als läge eine schwere Last auf ihren Schultern. Sie schalt sich selbst herzlos, aber sie brachte es nicht fertig, die kranke Dienstmagd in ihrer Kammer zu besuchen oder ihr beizustehen. Sie hatte nur ins Dorf geschickt, damit man sie so bald wie möglich abholte und ins Hospiz brachte. Der Medicus war in dieser Situation auch keine große Hilfe. Sie hatte ihn für die vergangenen Fälle bezahlt, obwohl er seine Schnabelnase nur kurz in die Tür gesteckt und unnütze Anweisungen gegeben hatte. Und nun musste sie dringend entscheiden, was zu tun war. Nach dem neuen Krankheitsfall würden es vielleicht auch die anderen Dienstboten der Köchin nachmachen und davonlaufen. Wie sollte es dann auf der Burg weitergehen? Sie durfte nicht daran denken. Würde der Todesengel wieder so eine grausame Ernte machen wie vor fast vierzig Jahren im Dorf? Damals hatte er ihre Eltern und viele andere Menschen dahingerafft.

Nach ein paar Tagen bestätigten sich die düsteren Befürchtungen der Burgherrin. Nach dem Tod der Beiköchin verschwanden still und leise der Burgvogt, die Schutztruppe und die Beschließerin. Letztendlich blieben nur noch Rosine, eine Magd und ein schon etwas bejahrter Knecht auf der Burg, der nicht wusste, wohin er gehen sollte. Nachdem die meisten das Weite gesucht hatten, blieb Magdalena und Emma nichts anderes übrig, als selbst mit anzupacken. Emma arbeitete im Stall, fütterte die Hühner, striegelte die Pferde und nahm auch Rosine in der Küche so viel wie möglich ab. Und sie stellte fest, dass ihr diese Beschäftigungen sehr viel mehr Spaß machten, als sich die Finger an sinnlosen Wandbehängen wund zu sticken. Nach den Wintermonaten war jetzt viel an Arbeit liegen geblieben, der Burghof wirkte verwahrlost und in den Kammern verstaubten die Möbel und Gerätschaften. Die beiden Frauen beheizten nur noch ein kleines Burgzimmer, in dem sie sich am Abend aufhielten.

Emma war heute, an einem schönen und etwas wärmeren Frühlingstag, zum ersten Mal wieder allein ausgeritten. Am Abend, vor dem Kaminfeuer, fröstelte sie plötzlich. Blasser als gewöhnlich, lehnte sie mit geschlossenen Augen in ihrem Sessel.

Magdalena stickte eifrig an einem Altartuch für die Klosterkirche, das sie dem alten Abt Hieronymus, für dessen

Schweigen sie ihm immer noch dankbar war, an Pfingsten zukommen lassen wollte. »Bist du müde, mein Kind?«, fragte sie ganz nebenbei die Tochter, die ihr die Antwort schuldig blieb. Emma schien eingeschlafen zu sein und sie wiederholte ihre Frage.

Beinahe schwerfällig öffnete das Mädchen die Lider, vor Frost erschauernd. Ihre Augen waren rot und geädert. »Ich weiß nicht«, artikulierte sie mit schwerer Zunge. »Mein Hals tut weh, nichts weiter. Wahrscheinlich bin ich zu schnell geritten.«

Der Mutter war, als hätte sie ein Hieb in den Magen getroffen. Die alte Angst flammte wieder auf. Guter Gott – es würde doch nicht ausgerechnet Emma treffen! Sie ließ die Handarbeit sinken, streckte ihre zitternde Hand aus und legte sie auf die Stirn ihrer Tochter. Sie war glutheiß. »Du bist krank, Kind, leg dich zu Bett. Ich werde dir einen Halswickel machen.« Sie bemühte sich, ruhig zu bleiben, und führte das Mädchen, das ganz benommen schien, in ihre Kammer und brachte sie zu Bett. Verstohlen hob sie Emmas Arm. Doch es war kein Anzeichen einer Schwellung zu erkennen. Dann ließ sie sie mit Salzwasser gurgeln, machte ihr einen Umschlag und versuchte, ihr warmen Tee aus Weidenröschen und Lindenblüten einzuflößen. Besorgt musterte sie ihr Kind, das mit geschlossenen Augen dalag und ruhig zu schlafen schien. Sie rückte sich einen Sessel zurecht. Heute Nacht würde sie kein Auge zutun können und bei Emma wachen. Die Hände faltend, richtete sie ein Stoßgebet gen Himmel. »Lass sie nicht krank werden, lieber Gott! Lass sie nicht diese schreckliche Krankheit bekommen!«

Trotz des nicht sehr bequemen Sessels war Magdalena eingeschlafen, als sie durch ein seltsames würgendes Geräusch hochfuhr. Emma hatte sich halb aufgesetzt und sich erbrochen. Sie wimmerte, war rot im Gesicht, murmelte Unverständliches und schien nicht ganz bei Bewusstsein. Ihr Fieber war gestiegen. Magdalena säuberte alles, dann suchte sie hastig nach neuen Tüchern, die sie in kaltem Wasser auswrang und ihrer Tochter um die Waden wickelte. Sie schob Emmas Hemd hoch – und schrak zurück. An ihrer Leiste hatte sich eine beulenhafte Verfärbung entwickelt. Ihre schlimmste Befürchtung hatte sich bewahrheitet. Die Pest – jetzt war sie da und griff nach dem Liebsten, das sie hatte. Sie wollte um Hilfe rufen – doch es war niemand da, der sie hören konnte. Die Mauern der Burg umgaben sie mit der Stille des Todes, die in ihnen so unvermittelt Einzug gehalten hatte.

8. Kapitel

Den Kopf an einen Baum gelehnt, versuchte Wolfram, den Schmerz an seinem Oberarm nahe der Schulter zu ignorieren. In seinen Ohren summte es – er hatte Blut verloren, fühlte sich schwindlig und nicht besonders gut. Mit den Zähnen hatte er ein Stück aus seinem Hemd gerissen, es auf die blutende Wunde gelegt und den Rest des Stoffes fest darum gebunden. Wer hätte gedacht, dass der Abt eine Waffe führte – dass er auf ihn schießen würde? War es Priestern nicht verboten zu töten? Hatte Jesus nicht gesagt: Wenn dich einer auf die rechte Wange schlägt, dann halte ihm auch die linke hin? Wie dem auch war, er hatte es geschafft, seinem Gefängnis zu entkommen, und gedachte auch nicht, sich erneut festnehmen zu lassen.

Sein Pferd, das in der Nähe an der Rinde des Baumes knabberte, an dem es angebunden war, wieherte. »Schon gut, meine Schöne«, flüsterte Wolfram. »Wir ziehen gleich weiter. Wir werden eine Herberge finden und dann hast du einen warmen Stall und genug Futter.«

Er zog sich hoch und biss die Zähne zusammen. Zum Glück schien die Verletzung nicht tief zu sein. Aber der Schuss hatte vermutlich eine Ader getroffen und ihn viel Blut verlieren lassen. Sich mit dem schmerzenden Arm aufs Pferd zu ziehen war schwierig – er schaffte es erst nach einigen vergeblichen Versuchen. Die Abschrift der Landkarte lag in seinem Proviantsack, doch er hatte sich die Umgebung so gut eingeprägt, dass er sie nahezu auswendig wusste und nicht fehlgehen konnte.

Der Schimmel schritt nun gleichmäßig dahin, an Trab war nicht zu denken, da Wolfram selbst die kleinste Erschütterung starke Schmerzen verursachte.

Gegen Morgen kam er wieder an dem verlassenen Weiler vorbei, an dem er schon vor Monaten vorbeigeritten war und in dessen Behausungen die Bewohner anscheinend noch nicht zurückgekehrt waren. Der Winter hatte seinen Tribut gefordert, Vieh war verendet, tote Hühner lagen herum und ein bestialischer Gestank herrschte überall. Trotzdem blieb Wolfram nichts anderes übrig, als sich in eines der Häuser zu wagen. Es schien dasselbe zu sein, in dem er schon einmal gewesen war. Niemand hatte wohl seit seinem ersten Besuch den Fuß hier hineingesetzt. In einer Truhe fand er saubere Leinentücher, die er mit dem Messer entzweischnitt, um seine Wunde zu verbinden. Er war müde, hungrig und ihn fror, denn in der ungeheizten Stube herrschte noch die Kälte des Winters. Auf einem Bord in der Speisekammer lag hart getrocknetes Brot, ein kleines Fässchen Wein stand daneben. Er öffnete den Spund, schüttete den roten Wein mit einer guten Portion braunen Rohrzuckers in einen Kochtopf und erhitzte das Ganze über dem Feuer. Dann setzte er sich an den Tisch, brockte den Kanten trockenes Brot in den heißen Wein und löffelte das Ganze aus. Nach und nach fühlte er eine angenehme Hitze in seinem Körper, die seine Adern durchflutete und ihm berauschend in den Kopf stieg. Müdigkeit und Schwäche verwandelten sich in ein angenehm täuschendes Wohlgefühl. Er hatte den Eindruck zu fliegen, alles drehte sich um ihn. Ungeschickt erhob er sich, taumelte und sank dann auf das schmale Sofa in der Wohnstube. Er hatte gerade noch

Zeit, das Kuhfell, das als Teppich den Boden bedeckte, über sich zu ziehen, dann fiel er schon in einen tiefen, fast bewusstlosen Schlaf.

Als er erwachte, brummte und hämmerte es in seinem Kopf, die einfallenden Sonnenstrahlen blendeten ihn und er wusste zuerst nicht, wo er überhaupt war. Die Wunde an seinem Arm hatte aufgehört zu bluten, aber der Schmerz war nicht geringer geworden. Trotzdem fühlte er sich gestärkt und nicht mehr so schwach wie vorher. Der lange Schlaf hatte ihm gutgetan und der Wein seine Lebensgeister neu geweckt. Er erhob sich vorsichtig, ohne seinen Arm zu sehr zu bewegen, und sah nach dem Schimmel, dem er im Stall noch am Abend ein Scheffel Hafer und einige Gabeln Heu vorgeworfen hatte. Erst jetzt nahm er wieder den durchdringenden, abscheulichen Geruch wahr, der über allem lag, und beschloss, die verdorbene Stätte so schnell wie möglich zu verlassen. Hier in diesem Haus gab es nichts mehr an Proviant oder Essbarem zu holen, aber er würde es im nächsten versuchen, das ebenso verlassen schien wie dieses. Er wusch sich am Brunnen, verband seine Wunde neu mit den Leinenstreifen und machte sich auf den Weg zum Haus gegenüber. Dort stand die Tür halb offen – das erschien ihm ungewöhnlich. Er zog sie vorsichtig auf, als keine Antwort auf sein Klopfen kam. Der Kadaver eines verendeten Hundes, der den Eintritt versperrte, war das Erste, was er sah. Die Luft anhaltend, schloss er die Tür wieder und entschied, besser im dritten Haus nachzusehen.

Dort war die Tür mit einem schwarzen Kreuz bemalt und fest verschlossen. Er schlug mit einem Stein ein Seitenfenster ein und stieg in die Stube. Drinnen war alles staubig und in den Ecken hatten sich Spinnweben gebildet. Eine Maus lief ihm direkt über die Füße. Seine Schritte knarrten auf dem Holzboden und er vermied es, sich allzu genau umzusehen. Bald hatte er die Speisekammer entdeckt und tatsächlich fanden sich dort

Eingemachtes, ein Topf Schweineschmalz, Gläser mit Konfitüre und ein paar trockene Rauchwürste, die von der Decke hingen. Hastig nahm er sie herab und band sie mit anderen Vorräten in sein Bündel.

Er fuhr zusammen, als sich plötzlich eine Hand auf seine Schulter legte. Erschrocken sah er in das Gesicht eines bärtigen Alten. »Wer … wer seid Ihr?«

»Das wollte ich dich auch gerade fragen. Und warum du dich an meinen Vorräten vergreifst, hä?« Er schwang plötzlich ein Beil, das er hinter dem Rücken verborgen gehalten hatte, doch Wolfram wehrte ihn mit einem Schlag seines gesunden Arms ab. Das Beil glitt aus der kraftlosen Hand des Alten und schlug am Boden auf.

»Halt, halt! Tut nichts Unüberlegtes! Ich glaubte alle Häuser von den Bewohnern verlassen. Da dachte ich mir …«

»Da dachtest du, du könntest hereinkommen und dir nehmen, was dir gefällt!«, schrie der Alte ihn erregt an. Sein bleiches Gesicht hatte sich vor Zorn gerötet.

»Nein, nein«, beruhigte ihn Wolfram, »so ist das nicht. Ich will Euch nicht berauben. Nur habe ich nicht damit gerechnet, dass es hier noch eine lebende Seele gibt. Ich bezahle gerne, wenn Ihr mir etwas zu essen abgebt. Aber sagt mir doch zuerst, welches Unglück hier geschehen ist. Die Gegend ist doch sehr schön und fruchtbar.«

Der Alte ließ den Kopf sinken und seufzte laut auf. »Das mag sein. Aber es nützt nichts, wenn der Ort verflucht ist. Der Sensenmann hat hier reiche Ernte gehalten. Im letzten Sommer. Ganz plötzlich war sie da, die schwarze Pest. Einen nach dem anderen hat sie geholt – unsere Siedlung ausgerottet. Der Rest der Bauern ist geflohen – keiner weiß, wohin. Ich bin der Letzte, meine ganze Familie ist tot. Ich habe sie eigenhändig begraben.« Sein grauer Bart zuckte und seine Augen füllten sich mit Tränen. »Gott weiß, warum ich nicht krank wurde. Ich wollte sterben – aber der Tod hat mich verschmäht. Und deshalb bin ich noch hier. Wo sollte ich sonst auch hingehen?«

Wolfram sah ihn mitleidig an. »Du hast ein schweres Schicksal hinter dir. Sicher ist es schlimmer, seine Lieben leiden zu sehen, als selbst krank zu werden.«

Der Alte nickte. In seinem Gesicht zuckte es unaufhörlich. »So ist es.«

»In dem Haus dort drüben – da liegen Tote. Man hat sie wohl einfach vergessen.«

»Was weiß ich.« Der Alte hob verwirrt die Schultern und rollte die Augen. »Wir sind alle verflucht.« Er hob den Finger und fiel in eine Art Singsang.

»Aber die Schafe, die Hühner … sie verpesten doch die Luft! Ich könnte dir helfen, sie einzusammeln und zu vergraben.«

»Nein!«, schrie der Alte. »Es bringt Unglück, sie anzurühren. Du solltest rasch weiterziehen.« Er hielt den Finger vor den Mund und sah sich nach allen Seiten um. »Nicht so laut! Nachts kommt der Waldgeist. Er geht um und hält nach neuen Opfern Ausschau. Ich verstecke mich vor ihm im Schrank, damit er mich nicht findet.« Er kicherte kindisch.

Wolfram begriff, dass der Alte wohl nicht mehr ganz richtig im Kopf war. »Nun, dann werde ich Euch wohl lieber mit dem Waldgeist alleine lassen.« Er nahm sein Bündel, legte die Hälfte des Proviants wieder auf den Tisch und drückte dem Alten für seinen Anteil einen Dukaten in die Hand. Der besah das Geldstück von allen Seiten und prüfte seine Echtheit mit den Zähnen. Dann achtete er nicht mehr auf Wolfram, setzte sich auf einen Stuhl und ließ die Münze wie ein spielendes Kind immer wieder klingend auf den Tisch fallen. »Kann ich noch etwas für dich tun?«, fragte Wolfram höflich, doch der Mann antwortete nicht und grummelte Unverständliches in seinen Bart. Seufzend ließ Wolfram ihn allein, ging hinaus und holte seinen Schimmel aus dem Stall. Mit der rechten Hand zog er den Sattelgurt fest und führte das Tier zu einem Baumstumpf, um leichter aufsteigen zu können.

Langsam und nachdenklich ritt er weiter. Die Pest – wo kam sie her? Warum verschwand sie wieder? Und warum befiel sie nicht alle Menschen? Wie waren die Anzeichen? Er hatte ein seltsames Gefühl und hoffte, sich nicht angesteckt zu haben. Irgendwie fühlte er sich plötzlich nicht wohl – mal war ihm heiß, dann wieder fror er.

Das Wetter hatte umgeschlagen und es begann mit einem Mal zu blitzen und zu donnern. Der Regen fiel wie ein Sturzbach herab. Wolframs Umhang war bereits durchweicht, als er unter einem Felsvorsprung Schutz suchte. Wieder überkam ihn das Gefühl völliger Erschöpfung und seine Wunde am Oberarm brannte unerträglich. Er versuchte etwas zu essen, doch der Anblick der Rauchwürste flößte ihm Ekel ein. Immer noch glaubte er den Verwesungsgeruch der Siedlung in der Nase zu haben. Ihm war kalt und ein unerwarteter Schüttelfrost rann über seinen Rücken. Seine Zähne begannen zu klappern, sein Kopf glühte, er fror und schwitzte zur gleichen Zeit. Kraftlos und fiebrig kauerte er sich unter dem Felsvorsprung zusammen. Sein Herz klopfte mit unruhigen, raschen Schlägen. Es ist aus, dachte er. Die Pest. Nun bin ich an der Reihe. Er faltete die Hände zu einem inbrünstigen Gebet. »Oh Gott, du hast mich in deiner Gnade die Wahrheit erkennen lassen. Warum muss ich jetzt so elend zugrunde gehen? Ich habe mir geschworen, das Traktat des Theologen Wyclif nach Böhmen zu bringen. Hilf mir, diesen Auftrag zu erfüllen!« Doch nur ein gewaltiger Donnerschlag antwortete ihm und der Regen rann noch heftiger herab. Bunte Funken begannen vor seinen Augen zu tanzen und dann verlor er das Bewusstsein.

Als Wolfram wieder zu sich kam, fühlte er sich benommen und wusste nicht, wo er sich befand. Auf jeden Fall war es nicht das Paradies und schon gar nicht die Hölle. Eine sanfte Hand stützte seinen Kopf und flößte ihm etwas Heißes ein. Seine Kehle schmerzte und er hustete heiser. Er verstand die Worte nicht, die man zu ihm sprach, aber ein brennender Schmerz durchzuckte seinen Arm, sobald jemand ihn berührte. Er erinnerte sich und stöhnte auf. Doch dann spürte er eine wohltuend schmelzende Salbe, die ihm Linderung brachte, und kühles, trockenes Leinen auf der Haut, mit dem man ihn verband. Mühsam öffnete er seine verklebten Augen und musste kurz darauf heftig niesen.

»Ihr habt Euch eine schöne Erkältung eingefangen, Fremder«, sagte eine angenehm klingende Stimme zu ihm, »dort unter dem Felsen.«

Er erkannte eine nicht mehr ganz junge Frau mit blauen Augen, die sich über ihn gebeugt hatte und ihn anlächelte. »Wer seid Ihr«, stammelte er, »und wie komme ich hierher?«

Hinter der Frau tauchte ein stämmiger rothaariger Mann auf, der ihm verschmitzt zuzwinkerte. »Ich hab Euch gefunden. Unter dem Felsen – im Schlamm. Halb tot wart Ihr!«, sagte er mit rauer Stimme. »Und Euer Arm sah schlimm aus. Ihr hattet Wundfieber und könnt von Glück sagen, dass Ihr nicht den Brand bekommen habt.«

»Gott möge es Euch vergelten«, sagte Wolfram und hob mühsam den Kopf, »dass Ihr mich gerettet habt.« Er tastete unter dem Hemd nach dem Wyclif'schen Vermächtnis und erschrak. »Wo ist die Hülse, die ich an meinen Gürtel gebunden hatte?«

»Beruhigt Euch! Sie ist hier.« Der fremde Mann deutete auf einen Gegenstand, der auf der Holzbank lag.

»Gebt sie mir. Ich muss weiter«, ächzte Wolfram und versuchte, sich zu erheben. Doch ein plötzlicher Schwindel ließ ihn schwanken, seine Knie zitterten und die Beine knickten unter ihm ein. Kraftlos sank er zurück.

»Bleibt liegen«, sagte die gutmütige Stimme des Mannes.

»Ihr braucht noch ein wenig Ruhe, bevor Ihr wieder auf Euer Pferd steigen könnt. Wo wollt Ihr denn so dringend hin, wenn ich fragen darf?«

»Nach Böhmen«, er verbesserte sich, »ich meine, eigentlich zuerst nach Ansbach zu meiner Familie. Sie machen sich sicher große Sorgen um mich. Es gab da etwas …« Er stockte.

»Ich sehe, dass Ihr in Schwierigkeiten seid«, sagte der Rothaarige. »Aber Ihr braucht mir Eure Geschichte nicht zu erzählen, wenn Ihr nicht wollt.«

Wolfram blickte ihn dankbar an. »Ich werde Euch davon berichten, wenn ich wieder ganz bei Kräften bin.«

Das Knistern des Feuers im Kamin, der Duft einer guten Suppe und die leisen Stimmen und Geräusche in der Stube lullten ihn ein und er schloss wieder die Augen. Bald würde er weiterziehen. Vielleicht schon morgen.

***

Es dauerte allerdings noch geraume Zeit, bis Wolfram wieder sicher auf den Beinen stand. Die einfache Holzhütte war sauber und Mechthild, die Frau, die ihn gesund gepflegt hatte, freundlich und zuvorkommend. Jonas, ihr Mann, arbeitete als Holzarbeiter im Wald und die beiden hatten drei quirlige Kinder zwischen einem und fünf Jahren. Es herrschte eine herzliche und gastfreundliche Atmosphäre im Haus und Wolfram wusste gar nicht, wie er sich für alles erkenntlich zeigen sollte. Als seine Kräfte zurückkehrten, half er Jonas bei der Arbeit und Mechthild im Haus, so gut es ging. Und eines Abends erzählte er ihnen von dem Erlebnis in Konstanz, das sein Leben verändert hatte. »Einen kurzen Moment lang spürte ich ganz deutlich, dass Gott mich auserwählt hat, für die Wahrheit zu kämpfen. Ich konnte nicht anders, als diesen Jan Hus, von dem ich vorher gar nichts wusste, vor dem hochmütigen Klerus zu verteidigen. Versteht Ihr, was ich meine?« Er sah Jonas und seine Frau fragend an, die ihm mit glänzenden Augen zuhörten.

»Ihr habt Mut bewiesen und es gewagt, Eure Meinung zu vertreten«, sagte Jonas mit ernster Miene. »Es ist schändlich, aber durch ihre Lügen halten die Priester uns einfache Leute in Demut, Angst und Armut. Wir müssen ihnen glauben, weil wir selbst die Bibel nicht lesen können. Gott segne Euch, damit Ihr Euer gutes Werk auch in Zukunft ungefährdet fortsetzen könnt.«

»Und er möge Euch vergelten, dass Ihr mich aufgenommen und gesund gepflegt habt. Mein Dank kommt von Herzen.« Mit feuchten Augen umarmte Wolfram die beiden. »Ich möchte Eure großherzige Gastfreundschaft, mit der Ihr Euer Brot mit mir teilt, aber nun nicht länger in Anspruch nehmen«, sagte er. »Morgen reite ich weiter.«

»Ihr könnt bleiben, solange Ihr wollt«, sagte Mechthild mit heiterer Miene. »Ihr seid uns ein Freund geworden.«

Wolfram lächelte ihr dankbar zu. Da sie sich weigerten, Geld von ihm zu nehmen, legte er heimlich einige Dukaten aus seinem Beutel unter den Brotkorb auf dem Küchentisch, bevor er sich auf das Herzlichste verabschiedete und sich noch einmal für alles bedankte, was sie für ihn getan hatten. Er war sicher, dass er ohne ihre Pflege nicht mehr am Leben wäre. Die Kinder, die sich schon an ihn gewöhnt hatten, winkten ihm traurig zu, als er auf seinen Schimmel stieg und davontrabte.

Es war noch ein gutes Stück nach Ansbach und er verlor viel Zeit damit, die Dörfer zu umgehen und breite Wege zu meiden, die Händler, Soldaten und Söldner nahmen. Oft bahnte er sich einen Weg durchs Gehölz oder am Waldrand entlang, immer auf der Hut vor Begegnungen mit Fremden. Er hätte den Heimatort gemieden, wo ihn jedes Kind kannte, aber es drängte ihn, mit dem Vater und Bruder zu sprechen. Auch war es nötig, sich neu einzukleiden und mit Waffen und Geld zu versehen, bevor er sich auf den Weg nach Böhmen machte. Seine Münzen schmolzen schneller dahin, als er dachte, und der Proviant, den ihm die gute Frau Mechthild zugesteckt hatte, war schnell zur Neige gegangen. Sein Hungergefühl und sein knurrender Magen trieben ihn zu einem großen Klosterbau, wo er sein Pferd außer Sichtweite an einen Baum band. Er humpelte wie ein armer Bettler zur Pforte und bat um etwas Brot. Doch von dieser karg ausgeteilten Gabe wurde er nicht richtig satt. Es begann zu regnen und ein stürmischer Wind wehte. Als es Abend wurde, wusste Wolfram nicht, wo er die Nacht verbringen sollte. Frierend und unzufrieden mit sich selbst setzte er seinen Weg fort. Er hatte großes Verlangen nach einem warmen Ofen und einem guten Schluck Würzwein.

Vor ihm, in einer Talmulde, lag ein Dorf, über dem sich in einiger Entfernung auf einem felsigen Hügel eine stolze Burg erhob. Die von Nebelschwaden umwehten grauen Mauern besaßen große Wachtürme und machten einen wehrhaften Eindruck. In der Nähe des Dorfes kam eine adrette Herberge in Sicht mit einem Schild, auf das ein appetitlicher Rostbraten gemalt war. Er ritt langsam näher und tatsächlich stieg ihm köstlicher Bratenduft in die Nase, der aus der offenen Tür wehte. Jetzt war es einfach unmöglich weiterzureiten. Was sollte schon passieren. Niemand kannte ihn hier in diesem gottverlassenen Nest, in dem sich wohl kaum einer für die politischen Streitereien von Kirche, König oder Papst interessierte. Er band sein Pferd an den dafür vorgesehenen Querbalken und trat in die Stube. Drinnen saßen einige Männer um einen wuchtigen Holztisch. Sie hatten Bierkrüge vor sich und spielten Karten, ohne den Ankömmling zu beachten. Wolfram setzte sich mit bescheidenem Gruß in eine Ecke und bestellte bei der molligen Wirtin Wein und Schweinebraten mit Bohnenmus. Bis sein Essen kam, hatte er Muße, das laute Gespräch der Männer am Nebentisch mit anzuhören.

»Es gab lange keinen einzigen Fall – bis jetzt«, sagte ein Bauer in einer groben gewalkten Joppe und prüfte die Karten in seiner Hand.

»Diese Seuche darf nicht wiederkommen! Vor Jahren hat sie unser schönes Dorf beinahe ausgerottet.« Der Sprecher mit dem kantigem Gesicht und der roten Nase paffte aus seiner Pfeife dicke Rauchwolken in die Luft. »Du gibst«, wandte er sich an seinen Nachbarn, der eine Karte hinlegte, und fuhr fort: »Eine schlimme Zeit war das. Wir müssen uns vorsehen.«

»Glaubst du, dass die beiden Frauen da oben auf der Burg allein zurechtkommen? Man sagt, die ganze Dienerschaft sei fortgelaufen, weil dort Leute erkrankt sind.«

»Wo ist denn der alte Ethelbert?«

»Was weiß ich! Man sagt, er sei zum Konzil nach Konstanz geritten …«

»Ach was. Ins Heilige Land wollte er. Mit seinem Sohn«, belehrte ihn ein anderer aus der Runde. »Und er wird nicht so schnell zurück sein.«

Wolfram war bei der Erwähnung des Konzils zusammengezuckt.

»Was sagst du, Doktor? Warst du nicht da oben und hast nach dem Rechten gesehen? Ist es wirklich die Pest?«

»Wohl wahr. Ich kenne die Anzeichen genau«, antwortete der Medicus. »Die Magd ist ja auch gleich darauf gestorben. Ich konnte nichts mehr für sie tun. Diese Krankheit ist teuflisch und schreitet zu schnell fort, als dass man noch eingreifen kann.«

»Und was geschah mit den beiden Knechten?«

»Sie wurden rasch begraben. Ich habe nichts davon gewusst. Aber es gab noch einen Fall …« Er hielt ein, als hätte er zu viel gesagt. Die anderen sahen in sein bleiches, knochiges Gesicht und rückten unmerklich von ihm ab. Als er die Anzeichen von Furcht in den Gesichtern bemerkte, fügte er rasch hinzu: »Keine Angst, Leute. Ich trage immer meine Maske, Handschuhe und einen langen Mantel. Außerdem vermeide ich jeden direkten Kontakt mit den Kranken.«

»Gebe Gott, dass die beiden Frauen dort oben verschont bleiben«, sagte der mit der roten Nase. »Es wäre schade für das junge Ding da oben in der Burg. Ein schönes Mädchen, so grazil wie ein Reh …«

»Na, na! Die gefällt dir wohl?«, mischte sich sein Gegenüber mit lüsternem Blick ein. »Aber da hat einer wie du keine Chancen. Mir wäre sie übrigens viel zu frei erzogen.«

»Ja«, grummelte der Forstmeister in grüner Joppe, die Flinte gegen den Stuhl gelehnt, der bisher nur schweigend an seiner Pfeife gesogen hatte. »Das kann man wohl sagen. Ich hab sie oft gesehen, wie sie wie der Teufel im Wald umhergeritten ist und das Wild verjagt hat. Eine Jungfer hat im Haus zu bleiben – das gilt besonders für die Tochter eines Burgherrn!«

Die Wirtin brachte die dampfenden Teller und die Männer unterbrachen ihr Spiel und machten sich mit Appetit an die Mahlzeit. Auch Wolfram bekam sein Teil, eine gute Portion am Spieß gebratenes saftiges, Fleisch auf würzigem Bohnenmus. Er musste sich mäßigen, um nicht zu hastig zu essen, denn er hatte schon lange nichts mehr so Gutes vor sich gehabt. Fleißig dem Wein zusprechend, sah er durch das Fenster zur Burg hinauf, an der nur ein Fenster schwach erleuchtet war. Es regnete immer noch, er war müde und beschloss, die Wirtin um Unterstand für sein Pferd und ein Nachtlager für sich zu bitten. Als er den Beutel aus dem Rock zog, um zu zahlen, glitt ihm dieser aus der Hand und seine restlichen Münzen fielen heraus. Rasch sammelte er alles auf, doch das klingende Geräusch hatte den Blick eines der Männer angezogen, der auf ihn deutete und seinem Nachbarn etwas ins Ohr flüsterte. Einer nach dem anderen drehte sich zu ihm um und musterte ihn. Die Wirtin steckte das ihr gereichte Geld ein und fragte nach seinem Namen.

»Gottfried zur Brüggen«, antwortete er, doch es war ihm auf

einmal nicht ganz wohl dabei, über Nacht zu bleiben. Warum sahen ihn die Männer vom Kartentisch jetzt so komisch an? Ahnten sie etwas – oder betrachteten sie jeden Fremden so? Er nickte ihnen betont freundlich zu und suchte, nachdem er den Schimmel in den Stall geführt hatte, sein bescheidenes Zimmer auf. Trotz seiner Müdigkeit und der satten Trägheit nach dem Essen fand er keine Ruhe. Die Unterhaltung der Kartenspieler ging ihm im Kopf herum. Er öffnete das Fenster, von wo aus er die nahe gelegene Burg sehen konnte. Jetzt war alles dunkel. Ob es stimmte, dass dort zwei Frauen ganz allein hausten? Aber was ging ihn das an – er hatte genug mit seinem eigenen Schicksal zu kämpfen. Er gähnte, legte sich auf den harten Strohsack und zog die Decke über den Kopf.

Als er am nächsten Tag aufbrechen wollte, stellte er fest, dass sich an einem Huf seines Schimmels das Eisen gelockert hatte. Die Wirtin empfahl ihm einen Schmied aus dem Dorf. Dieser klopfte dem Tier einen Stein aus dem Huf, der sich zwischen dem Eisen und dem Fuß festgesetzt und die empfindliche Hufsohle verletzt hatte. Er bat ihn, den Weiterritt noch einige Tage auszusetzen, damit sich die Stelle beruhigen und er einen neuen Beschlag vornehmen könne. Wolfram fiel es schwer, seine Ungeduld zu zügeln, aber es blieb ihm nichts anderes übrig, als abzuwarten, bis sein Pferd wieder in der Lage war, ihn zu tragen.

9. Kapitel

Emma war es in den letzten Stunden ständig schlechter gegangen. Sie erbrach sich so oft, bis nur noch Galle kam. Das Fieber war gestiegen und sie fantasierte unablässig. Magdalena zog es das Herz zusammen, wenn sie Emma ansah, das Kind, das nicht einmal das ihre war, das sie aber von Herzen liebte. Bleich lag sie da, das zarte, so ausdrucksvolle Gesicht wirkte grau und eingefallen, die sonst vor Leben sprühenden grünen Augen unter den dunklen Brauen waren trüb und lagen tief in den Höhlen. Manchmal blieben sie hilfesuchend an der Mutter hängen, bevor sie sich vor Schwäche schlossen. Das dichte honigblonde Haar ringelte sich feucht und wirr auf dem Kissen und mit der rechten Hand umkrampfte sie die Bettdecke, als müsse sie sich daran festhalten. Als sie am Abend endlich vor Erschöpfung in einen unruhigen Schlummer gefallen war, hielt Magdalena es nicht länger aus. Die Angst, ihr Kind könnte die Nacht nicht überleben, drückte ihr das Herz zusammen. Sie wollte nicht einfach so abwarten – sie musste etwas tun. Vor allem den Medicus noch einmal herbitten und ihn um Rat fragen. Vielleicht hatte er noch ein anderes Mittel. Sie würde dafür zahlen, egal, was es kostete. Wenn es nur half. Es war bereits stockdunkel, als sie sich in ihrer Verzweiflung entschloss, noch ins Dorf zu fahren.

Sie weckte den einzigen noch verbliebenen Stallknecht und bat ihn, sie zu kutschieren. Verschlafen erklärte er sich bereit und langsam, viel zu langsam rollte der Wagen durch das Burgtor, den schmalen Weg hinunter.

Doch als sie endlich vor der Tür des Medicus stand und ihn eilig zu sprechen wünschte, wehrte die verschlafene Magd sie ab, die er vorgeschickt hatte. »Der Doktor lässt ausrichten, er kann nicht kommen. Er ist selbst unpässlich«, murmelte sie unwirsch und gähnte herzhaft.

»Aber ich muss ihn sprechen!«, stieß Magdalena verzweifelt hervor. »Es geht um meine Tochter! Ich weiß nicht mehr, wie ich sie behandeln soll. Alles, was er mir bisher geraten hat, ist wirkungslos geblieben. Es muss doch noch ein anderes, ganz spezielles Mittel geben – er hat es mir beim letzten Mal angedeutet.«

Aus dem Hintergrund hörte sie die Stimme des Medicus: »Wascht die Kranke mit Essigwasser vom Kopf bis zu den Füßen, legt ihr kalte Wickel gegen das Fieber um die Beine …«

»Aber die Beulen … in der Leiste … sie wird sterben!«, rief Magdalena durch den schmalen Türspalt in die Stube hinein.

Der Medicus war in seinem braunen Schlafrock ein Stück näher geschlurft, hielt aber gebührenden Abstand. »Mäßigt Euch, gute Frau. Begebt Euch zur Ruhe. Unser aller Leben liegt in Gottes Hand. Wenn es sein Wille ist, dass Eure Tochter lebt, dann wird es geschehen.«

Magdalena schluchzte auf. »Das mag sein. Aber in Eurer Hand liegt es zu helfen. Vergesst das nicht! Ich biete Euch hundert Dukaten, wenn Ihr sie heilt.«

Der Medicus horchte auf. »Hundert Dukaten? Nun …«, sagte er langsam und gedehnt. »Nun, das ist etwas anderes und eröffnet ganz andere Heilmöglichkeiten. Ich … ich hätte da noch eine neue, ganz besondere Behandlungsmethode. Eine Zugsalbe«, sie hörte ihn geschäftig in seinem Medizinkoffer kramen, »die den Eiter aus der Pestbeule entweichen lässt. Ein weiteres unfehlbares Mittel sind meine handgedrehten Pillen, von denen ich nur noch eine geringe Anzahl besitze. Ich habe sie für besondere Zwecke aufgespart. Sie wirken wahre Wunder.«

»Was … was sind das für Pillen?«, fragte Magdalena hoffnungsvoll.

»Oh – sie enthalten um Mitternacht gepflückte wirksame Kräuter wie Nieswurz und Nachtschatten, gemahlene Schlangenzunge, Krötenblut und sehr geheime andere Ingredienzen des Apothecarius. Wenn Ihr keine Kosten scheut, wie Ihr sagt, werde ich morgen bei Euch vorsprechen. Ihr müsstet mich allerdings gleich mit barer Münze bezahlen, da die Anfertigung dieser Pillen und die der Salbe teures Geld kostet. Nehmt heute Nacht bei der Kranken zunächst nur die Essigwaschungen und kühlenden Wickel vor und tragt später die Salbe auf.«

»Oh, ich danke Euch.« Erleichtert und mit neuer Hoffnung wandte sich Magdalena um. »Schnell!«, rief sie dem Stalljungen zu. »Beeil dich!«

Bei ihrer Rückkehr lag Emma unverändert da. Magdalena begann mit den Waschungen und legte die Wickel an, die das Mädchen im Fieberdelirium von sich schob. Die Beule in der Leiste wuchs langsam und es würde schwierig sein, die Salbe aufzutragen, da jede Berührung Emma große Schmerzen verursachte. Erschöpft sank Magdalena nach all der Anstrengung in ihren Sessel zurück. Sie würde es nicht schaffen – ihre Kraft reichte einfach nicht aus, die Kranke so zu pflegen, wie es nötig war. Fremde Hilfe war ausgeschlossen, das wusste sie. Keiner würde es wagen, die Burg zu betreten. Außer dem Medicus – und dann später dem Totengräber.

Am nächsten Tag hatte sich Emmas Befinden kaum verändert und Magdalena schöpfte Hoffnung, dass die Waschungen und die Salbe Wirkung zeigen würden. Der Arzt war im Laufe des Vormittags mit seinem Schnabelgewand erschienen, hatte aber die Kranke nur von der Tür aus betrachtet und Magdalena mit behandschuhten Fingern eine Anzahl merkwürdig riechender schwarzer Pastillen in die Hand gedrückt und dafür einen Beutel mit hundert Dukaten entgegengenommen. »Eure Tochter ist jung und kräftig«, sagte er unter der Maske mit dumpfer Stimme. »Gebt ihr von den Pillen dreimal am Tag zwei Stück. Leider kann man den Krankheitsverlauf nicht voraussehen – eine Garantie für die Heilung kann ich Euch nicht geben. Redet ihr jeden Tag gut zu, zu kämpfen und nicht aufzugeben. Und gebt ihr gut zu essen und zu trinken, damit sie nicht an Kraft verliert. Kocht einen Topf kräftige Fleischbrühe und verabreicht ihr abends warme Milch. Haltet sie warm, und wenn sie wach ist, gebt ihr ein Brechmittel und, wenn möglich, ein Klistier. Die Beule behandelt im Wechsel mit der Salbe und einem Umschlag aus Leinsamen und Honig.« Er zögerte kurz. »Treten Pestflecken auf, so stellt Eure Bemühungen ein. Alles Weitere wäre dann vergeblich.« Mit diesen Worten empfahl er sich.

Magdalena versuchte, sich alle seine Ratschläge gut zu merken. Nachdem auch noch die schwangere Rosine fortgelaufen war, gab es auf der Burg außer ihr nur mehr eine einzige Magd und den Stallknecht, der sie gestern ins Dorf gefahren hatte. Sie schützten sich vor der »schlechten Luft« mit einem Tuch vor dem Mund und baten Magdalena, die Küche nicht zu betreten. Sie versprach den beiden hohen Lohn, wenn sie blieben, und hieß sie ein Huhn schlachten und daraus eine gute Fleischbrühe kochen. Die Magd sollte alles auf dem Tisch im Vorraum bereitstellen, damit Magdalena es nur zu holen brauchte. Sie war froh, dass die beiden da waren, denn sie hätte nicht gewusst, wie sie sich auch noch um das Ausmisten und Füttern der Pferde und Hühner kümmern sollte.

Ihr selbst war es gleichgültig, was sie aß, und sie versuchte, nicht zu oft über ihre Lage nachzudenken. Hastig löffelte sie mittags ohne Appetit einen Teller Suppe und steckte sich hin und wieder ein Stück Brot in den Mund. Mehr Mühe machte es, Emma die kleinen Kügelchen, das Wundermittel des Medicus, mit etwas warmer Suppe einzuflößen. Sie war schon froh, wenn sie schluckte und nicht wieder alles erbrach.

Langsam fühlte sie, wie ihre Kräfte weiter nachließen, ihre Müdigkeit durch die Nachtwachen immer stärker wurde und ihr tagsüber oft die Augen zufielen. Wenn sie nur nicht krank würde, bis Emma alles überstanden hatte! Jeden Abend betete sie inbrünstig darum.

Die Beule an Emmas Leiste war inzwischen aufgegangen und hatte eine kraterartige eitrige Vertiefung hinterlassen. Magdalena wusch die Wunde sorgfältig einmal am Tag mit warmem Wasser aus und versorgte sie, wie ihr der Medicus aufgetragen hatte, mit einem Gemisch aus Honig und warmem gekochtem Leinsamen. In der Nacht wechselte sie den Umschlag mit der kühlen Salbenpaste, die schmerzstillend wirkte. Da Emma noch am Leben war, glaubte Magdalena fest an ihre Genesung. Sie wusste, dass viele Leute die Pest überstanden hatten. Warum sollte nicht auch ihre Tochter mithilfe des Wundermittels wieder gesund werden?

Eines Abends fühlte sie plötzlich einen seltsamen Schwindel, der mit dem Gefühl völliger Erschöpfung und Müdigkeit einherging. Ihre Lippen waren trocken, der Durst quälte sie mehr als sonst und ihre Kehle fühlte sich so rau an, dass sie kaum etwas hinunterbrachte. Sie riss sich zusammen, um ihren Pflegedienst gewissenhaft zu erledigen. Doch dann überfiel sie mit einem Mal unüberwindbare Übelkeit, begleitet von rasenden Schmerzen im Kopf. Eine unheimliche Kälte glitt über ihren Rücken und schien in ihre Glieder bis ins Mark zu kriechen. Ich darf nicht krank werden, dachte sie … lieber Gott, lass mich nicht krank werden!

Sie schwankte zum Kamin, fachte das Feuer hoch an und

kauerte sich davor. Doch es nützte nichts – ihre Zähne schlugen aufeinander, ihre Haut kräuselte sich, ihr Blut schien zu kochen und zugleich zu gefrieren. Das Schlucken fiel ihr schwer, ihre Zunge fühlte sich pelzig an, belegt und angeschwollen. Sie öffnete die obersten Knöpfe ihrer Bluse, betastete ihren Hals und fühlte eine deutliche Schwellung an beiden Seiten. Panik überkam sie, zusammen mit einer erneuten, unwiderstehlichen Übelkeit. Sie taumelte hinaus und schaffte es gerade noch, sich das tönerne Waschbecken unterzuschieben, das sie Emma gerade bringen wollte. Da hörte sie plötzlich ihre Stimme aus dem Nebenraum, in dem ihr Bett stand.

»Mutter!«, rief Emma ganz deutlich und klarer als zuvor. Magdalena wollte antworten, doch ihrer Kehle entrang sich nur ein raues Krächzen. Mühsam schleppte sie sich wieder zum Kamin, denn sie fror und zitterte so an allen Gliedern, dass es sie schüttelte. Wieder hörte sie Emmas Stimme aus dem Nebenzimmer. »Mutter!«, rief sie schwach, aber klar. Und noch einmal: »Mutter!«

»Ich … komme! Bin gleich bei dir, Kind!«, krächzte Magdalena mit ihren letzten Kräften. Dann zog sie sich mit beiden Händen an den Backsteinen des Kaminsimses hoch, das vor ihren Augen seltsam verzerrte Formen annahm. Sie versuchte einen Schritt, doch ihre Beine wollten ihr nicht recht gehorchen. Mit einem erstickten Schrei krallte sie sich an dem seitlichen Wandbehang mit dem heiligen Sebastian fest, den sie selbst in mühevoller Arbeit gestickt hatte. Der Heilige schien von oben mitleidig auf sie herabzusehen. Mit einem Ruck löste sich der Wandteppich aus seiner Halterung und begrub sie unter sich.

***

Der Schimmel lahmte immer noch ein wenig und der Schmied wiegte bedenklich den Kopf und riet ab, ihn schon zu reiten.

Doch Wolfram war ungeduldig. Er wollte nicht länger in der Herberge des Dorfes bleiben und so beschloss er, sich nach einem zweiten Pferd umzusehen. Das feinnervige, empfindliche Vollblut war ohnehin nicht sehr strapazierbar und er würde es besser am langen Zügel mit sich führen. Der Schmied hatte einen netten Braunen, der stämmig und ungelenk war, aber einen gutmütigen Charakter zu haben schien. Sie wurden handelseinig und Wolfram schnürte erleichtert sein Bündel und ritt am Nachmittag los.

Der Weg führte geradewegs an der Burg vorbei und Wolframs Blicke schweiften hinauf. Kein Laut drang aus den festen Mauern, aber die Zugbrücke war heruntergelassen. Weder der Torhüter noch bewaffnete Wachen waren zu sehen und der Eingang hinter dem Graben und dem Zwinger schien völlig frei zu sein. Neugierig ritt er den Weg hinauf und über die Zugbrücke, ohne dass ihn jemand aufhielt. Er warf einen Blick durch das Tor in den Burghof, in dem ein ziemliches Durcheinander herrschte. Vor den Ställen im Nebengebäude lag aufgeschichteter Pferdemist, die Hühner waren hinausgelaufen und suchten verstreut auf der Wiese nach Futter. Was war hier los? Wie magisch angezogen, führte er sein Pferd näher heran. Beliebig konnte hier jeder ein und aus gehen – plündern, wer auch immer des Weges kam. Eine wahre Fundgrube für herumziehende Söldner, die diese Gelegenheit zum Glück noch nicht entdeckt hatten.

»He!«, rief er laut durch den Burghof. »Wer da?«

Nichts rührte sich, nur die Pferde wieherten aus den Ställen laut als Antwort. Im Wohnturm rührte sich nichts, die Gebäude an der Burgmauer hatten verschlossene Fenster.

»He! Holla!«, rief er erneut über den Hof.

Irgendein Knecht oder eine Magd mussten doch in der Nähe sein! Aber anscheinend waren hier alle davongelaufen, genau wie die Kartenspieler unten in der Herberge erzählt hatten. Er stieg ab, band die beiden Pferde an einem Pfosten an und machte sich auf die Suche. Die Tür zur Küche stand weit offen und er trat zögernd über die Schwelle. Sich umsehend, musste er sich erst an das diffuse Licht gewöhnen. Der Herd war kalt, kein Feuer brannte, aber ein Kessel mit Suppe hing an einem Haken. Gebrauchte Töpfe und Pfannen standen herum, Abfall lag auf dem Boden, der von umherhuschenden Ratten angenagt war.

»Heda!«, rief er noch einmal, so laut er konnte. »Ist hier jemand?«

Seine Stimme hallte in den Küchengewölben. Ein ungerupftes Huhn lag auf einem Hackbrett, ein roh geformter Brotlaib wartete neben einem bereits gebackenen darauf, in den Ofen geschoben zu werden. Aber keine menschliche Seele war zu entdecken – alles wirkte wie ausgestorben. Gerade als er die Küche kopfschüttelnd verlassen wollte, zog etwas seinen Blick an. Auf einer Treppe, die vom Burghof in den Palas führte, sah er durch die steinernen Verzierungen etwas Buntes hervorspitzen, das wie ein Stofffetzen wirkte. Langsam trat er näher, doch es war nur ein Umhängetuch, das wohl jemand vergessen hatte. Ein paar Stufen oberhalb lag jedoch ein zerbrochener Leuchter und daneben erkannte er bei genauerem Hinsehen einen einzelnen Schuh. Der zweite befand sich vor einer Tür, die durch den Flur in den Speisesaal führte. Er trat ein. Die gelblichen Butzenscheiben filterten das Licht des grauen Regentags und im Raum herrschte Zwielicht. Er war leer, aufgeräumt und ordentlich. Als er sich zum Fenster wandte, spürte er, wie sein Fuß gegen etwas Weiches stieß. Sein Blick fiel auf eine Gestalt, die, von dem langen Eichentisch halb verdeckt, gekrümmt auf dem Boden lag. Wolfram beugte sich hinab. Es war eine Frau, wohl eine Magd. Sie war tot, wie er an den starren Augen, dem dunkel gefärbten, fleckigen Gesicht und ihren verkrampften Händen mit verdächtig schwarzen Fingern und Nägeln erkannte. Er wich erschrocken zurück. Es war leichtsinnig gewesen, hierherzukommen. Er sollte jetzt nichts anrühren und möglichst schnell wieder verschwinden, wenn ihm sein Leben lieb war. Die Männer im Wirtshaus hatten ja davon gesprochen, dass auf der Burg die Pest herrschte.

Durch die Stille drang plötzlich ein leiser Ton, ein kraftloser Ruf. »Mutter!«, hörte Wolfram deutlich eine Stimme von oben, »Mutter!« Es klang kläglich und so, als wenn jemand verzweifelt um Hilfe rief.

***

Nach einer längeren Windstille war die Galeere bei der Insel Zypern unvermutet in einen erneuten Sturm geraten. Von den Wellen hin und her geworfen, ächzte und knarrte sie in allen Fugen. Schwere Brecher gingen über Bord und nahmen alles mit, was nicht festgebunden war, auch die Fässer mit dem so notwendigen Wasser. Der Steuermann hatte außerdem ein Leck festgestellt und wollte unbedingt bei der Insel anlegen. Doch die arabischen Passagiere protestierten. Man hatte gehört, dass die Luft auf Zypern schlecht sei und dass dort ein Fieber herrsche, das alle umbringe, die mit ihm in Berührung kämen. Ungeachtet dieser Befürchtungen sah sich der Patron gezwungen, im Hafen von Limassol den Anker auszuwerfen, um sich mit frischem Wasser zu versorgen und den Schaden auszubessern. Das Schiff wurde mit Tauen befestigt und eine Barke zu Wasser gelassen.

Ekart, sein Vater und einige Pilger wagten es, bei unruhiger See mit den Galeoten an Land zu fahren. Das gemauerte Kastell erhob sich mit düsterer, ein wenig abgenutzter Pracht vor den Reisenden. Begleitet von einem Dolmetscher und Führer, die Fremden am Hafen ihre Dienste anboten, besuchten sie die Hochburg Kolossi und das Kloster Saint Nicholas, in dem die

Mönche viele Katzen um sich duldeten, weil diese die zahlreichen Schlangen in der Umgebung in Schach hielten. Die Insel erschien ihnen fruchtbar, grün mit waldigen Hügeln und von zahlreichen Quellen gespeist. Der Führer wusste viel über die Insel zu erzählen und zeigte ihnen als Erstes den Sklavenmarkt der Stadt, auf dem sehr lebhaft gehandelt wurde. Die muslimischen Sklaven waren in der Überzahl, doch man sah auch weiße Männer und Frauen, die von Piraten geraubt und verkauft worden waren. Zuletzt übersetzte der Dolmetscher noch eine Geschichte über die kürzlich aufgetretene Hungersnot durch eine Heuschreckenplage. König Janus hatte daraufhin befohlen, alle frisch geschlüpften Insekten auf der Insel sofort zu vergraben.

»Unglaublich!«, staunte Ethelbert. »Und das hat geholfen?« Der Führer nickte. »Was sagst du dazu, mein Sohn?«, wandte er sich an Ekart.

Dieser fuhr zusammen. Er hatte gar nicht richtig zugehört und war mit seinen Gedanken ganz woanders. »Ja, das ist wirklich erstaunlich«, murmelte er zerstreut. Seit Tagen dachte er nur noch an Suleika. An die Form ihres Mundes, den Klang ihrer Stimme und daran, wie ihr dunkles Haar im Mondlicht seidig geschimmert hatte. Wenn er doch nur noch einmal mit ihr reden könnte! Aber sie wurde ständig bewacht und zeigte sich an Deck nur vollständig bedeckt. Dennoch hatte sie gestern den Schleier ganz kurz gelüftet, als niemand hinsah, und ihm zugelächelt. Ekart hatte gespürt, wie ein Stich durch sein Herz ging, als er in ihre dunklen Augen sah, deren Schmelz und Ausdruck ihn so faszinierten, dass nichts anderes mehr in seiner Seele Platz hatte. Ob sie seine Gefühle erwiderte? Wenigstens empfand sie Sympathie für ihn. Immer wieder sagte er sich, dass er sich keine Hoffnungen machen durfte. Ihre beiden Väter betrachteten einander als Todfeinde. Aber von ihr zu träumen – das konnte ihm schließlich keiner verbieten.

»Du bist sehr schweigsam in letzter Zeit«, unterbrach der Vater erneut seinen Gedankengang. Er hätte sich gerne einen lauteren und lebhafteren Sohn gewünscht, einen Kämpfer statt eines Träumers. Wenn Emma ein Junge gewesen wäre … Das hatte er oft gedacht, aber niemals ausgesprochen. Sie besaß alle Eigenschaften, die er an Ekart vermisste.

»Ich … ich versuchte mir vorzustellen, wie es wäre, wenn man diesen Berg da besteigen könnte«, antwortete der junge Mann nach kurzem Zögern und wies in die Ferne.

»Das ist durchaus möglich«, mischte sich der Dolmetscher ein, der ein Geschäft witterte. »Ich könnte alles organisieren. Dort oben befindet sich neben dem Kloster in einer Kapelle das berühmte Kreuz des Schächers, der zur rechten Seite Jesu hing. Es ist nicht weit von hier – nur ein paar Meilen.«

»Was hältst du davon, Vater? Wollen wir es versuchen?«, fragte Ekart, dem dies eine willkommene Abwechslung schien. »Der Berg ist grün und schattig und der Aufstieg kann nicht allzu schwierig sein.«

Ethelbert beschirmte die Augen mit der Hand und versuchte etwas in der Ferne zu erkennen. »Und wie sollen wir dorthin kommen?«, fragte er mit gefurchter Stirn. »Zu Fuß ist es viel zu weit.«

»Oh Herr, da kann ich aushelfen«, mischte sich der Dolmetscher beflissen ein. »Ich besorge Euch einen Mauseltreiber, der seine Tiere vermietet. Er ist darauf eingestellt, denn viele Pilger wünschen das wundertätige Kreuz auf Zypern zu sehen. Der Kaplan dieser Kapelle ist Franziskaner und sehr freundlich. Nur das letzte Stück des Weges müsstet Ihr zu Fuß auf einem Pfad zurücklegen. Das Gelände ist dort zu schwierig für die Tiere.«

»Nun, das würde uns nicht abhalten«, knurrte Ethelbert. »Aber wir bräuchten einen guten Führer.«

»Das ließe sich leicht machen. Ich werde Euch einen solchen

besorgen, einen Mann, der das Gelände aufs Beste kennt. Er wird Euch begleiten und auch Bewaffnete mitnehmen.«

»Ich weiß nicht recht«, sagte Ethelbert zweifelnd. »Eigentlich würde ich ja lieber unten bleiben. Wir sollten schließlich die Vorsicht auf keinen Fall außer Acht lassen und unsere Kräfte für das Heilige Land aufsparen.«

»Lasst es uns wagen, Vater!« Ekart sah seinen Vater bittend an. »Das heilige Kreuz wird uns Energie für weitere Unternehmungen schenken und uns beschützen.«

Ethelberts Miene belebte sich. Das Argument leuchtete ihm ein. »Wenn du es so siehst, mein Sohn, dann sollten wir den Weg machen. Vielleicht gelingt es uns sogar, einen Holzsplitter des Kreuzes mit auf die Reise zu nehmen. Er würde uns Glück bringen und Gefahren abwenden. Bis das Schiff repariert ist, wird es ohnehin noch ein paar Tage dauern.«

Ekart lächelte zustimmend und erfreut. Nach dem vielen Stillsitzen auf der Galeere sehnte er sich nach Bewegung, nach Abwechslung und Ablenkung seiner ständig um die schöne Suleika kreisenden Gedanken. »Mir wäre es am liebsten, wir würden gleich morgen aufbrechen«, schlug er vor.

Der Dolmetscher führte sie in eine kühle Schenke, in der ihnen Zitronenwasser gereicht wurde und sie zudem eine Schlafstätte fanden. Schon in aller Frühe fand er sich mit einem Führer und Maultiertreiber ein. Dieser empfahl ihnen drei seiner Tiere und versicherte, dass sie angenehm zu reiten seien. Der Führer reichte ihnen Stöcke und gab ihnen zu verstehen, dass sie diese bei jedem Schritt vor sich auf den Boden stoßen sollten, um sich vor Schlangen und hier vor allem dem Biss der gefährlichen Lavanteotter zu schützen. Er habe Proviant für die Wanderung dabei und für Wasser sei an verschiedenen Quellen, die er kenne, gesorgt. Ethelbert und Ekart willigten ein, sogleich aufzubrechen und die etwa sechs Meilen, die zum Berg führten, möglichst bald zurückzulegen, damit sie morgen vor der Tageshitze zur Besteigung aufbrechen konnten.

Auf den Eseln durchquerten sie ein Tal voller Sträucher, wohlriechender Pflanzen und Wasserläufe, bis sie ein Dorf am Fuß des Berges erreichten. Dort banden sie die Esel an und der Führer zeigte ihnen ein einfaches Haus, in dem sie lagern und rasten konnten. Schon eine Stunde nach Mitternacht, als der Mond gerade aufgegangen war, weckte der Führer Vater und Sohn. Sie brachen auf, um die Kühle der Nacht zu nutzen. Ein gutes Stück Weges trugen die Esel sie noch durch Dickicht und Büsche tapfer aufwärts. Doch als die Gegend steiler und kahler wurde, blieben die Tiere in der Obhut ihres Treibers, der sie unter einem größeren Felsenvorsprung festband und es sich selbst im Schatten bequem machte. Er würde hier mit dem Dolmetscher warten, bis sie wieder herunterkämen.

Ekart und Ethelbert stiegen mit dem Führer und einem Knecht, der ihren Proviant trug, weiter bergauf. Nur wenige Stunden, nachdem die Sonne aufgegangen war, begann die Luft zu flirren und immer heißer und stechender zu werden. Wegzeichen, aufeinandergeschichtete kleine Steine, nach denen sich der Führer richtete, gaben die Richtung an. Der Pfad war steiler als gedacht und Ethelbert machte die ungewohnte Anstrengung zu schaffen; er war rot im Gesicht, schnaufte hörbar und musste oft innehalten. Ekart jedoch kletterte mit jugendlichem Elan voran und freute sich über jeden Schritt, mit dem er weiter nach oben gelangte. Doch plötzlich stieß er einen Schrei aus. Eine Schlange hatte sich vor ihm aufgebäumt und er konnte ihr nur mit dem Schlag seines Stockes ausweichen.

Der Weg wurde immer undurchdringlicher, steiler und unkenntlicher und ein nächstes Steinhäufchen war nicht auszumachen. Schließlich blieb der Führer ratlos am Rande eines Abgrunds stehen und musste kleinlaut zugeben, sich verstiegen zu haben. Jetzt war guter Rat teuer. Wie sollte man aus einem

Gelände wieder herausfinden, in dem kein Pfad, kein Stein mehr als Wegweiser diente?

Vorsichtig, jeden Schritt abmessend und auf niedergetretenes Gestrüpp achtend, stapften sie denselben Weg wieder zurück. Als sie an einer felsigen Höhle mit einem Überhang vorbeikamen, signalisierte Ethelbert, er sei erschöpft und würde gerne im kühlen Schatten des Felsvorsprungs ein wenig Rast machen. Auch Ekart war hungrig und durstig, denn es war schon eine Weile her, dass sie an einer Quelle vorübergekommen waren.

Der Führer holte eine Feldflasche aus seinem Bündel und goss Wasser in kleine Lederbecher. Dann schnitt er die mitgeführten Granatäpfel auf und zeigte ihnen, wie man sie auspresst, um den erfrischenden Saft zu trinken. Auf Ethelberts Wink packte der Knecht dann den mitgeführten Proviant aus. Er legte ein Stück Rauchfleisch, Brot und etwas Käse auf ein Tuch und platzierte es auf einen Stein vor der Höhle.

Als er den in einem Behälter mitgeführten Wein dazustellte, ertönte plötzlich ein seltsames Knurren. Alle sahen erschrocken auf. Ein breiter, gefleckter Kopf mit kleinen Ohren erschien am Eingang der Höhle. Starr vor Entsetzen blickten alle auf das Raubtier, das mit wütendem Fauchen die ungebetenen Besucher bedrohte. Gleichzeitig schien es den Duft des Rauchfleischs zu wittern. Ethelbert sprang auf und griff nach seinem Kurzschwert, das er unter seiner Pilgerjacke trug. Der Knecht kroch unter Anrufung Allahs ins Gebüsch und der zypriotische Führer raffte das Tuch mit dem Proviant zusammen und lief, so schnell er konnte, damit davon.

Der Wildleopard zögerte keine Sekunde und setzte dem Mann mit großen Sprüngen nach. Was dann passierte, geschah so schnell, dass niemand etwas dagegen tun konnte. Die Raubkatze hatte den Flüchtenden rasch eingeholt, sich mit einem heiseren Laut auf ihn gestürzt und ihn mit seinen scharfen Zähnen die Kehle durchgebissen. Mit einem kurzen, gurgelnden Schrei fiel der Mann zu Boden und Ekart und sein Vater sahen entsetzt zu, wie sein Blut mit einem Schwall herausspritzte. Nur noch eine kurze Weile zappelte er unter dem eisernen Kiefer des Wildleoparden, der sein Opfer nicht losließ und sich knurrend an ihm festgebissen hatte. Erst als der Mann sich nicht mehr rührte, schleppte das Tier ihn mit sich fort.

Starr vor Entsetzen hatten alle die Tragödie mit angesehen. So mutig Ethelbert im Turnier war, so viele Kniffe er im Kampf zur Verteidigung kannte, hier wäre alles wirkungslos gewesen. Die drei Männer ergriffen Hals über Kopf die Flucht und stolperten aufs Geratewohl über Steine und Gestrüpp, immer in der Angst, das Raubtier könnte auch hinter ihnen her sein. Ein plötzliches Geräusch, das Knacken eines Astes und das Rollen eines Steines, ließ ihnen das Blut in den Adern stocken. Aber diesmal war es nur ein Mufflon, ein scheues Wildtier, das rasch davongaloppierte.

Ihr Irrweg dauerte eine geraume Weile und sie glaubten sich schon verloren, als ihnen ein Steinmännchen plötzlich wieder den Weg wies. Erleichtert erklommen sie nun den Rest des Berges bis zu den grauen Mauern des schlichten Klosters. Nicht weit davon war auch schon die mystische Kapelle zu sehen, in der sich das heilige Kreuz befinden sollte.

Sie pochten an die Klosterpforte und ein freundlicher Pater gewährte ihnen Einlass. Ethelbert war von dem kräftezehrenden Irrweg des Aufstiegs und dem fürchterlichen Erlebnis zutiefst erschöpft. Der Pater führte ihn zunächst durch den kühlen Klostergang in einen Innenhof, wo er sich dankbar auf einer Steinbank niederließ. Er reichte den Pilgern und dem Knecht Wasser und wartete, bis sie sich erfrischt hatten.

»Wir sind bei einer Rast von einem Wildleoparden angegriffen worden. Er hat unseren Führer getötet und verschleppt«, erklärte Ekart und berichtete, was sie erlebt hatten.

Der Pater sah ihn erstaunt an. »Noch niemals habe ich hier vom Angriff eines solchen Tieres gehört. Ihr hättet Euch besser nicht in die Nähe dieser Höhle begeben dürfen.«

»Aber wie sollten wir wissen, dass es seine Höhle war?« Das Entsetzen über die blutige Attacke des Leoparden stand Ekart ins Gesicht geschrieben.

»Dann lasst uns in der Kapelle des heiligen Kreuzes für das Seelenheil Eures Führers beten – selbst wenn er nur ein Heide war«, sagte der Pater demütig. »Ich werde Euch begleiten.«

Ethelbert erhob sich schwerfällig. Er hoffte, das heilige Kreuz würde ihm neue Kraft schenken, wenn er es sah und berührte. »Erzählt uns die Geschichte«, bat er den Pater. »Wie kam das Kreuz hierher?«

»Wisset«, erklärte der Pater geheimnisvoll, während sie den kurzen Weg zurücklegten, »dass die heilige Helena die drei Kreuze vom Kalvarienberg des Heiligen Landes wegschaffen ließ. Das Allerheiligste Kreuz Jesu behielt sie für sich. Das Kreuz des Schächers Dysmas, an dem sie etwas Holz vom Kreuz Christi befestigte, damit es der Anbetung würdig wäre, brachte sie auf diese Insel und ließ dafür die Kapelle und das Kloster erbauen. Und siehe da«, er sah mit verklärtem Gesicht auf die Kapelle, »Gott sandte ein Wunder. Das Kreuz erhob sich und schwebte in der Luft.« Er öffnete die Tür der Kapelle. »Seht!«

»Es schwebt in der Luft?«, fragte Ekart erstaunt und betrachtete das schwere Holzkreuz, das ganz mit Silber beschlagen war. »Ich sehe aber, dass es an beiden Seiten an der Mauer befestigt ist.«

Die Miene des Paters verzog sich betrübt. »Ja, das ist wahr. Da dem Kreuz nicht genügend Verehrung und Aufmerksamkeit zuteilwurde, senkte es sich mit der Zeit immer mehr, sodass wir es schließlich stützen mussten.«

Ethelbert näherte sich dem Kreuz und streifte die Stelle, an der das Holz des Christuskreuzes angebracht war, andächtig mit seinem Ring und murmelte ein Gebet. Ekart tat es ihm nach, denn das Berühren einer Reliquie mit einem Schmuckstück, das man bei sich trug, schenkte Kraft und Gnade. Dann beteten sie für ihren unglücklichen Führer, der so ein schlimmes Ende gefunden hatte, und für das gute Gelingen der weiteren Pilgerfahrt. Als der Priester hinausging, hobelte Ekarts Vater mit seinem Dolch rasch einen winzigen Holzsplitter des Kreuzes Christi herunter und versteckte die kostbare Reliquie in seinem Gewand. Ehrfürchtig gestimmt und getröstet traten sie wieder aus der Kapelle.

»Möge aus dir ein guter Ritter Christi werden«, sprach der Pater und segnete Ekart. Dann führte er sie zu einem Plateau, von dem aus sie einen atemberaubenden Blick über die ganze Insel bis zum Meer hatten. Die Sonne glitzerte wie tausend Diamantsplitter auf den Wellen und die Felder und verstreuten Ansiedlungen sahen wie kleine Spielzeugschachteln aus.

Ethelbert besann sich als Erster. Es war höchste Zeit, sich an den Abstieg zu machen, wenn sie heil und vor Einbruch der Dunkelheit hinunterkommen wollten. Der Pater sandte ihnen einen Mönch, der ihnen auf dem steilsten Stück den rechten Weg weisen und sie ein Stück begleiten sollte. Ohne weiteren Zwischenfall stiegen sie nun den Berg bis zu dem Ort hinab, wo die Maultiere, der Treiber und der Dolmetscher auf sie warteten. Mit Schrecken vernahmen die Männer die Nachricht vom furchtbaren Ende des Führers und senkten betrübt die Köpfe. Noch niemals hatte man von solch einem grausamen Zwischenfall auf dem Berg gehört. Schweigend ritten sie zurück durch die Ebene und das fruchtbare Tal, bis sie am Hafen anlangten und trotz der Dunkelheit noch am Abend mit einer Barke zur Galeere hinüberfuhren. Ein leichter ungünstiger Wind wehte und es war unsicher, ob sie in der Nacht noch auslaufen konnten. In jedem Fall waren sie erleichtert, rechtzeitig und gesund das Schiff erreicht zu haben.

Ekarts Herz begann unruhig zu klopfen, als er an Deck Suleikas Silhouette erkannte, die, begleitet von den dunkelhäutigen Dienern und ihrem Vater, den Sternenhimmel betrachtete. Unter einem Vorwand, sich erst später zurückziehen zu wollen, blieb Ekart oben und lehnte sich, nicht weit von Suleika entfernt, gegen die Bordwand. Er betrachtete sie aus den Augenwinkeln und spürte, dass auch sie unter dem Schleier verstohlen zu ihm hinübersah. Wenn er nur noch einmal mit ihr allein sprechen könnte!

Er versuchte, den Augenblick abzupassen, in dem ihr Vater abgelenkt war. Aber das erwies sich als schwierig, denn wie dessen misstrauische Blicke verrieten, war er dem jungen Christen nicht wohlgesinnt. Wie eine glückliche Fügung entstand plötzlich Unruhe unter seinen Dienern, der Koch war zu ihm getreten und palaverte aufgeregt in einer Sprache, von der Ekart kein Wort verstand. Suleikas Vater eilte, gefolgt von seinen Dienern, zu dem Verschlag, wo sein Leibkoch die Speisen ohne Schweinefleisch und sonstige unreine Zutaten für ihn und sein Gefolge zubereitete.

Suleika blieb allein zurück und schlug für einen kurzen Moment den Schleier zurück. Ihre dunklen Augen strahlten Ekart an, sie kam zu ihm und streifte leicht seine Hand. Der Geruch ihres schweren Duftwassers, ihr Blick und die edle Linie ihres Halses, die er unter dem feinen Gazestoff ihres Gewandes erahnen konnte, berauschten ihn förmlich. Sie flüsterte ihm etwas zu, doch in seiner Verwirrung verstand er nicht, was sie meinte. Lächelnd deutete sie mit den Fingern eine Zahl, die er als Uhrzeit verstand. »Um Mitternacht?«, flüsterte er fragend. Sie nickte kurz, verdeckte wieder ihr Gesicht und huschte davon. Ekart sah ihr nach, verzaubert von ihrem Anblick und der leichten Berührung, die wie Feuer auf seiner Hand brannte. »Um Mitternacht«, murmelte er versonnen und starrte auf das nachtschwarze Meer, dessen

Horizont mit dem Himmel zu verschmelzen schien.

Ein schwacher Wind, der langsam ganz abflaute, zwang das Schiff, noch weiter vor Anker zu liegen. Alles war bereit zum Auslaufen, doch die Segel blieben schlaff. Der Patron hatte mit seiner Mannschaft die Behälter mit frischem Wasser aufgefüllt, Brot und Hühner eingekauft und die neuen Vorräte mit der Barke aufs Schiff gebracht. Es gab daher ein schmackhaftes und reichhaltiges Abendessen mit Fischen, frischen Früchten und Wein.

Die Nacht war mild und sternenklar. Der Duft von Blumen und Kräutern schien vom Ufer hinüberzuwehen und Ekart, wie betäubt von einer unbestimmten Sehnsucht im Herzen, von Gefühlen, die ihn bewegten, hatte nur einen einzigen Gedanken: Suleika. Er träumte davon, sie zu entführen, ganz allein mit ihr zu fliehen, auf eine Insel wie diese, wo sie allein glücklich sein konnten. Doch seine Träume waren nur allzu fern der Wirklichkeit, denn es gab einen großen, schier unüberbrückbaren Zwiespalt: Sie war Heidin und er Christ.

Seufzend und unruhig wartete er, bis sein Vater eingeschlafen war und, eingelullt von etlichen Gläsern roten Weins, laut zu schnarchen begann. Würde Suleika kommen? Wo konnten sie hingehen, miteinander reden, ohne entdeckt zu werden? Er setzte sich vor die Tür des Schlafraums, um ihren leichten Schritt nicht zu verpassen. Trotzdem schien er nach einiger Zeit in einen oberflächlichen Schlummer gefallen zu sein, denn er schreckte beim Rascheln eines Gewandes und dem leichten Hauch ihrer Lippen an seiner Wange auf.

»Suleika«, flüsterte er und umfing sie mit beiden Armen, unter dem leichten Stoff ihren zarten, aber wohlproportionierten Körper fühlend. »Ich habe mich so nach dir gesehnt. Komm!« Er wiederholte seine Worte in stockendem Italienisch und zog sie dabei in den Schatten der Barke, die sie beide halb verdeckte. Suleika antwortete ihm in der gleichen Sprache und erklärte, dass sie mit der Mutter und der ganzen Familie einige Jahre in Venedig gelebt habe. Der Vater habe als Emir und arabischer Botschafter wichtige politische Entscheidungen zwischen beiden Ländern verhandelt. Vom Schiffsbauch her hörte man das Schnarchkonzert der Ruderslaven und Ekart konnte sich am schönen Gesicht Suleikas, das im Mondlicht sanft schimmerte, nicht sattsehen. Langsam näherte er seinen Mund dem ihren und sie schloss die Augen, lächelnd und hingegeben. Ein dumpfes Poltern schreckte die beiden auf. Ekart wandte sich um. Er hatte keine Waffe bei sich.

Der Patron stand mit verschränkten Armen vor ihnen. »Herr Ekart«, begann er mit gedämpfter Stimme, »ich kann das nicht dulden. Das wird Unruhe geben, Mord und Totschlag, wenn der Vater dieser jungen Frau erfährt, was Ihr hier treibt. Geht zu Bett. Muslime und Christen gehören nicht zueinander.« Nach diesen harschen Worten, die einem Befehl glichen, zog er sich zurück.

Ekart wollte protestieren, doch Suleika legte ihre kühle, duftende Hand auf seinen Mund. »Schweig, Lieber«, flüsterte sie ihm zu.

»Lass uns fliehen«, bat Ekart erregt. »Wir beide! Bei der nächsten Gelegenheit verlassen wir heimlich das Schiff und gehen an Land. Wir könnten auf einer dieser wunderbaren Inseln miteinander glücklich sein. Dort gibt es alles, was man zum Leben braucht und …«

»Aber was sollen wir dort machen?«, unterbrach ihn Suleika traurig. »Wie leben – und wo? Mein Vater wird uns umbringen, wenn er uns findet.«

»Das wird nicht geschehen. Wir werden alle Hindernisse überwinden, die sich uns in den Weg stellen«, sagte Ekart leidenschaftlich. »Ich habe Geld bei mir – irgendwie werden wir unser Auskommen finden.« Kaum dass er diese Worte ausgesprochen hatte, zweifelte er auch schon an ihnen und erkannte, dass sie seine Traumwelt widerspiegelten. Er senkte den Kopf. »Verzeih mir, du Schöne! Ich weiß sehr gut, dass solche Illusionen nicht der Wirklichkeit entsprechen.«

Suleika lächelte traurig, schüttelte den Kopf und schwieg.

»Küss mich«, sagte er, sie dicht an sich ziehend. Als sie zögerte, nahm er ihren Kopf in beide Hände, wühlte sich durch das seidige dunkle Haar, das sie um diese Stunde offen trug, und presste seine Lippen auf ihren Mund. Die ganze Nacht hätte er sie so küssen mögen, die Welt mit allem, was sich darauf befand, vergessend.

Suleika besann sich als Erste und riss sich mit sanfter Gewalt von ihm los. »Hör zu! Ich werde mit meinem Vater sprechen«, sagte sie mit heißen Wangen. »Er wird mich verstehen, wenn ich ihm sage, dass du der Mann meines Herzens bist und dass ich sterben würde, wenn ich dich wieder verliere.«

»Sterben? Dann sollten wir doch lieber fliehen«, erwiderte Ekart halbherzig, denn er hatte große Zweifel daran, dass er dem Emir als Schwiegersohn auch nur im Entferntesten gefallen könnte. Genauso gut wusste er, dass auch sein Vater entsetzt sein würde, wenn er ihm von Suleika spräche, davon, dass ausgerechnet eine Muslimin die Frau seines Lebens war.

Am Horizont erschien schon ein heller Streifen, als sie sich endlich trennten. Ekart schlüpfte unter seine Bettdecke. Er war so glücklich wie noch nie im Leben, doch eine leise Ahnung sagte ihm, dass dieses zerbrechliche und gestohlene Glück vielleicht nicht lange dauern würde.

10. Kapitel

Vorsichtig trat Wolfram zurück in den Flur des Palas und lauschte angespannt hinauf. Die rufende Stimme war verstummt – doch nach einiger Zeit hörte er ein leises Jammern und Weinen. Er zögerte nicht länger und stieg mit raschen Schritten die Treppe empor. Vor dem reich geschnitzten breiten Eichenportal einer Kemenate, aus der ein schwaches Licht drang, verhielt er den Schritt. Er klopfte. »Gott zum Gruß!«, rief er laut durch die Tür. »Ist jemand zu Hause?«

Dumpfe Stille antwortete ihm. Entschlossen drückte er die Klinke herunter. Vor ihm öffnete sich ein großer Raum, in dem ein helles Kaminfeuer flackerte. Eine junge Frau kniete mit dem Rücken zu ihm in der Nähe des Kamins. Sie nahm keine Notiz von ihm und so blieb er an der Tür stehen. Erst als er seinen Gruß wiederholte, wandte sie sich um und stieß einen leisen Schrei der Überraschung aus. Sie hatte ein sehr schmales, durch seine Blässe fast durchsichtig wirkendes Gesicht, große hellgrüne Augen unter langen, dunklen Wimpern und prachtvolles honigblondes Haar, das ihr offen über den Rücken fiel. Ein weites, mit edlen Spitzen besetztes, langes Leinenhemd umhüllte ihren zarten Körper. Die Flammen des Feuers warfen einen warmen Schein auf ihr Gesicht und Wolfram war es, als hätte er noch nie ein so schönes und zerbrechlich wirkendes Wesen gesehen. Eine Fee im Märchen, schoss es ihm durch den Kopf, ein Zauberwesen, das nicht aus Fleisch und Blut sein kann.

Für einen kurzen Moment brachte er kein Wort hervor, dann steckte er sein Schwert in die Scheide. »Beruhigt Euch, mein Fräulein«, sagte er, als er sah, dass das Mädchen am ganzen Körper zitterte. »Ich komme nicht in böser Absicht. Aber ich ritt vorüber und sah, dass die Zugbrücke heruntergelassen, aber kein Torwächter zu sehen war und dass das Portal zum Burghof sowie alle anderen Türen offen standen. Dann hörte ich jemanden rufen. Mir schien, als sei etwas nicht in Ordnung – als hätte es einen Überfall gegeben. Ich wollte nachsehen und Euch meine Hilfe anbieten.«

Er trat näher und vernahm im gleichen Moment ein leises Ächzen. Erst jetzt sah er die zusammengekrümmte Gestalt, eine Frau, die, halb von einem Wandteppich bedeckt, am Boden lag. Das junge Mädchen hatte ihr ein Kissen unter den Kopf geschoben. Sie schien schwer krank zu sein. Sofort erkannte Wolfram, dass ihre Gesichtshaut, wie die der Magd im Speisesaal, Pestflecken aufwies. Die Frau drehte sich zur Seite und stöhnte laut, als wenn sie große Schmerzen habe. »Was kann ich für Euch tun?«, fragte er, sich zur Ruhe zwingend.

Das Mädchen winkte mit unruhig flackernden Augen ab. »Meiner Mutter geht es sehr schlecht, wie ihr seht. Sie muss ganz plötzlich zusammengebrochen sein. Ich lag zu Bett und rief nach ihr, doch sie kam nicht. Da bin ich aufgestanden und habe sie hier gefunden. Es wäre vermessen von mir, Euch um Hilfe zu bitten. Niemand kann uns helfen. Ihr habt einen verfluchten Ort betreten und solltet ihn so schnell wie möglich wieder verlassen. Ich selbst bin noch nicht ganz gesund. Aber nachdem es mir seit einigen Tagen besser geht, hat sich meine Mutter wohl angesteckt. Seht nur!« Sie schluchzte auf, als sie das Halstuch Magdalenas lüftete, unter dem eine eiternde

Pestbeule verborgen war. »Es ist die Pest.«

Wolfram wich entsetzt zurück. Die Frau lag jetzt reglos da und hatte wohl das Bewusstsein verloren. Sie schien hohes Fieber zu haben. Instinktiv spürte er, dass er eine Sterbende vor sich hatte. Er kämpfte mit dem Gedanken, sofort umzukehren und die Burg zu verlassen. Doch dann fing er sich.

»Wenn sie nur wieder gesund wird!« Die Stimme des Mädchens zitterte. »Ich versuche, alles für sie zu tun – aber ich bin noch so schwach.« Sie beugte sich über die Mutter und strich ihr die feuchten Haare aus dem Gesicht. Dann wrang sie mit Mühe ein Tuch in einer Schüssel mit Wasser aus und legte es ihr auf die Stirn.

Wolfram räusperte sich verlegen. »Ihr solltet einen Medicus holen …«

»Er war schon vor Tagen hier«, unterbrach sie ihn, »aber er kann nichts tun. Gegen diese Krankheit ist kein Kraut gewachsen, die Ärzte sind machtlos.« Sie sah ihn mit einem Blick an, in dem leise Hoffnung glomm. »Ich werde meine Mutter pflegen, so gut ich kann. Genauso, wie sie es bei mir getan hat. Sie hat sich für mich geopfert. Aber sie wird es schaffen, genau wie ich. Ihr seht doch, ich bin fast geheilt – das Fieber ist schon seit Tagen gefallen. Nur diese schreckliche Schwäche ist noch da.« Sie bemühte sich um ein verzerrtes Lächeln.

»Durst«, murmelte die Kranke in diesem Augenblick undeutlich und mit geschlossenen Augen. »Durst!«

Das Mädchen erhob sich schwankend und versuchte, die Karaffe mit Wasser zu erreichen, die auf dem Sims des Kamins stand. Doch es gelang ihr nicht, das Gleichgewicht zu halten. Ohne ein weiteres Wort, nur mit einer hilflosen Geste, reckte sie den Arm aus und sank plötzlich vor Schwäche in sich zusammen. Wolfram fing sie auf, nahm sie auf die Arme und trug sie auf das zerwühlte Bett im Nebenraum. Sie war abgemagert und so leicht wie eine Feder. Als er sie niederlegte, kam sie wieder zu sich und schlug die Augen auf. »Wer seid Ihr?«, fragte sie und sah ihn so verwirrt an, als käme sie von weit her.

»Mein Name ist Wolfram von Hohenberg. Bleibt ganz ruhig liegen. Ihr müsst Euch schonen, um ganz gesund zu werden. Wo ist Euer Vater, wo sind Eure Dienstboten, Wächter und Soldaten, die die Burg schützen sollen?«

»Mein Vater und mein Bruder sind auf einer Pilgerreise ins Heilige Land«, antwortete Emma mit schwacher Stimme. »Und wo die Dienstboten und alle anderen sind … das weiß ich nicht. Aber jetzt lasst mich«, sie schob ihn von sich und setzte sich mühsam auf. »Es geht mir schon besser. Meine Mutter braucht mich. Ich muss versuchen, sie ins Bett zu legen.«

»Bleibt besser noch eine Weile liegen. Ich werde mich inzwischen um Eure Mutter kümmern – ich verspreche es. Ihr seid zu schwach, um sie hochzuheben.«

»Das kann ich nicht von Euch verlangen.« Sie sah ihn mit einem flüchtigen Aufleuchten ihrer Augen an. »Aber ich danke Euch trotzdem.«

»Sagt mir Euren Namen.«

»Ich heiße Emma. Tut mir den Gefallen und bringt meiner Mutter zu trinken, wenn Ihr sie ins Bett geschafft habt«, drängte sie, »sie hat Durst. Und denkt nicht, dass Ihr bleiben müsst – setzt ruhig Euren Weg fort. Ihr seid mir zu nichts verpflichtet.« Erschöpft von der Anstrengung des Redens und der Bewegung, sank sie wieder auf ihr Kopfkissen zurück.

Wolfram erhob sich, nahm den Krug mit Wasser vom Sims und füllte ein Glas. Dann näherte er sich der immer noch auf dem Kissen vor dem Kamin liegenden Frau und redete sie an. Sie hatte den Kopf zur Seite gedreht und rührte sich nicht. Sacht schob er die Hand unter das Kissen, um ihren Kopf zu heben und das Glas an ihren Mund zu führen. Da schrak er zurück. Schaum stand auf ihren Lippen, ihr Gesicht war blau angelaufen, die Augen halb geöffnet. Er ließ das Glas sinken. Sie war tot und er konnte nichts mehr für sie tun.

Als er kurz darauf zu Emma zurückkehrte, war diese vor Erschöpfung eingeschlafen. Er betrachtete eine Weile ihr Gesicht, den fein geschwungenen Mund, die tiefen Schatten unter ihren Augen und die dunklen, bogenförmigen Brauen. Dann zuckte er die Schultern, erhob sich und ging zur Tür. Doch anstatt das Zimmer zu verlassen, wie er vorgehabt hatte, blieb er zögernd auf der Schwelle stehen. Was sollte er jetzt tun? Fortreiten und das arme Mädchen ihrem Schicksal überlassen? Nein, das war gegen seine Ehre. Auf seltsame Weise fühlte er sich plötzlich verantwortlich für sie. Wie sollte sie ganz alleine zurechtkommen? Sie hatte doch niemanden! Wenn sie erwachte und ihre Mutter tot vor dem Kamin fände, würde das ein großer Schock für sie sein, den sie vielleicht nicht überleben würde. Sie war ja körperlich nicht einmal in der Lage, die Tote fortzuschaffen oder sie zu begraben. Wenigstens das sollte er für sie tun.

Er näherte sich dem Leichnam und schlug ihn in einen der gewebten Teppiche ein, die vor dem Bett lagen. Dann trug er die schwere Last die Treppen hinab in den Burghof. In der Gerätekammer neben den Ställen fand er eine kräftige Schaufel. Er legte das Bündel quer auf seinen stämmigen Braunen und führte ihn über die Zugbrücke den Weg hinunter, bis sie einen Acker mit weicher Erde erreichten. Dort schaufelte er eine Grube und legte den in den Teppich gehüllten Leichnam hinein. Er sprach ein Gebet und den Segen und fertigte dann aus zwei Stöcken ein Kreuz, das er in den Boden steckte. Das Gleiche tat er anschließend mit der Magd, die er tot auf dem Boden im Rittersaal gefunden hatte.

Angst, sich an der Pest anzustecken, hatte er bisher nicht gehabt. Aber jetzt war plötzlich der Gedanke wieder da und er beschloss, sich zu schützen, so gut es ging. Er ritt wieder zur Burg zurück, stellte den Braunen ein und säuberte an der

Zisterne in einem Bottich gründlich seine Hände und Arme. Dann machte er sich auf die Suche nach dem Weinkeller, der unversperrt war.

Er fand ein Fässchen mit rotem Wein und in der Vorratskammer der Küche eine Schale mit Honig. Den Wein erhitzte er mit einer guten Portion Honig in einem Topf über dem Feuer. In der Zwischenzeit suchte er nach getrockneten Kräutern, die in der Nähe des Herdes hingen, und warf wahllos hinein, was er fand. Die Familie seines Großvaters hatte auf dieses Rezept bei körperlichem Unbehagen und zum Schutz gegen Krankheiten geschworen. Es verfehlte angeblich niemals seine Wirkung. Der heiße Wein war durch den Honig sehr süß und aromatisch und er trank mit Genuss davon so viel, bis sich angenehme Wärme in seinem Körper ausbreitete und ein Wohlgefühl erzeugte. Er füllte auch einen Becher und trug ihn hinauf.

Das Mädchen schlief noch immer, aber das Feuer war heruntergebrannt. Er berührte sie leise an der Schulter und sie öffnete die Augen. »Habt Ihr keinen Hunger?«, fragte er.

Emma seufzte und schüttelte den Kopf. »Nehmt auf jeden Fall ein paar Schlucke hiervon.« Er hielt den Becher Würzwein an ihre Lippen. »Das wird Euch ein wenig Kraft geben.« Sie seufzte tief auf und wandte, wie vom starken Geruch des Weines angewidert, den Kopf ab. »Ich möchte keinen Wein. Ich trinke ihn niemals.«

»Dann macht jetzt eine Ausnahme. Ihr müsst etwas zu Euch nehmen, wenn Ihr schon nichts essen wollt. Sonst werdet Ihr einen Rückfall bekommen. Trinkt jetzt!« Seine Stimme klang befehlend und Emma nahm gehorsam einen Schluck, wobei sie das Gesicht verzog. Dann nahm sie einen zweiten und zwang sich, den Becher ganz auszutrinken. »Wo ist meine Mutter?«, fragte sie anschließend und ließ ihre Blicke durch den Raum gleiten. »Wie geht es ihr?«

»Ich habe sie gerade zu Bett gebracht«, log Wolfram. »Es

ging ihr besser. Aber sie war sehr müde und wollte ein paar Stunden schlafen.«

»Ist das wahr?«, fragte Emma ungläubig, die langsam spürte, wie der Wein ihr Blut erhitzte und ihre Gedanken verwirrte. Ein Lächeln trat auf ihre Lippen. »Ihr könnt Euch nicht vorstellen, wie erleichtert ich bin. Helft Ihr mir, trotzdem nach ihr zu sehen? Kann ich mich auf Euch stützen?« Sie erhob sich mit Anstrengung.

Wolfram hielt sie zurück. »Es wäre nicht gut, wenn wir sie jetzt aus dem Schlaf rissen.«

»Ja, vielleicht ist es besser so«, sagte Emma mit einem tiefen Seufzer und ließ sich zurücksinken. »Mir ist ohnehin ganz schwindlig.« Sie lächelte jetzt und ihre Wangen hatten sich rosig gefärbt. »Ich vertrage keinen Wein …« Verstohlen sah sie Wolfram genauer an. Sein Gesicht verschwamm ein wenig vor ihren Augen. Aber es gefiel ihr, weil es freundlich und zugleich von männlicher Entschlossenheit war. Seine blauen Augen hatten einen kühlen Glanz und sein Haar, das ihm glatt gescheitelt auf die Schultern fiel, war nur wenig dunkler als das ihre. »Geht«, flüsterte sie, »geht – bringt Euch in Sicherheit. Ihr solltet nicht hierbleiben …« Ihre Stimme wurde undeutlich und zu einem Hauch. »Ihr könntet Euch anstecken …« Sie schloss wieder die Augen.

Wolfram sah nachdenklich auf sie herab. Im Grunde seines Herzens fand er, dass sie recht hatte. Neue Zweifel beschlichen ihn. Warum sollte er jetzt eigentlich nicht gleich weiterreiten? Was hielt ihn denn hier? Die Nächstenliebe? Diese verlassene Burg auf fremdem Boden ging ihn doch gar nichts an. Er hatte getan, was er konnte: Die Burgherrin und die Magd beerdigt. Und so wie es den Anschein hatte, würde das junge Mädchen sich bald selbst helfen können. Unschlüssig ging er hinunter in die Küche. Er hatte Hunger und roch an der Suppe im Kessel, der an einem großen Eisenhaken über dem kalten Herd hing.

Mit einem Holzlöffel prüfte er ihren Geschmack. Sie war noch gut, würzig und schmackhaft gekocht. Ganz automatisch entzündete er Feuer auf dem Herd und schnitt den bereits gebackenen Brotlaib an, der in der Mitte noch weich war. In der Speisekammer fand er ein Schaff mit guter Butter und einen Topf mit eingelegtem Fleisch. Doch zuerst wandte er sich wieder dem heißen Wein-Honig-Gemisch zu, das seine trüben Gedanken im Nu verjagte. Es machte ihn träge, zufrieden und vor allem gleichgültig gegen unerwünschte Gedanken. Mit schon etwas schweren Beinen goss er die Suppe in einen Teller, brockte Brot hinein und aß mit großem Genuss. Müdigkeit überkam ihn. Heute konnte er nicht mehr weiterreiten. Aber warum sollte er die Nacht nicht hier verbringen? Niemand würde ihn stören, keine Schergen ihn suchen. Hier war er sicher wie in Abrahams Schoß. Leicht schwankend stieg er zu den oberen Kammern hinauf, die verdunkelt waren und so aussahen, als würden sie vom Ritter der Burg und seinem Sohn bewohnt. Er öffnete die Läden des größeren Raumes und prüfte das weiche Federbett, in das er sich probeweise hineinlegte. Er sank in die Kissen, schloss die Augen und war kurz darauf fest eingeschlafen.

Als er am nächsten Morgen erwachte, wusste er zuerst nicht, wo er sich überhaupt befand. Durch das offene Fenster zog ein kühler Wind. Er erhob sich und sah hinaus, weit über das Land, die Felder und kleinen Gehöfte in der Ferne. Die Sonne ging auf und ließ durch ihre Strahlen die Farben aufleuchten. Das Gelb der Felder, das helle Grün der Wiesen und das dunkle des Waldes unter einem tiefblauen Himmel. Er fühlte sich gut, ausgeruht und voller Tatendrang. Die Erinnerung an den vergangenen Tag, die beiden an der Pest erkrankten Frauen, die er beerdigt hatte, ließ ihn jedoch gleich wieder nachdenklich werden. Doch seine gestrige Angst war verflogen und er war fest entschlossen, nicht einfach feige zu verschwinden, bevor er einige Dinge erledigt hatte. Als Erstes wollte er sich um das junge Mädchen kümmern – und dann vielleicht ein wenig Ordnung in das Durcheinander auf der Burg bringen.

Er sah sich in dem Raum um, in dem er die Nacht verbracht hatte. Kostbare Teppiche und Wandbehänge bedeckten Wände und Boden und das Bett war aus aufwendig geschnitztem Eichenholz. Ein Ofen mit bemalten und verzierten Kacheln stand in der Mitte, um den sich eine gepolsterte Bank zog. An den Wänden reihten sich geschnitzte Truhen und ein bequemer Sessel lud zum Ruhen im Erker unter dem Fenster ein. Eine gesamte Kriegsausrüstung, wappenbedeckte Schilder, Kettenhemden, Schwerter, Waffenröcke, Sporen und Decken befanden sich in einem Nebenraum, in dem auch zahlreiche Jagdtrophäen die Wände zierten. Wolfram sah sich sehr genau um. Hier gab es Reichtum, Pracht und Wohlleben, das erkannte man auf den ersten Blick. Aber was nützte das alles gegen den Tod, der sich hier so unbemerkt eingeschlichen hatte? Was half der Reichtum gegen die Angst vor der Seuche, die das Gesinde der Burg die Flucht ergreifen ließ?

Nachdenklich wandte er sich ab. Das Schwerste würde wohl sein, dem jungen Mädchen den Tod der Mutter beizubringen – und ihr zu gestehen, dass er sie gestern schon beerdigt hatte. Aber wie hieß sie überhaupt? Sie hatte es ihm gesagt, aber er entsann sich nicht mehr ihres Namens. Nur daran, dass sie sehr schön war und von einer Zartheit, die sein Herz berührte. Er wusch sich am Brunnen und machte dann in der Küche die Suppe warm. Mit einer Schale und einem Stück Brot begab er sich auf den Weg zur Kemenate, in der er gestern die beiden Frauen gefunden hatte, und klopfte an die Tür.

***

»Du Mistkerl – elender Bastard!« Friedhelm von Hunoldstein gab dem Schemel, der vor ihm stand, so einen heftigen Fußtritt, dass dieser mit einem Krachen zur Seite flog. Sigurd duckte sich vor den Schlägen, die jetzt heftig auf ihn einprasselten. Friedhelm hatte getrunken und ließ der Wut gegen seinen Sohn freien Lauf. »Ich sollte dich aus dem Haus jagen dafür, dass du jedem Rock nachjagst und uns damit ins Elend bringst!« Er machte eine raumgreifende Bewegung durch das Zimmer der einfachen Herberge, in der sie seit einiger Zeit logierten. »Wir hätten den Winter über und auch das Frühjahr auf Schrockenstein bleiben können und wären bestens verpflegt worden, wenn du nicht wieder Dummheiten gemacht hättest! Die Küchenmagd geschwängert!« Er fuchtelte mit den Händen durch die Luft. »Dabei hat dir die kleine Emma schöne Augen gemacht! Wenn du klug gewesen wärst, hättest du darauf geachtet. Nun hast du eine Gelegenheit verpasst, die sich dir nie wieder bieten wird. Eine Heirat mit Emma hätte uns beiden aus dem Dreck geholfen. Ich war gerade dabei, die Sache einzufädeln …« Er atmete heftig. »Aber nein, der feine Herr muss das Dümmste tun, was man sich nur vorstellen kann. Eine andere aufs Kreuz legen. Eine simple Küchendirne! Und sich noch dabei erwischen lassen!« Er fiel auf den kargen Stuhl zurück, der vor der Bettstatt stand, und wischte sich den Schweiß von der Stirn, während Sigurd wie ein begossener Pudel vor ihm stand.

»Ihr habt mir nichts dergleichen gesagt«, protestierte er, schützend die Arme vors Gesicht haltend. »Im Gegenteil – ich dachte, Ihr hättet selbst ein Auge auf Emma geworfen. Deshalb wollte ich Euch nicht in die Quere kommen.«

»Was redest du da für einen Unsinn?«, fuhr Friedhelm ihn an. »Ich bin doch viel zu alt für so ein junges Ding. Ethelbert wäre damit nie einverstanden.«

»Wer sagt, dass er überhaupt lebend aus dem Heiligen Land zurückkehrt«, murmelte Sigurd verhalten und ließ die Arme sinken. »Dann gäbe es für Euch immer noch die Möglichkeit, dass Ihr seine Witwe heiratet und damit Herr von Schrockenstein würdet.«

»Blödsinn! Magdalena mag mich nicht«, knurrte Friedhelm, »hast du das nicht gemerkt? Sie war froh, als sie mich los war.« Er verfiel in stumpfes Brüten. »Aber zugegeben: An solch eine Möglichkeit habe ich noch gar nicht gedacht.« Er griff nach dem Becher Wein, der auf dem einfachen Tisch stand. »Ich meine, dass Ethelbert etwas zustoßen könnte. Was Gott im Übrigen verhüten möge!« Er nahm noch einen Schluck und wischte sich den Mund mit dem Ärmel ab. »Was sollen wir jetzt bloß tun, ohne Obdach, ohne alles? Es war ein großer Fehler, meine Burg an Ritter Waldemar von Zug zu verpfänden. Dieser Teufel gewährt mir jetzt nicht einmal mehr das mir zustehende Wohnrecht. Nur, weil ich meine Schulden und die hohen Zinsen nicht bezahlen kann.« Er wandte sich an seinen Sohn. »Sigurd. Ich kann dich nicht länger durchfüttern. Wir müssen uns trennen. Sieh zu, wo du bleibst.«

Sigurd senkte den Kopf. Er hatte bis jetzt auf das Erbe gehofft, aber jetzt war es wohl endgültig verspielt. Da er aber nicht wusste, wo er hingehen sollte, hatte er vorläufig beim Vater ausgeharrt in der Hoffnung, das Blatt würde sich wieder wenden.

»Wenn ich nur nicht auf diesen verdammten Mönch Eustasius gehört hätte«, jammerte Friedhelm weiter. »Ich habe bei ihm gebeichtet und Rat gesucht, als ich in Schwierigkeiten war. Aber er war käuflich, von Waldemar, diesem Schurken, bestochen. Er ist schuld an meinem Ruin.«

»Und warum – wie ist das denn vor sich gegangen?«, fragte Sigurd erstaunt, mit dem der Vater noch nie über seine Angelegenheiten gesprochen hatte.

Friedhelm hieb mit der Faust auf den Tisch. »Weil der Mönch mir eingeredet hat, das alte Gemäuer sei eine Ruine und ohnehin nichts mehr wert. Es sei besser, wenn ich es jemandem überließe, der es renovierte. Meine Schulden könne ich ja später zurückzahlen und dann wieder einziehen. Ich fand seinen Rat sehr vernünftig, habe aber vergessen, mir ein Wohnrecht einräumen zu lassen. Du weißt ja selbst, wie baufällig alles war und dass es durch das Dach geregnet hat.«

Sigurd nickte. Die Burg war wirklich halb verfallen gewesen, denn da Geld fehlte, hatte Friedhelm niemals etwas erneuert.

»Zufällig«, Friedhelm betonte das Wort, »ist dann der Freiherr Waldemar von Zug aufgetaucht und hat sich bereit erklärt, die Burg zu übernehmen. Er sagte, wenn wir das mit einem richtigen Vertrag bekräftigten, würde er noch ein nettes Sümmchen in bar drauflegen. Das Geld habe ich leider inzwischen ausgegeben.« Er zuckte die Schultern. »Bestimmt steckte Waldemar mit dem Mönch unter einer Decke. Er hat ihm erzählt, in welchen Schwierigkeiten ich mich befand.«

»Könnt Ihr das nicht rückgängig machen?«, fragte Sigurd.

Friedhelm schüttelte den Kopf und knurrte. »Ich habe dummerweise unterschrieben, ohne auf die einzelnen Klauseln zu achten.« Er seufzte. »Außerdem dachte ich, das alte Gemäuer sei sowieso nichts mehr wert. Aber jetzt, wo Waldemar alles wieder hergerichtet, aufgebaut und renoviert hat, sehe ich erst, was ich verloren habe«, jammerte er in weinerlichem Ton. »Man hat mich mit einer gemeinen List um mein Gut gebracht.«

»Ihr müsstet Gleiches mit Gleichem vergelten. Den Vertrag an Euch bringen – ihn vor Gericht für ungültig erklären. Oder ihn verschwinden lassen. Und dann Eure Schulden beim Freiherrn von Zug bezahlen.«

»Gut geschwätzt. Und wie soll ich das machen, Dummkopf?«, grunzte Friedhelm nach einem neuen Schluck Wein. »Hast du vielleicht das Geld, mit dem ich zahlen könnte? Magdalena von Schrockenstein wird es mir gewiss nicht borgen. Und an den Vertrag komme ich nicht heran. Auch nicht an den Schuldschein. Das ist bestimmt alles an einem sicheren, gut verschlossenen Ort.« Er versank wieder in dumpfes Brüten.

»Und wenn ich mich als Vasall auf der Burg des Freiherrn

von Zug verdingen würde?«, schlug Sigurd ihm überraschend vor. »Wenn er mich nimmt, könnte ich die Augen offen halten und herausfinden, wo er das Dokument und den Schuldschein aufbewahrt. Wenn ich alles vernichte, könnt Ihr vor dem Reichsgericht gegen den Freiherrn um die Rückgabe Eures Eigentums klagen, das Ihr ihm nur für eine gewisse Zeit, als Ihr auf Reisen wart, überlassen habt. Dann wird er auch nicht mehr beweisen können, dass Ihr Euch überhaupt Geld von ihm geliehen habt.«

Friedhelm sah verwundert auf. »Ja, die Idee ist nicht schlecht. Aber wie willst du das anstellen?«

Sigurd hob die Augenbrauen. »Wer weiß, vielleicht gibt es dort eine hübsche Magd, die mir ein paar Geheimnisse verrät.«

»Du bist ein Schwerenöter und bleibst es.« Friedhelm grinste und klopfte Sigurd jovial auf die Schultern. »Die Weiber sind verrückt nach dir. Möchte wissen, von wem du das hast«, grummelte er mehr zu sich selbst. »Die hübsche Fratze hat dir jedenfalls deine Mutter vererbt.« Er schob die Schultern zurück, richtete sich auf und zog den Bauch ein. »Als ich jung war, hätte ich das auch geschafft.«

»Ich habe eben Glück bei Frauen«, erwiderte Sigurd mit falscher Bescheidenheit. »Sie mögen mich.« Er machte eine kleine Pause. »Ich werde mir nebenbei auch das Mönchlein vornehmen und ihm zur Not das Messer an die Kehle halten. Vielleicht kann ich diesen Eustasius damit zum Reden bringen. Er weiß bestimmt, wo die Papiere verwahrt sind.« Prüfend sah er den Vater an. »Wenn es mir gelingen würde, den Vertrag und den Schuldschein zu finden – was bekäme ich dafür?«

»Eine Tracht Prügel«, bellte Friedhelm ihn nach gewohnt grober Art an.

Sigurd wandte sich stumm ab und nahm seine Kappe. »Dann zählt nicht mehr auf mich, Vater. Vielleicht finde ich woanders mein Glück.«

»Halt, Tunichtgut! Wo willst du hin? Was verlangst du?«

In Sigurds Augen blitzte es auf. Dann senkte er mit gespielter Demut die Lider. »Die offizielle Anerkennung als Euer Sohn. Euren Namen und Titel. Und wenn der Freiherr von Zug Euch den Fehdehandschuh hinwirft, werde ich Euch beistehen und einen ordentlichen Trupp Söldner zu Eurer Verteidigung zusammenrufen.«

»Da mag doch der Blitz dreinschlagen! Potztausend! Der verdammte Bube will mich erpressen!«, fluchte Friedhelm und torkelte ein paar Schritte vorwärts. »Mich beerben, wenn alles klappt.« Er hielt inne und kratzte sich am Kopf. Ein tölpisches Grinsen trat auf sein Gesicht. »Nun ja, ich habe ja nichts zu verlieren. Es soll so sein. Mir bleibt schließlich nichts anderes übrig, wenn ich wieder zu meinem Hab und Gut kommen will.« Er streckte den Arm aus. »Die Hand darauf. Versuch dein Glück! Du kannst den Rappen haben, den du bisher geritten bist. Und halt mich auf dem Laufenden.«

Sigurd zögerte einzuschlagen. »Das reicht mir nicht, Vater …« Er musste sich zwingen, die Worte über die Lippen zu bringen. »Ich fühlte mich sicherer, wenn ich etwas Schriftliches hätte – etwas, worin Ihr Euren Willen, mich als Sohn und Erben anzuerkennen, deutlich bekundet.« Er trat an den Tisch, zog ein beschriebenes Pergament, Feder und Tinte aus seinem Wams und breitete alles vor dem Vater aus. Dann reichte er ihm die Feder und forderte ihn auf: »Jetzt setzt Euren Namen darunter.«

Friedhelms Kopf nahm die Farbe einer Tomate an. »Mein Wort genügt dir also nicht, Undankbarer?«, schnaubte er. »Hast schon ein schriftliches Traktat vorbereitet? Einen Strich mache ich dir in dein Geschreibsel und deine Pläne!« Wütend warf er Papier und Feder zu Boden und stampfte mit dem Fuß darauf.

Sigurd biss die Kinnladen zusammen und beherrschte sich nur mit Mühe. Das Blut schoss ihm heiß in die Wangen. Er hatte es auf der Zunge, dem Vater entgegenzuschleudern, dass er sein Wort ihm gegenüber schon oft genug gebrochen hatte. Sich zur Geduld zwingend, bückte er sich, nahm das Papier und die halb geknickte Feder und hielt es dem Vater erneut hin. »Unterschreibt – oder Ihr seht mich nie wieder. Und Eure Burg, Euer ganzes Hab und Gut auch nicht mehr.«

»Hundsfott, Bastard!«, tobte Friedhelm, doch dann setzte er schließlich seinen Namen unter das Dokument.

Sigurd verbeugte sich artig und nahm es an sich. »Ich danke Euch, Vater! Als Euer Sohn werde ich Euch bestimmt nie mehr enttäuschen, was auch geschieht. Ein paar Dukaten für den Anfang würden mir meine Mission allerdings sehr erleichtern. Frauen lieben Tand … wie Ihr vielleicht wisst.«

Friedhelm öffnete unter Flüchen und Beschimpfungen seinen Beutel und warf Sigurd ein paar Münzen hin. Dann drehte er ihm den Rücken zu. »Verschwinde – und wage es nicht, zurückzukommen, bevor die Sache geregelt ist.«

Sigurd raffte erleichtert die Münzen zusammen und steckte das Schriftstück ein. Vorläufig hatte er erreicht, was er wollte. Er war jetzt offiziell Friedhelms Sohn und konnte sich Sigurd von Hunoldstein nennen. Jetzt musste er nur noch nach seinem Plan vorgehen. Seine wenige Habe packend, beeilte er sich, die Herberge so rasch wie möglich zu verlassen. Er war froh, den trunksüchtigen und schlägernden Vater vorläufig los zu sein, denn tief im Herzen hasste er den Grobian, der ihn seit seiner Kindheit drangsaliert, gequält und herumkommandiert hatte. Schon oft hatte er ihm die Pest an den Hals gewünscht oder dass er bald auf andere Weise das Zeitliche segnen würde. Aber jetzt sah alles anders aus. Des Vaters Burg würde auch die seine sein, wenn dieser starb. Dann war er Herr von Hunoldstein. Und hatte sein Ziel erreicht. Aber vorher musste er noch den Vertrag des Freiherrn Waldemar finden und ihn verschwinden lassen. Und Geduld haben – viel Geduld.

Sigurd erreichte die Burg Hunoldstein, wo er seine Jugend

verbracht hatte, am nächsten Tag und ließ sich durch den Torwächter und Beschließer dem Freiherrn von Zug melden. Er erkannte den Ort kaum wieder. Hunoldstein war verfallen und verdreckt gewesen, als sein Vater dort gehaust hatte. Die Wirtschaft war aufs Gröbste vernachlässigt gewesen, Diebstähle vonseiten des Gesindes an der Tagesordnung. Friedhelm hatte sich von morgens bis abends beim Kartenspielen mit seinen Knechten vergessen und mit ihnen getrunken, bis er ins Bett fiel. Die Mägde hatten das ausgenutzt und kaum einen Finger gerührt, um Ordnung zu halten, bevor sie ganz davonliefen. Jetzt sah man erst, welch umfassende Baumaßnahmen der Freiherr von Zug in letzter Zeit getroffen, wie viel er ausgebessert und erneuert hatte. Seinen Rappen am Zügel führend, trat Sigurd zögernd in den Hof und betrachtete staunend die Veränderungen.

Der Freiherr trat Sigurd mit erhobenem Kopf entgegen und musterte ihn mit spöttischer Miene. »Nun, Sigurd, das hättest du wohl nicht gedacht, dass dein Vater alles so leicht verspielt? Jetzt bin ich der Herr hier, wie du siehst. Und alles ist rechtmäßig verbrieft. Es tut mir zwar leid um dich – aber du bist und bleibst eben ein Bastard. Ich kann dir nicht helfen.«

Mit gespielter Schüchternheit sah Sigurd zu Boden. »Ich weiß, Herr. Mein Vater hat mich verstoßen – Ihr wisst ja, wie gewalttätig er ist.« Er machte eine verlegene Pause. »Kurz gesagt, ich bin gekommen, Euch zu bitten, mir eine Anstellung auf der Burg zu geben, damit ich ein Dach über dem Kopf habe. Ich nehme auch niedere Dienste an, denn ich bin jung und kräftig. Das Schwert und die Lanze weiß ich blitzschnell zu gebrauchen und ich verstehe etwas von Pferden. In Kriegsangelegenheiten könnte ich Euch als Knappe gute Hilfestellung leisten.«

Der Freiherr schwieg, ohne eine Miene zu verziehen. Er empfand wenig Sympathie für den jungen Mann. Was sollte er mit dem Sohn des ehemaligen Besitzers anfangen? Das würde nur böses Blut und Unruhe bringen.

»Ich verstehe es außerdem, die Laute zu schlagen«, beharrte Sigurd, als er sah, dass sein Vorschlag keinen Widerhall fand. Er zog das Instrument aus seinem Gepäck und fuhr spielerisch über die Saiten. »Ich könnte Eurer Familie an langen Abenden Unterhaltung bieten …«

»Es tut mir leid«, unterbrach ihn der Freiherr. »Ich kann dich nicht brauchen und habe keinen Bedarf an zusätzlichen Dienstleuten«, sagte er knapp und wollte sich abwenden. Doch seine Tochter, ein hübsches, erst fünfzehnjähriges Mädchen, hatte sich ihnen, vom Klang des Instruments angezogen, neugierig genähert.

Sigurd fing ihren Blick auf und lächelte ihr freundlich zu. Sie musterte den fremden jungen Mann von hohem Wuchs und edlem Aussehen, der so klangvolle Akkorde auf der Laute anschlug. »Ich verstehe Euch«, sagte Sigurd und legte mit einer anmutigen Geste die Hand aufs Herz, das errötende junge Mädchen nicht aus den Augen lassend. »Aber vielleicht möchte das junge Fräulein, Eure Tochter, Unterricht im Lautenspiel bei mir nehmen? Ich wäre bereit …«

»Nein, nein«, unterbrach ihn der Freiherr unwirsch, »das ist nicht nötig.«

Doch Sigurd gab nicht so schnell auf. »Wenn Ihr wollt, spiele ich Euch ein Ständchen zur Probe.«

»Was? Ein Ständchen? Das hat mir gerade noch gefehlt. Wir brauchen hier keinen Lautenspieler«, sagte der Freiherr in grobem Ton. »Dieses Geklimper gefällt mir nicht.«

»Aber mir. Warte doch, Vater.« Das junge Mädchen zupfte ihn am Ärmel. »Ich würde sehr gerne Laute spielen lernen.« Sie wandte sich an Sigurd: »Lasst uns doch ein kleines Ständchen hören, lieber Junker.«

»Bitte!«, flüsterte sie rasch dem Vater zu, der ein grimmiges Gesicht zog. »Sicher spielt er sehr gut. Tut es mir zuliebe.«

»Nein, auf keinen Fall. Ich möchte diesen jungen Mann hier nicht sehen, Adalena. Ich habe meine Gründe. Die kannst du nicht verstehen, ich …«

»Aber warum denn nicht?« Trotzig warf Adalena die Oberlippe auf. »Ich mag Musik. Und Laute zu spielen, habe ich mir schon immer gewünscht. Du hast doch selbst gesagt, dass ich eine außergewöhnlich schöne Stimme habe und sie mehr üben sollte. Dazu brauche ich aber jemanden, der mich begleitet.« Sie sah ihn aus ihren dunklen Augen so flehend an, dass dem Vater das Herz weich wurde.

Mit einem Seufzer gab er nach. »Meinetwegen. Aber nur für eine kurze Zeit, bis du das Nötigste gelernt hast.« Er gab Sigurd einen Wink. »Singt und spielt meinetwegen – aber nicht zu lange.«

Sigurd setzte sich auf einen Vorsprung der inneren Mauer, schlug die Beine übereinander und begann, die Saiten zu stimmen. Adalena ließ sich von einer Magd einen Stuhl bringen. Gespannt sah sie auf Sigurd, der die ersten Töne eines bekannten Liedes anschlug. Was für ein netter junger Mann. Und dann seine Stimme, so sanft, so klangvoll.

»Der Winter ist vergangen, ich sah des Maien Schein …«, sang Sigurd und sah dabei immer wieder in die Augen des jungen Mädchens, das wie gebannt an seinen Lippen hing.

Als er geendet hatte, sprang sie auf und klatschte begeistert in die Hände. »Wunderbar! Vater, habt Ihr das gehört? Ein wahrer Trobador! Wie er es versteht, das Instrument zum Klingen zu bringen.« Sie wandte sich Sigurd zu. »Das möchte ich auch können. Lasst mich das Lied noch einmal hören!«

Sigurd lächelte ihr zu und begann aufs Neue. Der Vater schüttelte den Kopf, verdrehte die Augen und sandte seiner Frau, die ebenfalls herausgekommen war, hilfesuchende Blicke. Er wusste, dass auch sie Musik liebte und stolz auf die schöne Stimme ihrer Tochter war. Inzwischen hatten sich Mägde und

Knechte um den Sänger versammelt und lauschten den Tönen, die Sigurd der Laute entlockte. Er stimmte eine neue Melodie an und sang mit großem Schmelz ein Liebeslied: »Ach Elslein, liebes Elslein …« Immer wieder forderte man ihn auf, es zu wiederholen, bis der Freiherr der Szene ungeduldig ein Ende machte.

»Aufhören! Hört auf! Beginnt in Gottes Namen mit dem Unterricht für Adalena in der nächsten Woche. Ihr könnt ein Zimmer bei den Dachkammern des Gesindes haben. Dort kennt Ihr Euch ja sicher aus.« Er gab einem Knecht einen Wink, Sigurd zu begleiten. Adalena presste die Hand vor den Mund, um einen Jubelruf zu unterdrücken. Dann fiel sie ihrem Vater um den Hals. Sigurd warf ihr einen triumphierenden Blick zu und sah dann in die Runde der Mägde. Ein Herz hatte er schon gewonnen – aber für sein Vorhaben brauchte er noch mehr als das.

***

Als Wolfram am nächsten Morgen sehr früh Emmas Schlafgemach betrat, war sie noch nicht erwacht. Täuschte er sich oder schien ihr Gesicht nicht mehr so durchsichtig und schmal wie gestern? Er näherte sich ihr auf Zehenspitzen und betrachtete sie genauer. Das hellblonde Haar lag in dichten Wellen auf dem Kissen, die langen Wimpern zitterten ein wenig an den geschlossenen Lidern und ihre fein geschwungenen Lippen waren blass. Gefährlich abgemagert, war sie so zart, dass sich ihre Knochen deutlich unter ihrer Haut abzeichneten. Der Löffel neben der Suppenschale, die er auf einem Tablett trug, klirrte bei einer unbedachten Bewegung und Emma öffnete die Augen. Schrecken malte sich in ihnen und sie wollte sich hastig aufrichten. Doch mit leichtem Schwindel sank sie wieder zurück. Sie war noch geschwächt, die überstandene Krankheit hatte sie schwer mitgenommen.

»Habt keine Angst! Ich bringe Euch nur etwas zum Essen.« Wolfram hielt ihr die dampfende Schale hin.

»Ihr seid noch da?«, fragte sie erstaunt.

»Ich konnte Euch doch hier oben nicht ganz allein lassen.« Es sollte scherzhaft klingen und er fügte schnell hinzu. »Euch – und Eure Mutter.«

»Wie geht es ihr?«, fragte Emma und ihre Augen wanderten durch das Zimmer.

»Sie schläft noch«, log Wolfram. »Es geht ihr nicht schlecht.«

Er wollte ihr einen Löffel Suppe in den Mund schieben, doch Emma verzog das Gesicht. »Ich bin nicht hungrig. Mir ist übel!«, klagte sie.

»Ihr müsst aber essen!«, sagte Wolfram eindringlich, »damit Ihr gesund werdet!« Es gelang ihm, ihr ein paar Löffel Suppe einzuflößen, indem er Kissen hinter ihren Rücken stopfte, die sie stützten.

Dankbar versuchte sie ein Lächeln. »Helft mir jetzt aufzustehen!«, verlangte sie mit Nachdruck. Wolfram hielt sie und führte sie zum Nachtstuhl. Durch die Bewegung fiel das blutgetränkte Tuch ihres Verbandes an der Leiste herab. Emma schämte sich, doch nach eindringlicher Nachfrage gab sie zu, dass ihre Pestbeule noch nicht ganz geschlossen sei und manchmal blutete. Sie bestand darauf, sich selbst zu verbinden, und beschrieb ihm, wo er Tücher und Verbandszeug holen konnte. Die Anstrengung erschöpfte sie beinahe bis zur Ohnmacht. »Ich bin so schrecklich müde«, sagte sie und sank kraftlos wieder ins Bett zurück. »Aber was ist mit meiner Mutter?«, fragte sie mit schwacher Stimme. »Ich will sie sehen – mit ihr sprechen.«

»Sie ist in ihrem Zimmer«, sagte Wolfram und vermied ihren Blick. »Es würde sie zu sehr aufregen, Euch noch so schwach zu sehen. Ich werde später ins Dorf reiten und versuchen, eine Pflegerin für Euch zu finden.« Rasch setzte er hinzu. »Und für Eure Mutter.«

Emma nickte und schloss wieder die Augen. Wolfram holte eine Schüssel mit Wasser und ein Tuch aus der Küche und wusch ihr vorsichtig Gesicht und Hände. Ihre Haut war so fein und zart wie Porzellan und sie ließ alles wie leblos und ohne Murren über sich ergehen. Dann fachte er den Kamin neu an und füllte eine Bettflasche mit heißem Wasser, die er Emma an die eiskalten Füße legte. Er hatte keine Erfahrung mit dem Umgang mit Genesenden, aber er wusste, dass sie essen und warmgehalten werden mussten. Da es nichts anderes für ihn zu tun gab, begann er, den Hof aufzuräumen, das herumliegende Stroh zusammenzurechen und den Pferden Heu vorzuwerfen. Er kehrte den schlimmsten Mist und herumliegenden Müll zusammen und schloss das Burgtor, das sperrangelweit offen stand und dessen Schlüssel er nach einigem Suchen in einer Mauernische fand. Er hätte gerne auch die Zugbrücke hochgezogen, doch da er noch ins Dorf reiten wollte, ließ er sie so, wie sie war. Die Küche sah schlimm aus – überall lagen und standen noch schmutzige Schüsseln und Teller übereinander. Wenn er erst eine Pflegerin gefunden hatte, konnte sie dort einmal gründlich aufräumen.

Er sattelte sein Pferd, schloss das Burgtor und ritt hinunter ins Dorf, das etwa zwei Meilen entfernt war. Dort schien alles wie ausgestorben, die Läden waren zugeklappt, denn es ging die Angst vor der Pest um. Einen Bauern, der gerade im Stall arbeitete, fragte er nach dem Medicus. Er wies ihm den Weg und bald hatte er das weiß verputzte Häuschen mit seinem kleinen Kräutergarten gefunden.

Der Arzt öffnete ihm erst nach eindringlichem Klopfen; er war damit beschäftigt, zuerst seine Schnabelmaske aufzusetzen und die Schutzhandschuhe anzuziehen. Trotz dieser Verkleidung öffnete er die Tür nur einen Spalt und hielt gebührenden Abstand zu dem Fremden. »Was wünscht Ihr?«, fragte er hohl durch die Maske. »Ich nehme zurzeit keine neuen Patienten mehr an.«

»Dann nennt mir wenigstens eine Pflegerin oder eine Haushaltshilfe«, antwortete Wolfram in ärgerlichem Ton. »Oben auf Burg Schrockenstein ist ein junges Mädchen erkrankt, wie Ihr vielleicht wisst. Alle Dienstboten, die Stalljungen, der Türmer, die Beschließerin und Bewachung sind aus Angst vor der Pest geflüchtet. Ihre Mutter ist gestorben. Es ist niemand da, der ihr helfen kann. Ihr Vater und ihr Bruder befinden sich auf einer Pilgerfahrt ins Heilige Land.«

»Ich kenne das Mädchen und habe es bereits behandelt«, klang es dumpf hinter der Schnabelmaske. »Lebt sie noch?«

»Ja. Sie hat die Krankheit überstanden und ist über dem Berg, soweit ich das feststellen kann. Aber sie ist noch sehr schwach und bedarf ständiger Hilfe und Pflege, sonst gebe ich ihr keine Woche mehr. Ich bin sicher, dass sie in der Lage ist, den Dienstboten das Dreifache des Üblichen zu zahlen.«

Der Medicus schüttelte den Kopf, sodass die Haube hin und her wackelte. »Sehr, sehr schwierig«, sagte er, »Ihr werdet hier kaum jemanden finden, der dorthin geht, wo ein Pestkranker ist. Vor allem, wenn dort schon jemand gestorben ist. Die Leute haben zu große Angst – auch wenn man ihre Dienste mit Gold aufwiegen würde.« Er machte eine kurze Pause. »Es gibt nur eine Ausnahme: die Insassinnen im Weißenturm zu Nördlingen. Die Verwaltung hat per Dekret angeordnet, dass dort Verurteilte freigelassen und gut bezahlt werden, wenn sie sich für einen solchen Dienst melden.« Er zuckte die Schultern. »Es ist Eure Sache – ob Ihr das in Anspruch nehmen wollt. Es sind schließlich Mörderinnen, Diebinnen und Huren darunter …«

»Gibt es denn sonst niemanden? Das junge Mädchen ist ja eigentlich schon geheilt. Sie braucht nur eine Hilfe, die kocht, putzt und das Hauswesen einigermaßen in Ordnung hält.«

Der Arzt schüttelte diesmal so heftig den Kopf, dass der Schnabel gefährlich wackelte. »Ich sagte Euch doch schon, dass

Ihr ganz sicher niemanden finden werdet. Aber Ihr könnt es gerne versuchen.«

»Gut«, seufzte Wolfram. »Dann werde ich mich wohl oder übel nach Eurem Rat richten. Verurteilte bereuen ja oft ihre Tat und werden im Kerker zu ganz anderen Menschen. Schickt mir eine Kandidatin, von der Ihr glaubt, dass sie geeignet ist.«

»Ich reite morgen früh nach Nördlingen, weil ich dort einiges zu erledigen habe. Da kann ich mit dem Gefängnisaufseher sprechen. Wenn es so weit ist, lasse ich Euch Bescheid geben. Ihr müsst die betreffende Person dann nur hier im Dorf abholen. Ich werde ihr sagen, dass sie an der Kirche auf Euch warten soll.«

»Wird das länger dauern?«, fragte Wolfram ungeduldig. »Ich meine, bis Ihr von Nördlingen zurück seid? Ich selbst kann nicht unbegrenzt an diesem Ort bleiben. Wichtige Geschäfte rufen mich.«

Der Medicus zuckte die Achseln. »Alles braucht seine Zeit. Ich werde Euretwegen nichts übereilen. Heutzutage muss jeder an sich selbst denken.«

»Und was soll ich in der Zwischenzeit anfangen?«

»Gebt der Kranken zur Kräftigung jeden Tag ein geschlagenes Ei mit Zucker und Rotwein. Fleischbrühe, so viel sie trinken mag. Und Ihr solltet zum Schutz vor Ansteckung in Essig gekochte Lorbeerblätter einatmen. Ich wünsche Euch Glück.«

Mit diesen Worten schloss der Arzt die Tür vor Wolframs Nase, der tief durchatmete und sich enttäuscht abwandte. Es war nichts zu machen, hier lief man gegen eine Mauer.

Auf jeden Fall musste er jetzt dringend etwas zum Essen besorgen. Der Fleischer hatte seinen Laden mit einem hölzernen Riegel an der Tür abgesperrt. Er reichte ihm ein dickes Stück Rindfleisch mit einem langen Haken hinüber. Das Geld warf Wolfram in eine mit Essig getränkte Messingschale. Von einer Bäuerin, die ihn scheu ansah, kaufte er Kohl, Karotten und Milch und bei einem Bäcker, der ein Tuch vor Nase und Mund gebunden hatte, einen Wecken Brot, den ihm dieser durchs Fenster hinausreichte. Es kam ihm vor, als sähen ihn die Leute im Dorf misstrauisch an und gingen ihm weiträumig aus dem Weg.

Mit dem neuen Proviant ritt er wieder hinauf zur Burg. Ein paar Landstreicher und Zigeuner hatten es sich schon vor der Zugbrücke bequem gemacht, sie bettelten und hielten ihm ihre Hände hin. Er gab ihnen ein paar Pfennige, jagte sie dann aber fort und war froh, dass sie das offene Tor nicht schon früher entdeckt hatten. Er schloss es mit lautem Quietschen hinter sich und versperrte es mit dem großen Schlüssel, den er in die dafür bestimmte Mauernische legte. In der Küche zündete er Feuer an, setzte das Fleisch auf und warf das Gemüse dazu. Das frische Brot roch einladend und er schnitt ein paar Scheiben ab und bestrich sie mit Butter. Dazu trank er einige Becher Wein. Sobald eine Pflegerin gefunden war, würde er weiterreiten. Er nahm eine Schale Milch, wärmte sie, fügte großzügig den in der Speisekammer gefundenen Honig und etwas Zimt hinzu und tunkte ein paar Brotbrocken hinein. Er horchte in den Gang hinaus. Von oben hörte man nicht das geringste Geräusch.

Dann stieg er hinauf, klopfte leise an die Tür und betrat den halb verdunkelten Raum, in dem das Feuer im Kamin beinahe erloschen war. Emma, auf ein Kissen gestützt, blickte ihm entgegen. Ihr Gesicht sah ein wenig rosiger aus, es hatte die kränkliche Blässe und den farblosen Ton der Lippen verloren. Sie hatte es allein geschafft, ihr langes Haar zu kämmen und das Hemd zu wechseln. »Ich habe schon auf Euch gewartet. Wo ist meine Mutter?«, fragte sie mit einem stummen und zugleich ängstlichen Vorwurf in den Augen.

»Eure Mutter?«, erwiderte Wolfram leichthin und öffnete die Läden, damit die Sonne hereinkam. »Sie … sie ist in ihrem Zimmer, wie ich schon sagte, und …« Weiter kam er nicht.

»Sie ist nicht dort«, unterbrach ihn Emma. »Wo habt Ihr sie hingebracht?«

Wolfram senkte den Kopf und antwortete nicht.

»Warum sagt Ihr nichts? Ich will wissen, wo meine Mutter ist.« Sie schluchzte mit einem erstickten Laut auf.

»Ihr dürft Euch nicht aufregen«, beschwichtigte Wolfram sie. »Es könnte Euer Tod sein.«

»Sagt mir endlich die Wahrheit – ich will es wissen.«

Wolfram schwieg. Die Schale Milch zitterte in seiner Hand.

»Ist sie … ist sie tot?« Ihre Stimme war jetzt nur noch ein Hauch.

Er nickte mit gesenktem Blick. »Es tut mir leid. Aber ich konnte nichts mehr für sie tun. Es ging sehr schnell.«

Emma warf sich zurück und vergrub mit einem lauten Schrei das Gesicht in den Kissen. Er hörte nur noch ihr ersticktes Weinen. Erst nach einer Weile hob sie den Kopf und sah ihn tränenüberströmt an. »Wo ist sie?«

»Mir blieb nur übrig, sie unten im Acker zu begraben«, sagte Wolfram mit abgewandtem Blick. »Ich habe den Ort mit einem Kreuz markiert.« Es schnitt ihm ins Herz, Emmas Tränen und ihren Kummer zu sehen. Er legte seine Hand leicht auf ihre Schulter. »Denkt an Euch. Ihr seid jung. Ihr müsst leben. Grämt Euch nicht weiter. Eure Mutter hätte es nicht gewollt. Sie hat sich so sehr gewünscht, dass Ihr gesund werdet. Und jetzt trinkt«, er hielt ihr die Schale hin, »trinkt und esst, damit Ihr Kraft bekommt.«

Emma schob seine Hand fort. Wolfram stellte die Schale auf den Nachttisch und verließ schweren Herzens das Zimmer. Er fragte sich erneut, warum er nicht fortritt. Was ging ihn das Schicksal dieses fremden Mädchens an? Tausende verloren in diesen Zeiten ihre Mutter, ihren Vater, ihre Geschwister. Sobald die Pflegerin da war, würde er aufbrechen und keine Minute länger bleiben. Mit diesen Gedanken begab er sich im Zimmer des Burgherrn zu Bett, nachdem er noch einen guten Humpen Wein geleert hatte. Er sah das zarte und zugleich liebliche Gesicht Emmas vor sich, ihre grünlich schimmernden Augen, die hilfesuchend auf ihn gerichtet waren. Nach einem tiefen Seufzer schlief er rasch ein.

Die nächsten Tage verliefen eintönig. Wolfram vertrieb sich die Zeit damit, in der Burg aufzuräumen, zu kochen, sich um den Stall zu kümmern und die Tiere zu versorgen. Um Emma ein wenig von ihrem Kummer und ihrer Schwäche abzulenken, las er ihr Verse des Dichters Walther von der Vogelweide vor. Er hatte einen schön gebundenen Band auf dem Nachttisch der Burgherrin gefunden. »Sagt mir jemand, was ist Minne? Weiß ich einen Teil, so wüsst' ich gern mehr. Wer sie kennt, der mag mir sagen, warum sie so schmerzt …« Er schwieg verlegen und suchte nach anderen Texten, die Emma ein wenig aufheitern würden. Aber nur selten erschien an einer lustigen Stelle ein zaghaftes Lächeln auf ihrem Gesicht.

Für sich selbst schwor er immer noch auf den heißen, roten Würzwein, der ihn widerstandsfähig gegen die Pest machen sollte. Nach einem guten Trank fiel er meist wie ein Stein ins Bett, dachte nichts mehr und schlief traumlos bis zum Morgen. Eines Morgens sah er einen Reiter auf dem Weg zur Burg, der sich von Weitem durch lautes Rufen bemerkbar machte, aber nicht wagte näherzukommen. Als er das Fenster öffnete, schrie der Bote ihm die Nachricht des Medicus zu, dass er die Pflegerin im Dorf abholen solle. Schnell spannte er ein Pferd vor den Wagen und fuhr los. Auf dem Vorplatz der Dorfkirche, im Schatten eines Lindenbaums, saß auf einer Holzbank eine verhärmt aussehende Frau mit grauen Haaren in einfacher Kleidung.

Sie erhob sich, als er sie anrief, und sah ihn aus wässrigen Augen von unbestimmter Farbe prüfend an. »Ich bin die Pflegerin aus Nördlingen, Kreszentia Wolfbauer«, sagte sie mit rauer Stimme. »Und ich möchte gleich sagen, dass ich mein

Geld im Voraus verlange. Man hat mir versprochen, dass die da oben das Doppelte zahlen.« Sie wies mit dem Finger zum Hügel, auf dem die Burg lag.

Wolfram war verblüfft über so viel Unverfrorenheit. Die hagere, aber starkknochige Gestalt, der kalte Blick der Augen, die ein wenig hervortraten, und das struppige, ungepflegte Haar der Frau stießen ihn ab. »Das kommt darauf an, wie du arbeitest«, sagte er zurückhaltend.

»Arbeiten?«, rief die Frau aus. »Ich soll doch nicht für die Hausarbeit, sondern für die Pflege da sein. Schließlich gehe ich ein gewisses Risiko ein, wenn ich eine Pestkranke pflege. Nur lebenslang in einen Turm gesperrt zu sein, ist schlimmer, das könnt Ihr mir glauben. So habe ich wenigstens die Chance freizukommen.« Ihr Blick wanderte über sein Wams, glitt gierig über den Ring an Wolframs Finger. »Ihr seid ein Edelmann, nicht wahr?«

»Ja. Und ich garantiere dir keinen roten Heller, wenn du nicht tust, was ich sage. Du wirst im Haus und in der Küche arbeiten müssen, denn du hast eine Genesende vor dir und keine Kranke. Sie ist nur noch etwas schwach. Und du musst ihre Wunde an der Leiste verbinden, die noch nicht ganz zugeheilt ist.«

»Wenn's weiter nichts ist«, erwiderte sie geringschätzig, »und ich mich nicht daran anstecke. Ich bin nicht zimperlich.« Sie hob ohne Scham den Rock von ihrem verkrüppelten Fuß, ihrem Bein, das tiefe Narben aufwies. »Seht nur! Das habe ich schließlich auch ausgehalten. Folter und Ketten.«

»Folter? Ketten? Was … was hast du denn verbrochen?«, fragte Wolfram, dem auf einmal große Zweifel kamen, ob diese Frau die richtige Pflegerin für Emma war. Aber er hatte schließlich nur die Wahl zwischen dem Teufel und dem Beelzebub. Er musste sie in der ersten Zeit streng überwachen, bevor er sie mit Emma allein ließ. Jeden Tag würde es ihr schließlich besser gehen.

»Nichts Besonderes!« Die Frau spuckte aus und ließ ein heiseres Auflachen hören, bei dem man ihre dunklen Zahnstummel sah. »Zu Unrecht musste ich sitzen! Man sagte, ich hätte meinen Mann und seine Mutter vergiftet. Und noch andere Dinge, die alle nicht zutreffen, das schwöre ich!« Sie kratzte sich ausgiebig am Kopf, hob ihren löcherigen Rock und stieg auf den Wagen. »Sie haben Pilze gegessen, die ihnen nicht bekommen sind, nichts weiter.«

Wolfram unterdrückte seinen Abscheu, als er merkte, welch übler Gestank von der Frau und den Lumpen, die sie umhüllten, ausging. »Ich werde mich nach sauberen Kleidern für dich umsehen«, sagte er. »Außerdem bestehe ich darauf, dass du dich in einem Zuber vor der Burg gründlich wäschst. Krätze und Flöhe können wir da oben nicht gebrauchen.«

Ein dumpfes Grummeln war die Antwort. Wolfram trieb das Pferd an und sie waren bald auf der Burg angelangt. Ein breites Grinsen verzog den zahnlückigen Mund der Pflegerin und sie stieß einen leisen Pfiff aus. »Prächtiges Gemäuer«, murmelte sie. »Reiche Leute!« In ihre Augen trat wieder der gierige Blick, mit dem sie zuvor auf Wolframs Ring gesehen hatte und der ihm sehr missfiel.

»Ich bin nicht der Burgherr«, sagte er unwirsch. »Nur ein … Verwandter. Der Ritter von Schrockenstein ist auf einer Reise. Er kann aber jeden Tag zurückkehren.«

Diese Bemerkung schien auf die Pflegerin wenig Eindruck zu machen. Neugierig musterte sie alles und ihre Glupschaugen flogen hin und her, von einem Turm zum anderen, über die Zinnen und die Zugbrücke zum reich mit Messing verzierten Portal. Wolfram ließ sie draußen warten, bis er ihr den Zuber mit heißem Wasser, Bürste und Seife sowie saubere Kleidung gebracht hatte, die er im Zimmer von Emmas Mutter gefunden hatte. Er stellte alles in eine Ecke des Burgringes und riet ihr, sich zu beeilen, da sie in der Küche gebraucht würde. Nach einer guten Stunde sah er nach. Die Frau saß in der neuen Kleidung auf einem Mauervorsprung, aber er hatte Zweifel, ob sie sich auch wirklich gewaschen hatte. Er hob ihre alten Kleider mit einem Stock hoch und verbrannte sie im Herd. Dann wies er ihr eines der Dienstbotenzimmer ganz oben im Turm als Wohnung zu und ermahnte sie, jeden Morgen um sieben Uhr das Feuer im Herd anzuzünden und die bereits gekochte Suppe warm zu machen. Danach sollte sie eine Schale davon mit etwas Brot zu der Genesenden bringen und Feuer im Kamin ihres Zimmers und in dem des Palas machen. Nach all den Anordnungen führte er sie in Emmas Zimmer. Das Mädchen hatte sich aufgesetzt und sah ihm aufmerksam und mit ernster Miene entgegen. Ihr Anblick wärmte sein Herz auf eine sonderbare Weise, die er nicht zu deuten wusste. Ihre Wangen bekamen von Tag zu Tag mehr Farbe, ihre Augen blickten nicht mehr fiebrig, sondern glänzten, und ihre Lippen schimmerten in einem rosigen Ton. Mit einer Art Erstaunen bemerkte er erneut, wie ungewöhnlich schön sie war. Von einer seltenen, anziehenden Schönheit, der selbst die Krankheit nicht viel anzuhaben vermochte. Er konnte seine Augen kaum von ihrem Anblick lösen und fühlte sich befangen, als er ihr die Pflegerin präsentierte, die ihr genauso wenig zu gefallen schien wie ihm. Kreszentia, sonst so resolut, hielt Abstand und weigerte sich, Emma anzufassen. Verärgert und in scharfem Ton hieß er sie, ihr Hemd zu wechseln und ihre Wunde zu verbinden. »Mach endlich, was ich dir sage«, schimpfte er, ungeduldig über ihre Hartnäckigkeit. »Sonst schicke ich dich wieder zurück in den Weißenturm.«

»Das könnt Ihr nicht, Herr«, antwortete sie schnippisch und mit einem hämischen Lachen. »Sie würden mich nicht mehr nehmen. Ihr seid jetzt verpflichtet, mich zu behalten.«

Wolfram fluchte innerlich und trat vor sie hin. »Tu endlich, was ich dir sage«, grollte er in drohendem Ton. »Oder bei Gott – du bekommst eine ordentliche Tracht Prügel. Dann setze ich dich ohne Essen vor die Tür und lass dich erst wieder ein, wenn du deine Pflicht erfüllst.«

Widerwillig und mit flackerndem Blick folgte die ehemalige Strafgefangene schließlich seinen Anordnungen. Sie holte heißes Wasser, wusch Emmas strähnig gewordenes Haar, kämmte es und legte ihr mit spitzen Fingern einen neuen Verband an, wobei sie den alten ins Feuer warf. Dann rieb sie die Genesende von Kopf bis Fuß mit einem nassen Waschlappen ab. Wolfram sah ihr heimlich ein paar Minuten durch die Tür zu, um sich zu überzeugen, dass sie alles richtig machte. Emmas Körper war schmal und fragil wie der eines Kindes. Er sagte sich, dass sie unbedingt essen und zunehmen müsse, wenn sie bald wieder ganz gesund sein wollte. Im Zimmer des Burgherrn, wo er dabei war, seine Sachen zu ordnen und zu packen, hörte er plötzlich einen lauten Schrei der Pflegerin. Er stürmte hinunter und riss die Tür auf. Kreszentia hatte den Waschlappen fallen lassen und war in eine Ecke des Zimmers zurückgewichen.

»Das Mal – ein Hexenzeichen!«, rief sie ihm mit schreckgeweiteten Augen zu, noch bevor er fragen konnte, was geschehen war. »An ihrem Rücken. Ich habe es ganz deutlich gesehen …« Die sonst so hartgesottene Frau war blass geworden und ihr Gesicht drückte Entsetzen aus.

»Was für ein Mal?«, fragte Wolfram ärgerlich.

»Ein Muttermal – es hat die Form eines Hexenzeichens. Habt Ihr noch nie davon gehört? Der Teufel selbst hat sie so gebrandmarkt …«, stieß sie atemlos hervor. Ihre trüben, wässrigen Augen traten beinahe aus den Höhlen vor abergläubischer Furcht, mit der sie auf Emma starrte, die sich zum Bett geflüchtet hatte und die Decke über sich zog.

»Hör mit dem Geschrei auf, blödes Weib«, fuhr Wolfram sie grob an, der inzwischen gemerkt hatte, dass sie einen rauen Ton am besten verstand. »Warum führst du dich so auf? Hast du etwa Angst vor einem Muttermal? So etwas haben viele Menschen.«

»Nein! Dieses ist anders!«, kreischte sie. »Ihr habt mich an einen verfluchten Ort gelockt. Zu einer Pestkranken, einer gottverdammten Hexe!« Sie stürzte sich auf Emma und riss ihr mit Gewalt die Bettdecke weg. »Seht es Euch doch an: Ein rechtwinkliges Dreieck – ein sicheres Zeichen, dass sie eine Hexe ist! Der Teufel zeichnet so seine Auserwählten.«

»Was redest du da für einen Unsinn, Alte?« Wolfram warf einen verstohlenen Blick auf das große, dunkle Muttermal, das sich deutlich auf der weißen Haut am Rücken des Mädchens abhob und tatsächlich die Form eines rechtwinkligen Dreiecks aufwies. Er schob die Pflegerin grob beiseite, die mit dem Finger anklagend auf Emma deutete.

»Sie weiß genau, was es bedeutet, und versteckt es. Ich habe so etwas im Kerker des Weißenturms bei einer Frau gesehen, die der Hexerei angeklagt war«, fuhr sie rasch und mit bebender Stimme fort. »Es sah genauso aus, das kann ich beschwören. Man hatte sie im Turm in ein gesondertes Verlies gesperrt. Kurz darauf war ihr Prozess – sie wurde verurteilt und verbrannt. Ich sage Euch«, ihre Stimme wurde zu einem heiseren Flüstern, »dass ich selbst gesehen habe, wie der Teufel in Gestalt eines schwarzen Raben zu ihr kam und ihr Dinge einsagte, die sie tun sollte. Sie hatte magische Kräfte. Es gelang ihr sogar, einen der Richter zu verzaubern, ihn von ihrer angeblichen Unschuld zu überzeugen. Doch unter der Folter hat sie dann alles gestanden.«

»Schweig jetzt und schwatz nicht länger solch haarsträubendes Zeug«, fuhr ihr Wolfram über den Mund. »Ich glaube nicht an so etwas. Es gibt keine Hexen. Und dass dieses unschuldige Wesen hier eine sein soll, das ist nie und nimmer möglich.« Er sah zu Emma hinüber, die die Anschuldigungen fassungslos angehört hatte. Was sollte ihr harmloses Muttermal, das sie hatte, seit sie denken konnte, auf einmal mit dem Teufel zu tun haben?

»Geh jetzt, räum die Küche auf und feg den Boden!« Wolfram

hob drohend die Hand. »Und wehe, es ist noch ein schmutziger Teller da, wenn ich hinunterkomme. Dann wirst du meinen Zorn spüren. Mach dich fort, aber schnell! Und lass mich nie wieder solche Sachen hören, sonst werde ich dir zeigen, wer hier der Herr ist.«

Die Alte senkte die Lider und huschte rasch aus dem Zimmer.

Emma war in leises Weinen ausgebrochen. Sie fühlte sich zu hilflos und schwach, um sich zu rechtfertigen und Widerstand gegen diese ungeheure und gemeine Behauptung zu leisten. »Oh, Mutter«, schluchzte sie voller Verzweiflung, »Mutter! Was soll nur werden? Was mache ich nur ohne dich? Wenn nur Vater oder Ekart da wären!«

Wolfram setzte sich zu ihr auf den Bettrand und strich ihr beruhigend über den Kopf. »Hört nicht darauf, was die alte Vettel sagt. Sie ist dumm und ungebildet. Seht zu, dass Ihr schnell wieder gesund werdet. Dann könnt Ihr sie bald aus dem Haus werfen. Wenn die Leute sehen, dass Ihr geheilt seid, wird es leicht sein, neue Dienerschaft einzustellen. Bis dahin seid froh, wenn die Alte Euch das Gröbste im Haus besorgt. Wenn ich erst fort bin, werdet Ihr sie gut brauchen können. So seid Ihr wenigstens nicht allein hier oben.«

»Ihr wollt fort?« Emma hatte Panik in den Augen. »Mich mit dieser schrecklichen Pflegerin alleine lassen?« Sie ergriff seine Hand und hielt sie fest. »Nein, das dürft Ihr nicht! Bitte geht nicht! Nicht, solange sie da ist!« Sie hob flehend die Hände. »Bleibt – nur noch ein paar Tage. Dann bin ich kräftig genug, ich verspreche es. Ich habe furchtbare Angst vor dieser Frau. Sie ist hässlich, schmutzig und gemein. Aber nicht nur das, sie hat so etwas … ich weiß nicht, wie ich es ausdrücken soll. Etwas Böses, Dämonisches ist in ihrem Blick. Sie wird mir etwas antun, wenn Ihr fort seid, das weiß ich gewiss.«

»Habt keine Sorge. Sie ist nur eine einfache Frau«, wiegelte Wolfram ab, der nicht sagen wollte, dass sie eine ehemalige

Strafgefangene und Giftmörderin war. »Es tut mir leid – aber ich kann unmöglich noch länger bei Euch bleiben. Ihr könnt mir glauben, dass ich einen guten Grund habe, bald weiterzureiten. Habt Ihr denn keine Verwandten, die Ihr benachrichtigen könnt und die Euch in dieser Lage eine Weile beistehen können?«

Emma zuckte die Achseln. »Nur meinen Oheim Friedhelm und seinen Sohn Sigurd. Aber ich möchte nicht, dass sie kommen. Friedhelm ist habgierig und verschuldet und ich fürchte, er könnte meine Situation ausnutzen. Bitte verlasst mich nicht. Warum wollt Ihr schon gehen? Bleibt noch! Ich bitte Euch!« Sie sah ihn zugleich so flehend aus ihren in grünlichem Glanz schimmernden großen Augen an, dass Wolfram eine seltsame Verlegenheit überkam.

Er ertappte sich bei dem Wunsch, dieses anmutige Geschöpf in seine Arme zu nehmen und schützend gegen seine Brust zu drücken. Aufseufzend erhob er sich. »Nun gut, noch ein paar Tage. Bis Ihr neue Kräfte gewonnen habt und aufstehen könnt, ohne dass Euch schwindlig wird.«

»Ich danke Euch.« Emma sah ihm mit Tränen in den Augen nach, als er das Zimmer verließ. Sie musste jetzt so schnell wie möglich wieder auf die Beine kommen, denn der Gedanke, allein und hilflos mit dieser abstoßenden Frau zusammenzuleben, erschreckte sie zutiefst. Sie lüftete den Verband und betrachtete ihre Wunde. Sie hatte sich fast geschlossen, heilte langsam, aber stetig. Bald würde sie wie gewohnt umhergehen können. Sie nahm sich vor, jeden Tag ein paar Schritte zu tun und jede Stunde etwas zu essen, um an Gewicht zuzunehmen.

Die nächsten Tage vergingen mit diesem Vorsatz und Emma aß, so viel sie konnte, um zu Kräften zu kommen. Eines Tages, als Wolfram ins Dorf geritten war, um frische Lebensmittel und Milch zu besorgen, schaffte sie es sogar, die Treppen hinunter in den Palas zu steigen. Da sie ständig fröstelte, hatte Wolfram dafür gesorgt, dass in allen Räumen ein gutes, warmes Feuer brannte. Leise öffnete sie die Tür. Die Pflegerin stand mit dem Rücken zu ihr und durchwühlte gerade die Schränke. Die Taschen ihrer Schürze waren dick gefüllt; eine Goldkette, die ihrer Mutter gehört hatte, hing halb heraus. Überdies hatte sie Zinnbecher und Teller auf einen Stapel geschichtet, um sie leichter hinauszuschaffen. »Was machen Sie da?«

Die Frau fuhr zusammen, als Emma so unvermittelt vor ihr stand. Doch dann grinste sie breit. »Geh aus dem Weg, mein Täubchen«, sagte sie mit öliger Stimme, hinter der sich ein drohender Unterton verbarg. »Du wirst mich sowieso bald los sein.«

»Lassen Sie die Sachen stehen, Sie Diebin!«, befahl Emma, die am ganzen Körper zu zittern begann. »Sie gehören Ihnen nicht!«

»Da hast du ganz recht.« Die Alte begann hämisch zu lachen. »Aber jetzt aus dem Weg, kleine Hexe. Glaub nicht, dass ich Angst vor dir habe – bin schon mit Schlimmeren wie dir fertiggeworden. Kannst vielleicht den Herrn verzaubern – aber mich nicht. Ich habe vorgesorgt.« Sie griff in ihre Tasche und hielt Emma ein Bündel Kräuter und einen Stein unter die Nase. »Ein Blutstein, Alant und Knoblauch. Das macht mich immun gegen Zauberei – damit du es weißt. Und jetzt lass mich in Ruhe.«

Schwindlig vor Aufregung, trat Emma der Diebin in den Weg. »Der Schmuck gehört Ihnen nicht. Legen Sie ihn sofort auf den Tisch zurück.«

Die Augen der Alten glommen böse auf. Ihre Kiefer knirschten auf den Zahnstummeln und sie streckte die Hand mit ihren Zaubermitteln gegen Emma aus. »Weiche von mir, Hexe! Du kannst mir nichts anhaben.«

»Warten Sie nur, bis Herr Wolfram kommt. Ich werde ihm

erzählen, dass Sie eine ganz gemeine Diebin sind. Sie werden dafür ins Gefängnis kommen.«

»Ach wirklich?« Die Alte kniff die grauen Augen zusammen, bis sie unter den überhängenden Lidern nur noch Schlitze waren. »Da war ich doch schon. Dein Herr Wolfram hat mich dort herausgeholt, um dich zu pflegen, mein Kind. Aber keine Sorge, er wird nicht so schnell zurückkommen.«

»Was soll das heißen?«, fragte Emma, die sich an einem Möbelstück festhielt. »Wieso wird er nicht so schnell zurückkommen?«

Die Alte kicherte. »Weil ich ihm ein kleines Mittelchen in den Wein getan habe, jeden Tag eine größere Dosis. Er hat es nicht gemerkt. Aber heute war es etwas mehr – es wird genügen, ihn vom Pferd stürzen zu lassen. Und dann hat er sich leider das Genick gebrochen. Daran wirst du gar nichts ändern können. Du spielst doch nur den Unschuldsengel, nicht wahr? Dabei bist du in Wirklichkeit ein ganz ausgekochter Teufelsbraten!«

»Was sind Sie bloß für ein Scheusal!«, stieß Emma wütend hervor. »Wie konnten Sie nur so etwas Furchtbares tun ...«

Sie kam nicht weiter, denn die Alte hob plötzlich ihre knochige Hand und schlug zu, Emma mitten ins Gesicht. Das Mädchen war so überrascht, dass es keine Gegenwehr leisten konnte. Der zweite Schlag ließ ihren Kopf gegen die Türleiste prallen. Sie spürte ihn noch, doch dann verlor sie das Bewusstsein.

11. Kapitel

Nachdem die Galeere wegen des schwachen Windes nur mit großer Anstrengung der Rudersklaven den Hafen von Zypern verlassen konnte, dümpelte sie schaukelnd auf dem Meer vor der Insel. Eine falsche Brise trieb sie dann abseits ihrer Route und verzögerte die Weiterfahrt. Es war unerträglich heiß und Ekart begab sich so oft wie möglich an Deck, um etwas frische Luft zu schnappen. Unten im Schiffsbauch und in den Verschlägen war es stickig und aus den nahe gelegenen Ställen der Schafe und Pferde und aus den Hühnerkäfigen drang übler Geruch. Bereits seekranke Pilger schafften es manchmal nicht einmal mehr, aufzustehen und für ihre Notdurft ein Gefäß zu suchen. Mäuse, Ratten und Insekten vermehrten sich prächtig und profitierten von den Resten der Pilgervorräte, mit denen sich die meisten zusätzlich zur mäßigen Kost auf dem Schiff versorgt hatten. Aus Not vergruben sie ihre eiserne Reserve unter dem Sand am Schiffsboden, doch die Schädlinge kamen überall hin. Penetrante Knoblauchdünste, der Geruch von scharfen und fremden Gewürzen zogen aus der Unterkunft der Araber, deren Koch die Mahlzeiten zubereitete. Für die anderen wurde das Essen an Bord im Verlauf der Reise immer schlechter, denn der Kapitän speiste mit seiner Mannschaft separat und ließ den Passagieren meist nur einen Erbseneintopf mit verdorben schmeckendem Schaffleisch servieren. Dazu wurde hart gebackenes Brot gereicht, das oft mit Maden oder anderen Schädlingen durchsetzt war. Flöhe und Läuse, deren Ursprung man bei den Galeerensklaven vermutete, vermehrten sich unter den Passagieren mit rasender Geschwindigkeit und waren für alle eine Qual. Sie machten auch den Kranken schwer zu schaffen, die unter Deck blieben und von denen niemand genau wusste, ob ihnen vom Schlingern des Schiffes übel war oder ob sie sich auf einer der Inseln womöglich das Fieber oder die Ruhr geholt hatten. Auch Ethelbert fühlte sich seit dem Ausflug zum Kloster nicht ganz wohl. Er klagte über Atemnot und darüber, dass er ungewöhnlich stark schwitzte. Zum Glück hatten sie in Venedig Lederkissen gekauft, die bei der Hitze glatt und kühl waren, und so versuchte er, es sich auf seinem Lager so bequem wie möglich zu machen, um sich für die kommenden Strapazen im Heiligen Land zu schonen.

Ekart und Suleika nutzten die nächtlichen Stunden, um ungestört zusammen zu sein. Suleika hatte noch nicht gewagt, mit ihrem Vater über Ekart zu sprechen, denn dieser war seit Tagen mürrisch und ausgesprochen schlecht gelaunt. Der ungünstige Wind und die lange Schiffsreise mit ständigen Verzögerungen stellten die Geduld des Emirs auf eine harte Probe. Er hatte es aus gutem Grund eilig, den Hafen von Jaffa zu erreichen. Die neuen Wunderwaffen, die er in größeren Mengen in Venedig erstanden hatte, die Armbrüste, Streitkolben, kurzen Schwerter und Lanzen, die in Kisten auf dem Schiff lagerten, mussten so schnell wie möglich zu seinen Schutztruppen gebracht werden. Seit mehr als einem Jahr ärgerte er sich schon mit einer Anzahl feindlicher Sarazenen herum, die sich mit einigen räuberischen Beduinen zusammengeschlossen hatten. Sie hatten es auf seinen Landbesitz abgesehen und machten immer wieder Vorstöße, Teile davon zu erobern. Bisher war es nicht allzu schwierig gewesen, sie zu bekämpfen – aber ihre Zahl war durch einen brutalen Anführer gewachsen, der überall eine blutige Spur hinterließ. Mit den neuen Waffen würde es seinen Männern leichter fallen, die Eindringlinge zu verjagen. Aber er hatte auch noch andere Waren aus Venedig im Gepäck. Kostbare Gegenstände aus Murano-Glas, seltene Stoffe, Edelsteine und diverse Glücksbringer. Nicht zu vergessen die Geschenke für den Gouverneur in Jerusalem, der gute Beziehungen zu Arabien pflegte und ihn und seine Leute einige Tage in seinen Palast eingeladen hatte. Er würde ihm später helfen, Kamele mit bewaffneter Begleitung für einen sicheren Transport seiner Waren zu finden. Trotz sorgfältiger Planung war der Emir unruhig und hatte ein ungutes Gefühl. Sein Wesir hatte ihm Gefahr vorausgesagt.

Bei ihren nächtlichen Zusammenkünften erzählte Suleika Ekart mit glänzenden Augen von ihrem Zuhause in Arabien, einer für ihn unbekannten, geheimnisvollen Welt mit fremden Traditionen unter heißer Sonne. Sie sprach von der Schönheit der Wüste und ihren Gefahren, von Farben und Früchten, Überlieferungen und Sagen und vielen Dingen, die Ekart staunen ließen. Das alles erweckte eine unbestimmte Sehnsucht in ihm – aber zugleich sah er auch die große Distanz, die seine Welt von der ihren trennte. Er liebte Suleika von ganzem Herzen. Aber in seinem Innern spürte er, dass es ihm sehr schwerfallen würde, ihretwegen alles aufzugeben, was ihm etwas bedeutete: sein bisheriges Leben, seinen tiefen christlichen Glauben und das große Ziel, am Heiligen Grab zum Ritter geschlagen zu werden.

»Warum kommst du nicht mit mir«, flüsterte er ihr eines Nachts zwischen zwei Küssen ins Ohr, »auf die Burg meines Vaters? Wir würden ihn einfach vor vollendete Tatsachen stellen. Wieso sollte er dich nicht schätzen lernen? Du bist schön, liebenswürdig und klug.«

Suleika zog einen Schmollmund. »Wie kannst du verlangen, dass ich mit dir in dein kaltes, raues Land ziehe? Wo ich nicht einmal weiß, ob ich dort willkommen bin. Eure Bräuche, euer Leben, eure Sitten sind mir fremd. Ich würde vor Heimweh sterben. Du solltest mit mir nach Arabien gehen, in mein schönes, farbiges Land. Die Sonne scheint dort täglich – du würdest glücklich sein und Allah jeden Tag dafür loben. Und mein Vater könnte einen guten Krieger wie dich sehr gut gebrauchen. Wir haben große Ländereien, die gegen feindliche Einflüsse verteidigt werden müssen.«

Ekart schüttelte den Kopf. »Wie sollte ich Allah loben, wenn ich nicht an ihn glaube? Ich wäre ein Christ unter lauter Heiden. Und deshalb wird mich dein Vater auch niemals akzeptieren.«

Suleika seufzte und strich ihm zärtlich übers Haar. »Heiden! Was ist das für ein Wort? Warum willst du nicht konvertieren?«

Ekart musste lachen. »Und wie stellst du dir das vor? Nein, das ist ganz unmöglich. Ich könnte eure Religion niemals annehmen. Es gibt nur einen Gott und das ist der von uns Christen.«

Suleika verzog das Gesicht. »Das ist deine Meinung …«

»Was hältst du davon, wenn wir auf eine Insel fliehen und dort eine Weile bleiben würden? Dann könnten sich unsere Väter an den Gedanken gewöhnen, dass wir zusammengehören. Vielleicht sind sie dann froh, wenn wir wieder zurückkommen.«

Suleika stieß einen erschrockenen Laut aus. »Niemals! Ich habe dir doch gesagt, dass mein Vater mich dann verstoßen würde. Überhaupt: Was machen wir auf einer Insel? Wovon sollen wir leben?« Sie sah ihn vorwurfsvoll mit ihren dunklen mandelförmigen Augen an. »Du wirst meiner Liebe bald überdrüssig sein und mich verstoßen. Dann lande ich im Elend.«

»Wie kannst du so etwas von mir denken? Das würde ich nie tun«, empörte sich Ekart. »Wenn du willst, dann schwöre ich dir auf der Stelle ewige Treue. Und ein Ritter hält sein Wort

– bis zum Tod.« Er umschlang sie so fest, als wollte er sie nie mehr loslassen. »Suleika! Ich fühle, dass unsere Liebe ewig sein wird. Spürst du das nicht auch?«

Die junge Frau sah ihn traurig an, ohne zu antworten. Ihre Mundwinkel zuckten, Tränen rollten mit einem Mal über ihre Wangen und sie schluchzte leise auf. »Ja – aber zwischen uns besteht ein tiefer Graben. Mein Weg kann nur der sein, den ich dir genannt habe. Meine Tradition, meine Erziehung gebieten mir, in meinem Land und bei meinen Vorfahren zu bleiben.«

Ekart zog sie fest an sich und küsste ihr die Tränen fort. »Du bist so eigensinnig, Suleika. Einer von uns beiden muss nachgeben, wenn wir zusammenbleiben wollen. Ich weiß mir wirklich keinen anderen Rat.«

Sie antwortete nicht und schmiegte ihr Gesicht dicht an seine Wange. »Lass uns wenigstens den Augenblick genießen«, murmelte sie traurig.

»Glaubst du, dein Vater ahnt etwas?«, fragte Ekart plötzlich. »Ich habe das Gefühl, dass er mich immer so misstrauisch, ja geradezu verächtlich ansieht. Bist du sicher, dass er mich nicht von seinem Wesir bespitzeln lässt …?«

»Das würde er nicht tun«, unterbrach ihn Suleika. »Mein Vater ist ein guter Mensch. Wenn ich ihm sage, dass ich dich liebe, wird er bestimmt in eine Heirat einwilligen. Wir werden dann eine Lösung finden.« Sie sah mit einem Blick zu ihm auf, der sein Herz schmelzen ließ. Insgeheim zweifelte er jedoch an den Worten über ihren Vater. Er hielt den Emir für einen jähzornigen und hinterhältigen Menschen, der ihm beim kleinsten Anlass mitleidlos einen Dolch in den Rücken stoßen würde.

»Höre«, fuhr Suleika fort. »Am Hafen von Jaffa wird uns der Gouverneur, ein guter Freund meines Vaters, abholen und nach Jerusalem begleiten. Wir sind ein paar Tage bei ihm zu Gast, bevor wir nach Arabien weiterreisen. Ich werde dort versuchen, ungestört mit meinem Vater zu reden. Über meine Dienerin

Eurika können wir Nachrichten austauschen und uns treffen. Melde dich bei ihr, du kannst ihr vertrauen. Sie ist eingeweiht. Und merk dir die Adresse gut: der Palast des Gouverneurs in der Tempelgasse.«

Ekart nickte, halbherzig zuhörend. Seine Hände hatten Suleikas Schleier von den Schultern gestreift und vergruben sich in ihrem lackschwarzen Haar. Ihre Haut leuchtete samtig und matt im Schein des Mondes. Er bog ihren Kopf zurück und küsste ihren Hals. »Du bist wunderschön, meine kleine Suleika. Wenn ich dich doch für immer an meiner Seite hätte. Ich wäre der glücklichste Mann der Welt ...«

Ein Scharren und das Geräusch von Schritten waren plötzlich zu hören. Suleika schrak zusammen, zog rasch den Schleier übers Gesicht und verhüllte sich. Dann eilte sie rasch davon. Ekart sah ihr sehnsüchtig nach. Die Schritte waren verklungen. Plötzlich spürte er von rückwärts eine Hand an seiner Kehle, die ihn würgte. Er bekam keine Luft, stürzte zu Boden, wand sich und wollte um Hilfe rufen, doch er brachte keinen Laut heraus. Ein vermummter Schatten hatte sich auf ihn geworfen und hielt ihn am Boden. Er streckte die Hände aus und grub dem Unbekannten seine Finger mit aller Kraft in die Augenhöhlen. Ein unterdrückter Schrei erklang und der Druck an seinem Hals lockerte sich. Ekart sprang auf und griff nach dem Dolch unter seinem Hemd. Im Schein des Mondes erblickte er seinen Angreifer. Er trug einen weiten Umhang und hatte ein Tuch um den Kopf geschlungen, aus dem nur die Augen hervorsahen. Blindlings und mit aller Kraft holte Ekart mit dem Dolch aus und stieß zu, blieb aber an dem weiten Gewand hängen. Trotzdem hatte er getroffen, wie er an dem dumpfen Ausruf des Mannes hörte, der zurückwich und im nächsten Moment wie ein böser Spuk in der Dunkelheit verschwunden war. Heftig atmend sah Ekart ihm nach, unsicher, ob er versuchen sollte, ihn zu verfolgen und zu stellen. Doch der Mond war hinter einer Wolke verschwunden, es war dunkel und auf dem Schiff gab es so viele Ecken und versteckte Winkel, dass er fürchtete, durch seine Suche noch mehr in Gefahr zu geraten. Er rieb seinen schmerzenden Hals und fragte sich, wer ihn hatte töten wollen. Suleikas Vater vielleicht? Der Wesir mit dem bösen Blick? Andere Feinde hatte er hier nicht, denn es war unwahrscheinlich, dass einer der Galeoten oder der Schiffsleute einen Mord begehen würde, vor allem, da er ja nichts Wertvolles bei sich trug. Jeder andere hätte ihn wohl zuerst nur bedroht und seine Börse verlangt. Er schöpfte tief Atem, um sich zu beruhigen, und trat an die Bordwand. Vor ihm lag das Meer, dunkel und unergründlich, aufgewühlt und nur manchmal von einem schwachen Mondstrahl erhellt. Die Wellen schäumten heran und brachen sich mit einem regelmäßigen, monotonen Geräusch am Schiffsrumpf. Alles wirkte friedlich. Sollte er dem Vater von der Sache erzählen? Nein, das würde wohl nur Verwirrung schaffen. Damit musste er selbst fertigwerden.

Er wollte gerade in seine Unterkunft zurückgehen, als er einen Schlag auf den Kopf erhielt, der ihn durch eine rasche Wendung nicht mit voller Wucht traf. Jemand stürzte sich auf ihn und er fiel mit dem Rücken auf die Planken des Schiffes. Mit den Füßen trat er dem Angreifer ins Gesicht, als dieser sich über ihn beugen wollte. Ekart sprang auf und wollte sich in Sicherheit bringen. Doch von der anderen Seite tauchte plötzlich ein zweiter Mann auf. Auch sein Gesicht war verhüllt und der Wind blähte den Umhang über seinem halb nackten Oberkörper. Mit grimmiger Miene, einen wilden fremden Fluch ausstoßend, packte er mit kräftigen Fäusten Ekarts Arme und bog sie nach hinten.

»Hilfe!«, schrie Ekart durch das Brausen des Windes, der sich plötzlich erhob. »Zu Hilfe!«

Der Faustschlag, den er dann erhielt, betäubte ihn nur kurz. Die beiden Männer hoben ihn gemeinsam hoch, zerrten ihn über die Bordwand und gaben ihm einen Stoß, der ihn ins Meer schleudern sollte. Dann verschwanden sie schnell in der Dunkelheit. Ekart hatte gerade noch rechtzeitig das Seil der Takelage ergreifen können und klammerte sich in Todesangst daran. Unter ihm schäumte das Meer, die Tiefe, die gurgelnde Strömung, die nach ihm zu greifen schien. Verzweifelt versuchte er, sich anzuklammern und hochzuziehen, doch das schien selbst bei Aufbietung aller Kräfte unmöglich. Zu seiner Überraschung fanden seine nach unten baumelnden Füße ganz plötzlich einen Halt.

***

Als Emma die Augen aufschlug, sah sie Wolfram über sich gebeugt. »Gott sei Dank«, sagte er lächelnd. »Wie geht es Euch?«

Emma tastete nach der schmerzenden Beule an ihrem Kopf. »Dieses Scheusal«, murmelte sie und versuchte mühsam, sich an das Geschehene zu erinnern. »Sie hat mich niedergeschlagen … als ich sie beim Stehlen erwischte.« Langsam setzte sie sich auf und ließ ihren Blick furchtsam durch den Raum schweifen. »Wo ist sie?«

»Ich habe sie ins angrenzende Zimmer gesperrt. Beruhigt Euch. Ich kam gerade rechtzeitig, um Euch zu helfen. Diese alte Vettel wollte Euch tatsächlich berauben und mit der Diebesbeute verschwinden.«

»Aber … Ihr – was ist mit Euch?« Emma sah ihn mit großen Augen an. »Geht es Euch gut?«

»Ja, ausgezeichnet. Warum fragt Ihr?«

»Ich … habe mich um Euch gesorgt. Kreszentia sagte, sie hätte Euch etwas in den Wein getan, damit Ihr vom Pferd fallen und Euch das Genick brechen solltet …«

»Da ich wusste, dass sie wegen Giftmordes verurteilt war, habe ich mich vorgesehen und niemals das getrunken, was sie mir hingestellt hat.« Wolfram lachte leise und schien sich über seine List zu amüsieren.

»Eine Giftmischerin?«, wiederholte Emma entsetzt. »Und so eine Frau habt Ihr mir als Pflegerin ins Haus geholt? Sie hätte uns beide umgebracht …«

Wolfram zuckte die Schultern. »Immerhin hat sie eine lange Haftstrafe abgebüßt. Ich war mir nicht sicher, ob sie die Tat überhaupt begangen hat. Sie schwor und beteuerte, nichts mit dem Tod ihres Mannes und ihrer Schwiegermutter zu tun zu haben. Die beiden hätten giftige Pilze gegessen. Es wäre ja möglich gewesen. Man sieht einem Menschen niemals ins Herz.« Er seufzte. »Ich werde sie dem Stadtbüttel übergeben. Da sie nicht zurück in den Kerker darf, kann er sie ins Spital oder gleich in ein Pesthaus bringen. Dort muss sie dann die Kranken pflegen, ob sie will oder nicht.«

Lautes Klopfen, Heulen und Protestgeschrei hinter der Tür ließ die beiden aufhorchen.

»Schafft sie von hier fort, bitte!«, sagte Emma ängstlich. »Ich fürchte mich vor ihr.«

»Keine Sorge. Ich fahre sie gleich ins Dorf.« Er sah Emma prüfend ins Gesicht, die vor Aufregung rote Wangen bekommen hatte. »Ihr habt Euch im Übrigen schon ganz gut von Eurer Krankheit erholt. Eure Blässe ist so gut wie verschwunden. Und Ihr habt zugenommen.«

»Eigentlich fühle ich mich tatsächlich sehr viel besser. Aber dafür habe ich jetzt Kopfweh.« Sie lächelte und tastete nach ihrer Beule. Dann erhob sie sich, strich ihr Haar zurück, das sich bei dem Fall gelöst hatte, und knotete es flüchtig im Nacken zusammen. Einen gewollt lockeren Ton anschlagend, fügte sie hinzu: »Wenn Ihr jetzt Eurer Wege gehen wollt, dann will ich Euch natürlich nicht weiter halten. Wenn diese Frau fort ist, komme ich vielleicht auch so zurecht.«

»Das glaube ich nicht. Zuerst müsst ihr neue Dienstboten

finden.« Er machte eine kleine Pause. »Ich werde Euch dabei helfen. Ist Euch das recht?« Er sah sie fragend an. »Wenn ich Euch jetzt schon verließe, handelte ich fahrlässig. Oder nicht?« Er blickte ihr mit einem Lächeln in die Augen. Verlegen senkte sie den Blick und Wolfram stand schnell auf, um neue Holzscheite in die Öffnung des Kachelofens zu legen. »Ohne dieses grässliche Weib wird es hier eher besser werden. Sie hat nicht viel getan und eine ziemliche Unordnung hinterlassen. Aber für eine gewisse Zeit war sie ganz nützlich, denn ganz ohne fremde Hilfe wärt Ihr kaum zurechtgekommen.«

»Ja, das ist wahr«, sagte Emma beschämt. »Aber Ihr habt am meisten für mich getan. Ich weiß gar nicht, wie ich Euch danken soll«, fuhr sie leise fort. »Dass Ihr bei mir geblieben seid – Euer Leben für mich riskiert habt.« Sie sah mit einem schwer zu deutenden Blick zu ihm auf.

»Ich brauche keinen Dank – und wenn ich trotzdem noch eine Weile bei Euch bleibe, dann ganz allein Eurer schönen Augen wegen«, versuchte Wolfram zu scherzen.

Emma errötete leicht. »Ihr habt mir noch gar nicht gesagt, woher Ihr kommt und wohin Ihr wolltet.«

Wolfram zögerte einen Augenblick und dachte nach. »Eigentlich hatte ich vor, nach Böhmen zu reiten – und in Ansbach Rast zu machen.« Er presste die Lippen zusammen, um nicht weiterzusprechen.

»Ihr wart also auf dem Weg nach Böhmen?«, fragte Emma. »Warum?«

Wolframs Gesicht verschloss sich. Sie hätte gerne mehr gewusst, wagte es aber in diesem Moment nicht, weiter in ihn zu dringen. Hinter der versperrten Tür erklang jetzt wildes Getöse, die gefangene Pflegerin trat wütend mit den Füßen gegen das Holz, sie hämmerte und klopfte wie eine Rasende. Wolfram riss mit einem Ruck die Tür auf und hielt die um sich schlagende, Verwünschungen kreischende Frau mit eisernem Griff fest.

Als sie versuchte, ihn zu kratzen, zu beißen und ihn von sich zu stoßen, band er ihr die Hände zusammen. Da sie sich weigerte, ihm zu folgen, blieb ihm nichts anderes übrig, als sie mit Gewalt die Treppe hinunterzuzerren. Er sperrte die Tobende in den Stall, während er die Pferde einspannte, und verfrachtete sie sodann in den Wagen. Emma eilte ans Fenster und sah den Davonfahrenden erleichtert nach. Endlich war dieses Scheusal aus dem Haus. Sie ließ sich erschöpft in einen Sessel sinken. Es strengte sie immer noch sehr an, längere Zeit auf den Beinen zu sein, und ihre Beule am Kopf schmerzte heftig.

Als Wolfram zurückkehrte, berichtete er, dass der Stadtbüttel die sich wie verrückt gebärdende Kreszentia vorläufig in einen leer stehenden Keller gesperrt habe. Der Dorfschulze würde später entscheiden, was weiter mit ihr geschehen sollte. Jetzt musste man sich nur noch nach dem passenden Gesinde für die Burg umsehen. Wenn die Leute eingewiesen waren, würde er sich von Emma verabschieden und auf den Weiterritt machen. Wie jeden Abend rührte er seine Wein-Honig-Würzmischung zusammen und brachte auch Emma davon ein Glas, das er zur Stärkung mit zwei frischen Eidottern anreicherte. Sie saß brav in einem Lehnstuhl, hatte eine Handarbeit auf dem Schoß und lächelte ihn an. Wolfram reichte ihr den warmen Trank und sie verzog das Gesicht. »Muss das sein?«, fragte sie, und als er bejahte, schluckte sie das Gebräu tapfer hinunter. »Brrr! Ihr wollt mich wohl betrunken machen.« Sie sah ihn vorwurfsvoll an. »Beim letzten Mal bin ich nach diesem Zeug sogar im Sessel eingeschlafen.«

»Ich möchte nur, dass Ihr zu Kräften kommt …«

»Weil Ihr es nicht erwarten könnt, mich zu verlassen«, schmollte sie in scherzhaftem Ton.

»Ihr habt mich ja wissen lassen, dass Ihr nichts dagegen hättet. Wahrscheinlich seid Ihr sogar froh, wenn Ihr mich los seid.« Wolfram fühlte, wie ihm der mit Honig vermischte Alkohol in den Kopf stieg und seine Sinne ein wenig benebelte.

»Das ist nicht wahr«, widersprach Emma hastig. »In Wahrheit werde ich Euch ganz furchtbar vermissen.« Sie errötete und setzte leise hinzu: »Ich wünschte mir, dass Ihr bleiben würdet.«

»Ist das Euer Ernst?« Wolfram stand auf, trat auf sie zu, umfasste ihre Schultern und sah ihr tief in die Augen. Es war nicht nur der Wein, der sein Blut plötzlich schneller und heißer durch die Adern rinnen ließ. Er hätte Emma am liebsten in seine Arme geschlossen, an seine Brust gezogen und geküsst. Vielleicht wollte er das ja schon die ganze Zeit, aber er hatte es nur noch nicht gewagt. Die Berührung seiner Hände und sein verlangender Blick ließen Emma erschauern. Ihr Herz schlug schneller und sie senkte verlegen die Augen. »Ja.« Sie setzte rasch hinzu: »Ich habe mich wahrscheinlich an Eure Anwesenheit gewöhnt …«

Wolfram ließ sie enttäuscht los und Emma fuhr fort: »Wollt Ihr mir nicht sagen, was Ihr in Böhmen vorhabt? Oder ist das ein Geheimnis?«

»Geheimnis? Wie kommt Ihr darauf?« Wolfram war verblüfft. »Das ist eine lange Geschichte«, murmelte er. »Und schwer zu erklären. Vielleicht seid Ihr danach enttäuscht von mir.«

»Versucht es ruhig«, beharrte Emma. »Ich bin eine geduldige Zuhörerin.« Sie warf ihm aus ihren seegrünen Augen einen neugierigen und beinahe koketten Blick zu, der ihn in Verlegenheit brachte.

Er holte tief Luft. »Nun gut. Wenn Ihr es unbedingt wissen wollt: Ich werde von der Obrigkeit gesucht und bin auf der Flucht. Man hält mich für einen Ketzer und wollte mich einsperren.«

»Ihr? Ein Ketzer?« Emma sah ihn ungläubig an. »Was habt Ihr denn getan?«

»Ich habe es gewagt, beim Konzil zu Konstanz vor dem König und dem Klerus einen Prediger und Christen zu verteidigen. Man hat ihn wenig später in Konstanz auf dem Scheiterhaufen verbrannt.«

»Wie schrecklich!« Sie schauderte sichtlich. »Aber was hat dieser Mann verbrochen, um den Scheiterhaufen zu verdienen?«

»Habt Ihr noch nie etwas von Jan Hus gehört? Seine einzige Schuld war, dass er die Sünden des Klerus angeprangert hat. Den Papst, die Bischöfe und Kardinäle, den ganzen Klüngel der römischen Kurie, der aus Geldgier den Ablass der Sünden verspricht. Hus wollte beweisen, dass nichts davon in der Bibel steht.«

»Ich habe davon gehört – auch von dem Kirchenschisma und der umstrittenen Wahl des Papstes. Mein Vater und mein Bruder waren auch in Konstanz.«

»Mir ist dort der Philosoph Hieronymus von Prag begegnet«, fuhr Wolfram fort. »Er ist nach Konstanz gekommen, um seinem Freund Jan Hus beizustehen. Dabei hat er sich selbst in große Gefahr gebracht. Seine Anhänger planten, Jan Hus zu befreien. Als dies nicht gelang und Hieronymus seine eigene Festnahme befürchten musste, vertraute er mir das Wertvollste an, das er besaß: Die fünfundvierzig kritischen Thesen des englischen Theologen John Wyclif gegen die Kirche, die dieser mit eigener Hand aufgeschrieben hat. Ich habe Hieronymus von Prag versprochen, das Vermächtnis Wyclifs zu den Anhängern von Hus nach Böhmen zu bringen. Und ich bin fest entschlossen, das zu tun.«

»Aber wie konnte Euch dieser Mann denn so überzeugen, dass Ihr dafür Euer Leben in Gefahr brachtet?«, fragte Emma erstaunt. »Seid Ihr so gläubig?«

Wolfram sah sinnend vor sich hin. »Nein, eher im Gegenteil. Vielleicht habe ich es getan, weil mir der Prunk, den die Kirche entfaltet, ihre Inquisition, mit der sie Wahrheitssuchende zum

Tode verurteilt, während ihre eigenen Priester und Kardinäle ein Lasterleben führen, erst richtig bewusst geworden ist. Als Jan Hus dies alles vor dem Konzil in Worte fasste – da ist etwas in mir aufgebrochen. Es war … «, er stockte, »wie soll ich es erklären? Eine Vision, eine Erleuchtung, mit der man die Wahrheit erkennt. So, als spräche Gott selbst zu einem.« Aufs Tiefste bewegt hielt er inne.

»Es war zumindest sehr unüberlegt von Euch – ich meine, diesen Mann bei einem Prozess zu verteidigen.«

»Mag sein. Aber die Art seiner Verurteilung hat mich zutiefst empört. Manchmal tut man eben etwas Unvernünftiges – ohne zu überlegen. Ich habe gespürt, dass Jan Hus in allen Punkten, die er aufführte, recht hatte. Dieser Moment war ein Wendepunkt in meinem Leben. Und als ich Hus dann auf dem Scheiterhaufen brennen sah, fiel meine Entscheidung, mich seinen Anhängern, die sich Hussiten nennen, anzuschließen. Ich will der Wahrheit ans Licht verhelfen, den Schleier herunterreißen, den teuflische Machenschaften über die wahre Lehre Christi gebreitet haben.«

»Und wohin werdet Ihr Euch in Böhmen wenden?«

»Zunächst zur Burg Krakovec bei Prag. Dort sammeln sich die Anhänger von Jan Hus, um sich zu beraten, was weiter geschehen soll.« Er schwieg nach dieser Erklärung.

Emma sah ihn nachdenklich an. »Ich kann nicht über Recht und Unrecht urteilen«, sagte sie nach einer Weile. »Aber ich denke, Ihr habt nichts Schlimmes getan – außer öffentlich Eure Meinung zu sagen.«

»Euer Wort in des Königs und der Kardinäle Ohr«, seufzte Wolfram. »Nun wisst Ihr genau über mich Bescheid und könnt mich der Justiz ausliefern.«

»Redet keinen Unsinn. Ihr habt mir schließlich das Leben gerettet.« Sie sah zu ihm auf und in ihrem Blick lag etwas, das ihn beunruhigte und zugleich anzog. »Ich verstehe Euch. Und ich finde, Ihr seid ein ganz außergewöhnlicher Mensch.« Sie nahm seine beiden Hände in die ihren und zog ihn zu sich.

Die unerwartete Berührung ließ Wolfram erschauern. Sein Blick verlor sich im magischen Grün ihrer Augen, auf deren Grund eine Faszination lag, die er sich nicht erklären konnte. Er wollte seinen Blick abwenden, doch unwillkürlich glitt er weiter, über die fein geschwungene Zeichnung ihrer Lippen bis zur Linie ihres Halses. Wie betörend der Liebreiz dieses Mädchens war, das er noch vor nicht allzu langer Zeit so krank und unsagbar zerbrechlich angetroffen hatte. Ein einzelner Sonnenstrahl, der durchs Fenster drang, ließ ihr helles Haar aufleuchten, das wie ein Heiligenschein ihren Kopf umrahmte. Ihr Körper in dem roten Samtkleid mit Goldstickerei war immer noch zart und leicht wie eine Feder, aber ihre Wangen hatten sich gerundet und Farbe angenommen. Sie war in den letzten Tagen förmlich aufgeblüht. Es schien ihm, als habe er noch nie im Leben ein so anmutiges und bezauberndes Geschöpf getroffen. Verdammt, sie sollte ihn nicht so ansehen! Vielleicht war der Wein schuld, der seinen Verstand umnebelte. Es war Zeit, dass er fortkam, sonst würde etwas geschehen, das er vielleicht bereute. In der Situation, in der er sich befand, durfte man sich von Gefühlen nicht leiten lassen. Er zog seine Hände, die sie immer noch hielt, sacht zurück und tat, als unterdrücke er ein Gähnen. »Ich bin sehr müde«, sagte er entschuldigend. »Ihr seht mich schwanken. Ich bin trunken von dem starken Würzwein, den ich mir jeden Abend in reichlicher Menge zubereite. Lasst uns ein anderes Mal weiterreden.«

Emma senkte die Lider und ein leichter Schatten flog über ihr Gesicht. »Werdet Ihr mich morgen zum Grab meiner Mutter führen?«

Wolfram nickte. »Ja, ich denke, Ihr seid jetzt stark genug. Ich wünsche Euch eine gute Nacht.« Er drehte sich um und zog die Tür rasch hinter sich zu. Wahrscheinlich war es bereits zu spät, sich vorsehen zu wollen. Er brachte Emma nicht mehr aus dem Sinn. Bestimmt würde sie heute Nacht wieder durch seine Träume geistern.

Am nächsten Morgen war Wolfram schon sehr früh auf den Beinen. Er machte Feuer im Kamin und begann, Pläne für seine Abreise zu schmieden. Vor allem musste er Knechte, Mägde und einen Burgvogt auftreiben, damit Emma mit der Arbeit nicht allein blieb. Er würde ihr vorschlagen, recht bald ins Dorf zu fahren, um die Leute durch ihr frisches Aussehen zu überzeugen, dass sie völlig gesund sei. Erst wenn alle Bediensteten ihren Platz gefunden hatten, würde er die Burg guten Gewissens verlassen können. Der Gedanke betrübte ihn auf eigenartige Weise. Auf jeden Fall musste er heute sein Versprechen einlösen und Emma ans Grab ihrer Mutter führen.

Es wurde ein schwerer, trauriger Gang, der Emma viele Tränen kostete. Sie pflückte ein Bund wilder Blumen, die am Wegrain wuchsen, und legte sie unter das primitive Kreuz aus Ästen. »Ich werde sie in die Familiengruft umbetten lassen, sobald es mir möglich ist«, sagte sie unter Tränen. »Dort wird sie einen ehrenvollen Platz bekommen.« Immer noch konnte sie es nicht fassen, dass ihre Mutter, die sie ihr ganzes Leben lang behütet und ihre beste Freundin gewesen war, nun unter der Erde lag. Leise schluchzend, stützte sie sich auf Wolfram, der gegen den Wunsch ankämpfte, sie tröstend an seine Brust zu ziehen und ihr ins Ohr zu flüstern, dass sie ihm mehr bedeutete, als ihm lieb war.

Die unsichtbare Spannung zwischen ihnen erhöhte sich von Tag zu Tag. Obwohl sie es vermieden, einander in die Augen zu sehen, geschah es doch oft. Dann konnte keiner von beiden den Blick so schnell abwenden. Am schönsten waren die Abende, an denen trotz des schon frühlingshaften Wetters ein Feuer im Kamin brannte und sie nach dem Essen plaudernd bei Kerzenschein beisammensaßen. Seit Emma denken konnte, war es noch nie so ruhig auf der Burg gewesen, und sie fühlte sich wie auf einer Insel, auf der sie mit Wolfram gestrandet war. Schon seit einiger Zeit wusste auch sie, dass sie mehr für ihn empfand als Dankbarkeit. Sein edles Wesen, seine tiefe melodische Stimme und der glasklare Blick seiner Augen, mit dem er ihre Gedanken zu lesen schien, hatten ihr Herz nach und nach völlig gefangen genommen.

»Sicher wartet irgendwo eine Frau auf Euch, die Ihr liebt«, begann Emma eines Tages so unverfänglich wie möglich. »Wie ist sie? Blond oder braun?«

Wolfram schüttelte den Kopf. »Die Frau, die ich lieben könnte, müsste etwas ganz Besonderes sein. Aber das weiß ich erst seit Kurzem.«

»Und wie … müsste sie sein?«, beharrte Emma mit gesenktem Kopf.

Wolfram zögerte. Dann wandte er sich um und sah sie an. »Liebenswert und schön«, begann er mit belegter Stimme. »Und ihre Augen …«, er legte vorsichtig den Finger unter ihr Kinn und hob ihren Kopf, »sollten so grün und tief sein wie ein klarer See. Die Haare«, er fuhr ihr durch die Locken, »seidig und goldblond. Und ihr Mund so süß und voll, dass man ihn immer küssen möchte …« Er fuhr mit dem Finger zart über ihre Lippen.

Emma schloss kurz die Augen vor dem unerwarteten Glücksgefühl, das sie durchströmte. Als Wolfram schwieg, versuchte sie, ihrer leise zitternden Stimme einen festen Klang zu geben. »Dann habt Ihr sie ja eigentlich schon gefunden …«

Er zuckte mit gespielter Gleichgültigkeit die Schultern. »Vielleicht bin ich mir meiner Gefühle noch nicht ganz sicher.«

»Dann kann ich Euch nur wünschen, dass Ihr die richtige Entscheidung treffen werdet. Gute Nacht!« Sie stürzte hinaus, bevor ihr die Tränen in die Augen traten. Er empfindet nichts für mich, dachte sie. Wie sollte er auch? Er hat mich krank gesehen, erniedrigt, abstoßend. Er spielt nur mit meinen Gefühlen.

Am nächsten Tag begegneten sie sich, wortkarg und aneinander vorbeisehend. Wolfram schlug vor, in die Stadt zu reiten, um neue Dienerschaft und Bewachung für die Burg zu suchen. Es würde nicht ganz einfach sein, denn die früheren Leute waren in alle Winde verstreut. Aber heute war Markt und da kamen sicher viele Besucher ins Dorf, auch Knechte und Fremde, die nach einem Dienstherrn Ausschau hielten. Die Gelegenheit konnte nicht günstiger sein. Es war wichtig, dass sich Emma ganz offen den Dörflern zeigte und auch das Gesinde selbst aussuchte. Sie bestand darauf, selbst zu reiten, zum ersten Mal seit ihrer Krankheit. In ihre goldgrün schimmernde beste Brokatrobe gekleidet, um die Schultern einen Seidenmantel mit Pelzkragen und eine passende Kappe mit Schleier auf dem hochgesteckten Haar, zog sie sich geschickt in den Sattel und nahm den Damensitz ein. Stolz und mit hochmütigem Blick ritt sie vor Wolfram her, der es vorzog, sich im Hintergrund zu halten. Während sich Emma auf dem Markt nach Mägden und einer vertrauenswürdigen Beschließerin umsah, versuchte Wolfram in der nahe gelegenen Dorfschenke und an den Ständen Knechte zu finden. Bald schon hatte er eine stattliche Anzahl von Männern versammelt, denen er guten Lohn und Kost versprach. Er bat sie, sich so bald wie möglich auf Burg Schrockenstein einzufinden.

Ein junger Bursche in schmutzigen Lumpen, der ein paar Schafe in einem Pferch hielt und zwei Ackergäule an einen Balken gebunden hatte, lief hinter ihm her und zog ihn am Ärmel. »Hoher Herr«, rief er mit heller Stimme, »Ihr würdet es bereuen, solch eine Gelegenheit ausgelassen zu haben! Fünf Dukaten und das feurigste Pferd ist Euer!«

»Feuriges Pferd?«, lachte Wolfram und wies auf den dunklen, schweren Kaltblüter, der gelangweilt an einem Stückchen trockenem Heu kaute. »Den kannst du doch höchstens noch vor den Pflug spannen.« Er klopfte dem Gaul den Hals und dieser schnaubte gemütlich aus. Ein angeketteter magerer schwarzweißer Hund versuchte, sich ihm zu nähern, doch das Eisen um seinen Hals hinderte ihn daran. Er wedelte heftig mit dem Schwanz und sah Wolfram aus seinen braunen Augen treuherzig und geradezu bittend an.

»Kusch, Strolch«, herrschte der Junge ihn an, »geh in deine Ecke!« Er hob den Stock, den er in der Hand hielt, und als der Hund nicht gleich gehorchte, zog er ihm einen heftigen Streich über das Fell. Der Hund jaulte auf, duckte sich und schlich auf dem Bauch rutschend zurück. »Eine Plage, dieses Vieh«, beklagte sich der Hirte, »er lässt sich einfach nicht erziehen und folgt nicht. Wenn ich ihn nur los wäre!«

»He, he«, sagte Wolfram, dem das Tier leidtat, »du musst ihn schließlich nicht gleich bei jeder Kleinigkeit prügeln. Warum ist er überhaupt angekettet?«

»Weil er immer fortläuft«, erwiderte der Bursche mürrisch. »Überhaupt, was geht Euch das an?«

»Weil ich nicht das Pferd kaufen möchte, sondern den Hund. Was willst du für ihn haben?«

Die Augen des Burschen glänzten gierig auf. »Zwei Dukaten. Er ist nicht so schlecht, wie ich eben sagte. Vielleicht nicht geschickt genug, um Schafe zu treiben. Aber er ist der beste Wachhund, den ich kenne.«

»Auf einmal?« Wolfram sah ihn amüsiert an. »Ich gebe dir fünfzig Pfennige. Du sagtest doch, du wärst froh, wenn du ihn los bist, oder nicht?« Der Junge kettete den Hund los und fixierte eine Schnur an seinem Hals, die er Wolfram übergab. Dieser streichelte das sich duckende verschüchterte Tier. »Sag mal, gefällt dir deine Arbeit als Hirte?«

Der Bursche senkte den Kopf. »Nicht besonders. Ich bekomme fast nichts dafür, nur Brot und ein paar Pfennige. Mein Herr ist Bauer und kann nicht so viel zahlen.« Er senkte den Kopf und zog an seiner zu klein geratenen Joppe. »Aber was soll ich machen? Ich bin ein Kind armer Leute und mein Vater ist froh, dass er das Brot nicht mehr mit mir teilen muss.«

»Ich schlage dir etwas vor. Hast du nicht Lust, dich als Knecht auf einer Burg zu verdingen? Du wärst Herr über einen Stall mit schönen Pferden, ein paar Ziegen und Hühnern. Und bekämst gutes Geld und Kost und Logis dafür.«

Der Bursche sah ihn mit offenem Mund an. »Ja, natürlich hätte ich Lust dazu.« Er schlug die Augen nieder. »Große Lust. Aber wer würde mich denn schon nehmen?«

»Siehst du da oben die Burg Schrockenstein? Komm hinauf, sobald du kannst.« Mit diesen Worten ließ er den verdutzten Burschen stehen. Der Hund folgte ihm zögernd. Nach ein paar Schritten wandte er sich noch einmal um. »Wie heißt du überhaupt?«

»Berthold«, stotterte der Bursche, der nicht wusste, ob Wolframs Vorschlag ernst gemeint war oder nicht. »Man nennt mich Bert …«

»Und der Hund? Wie heißt der?«

»Strolch … so habe ich ihn genannt.«

»Gut, dann also bis morgen.«

Der Bursche nickte. Nicht im Traum hätte er daran gedacht, dass man ihn da oben auf der Burg haben wollte. Auf jeden Fall würde er gleich morgen hinaufgehen, dann würde es sich ja herausstellen, was an dem Angebot dran war.

Ein Grüppchen verschüchterter Bauernmädchen hatte sich bereits um Emma geschart. Wolfram stellte ihr Strolch und die kräftigen Burschen vor, die er auf dem Markt gefunden hatte und die der gut bezahlte Dienst lockte. Da hörte man plötzlich in der Ferne Pferdegetrappel und Unruhe. Waffenknechte, angeführt von einem Hauptmann mit langem grauem Bart, kamen herangeritten und bahnten sich den Weg durch die Marktbesucher. Der Hauptmann blickte mit gerunzelter Stirn über die Leute hinweg, die auswichen. Wolfram, nichts Gutes ahnend, war in den Schatten eines Marktstandes getreten.

Der Bürgermeister stellte sich den Ankömmlingen in den Weg. »Seid gegrüßt, Ihr Herren!«, rief er. »Welche Mission führt Euch hierher? Gibt es Ärger?«

»Das kann man wohl sagen«, erwiderte der Hauptmann. »Wir kommen im Auftrag von König Sigismund und suchen in den Dörfern der Umgebung nach einem flüchtigen Ketzer.« Er schnaufte hörbar, strich über seinen Bart und sah in die Runde, bevor er fortfuhr. »Er hat gewagt, beim Konzil zu Konstanz den König zu beleidigen und die Allmacht der Bischöfe, des Papstes und die der Kirche anzuzweifeln. Auf ihn ist ein Kopfgeld ausgesetzt. Tausend Dukaten für den, der sagen kann, wo er sich aufhält.«

Der Bürgermeister wiegte nachdenklich den Kopf, während die Marktleute ihn mit offenen Mündern anstarrten, flüsterten und einander in die Seite stießen. »Tausend Dukaten! Wie sieht der Mann denn aus, den Ihr sucht?«

»Er ist von Adel, hat aber die Kleidung mit einem Bettler getauscht. Gebt gut acht, Leute, und lasst Euch nicht täuschen. Sein Name ist Wolfram von Hohenberg.«

»Meines Wissens sind in letzter Zeit kaum Fremde im Dorf gesehen worden.« Der Bürgermeister verbeugte sich ehrerbietig. Dann hielt er plötzlich inne. »Wartet! Da war einer … ein Mann, der da oben auf der Burg gewohnt hat. Er hat sich um die Burgherrin und ihre Tochter, die an der Pest erkrankt waren, gekümmert und eine Pflegerin von den Strafgefangenen aus dem Weißenturm in Nördlingen gefordert.«

»Ihr hattet Pestkranke im Ort? Was soll das heißen?« Der Hauptmann ließ sein Pferd ein paar Schritte rückwärtsgehen. »Warum habt Ihr das nicht gleich gesagt? Und da haltet Ihr verbotenerweise Markt ab? Das ist nicht gestattet, wie Ihr wisst. Ihr hättet das melden müssen.«

»Es waren ja nur wenige Fälle«, bemühte sich der Bürgermeister übereifrig zu ergänzen. »Wir haben die Quarantäne eingehalten und die Kranken in ein Pesthaus nach außerhalb gebracht. Seit geraumer Zeit gab es keinen neuen Fall.«

»Trotzdem habt Ihr Eure Pflicht vernachlässigt …« Die vorwurfsvolle Stimme des Hauptmanns verlor sich in der Ferne, als Emma und Wolfram sich so vorsichtig wie möglich zurückzogen. Auf seinen Wink war sie an seine Seite getreten, denn es war ihr sofort klar gewesen, dass Wolfram in höchster Gefahr schwebte. Seine konzentrierte Miene, der Ernst, der auf seinem Gesicht stand, jagten ihr Angst ein. Um kein Aufsehen zu erregen, führten sie die Pferde zu Fuß ein Stück aus dem Ort heraus, bevor sie aufstiegen und den restlichen Weg zur Burg im Galopp zurücklegten. Strolch folgte ihnen unaufgefordert und japste mit hängender Zunge hinter ihnen her. Wolfram wollte nun keine Minute mehr verlieren. In fieberhafter Eile packte er seine Sachen und bat Emma, ihm etwas Proviant herzurichten. Sie zitterte und war kaum imstande, das Nötigste zu tun. Ganz plötzlich war ihr bewusst, dass er in ein paar Minuten fort sein und sie ihn vielleicht nie mehr wiedersehen würde.

»Herr Wolfram.« Blass, aber entschlossen stellte sie sich ihm in den Weg. »Kann ich nicht mit Euch reisen? Ich reite gut und könnte Euch in mancher Hinsicht nützlich sein.«

Wolfram schüttelte den Kopf. »Was soll das? Ihr wisst doch selbst, dass dies die größte Dummheit wäre, die Ihr begehen könntet. Ihr würdet Eure Gesundheit aufs Spiel setzen. Und um ehrlich zu sein: Für mich wärt Ihr eher ein Hindernis als eine Hilfe. Ihr werdet hier nicht mehr lange allein sein – Euer Vater und Bruder kehren sicher bald aus dem Heiligen Land zurück. Sollen sie die Burg von Räubern und Dieben verwüstet vorfinden, wenn Ihr sie jetzt einfach verlasst? Morgen wird das neue Gesinde erscheinen. Ihr müsst die Leute anleiten, die Arbeit verteilen. Von den Fähigsten eine Beschließerin und einen neuen Burgvogt auswählen – all das wird jetzt auf Euch allein lasten. Es gibt viel zu tun hier oben, bis es wieder so wird, wie es war. Bedenkt das wohl!«

Emma hatte seine Rede unbeweglich mit angehört und kämpfte mit den Tränen. Doch plötzlich schlang sie die Arme um seinen Hals und warf sich an seine Brust. »Ich ertrage es nicht, dass Ihr geht«, schluchzte sie mit erstickter Stimme. »Einfach so aus meinem Leben verschwindet. Ich liebe Euch – was soll ich ohne Euch tun?«

»Ihr dürft mich nicht lieben!« Behutsam löste Wolfram sich aus ihrer Umklammerung und überwand nur mit großer Mühe seine Schwäche, nachzugeben und sie fest in seine Arme zu schließen. »Eines Tages komme ich zurück. Ich verspreche es.«

»Schwört es«, flüsterte Emma mit hängenden Schultern. »Schwört, dass Ihr zurückkommt.«

»Ich schwöre.« Er sah ihr tief in die Augen und plötzlich verlor auch er seine aufgesetzte Beherrschung. Er riss sie an sich, vergrub seine Hände in ihrem Haar und küsste sie heiß und leidenschaftlich.

Emma erwiderte seine Küsse, die sich mit ihren Tränen mischten. »Bleib«, flüsterte sie, »bleib noch bei mir! Wenn du mich liebtest, würdest du das tun. Nur noch eine kurze Stunde. Man wird dich nicht so schnell suchen …«

»Du weißt doch, dass das nicht möglich ist.« Er küsste sie wieder und wieder, besitzergreifend, beinahe grob und so hastig, als müsse er alles nachholen, was er in den letzten Tagen vermieden hatte.

»Komm«, sagte sie dicht an seinem Mund, »komm zu mir, bevor du fortgehst. Liebe mich!« Ihre Stimme klang beinahe flehend.

»Nein!« Wolfram schob sie von sich. »Das dürfen wir nicht tun. Nicht jetzt.«

Hastig, als könnte sie ihn dadurch halten, öffnete sie die

Schnürung ihres Kleides, unter dem sie kein Mieder trug, und streifte es ab. Dann löste sie die Spange in ihrem Haar, das wie ein Vorhang um ihre Schultern fiel. Halb nackt und bezaubernd schön stand sie vor ihm. Er zögerte einen Moment und ließ seinen Blick sehnsüchtig über ihren Körper gleiten, so als wolle er sich jede Einzelheit einprägen. Dann nahm er seine Jacke und legte sie ihr sanft um die Schultern. Wütend schob sie ihn von sich. »Wie gefühllos du bist«, stieß sie verzweifelt hervor. »Aber wenn du gehen willst, dann halte ich dich nicht. Geh nur! Damit sie dich fangen und in den Kerker stecken. Und dann werden wir uns nie wiedersehen.« Schluchzend bückte sie sich, raffte ihr Kleid zusammen und lief davon. Der Hund stand zögernd mit hängender Zunge da und sah von einem zum andern.

Einen kurzen Augenblick stand Wolfram unbewegt da und sah ihr nach. Doch dann riss er sich zusammen. Er musste jetzt so schnell wie möglich die Burg verlassen, sonst schnappte die Falle zu. Hastig nahm er die Pergamentrolle Wyclifs, schob sie wie gewohnt unter sein Hemd und packte das Bündel und den Sack mit Proviant. Rasch lief er hinaus und schwang sich auf seinen Braunen, den er vorsichtshalber nicht abgesattelt hatte. Den feinnervigen Schimmel führte er gesattelt, aber am Halfter als zweites Pferd mit. Die einbrechende Dunkelheit würde ihn schützen. In eiligem Trab ritt er die Anhöhe hinab, während der Hund Strolch ihm laut bellend folgte. Unten sah er in einiger Entfernung einen Trupp Reiter in einer Staubwolke heranbrausen. Das konnte niemand anderer als der Hauptmann mit seinen Waffenknechten sein. Hatten sie ihn gesehen? Der Schweiß brach ihm aus. Weiter, nur weiter! Er drückte dem Braunen die Sporen in die Weichen, beugte sich tief über den Pferdehals und ließ ihn am langen Zügel galoppieren. Doch während er den Schimmel, der leichtfüßig und feurig vorwärtsjagte, kaum halten konnte, blieb der Braune schwerfällig und legte nur ein mäßiges

Tempo vor. Wenn er wenigstens schon den Wald erreicht hätte! Dort konnte er ein paar Haken schlagen und dann würde sich seine Spur zwischen Bäumen und Büschen vielleicht verlieren. Noch einmal gab er dem Pferd die Sporen, aber der dickfellige Braune galoppierte in seinem eigenen Rhythmus. Es würde nichts nützen, ihn noch stärker zu treiben. Wenn er ihn dann aus Unmut abwarf, konnte das fatale Folgen haben. Während des Galopps wandte Wolfram noch einmal kurz den Kopf und sah nach hinten. Würden die Verfolger in den Weg zur Burg einbiegen? Ihn zuerst dort suchen?

Aber nein, der Hauptmann hatte ihn durch das Gebell des Hundes, der ihm folgte, schon erspäht und den Männern mit einer Armbewegung den Befehl gegeben, ihm nachzujagen. Doch Strolch schien seinen neuen Besitzer verteidigen zu wollen. Er blieb stehen, stellte sich den Soldaten zähnefletschend entgegen und bellte sie wütend an. Als das nichts half und sie achtlos an ihm vorübergaloppierten, holte er auf, rannte neben ihnen her und versuchte, bei der erstbesten Gelegenheit den Pferden in die Beine zu beißen. Diese sprangen zur Seite, um ihm auszuweichen, und ließen ihre Reiter fast den Halt verlieren. Wieder und wieder griff der tapfere Hund an und ließ sich selbst von einem gezielten Hufschlag nicht von seinen Angriffen abbringen. Einer der Waffenknechte verlangsamte daraufhin den Ritt, drängte den Hund ab, hob seine Lanze und zielte. Ein kurzer, kräftiger Stoß und Strolch sank jaulend und blutüberströmt auf den Waldboden. »Verdammter Köter«, fluchte der Mann und gab seinem Pferd die Sporen, um die anderen einzuholen.

***

Unvermittelt hatte Ekarts Fuß an einer Strickleiter Halt gefunden, die zum Einsteigen in die Barke benutzt wurde. Er verharrte eine Weile und rang nach Atem. Oben, vom Deck her, hörte er Rufe und Rumoren. Schritt für Schritt hangelte er sich nun die Leiter hinauf, während unter ihm das Wasser dunkel gluckerte und die Gischt hoch aufsprühte. Als er sich über die Bordwand zog, war von den beiden Männern nichts mehr zu sehen. Nur eine dünne Blutspur zog sich am Boden entlang, die sich verlief.

»Heda«, ertönte hinter ihm die grollende Stimme des Patrons, »schon wieder Ihr? Was tut Ihr hier – mitten in der Nacht? Ich habe Lärm gehört. Merkt Euch, dass ich keine Streitereien an Bord dulde!«

»Patron!« Ekart japste nach Luft. »Ich kam an Deck, um mir Bewegung zu machen und ein wenig in den Sternenhimmel zu sehen. Da haben mich zwei Männer angegriffen. Sie wollten mich über Bord werfen. Zum Glück habe ich ein Seil erwischt und konnte mich an der Strickleiter hochziehen.«

»Und wer sollen diese Männer gewesen sein?«, brummte der Patron misstrauisch. »Wie sahen sie aus?«

Ekart zuckte die Schultern. »Es ging alles zu schnell. Sie trugen Umhänge und hatten Tücher um ihren Kopf geschlungen.«

»Geht zu Bett, junger Herr, und spart Euch Eure Lügen. Ich kann mir schon denken, wen Ihr um diese Zeit hier draußen suchtet. Ihr habt Euch in die schöne Tochter des Emirs verguckt, nicht wahr? Dabei habe ich Euch schon vorher gesagt, dass es böses Blut gibt, wenn sich eine Heidin und ein Christ heimlich lieben.« Streng fügte er hinzu: »Wagt es nicht noch einmal, das Mädchen auf meinem Schiff zu treffen. Ich setze Euch sonst auf der nächsten Insel aus – da könnt Ihr sehen, wie Ihr ins Heilige Land kommt.«

Ekart senkte den Kopf. Der Patron glaubte ihm nicht. Er zog sich in seine Kajüte zurück, in der sein Vater laut schnarchend auf dem Lager lag. Am nächsten Tag beobachtete er das Kommen und Gehen um die Zelte der Araber genau, doch er sah niemanden, der verletzt war. Auch Suleika blieb verschwunden.

Nach einigen weiteren Tagen auf See, die unauffällig verliefen und in denen er sich vorsah, weil er das unbestimmte Gefühl hatte, dass man ihm etwas anhaben wollte, kamen endlich die Türme von Jaffa in Sicht. Die Pilger strömten an Deck, erhoben ein großes Jubelgeschrei und stimmten das »Te Deum« an. Auch der Vater hatte Tränen in den Augen, als er das Heilige Land erblickte. Im Sonnenlicht sah Ekart, dass er abgemagert war und eine gelbliche Gesichtsfarbe aufwies. Immerhin war er guten Mutes und begierig, die heiligen Stätten zu besuchen. Die Vorbereitungen zogen sich hin und es dauerte noch zwei Tage, bis sie für ein paar Dukaten die Aufenthaltsgenehmigung erhielten und an Land gehen durften. Die Pilger aus der Gruppe mit dem Priester küssten überglücklich den Boden. Alle waren freudiger und erwartungsvoller Stimmung und sahen sich nach dem bestellten Begleitschutz und dem Dolmetscher um. Doch stattdessen erwartete sie eine Abordnung der Regierung, die sie ergriff und aus unerfindlichen Gründen mitsamt ihren Bettsäcken und dem Gepäck in das Untergeschoss einer verfallenen Villa in der Nähe des Meeresufers sperrte. Das Gebäude schien bisher als Unterkunft für Tiere gedient zu haben, denn es war abstoßend schmutzig. Unrat, Exkremente und Abfälle lagen herum und überall stank es bestialisch. Die Pilger, vor allem Ekarts jähzorniger Vater, mussten sich wohl oder übel ohne Murren fügen, denn mit ihren dunkelhäutigen Bewachern war nicht zu spaßen. Sie schlugen und stießen die Pilger herum, und wer sich körperlich wehrte, dem drohten sie mit dem Kadi. Der Patron hatte ihnen schon vorher eingeschärft, niemals körperliche Gewalt anzuwenden und Streit zu meiden. Manch kämpferischem Christen waren zur Strafe dafür kurzerhand Hände und Füße abgeschlagen worden. Die Herrschaft der Kreuzritter, die einmal Jerusalem erobert hatten, war eben lange vorbei und die neuen Herren kosteten ihre Überlegenheit voll aus. Nur weil die Pilgerreisen ordentlich Geld ins Land brachten, ließen sie die Christen gewähren und ihre heiligen Stätten besuchen.

Der Emir dagegen brauchte nicht in der stinkenden Unterkunft auf eine Aufenthaltsgenehmigung zu warten. Er wurde im Namen des Gouverneurs von Jerusalem mit seinem Gefolge in einem feierlichen Geleitzug auf geschmückten Eseln nach Jerusalem geleitet. Ekart hatte fieberhaft darauf gewartet, dass Suleika ihm noch einmal ein Zeichen geben würde – aber anscheinend hatte sie keine Gelegenheit dazu gehabt. Beunruhigt fragte er sich, wie er es in Jerusalem anstellen sollte, sie in der Tempelgasse am Haus des Gouverneurs zu sehen. Er war sich inzwischen sicher, dass die Leute des Emirs etwas mit dem gestrigen Überfall auf ihn zu tun hatten. Ob Suleika mit ihrem Vater gesprochen und ihm von ihrer Liebe zu ihm erzählt hatte? Er wusste es nicht. Auf jeden Fall hatte er es für eine schlechte Idee gehalten.

Nach zwei qualvollen Tagen in dem schmutzigen und düsteren Kellerloch mussten die Pilger den Sarazenen sogar noch Geld dafür geben, um die erbärmliche Unterkunft verlassen zu dürfen. Gottergeben fügten sich die frommen Menschen, die nur eines wollten: nach Jerusalem, zu den heiligen Stätten. Aber auch die bereitstehenden Eseltreiber und der Dolmetscher bestanden jetzt auf einem Aufpreis für die Verzögerung und das erneute Aufladen des Gepäcks. Erst nach langem Palavern des Patrons mit den Muslimen wurde man sich einig. Jeder Pilger legte noch einen Dukaten oder ein paar Marketten auf den ausgehandelten Preis und so konnte die Gruppe endlich losziehen. Inzwischen war es Mittag geworden. Die heiße Luft flirrte vor Glut, die Sonne blendete. Nach einem beschwerlichen Ritt mit störrischen Eseln bei glühender Hitze auf staubiger Straße erreichten sie nach mehreren Stunden ihr Ziel. Trotz Erschöpfung, Durst und Hunger war es für alle ein erhebendes Gefühl, als die fest ummauerte Stadt Jerusalem auf ihrem Hügel in vollem Glanz vor ihnen auftauchte. Sie betraten sie durch das Jaffator neben der großen Zitadelle und sprachen ein inniges Dankgebet. Ethelbert und Ekart ließen die bescheidene Herberge, in der die anderen Pilger abstiegen, hinter sich und verließen die Stadt durch das südliche Tor. Auf ihren Eseln ritten sie den Berg Zion hinauf, bis sie das dort ansässige Franziskanerkloster erreichten. Ethelbert kannte den Prior und hatte schon beim ersten Jerusalem-Besuch bei den Mönchen wohnen dürfen. Dies war nicht üblich und nur deshalb möglich, weil er sich die Gastfreundschaft der frommen Mönche mit einem Batzen Geld und wertvollen Geschenken erworben hatte. Gleich nach der Begrüßung erfrischten sich die beiden Ankömmlinge an der kühlen Quelle im Innenhof, die sich unter den Arkaden des Klosterganges befand, und der Prior bewirtete sie mit saftigen Melonen, Feigen und duftendem Brot. Ethelbert aß gierig davon und pries vor allem die frischen, zuckersüßen Feigen, die so gut den Durst stillten. Sein Sohn hielt sich bei den verlockenden unbekannten Früchten zurück und aß nur ein Stück des von den Mönchen gebackenen weichen Brotes. Nach einer Ruhepause luden die frommen Brüder sie zum abendlichen Mahl ein, bei dem gebratenes Hammelfleisch mit schmackhaften Linsen und Maisfladen gereicht wurde. Nach dem Essen packte Ethelbert die mitgebrachten Geschenke aus. Die aus Holz geschnitzten Rosenkränze, eine bestickte Altardecke aus Brokatstoff und Wachskerzen mit aufgemalten christlichen Motiven machten den Mönchen große Freude. Der Abt setzte sogar probeweise die wollene Nachthaube auf, die er überreicht bekam. Feierlich wurde die neue Altardecke zu vorgerückter Stunde in die Kirche gebracht und die Messe gelesen, bevor man sich zu Bett begab.

Die Zellen, die man Vater und Sohn zugeteilt hatte, erwiesen sich als karg, jedoch geräumig und angenehm kühl. Trotzdem wurde es eine unruhige Nacht, denn Ethelbert hatte die hastig gegessenen Melonen und Feigen und auch das fette

Hammelgericht am Abend nicht vertragen. Am nächsten Tag war es ihm unmöglich, sich zu erheben, so übel und schwach fühlte er sich. Er beruhigte sich mit dem Gedanken, dass der Ritterschlag Ekarts ohnehin erst am übernächsten Tag mit einer genau geregelten Zeremonie stattfinden sollte. Nur ein vom Papst autorisierter Priester durfte die Handlung vornehmen und eine bestimmte Anzahl Adelige zu Rittern des Heiligen Grabes Christi schlagen. Erschöpft blieb Ethelbert auf seiner Pritsche liegen in der Hoffnung, nach einer Ruhepause bald wieder wohlauf zu sein.

Ekart war nun ganz auf sich allein gestellt, was ihn im Übrigen nicht weiter störte. Er hatte nur ein Ziel: die Tempelgasse und das Haus des Gouverneurs zu finden. Er musste Suleika wiedersehen und mit ihr sprechen. Die Franziskanermönche hatten allerdings andere Pläne. Als Dank für die großzügigen Geschenke wollten sie ihn zu einer alten Kreuzfahrerkirche auf dem Berg Zion führen, die unweit des Klosters lag. Ekart konnte nicht ablehnen. Die Kirche war zwar zerstört, doch der Saal, in dem Jesus mit seinen Jüngern das Abendmahl feierte, existierte noch. Andächtig, aber mit großer Unruhe im Herzen nahm er am heiligen Ort die Segnung und den Ablass der Sünden entgegen. Rasch verabschiedete er sich unter dem Vorwand von den Mönchen, die Pilgergruppe warte zu weiteren Besichtigungen in Jerusalem auf ihn. Beschwingt machte er sich sodann auf den Weg in die Stadt. Nach dem Durchqueren des Südtors, das zwischen dicken Mauern lag, befand er sich bald in einem Gewirr von schmalen Gassen, die sich zwischen den Häusern hindurchschlängelten. Es herrschte ein unübersichtliches Gewimmel von Menschen: orientalisch gekleidete Muslime und kauflustige Pilgergruppen, die zwischen Basaren und Ständen umherschlenderten. Die Geschäftigkeit, die fremden Laute, das alles übertönende Rufen der Händler, die ihre Waren anpriesen, beeindruckten Ekart. Aber wie sollte er in diesem Getriebe nur die Tempelgasse finden, in der Suleika wohnte? Unschlüssig und von den neuen Eindrücken geblendet, spazierte er an den Ständen mit farbigen Stoffballen und Tischen voll glitzernder Schmuckstücke vorüber. Betäubend schwere Parfumdüfte mischten sich mit Essensdünsten und Gerüchen von fremdartigen Kräutern und Gewürzen, die ihm scharf in die Nase stiegen. In einem anderen Viertel wurden über offenem Feuer appetitliche fertige Gerichte in Kochgeschirren angeboten, Fladen und Fleischbällchen mit pikanten Saucen und Gemüsen, deren Namen er noch nie gehört hatte. Stand reihte sich an Stand, Tuch-, Gewürz- und Reliquienhändler, Töpfer und Elfenbeinschnitzer überschrien sich gegenseitig, um Käufer anzulocken. Plötzlich hatte ihn eine Gruppe lachender Gassenjungen entdeckt. Sie zeigten mit dem Finger auf ihn, rannten hinter ihm her und zerrten an seiner ledernen Börse, die er in der Hand hielt. Als es ihnen nicht gelang, diese zu stehlen, warfen sie ihm Steine nach und beschimpften ihn. Ekart, der Aufsehen vermeiden wollte, flüchtete und drückte sich in einen Toreingang, sodass die Burschen ihn verloren glauben mussten. Er beschloss, sich besser vorzusehen, und verbarg den Geldbeutel an einer Schnur unter seinem Hemd, wie es ihm der Vater geraten hatte. Dann streifte er weiter durch die Stadt. In der Gasse der Seidenweber hörte er, wie ein Jude mit Pilgern in deutscher und englischer Sprache um einen Seidenstoff feilschte. Unter dem Vorwand, einen bunten Schal kaufen zu wollen, fragte er ihn nach dem Weg zur Tempelgasse. Bereitwillig wies dieser in eine bestimmte Richtung und erklärte ihm wortreich den Weg. Ekart verstand ihn recht gut und nach dem Kauf des Schals und einer mit Perlen verzierten Schmuckdose überredete er den Händler, ihm auf einem Zettel ein paar geläufige Floskeln und Sätze in arabischer, jüdischer und sarazenischer Sprache niederzuschreiben, die man im täglichen Leben brauchen konnte. Der Mann half gerne und erklärte ihm geduldig die Schriftzeichen,

Aussprache und Bedeutung. Ekart dankte ihm und beeilte sich, die beschriebene Richtung einzuschlagen. Die Tempelgasse lag etwas oberhalb der Stadt in einem luftigen und weniger eng bebauten Teil, der sichtlich wohlhabenden Bewohnern vorbehalten war. Der Palast des Gouverneurs war von einer mit Kletterpflanzen bewachsenen dicken Mauer umgeben. Dahinter sah man die Wipfel schattiger Palmen, die sich im Wind wiegten, und ahnte einen verborgenen Garten, der süße Blumendüfte verströmte. Ekart hörte deutlich das Plätschern eines Brunnens, helles Lachen und plaudernde Stimmen. Ratlos stand er vor der säulenumgebenen Tür aus geschnitztem Holz und betrachtete die große messingfarbene Glocke, die er nicht wagte zu betätigen. Während er noch darüber nachdachte, was er unternehmen könnte, um Suleika oder ihre Dienerin Eurika aus dem Haus zu locken, wurde er plötzlich von einer groben Faust gepackt und zu Boden gestoßen. Eine Bassstimme grollte drohend ein unverständliches, kehliges Kauderwelsch. Als er aufsah, blickte er in die wütend funkelnden Augen eines schwitzenden roten Gesichtes. Ein fetter Palastwächters, mit nackter Brust und nur mit einem Turban und einer weiten weißen Hose bekleidet, baute sich vor ihm auf und schwang bedrohlich seinen krummen Säbel. »Ich … ich«, stammelte Ekart in dem Bewusstsein, dass der Mann ihn sowieso nicht verstehen würde. Doch dann kam ihm plötzlich eine Idee. Er packte die Geldbörse, die um seinen Hals hing, und kramte ein Goldstück hervor. Der Anblick der goldenen Münze glättete die finstere Miene des Wächters, sein Mund verzog sich zu einem milden Grinsen und er senkte den Säbel, um das Goldstück entgegenzunehmen. Ekart erhob sich, zog den Zettel des Juden hervor und erklärte dem Wächter, so gut es ging, wen er in dem Haus, das dieser bewache, zu sprechen wünsche. Der Mann wiegte zuerst unentschlossen den Kopf, doch als Ekart noch zwei weitere Dukaten hervorholte und ihm noch einen versprach, wenn seine Bitte Erfolg haben sollte, hellte sich dessen Miene auf. Er nickte ihm beschwichtigend zu und bedeutete ihm, er möge im Schatten eines nicht weit von der Mauer entfernten Ölbaums auf ihn warten. Schlurfend und ohne Eile setzte er seinen massigen Körper in Bewegung, schloss die Eingangstür auf und verschwand dahinter. Ekarts Herz klopfte plötzlich wie wild. Was tat er bloß, wenn der Wächter ihn missverstanden hatte und der Emir plötzlich in eigener Person vor ihm stand? Schweißtropfen rannen von seiner Stirn. Ihm war so heiß wie noch nie im Leben. Es dauerte unendlich lange, bis das Portal sich wieder öffnete, der Wächter erschien und sich breitbeinig, auf den Säbel gestützt, auf der Schwelle aufstellte. Hinter ihm huschte eine verschleierte kleine Gestalt hervor. Einen Herzschlag lang glaubte Ekart, es sei Suleika, doch dann erkannte er enttäuscht eine fremde Frau. Das musste Eurika sein, von der Suleika ihm gesprochen hatte. Die Dienerin führte an einer edelsteinbesetzten Leine ein winziges Hündchen mit sich, das aufgeregt kläffend in alle Richtungen zog. Unauffällig, aber energisch lenkte sie es zum Ölbaum. Während das Hündchen das Bein hob, schlug sie ihren schwarzen Gesichtsschleier kurz zurück, winkte ihn herbei und flüsterte ihm zu: »Ich bin Eurika. Vertraut mir. Meine Herrin lässt Euch etwas ausrichten: In drei Tagen, um Mitternacht«, sie deutete zum Ende der Straße, an dem sich auf einem von Gestrüpp überwachsenen Feld die Überreste eines verfallenen Tempels befanden, »erwartet sie Euch dort, bei der Säule. Seid pünktlich und gebt acht, dass Euch niemand sieht.«

Ekart nickte glückselig und mit trockener Kehle. Suleika hatte ihn doch nicht vergessen. Sie wollte ihn wiedersehen – vielleicht mit ihm kommen. In drei Tagen! Zu diesem Zeitpunkt konnte er ihr bereits als Ritter vom Heiligen Grab entgegentreten. Er stellte sich vor, wie es sein würde, wenn er sie in den Armen hielt und mit Zärtlichkeiten und Küssen überhäufte. Dann konnte sie ihm auch erklären, warum sie in den letzten Tagen auf dem Schiff nicht mehr zum üblichen Treffpunkt erschienen war. Er sah der Dienerin nach, die mit dem Hündchen hinter dem Rücken des Wächters verschwand, der eine undurchdringliche Miene aufgesetzt hatte. Die Tür klappte leise hinter ihr zu. Jubelnde Freude im Herzen, spürte Ekart nichts mehr von der glühenden Hitze, als er aus dem Schatten des Ölbaums trat und durch die verzweigten Gassen eilte, um das Südtor zu suchen. Nach einer Weile hatte er jedoch das unbestimmte Gefühl, dass ihm jemand folgte. Er schlug ein paar Haken, eilte durch Torbögen und Höfe, um festzustellen, ob seine Ahnung ihn nicht trog. Der Mann blieb ihm tatsächlich auf den Fersen. Er trug einen gelblichen Umhang mit einer Kapuze, daher konnte er sein Gesicht nicht erkennen. Ekart stieg zügig den Berg Zion hinauf, um ihn abzuschütteln. Nach einer Weile blieb er stehen, als würde er die Aussicht bewundern, die Hand am Dolch unter seinem Hemd. Der Unbekannte mit der weiten Kapuze überholte ihn und verschwand hinter einer Wegbiegung. Ekart war erleichtert, sich getäuscht zu haben, und ging weiter. Vor ihm tauchte jetzt ein Händler auf, der seinen mit Mehlsäcken beladenen Esel mit regelmäßigen Stockschlägen Richtung Kloster vorantrieb. Ein ganz alltäglicher Anblick. Und doch – ein unbestimmtes Gefühl warnte ihn plötzlich davor, diesen zu überholen. Zugleich schalt er sich einen Narren wegen seiner Ängstlichkeit, denn das Kloster kam weiter oben schon in Sicht. Er setzte sich an den Wegrand, um einen Stein aus seinem Schuh zu schütteln. Als er aufsah, stand plötzlich der Eseltreiber vor ihm. Hinter ihm wartete sein Verfolger mit Umhang und Kapuze. Ekart sprang auf und wich zurück, doch schon hatten ihn die beiden eingekreist und stießen ihn in ein dorniges Gebüsch. Der Eseltreiber hob seinen knotigen Stock und der Mann mit dem Umhang nickte ihm kurz zu. Er packte Ekart am Arm und hielt ihn fest. Doch der stieß den Unbekannten mit aller Kraft von sich, duckte sich, wich dem heftigen Schlag in letzter Sekunde aus und flüchtete den Weg hinauf. In einiger Entfernung sah er den Abt vor die Tür des Klosters treten und zu ihm hinübersehen. Er schrie laut und machte, mit beiden Armen wild gestikulierend, auf sich aufmerksam. Die Männer, die ihn verfolgten, ließen von ihm ab, drehten um und verschwanden mitsamt dem Esel und den Mehlsäcken. Ekart starrte ihnen verblüfft nach. Dem Mann mit dem Umhang war beim Handgemenge die Kapuze herabgerutscht und es schien ihm, als habe er sein Gesicht und den verschlagenen Blick schon einmal gesehen. Es lag etwas Böses und Hasserfülltes darin. War er auch derjenige, der ihn auf dem Schiff attackiert hatte?

Außer Atem verlangsamte Ekart jetzt seinen Lauf. Er ging zum Kloster hinüber und begrüßte ehrerbietig den Abt, der ihn ärgerlich anfuhr: »Ich sagte Euch doch, lauft nicht allein in der Gegend herum. Das ist gefährlich. Wir Christen haben viele Feinde unter den Moslems. Und tragt Eure Börse mit Geld nicht so offen am Hals, das zieht Diebe an.«

»Verzeiht, ehrwürdiger Vater«, sagte Ekart bescheiden. »Aber ich war wirklich heilfroh über Euer Erscheinen an der Pforte.«

»Hinter diesen Mauern kann ich für Eure Sicherheit garantieren – aber nicht auf Euren Wegen. Aber geht – Euer Vater wartet schon auf Euch. Er fühlt sich nicht besonders gut.«

Ekart gehorchte. Der Vater befand sich in seiner Zelle, kraftlos auf seiner Pritsche sitzend. Er war bleich, mit tiefen Schatten unter den Augen, während seine Nase spitz und wächsern aus dem Gesicht stach. »Mach dir keine Sorgen um mich«, sagte er mit brüchiger Stimme, als er den Schrecken über seinen plötzlichen Verfall in Ekarts Augen las. »Unkraut vergeht nicht, mein Sohn. Morgen bin ich wieder auf den Beinen. Ich habe schon andere Malaisen überstanden. Es waren die verdammten Melonen – die Einheimischen haben mich nicht davor gewarnt.

Unser deutscher Magen verträgt so etwas nicht. Morgen werde ich an deiner Weihe zum Ritter vom Heiligen Grab teilnehmen – und wenn man mich in die Grabeskirche tragen muss.«

Ekart sah ihn besorgt an. »Du solltest einen Arzt kommen lassen …«

»Ist schon geschehen«, antwortete Ethelbert unwirsch. »Dieser unnütze Quacksalber hat mich zehn ganze Dukaten gekostet. Du weißt doch, wie ich diese Scharlatane und Pillendreher verachte, die einem bloß das Geld aus der Tasche ziehen. Lächerlich, einen Aufschlag zu verlangen, nur um einen Christen zu behandeln.« Er schlug kraftlos mit der Faust auf das Kissen. »Aber wir sind ja hier wehrlos, müssen alle Schikanen über uns ergehen lassen. Gott wird es uns hoffentlich im Paradies lohnen.« Mürrisch fügte er hinzu: »Den Aderlass und das Klistier hätte sich der Medicus jedenfalls sparen können.« Mit einem tiefen Seufzer ließ er sich wieder auf seine Pritsche sinken und zog trotz der großen Hitze fröstelnd die Decke bis zum Hals. »Von der Heilkraft der Mönche halte ich mehr«, murmelte er mit schwacher Stimme. »Aber auch sie konnten mir bisher nicht helfen. Die Kräutertränke und Pillen aus der Klosterapotheke schlagen nicht an.« Er beugte sich ruckartig vor, um unter heftigen Krämpfen seinen Magen, der nur noch Galle hergab, in das vor ihm stehende Becken zu entleeren. »Ich bin eben doch nicht mehr der Jüngste«, murmelte er undeutlich und mit geschlossenen Augen, als er sich stöhnend zurücklehnte. »Wollte es bisher nur nicht wahrhaben.« Nach einer Weile hob er den Kopf wieder und sah Ekart eindringlich und mit ernster Miene an. »Höre, mein Sohn – sollte mir hier etwas zustoßen, dann sorge für ein ehrenvolles Begräbnis.«

»Aber Vater«, unterbrach ihn Ekart. »Denkt nicht an so etwas …«

»Still!« Ethelbert wischte seinen Einwand beiseite. »Man muss auf alles gefasst sein. Ich habe etliche kräftige und junge

Herren gesehen, die man hier begraben hat. Auf gewisse Weise ist es ja eine Ehre, im Heiligen Land zu sterben. Nun höre: Ich habe meine Sachen in die Truhe eingeschlossen, die wir auf der Galeere gelassen haben. Du weißt, es sind einige wertvolle Dinge dabei. Gib sie deiner Mutter als Andenken. Hier«, er hob sein Hemd und nestelte an einem Ledergurt, den er auf der bloßen Haut trug, »sieh dir das einmal genau an. In diesen Gürtel ist mein ganzes Geld eingenäht. Es ist eine ordentliche Summe. Ich werde sie beim Abt des Klosters deponieren. Du wirst sie vielleicht brauchen können – wenn …« Er vollendete den Satz nicht und senkte, erschöpft vom Reden, den Kopf wieder auf das Kissen. »Diese verdammte Seereise …«, brummelte er in seinen Bart. »Ich war immer stark … stark wie ein Bär. Aber jetzt mach ich's wohl nicht mehr lange …« Seine Stimme versandete in unverständlichem Gemurmel.

»Vater – du darfst so nicht reden.« Ein banges Vorgefühl überkam Ekart. Er hatte ihn noch nie schwach gesehen und selbst bei Verletzungen im Kampf war er so aufrecht gestanden wie eine Eiche, hatte geflucht und getrunken, bis er umsank. Und am nächsten Morgen war es ihm zur Verwunderung aller besser statt schlechter gegangen. »Morgen bist du sicher wieder wohlauf – wenn du bei meinem Ritterschlag …« Die Worte blieben ihm in der Kehle stecken. Ethelbert hatte die Augen geschlossen und war weggedämmert. Entmutigt begab sich Ekart in den Speisesaal zu den Mönchen, mit denen er schweigend das einfache Mahl einnahm. Er brachte kaum etwas hinunter, der Appetit war ihm vergangen. Kaum hatte man die Teller abgeräumt, da nahm ihn der Abt beiseite.

»Um Euren Vater steht es nicht gut«, sagte er mit bedenklicher Miene. »Das habt Ihr ja gesehen.«

Ekart nickte niedergeschlagen.

»Ich fürchte, es könnte die Cholera sein …« Der Abt zog die Stirn in Falten und legte eine Pause ein. »Sie grassiert zwar nur in den Hütten außerhalb der Stadt – aber vielleicht ist Euer Vater mit etwas Unreinem in Berührung gekommen. Wenn es nicht besser wird, müssen wir ihn von hier fort in ein Hospiz bringen …«

»Nein, bitte nicht!«, fuhr Ekart auf. »Er hat keine Cholera. Das waren … nur die Melonen. Die ungewohnte Kost. Mein Vater ist eine Rossnatur. Er wird sich erholen. Bringt ihn nicht fort. Ich zahle, was Ihr verlangt, und wenn es unser ganzes Geld ist.«

Der Abt antwortete nicht und sah nur nachdenklich vor sich hin. »Dann warten wir eben noch ab. Aber wenn es ihm nicht bald besser geht, dann …«, er machte eine kurze Pause, »tut es mir leid. Ich muss an meine Mitbrüder denken. Wir können in unseren Mauern keine Seuche brauchen, die sich ausbreitet. Werdet Ihr möglicherweise … auch ohne Euren Vater morgen den Ritterschlag des Heiligen Grabes entgegennehmen? Ihm liegt sehr viel daran, dass Ihr es tut. Man wird Euch mit der Pilgergruppe die Nacht über in der Grabeskirche einschließen. So ist es jedenfalls der Brauch. Ich bin mir jetzt schon sicher, dass Euer Herr Vater in seinem Zustand nicht fähig ist, die ganze Nacht in der Grabeskirche zu wachen und die Messe zu hören.«

»Ja, den Eindruck habe ich auch«, erklärte Ekart schweren Herzens. »Auf jeden Fall soll alles so gemacht werden wie beschlossen. Auch wenn mein Vater nicht dabei sein kann. Schade, denn er hat sich so sehr auf diesen Moment gefreut.« Seine Augen wurden feucht. »Aber vielleicht bessert sich sein Befinden ja noch.«

»Hoffen wir es – mit Gottes Hilfe. Ruht Euch jetzt aus, damit Ihr morgen frohen Mutes der Zeremonie folgen könnt.« Er klopfte ihm mit einer freundschaftlichen Geste ermutigend auf die Schultern. »Ich lasse Euch einen Kräutertee bringen, der Euch gelassen macht und für guten Schlaf sorgt. Eure Zelle liegt direkt neben der Eures Vaters. Da könnt Ihr nach ihm sehen, wie es Euch beliebt, und ruhiger schlafen.«

Trotz dieser Fürsorge schlief Ekart in der Nacht sehr schlecht und wirre Träume plagten ihn. Einige Male schreckte er auf, um nach dem Vater zu sehen, der ihn gerufen hatte, weil er sich erbrechen musste. Ethelbert fieberte auch jetzt noch. Ekart versuchte auf der harten Pritsche seinen Gedanken eine andere Richtung zu geben, sich vorzustellen, dass Suleika auf ihn wartete und dass er sie bald in seine Arme schließen konnte. Trotz aller Feindseligkeiten seitens ihrer Familie durfte er jetzt nicht aufgeben. Vielleicht war sie ja doch bereit, mit ihm zu gehen. Er musste darüber nachdenken, einen Plan machen. Irgendwie würden sie es bestimmt schaffen. Angst, Hoffnung und Kummer stritten abwechselnd in seinem Herzen, überschatteten sich gegenseitig und versetzten ihn in Erregung. Als er endlich einschlief, sah er im Traum Suleika in ihrer ganzen fremdartigen und außergewöhnlichen Schönheit, die sein Herz beim ersten Blick gefangengenommen hatte. Sie winkte ihm zu, doch dann verschwand sie als nebelhafter Schemen. Schweißgebadet erwachte er. Wenn Suleika und er sich genug liebten – warum war es dann nicht möglich, dass sie zusammenkamen? Nagende Zweifel quälten ihn. Er sah nach dem Vater, der schwer atmend in einen unruhigen Schlaf gefallen war. Was war, wenn er hier in der Fremde starb? Er versuchte, die düstere Vorstellung beiseitezuschieben, doch es gelang ihm nicht ganz. Er ging in seine Zelle zurück, die vom schwachen Licht einer Kerze erhellt war, und wanderte in dem schmalen Raum auf und ab. Schließlich fiel er vor dem Kruzifix an der Wand auf die Knie und betete inbrünstig für die Genesung des Vaters und um einen guten Ausgang seiner Lage. Um seine Gedanken abzulenken, holte er den Zettel des Juden aus seiner Tasche, glättete die zerknitterte Oberfläche im Licht der Kerze und versuchte sich die Bedeutung verschiedener Worte und Sätze einzuprägen und sie halblaut vor sich hin zu sprechen. Vielleicht konnte er selbst einmal mit dem Vater

Suleikas reden, ihm die Lage und seine Absichten erklären. Er würde den jüdischen Händler suchen und ihn bitten, ihm noch weitere diesbezügliche Wendungen aufzuschreiben. Mitten in dieser Beschäftigung schlief er ein und erwachte kurz vor dem Morgengrauen. Es war finster und die Sonne noch nicht aufgegangen. Sofort eilte er in die Zelle des Vaters. Dieser schlief, vor Fieber glühend. Er würde selbst mit größter Willensanstrengung nicht imstande sein, sich zu erheben. Ekart war klar, dass die Zeremonie des Ritterschlags ohne ihn stattfinden würde. Betrübt nahm er seinen Sack, in den die Mönche Brot, Schinken und Wein gepackt hatten, hängte ihn sich um und wanderte in der Morgendämmerung den Berg Zion hinunter. Vom Stadttor bis zur Pilgerherberge war es nicht allzu weit. Der Führer der Gruppe und der Dragoman, der Dolmetscher, warteten, bis sich alle Pilger mit ihren Proviantsäcken eingefunden hatten. Man wollte vor dem späteren Einlass in die Grabeskirche noch andere heilige Stätten besichtigen, um sich einzustimmen. Nicht weit vom Löwentor, beim Teich Bethesda, befand sich die Kirche Sankt Anna, in der es noch einen letzten reinigenden Ablass der Sünden gab. Ekarts Herz war schwer und er folgte mit gesenktem Kopf der Gruppe über die staubigen und ausgetrockneten Wege. Das erhebende Gefühl, das die anderen Pilger beim Anblick der heiligen Stätte zu empfinden schienen, die unter Tränen die Erde des Ortes küssten und sich Steine zur Erinnerung mitnahmen, blieb heute bei ihm aus. Als sie auf den Tempelberg wanderten, von wo aus man auf die gesamte Stadt Jerusalem herabschauen konnte, brannte die Sonne fast unerträglich heiß vom Himmel. Auf dem Rückweg hielt Ekart in den Gassen der Altstadt Ausschau nach dem Stand des jüdischen Stoffhändlers. Doch der schien heute nicht da zu sein. Er fühlte sich unausgeschlafen und zugleich aufgewühlt. Unter jedem hellen Kapuzenumhang, den er im Trubel der Menschen ringsum erspähte, glaubte er den Mann mit dem bösen Blick zu erkennen. Oft wandte er sich ruckartig um, weil er meinte, dass jemand ihn beobachtete. Sogar vor einem Bettler schrak er zurück, der am Straßenrand saß und ihm grinsend die geöffnete Hand hinstreckte. Hatte dieser nicht einen ähnlichen Ausdruck in den Augen wie sein Angreifer von gestern? Er versuchte die dummen Gedanken von sich zu schieben. Bestimmt sah er Gespenster – bildete sich nur ein, überall verfolgt zu werden. Er warf dem Bettler, der den Kopf gesenkt hatte, mit zitternder Hand eine Münze zu und war froh, als sie endlich die Grabeskirche erreichten. Vor dem Tor warteten schon der Priester und eine Gruppe muslimischer Händler, die Obst, Rosenkränze und Plaketten mit Nachbildungen des Heiligen Grabes verkaufen wollten. Der Dragoman zankte inzwischen heftig mit den arabischen Schließern um die erhöhten Eintrittspreise. Erst nach langen Debatten, und als jeder Pilger noch ein paar Heller dazugegeben hatte, wurde endlich das Tor geöffnet und alle drängten erwartungsvoll in die Kirche, in der brennende Ampeln diffuses Licht verbreiteten. Der Priester, der die Ritterweihe vornehmen sollte, versammelte die Pilger um sich, hielt eine kleine Rede und gab ihnen Anweisungen für ihr Verhalten. Als Ekart sich umsah, erblickte er den Bettler vom Straßenrand, der sich mit den anderen Händlern in die Kirche geschoben hatte und nun mit gefalteten Händen demütig am Boden kauerte. Dann begann schon die Zeremonie, die seine ganze Aufmerksamkeit erforderte. Von einer Liste wurden die anwesenden Adeligen, die sich zum Ritter schlagen ließen, nacheinander genannt. Ekart war der Fünfte, der feierlich aufgerufen wurde. Er starrte auf die marmorne Grabplatte, während der Priester die Worte der Weihe murmelte und ihm dreimal mit dem Schwert auf die Schulter schlug. Kniend küsste er den kalten Stein und bekreuzigte sich.

»Steh auf, Ritter vom Heiligen Grab Christi«, sprach der Priester jetzt mit Pathos.

Als Ekart sich erhob, fühlte er sich erleichtert und stolz. Sein größter Wunsch und der seines Vaters war nun in Erfüllung gegangen. Er, Ekart, war nun Ritter vom Heiligen Grab zu Jerusalem. Welche unglaubliche Ehre und Gnade! Mit gefalteten Händen zog er sich mit den anderen in eine ruhige Ecke zurück, um zu beten. Tumultartige Geräusche ließen ihn plötzlich aufblicken. Der Bettler, der vorher so bescheiden am Boden gesessen hatte, rang mit dem Priester und entriss ihm das Weiheschwert. Er schwang es in der Luft und stürzte, wütende Flüche ausstoßend, auf Ekart zu, der erschrocken aufsprang. Die umstehenden Pilger wichen mit lauten Entsetzensschreien zurück. Aber noch bevor der angebliche Bettler zuschlagen konnte, überwältigten ihn die Wächter und schoben ihn unter lauten Beschimpfungen aus der Kirche. Ekart, der sich nur langsam von dem überstandenen Schrecken erholte, erkundigte sich verwundert bei dem Dolmetscher, warum man den gefährlichen Mann nicht gefangen nahm. Dieser bedeutete ihm gestenreich, der Bettler sei zwar verrückt, aber völlig harmlos. Er hasse die Christen, wolle ihnen aber nur Angst einjagen. Man achte sonst sehr darauf, dass er sich nicht in die Grabeskirche einschleiche – aber diesmal hätten die Wachen ihn wohl übersehen. Die Pilger schüttelten fassungslos den Kopf und auch Ekart war mit dieser Antwort nicht zufrieden.

Nachdem die neu ernannten Ritter vom Grab Christi die ganze Nacht über betend und die Messe feiernd in der Grabeskirche verbracht hatten, wurde am nächsten Tag das Tor wieder aufgeschlossen und alle strömten beseelt und freudig gestimmt hinaus. Ekart hatte es eilig, ins Kloster zu kommen und dem Vater seine Urkunde als Ritter vom Heiligen Grab Christi zu präsentieren. Ethelbert fieberte zwar noch, schien sich aber im Allgemeinen etwas besser zu fühlen. Er nahm großen Anteil an den Berichten Ekarts über den Verlauf der Feier und der Stolz auf den Sohn ließ seine Augen glänzen. Zum Glück hatte der Abt nach der Besserung von Ethelberts Zustand darauf verzichtet, ihn ins Hospiz bringen zu lassen, und so konnte er weiter in der Obhut der Mönche bleiben. Ekart fühlte sich müde von der durchwachten Nacht – aber zugleich erregt und angespannt. Seine Gedanken kreisten um Suleika und den heutigen Abend, an dem er sie um Mitternacht treffen würde. Er dachte an ihr liebliches Gesicht, ihre samtschwarzen Augen, den lockenden Mund, den er so leidenschaftlich geküsst hatte. Bald schon, sehr bald würde sie vor ihm stehen. An Ruhe war deshalb nicht zu denken. Als der Vater schlief, machte er sich gleich wieder auf den Weg. Unschlüssig durchstreifte er die Stadt und hatte das Gefühl, dass die Stunden nicht vergingen und der Tag sich endlos in die Länge zog. Dann endlich ging die Sonne unter und die Schatten der Nacht fielen über die Stadt. Schon eine ganze Stunde vor der verabredeten Zeit war er in der Nähe des Gouverneurspalastes und begab sich zu dem halb verfallenen Tempel, dem Ort, wo er die Geliebte treffen sollte. Er setzte sich auf einen grasüberwachsenen Stein hinter einer Säule und wartete. Fast wäre er eingeschlafen, als er den Kies unter einem leisen Schritt knirschen hörte. Suleika! Sein Herz jubelte und er sprang auf, um ihr entgegenzugehen. Ihr von einer weißen Borte besetztes türkisfarbenes Kleid schimmerte hell im Schein des Mondes. Sie schlug ihren Schleier zurück und strahlte ihn an. Er streckte sehnsüchtig die Arme nach ihr aus, um sie an seine Brust zu ziehen. Da sah er, wie sie den Kopf wandte und ihr Gesicht sich plötzlich veränderte. In diesem Augenblick erhielt er einen heftigen Schlag auf den Kopf und es wurde dunkel um ihn.

12. Kapitel

Endlich hatte Wolfram den Wald erreicht. Mit dem Schimmel wäre er doppelt so schnell gewesen, aber der Braune war ein stärkeres Pferd und galoppierte mit seinen kräftigen Hufen sicherer auf dem unebenen Waldboden. Geschickt lenkte er die Pferde zwischen den Bäumen hindurch, während er die Waffenknechte hinter sich lärmen hörte. Der leichtfüßige Schimmel schnaubte freudig und folgte scheinbar mühelos und mit federnden Sprüngen seinem braunen Gefährten. Sie nahmen kleine Gräben mit Schwung, fegten einen Hügel hinauf und drängten sich anschließend im Schritt durch ein schier undurchdringbares Dickicht. Nach und nach verloren sich die Huf- und Stimmengeräusche hinter ihnen und verstummten bald ganz. Die Verfolger hatten die Spur verloren. Auch der Hund Strolch war verschwunden und Wolfram vermutete, dass er bei dem Tempo nicht hatte mithalten können. Schade drum, dachte er, er wäre ein treuer Gefährte gewesen. Wolfram ritt zügig weiter, denn er wusste, dass er sich noch nicht ausruhen durfte. Der kraftstrotzende Braune war inzwischen nass von Schweiß, sein Atem ging stoßweise und kleine Schaumfetzen hingen an seinen Nüstern, während die schlanke Stute, die kein Gewicht zu tragen hatte, nur aufgeregt die Augen rollte und auf der Stelle tänzelte, als könne sie noch etliche Meilen so weiterlaufen. Wolfram ließ die Pferde nun Schritt gehen, bis die Dämmerung hereinbrach und es langsam finster wurde. Es würde ihm wohl nichts anderes übrig bleiben, als die Nacht im Wald zu verbringen und sich am nächsten Morgen neu zu orientieren. An einer kleinen kreisrunden Lichtung machte er halt, um zu rasten und die Pferde grasen zu lassen. So gut es ging, richtete er sich unter den tief hängenden Ästen einer großen Fichte ein und baute sich ein Lager aus Zweigen und Moos. So war er wenigstens vor Regen und Wind geschützt. Rundum herrschte tiefe Stille, die nur hin und wieder von einzelnen Geräuschen der Waldbewohner durchbrochen wurde. Feuer zu machen wagte er nicht, denn er wollte nicht unnötig auf sich aufmerksam machen. In seinen Proviantsack hatte Emma Wurst, Käse und eine Flasche Wein gepackt und nach einem kräftigen Imbiss und einem guten Schluck Wein gewann er neue Zuversicht. Er rollte sich in seinen Mantel, deckte sich mit einer Pferdedecke zu und schlief sofort ein. Im Morgengrauen spürte er den Tau und eine unliebsame Kühle, die ihn mit einem Schlag hellwach werden ließ. Er fror und beschloss, sofort aufzubrechen und die Pferde zu führen, um warm zu werden. Schnaubend trotteten der Braune und der Schimmel einträchtig neben ihm her und es schien Wolfram, als wateten sie durch einen Sumpf von Nebelschwaden, die geheimnisvoll den Wald durchzogen. Dunkel streckten sich die Baumwipfel zum heller werdenden Himmel und die Luft roch würzig nach einem feuchten Gemisch aus Erde, Tannen und Pilzen. Erst nach ein paar Stunden, als die Sonne bereits aufgegangen war, erreichte Wolfram den Waldrand, ohne genau zu wissen, wo er sich befand. Er hielt die Pferde an und beschattete die Augen mit der Hand, um ins Weite zu sehen. Vor ihm erstreckten sich Felder, Wiesen und eine kleine Anhöhe, auf der er einen von Obstbäumen umgebenen großräumigen Bauernhof erblickte. Etwas weiter entfernt überragte ein Kirchturm eine Ansammlung verschachtelter Häuser. Welches Dorf das wohl sein mochte? War er etwa im Kreis gegangen? Ein Karren, von einem müden schwerblütigen Gaul gezogen und mit Holz beladen, holperte mit knarrenden Rädern über den Weg. Der Bauer ging daneben und trieb das Tier mit der Peitsche an. Sollte er ihn nach dem Weg fragen? Er zögerte – doch dann band er die Pferde an einen Baum, legte Waffen, Wams und Stiefel ab und warf sein Bündel wie ein Wandergeselle über die Schulter. Ein Liedchen pfeifend, barfuß und im schlendernden Gang eines Wandergesellen, ging er auf den Bauern zu. »He«, rief er aus einiger Entfernung, »guter Mann! Sag mir doch, wie heißt das Nest hier? Und wie komme ich am besten nach Ansbach?«

Der Bauer wischte sich den Schweiß von der Stirn. »Nach Ansbach?« Er kratzte sich am Kopf. »Wie soll ich das wissen? Du bist hier in der Nähe von Mödingen«, brummte er mürrisch. »Zur Donau geht es dort hinunter.« Er wies mit der Hand nach Süden. »Sieh zu, dass du auf die Handelsstraße nach Nördlingen kommst, da kannst du die Leute dann nach dem Weg fragen.« Mit diesen Worten versetzte er seinem Gaul einen aufmunternden Peitschenschlag, der gleichmütig weitertrottete.

»Ich danke dir für die Auskunft.« Wolfram winkte ihm freundlich zu und tat, als schlüge er die angezeigte Richtung ein. Nach einem kleinen Umweg kam er zu der Stelle zurück, an der er die Pferde angebunden hatte, die friedlich grasten. Er zog seine Stiefel und das Wams wieder an, nahm die Waffen und sein Bündel und ritt weiter. Ob man zu Hause schon nach ihm gesucht hatte? Heinrich hatte ihn ganz sicher nicht verraten. Auf jeden Fall musste er sehr vorsichtig sein und es durfte ihn in Ansbach niemand erkennen. Wehmütig kehrten seine Gedanken immer wieder zu Emma zurück. Er vermisste sie und hatte große Sehnsucht nach ihr. Ihr liebes, zartes Gesicht, ihre sprechenden Augen, ihre grazile Gestalt gingen ihm nicht aus dem Sinn. Ob er sie jemals wiedersehen würde? Am liebsten hätte er sie mit nach Böhmen genommen. Vielleicht war es ja möglich, dort Fuß zu fassen. Wenn der neue Papst Vernunft annahm und Neuerungen begrüßte, ohne gleich jeden kritischen Gläubigen als Ketzer zu brandmarken – dann brauchte er sich nicht mehr zu verstecken.

Bald schon erreichte er die Handelsstraße und schlug den Weg nach Nördlingen ein. Jetzt kannte er sich aus, denn hier war er mit dem Vater und Bruder vor einem guten halben Jahr Richtung Konstanz gezogen. Wenn ihm damals jemand gesagt hätte, dass diese Reise einen ganz anderen Menschen aus ihm machen und sein Leben verändern würde, er hätte es nicht geglaubt. Unbehelligt kam er voran, hielt ab und zu ein Schwätzchen mit Reisenden oder Händlern, die von Markt zu Markt zogen, und gab vor, Verwandte zu besuchen. Glücklicherweise traf er nirgendwo Soldaten, die ihn anhalten und befragen konnten. Er hatte sich einen Bart wachsen lassen und drückte den Hut tief ins Gesicht, damit ihn so schnell keiner erkannte. In der Reichsstadt Feuchtwangen nahm er Aufenthalt im Gasthaus »Zum weißen Lamm«, das direkt am Marktplatz lag. Jetzt war es nicht mehr weit nach Ansbach und er würde in einem Tag dort sein. Als er aus dem Fenster des Gasthofs sah, wunderte er sich über die fröhliche Stimmung auf dem Marktplatz, wo gelacht und getrunken wurde und die Leute schwatzend beisammen standen. Bedienstete des Kurfürsten schenkten Wein aus und verteilten Zuckerwerk. Die Leute drängten sich, um etwas davon abzubekommen. Er ging hinunter und mischte sich unters Volk, um zu erfahren, was der Anlass dieser gelösten Stimmung war. In einer Ecke hatte eine fahrende Gauklertruppe ihre Bühne mit bemalten Kulissen aufgebaut und spielte ein Drei-Mann-Stück.

Wolfram drängte sich zwischen die Zuschauer. »He!«, rief er

einen Burschen in weiter brauner Hose und zipfliger Mütze an, dessen rote Wangen und glasiger Blick verrieten, dass er schon etliche Becher geleert hatte. »Was gibt's denn hier zu feiern?«

Der Bursche drehte sich um und sah ihn verwundert an. »Das weißt du nicht? Gute Nachrichten vom Konstanzer Konzil. Unser Herr, Hohenzollernfürst Friedrich VI., ist gestern eingetroffen. Von seinem Herold hat er vermelden lassen, dass Kaiser Sigismund ihn mit der Markgrafschaft Brandenburg belehnt hat. Er wurde in den Rang eines Kurfürsten erhoben.« Er grinste über beide Backen und hob den Becher. »Da darf unsereins sich doch auch ein wenig mitfreuen, oder?« Nach einem guten Schluck wandte er sich wieder der Aufführung zu. Die Leute um ihn herum lachten und klatschten Beifall, als der Held des Stückes den Bösewicht mit einem Pappschwert erledigte und damit das Liebchen gewann.

Erschrocken fuhren alle zusammen, als misstönendes Wehgeheul durch die Luft drang. Der Patient des fahrenden Baders nebenan, der für ein paar Heller Zähne zog, schrie wie am Spieß und hielt sich jammernd und fluchend seine Backe.

»Scharlatan, Beutelschneider!«, schrie er. »Du verstehst dein Handwerk nicht. Der Zahn ist immer noch drin!«

Mit der Zange in der einen Hand, einem Stück des abgebrochenen Zahns in der anderen, versuchte der Bader ihn zu beschwichtigen. »Habt Geduld, Herr! Nur noch ein kurzer Moment und Ihr seid Eure Pein los!«

Seine Stimme verlor sich im protestierenden Geschimpfe des Gepeinigten, der dem altersschwachen Behandlungsstuhl einen heftigen Tritt versetzte.

»Habt Ihr … hier irgendwo Söldner oder Waffenknechte gesehen?«, wandte sich Wolfram mit gleichmütiger Miene wieder an den Burschen, der gerade einer jungen Magd einen Klaps auf das Hinterteil versetzte und sogleich eine heftige Ohrfeige erntete, die ihn sichtlich ernüchterte. Enttäuscht sah er dem hübschen Mädchen nach, die mit ihrem gefüllten Korb rasch in einer Gasse verschwand.

»Was habt Ihr eben gesagt?« Der Bursche hielt sich die brennende Wange. »Söldner? Waffenknechte? Nicht dass ich wüsste. Habt Ihr etwa was ausgefressen?« Er sah ihn neugierig an. »Ihr seid fremd hier, nicht wahr?«

Wolfram schüttelte den Kopf. »Nicht ganz. Ich komme aus Ansbach«, erwiderte er kurz. »Und besuche hier Verwandte. Gehabt Euch wohl!«

Der Bursche sah ihm stirnrunzelnd nach. Wenn der Mann seine Verwandten besuchte, warum fragte er dann so merkwürdig? Irgendetwas kam ihm an dieser Sache komisch vor. Er würde dem Hauptmann der Stadtwache davon berichten.

***

Die neuen Bediensteten hatten sich auf Burg Schrockenstein gut eingearbeitet und alles ging wieder seinen üblichen Gang. Nur der Burgvogt fehlte noch und daher musste Emma sich selbst um die Organisation kümmern. Es war eine große Herausforderung für sie, die Mägde zu beaufsichtigen, die Beschließerin einzuteilen, den Speiseplan für die Küche zu kontrollieren und ein Auge darauf zu haben, dass Pferde, Hühner und Ziegen gut versorgt wurden. Sie versuchte, nicht allzu viel über ihre Lage nachzudenken, und schob die Erinnerung an die Krankheit, den Tod der Mutter ebenso wie die Sorge um ihren Vater und Bruder, die noch nicht aus dem Heiligen Land zurückgekehrt waren, beiseite. Doch tief in ihrem Herzen spürte sie eine tiefe Trauer. Die ständige Sehnsucht nach Wolfram, die ganze Ungewissheit, ob und wann sie ihn wiedersehen würde, quälten sie. War er überhaupt seinen Verfolgern entkommen? Sie wusste es nicht. Er war der Fels in der Brandung gewesen, ihr Retter, ihr Halt, als sie völlig hilflos gewesen war. Ohne ihn wäre sie jetzt ganz sicher nicht mehr am Leben. Jeden Abend saß sie einsam bei Kerzenschimmer im Erker ihrer Kemenate, stichelte lustlos an ihrer Stickerei und starrte hinaus in die Dämmerung. Dann rief sie sich alle Einzelheiten ihrer Liebe, Wolframs Wesen und die Leidenschaft, die er in ihr erweckt hatte, ins Gedächtnis. Es gab Momente, in denen sie an all den Schicksalsschlägen zu verzweifeln drohte. Die Mutter fehlte ihr – ihre wärmende Zuneigung, ihr Verständnis und sogar ihre Kritik. Noch vor nicht allzu langer Zeit hatte sie ihr hier noch gegenübergesessen. Warum musste die grausame Krankheit sie ihr nehmen? Auf diese Frage gab es keine Antwort. Jetzt blieb ihr nur noch, auf Ekart und den Vater zu warten. Man sagte, dass die Pilgerreise ins Heilige Land etwa ein Jahr dauerte. Aber diese Frist war längst verstrichen und sie hatte immer noch kein Lebenszeichen von ihnen erhalten. Jeden Tag blickte sie sehnsüchtig durch das Fenster des Turms in die Ferne und ihr Herz begann unruhig zu klopfen, wenn in der Nähe Reiter auftauchten. Meist waren es Fremde und so zog sie sich enttäuscht wieder zurück. Ihre immer noch geschwächte Gesundheit erlaubte es ihr noch nicht, wie früher zu Pferd Streifzüge durch die Umgebung zu unternehmen. Auch fehlte ihr jetzt die Unbesonnenheit, mit der sie früher alles angegangen war. Immerhin hatte sie durch ihre Krankheit die Erkenntnis gewonnen, dass das Leben zu kostbar ist, um es leichtfertig aufs Spiel zu setzen.

***

Die Ereignisse auf Schrockenstein hatten sich in der Umgebung verbreitet und waren auch zu Friedhelm gedrungen, der unstet herumreiste und von der Wohltätigkeit seiner Freunde lebte. Obwohl Sigurd sich alle Mühe gab, war er noch nicht an das fragliche Dokument herangekommen, mit dem der Vater seine verpfändete Burg wieder zurückgewinnen konnte.

Die Nachricht vom Tode Magdalenas von Schrockenstein erschütterte Friedhelm nur wenig. Er stellte sich bildhaft vor, was geschehen würde, wenn auch Ethelbert und Ekart nicht mehr aus dem Heiligen Land zurückkehrten. Ein verlockender Gedanke begann in ihm zu keimen. Anscheinend gab es schon seit Längerem keine Nachricht mehr von den beiden Jerusalem-Pilgern. Er hatte sich bei Rittern erkundigt, die ungefähr um die gleiche Zeit wie die beiden gereist waren. Alle waren inzwischen in die Heimat zurückgekehrt. Sie wussten von Gerüchten, Ethelbert sei erkrankt und hätte aus diesem Grund die Rückreise auf dem Schiff vor dem Winter nicht antreten können. Sein Sohn Ekart war vermutlich beim Vater geblieben, mehr konnten sie auch nicht sagen. Man hatte ihn nach seiner Weihe zum Ritter des Heiligen Grabes nicht mehr gesehen und er schien wie vom Erdboden verschluckt. Friedhelm lauschte diesen Berichten mit Spannung und großem Interesse. Vielleicht würde er durch diese seltsame Wendung des Schicksals eines Tages Herr auf Schrockenstein werden! Bei dieser Vorstellung trat ein selbstzufriedenes Lächeln auf sein Gesicht. Emma, die einzige Erbin, war kein wirkliches Hindernis. Was hatte ein so junges Mädchen schon zu sagen? Er würde sie heiraten, und wenn sie sich weigerte, fand er bestimmt einen Weg, sie loszuwerden. Er gebot den Gedanken und dunklen Plänen, die ihn dabei überfielen, Einhalt. Noch war es zu früh, sich das alles vorzustellen. Er musste abwarten, sich zur Geduld zwingen. Aber wenn es so käme, wie er hoffte, dann war es bald möglich, seine Schulden abzuzahlen. Und Ritter Waldemar von Zug mit der Hilfe bezahlter Waffenknechte aus seiner Burg zu werfen. Vorerst musste er sich aber zurückhalten, denn diese Träume konnten mit einem einzigen Windstoß zunichte werden. Dann, wenn Ekart und Ethelbert gesund aus dem Heiligen Land zurückkehrten. Und so lauerte er wie eine Spinne im Netz auf das

Kommende und versuchte seine Gier zu beherrschen, sich das Besitztum seiner Verwandten anzueignen, ohne auch nur einen Finger zu rühren.

***

Wochen waren vergangen, als sich ein einzelner Reiter auf Burg Schrockenstein melden ließ. Es war ein Bote, ein Gesandter der Jerusalemer Pilgergruppe. Er brachte Emma ein paar persönliche Gegenstände und eine niederschmetternde Nachricht: Ihr Vater Ethelbert war an einer schweren Krankheit im Kloster der ehrwürdigen Brüder auf dem Berg Zion verschieden und von den Mönchen auf ihrem Friedhof begraben worden. Ekart hatten die Pilger zum letzten Mal lebend in der Grabeskirche gesehen, als er dort zum Ritter geschlagen wurde. Da er nicht an der Beerdigung seines Vaters teilgenommen hatte, befürchtete man das Schlimmste. Einige wackere Pilger und Ritter hatten noch einige Zeit nach ihm gesucht, doch man konnte keine Spur von ihm finden. Sie mussten aufgeben, um ihre Galeere nicht zu versäumen, deren Patron Venedig noch vor den Winterstürmen erreichen wollte. Wilde Gerüchte kursierten: Ekart sei nach dem Tod des Vaters mit Suleika, der Tochter des Emirs, der mit seinem Gefolge an Bord der Galeere gewesen war, durchgebrannt. Oder aber der Emir habe ihn in seiner Wut grausam ermorden lassen und irgendwo verscharrt. Ob Wahrheit oder Vermutung – diese Hiobsbotschaften erschütterten Emma zutiefst. Sie konnte einfach nicht glauben, dass ihre bösen Ahnungen wahr geworden waren und sie den geliebten Vater und Bruder niemals wiedersehen würde.

Mit großer Genugtuung vernahm auch Friedhelm die Nachricht, dass Ethelbert im Heiligen Land verstorben sei. Insgeheim war er immer neidisch auf seinen Vetter gewesen. Sein ansprechendes Äußeres, die robuste Natur, die ihn aus

Machtkämpfen und Ritterturnieren meist als Sieger hervorgehen ließ, riefen Missgunst in ihm hervor. Und dann hatte ihm auch noch seine Heirat mit der schönen Magdalena reiche Ländereien und Besitzungen eingebracht. Während bei ihm selbst alles, was er anpackte, schiefging und das Geld bei Trunk und Spiel nur so durch seine Finger rann. Endlich hatte sich die Lage wie erhofft zu seinen Gunsten verändert. Wenn er Emma heiratete, würde ihm der Besitz Ethelberts wie eine reife Frucht in den Schoß fallen. Sollte sie nicht einwilligen, müsste er sie dazu zwingen oder aber davon überzeugen, dass er ihr Schutz böte. Wie auch immer, er musste rasch handeln, bevor ein anderer Mitbewerber den Braten roch.

In Sigurds Begleitung machte er sich also auf der Stelle zu einem Besuch nach Schrockenstein auf. Emma hatte der Kummer schwer zu schaffen gemacht und beinahe war sie froh darüber, dass mit Friedhelm jemand aus der Familie erschien, der ihre Trauer und ihr Leid teilte. Ein Mensch, mit dem sie gemeinsam über den schweren Schicksalsschlag, der sie getroffen hatte, reden konnte. Sie übersah Sigurd, dem sie eigentlich nie mehr von Angesicht zu Angesicht gegenüberstehen wollte, und fiel Friedhelm mit verweintem Gesicht um den Hals. Das dunkle Samtkleid ihrer Mutter, das sie als Trauergewand trug, bildete einen lebhaften Kontrast zu ihrem hellen Haar und unterstrich noch ihre Anmut und Schönheit. Friedhelm schloss sie mit der nötigen Diskretion und gespielter Herzlichkeit in die Arme, während Sigurd verlegen Abstand hielt und ihr nur kühl sein Beileid aussprach. Emma vermied es, ihn anzusehen, und bat die beiden Männer in die Halle, um sie dort zu bewirten. Eine Magd brachte Erfrischungen.

»Meine liebe Emma. Ich bin entschlossen, dir nach Kräften beizustehen«, begann Friedhelm, nachdem er sich zunächst ein paar Schlucke des guten Bieres einverleibt hatte, das man ihm vorgesetzt hatte. Er überlegte, wie er so geschickt wie möglich auf seinen Antrag zu sprechen kommen konnte. »Gott sei es gedankt, dass du die Pest überstanden hast, liebste Emma. Ich finde, du bist reifer geworden – und schöner denn je.« Er sah sie bewundernd an. Emma dankte mit einem verlegenen Neigen des Kopfes und Friedhelm fuhr vorsichtig fort: »Ist dir klar, dass du nun die Alleinerbin von Burg Schrockenstein, der umgebenden Ländereien, des Grundbesitzes und eines nicht unbeträchtlichen Vermögens bist?« Er leckte sich mit der Zunge genießerisch über die Lippen, als er daran dachte, wie es wäre, wenn dieser wohlgeformte junge Mädchenkörper neben ihm in seinem Bett läge. »Da wirst du dringend und so schnell wie möglich männliche Hilfe brauchen. Jemanden, der dir allzeit zur Seite steht, dich berät und beschützt. Sonst besteht die Gefahr, dass irgendein Dahergelaufener deine Unschuld und Jugend ausnutzt.« Er ließ seine von Fettwülsten umgebenen, halb zusammengekniffenen Augen lüstern über Emmas Gestalt gleiten. »Kurz gesagt – du solltest heiraten, ganz ohne Verzug.« Er sah zu Sigurd hinüber, der den Blick gesenkt hielt. »Ich habe natürlich im ersten Moment an Sigurd gedacht...« Bevor Emma noch den Kopf schütteln konnte, fuhr er fort: »Doch dann, nach einiger Überlegung, fand ich, dass es ein reifer und erfahrener Mann sein sollte...«, er stockte unter dem ängstlichen Blick Emmas, »ein Mann, der dir vertraut ist, kurzum...«, er sog hörbar die Luft ein, »ein Mann wie ich.« Erleichtert lehnte er sich zurück. Jetzt war es heraus. Er nahm einen weiteren kräftigen Schluck aus seinem Bierhumpen und sah Emma erwartungsvoll an, die ihn nach seinem letzten Satz sprachlos anstarrte. Was redete Oheim Friedhelm da? Alles hatte sie erwartet, doch nicht so etwas! Dachte dieser unansehnliche, dickbäuchige und plumpe Trunkenbold tatsächlich, sie würde ihn heiraten? Nach dem ersten Schrecken hatte sie einen Augenblick Mühe, nicht laut und hysterisch aufzulachen. Aber Friedhelm schien es völlig ernst zu meinen. »Du wirst zufrieden mit mir sein – ich stehe meinen Mann, in jeder Hinsicht. So viel kann ich dir jetzt schon versprechen.« Er warf sich selbstherrlich in die Brust und stieß ein anzügliches Lachen aus. Dann trat er auf sie zu und hob ihr Kinn an, damit sie ihn ansehen musste. Sein schlechter Atem blies ihr ins Gesicht. Als sie schwieg, zwinkerte er ihr jovial zu und kniff ihr leicht in die Wange.

Emma fuhr angewidert zurück. »Seid Ihr verrückt geworden, Onkel Friedhelm? Ich werde Euch niemals heiraten! Wir sind doch verwandt.«

Friedhelms Grinsen gefror und er lief rot an. »Entfernt verwandt – das weißt du sehr gut. Unsere Verbindung würde von der Kirche akzeptiert werden, keine Sorge. Ich habe mich bereits erkundigt.« Er neigte den Kopf zur Seite. »Oder hast du etwa einen anderen im Kopf? Keinesfalls lass ich zu, dass der Besitz meines geschätzten Vetters an fremde Leute fällt.« Um seinen Worten Nachdruck zu verleihen, schlug er mit der Faust auf den Tisch. »Ich dachte, du wärst froh über meinen Antrag. Wenn du nicht einwilligst, wirst du große Schwierigkeiten bekommen.« Er sah zu Sigurd hinüber, der bestätigend nickte, und schlug wieder einen milderen Ton an. »Sei doch vernünftig, Mädchen.« Er stand auf und versuchte ungelenk, ihre Hand zu fassen und sie an sich zu ziehen. »Wir beide – wir sollten jetzt zusammenhalten. Ich biete dir Sicherheit, Schutz …«

Emma riss sich voll Abscheu los. Der dicke, um so vieles ältere Friedhelm – als ihr Bräutigam? Das konnte doch nicht wahr sein! Wie kam er bloß auf so eine abwegige Idee? Sie fasste sich, atmete tief ein und zwang sich zu einem überlegenen und bedauernden Lächeln. »Lieber Oheim Friedhelm, ich weiß, Ihr meint es sehr gut mit mir. Doch ich kann Euren Vorschlag leider nicht annehmen. Verzeiht – aber allein der Altersunterschied zwischen uns – ich sah Euch immer als Vaterersatz … einen guten Onkel«, sie hielt ein, als sich Friedhelms Gesicht vor Enttäuschung verfinsterte.

»Unsinn. Das war ich nie. Es gibt viele junge Frauen, die ältere Männer heiraten. Und du kennst mich – ich bin dir vertraut ...«

»Das mag ja sein – aber ich kann und will Euch trotzdem nicht heiraten«, entfuhr es Emma.

Eine kleine Pause entstand, in der Friedhelm sie mit zusammengekniffenen Augen musterte. »Dir wäre Sigurd wohl lieber?«, fragte er misstrauisch. »Ich habe die Blicke gesehen, die ihr miteinander wechselt. Mich kann niemand täuschen. Aber das kommt gar nicht infrage. Sigurd ist zu unerfahren. Und er hat eine ganz andere Frau im Sinn, wenn ich mich nicht täusche – nicht wahr, Bursche?« Er sah den jungen Mann an, der gehorsam nickte. Dann machte er einen Schritt auf Emma zu, die ihm auswich. »Überleg es dir noch einmal in aller Ruhe, liebste Emma. Ich will dich nicht drängen – dennoch ist Eile geboten. Unsere Hochzeit ist letzten Endes doch nur eine Formsache. Ich rate dir, nicht Nein zu sagen. Du könntest es dein Leben lang bereuen.«

Im letzten Satz lag eine unüberhörbare Drohung und Emma erschrak, ohne dass sie wusste, warum. »Was meint Ihr damit?«, fragte sie, ihren ganzen Mut zusammennehmend. »Was sollte ich bereuen? Meine Erbschaft kann mir schließlich keiner streitig machen. Und wenn ich heirate, dann einen Mann, den ich mir selbst aussuche und der auch meiner Mutter gefallen hätte. Das ist weder Sigurd«, sie warf dem jungen Mann einen abschätzigen Blick zu, »noch seid Ihr es. Mutter würde sich im Grabe umdrehen, wenn sie Euer unanständiges Angebot hören könnte.«

»Bei Gott«, auf Friedhelms hochrote Stirn waren Schweißperlen getreten, »merkst du denn nicht, dass ich nur dein Bestes will? Siehst du nicht, in welcher Gefahr du schwebst?« Jetzt musste er übertreiben und durfte kein Blatt mehr vor den Mund nehmen – ob es der Kleinen passte oder nicht. Eile war geboten, solange sich Emma noch schutzlos und von den Ereignissen überrollt fühlte. »Nicht nur Konrad von Birkenstein, ein Verwandter, mit dem dein Vater entzweit war und der für seine Habgier bekannt ist, wird Ansprüche anmelden und sie vielleicht gewaltsam durchsetzen. Raubritter könnten Schrockenstein überfallen, wenn sich herumspricht, dass du dort ganz allein ohne männlichen Schutz haust. Du bist eine schwache Frau, die sich nicht wehren kann …« Er hielt ein und wechselte einen einverständlichen Blick mit Sigurd.

»Schweigt endlich!«, rief Emma wütend. »Ich heirate Euch nicht, das ist mein letztes Wort. Ihr könnt mich nicht zwingen.«

»Dann wirst du selbst schuld sein, wenn etwas passiert«, drohte Friedhelm. »Du wirst es bereuen, das schwöre ich.«

Emma begann am ganzen Körper zu zittern. Friedhelm meinte es ernst und zeigte sein wahres Gesicht. Sie musste sich vor ihm in Acht nehmen und hätte ihn gar nicht auf die Burg lassen sollen. »Gebt mir Bedenkzeit«, sagte sie einlenkend und sich äußerlich zur Ruhe zwingend. »Euer Antrag kommt ein wenig zu plötzlich. Vielleicht denke ich doch noch einmal darüber nach. Ich werde Euch meine Entscheidung so bald wie möglich mitteilen.«

Friedhelm runzelte unwillig die Stirn. »Wie du willst. Aber überleg nicht zu lange.« Er gab Sigurd einen Wink und sie verließen den Raum. Draußen bestiegen sie ihre Pferde und ritten über die Zugbrücke den schmalen Weg von der Burg hinunter. Schweigend trabten sie eine Weile nebeneinander her. »Wenn ich bloß wüsste, wie ich sie dahin brächte, wo ich will«, stieß Friedhelm nach einer Weile missmutig hervor. »Wenn Emma sich weiter weigert, entgeht mir ein beträchtliches Vermögen, mit dem ich Herr auf Schrockenstein würde und meine eigene Burg zurückkaufen könnte. Aber so ein hübscher Bissen sticht bestimmt vielen Rittern ins Auge. Schnelles Handeln wäre vonnöten.«

Sigurd wiegte den Kopf. »Ja, da ist guter Rat teuer. Emma sieht in Euch zu sehr den Oheim. Ihr seid ihr einfach zu alt.«

»Alt! Als wenn das ein Hindernisgrund wäre«, empörte sich Friedhelm eitel. »Ich kenne junge Frauen, die ganz vernarrt in ihren reifen Ehemann sind. Schließlich bin ich noch sehr gut in Form.«

»Ihr müsstet Emma schon einen Liebestrank einflößen, damit sie Euch freiwillig nehmen würde«, sagte Sigurd voller Häme, denn er verzieh es dem Vater nicht, dass er nicht selbst in Betracht gezogen wurde.

»Einen Liebestrank?« Friedhelms Augen leuchteten bei diesen Worten auf. »Du bist wirklich gar nicht so dumm.« Er zog die Zügel an und klopfte Sigurd auf die Schulter. »Warum bin ich nicht selbst darauf gekommen? Wir werden ihr etwas einflößen, das sie willenlos macht. Dann lassen wir einen Priester kommen, der uns in der Burgkapelle trauen wird.« Er zügelte sein Pferd. »Ich kenne da ein Kräuterweib, eine alte Hexe, die vor dem Dorf in einer Hütte lebt, ganz in der Nähe des Klosters. Sie muss uns helfen. Beeil dich, wir dürfen nicht unnötig Zeit verlieren.«

Sigurd sah ihn zweifelnd und abschätzig von der Seite an. Ein Liebestrank! Als wenn der etwas bewirken würde. Aber andere Verführungskünste standen einem alten Dickwanst mit Warzen im Gesicht wohl nicht mehr zur Verfügung. Sie schlugen einen Weg durch ein dichtes Waldstück ein, hinter dem sich die grauen Mauern einer mächtigen Klosteranlage erhoben, deren Kirchturmglocke gerade die dritte Stunde schlug. Nicht weit davon entfernt, an einer Lichtung, stand ein grob gezimmertes Holzhäuschen, das von einem wild wuchernden Garten umgeben war. In einiger Entfernung stiegen sie von den Pferden und banden sie an einen Baum.

»Geh du zuerst hinein«, flüsterte Friedhelm seinem Sohn zu und drückte ihm einen Beutel Silberlinge in die Hand. »Ich warte hier. Versuch dein Glück und frag nach einem Liebestrank für eine widerspenstige Braut.«

Sigurd klopfte zögernd an die Tür. Doch niemand öffnete. Er klopfte lauter und drückte schließlich die Klinke hinunter. Im Raum herrschte Halbdunkel, an das sich seine Augen erst gewöhnen mussten. Die Luft war stickig und verbraucht. Eine schwarz-weiß gefleckte Katze strich ihm um die Beine und erst jetzt sah er neben einem Ofen mit halb erloschenem Feuer das Bett in der Ecke. Ein zerzaustes, abgemagertes Wesen lag ein wenig verloren auf den schmuddeligen Kissen.

»Wer bist du«, nuschelte die zahnlose Alte und hob den Kopf, »und was willst du von mir?«

Sigurd verbeugte sich höflich. »Verzeiht, dass ich hier so einfach eindringe. Aber ich habe geklopft …«

»Ja, ja – das macht nichts. Ich bin eine alte Frau, der die Kraft fehlt umherzugehen. Im Bett ist es warm und ich brauche nicht einzuheizen. Hast du etwas zu essen dabei?«

»Nein«, antwortete Sigurd unsicher. »Aber ich habe ein Anliegen, gute Frau. Wenn Ihr mir helfen könntet, bräuchtet Ihr Euch um Holz und Nahrung keine Gedanken mehr zu machen.«

Erstaunt richtete sich die Alte ein wenig auf und verzog den zahnlosen Mund zu einem zögernden Lächeln. »Nun, was ist es denn, was ich für dich tun kann, junger Mann?« Sie schlug die Decke zurück, wickelte sich in einen wollenen Umhang und streckte ihre mageren Beine nach den löchrigen Pantoffeln aus, die vor dem Bett standen. Sie bot einen bejammernswerten Anblick. Die grauen Zottelhaare zurückstreichend, schlurfte sie zum Herd. »Sprich – nur frei heraus. Warum bist du zu mir gekommen?« Fragend sah sie Sigurd an. »Sicher nicht, um mir einen guten Tag zu wünschen, oder?«

»Nein«, antwortete Sigurd unsicher, »das gerade nicht.« Dann platzte er heraus. »Ich brauche einen Liebestrank.«

»Du?« Die Alte sah ihn von oben bis unten prüfend an. »Ein schmucker Bursche wie du? Nichts ist leichter als das.« Sie verzog ihren Mund zu einem zahnlosen Lachen. »Aber wer ist denn die Schöne, die dich nicht will?«

»Der Trank ist nicht für mich«, fügte Sigurd hastig hinzu. »Und deshalb muss er doppelt so stark und besonders wirksam sein.«

Die Alte lachte, fiel auf einen wackligen Stuhl vor einem breiten Tisch und wies auf den zweiten. »Setz dich, mein Kleiner – und erzähl mir genau, worum es geht. Sonst kann ich den Zauber nicht in den Trank einarbeiten. Du willst doch, dass er seinen Zweck erfüllt, oder?«

»Ja, natürlich«, beeilte sich Sigurd zu erwidern. »Das wäre das Wichtigste. Es handelt sich um ein junges Mädchen, das sich sträubt, einen alten Mann zu heiraten, der dazu weitläufig mit ihr verwandt ist.«

»Eine interessante Geschichte. Aber ich muss auf jeden Fall den Namen des Mädchens wissen«, erwiderte die Alte und fragte listig: »Ist sie von hier?«

Sigurd zögerte. »Ich weiß nicht, ob es mir erlaubt ist, ihren Namen zu nennen …«

»Sei nicht so zimperlich. Ich schweige wie ein Grab. Aus mir bekommt niemand etwas heraus. Da könnte ich Geschichten erzählen – über meine Kunden, hohe Adelige, Priester … Aber ich tu's nicht, basta. Meine Kunden konnten mir immer vertrauen.« Sie schlürfte ein paar Schlucke aus einer zerbeulten Blechtasse, die auf dem Tisch stand. »Leider sind viele von ihnen schon tot.« Sie seufzte und hielt ihm die Tasse hin. »Willst du auch etwas? Es ist ein belebendes Kräutergetränk. Regt die Gedanken und Sinne an.«

»Nein, danke.« Sigurd schüttelte angewidert den Kopf. In dieser Stube würde er garantiert nicht das Geringste zu sich nehmen können. Überall hingen getrocknete Kräuterbündel, standen Schalen und Glasfläschchen mit undefinierbaren trüben Inhalten auf staubigen Regalen. Es stank nach dem Nachttopf unter dem Bett und einem seltsamen Gebräu, einer penetranten Mischung, die er nicht hätte benennen können. »Woraus … besteht eigentlich ein solcher Liebestrank?«, fragte er, um etwas zu sagen.

»Oh, das ist ein großes Geheimnis, das ich dir nicht verraten kann. Das Wichtigste sind die Zauberkräfte, über die ich persönlich verfüge und die nur durch den Trank wirken. Die üblichen Zutaten sind zerstoßene Froschaugen, eine Prise Schlangengift, ein seltener Pilz, den ich an ganz bestimmten Tagen ernte, verschiedene Kräuter, das Blut eines ungeborenen Kaninchens und andere Beigaben, die mein Geheimnis bleiben.« Sie machte eine Pause und blinzelte mit ihren rot geäderten Augen an ihm vorbei. »Niemand außer mir weiß von dem geheimen Kraut, das bei Vollmond um Mitternacht gepflückt werden muss, von der Zauberformel, die nur von Mund zu Mund an befähigte Zauberinnen weitergegeben wird. Wir weisen Frauen erkennen einander an einem Zeichen, das wir am Körper tragen.« Sie nahm noch einen Schluck des vor ihr stehenden Getränks, dessen Geruch in Sigurds Magen Übelkeit erregte. »Im Umkreis von tausend Meilen gibt es niemanden, der mir das Wasser reichen kann!« Sie lachte und Sigurd erblickte die wenigen gelblichen Stummel, die noch in ihrem fast zahnlosen Kiefer steckten.

»Vertraut mir. Sagt mir den Namen dessen, für den der Trank bestimmt ist. Sonst kann ich Euch nicht garantieren, dass der Zauber wirkt.« Sie wischte ihre sabbernden Mundwinkel mit einem Tuch ab und sah ihn erwartungsvoll an.

Sigurd würgte es in der Kehle. Die Sache musste abgekürzt werden, damit er so schnell wie möglich aus der Hütte kam. Er riss sich zusammen. »Emma«, sagte er, »Emma von Schrockenstein ist der Name des Mädchens. Ein entfernter Verwandter, den sie Oheim Friedhelm nennt, möchte sie heiraten. Aber sie weigert sich.«

Die Alte war bei der Nennung des Namens blass geworden.

Ihre Haut spannte sich wie helles Pergament über die knochigen Wangen. »Emma«, wiederholte sie, die Augen blicklos an die Wand geheftet. »Emma … von Schrockenstein?«

»Was ist Euch, Frau?«, fragte Sigurd wachsam.

»Nichts – nichts«, murmelte die Alte. Sie war zusammengesunken, als hätte sie ein unvermuteter Schlag getroffen. Irgendetwas Unverständliches kam aus ihrem geifernden Mund. Dann fasste sie sich und kicherte leise vor sich hin. »Was für ein Zufall. Ein hübsches Mädchen – ich kenne ihre Mutter gut. Magdalena … ja, ja, die gute Magdalena. Sie wollte das Kind behalten, obwohl es das Zeichen aufwies …« Sie brach ab, als hätte sie zu viel gesagt.

»Was redet Ihr da?«, fragte Sigurd, der aufgehorcht hatte. »Sprecht Ihr von der Emma, die ich kenne? Was für ein Zeichen? Erklärt Euch!«

Die Alte erwachte wie aus einem Traum. »Nichts, nichts – ich rede im Fieber. Fühlt nur«, sie streckte ihm ihre ausgetrocknete knochige Hand hin. »Es geht mir nicht gut …« Ihre Augen waren gerötet, sie sahen durch Sigurd hindurch. »Die Vergangenheit – ich verwechsle die Dinge …«

»Ihr sprachт von einem Zeichen.« Sigurd schob ihre Hand fort, sprang auf und packte die Alte am Kragen ihres Umhangs. »Was soll das bedeuten? Redet!«

»Nichts, ich verwechsle oft Namen und Ereignisse …« Die Alte sah ihn ängstlich von unten herauf an. »Du wirst doch einer alten Frau kein Leid zufügen?«

»Nicht, wenn Ihr redet!« Sigurd zückte einen kleinen Dolch, den er in einem Lederfutter an einem Gurt unter seinem Hemd trug. »Bringt mich nicht in Wut. Wenn es mir einfallen sollte, Euch niederzustechen, wird kein Hahn nach Euch krähen.

Eine kleine Stille trat ein, die Alte schloss kurz die Augen, doch dann blinzelte sie ihn verschlagen an. »Zwanzig Gulden – dann erfährst du die Wahrheit. Und monatlich einen kleinen

Betrag, damit ich leben kann. Das ist nicht zu viel verlangt.«

»Ich werde mit meinem Auftraggeber reden. Aber erklärt mir zuerst, was es mit diesem Zeichen auf sich hat.« Er legte die Finger um ihren Hals und schüttelte sie.

»Halt ein – du bringst mich ja um«, krächzte sie. Dann stieß sie hervor: »Ich rede von einem Hexenzeichen.«

Sigurd ließ sie los und steckte seinen Dolch wieder ins Futteral. »Na also! Warum nicht gleich. An wem hast du es entdeckt, an Emma oder ihrer Mutter? Und wie sieht es aus?« Sigurd ließ den Lederbeutel mit den Silberlingen klingen. »Hier, das werdet Ihr für den Liebestrank bekommen – und dafür, dass Ihr aufrichtig seid.«

»Du stellst viele Fragen auf einmal.« Die Alte griff hastig und gierig nach dem Geldbeutel, den Sigurd schnell zurückzog. »Ich brauche vor allem eine Garantie auf meine jährliche Pension. In gleicher Höhe wie die, die ich von der seligen Herrin von Schrockenstein, Frau Magdalena, bekam.«

Sigurd zögerte. Dieses alte Weib hatte eine Pension von Emmas Mutter bekommen? Warum? Sollte er Friedhelm zuerst fragen, ob er einverstanden war? Doch bis dahin würde es sich die Alte vielleicht wieder anders überlegen. Krank und nur Haut und Knochen, würde sie es ohnehin nicht mehr lange machen und vielleicht bald das Zeitliche segnen. Er besann sich. »Gut, ich verspreche Euch eine regelmäßige Zuwendung, mit der Ihr angenehm leben könnt. Aber redet, sagt mir alles, was Ihr wisst.«

»Es ist schon so lange her«, begann die Alte mit einem Seufzer. »Das Kind, das der Abt vor der Kirchentür fand, trug ein Hexenzeichen.« Sie zog die faltige Stirn zusammen, als fiele es ihr schwer, sich zu konzentrieren. »Ein dunkles Muttermal in Form eines rechtwinkliges Dreiecks am Rücken, genau über dem Steiß. Man sagt, ein solches Wesen sei verflucht und der Teufel selbst habe es ihm vor der Geburt auf den Körper gebrannt. Seine Mutter hat es vermutlich aus diesem Grund ausgesetzt. Der alte Abt Hieronymus brachte es zu mir.« Die Alte stützte den Kopf in die Hand und fuhr sich über die Augen. »Das Wetter war schlecht, die Wege schlammig. Ich hatte Mitleid mit dem armen Wurm und riet dem Abt, es vorläufig zu der Herrin von Schrockenstein zu bringen, deren Kind gerade gestorben war.« Sie machte eine kurze Pause, als müsse sie sich genau an die Geschehnisse erinnern. »Dann wollte sie das Kind nicht mehr hergeben.« Sie sah Sigurd aus ihren wässrigen Augen ausdruckslos an.

Der fuhr sie ungeduldig an: »Und was weiter?«

»Ich wies die Herrin von Schrockenstein darauf hin, dass es Unglück bringe, wenn sie das ausgesetzte Mädchen statt ihres tot geborenen Kindes annimmt. Aber sie wollte nicht auf mich hören. Wäre das Kind bei mir geblieben – ich hätte es die weisen Künste der Zauberei gelehrt.« Sie schien nur noch für sich selbst zu sprechen und ihre Rede verlief in verständnislosem Gebrabbel.

»Sprecht lauter!«, forderte Sigurd mit befehlender Stimme.

Die Alte erschrak und fuhr fort: »Ich willigte des Geldes wegen ein, das sie mir für meine Diskretion bot. Aber jetzt – seit Frau Magdalena nicht mehr lebt, habe ich nichts mehr. Es fehlt mir am Nötigsten. Ich bin alt und gebrechlich, kann meine Arbeit als weise Frau und Hebamme nicht mehr verrichten. Seit ich keinen Heller mehr für mein Schweigen erhalte, hungere ich …«

»Wer wusste außer Euch noch von dem Kindertausch?«

»Niemand«, ächzte die Alte. »Nur Hieronymus, der Abt des Klosters«, sie schloss einen Augenblick die bläulich-knittrigen Lider, »der kürzlich verstorben ist – er und ich wussten davon.«

»Dann … dann«, Sigurd stockte der Atem, »dann ist Emma also gar nicht die rechtmäßige Tochter Ethelberts von Schrockenstein? Sondern ein untergeschobenes Kind? Und Ihr sagt – dass sie … dieses Hexenzeichen trägt? Am Rücken?«

Die Alte nickte. »So ist es. Ein sehr seltenes Muttermal. Überzeug dich selbst, wenn sie es dich sehen lässt.« Sie kicherte heiser. »Aber jetzt entschuldigt mich. Meine Kräfte schwinden.« Sie hustete hohl und tief in der Brust, wankte zum Bett und ließ sich erschöpft hineinfallen.

Sigurd erhob sich, ein zufriedenes Lächeln im Gesicht. Er hatte mehr erfahren, als er erhofft hatte. »Wann kann ich den Trank abholen?«, fragte er.

Die Alte holte tief Atem und stieß mit erstickter Stimme hervor: »In drei Tagen. Und bringt mir die erste Jahresrate des versprochenen Geldes gleich mit. Ich will sie im Voraus.«

Sigurd nickte. »Ihr könnt Euch auf mich verlassen.« Mit diesen Worten griff er nach der wackligen Holztür und trat wieder ins Freie. In großen Zügen atmete er die frische Luft ein nach der abgestandenen im Haus der Alten. Sollte er Friedhelm erzählen, was er soeben erfahren hatte? Nein, nicht sofort, sonst würde er nur wieder alles verderben. In seinem Kopf bildete sich ein Plan und auf seine Lippen trat die Andeutung eines Lächelns. Zuerst musste er den Liebestrank abwarten. Dann würde man weitersehen.

13. Kapitel

Ekart erwachte vom dumpfen Heulen und Pfeifen des Windes, der um das Zelt jagte und es beinahe mit sich fortriss. Er hustete und rang nach Luft. Zwischen seinen Zähnen knirschte es. Er spürte feine Sandkörner auf der Zunge, überall in seinem Mund und bei jedem Lidschlag auch in seinen Augen. Um ihn herum herrschte eine trübe ockergelbe Dämmerung. Er versuchte sich aufzurichten, fiel aber kraftlos zurück. Seine Hände waren gebunden, sein Kopf schmerzte von dem heftigen Schlag, den er erhalten hatte, als er, hinter der Säule versteckt, auf Suleika gewartet hatte. Daran konnte er sich noch erinnern, auch, dass sie um Mitternacht an der Ruine erschienen war. Er hatte noch das Strahlen in ihren dunklen Augen gesehen, als sie den mit im Mondlicht funkelnden Steinen besetzten Schleier vor dem Gesicht zurückschlug. Doch was dann geschah, entzog sich seiner Kenntnis, war wie ein dunkles Loch in seinem Gedächtnis. Jetzt war es jedenfalls Tag. Aber wo befand er sich überhaupt? Wo war Suleika? Die Zeltplane bewegte sich. Ein vermummter Mann mit Turban, in einen Umhang gehüllt, trat ein. Wegen des Sandsturms hatte er einen Schal vors Gesicht gebunden, sodass man sein Gesicht nicht erkennen konnte. Ein Windstoß riss ihm die Plane aus der Hand und fegte einen Schwall Sand ins Zelt, bevor er sie wieder befestigen konnte.

»Wasser«, ächzte Ekart mit rauer Kehle und der Mann ließ ihn aus einem braunen Lederschlauch trinken, in dem sich eine fade, abgestandene Flüssigkeit befand. Ekart schluckte gierig, denn das Wasser befeuchtete wenigstens seine Kehle. Er räusperte sich mehrere Male, bevor er zu sprechen ansetzte. Sein Wächter hatte sich mittlerweile mit gekreuzten Beinen in eine Ecke des Zeltes gesetzt und den Schal abgelegt, den er vor Mund und Nase gebunden hatte. Sein sonnenverbranntes, faltiges Gesicht zeigte keinerlei Regung.

»Wo bin ich?«, fragte Ekart heiser, doch die Antwort blieb aus. Er sah an sich herab. Seine Kleider waren schmutzig, aber intakt, alles andere, seinen Proviantsack, den Geldbeutel und die Urkunde zum Ritter des Heiligen Grabes, hatte man ihm abgenommen. Seltsamerweise befand sich das kostbare Kreuz mit dem Fetzen des Grabtuchs des heiligen Petrus noch um seinen Hals unter seinem Hemd. In seiner Hosentasche knisterte das Schriftstück, auf dem der Jude auf dem Markt ihm gebräuchliche Redewendungen und Dialekte der Gegend aufgeschrieben hatte. Er versuchte, an den Zettel heranzukommen, um seinen Bewacher zu fragen, wo er sei und warum er sich an diesem Ort befinde. Doch wie er sich auch drehte und wendete, seine gefesselten Hände konnten den Zettel nicht erreichen. Draußen tobte der Sandsturm immer heftiger. Der Strick schnitt tief in seine Handgelenke und er versuchte, mit ein paar gestammelten arabischen Worten die Aufmerksamkeit des Wächters auf sich zu lenken. Doch die Miene des Mannes war wie aus Stein gemeißelt. Ekart starrte ihn an. »Wo bin ich?«, wiederholte er immer wieder die eine Frage, ohne auch nur die geringste Reaktion damit hervorzurufen. Er ließ sich zurück auf sein Lager fallen, das aus einer bunt gewebten wollenen Decke bestand. Der Sand drang nun durch alle Ritzen und begann langsam den Boden des Zeltes zu bedecken. Ekart presste sein Gesicht in den Wollstoff, um den erstickenden feinen Staub nicht einatmen zu müssen. Warum hatte man ihn hierhergebracht? Was wollte man von ihm? Nach und nach ließ das Brausen des Sandsturms nach und Stille trat ein. Mit einem Ruck wurde plötzlich die Plane beiseitegerissen. Der Wächter sprang auf und verbeugte sich, so gut es ihm in dem engen Zelt gelang. Vor dem Eingang stand ein kriegerisch wirkender Beduinenfürst in weißer Seidenhose und bunt bestickter Weste. Er trug einen schwarzen Bart und auf seinem Kopf saß ein kunstvoll geschlungener Turban. Die Hand an dem silbernen Griff seines Krummsäbels, musterte er Ekart grimmig und mit strenger Miene. Mit einem Neigen des Kopfes und einem unverständlichen Redefluss befahl er dem Wächter, seine Fesseln zu lösen. Ekart streckte die schmerzenden Glieder und zog als Erstes den Zettel aus der Hosentasche. Von Gesten untermalt, wiederholte er auf Arabisch, Sarazenisch und Jüdisch die immer gleichen Fragen: warum man ihn gefangen genommen habe, wo er sich befinde und was man von ihm wolle. Der Beduinenfürst verzog seinen Mund zu einem spöttischen Lächeln und schüttelte nur den Kopf. Statt einer Antwort trat er einen Schritt zurück und bedeutete ihm, das Zelt zu verlassen. Ekart, dessen Füße eingeschlafen waren, trat gebückt und humpelnd hinaus und sah sich um. Der Wind hatte sich gelegt, aber um ihn herum erstreckte sich eine bizarre Dünenlandschaft mit vom Sandsturm aufgehäuften gelblichen Hügeln, so weit das Auge reichte. Nirgendwo gab es einen Anhaltspunkt, nichts als Sand, Steine und darüber ein bleifarbener Himmel, hinter dem die Sonne glühte. »Frei«, sagte der Beduine und zeigte mit seiner mit kostbaren Ringen geschmückten Hand ins Weite. »Geh!« Er machte eine ausholende Bewegung.

Ekart sah ihn ungläubig an. Der Mann machte sich wohl über ihn lustig. Er tat einige Schritte durch den zähen und tiefen Sand. Mit einer hilflosen Geste blieb er stehen. »Und wohin soll ich gehen? Ich muss nach Jerusalem zurück. Zu meinem

Vater – er ist krank und wartet im Kloster am Berg Zion auf mich. Sagt mir, wer mich hierhergebracht hat – und warum.«

Der Beduine schenkte ihm einen verächtlichen Blick. »Sieh dort«, forderte er ihn auf und wies auf einen Sandhügel, wo eine Gruppe armselig wirkender Nomaden ihre Zelte aufgeschlagen hatten und gerade dabei waren, ihre Habe vom Sand zu befreien. »Geh mit ihnen. Nimm das!« Er warf Ekart einen kleinen grauen Sack vor die Füße, den dieser erstaunt aufhob. Ein paar Münzen befanden sich darin, ein Brotfladen und ein Lederbeutel mit Wasser. Was hatte das zu bedeuten? Bevor er noch darüber nachdenken konnte, versetzte ihm der Beduine einen groben Stoß, sodass er stolpernd in den Sand stürzte. »Verschwinde!«, rief er ihm nach, drohend seinen Krummsäbel aus der Scheide ziehend.

Ekart rappelte sich auf und stapfte mühsam davon. Nach einer Weile blieb er stehen und sah zurück. In der flirrenden Luft erkannte er, wie die Gestalt des Beduinenfürsten hinter einem Sandhügel aus seinem Blickfeld verschwand. Vorsichtig, Stück für Stück und bis zu den Knöcheln in den Sand sinkend, stieg er auf die nächste Erhebung. Oben angelangt, war der Mann wie vom Erdboden verschluckt und auch das Zelt, in dem er gefangen war, konnte er im trüben Licht nicht mehr ausmachen. Sein Wächter musste es blitzschnell abgebaut haben. Er strengte seine von den winzigen reibenden Sandkörnern entzündeten Augen an. In der vom aufgewirbelten Wüstenstaub verwischten fahlen Landschaft erblickte er in einiger Entfernung zwei Kamele. Auf dem einem saß sein Wächter und auf dem anderen, geschmückt mit einem farbigen Baldachin, der Beduine im weißen Gewand. Ekart drehte um und lief rufend auf die Kamele zu. Doch die Tiere hatten sich schon mit wiegendem Gang in Bewegung gesetzt.

»Halt! Bleibt stehen!«, krächzte er, von einem Hustenanfall geschüttelt. »Lasst mich nicht allein zurück! Ich muss nach Jerusalem …«

Die Kamele schritten zügig voran und keiner der beiden Männer wandte sich nach ihm um. Keuchend und durch den weichen Sand behindert, folgte Ekart ihnen ein Stück, bis sie von einer gelblichen Staubwolke verschluckt wurden. Die Kraft verließ ihn und er blieb außer Atem stehen. Die Wüste umgab ihn wie ein unendliches Sandmeer – es gab keinen Weg, keinen Punkt, nach dem er sich richten konnte. Die Bewegung hatte ihn ermattet und die Sonne brannte jetzt wie glühendes Eisen auf seinen unbedeckten Kopf, der eine blutverkruste kleine Wunde aufwies. Er ließ sich in den Sand fallen, doch es war, als hätte er sich auf eine heiße Platte gesetzt.

Hastig sprang er wieder auf. Brennender Durst quälte ihn und er griff nach der Lederflasche in dem Leinensack, die ihm seine Entführer dagelassen hatten. Gierig trank er sie ganz aus, doch das Wasser schien nur wie ein Tropfen auf den heißen Stein zu sein. Wo sollte er sich jetzt hinwenden? Er beschirmte die Augen mit der Hand. Die Hitze lastete wie ein schweres Gewicht auf ihm, doch nirgendwo war Schatten zu finden. Ihm wurde bewusst, dass er so nicht lange durchhalten konnte. Die einzige Hoffnung waren tatsächlich die fremden Nomaden dort unten in der Mulde. Vielleicht konnte er sie um Obdach bis zur nächsten Oase bitten. Sicher kannten sie einen Weg durch diese lebensfeindliche Umgebung.

Zögernd schleppte er sich zurück und näherte sich ihrem Lager. Ein nicht gerade vertrauenerweckendes Grüppchen von der Sonne ausgedörrter wilder Gestalten mit finsteren Gesichtern in schlichten grauen Wollmänteln und Tüchern, als Turbane um den Kopf geschlungen, sah ihm entgegen. Mit Zurufen aus rauen Kehlen waren sie damit beschäftigt, den aufgewirbelten Sand von ihren Zelten zu kehren. Ihre Kamele, die dicht geduckt nebeneinander gekauert hatten, um eine Mauer gegen die peitschenden Sandkristalle zu bilden, erhoben sich jetzt mit einem misstönenden, die Ohren beleidigenden Laut.

Ekart fasste einen Mann im langen gestreiften Umhang mit einem schmutzig grauen Turban ins Auge, der gerade dabei war, ein Feuer zu entfachen. Einige der in löchrige Tücher und Mäntel gehüllten Männer, die ihn bemerkt hatten, starrten ihm misstrauisch entgegen. Sie riefen ihm etwas zu, das Ekart nicht verstand, doch ihre feindseligen Mienen luden nicht gerade zu weiterem Näherkommen ein. Trotzdem lächelte er, winkte und rief ihnen auf Arabisch zu, dass er in friedlicher Absicht käme. Doch sie verstanden wohl nicht, was er meinte. Zwei Männer lösten sich nun aus der Gruppe, stellten sich ihm in den Weg und zogen drohend ihre groben Dolche aus dem Gürtel. Ekart nahm all seinen Mut zusammen. Er durfte jetzt nicht aufgeben. Allein in der Wüste war er rettungslos verloren. Er wollte überleben – nach Jerusalem zurück, zu Suleika. Und zu seinem kranken Vater, der im Kloster auf ihn wartete, elend und allein. Ohne ihn würde er bestimmt zugrunde gehen.

Die Männer musterten ihn eine Weile, doch plötzlich stürzten sie sich auf ihn, warfen ihn zu Boden und entrissen ihm den kleinen Proviantsack. Als sie darin nur seine paar Münzen fanden, durchsuchten sie auch seine Kleider. Das mit Granaten und Smaragden besetzte Kreuz unter Ekarts Hemd ließ ihre Augen aufleuchten. Sie zogen die Kette über seinen Kopf und steckten die kostbare Reliquie ein. Als Ekart sich zur Wehr setzen wollte, prügelten sie so auf ihn ein, dass er glaubte, seine letzte Stunde sei gekommen. Ein Dolchstoß hatte ihn leicht verletzt, zum Glück nur die Haut an der Schulter geritzt. Sein Hemd, die Jacke, sogar seine Schuhe blieben in den Händen der Räuber. Nur mit seiner Hose und einem dünnen Unterhemd bekleidet, banden sie ihm Hände und Füße zusammen, schleppten ihn wie ein Stück Vieh von ihrem Lager fort und legten ihn hinter einem Felsstück in einer Sandmulde ab.

Inzwischen war mit einem Schlag die Nacht hereingebrochen und es wurde empfindlich kalt. Der Himmel spannte einen dunklen Bogen mit blitzenden Sternen über die bizarre Landschaft. Das weiße Licht des Mondes beleuchtete die zusammengekrümmte Gestalt Ekarts, der zitternd vor Kälte im Sand lag. Seine Schulter schmerzte. Die Wunde schien nur oberflächlich zu sein, dennoch war etwas Blut über seinen Oberkörper gelaufen und auf seine Hose getropft. Zähneklappernd sah er zum Nomadenlager hinüber, das in einiger Entfernung vor ihm lag. Diese ärmliche Ansammlung von Dieben und Wegelagerern lebte wahrscheinlich davon, ahnungslose Reisende oder Pilger zu überfallen und auszurauben. Der Duft von Gebratenem und Gekochtem, das sie in einer Pfanne schmorten, zog verlockend zu ihm herüber. Nagender Hunger quälte ihn und der Durst ließ ihn beinah den Verstand verlieren. Zweifellos würde er hier an dieser Stelle elend zugrunde gehen oder das Opfer wilder Tiere werden, wenn die Nomaden im Morgengrauen weiterzogen. Er hatte beobachtet, dass sie bereits ihre Habe in Bündel gepackt und auf einen Haufen gelegt hatten, um sie bei Tagesanbruch auf die Kamele zu laden. Für diese Männer war sein Leben nicht das Geringste wert und er spürte mit Bitterkeit die Aussichtslosigkeit seiner Lage. Jetzt konnte er nichts weiter tun, als seinen Geist zu einem stummen Gebet zu erheben und Gott um Hilfe zu bitten. Hieß es nicht, dass ein Ritter vom Heiligen Grab Christi unter Gottes besonderem Schutz steht? Aber würde Gott ihn hier in der Wüste, ohne Aussicht auf Rettung, erhören? Er betete inbrünstig, so innig er es vermochte, und grub sich tief in den Sand, als könnte er sich so vor der Kälte der Nacht schützen.

Ein leichter Schlummer überfiel ihn, aus dem er durch das durchdringende Geheul von Kojoten erwachte. Im Nomadenlager hatte man sich inzwischen zur Ruhe begeben und nur ein einzelner Wächter saß vor dem Feuer, das die Tiere davon abhalten sollte, sich den Zelten zu nähern. Das Jaulen der Kojoten drang jetzt immer deutlicher durch die Nacht. Von plötzlicher Furcht erfüllt, fragte sich Ekart, ob sie das frische Blut rochen, das sich an seiner Schulter, an seiner Hose befand. Er hob den Kopf und sah, dass der Wächter im Feuer stocherte, das heller aufloderte. Nackte Angst überflutete ihn, ließ ihn hellwach werden und jede Faser seines Körpers anspannen. Sollte er sich bei lebendigem Leib von einem Rudel Kojoten zerreißen lassen? Wenn er wenigstens eine Waffe hätte – seine Hände frei wären! Doch mit gebundenen Händen und Füßen konnte er nicht einmal davonlaufen und war den Bestien hoffnungslos ausgeliefert. Er beobachtete den Wächter, neben dem ein Dolch, eine Art Lanze und ein Säbel lagen. Sein Hirn arbeitete fieberhaft und suchte nach einer Lösung, während das bedrohliche Winseln und Heulen um ihn herum näher kam und deutlicher wurde.

Wenn er den Nomaden nur klarmachen könnte, dass sein Leben vielleicht ein hohes Lösegeld wert wäre! Dass sein Vater jeden Preis zahlen würde und dass er einen Teil seines Geldes in Jerusalem bei einem Vertrauensmann deponiert hatte. Ganz sicher würde sie das umstimmen.

All seine Muskeln anspannend, versuchte er, einige Meter in Richtung des Lagers durch den Sand zu robben. Er spürte, wie sich seine Fesseln durch das Scheuern der Sandkörner ein wenig lockerten. Die Anstrengung seines Körpers ohne Wasser, ohne Nahrung raubte ihm den Atem und er musste schon nach kurzer Zeit innehalten. Aber die Angst beflügelte ihn und jeder Meter vorwärts war ein Sieg über sich selbst.

Das Feuer kam näher, der Posten im Halbschlaf hatte ihn bis jetzt nicht bemerkt. Seine gelockerten Handfesseln lösten sich, indem er sie an einem Stein, der im Weg lag, geduldig aufgescheuert hatte. Nun konnte er auch die Stricke um die Füße abstreifen. Er hielt einen Augenblick inne, um seinen keuchenden Atem zu beruhigen. Der Krummsäbel neben dem Wächter wäre seine Rettung.

Er kroch weiter, hinter ihn, so nahe wie möglich. Das leiseste Geräusch konnte ihn jetzt verraten. Schon streckte er den Arm nach der Waffe aus, da warf sich der Wächter blitzschnell über ihn und schaffte es nach kurzem Ringen, seine Arme auf den Rücken zu drehen und ihm die Spitze seines Dolches an die Kehle zu setzen. Ekart gab auf. Über sich sah er das von der Sonne verbrannte Gesicht des Nomaden, seine gefährlich aufblitzenden Augen und sein triumphierendes Lächeln. Sollte der Kerl ihn ruhig umbringen, das war besser, als von wilden Tieren zerfleischt zu werden oder vor Durst und Hunger in sengender Hitze im Sand zu verenden.

Zu seiner Überraschung ließ der Mann ihn jedoch so unerwartet los, dass er taumelte. »Was suchst du hier? Wer bist du?«, sagte er zu seiner Überraschung in Ekarts Muttersprache. »Du solltest dich lieber nicht mit alten Wüstenfüchsen anlegen. Diesen Kampf wirst du immer verlieren.«

»Ich möchte nicht mit Euch kämpfen. Ich bin ein Pilger – Ritter vom Heiligen Grab Christi«, erklärte Ekart verdutzt.

Der Mann lachte leise auf und warf ihm eine Decke zu. »Hab ich's mir doch gedacht. Aber das wird dir hier in der Wüste nicht viel nützen. Leg dir das da über die Schultern. Du zitterst ja zum Erbarmen.« Als Ekart sich dankbar in die Decke wickelte, reichte er ihm seine Lederflasche. »Hier, trink! Vergorener Feigen- und Kakteensaft. Das bringt dich wieder auf die Beine!«

Ekart trank in großen Schlucken von dem scharfen und zugleich süßlichen Saft. Leichter Schwindel erfasste ihn, aber er fühlte, wie mit einem Mal neue Wärme durch seinen Körper strömte.

»Als Ritter hattest du übrigens recht wenig Brauchbares bei dir. Nicht einmal ein Schwert. Mit solchen Leuten machen wir meist kurzen Prozess.« Er vollführte die Geste des Halsabschneidens und grinste dazu.

»Das habe ich gemerkt.« Ekart wickelte sich dichter in das Wolltuch. »Aber – wer bist du? Was machst du in dieser rauen Gesellschaft, bei diesen Räubern und groben Kerlen?«

»Was ich hier mache?« Er zuckte die Achseln und starrte ins Feuer. »Das siehst du doch. Ich überlebe in diesem wilden Land. Die Nomaden sind meine Freunde geworden. Was nützen Stolz und Ehre, wenn man ein toter Mann ist? Ich habe alles verloren – aber das ist eine andere Geschichte.« Er lachte und zwinkerte Ekart zu. »Hier bin ich Al Hadi – mein wirklicher Name ist Hartmut von Birkheim. Ich war der Knappe eines Ritters, den man im Heiligen Land ausgeraubt und getötet hat. Ich konnte nur überleben, weil ich das Handwerk und die Sprache dieser wilden Gesellen gelernt habe. Sie mögen mich und halten mich mittlerweile für einen der Ihren. Ich bin mutig und habe schon einige Kämpfe siegreich bestanden. Andere würden es Raubzüge nennen, aber das stört mich nicht. Dieses unstete Leben gefällt mir. Jedenfalls für eine Weile.« Hartmut alias Al Hadi nahm seinen Turban ab und lange rotblonde Strähnen kamen darunter hervor.

»Ich kann kaum glauben, was du mir da erzählst.« Ekart richtete sich auf und sah in die hellen grüngrauen Augen seines Gegenübers, die aus dem braun verbrannten Gesicht leuchteten, das dem der anderen Männer glich. »Aber ich bin sehr erleichtert, dich hier zu treffen. Ich glaubte mich schon verloren.«

»Keine Sorge, ich hatte bereits geplant, dich zu befreien. Aber der Moment war noch nicht gekommen.« Er legte den Finger auf die Lippen. »Leise! Wir müssen sehr vorsichtig sein.« Spähend sah er sich um. »Unser Anführer ist nicht gut auf Leute wie dich zu sprechen. Du hast nichts eingebracht – und dich auch noch gewehrt.«

»Man hat mich aus Jerusalem verschleppt und hier ausgesetzt«, flüsterte Ekart hastig.

»Verschleppt? Wieso?«

»Eine Liebesgeschichte. Die Tochter eines Emirs. Suleika. Wir lieben uns …« Er sah verklärt ins Feuer.

Al Hadi schüttelte den Kopf. »Ritter vom Heiligen Grab – und die Tochter eines Emirs? Das musste doch schiefgehen.«

Ekart seufzte, statt zu antworten. »Hast du nicht etwas zu essen für mich? Ich sterbe vor Hunger.«

Al Hadi griff nach einem Spieß, der neben dem Feuer lag. Etwas Schwärzliches mit einem Ringelschwanz, an dem kleine Füße grotesk abstanden, war daran aufgespießt. »Hier, das ist alles, was noch übrig ist.«

Ekart wich voller Ekel zurück. »Eine Ratte?«

»In der judäischen Wüste darfst du nicht zimperlich sein. Wir essen alles, was sich bewegt. Um Feuer zu machen, nehmen wir vorzugsweise getrockneten Kameldung. Er stinkt, brennt aber besonders gut.« Er wies auf die Ratte. »Du solltest sie mal probieren. Gebraten und gewürzt schmeckt sie wie jedes andere Fleisch. Manchmal fangen wir auch Heuschrecken. Wir rösten sie über dem Feuer.«

Ekart schluckte und zögerte einen Moment. Der Hunger wütete in seinem Gedärm. Er schloss die Augen, zupfte etwas aus der gerösteten Masse und steckte dann einen Bissen nach dem anderen in den Mund. Tatsächlich, das war nicht einmal schlecht. Er spuckte die feinen Knöchelchen aus. Al Hadi reichte ihm ein Stück Fladen. »Das Mehl ist aus getrockneter und fein gemahlener Kasaba, einer Wurzel, deren Strünke wir als Proviant mit uns führen.«

Ekart nickte. Nichts konnte ihn in diesem Land noch überraschen. Allerdings fühlte er sich schon sehr viel besser; das Feuer, die Decke und das seltsame Gebräu wärmten ihn und die Mahlzeit hatte seinen Magen beruhigt.

»Ich frage mich gerade, mit welcher Begründung wir dich mitnehmen könnten«, murmelte Al Hadi vor sich hin. »Natürlich müsste ich für dich bürgen …«

»Ich stelle mich als Geisel zur Verfügung«, fiel ihm Ekart ins Wort. »Euer Anführer könnte von meinem Vater Lösegeld verlangen, wenn ihr mich wieder in Jerusalem abliefert. Vater hat einen Teil seines Geldes beim Abt des Klosters auf dem Berg Zion deponiert. Wir haben bei den Mönchen gewohnt. Ganz sicher wird er zahlen, was ihr verlangt.«

Al Hadi zog nachdenklich die Augenbrauen zusammen. »Keine schlechte Idee. Warum nicht? Aber Jerusalem liegt nicht auf unserem Weg. Wir wollen nach Jericho und ziehen durch das Wadi Qelt zum Sankt-Georg-Kloster von Choziba.«

»Zu einem Kloster?«

»Ja. Es ist zwar nur noch eine halbe Ruine, aber unbewohnt. Für unsere Zwecke ist es sehr gut geeignet, weil Quellen in seiner Nähe sind und es an einem steilen Felshang liegt.«

»Welchem Orden gehörte dieses Kloster?«

Al Hadi zuckte die Schultern. »Das kann ich dir nicht sagen. Ich weiß nur, dass es vor Jahrhunderten von den Persern zerstört wurde. Sie ermordeten die Mönche. Später haben die Kreuzfahrer versucht, es wiederaufzubauen und zu besiedeln. Aber als sie von dort vertrieben wurden, verfiel es erneut.«

»Und was macht ihr dort?«

»Kannst du dir das nicht denken? Das Sankt-Georg-Kloster liegt in der Nähe eines wichtigen Handelswegs, etwa eine Tagesreise von Jerusalem entfernt. Vor einer Oase, an einer ganz bestimmten Stelle, lauern wir den Handelskarawanen auf. Die Leute rechnen dort nicht mit einem Überfall und sind kaum bewaffnet. Die Beute unserer Raubzüge schleppen wir mit Eseln ins Kloster und lagern sie dort, bis wir sie auf den Märkten verkaufen können.«

»Was? Das sagst du so einfach dahin?«, fragte Ekart entsetzt. »Ihr überfallt Unschuldige, um ihnen ihren Besitz zu rauben und ihn dann zu verkaufen? Findest du das etwa richtig?«

»Warum nicht?«, erwiderte Al Hadi gleichmütig und

spuckte auf den Boden. »Solange ich mit den Nomaden ziehe, bin ich einer von ihnen.«

»Was hatten deine Freunde eigentlich mit mir vor?«, fragte Ekart mit einem unguten Gefühl.

»Oh, das Übliche.«

»Und was ist das?«

»Sie wollten dich auf dem Sklavenmarkt anbieten. Da bringst du sicher was ein.«

Ekart fuhr erschrocken zurück. »Das musst du verhindern, du musst mich retten! Wir sind doch Landsleute.«

Al Hadi seufzte. »Nun, ich schlage vor, dass wir es so machen, wie du gesagt hast. Wir schicken also einen Boten zu deinem Vater nach Jerusalem, während du im Kloster Sankt Georg auf ihn wartest. Falls der Bote mit dem Lösegeld zurückkommt, bist du frei. Falls nicht …« Er machte eine kleine Pause. »Ob unser Anführer allerdings damit einverstanden ist, kann ich dir nicht versprechen.«

»Und … wie weit ist es von hier noch bis zu diesem Wadi Qelt?« Ekart sah ihn verständnislos an. »Ich habe ja nicht einmal eine Ahnung, wo wir uns befinden.«

Ald Hadi lachte leise. »Nur ein paar Stunden. Wir lagern jetzt zwischen Jerusalem und Jericho.« Er warf noch ein paar Stücke Kameldung ins Feuer. »Es ist besser, wenn du nun wieder verschwindest. Ich werde gleich abgelöst. Ein anderer übernimmt die Wache für den Rest der Nacht. Ich möchte nicht, dass er dich hier findet, bevor ich dem Anführer alles erklärt habe. Auf jeden Fall werde ich ein gutes Wort für dich einlegen. Bleib in der Nähe – ich gebe dir ein Zeichen.« Er besann sich. »Halt! Hast du irgendetwas bei dir, womit wir deinem Vater beweisen können, dass du wirklich in unserer Hand bist?«

Ekart überlegte kurz, dann nahm er ein mit seinem Monogramm besticktes Schnupftuch aus der Tasche und reichte es Al Hadi, der es von allen Seiten besah, bevor er es einsteckte.

»Sehr hübsch. So etwas habe ich früher auch einmal besessen.«

»Darf ich die Decke behalten?«, fragte Ekart und erhob sich. Er fühlte sich von dem gegorenen Kakteengetränk halb berauscht. Schläfrigkeit ließ seine Lider schwer werden.

Al Hadi nickte. »Geh jetzt. In ein paar Stunden wird es hell – dann sehen wir weiter.« Er zögerte kurz, dann reichte er ihm den groben Dolch, der neben ihm lag. »Hier, nimm das, für alle Fälle. Aber lass meine Nomadenfreunde in Ruhe, egal, was geschieht und wie sie dich behandeln. Sonst hat dein letztes Stündlein geschlagen und ich kann dir auch nicht mehr helfen.«

Wie betäubt von dem Gehörten taumelte Ekart mehr, als er ging, durch den Sand, die Decke fest um die Schultern geschlungen, den Dolch im Gürtel. In seiner Mulde, von der aus er das Lager der Nomaden im Blick hatte, ließ er sich wieder in den Sand fallen. Ein kühler Wind wehte unablässig, aber die Decke bot ihm Schutz. Auch die Kojoten schienen sich verzogen zu haben. Dennoch war sein Schlaf oberflächlich und unruhig. Immer wieder schreckte er hoch, aus Angst vor wilden Tieren und den Nomaden. Laute Stimmen weckten ihn in der Morgendämmerung. Ein heller roter Streif am Horizont kündigte die Sonne und einen neuen Tag in der grenzenlosen Weite der wellenförmigen Sandlandschaft an, dessen Eintönigkeit das Auge ermüdete. Er sah zum Lager hinüber, wo die Nomaden die Kamele und einige Esel bereits beladen hatten. Ob Al Hadi ihn vergessen hatte? Oder war der Anführer mit einer so komplizierten Übergabe eines Lösegeldes nicht einverstanden? Das Herz klopfte ihm plötzlich bis zum Hals. Hier ging es für ihn um Leben oder Tod. Aufgeregt beobachtete er, wie die Kamele sich in Bewegung setzten und in rhythmischem Tempo davonschritten. Er wartete und wartete, bis zum Äußersten angespannt. Jetzt musste sich einer von den Männern umdrehen, Al Hadi ihm einen Wink geben. Doch nichts geschah. Das erste der Kamele hatte bereits die oberste Sanddüne erreicht. Ekart stieß einen lauten Schrei aus, den der Wind verschluckte, und begann zu rennen, so schnell er konnte.

***

Sigurd hatte den Liebestrank von der Kräuterfrau erhalten, doch wie vorausgesehen, zeigte er, beigemischt in Wein oder Suppe, bei Emma nicht die erwünschte Wirkung. Friedhelm, der mit Sigurd unter dem Vorwand, Emma zu beschützen, ungebeten in die Burg zurückgekehrt war, belauerte ihr Verhalten und wurde immer wütender, je ablehnender sie ihn behandelte. Er hatte sich auf Schrockenstein eingerichtet, als wäre es schon sein Zuhause. Und obwohl Emma ihn wiederholt aufgefordert hatte abzureisen, überhörte er dies geflissentlich. Kürzlich hatte sie ihm sogar gedroht, ihn vom Stadtbüttel mit Gewalt von der Burg weisen zu lassen, wenn er nicht binnen einer Woche verschwunden wäre. Doch Friedhelm stellte sich taub und brütete Tag und Nacht darüber, wie er Emma umstimmen und gewinnen konnte.

Nachdem Sigurd mit der Kräuterfrau gesprochen und ihr die Pension zugesagt hatte, überlegte auch er, wie er vorgehen sollte, um den größten Vorteil für sich herauszuholen. Erst einmal wollte er sich zum Kloster begeben, um herauszufinden, ob dort jemand von dem Handel mit dem vertauschten Kind wusste. Dann musste er feststellen, ob das Muttermal auf Emmas Rücken, das ein Hexenzeichen sein sollte, wirklich existierte. Im Dorf gab es eine Frau, die Emma während ihrer Krankheit gepflegt hatte, eine Kreszentia Wolfbauer, die konnte ihm vielleicht weiterhelfen. Gleich am nächsten Tag sprach Sigurd bei ihr vor. Die ehemalige Gefängnisinsassin wohnte in einem stinkenden Loch ohne Fenster im Untergeschoss eines halb verfallenen Hauses und half beim Reinigen in der Garküche eines Fleischers. Wegen der Pflege der Pestkranken hatte sie eine Weile in Isolation gelebt, doch dann war es ihr erlaubt worden, sich wieder unter Menschen zu zeigen.

»Bist du die Kreszentia Wolfbauer?« Sigurd musste zugeben, dass die Frau, die vor ihm stand, auf den ersten Blick äußerst abstoßend wirkte. Sie war ungepflegt, stank nach altem Schweiß und ihre Behausung war so schlicht, schmutzig und kalt wie die Gefängniszelle, in der sie so lange gelebt hatte. »Ich hörte, du hättest oben auf der Burg einmal jemanden gepflegt«, begann Sigurd mit aller Vorsicht.

Verschlagen sah sie zu ihm auf. »Ja und? Habt Ihr etwas dagegen? Es wollte ja niemand außer mir die Drecksarbeit machen. Man hat mich ausgenutzt und dann hinausgeworfen. Wer seid Ihr überhaupt?«

»Sigurd … von Hunoldstein. Du bist doch eine verständige Frau. Ich wollte dich für einen kleinen Handel gewinnen.«

»Handel?«, wiederholte Kreszentia. Eine Spur von Interesse trat in ihre Augen. »Was meint Ihr damit?« Sie trat näher und Sigurd wich vor ihrem Atem zurück, der nach billigem Fusel roch. Sein Blick wanderte zum Tisch, auf dem eine bauchige Flasche Zeugnis von ihrer Vorliebe für Schnaps ablegte. Er räusperte sich. »Es geht um ein paar Dinge, die ich gerne erfahren würde. Vielleicht kannst du mir helfen.«

Die ehemalige Pflegerin verschränkte die Arme vor der Brust ihres schmutzigen Kleides. »Wenn es sich lohnt …«, lauernd sah sie zu ihm auf, »helfe ich gerne.«

»Fünf Silberlinge wären dein! Wenn es das ist, was ich wissen will, lege ich noch einen weiteren darauf.«

»Nun redet endlich, um was geht es?« Die halb unter den faltigen Lidern verborgenen Augen unbestimmbarer Farbe leuchteten kurz auf.

»Du hast Emma von Schrockenstein auf der Burg gepflegt, als sie krank war – und sie sicher auch gewaschen.«

Wichtigtuerisch warf die Frau den Kopf zurück. »Was denkt

Ihr? Sie hatte sich erbrochen und alles unter sich gelassen. Ich kann Euch sagen – es war kein Kinderspiel! Das hätte niemand außer mir gemacht. Aber ich habe nur Undank geerntet …«

»Gut«, unterbrach sie Sigurd. »Halten wir fest: Du hast sie also gewaschen – und unbekleidet gesehen?«

Sie nickte. »Das kann man wohl sagen. Oder habt Ihr schon mal jemanden in Kleidern gewaschen?« Sie blickte ihn herausfordernd an.

»Werd nicht frech, Weib!«, fuhr Sigurd ärgerlich auf. »Antworte einfach auf meine Fragen.«

»Nur zu, Herr. Ich bin ganz Ohr.«

»Hast du … ich meine, hast du an ihrem Körper etwas Auffallendes bemerkt?«

Kreszentia dachte kurz nach, dann schüttelte sie den Kopf. »Was soll ich Auffallendes bemerkt haben? Ein zarter Körper mit weißer Haut, wohlgebildet. So war auch ich, einst«, sie warf sich in die Brust, »als junges Mädchen. Ich war schön«, flüsternd näherte sie sich Sigurd, »die Männer haben mich begehrt und mit den Augen verschlungen …«

Angewidert schob Sigurd sie von sich. »Das interessiert mich nicht. Reiß dich zusammen, denk nach. Gab es etwas Ungewöhnliches – ein Muttermal vielleicht?«

»Ach, das meint Ihr. Ja, ja, sie hatte so ein dunkles Mal auf dem Rücken. Ich bin sehr darüber erschrocken. Weil ich so etwas schon einmal bei einer verurteilten Hexe gesehen habe.«

»Bei einer Hexe? Denk nach«, drängte Sigurd. »Welche Form hatte es?«

»Nun – es war sehr auffällig.«

Ungeduldig unterbrach Sigurd sie. »Du verstehst mich nicht. Ich meine, die Form dieses Muttermals.«

Die Frau zog die Stirn zusammen und schob die struppigen grauen Strähnen zurück, die ihr ins Gesicht gefallen waren. Sie zeichnete mit dem Finger ein Gebilde in die Luft. »Es ist groß.«

Dann flüsterte sie ihm vertraulich zu: »Wie ein Dreieck.«

»Ein rechtwinkliges Dreieck?«, fragte Sigurd erfreut. »Das ist ein Hexenzeichen. Ich habe eine Abbildung davon in dem Buch *Höllenzwang* gesehen. Es handelt von schwarzer Magie.«

»Ich habe gleich gewusst, dass es ein Hexenzeichen ist«, erwiderte Kreszentia mürrisch. »Aber niemand hat mir geglaubt.«

Sigurd rieb sich die Hände. »Es heißt, der Teufel würde ein Kind schon bei der Geburt auf diese Weise markieren. Ist es nicht so?«

Kreszentia nickte. »Ja, genau das habe ich gedacht, als ich es sah.«

»Du könntest also vor Gericht beschwören, dass Emma von Schrockenstein ein Hexenzeichen auf dem Rücken trägt? Eines, das der Teufel ihr bei der Geburt zugefügt hat?«

»Halt, halt. Von schwören habt Ihr nichts gesagt. Und von Richtern hab ich mein Lebtag genug. Mit denen will ich nichts mehr zu tun haben.«

»Auch nicht für ein Dutzend Dukaten extra?«

»Darüber ließe sich reden. Was wollt Ihr, dass ich sage?«

»Nichts weiter, als dass du erkannt hast, dass sie eine Hexe ist, und deshalb fluchtartig die Burg verlassen hast. Vielleicht hast du ja auch bemerkt, dass sie ...«, Sigurd überlegte einen kurzen Moment, »dass sie des Nachts herumwandert – Beschwörungen flüstert, mit dem Teufel im Bunde ist? Hast du sie zu ihm beten hören?«

»Ja, ja. Ich sage alles, was Ihr wollt und was die Richter hören wollen. Ich sah sie also nachts bei Vollmond auf den Knien den Teufel anbeten. Danach herrschte starker Schwefelgestank auf der Burg, den ich mit Räuchermitteln zu bekämpfen suchte. Passt das so? Von wie vielen Dukaten und Silberlingen spracht Ihr?«

»Ein Dutzend«, Sigurd sah sie fest an, »wenn alles klappt.

Du bekommst das Geld aber erst, wenn du ausgesagt hast. Kann ich mich auf dich verlassen?«

»So wahr, wie Emma von Schrockenstein eine Hexe ist.« Ein hämisches Grinsen trat auf ihr Gesicht und entblößte das schadhafte Gebiss, in dem einige der braungelben Zähne fehlten. »Ich wusste, ich würde dieser Schlampe eines Tages heimzahlen können, was sie mir angetan hat. Doch halt!« Sie ergriff Sigurds Arm, der sich umwenden wollte. »Wartet! Da fällt mir noch etwas ein, was Euch interessieren könnte. Der Mann, den sie beherbergte, war ein Ketzer. Ich sah, wie er die Marienstatue fortgeräumt hat, die sich im Zimmer des Herrn von Schrockenstein befand, der auf Pilgerfahrt war. Und ich habe eine Unterhaltung der beiden belauscht, bei der er ihr erklärte, dass man die Form der Religion ändern müsse, dass die Heiligen und die Jungfrau Maria Menschen wie alle anderen seien und man sie nicht verehren dürfe.«

»Skandalös«, stieß Sigurd mit künstlicher Empörung hervor. »Das muss gemeldet werden. Wer war dieser Mann? Wie heißt er?«

Kreszentia zuckte die Schultern. »Ich weiß nicht. Habe auch nicht darüber nachgedacht. Die Herrin nannte ihn Wolfram. Er war brutal und hat mich geschlagen.«

»Deine Patientin hatte also eine verbotene Buhlschaft auf der Burg mit einem Ketzer namens Wolfram?«

»Ja, so war es«, bestätigte die ehemalige Pflegerin.

»Hör mir gut zu! Du musst vor Gericht alles so wiederholen, wie du es mir jetzt gesagt hast, verstehst du? Und nichts auslassen.«

»Natürlich, Herr. Aber nun einen kleinen Vorschuss.« Sie streckte die Hand mit den schmutzigen Fingernägeln aus und Sigurd zahlte ihr ein paar Silberlinge und einen Dukaten hinein. »Den Rest bekommst du später.« Er wandte sich um und sagte beim Hinausgehen: »Du hörst von mir.«

Kreszentia blickte ihm durch die schmierige Fensterscheibe nach. »Jetzt bekommt sie ihre Strafe dafür, dass sie mich aus dem Haus gejagt hat«, murmelte sie voller Genugtuung. »Und es ist nicht einmal eine Lüge: Ich habe das Hexenzeichen mit eigenen Augen an ihr gesehen.«

***

Sein Pferd zum Galopp spornend, konnte Sigurd nicht schnell genug die Burg erreichen. Er sprengte über die Zugbrücke und durch den äußeren zum inneren Hof, wobei sich die Knechte nur mit beherzten Sätzen vor ihm in Sicherheit bringen konnten. Erst dort saß er ab und warf die Zügel dem Stallburschen zu. Eine Mischung aus Wut und Eifersucht tobte in ihm. »Dir werde ich es zeigen …«, zischte er zwischen den Zähnen. »Du Hure! Mich zurückweisen und es dann mit einem Ketzer treiben!« Noch außer Atem, riss er die Tür zum Rittersaal auf und fand Friedhelm nach dem Genuss eines Humpen Biers friedlich schnarchend vor dem Kaminfeuer. Dieser träge Saufbold! Ausgerechnet ein Mann wie er wollte ein junges Mädchen wie Emma heiraten.

Aber zuerst musste er sich sofort und mit eigenen Augen von der Wahrheit der Worte Kreszentia Wolfbauers überzeugen. Dann hatte er Emma in der Hand. Ohne groß zu überlegen, stürmte er die Treppe zu ihrer Kemenate empor. Sie sah verwundert auf, als er ohne anzuklopfen die Tür aufriss und plötzlich vor ihr stand. Der wilde Blick, das düstere Feuer, das in seinen Augen glomm, die gierig über ihre Gestalt glitten, erschreckten sie. Rasch raffte sie das leichte Seidenkleid, das sie wegen der warmen Temperaturen trug, über der Brust zusammen und griff nach ihrem pelzbesetzten Umhang. »Was fällt Euch ein«, fuhr sie Sigurd an, »ohne anzuklopfen in mein Zimmer einzudringen! Was wollt Ihr?«

Um Sigurds Mund spielte ein feines, triumphierendes Lächeln. »Schickt die Magd hinaus«, verlangte er. »Ich habe unter vier Augen mit Euch zu reden. Es geht um … etwas sehr Wichtiges.«

Nach kurzer Überlegung schickte Emma das Mädchen fort, das sie in letzter Zeit immer um sich hatte. Aber was konnte so wichtig sein, dass Sigurd allein mit ihr sprechen wollte? »Was gibt es?«, fragte sie reserviert und mit erhobenem Kopf.

»Ich bin gekommen, dich etwas zu fragen«, erwiderte Sigurd, ins vertrauliche Du wechselnd. Er trat auf sie zu und zog ihr mit einem überraschend brutalen Griff den Umhang von den Schultern. »Was ist, Emma? Warum erschrickst du vor mir?« Seine Stimme klang weich und beinahe zärtlich. »Du warst doch früher auch nicht so zimperlich.«

»Rühr mich nicht an, oder ich schreie.« Emma hob den Umhang auf und wich zurück.

Doch Sigurd folgte ihr. »Ich rate dir, ganz ruhig zu bleiben. Ich habe von deinem Geheimnis erfahren. Gut, dass Friedhelm es noch nicht kennt.«

»Was soll der Unsinn! Welches Geheimnis?«

Er wandte sich zur Tür und drehte den Schlüssel im Schloss herum. Dann kam er wieder zu ihr und fuhr ihr sanft über die Wange. »Spiel doch nicht die Unschuldige, du kleine Hexe. Du hast mich von Anfang an verzaubert. Jetzt weiß ich allerdings auch, warum.«

Emma schob seine Hand fort und warf den Kopf zurück. »Hör auf damit, Sigurd. Die Zeit ist längst vorbei, in der du mich mit solchem Geschwätz beeindrucken konntest. Es wäre dir sicher nicht recht, wenn ich deinem Vater erzählte, was du dir mir gegenüber erlaubst.«

»Das wirst du besser nicht tun. Komm, küss mich!« Er versuchte, sie an sich zu ziehen, doch Emma riss sich mit einem leisen Schrei los und floh in die andere Zimmerecke.

»Geh endlich, verschwinde!«, rief sie. »Ich schreie sonst, so laut ich kann.«

Sigurd lachte auf und folgte ihr. »Tu das. Aber du kannst mir nicht mehr entkommen, süße Emma. Du bist ein Bastard genau wie ich. Deine eigene Mutter hat dich ausgesetzt, weil du ein Hexenzeichen am Körper trägst. Aber jetzt habe ich dich in der Hand und werde deinen Zauber auf ganz gewöhnliche Art und Weise brechen.« Er wurde plötzlich ernst und seine Stimme nahm einen dunkel drohenden Ton an. »Und wenn du mir nicht zu Willen bist, liefere ich dich dem Büttel aus.«

»Dem Büttel? Was ist das für wirres Zeug! Bist du betrunken?« Entsetzt, mit weit aufgerissenen Augen sah Emma ihn an.

»Ich bin so nüchtern wie nie zuvor in meinem Leben. Und ich brenne vor Sehnsucht nach dir.« Er kam ihr jetzt ganz nahe. Langsam fuhr seine Hand über ihren Hals und die Schultern, wo er ihr Kleid zurückzog. Dann umfasste er ihre Taille. »Ich hole mir jetzt, was du mir bisher verweigert hast.«

Bevor Emma ihn noch zurückstoßen konnte, hatte er sein Schwert gezogen und mit seiner Spitze die Schnürbänder zerschnitten, die ihr Mieder zusammenhielten. Mit einem rauen Griff riss er ihr es mitsamt dem Unterkleid vom Leib.

Emma ließ es wie erstarrt geschehen. Sie sah an sich herab. Ihre Brüste zitterten unter dem zerrissenen Hemdchen, das noch an einem Träger hing und mehr preisgab, als ihr lieb war. »Bist du jetzt völlig verrückt geworden?«, stieß sie hervor und versuchte, ihre Blöße mit den Händen zu bedecken.

Sigurd betrachtete sie mit leichtem Zungenschnalzen. »Ich vergaß ganz, wie schön du bist. Dabei habe ich oft an dich gedacht, von dir geträumt. Und bevor du diesen alten Hurenbock Friedhelm heiratest, würde ich dir gerne noch zeigen, wie schön die Liebe mit einem Mann wie mir ist.« Er ließ das Schwert zu Boden fallen und zog sie grob an sich.

»Friedhelm wird dich umbringen, wenn er erfährt, was

du da tust …«, keuchte Emma, die sich nach Kräften gegen ihn wehrte. Sie wollte schreien, doch Sigurd erstickte ihre Stimme mit einem stürmischen Kuss.

Dann legte er die Hand auf ihren Mund, zwang sie mit ausgebreiteten Armen zu Boden und legte sich auf sie. Sie stöhnte dumpf unter seinem Gewicht. Ihre Hand tastete umher, doch sie fand nur einen ihrer hölzernen Überschuhe, der ihr vom Fuß geglitten war. Sie ergriff den eckigen Absatz, packte ihn wie eine Waffe und schlug ihn Sigurd, der seine Hände gerade gierig über ihre Hüften zu ihrem Schoß gleiten ließ, mehrmals auf den Kopf. Er hielt inne und starrte sie verwundert an. Der Schlag war heftig gewesen und die Eisenschnalle des Schuhs hatte ihm ein Stück weit die Haut aufgerissen. Mit der Hand fuhr er zum Kopf und fühlte, wie das Blut aus einer kleinen, oberflächlichen Wunde über seine Stirn ins Gesicht rann. »Du verdammte kleine Teufelin!«, schrie er wütend. »Das wirst du bereuen.« Er riss sie hoch, packte sie und warf sie bäuchlings auf die Bettstatt. »Du raffinierte Hexe!« Die Wut über die kleine Verletzung schien ihn noch mehr anzufeuern, ja beinahe rasend zu machen. Sein hübsches Gesicht verzerrte sich zu einer Grimasse. Er presste Emmas Kopf so fest in ein Kissen, dass ihre Schreie darin erstickten und sie nach Luft ringen musste. Er schob ihren Rock hoch, entblößte sich und drang mit einem Triumphgefühl gewaltsam in sie ein. Doch überwältigt von seinem Begehren, sie endlich zu besitzen, hatte er schon nach kurzer Zeit den Akt vollendet und ließ sich schwer atmend zur Seite fallen. Rasch erhob er sich, zog seinen Hosenbund zu und ordnete seine Kleidung.

Emma hob tränenblind den Kopf. Schmerz breitete sich in ihrem Körper aus, ein schreckliches Gefühl, hilflos, benutzt und völlig kraftlos zu sein. In diesem Moment klopfte es laut gegen die Tür. Die aufgeregte Magd, von Emmas gedämpften Hilferufen alarmiert, hatte Friedhelm geweckt und dieser sich unwillig und behäbig mit ihr nach oben begeben. Sigurd schloss die Tür auf und Friedhelm glotzte verdutzt, als er Emma halb nackt auf dem Bett liegen sah, während Sigurd zum Fenster geschritten war, hinaussah und so tat, als ginge ihn das Ganze gar nichts an. »Ja, zum Teufel – was geht denn hier vor«, grollte Friedhelm mit rotem Kopf. Er trat näher und betrachtete den wohlgeformten Körper des Mädchens, das schutzlos auf dem Bett kauerte, mit schlecht verhohlener Lüsternheit.

Emma zog die Bettdecke an sich. »Helft mir, Oheim!«, wimmerte sie. »Sigurd hat mich …«, sie brachte die Worte kaum über die Lippen, »entehrt und geschändet. Ihr müsst ihn bestrafen, hinauswerfen.«

Friedhelm starrte sie an, als könne er nicht begreifen, was sie von ihm wollte. Breitbeinig stand er da, runzelte die Stirn und versuchte, das Geschehen in seinem vom Trank benebelten Hirn einzuordnen. Doch langsam begriff er und spürte, wie sein Blut zu kochen begann. Was hatte dieser Unruhestifter Sigurd jetzt schon wieder angestellt? Wütend fuhr er ihn an. »Was sagst du dazu, du Schandkerl? Wenn es wahr ist, was Emma behauptet, will ich dich nicht mehr auf Schrockenstein sehen. Sie ist mein Schützling und wenn du sie belästigst, kannst du dich auf der Stelle zum Teufel scheren.«

»Euer Schützling?«, zischte Sigurd verächtlich durch die Zähne. »Ihr werdet mir noch dankbar sein, wenn ich Euch vor einem solchen Irrtum bewahre. Wovor wollt Ihr ein solches Weib schützen? Ihr ahnt ja nicht, was sich hinter ihrem hübschen Frätzchen verbirgt. Ich habe skandalöse Dinge über sie erfahren, die Euch staunen ließen …«

»Rede dich nicht heraus!«, brüllte Friedhelm außer sich. »Mir sticht dein schlechtes Benehmen schon die ganze Zeit ins Auge. Ich kenne deinen Appetit auf Weiber – aber hier gehst du wirklich zu weit.«

Sigurd schlug die Augen nieder. »Vater«, begann er in

verändertem Ton, »Ihr missversteht die ganze Situation. Es war alles ganz anders. Lasst es mich Euch zuerst erklären …«

Friedhelm, der sofort schlechte Laune bekam, wenn Sigurd ihn so ansprach, knurrte: »Nenn mich nicht Vater! Auch wenn ich so dumm war, dich anzuerkennen. Was ist hier geschehen?«

»Nicht ich wollte Emma verführen, sondern sie mich«, log Sigurd dreist, unterbrochen von Emmas empörtem Protest. »Ich schwöre – ich bin unschuldig!«, übertönte er ihre Stimme. »Beim Leben meiner Mutter.« Er machte eine Kunstpause, biss sich auf die Lippen, als fiele es ihm schwer weiterzusprechen. »Ich schätzte Emma immer als ehrbare Jungfer – doch heute offenbarte sie mir ihr wahres Wesen. Sie ließ mich rufen, zeigte sich mir … nackt, wie Gott sie schuf«, er stockte, als fiel es ihm schwer, dieses Wort auszusprechen, »und so, wie Ihr sie hier seht. Bevor ich zurückweichen und den Raum verlassen konnte, verschloss sie die Tür, fiel mir um den Hals und …«

»Das ist nicht wahr!«, schrie Emma voller Verzweiflung dazwischen.

Doch Sigurd wischte ihren Einwand mit weiterer Anklage beiseite. »Ich widerstand ihrer Verführung, drohte ihr, dass ich Euch rufen würde. Ich fand nur einen einzigen Grund für ihr Verhalten …« Er hielt inne, als fehlten ihm die Worte.

»Was für einen Grund?«, unterbracht ihn Friedhelm misstrauisch, der sich vor dem verzweifelten Schluchzen Emmas am liebsten die Ohren zugehalten hätte. »Sprecht! Welchen Grund sollte sie haben?«

»Kommt, Vater.« Sigurd zog Friedhelm am Arm wichtigtuerisch in eine Fensternische und senkte seine Stimme zu einem Flüstern. »Ihr sollt jetzt alles erfahren, was in diesem Raum vorgegangen ist. Emma bot mir ihren Körper an, damit ich Euch nichts von dem Geheimnis erzähle, das sie schon zeit ihres Lebens mit sich herumträgt und das ich erst kürzlich erfahren habe. Als ich mich weigerte …«, er stockte, »wurde sie zornig, schrie und tobte. Ihr habt ja gesehen, in welchem Zustand sie sich befindet.«

Friedhelm befreite sich unwillig. »Mach nicht so ein langes Gerede, Sigurd. Was ist das für ein Geheimnis? Was hast du erfahren?«

Sigurd holte tief Luft, als müsse er sich überwinden, die nächsten Worte auszusprechen. »Etwas Ungeheuerliches. Ich kann es immer noch nicht recht begreifen.«

»Rede endlich!«

»Emma ist nicht die leibliche Tochter Magdalenas und Ethelberts. Sondern ein untergeschobenes Findelkind.«

»Was?« Friedhelm blieb bei dieser Behauptung der Mund offen stehen. »Findelkind? Was soll das? Was hast du dir denn da ausgedacht? Lächerlich! So etwas hätte mein Vetter doch niemals zugelassen.«

»Er wusste es nicht«, entgegnete Sigurd lakonisch.

»Das hieße ja …« Friedhelm überlegte und stellte dann langsam und bedächtig fest: »Emma ist gar nicht die Erbin von Schrockenstein? Sondern ich – ich bin der rechtmäßige Erbe meines Vetters?« Ein Leuchten ging über sein Gesicht. Dass Ekart möglicherweise noch am Leben war, kam ihm gar nicht in den Sinn. Wenn es stimmte, was Sigurd da behauptete, dann war das ganze Theater mit dem Liebestrank und der Heirat völlig überflüssig. Hastig wandte er sich wieder Sigurd zu. »Woher willst du wissen, dass das wahr ist? Hast du überhaupt Beweise für diese Behauptung?«

»Die habe ich.« Sigurd warf sich in die Brust. »Aber eins nach dem anderen. Es gibt da noch etwas, das viel schlimmer ist. Halten wir zuerst einmal fest, dass Emma ein Findelkind ist. Und dass ihre leibliche Mutter sie gleich nach der Geburt ausgesetzt hat. Aus welchem Grund wohl?« Sigurd machte eine Pause und sah Friedhelm triumphierend an, der die Antwort schuldig blieb. Zufrieden fuhr Sigurd fort. »Weil das Kind ein Hexenzeichen trug. Damit schmückt der Teufel seine Auserwählten.« Bevor Friedhelm noch etwas erwidern konnte, trat Sigurd zu Emma ans Bett, riss ihr die Decke fort und hielt die sich Wehrende mit Gewalt fest. »Hier, seht! Am Rücken. Überzeugt Euch selbst. Ein eindeutiges Zeichen, genau über dem Steiß.«

Verdutzt trat Friedhelm näher und starrte auf das dunkle Mal unterhalb des Rückens, der in eine sanfte Wölbung überging. »Nun«, sagte er zweifelnd und kniff die Augen zusammen, »ich sehe da ein sehr ungewöhnliches Muttermal ...«

»Es ist keines der üblichen«, unterbrach ihn Sigurd hastig, »denn es hat die Form eines rechtwinkligen Dreiecks. Ein eindeutiges Hexenzeichen, das jeder Richter im Land kennt. Genauso ist es im *Höllenzwang* vermerkt, dem Buch über schwarze Magie.«

Friedhelm beugte sich ein Stück tiefer, um besser hinzusehen.

»Um Gottes Barmherzigkeit willen!«, schrie Emma in diesem Moment auf. »Das sind doch alles Lügen! Oheim, ich flehe Euch an: Bewahrt mich vor Sigurd, diesem Verleumder, dem Mann, der solch widerwärtige Beschuldigungen gegen mich vorbringt. Er hasst mich, weil ich ihn abgewiesen habe ... schützt mich vor ihm, ich bitte Euch. Was er sagt, ist nicht wahr.« Sie riss sich los und fiel vor ihm auf die Knie.

Friedhelm ließ seine Augen gierig über ihren Körper und die weiße Haut ihrer Brüste und Hüften gleiten, rückte aber dann von ihr ab, als wäre ihre Berührung gefährlich. »Es wird sich zeigen«, beschied er ihr in kaltem, verändertem Tonfall, »ob Sigurd mit seinen Behauptungen recht hat. Ich werde alles sehr genau prüfen lassen, bis sich herausstellt, wer die Wahrheit gesagt hat.« Er zog Sigurd mit sich hinaus und schloss die Tür des Zimmers sorgfältig hinter sich ab, den Schlüssel in seine Tasche steckend.

»Lass uns unten im Rittersaal weiter über die Sache reden«, sagte er mit gesenkter Stimme zu Sigurd. »Sie scheint mir in der Tat wichtiger, als ich zuerst gedacht habe.« Sie gingen hinunter und setzten sich vor das flackernde Kaminfeuer. »Woher weißt du all diese Dinge?« begann Friedhelm.

»Ihr habt mich doch zu diesem Kräuterweib geschickt. Wegen des Liebestranks. Ich habe es von ihr erfahren.«

»Und warum hat sie ausgerechnet dir dieses Geheimnis enthüllt?«

»Sie war in einem elenden Zustand, klagte mir ihr Leid und erzählte, dass Magdalena von Schrockenstein früher für sie gesorgt und ihr eine regelmäßige Rente zukommen ließ. Das machte mich stutzig. Als ich sie fragte, welchen Grund es dafür gab, sagte sie mir, dass sie darüber nicht sprechen dürfe. Es sei ein Geheimnis. Dann war alles ganz einfach. Ich bot ihr Geld und die Weiterzahlung der Rente, wenn sie es mir verriete. Wir mussten ein wenig verhandeln, aber dann berichtete sie mir bereitwillig von den Umständen, die dazu führten.«

Friedhelm starrte eine Weile in das flackernde Kaminfeuer. »Und mein Vetter hat wirklich nichts von dem Kindstausch gewusst?«, fragte er nach einer Weile. »Vielleicht ist das Ganze eine Erfindung des Kräuterweibs, um dir das Geld aus der Tasche zu ziehen.«

»Das glaube ich nicht«, erwiderte Sigurd mit einem leisen Lächeln. »Es gab nämlich noch einen weiteren Mitwisser. Der inzwischen verstorbene Abt Hieronymus des nahe gelegenen Klosters. Er war es, der das Kind mitten im Winter auf den Kirchenstufen des Klosters fand und es zu der Kräuterfrau brachte. Sie war gleichzeitig die Hebamme Magdalenas, die gerade niederkam. Als Magdalenas Kind starb, auf das sich Ethelbert schon so gefreut hatte, vertauschte sie es mit dem anderen Neugeborenen.« Sigurd erhob sich und ging mit großen Schritten auf und ab. »Ich war im Kloster. Doch niemand wusste etwas davon. Hieronymus war wohl sehr verschwiegen.« Er sah Friedhelm mit einem selbstzufriedenen Lächeln an. »Erstattet Anzeige. Als Beweis könnt Ihr das Hexenzeichen nennen. Die frühere Pflegerin Emmas, eine gewisse Kreszentia Wolfbauer, kann alles bezeugen. Sie hat das Mal an Emmas Körper gesehen und auch beobachtet, wie sie Hexenwerk trieb und den Teufel anbetete. Außerdem hatte sie einen Liebhaber hier auf der Burg. Einen Ketzer und Gotteslästerer.« Er grinste hämisch.

Friedhelm verschlug es die Sprache. »Ist das wirklich alles wahr?«

»Ja. Macht Euch keine Sorgen. Ich kann es beweisen. Und für Geld wird Frau Kreszentia vor Gericht aussagen, was wir von ihr verlangen. Auf jeden Fall ist Euch das Erbe damit sicher. Niemand kann es Euch mehr streitig machen. Wir werden Emma vor Gericht stellen und sie anklagen, eine Hexe zu sein. Im Namen der Kirche haben wir die Pflicht, so etwas zu melden.«

»Du bist ein schlauer Fuchs, mein Sohn«, erklärte Friedhelm anerkennend. »Klüger, als ich dachte. Ich muss zugeben, bisher hielt ich nicht viel von dir, aber jetzt habe ich meine Meinung über dich geändert.«

»Danke, Vater«, sagte Sigurd geschmeichelt. Noch nie hatte der Vater ihn »mein Sohn« genannt. »Überlasst nur alles mir. Ich werde die Obrigkeit einschalten.«

»Dann wird Schrockenstein bald mir gehören«, räsonierte Friedhelm selbstzufrieden. »Und wenn alles geregelt ist, werden wir beide hier ganz einziehen.«

Auf Sigurds Miene trat ein triumphierendes Leuchten. Endlich hatte er erreicht, was er wollte. Er musterte den Vater heimlich von der Seite. Starb der Alte, dann würde er der wahre Besitzer der Burg von Schrockenstein und all seiner Güter sein. Und wenn er sich diesen rotwangigen Fettwanst so ansah, konnte das schon bald wahr werden.

***

Wie betäubt erhob sich Emma von der Bettstatt, auf dessen Laken sich ein unschöner Blutfleck ausbreitete. Hatte sie das alles nur geträumt? Ihr Körper schmerzte höllisch. War das wirklich Sigurd gewesen, der sie so gedemütigt, geschändet und beschuldigt hatte? Der freundliche, schöne Sigurd, in den sie sich beinahe verliebt hatte? Der Onkel hatte tatsächlich geglaubt, sie sei die Schuldige gewesen, habe ihn verführt. Sie tastete nach dem Muttermal auf ihrem Rücken. Es war ihr von der Natur so gegeben, und obwohl die Mutter bemüht gewesen war, es immer ängstlich unter ihrer Kleidung zu verbergen, hatte sie sich nie darüber Gedanken gemacht. Und nun sollte es auf einmal so etwas wie ein Hexenzeichen sein? Was für eine gemeine, niederträchtige Behauptung! Aber sie würde sich zur Wehr setzen, Sigurd vor Gericht der Vergewaltigung anklagen. Sie versuchte, all ihre Kräfte zu sammeln und einen Plan zu entwerfen. Die Magd sollte ihr zunächst warmes Wasser bringen, damit sie sich von Sigurds widerlichem Überfall reinigen konnte. Dann würde sie Aldana satteln lassen und fortreiten. Ihr Beichtvater würde bestimmt Rat wissen. Alle im Dorf kannten sie, wussten, dass sie noch nie mit irgendeinem Hexenwerk zu tun gehabt hatte und immer die ehrenwerte Tochter eines gerechten Vaters gewesen war. Sie rüttelte an der Tür, doch sie war versperrt. Angst begann in ihr aufzusteigen. Friedhelm hatte den unsinnigen Beschuldigungen Sigurds also geglaubt und sie in ihrem eigenen Zimmer eingeschlossen. Sie schlug heftig gegen das Eichenholz, doch es war fest und solide. Dann lief sie zum Fenster. Die Burg lag auf einer felsigen Anhöhe und sie hatte den Ausblick aus ihrem Fenster immer genossen, der weit übers Land ging. Doch nun erschrak sie vor dem tief unter ihr liegenden Abhang, der glatten Oberfläche der Fassade. Von hier gab es so leicht kein Entkommen.

***

Vor seinem Vaterhaus, einem imposanten Fachwerkbau mit schräg eingesetzten Holzbalken, einem stattlichen Turm und großem Garten, zügelte Wolfram sein Ross und stieg ab. Den Schimmel hatte er zuvor im Stall einer Herberge untergestellt, da das feurige und schöne Tier in der Stadt zu viel Aufsehen erregen würde. Mit seinem Bart, dem wild gewachsenen langen Haar und einer auf dem Markt erstandenen Kappe hatte ihn bis zu diesem Zeitpunkt niemand erkannt. Problemlos war er von den Stadtwächtern durchs Tor gelassen worden und stand nun voll innerer Erregung vor der vertrauten Tür. Es war ungewöhnlich ruhig, kein Knecht war im angebauten Pferdestall zu sehen, keine Magd, die Wasser aus dem nahe gelegenen Brunnen schöpfte. Ein seltsames Kribbeln und eine innere Unruhe, die zur Vorsicht mahnte, erfassten Wolfram, als er die Hand nach dem Türklopfer ausstreckte. Er ließ seinen Arm wieder sinken, versuchte, durch ein Fenster ins Innere zu spähen. Undeutlich erkannte er mit leiser Verwunderung mehrere Personen und Kinder, die um den großen Eichentisch saßen und vermutlich eine Mahlzeit einnahmen. Vielleicht waren Gäste im Haus und er musste vorsichtig sein. Die gelbliche Butzenscheibe trübte den Blick in die dunkle Stube.

Doch plötzlich wurde die Tür aufgerissen. Ein Mann in gefälteltem Hausrock und engen Beinkleidern, die mit Sohlen benäht waren, erschien auf der Schwelle. Er beäugte ihn misstrauisch. »Was wollt Ihr? Was schleicht Ihr um mein Haus?«

Wolfram sah ihn überrascht an. »Ich möchte den Magister und Ritter von Hohenberg sprechen. Ist er zu Hause?«

»Magister von Hohenberg? Der wohnt nicht mehr hier. Das Haus gehört mir. Ich habe es gekauft. Wer seid Ihr überhaupt?«

Wolfram versuchte, seine Erschütterung zu verbergen. »Ich bin ein Handelspartner. Habe ihm immer seinen Wein hier ins Haus geliefert. Wahrscheinlich hat er vergessen, mich darüber zu informieren.«

Der Mann sah ihn von oben bis unten prüfend an. Wie ein Weinhändler sah der verwildert wirkende Fremde wirklich nicht aus. »Wie ist Euer Name?«, fragte er argwöhnisch.

»Der … tut nichts zur Sache«, wich Wolfram aus. »Könnt Ihr mir sagen, wo ich den Magister finden kann?«

»Woher soll ich das wissen?«, erwiderte er unfreundlich. »Soviel ich weiß, ist er fortgezogen.«

»Fortgezogen? Warum und wohin?«

»Es hat hier in Ansbach viel Gerede gegeben. Um seinen jüngsten Sohn. Der muss sich beim Konzil zu Konstanz strafbar gemacht haben. Mehr kann ich Euch wirklich nicht sagen. Manche meinen, er sei mit seinem älteren Sohn nach Nürnberg gegangen. Und jetzt entschuldigt mich.« Er trat ins Haus zurück und schlug die Tür hinter sich zu.

Wolfram war es heiß und kalt zugleich geworden. Er hatte einen Augenblick lang gefürchtet, dass sein Vater verhaftet oder gar eingesperrt war. Nachdenklich schwang er sich wieder in den Sattel. Gleichgültig sahen die Menschen in den Gassen von Ansbach an ihm vorbei. Bisher hatte ihn glücklicherweise niemand erkannt. Der einfache Kittel, den er über den abgeschabten Beinlingen trug, das lange Haar, der Bart, der sein Gesicht umwucherte, und die Kappe, die er sich tief ins Gesicht drückte, erfüllten anscheinend ihren Zweck und machten ihn unkenntlich.

Doch er hatte sich zu früh gefreut. »Wolfram!«, hörte er

plötzlich eine erfreute Stimme laut hinter sich rufen. »Wolfram von Hohenstein, bist du das?«

Erschrocken wandte er sich um und sah in das rotbackige Gesicht des Stadtschreibers Caspar, eines ehemaligen Jugendfreundes. Er trug ein kleines Kind auf dem Arm und winkte ihm zu. Die Leute in der Umgebung wurden aufmerksam und blickten zu ihm hinüber. Wolfram tat, als hätte er ihn nicht gehört, spornte sein Pferd und ritt in schnellem Trab davon, während die Stimme seines Freundes, der seinen Namen rief, ihm nachhallte. Außer Sichtweite und erst, als er in aller Eile das Stadttor passiert hatte, zog er die Kappe ab und wischte sich den Angstschweiß von der Stirn. Das war knapp gewesen. Er ritt zur außerhalb gelegenen Herberge, in der er seinen Schimmel untergebracht hatte, zahlte Futter und Stall und galoppierte ein kurzes Stück, bevor er wieder einen ruhigen Trab anschlug. Gehorsam tänzelte die Stute neben ihm, während er dem Braunen die Zügel überließ und seine Lage bedachte. Was sollte er jetzt tun? Sein Beutel war geschrumpft und es fanden sich nur noch ein einziger Taler und wenige Pfennige darin. Ohne finanzielles Polster konnte er die Reise nach Böhmen zu den Hussiten nicht wagen, das war ihm bewusst. Er musste herausfinden, wo sich sein Vater und Bruder befanden. Ob sie tatsächlich in Nürnberg waren – sich dort neu angesiedelt hatten? Die Stadt war nicht allzu weit von Ansbach entfernt. Und von hier aus waren es nur ein paar Meilen zum Zisterzienserkloster Heilsbronn. Der Vater hatte das Kloster immer mit Spenden unterstützt, weil er durch das Wasser seines wundertätigen Brunnens »Fons salutis« einmal vom Wundfieber genesen war. Vielleicht wussten die Mönche, was sich in seiner Abwesenheit zugetragen hatte, und waren bereit, ihn für eine Nacht aufzunehmen. Der weiträumige Klosterbau mit der stattlichen und hoch aufragenden Kirche, Bestattungsort des fränkischen Adels, tauchte bald vor seinen Blicken auf. Er band die Pferde auf einer nahe gelegenen Wiese an einen Baum und ließ sie grasen. Dann näherte er sich dem Kloster zu Fuß, ganz wie ein demütiger Pilger. Verhalten pochte er an die Pforte und verlangte im Namen des Ritters und Magisters von Hohenberg den Abt Arnold Waibler zu sprechen. Er wurde in das Besuchszimmer geführt und von einem der Mönche misstrauisch observiert.

Der Abt erschien und begrüßte ihn mit kühler Distanz. Wolfram hatte sofort das Gefühl, nicht willkommen zu sein. »Wollt Ihr bereuen, mein Sohn, Eure Sünden beichten und in den Schoß der Kirche zurückkehren?«, fragte der Abt in mildem Ton. Wolfram schüttelte den Kopf und sah, wie der Abt verärgert vor ihm zurückwich. »So wollt Ihr also ein Ketzer bleiben?«, rief er aus. »Euren Vater und Bruder ganz ins Unglück stürzen? Im Fegefeuer der Hölle landen?« Er schnaufte hörbar. »Wie konntet Ihr nur eine solche Sünde begehen?« Es klang, als hätte Wolfram ein grässliches und unentschuldbares Verbrechen begangen.

»Ich wüsste nicht, was ich bereuen sollte. Gott im Himmel weiß allein, dass ich nichts Unrechtes getan habe. Und seine Gesetze sind anders als die der Menschen, die sie absichtlich verdreht haben.«

»Absichtlich verdreht!« Abt Arnold rang die Hände. Das Blut war ihm in die vom Fasten abgezehrten bleichen Wangen geschossen. »Das ist Häresie! Ihr beleidigt die heilige Kirche …«

»Heilige Kirche!«, fuhr Wolfram zornig auf. »Was soll daran heilig sein? Weder die Menschen, die man als Märtyrer verehrt, noch die sündigen Bischöfe und Kardinäle. Ja, sogar der Heilige Vater in Rom ist nicht wirklich heilig. Er denkt nur daran, Hass und Zwietracht zu säen und die sogenannten Heiden zu vernichten. Das kann nicht im Sinn von Jesus von Nazareth sein. Er hat uns Frieden gepredigt …«

»Hört auf – schweigt!«, schrie der Abt und richtete die Augen gen Himmel. »Eure lästerlichen Worte beleidigen diesen heiligen Ort. Der Teufel hat Euch das alles eingesagt. Ihr habt den falschen Weg gewählt …«

»Oh, nein«, unterbrach ihn Wolfram kampflustig. »Nicht der Teufel, sondern Jan Hus hat mir die Augen geöffnet. Ihr, und alle, die blindlings den Regeln der Kirche folgen, seid verblendet – nicht ich.« Er mäßigte sich, als er sah, dass der Abt sich auf den Betschemel vor das große hölzerne Kreuz an der Wand gekniet hatte und, Gebete murmelnd, den Rosenkranz durch die gefalteten Hände gleiten ließ. Wolfram sah, dass es keinen Sinn hatte, mit diesem Mann zu streiten. Er war gefangen in den Gewohnheiten seines Glaubens und wagte nicht, etwas davon infrage zu stellen.

»Ich will Euch nicht länger mit meinen Reden beunruhigen, ehrwürdiger Vater«, begann er in milderem Ton. »Sagt mir nur, was mit meinem Vater und meinem Bruder geschehen ist. Ich hörte, sie seien in Nürnberg. Warum sind sie fortgezogen?«

Der Abt hob vorwurfsvoll den Kopf. »Das fragt Ihr noch? Seid demütig, betet um Vergebung, so wie ich für Euch bete. Euer Vater hat unserem Kloster viel Gutes getan mit seinen Spenden. Es ist wahr, er ist nach Nürnberg gezogen, in die Sperbergasse, wie ich hörte. Macht dem guten Mann nicht noch mehr Kummer. Und jetzt geht mit Gott, mein Sohn.« Er trat auf ihn zu, segnete ihn und machte das Kreuzzeichen auf seiner Brust. »Ich gebe die Hoffnung nicht auf, dass Ihr eines Tages zum wahren Glauben zurückfindet. Dann seid Ihr in unserem Kloster willkommen.«

Wolfram senkte den Kopf und ging ohne ein weiteres Wort hinaus. Die Brüder blickten ihm aus der Ferne neugierig nach und tuschelten heimlich miteinander.

Es dauerte nicht lange, da hatte Wolfram mit schnellem Ritt die Stadt Nürnberg erreicht. Hier kannte ihn niemand und so würde es leichter sein, nach dem Vater und Bruder zu suchen. An der Fleischerbrücke, die über die Pegnitz führte, hielt er inne, stieg vom Pferd und führte die beiden Rösser an der Hand weiter. Nicht weit von ihm prangte an einem mit Blumen verzierten schönen Steinhaus das Schild »Zum Bären«. Das Gasthaus besaß einen geräumigen Stall, wie er zu seiner Erleichterung mit einem kurzen Blick feststellte. Die Wirtin hatte allerdings nur ein winziges Zimmer für ihn, denn in der Stadt war Jahrmarkt. Händler und Käufer strömten um diese Zeit nach Nürnberg und allerlei Volk kam aus der Umgebung zusammen. Wolfram drehte seinen Taler in der Hand und zählte die Pfennige, die zusammengeschrumpft waren. Er hatte nicht einmal mehr genügend Geld in der Tasche, um die Unterkunft und das Futter für die Pferde zu bezahlen. Mit einem unguten Gefühl klopfte er den Reisestaub aus seiner Kleidung, hängte sich seinen Kurzmantel aus guter Wolle um die Schultern und streifte vorsichtshalber die Gugel über den Kopf. Mit dieser Gewandung sah er nicht anders aus als jeder unauffällige Bürger oder Handelsmann. Es war noch hell, als er das Wirtshaus nach einer kurzen Erfrischung, die er mit seinen letzten Pfennigen zahlte, verließ. Jetzt blieb ihm nur noch ein einziger Taler übrig. Einen Knecht, der ihm mit einem Handkarren voller Holzscheite über den Weg lief, fragte er nach dem Weg zur Sperbergasse.

»Seht Ihr dort drüben die Türme der Kirche Sankt Sebaldus?« Der Bursche wies in die Ferne. Wolfram nickte. »Geht über den Salzmarkt und biegt in die Kirchgasse ein. Ganz am Ende seht Ihr dann links die Sperbergasse.«

»Ich danke dir.« Wolfram machte sich auf dem Weg. Die Stadt war belebt, geschäftig wurde an den Marktständen auf dem großen Platz gebaut. Von Fackeln beleuchtet, errichtete gerade eine Schaustellertruppe ihre kleine Tribüne. Ein glockenhelles Lachen kam von einer Griseldis gerufenen jungen Frau, die im Kostüm herumtanzte und lustige Figuren machte, um das Publikum anzulocken. Daneben schleppten Händler

Säcke mit Waren herbei. Der Geruch nach Gebackenem, Gewürzen und Spezereien lag in der Luft und mischte sich mit dem eines Ferkels am Spieß, das sich über offenem Feuer drehte. Wolfram lief beim Anblick des saftigen Bratens das Wasser im Munde zusammen. Schon lange hatte er keine warme Mahlzeit mehr genossen. Die Dämmerung, die sich langsam über die Stadt senkte, kam ihm gelegen. Nach der lang gezogenen Kirchgasse, die in eine ruhigere Gegend führte, bog er in die Sperbergasse ein. Etliche schlicht gebaute einstöckige Häuser, die den Vergleich zu seinem bürgerlichen Vaterhaus in Ansbach bei Weitem nicht aushielten, reihten sich schmucklos aneinander. Ein paar Kinder spielten mit Murmeln, schrien, lachten und balgten sich im Straßenstaub. Erst als ihm eine alte Frau entgegenkam, mühsam am Stock gehend, wagte er nach dem Magister Hohenberg und seinem Sohn zu fragen. Die Frau schüttelte zuerst den Kopf – der Name schien ihr nichts zu sagen. Doch nach einer kurzen Weile nuschelte sie undeutlich einige Worte. »Ich kenne nicht alle Leute in diesem Viertel – doch dort«, sie wies mit ihrem knochigen Finger auf ein Haus mit dunklen Querbalken und grünen Fensterläden, »ist ein Mann neu eingezogen. Er ist immer in Schwarz gekleidet. Ich dachte, dass er Witwer ist und seine Frau verloren hat.« Sie zuckte die Schultern und schlurfte weiter.

Klopfenden Herzens näherte sich Wolfram dem Haus mit den grünen Fensterläden. Drinnen schien alles dunkel. Er betätigte den Türklopfer. Sogleich erschien ein Knecht und fuhr ihn an. »Wir geben nichts. Verschwinde!«

Noch bevor er ihm die Tür vor der Nase zuschlagen konnte, setzte Wolfram seinen Fuß auf die Schwelle. »Eine Tracht Prügel kannst du haben, wenn du mir nicht sofort den Herrn des Hauses holst«, forderte er mit Nachdruck und hob die Faust. Der Knecht duckte sich furchtsam, doch plötzlich tauchte hinter ihm die breitschultrige Gestalt seines Vaters auf.

Wolfram sah die Bewegung in seinem schmaler und ernster gewordenen Gesicht, den Schmerz, der mit einem Ausdruck ärgerlichem Unmuts wechselte. Er wollte den Vater in die Arme schließen, doch dieser wehrte ab und legte den Finger auf den Mund, als hätte er vor irgendetwas Angst. »Warte dort«, sagte er leise, deutete auf den gegenüberliegenden Toreingang und verschwand wieder im dunklen Raum. Wolfram gehorchte. Nach einiger Zeit kam er aus der Tür und sah sich vorsichtig nach allen Seiten um. Er ging voraus und bedeutete Wolfram mit einem Wink, ihm zu folgen. Bald erreichten sie das Portal der mächtigen Frauenkirche. Der Vater ging auch hier voraus und kniete sich auf eine der harten Bänke vor dem Altar. Wolfram tat es ihm nach. Die Kirche war um diese Zeit fast leer, nur der Organist übte für eine Messe. »Man kann nicht vorsichtig genug sein«, begann der Vater im Flüsterton. »Man beobachtet mich. Deinetwegen.« Er ließ seinen Blick aufmerksam durch das Kirchenschiff streifen, bevor er hinzufügte: »Wegen des unverzeihlichen Leichtsinns, mit dem du deinen Bruder und mich in Schwierigkeiten gebracht hast. Ich wurde meines Amtes enthoben, musste eine erhebliche Summe Strafzoll für dein Seelenheil an die Kirche zahlen und mein Haus verkaufen. Das hat mich beinahe ruiniert. In Ansbach wurde ich als Vater eines Ketzers geächtet, obwohl ich mich öffentlich zu allen Regeln des christlichen Kirchenglaubens bekannt habe. Es war schwer für mich, sehr schwer.«

»Verzeiht mir, Vater. Ich wollte Euch nicht in Schwierigkeiten bringen. Aber was ist mit Heinrich?«

»Dein Bruder hat sich glücklicherweise sehr gut in Ansbach verheiraten können. Der Bruder seiner Gemahlin Carola ist Kardinal bei der Kurie in Rom und ihr Vater Reichserbkämmerer. Daher lässt man ihn in Ruhe.« Er seufzte und sah Wolfram prüfend an. »Bist du gekommen, um abzuschwören und dich den Gesetzen der römischen Kirche zu unterwerfen?«

»Nein!« Wolfram schüttelte den Kopf, presste die Lippen zusammen und wich dem Blick des Vaters aus. »Ich habe ein anderes, ein höheres Ziel.«

»Dachte ich's mir doch. Du warst schon als Kind ein Hitzkopf. Und ein Dickschädel dazu.« Der Vater tastete nach dem prallen Lederbeutel unter seinem Hemd, zog ihn über den Kopf und drückte ihn Wolfram in die Hand. »Das ist es doch, warum du gekommen bist, nicht wahr? Aber ich gebe es dir gerne. Du bist und bleibst schließlich mein Sohn.« Tränen traten in seine Augen. »Mehr kann ich nicht für dich tun. Geh mit Gott – meinen Segen hast du.«

»Ich danke Euch, Vater«, erklärte Wolfram mit gepresster Stimme. »Aber Ihr müsst mich verstehen. Gott hat mich dazu bestimmt, für die Wahrheit zu kämpfen.«

»Was ist Wahrheit? Schall und Rauch. Bis jetzt hast du nur deinen alten Vater ins Unglück gestürzt.« Er lachte bitter auf und fuhr nach einer kleinen Pause fort: »Sei vorsichtig, sonst geht es dir wie Hieronymus von Prag. Man hat ihn eingekerkert – und am Ende wird auch er auf dem Scheiterhaufen landen. Die Kirche ist gnadenlos, wenn es um ihre Pfründe geht.«

»Man hat Hieronymus eingekerkert?«, fragte Wolfram fassungslos. »Das ist ungerecht und sehr traurig.«

Der Vater blickte sich um und bedeutete ihm zu schweigen. »Hör auf!«, flüsterte er. »Hier haben die Wände Ohren. Ich will nichts mehr von diesen Dingen hören. Ich bin alt und wünsche mir nur noch Frieden.« Er atmete tief auf. »Gott segne dich. Ich werde für dich beten.« Mit gefalteten Händen senkte er den Kopf und seine Lippen bewegten sich leise.

»Ich danke Euch, Vater.« Wolfram umarmte ihn herzlich und küsste ihn auf beide Wangen. »Lebt wohl – und bleibt gesund! Ich werde mich wieder bei Euch melden.« Er erhob sich aus der knarzenden Kirchenbank und steckte den gut gefüllten Lederbeutel unter sein Wams. Ohne sich umzusehen, verließ er auf leisen Sohlen die Frauenkirche und schlug den gleichen Weg ein wie zuvor. Das bescheidene Haus des Vaters passierend, fragte er sich mit einer dunklen Ahnung, ob er ihn jemals wiedersehen würde. Die Zeit war zu kurz gewesen, um mit ihm über alles zu sprechen, was sein Herz bewegte. Er sog die Luft, die viel zu mild für einen Märztag war, tief in seine Lungen. Plötzlich fühlte er sich leicht und frei und freute sich auf ein gutes Bier in der Schankstube neben dem Wirtshaus »Zum Bären«. Die Kirchengasse war schmal, finster und unbelebt. Er schritt in Gedanken versunken dahin und schenkte dem Mönch wenig Aufmerksamkeit, der ihm eilig mit flatternder Kutte folgte. Als sich dieser plötzlich ohne Vorwarnung auf ihn stürzte und ihm von hinten eine feine Schlinge um den Hals warf, war es bereits zu spät. Mit aller Kraft zog der Mönch die Schlinge zu, die sich würgend um seinen Hals schloss. Wolfram wehrte sich, so gut er konnte, um dem tödlichen Druck auszuweichen, doch der andere schien ebenso stark zu sein wie er selbst. Das Blut dröhnte in seinen Schläfen und vor seinen Augen begannen schwarze Punkte zu tanzen. Nach Luft ringend, gelang es ihm schließlich, dem Angreifer einen schmerzhaften Tritt in den Bauch zu versetzen. Das dünne Seil lockerte sich für einen kurzen Moment und der Atem strömte wieder in seine Lungen. Dennoch blieb nicht genügend Zeit, nach dem Dolch im Futter des Lederriemens an seiner Seite zu greifen. Wieder zog sich die Schlinge zu, sein Kopf begann zu dröhnen, der Atem stockte und seine Knie verloren an Kraft. Sollte hier schon sein Weg, sein heiliger Auftrag, die Thesen Wyclifs nach Böhmen zu bringen, zu Ende sein? Hatte Gott ihn nur deshalb auserwählt, damit er hier ein so klägliches Ende fand?

14. Kapitel

Atemlos blieb Ekart in einiger Entfernung von den Nomaden stehen, die sich nach ihm umgewandt hatten. Er blickte in undurchdringliche, dunkle Gesichter, die ihn abschätzig musterten. »He!« Ein gutmütiger Stoß in den Rücken ließ ihn den Halt verlieren und in den Sand stürzen. »Da bist du ja endlich. Worauf hast du gewartet?« Al Hadi grinste ihn an. Seine weißen Zähne leuchteten im braunen Gesicht unter einem gelben Turban mit grauen Streifen. »Auf eine besondere Einladung oder ein Kamel, das dich tragen wird? Da muss ich dich leider enttäuschen. Los, beeil dich, wir müssen los.«

Ekart erhob sich erleichtert. »Ich dachte schon, ihr habt mich vergessen. Hast du mit dem Anführer gesprochen?«

»Er ist einverstanden und wird einen Kundschafter mit dem Schnupftuch zu deinem Vater ins Kloster nach Jerusalem schicken. Aber freu dich nicht zu früh. Vorläufig bist du noch nichts wert. Wenn dein Vater aus irgendeinem Grund nicht zahlt, werden sie dich auf dem nächsten Sklavenmarkt anbieten. Hier, das ist für dich.« Al Hadi lud ihm einen der beiden Ballen auf den Rücken, die er geschleppt hatte. »Kleinere Stücke kann man auf dem Kopf balancieren.« Er lächelte, als er Ekarts ungläubige Miene sah. »Man gewöhnt sich daran.«

Ekart sackte unter dem schweren Gewicht ein wenig zusammen. »Was ist das überhaupt?«

»Zelte, was sonst? Man muss vorsichtig damit umgehen.«

»Und wieso sind die so schwer?«, fragte Ekart ächzend.

»Weil sie unverwüstlich sind und über Generationen vererbt werden. Die Zelte der Wüstennomaden bestehen aus einem Gemisch von Ziegenhaaren, Wolle, Kamelhaar und Palmfasern, die miteinander verfilzt sind, wenn du es genau wissen willst. Komm, beeil dich jetzt. Wir müssen vorankommen. Die Sonne wird bald aufgehen.« Er reichte ihm eine Feldflasche und ein Tuch. »Trink! So schnell wirst du nichts mehr bekommen. Und schling das Tuch um deinen Kopf, damit du nicht gleich einen Sonnenstich bekommst. Knote es über der Stirn zusammen und schieb die Enden darunter.«

Ekart setzt den Ballen ab und trank begierig, bevor er das Tuch nach der Anleitung seines neuen Freundes als Turban um seinen Kopf schlang. Danach mühte er sich, seine Last wieder zu schultern und die Lederriemen zurechtzuziehen.

»Schneller, damit wir sie einholen!« Al Hadi stapfte, ohne sich noch einmal umzusehen, den Kamelen der kleinen Gruppe nach und Ekart folgte ihm keuchend, so schnell er konnte. Langsam kroch die Sonnenscheibe hoch und sandte ihren blendenden Glanz über die vom ständig wehenden Wind mit Rillen versehenen gelben Sandhügel. Der Schweiß brach Ekart schon nach einer kurzen Wegstrecke aus allen Poren und er fragte sich, wie lange er den Marsch überhaupt durchhalten konnte, ohne ohnmächtig umzusinken. Al Hadi schien dieses Problem nicht zu kennen. Den Kopf gesenkt, marschierte er mit regelmäßigen Schritten im Sand, der sich bald nach Sonnenaufgang zu einer glühenden Fläche erhitzte.

In der flirrenden Luft tauchten nach einiger Zeit gewaltige Felsformationen auf, eine Schlucht mit einem Flussbett, durch das sie weiterwanderten. Es gab hier einige bizarre Formen von Pflanzen und Kakteenarten, die in der kargen, ausgetrockneten Landschaft gediehen und ein wenig Schatten warfen. Das Gehen im Sand war erschöpfend gewesen, aber als der Weg bald darauf zu einem trockenen Geröllfeld wechselte, wurde es auch nicht besser. Ekart schleppte sich mit seinem schmerzenden Rücken über die Steine, die durch seine Sohlen drückten und die Füße wund scheuerten. Mehrmals stolperte er und fiel zu Boden. Al Hadi half ihm auf. Die Sonne blendete, seine Lippen waren rau und ausgetrocknet und der ständige Wind trieb ihm Sand zwischen die Zähne und in die Augen. Tarik, der Anführer, ein wilder, kräftiger Bursche in weiten Hosen, mit Ledergurten um Brust und Hüften, an denen Waffen, ein Krummsäbel und eine Peitsche hingen, machte einen grausamen und wenig vertrauenerweckenden Eindruck. Er saß großspurig auf einem Kamel mit Baldachin und ließ seine Blicke unentwegt über die Weite des öden Tales schweifen.

Endlich machten sie an einer Oase Rast, wo das Wasser aus einer Quelle unter Palmen sprudelte und Schatten spendende frische Pflanzen wuchsen. Ekart erschien es wie das Paradies. Erschöpft warf er den Zeltballen zu Boden, kroch auf allen vieren zum Wasser und schlürfte es wie ein kostbares Lebenselixier. Die anderen Nomaden, die zuerst ihre Kamele tränkten, sahen ihm belustigt zu. Sie waren das harte Leben in der Wüste gewohnt, wussten um Quellen und Oasen und stellten ihre Wanderungen darauf ein. Ekart hatte sich unter einen Eukalyptusbaum gesetzt und spürte, wie ihm vor Erschöpfung die Augen zufielen. Doch die harte Stimme Tariks, des Anführers, schreckte ihn sogleich wieder auf. In einem für Ekarts Ohren äußerst bedrohlichen Tonfall forderte er ihn auf mitzukommen, und als er nicht gleich reagierte, riss er ihn hoch und band seine Arme mit einem Strick zusammen. Al Hadi stand neben ihm und zwinkerte ihm beruhigend zu. Er hatte ihm schon vorher geraten, alles zu befolgen, was der Anführer befahl. Zwei seiner Männer, schmutzige Burschen mit Turbanen und abgerissenen langen Gewändern, trieben Ekart durch das Geröll des Flussbettes einen steilen Pfad hinauf weiter durch die Schlucht. Als er den Blick hob, sah er oben das legendäre Kloster der christlichen Mönche wie ein lehmiges Felsennest am Berg kleben. Die Männer blieben plötzlich stehen. Verborgen von einem dichten, stacheligen Gebüsch befand sich nicht weit vom Pfad der Eingang einer Höhle, in die sie Ekart hineinstießen und an einen Stein fesselten. Dann verschwanden sie.

Es war keine angenehme Lage, doch die Kühle in der Höhle, die ihn umgab, tat gut. Anfangs konnte er kaum etwas erkennen, doch nach und nach gewöhnte er sich an das Dunkel. Seine Glieder waren schwer vom Schleppen der Zeltlast, und sobald er sich bewegte, bohrte sich das grobe Seil, mit dem seine Hände gebunden waren, schmerzend in seine Haut. Seine Füße waren voller Blasen und er fühlte sich von den ungewohnten Strapazen so erschöpft wie noch nie im Leben. Den Kopf auf einen flachen Stein gelegt, schlief er sofort ein.

Ein leiser Pfiff weckte ihn mitten in der Nacht. Es war Al Hadi, der ihm Fladenbrot, Wasser, ein paar Kaktusfeigen und einen abgelegten und vielfach geflickten Umhang mitbrachte, der ihn vor der Kälte schützen sollte. Er löste seine Handfesseln und Ekart verschlang das Brot gierig und dankbar, während Al Hadi mit gekreuzten Beinen vor dem Eingang der Höhle saß. »Vielleicht bist du morgen schon frei«, sagte er nach einer Weile. »Falls dein Vater das Lösegeld bezahlt. Was wirst du dann machen?«

»Ich werde nach Jerusalem zurückkehren und nach

Suleika suchen«, erwiderte Ekart, mit vollem Mund kauend. »Ich halte es vor Sehnsucht nach ihr nicht mehr aus. Jede Nacht träume ich von ihr, dann steht sie vor mir und lächelt mich sehnsüchtig an. Ich muss wissen, wo sie ist. Sie wird sicher keine Ahnung haben, was mit mir geschehen ist. Bestimmt waren es die Leute ihres Vaters, dieses verdammten Emirs, der dafür gesorgt hat, dass man mich in die Wüste verschleppt. Aber so schnell wird er mich nicht los.« Er ballte die Faust und nahm einen neuen kräftigen Schluck aus Al Hadis Lederflasche. »Ich hoffe nur, dass mein Vater inzwischen wieder ganz gesund ist. Sicher haben ihn die Mönche im Kloster gut gepflegt.«

»Du bist unverbesserlich«, sagte Al Hadi kopfschüttelnd und sah zum Mond empor, der sein helles Licht über die Landschaft gegossen hatte. »Verliebt zu sein bedeutet, eine Dummheit nach der anderen zu begehen. Sieh dich vor und mach nicht wieder den gleichen Fehler. Es gibt in diesem Land so viele Tücken. Ich habe schon eine Menge Seltsames erlebt …«

»Willst du mir nicht mal deine eigene Geschichte erzählen?«, fragte Ekart neugierig. »Wie kommt es, dass diese brutale Mörderbande ohne Moral dich akzeptiert? Hast du ein besonderes Rezept, das du mir verraten kannst?«

»Nicht heute«, wehrte Al Hadi ab und erhob sich. »Jetzt habe ich keine Zeit dazu.« Er lächelte matt. »Ich muss zurück zum Feuer, sonst bemerkt man meine Abwesenheit. Unser Anführer hat für heute noch etwas vor. Eine kleine Gruppe reicher Beduinen ist angekommen … sie sind nahezu unbewacht und haben ein paar interessant aussehende Kisten dabei. Wir könnten sie im Schlaf überfallen. Es wäre eine gute Gelegenheit …«

Ekart schüttelte den Kopf. »Hast du keine Skrupel, fremdes Gut zu stehlen? Und dabei noch ahnungslose Menschen zu ermorden?«

Al Hadi zuckte die Schultern. »Es ist mein Leben geworden. Früher bin ich mit in die Schlacht gezogen. Ist das ein Unterschied?«

»Ich glaube schon. Da geht es um Ritterehre, um Sieg und Ruhm ...«

»Das ist für mich das Gleiche. Hier bin ich eben eine Art Raubritter. Und wenn ich es schaffen sollte, wieder ins Heilige Römische Reich Deutscher Nation zu kommen, stelle ich mich eben wieder um. Aber das Leben ist so kurz. Hier herrschen andere Gesetze.«

»Du musst selbst wissen, was du tust. Vielleicht ist euer Kundschafter ja schon morgen mit dem Lösegeld für mich da«, seufzte Ekart hoffnungsvoll. »Ich kann es kaum erwarten, wieder frei zu sein. Wenn ich dir dann irgendwie helfen kann, lass es mich wissen. Du hast schließlich auch so viel für mich getan.«

»Wir werden sehen. Gute Nacht! Und pass auf, wo du dich hinlegst. Hier gibt es giftige Schlangen.« El Hadi machte sich daran, verschiedene Büsche und Gräser zusammenzuraffen, um ihm ein einigermaßen weiches Lager zu schaffen. Dann band er ihn wieder fest, wandte sich um und ging zum Nomadenlager zurück. Ekart sank auf das trockene Gras, seine Glieder schienen wie aus Blei. Aber wenigstens war er jetzt nicht mehr hungrig und durstig. Was würde der nächste Tag bringen? Er legte die gefesselten Hände aneinander und nahm sich vor, Gott darum zu bitten, dass der Vater noch lebte und das Lösegeld zahlen würde. Doch bevor er diesen Vorsatz in die Tat umsetzen konnte, war er schon in Schlaf gefallen.

***

Emma glaubte einen Albtraum zu erleben, aus dem sie nicht erwachen konnte. Sie war eingeschlossen und nicht mehr Herrin im eigenen Haus. Unablässig grübelte sie darüber nach, woher das Unheil kam, das so plötzlich über sie hereingebrochen war. Dass Sigurd es gewagt hatte, ihr Gewalt anzutun, sie zu schänden und vernichtende Lügen über sie zu verbreiten. Sie zu beschuldigen, dass sie ein Findelkind sei und ein angebliches Hexenzeichen trage. Der Oheim hatte ihm geglaubt und es sogar für wahr gehalten, dass sie Sigurd verführen wollte. Aber stand Friedhelm überhaupt auf ihrer Seite? Warum hatte er sie dann eingesperrt? Zum wiederholten Mal rüttelte sie an der Klinke, ohne dass sich etwas rührte. Ein Findelkind! Sie war überzeugt, dass die Mutter ihr etwas davon gesagt hätte, wenn sie nicht die richtige Tochter ihres Vaters gewesen wäre. Wie sollte sie aber diesen bösen Verleumdungen entgegentreten? Sie war allein, ganz auf sich selbst gestellt. Und das hatte Sigurd ausgenutzt. Sie begriff allmählich, dass es ihm und dem Onkel wohl einzig und allein um das Erbe ging, um die Burg und die Ländereien, die ihnen allein zufallen sollten. Aber sie würde sich nach Kräften wehren und hoffte nun auf den neuen Tag, an dem sich die schlimmen Behauptungen über sie als unwahr herausstellen würden.

Der Schlüssel in der Tür drehte sich nach vielen Stunden mit einem knarzenden Geräusch und Emma fuhr aus dem leichten Schlaf hoch, in den sie gegen Morgen gefallen war. Sie war sehr blass und ihr helles Haar fiel offen auf ihre Schultern. Gespannt blickte sie den Eintretenden entgegen. Ihr Oheim Friedhelm, in Begleitung eines Priesters, ihres Beichtvaters und des Magistrats des Dorfes, stand mit ernster Miene auf der Schwelle. Draußen wartete Sigurd mit zwei Waffenknechten. Der Priester trat forsch vor. Sein kalter Blick ließ Emma frösteln. »Gott sei mit Euch, Jungfer Emma. Ehrbare Bürger erheben Anklage gegen Euch. Ihr sollt gesündigt haben, Hexerei getrieben, ein Verhältnis mit einem Ketzer und eine Buhlschaft mit dem Teufel eingegangen sein.

Ich möchte Euch bitten, mitzukommen, damit das Gericht die Sache untersuchen kann.«

Emmas Beichtvater, Pater Sibelius, drängte sich empört vor. »Ich verbürge mich für mein Beichtkind, das ich von Kindheit auf kenne. Mir ist nicht bekannt, dass Emma jemals etwas … Unsittliches getan hat …«

»Dann stimmt es also nicht, dass Fräulein von Schrockenstein ganz allein lange Streifzüge in den Wald unternommen hat?«, fragte der Priester maliziös. »Was suchte sie da? Ich berufe mich im Übrigen nur auf die Aussagen zuverlässiger Zeugen, Bürger und Bauern im Ort.«

»Sie hat sich im Wald mit dem Teufel getroffen!«, rief Sigurd mit metallischer Stimme und trat in den Vordergrund. Übereifrig setzte er hinzu: »Was sucht ein ehrbares Mädchen sonst dort? Ich habe mit der Kräuterfrau neben dem Kloster gesprochen. Sie kennt Emma und ihre Hexenkünste. Und sie ist eine wichtige Zeugin. Sie kann beschwören, dass Emma ein Findelkind ist und unrechtmäßig ihrem Vater untergeschoben wurde.« Triumphierend sah er in die Runde.

»Ja, ja, das sagtet Ihr bereits«, beschwichtigte ihn der Beichtvater. »Aber zuerst muss der Beweis erbracht werden.«

»Es gibt einen unschlagbaren Beweis,« Sigurd war nicht zu bremsen. »Ich kann ihn sofort vorlegen.«

»Zuerst müssen wir die Sache untersuchen«, bestätigte der Magistrat bedächtig. »Und feststellen, ob das Mädchen wirklich eine Hexe ist oder nicht.«

Friedhelm, der sich bis jetzt im Hintergrund gehalten hatte, erhob nun das Wort. »Mein Sohn«, er sah zu Sigurd hinüber, »hat sich mir gestern bereits anvertraut. Dieses Mädchen, das vorgibt, die Tochter meines Vetters zu sein, trägt ein besonderes Mal am Rücken. Ein Hexenzeichen, mit dem der Teufel die Seinen markiert. Es hat genau die Form, die die Bischöfe der heiligen Kirche im Buch *Hexenzwang* beschrieben haben.«

Emmas Beichtvater war blass geworden. »Dieses Buch und die sogenannten Hexenzeichen sind nichts anderes als schändlicher Aberglaube!«

»Das habt Ihr nicht zu entscheiden. Oder wollt auch Ihr die Regeln der Kirche infrage stellen?« Friedhelm blickte ihn lauernd an.

»Nein, nein«, beeilte sich der Beichtvater zu bestätigen, »natürlich nicht. Ich bin viel zu gering, um mir darüber ein Urteil erlauben zu dürfen.«

»Ihr könnt das Mal selbst begutachten, wenn Ihr wollt. Es ist deutlich und ungewöhnlich groß.«

»Wartet!« Der Magistrat hob die Hand. »Eines nach dem anderen. Zunächst die Allgemeinbefragung.« Er sah Emma an und las vom Blatt ab. »Die Pestpflegerin Frau Kreszentia Wolfbauer hat als Zeugin ausgesagt, dass Ihr, Emma von Schrockenstein, unehrenhaft mit einem von der Kurie und König Sigismund gesuchten Ketzer in wilder Ehe auf der Burg gelebt habt. Als Eure Mutter sich dagegen auflehnte, wurde sie von Euch vergiftet.«

»Das ist nicht wahr!«, rief Emma aus, der die Tränen in die Augen schossen. »Gelogen, völlig erfunden und verdreht. Meine Mutter ist an der Pest gestorben. Und zwar bevor diese schreckliche Pflegerin ins Haus kam. Kreszentia Wolfbauer war eine faule, verbrecherische Person. Sie will sich an mir rächen, weil ich sie hinausgeworfen habe.«

»Gesteht wenigstens, dass Ihr oft im Wald wart!«, mischte sich der Priester wieder mit kalter Stimme ein. »Und dort eine Buhlschaft mit dem Teufel eingegangen seid.« Er hob das Kreuz, das er in der Hand trug, gegen sie.

»Ich war im Wald. Aber den Teufel habe ich dort nicht gesehen und …«

Er unterbrach sie. »Gesteht, dass Ihr das Zeichen auf Eurem Körper vom Teufel erhalten habt.«

»Aber nein. Ich habe es von Geburt an. Es ist ein einfaches Muttermal. Nie hat es jemanden gestört.« Emma fühlte, wie ihre Wangen zu glühen begannen.

»Ihr meint, dass es niemand gesehen hat. Aber es war wohl der wahre Grund, warum Euch Eure leibliche Mutter an der Kirchentür des Klosters ausgesetzt hatte«, mischte sich Sigurd wieder ein.

»Meine Mutter ist Magdalena von Schrockenstein …«

»Ihr Herren«, unterbrach Sigurd gelangweilt. »Es ist an der Zeit, das Mal mit eigenen Augen zu begutachten. Damit haben alle Lügen endlich ein Ende.« Er trat auf Emma zu. »Zieh dich aus und zeig es ihnen.«

Emma schüttelte den Kopf und verschränkte die Arme vor der Brust. Sigurd gab den Waffenknechten ein Zeichen, die daraufhin die Protestierende und laut Schreiende festhielten, während Sigurd ihr das Mieder aufknöpfte und das Kleid bis zu den Knien herabzog. Lüstern ließen die Männer ihre Blicke über ihren wohlgeformten weißen Körper und die bloßen Brüste gleiten und traten näher heran. Die Waffenknechte zwangen Emma, sich herumzudrehen, und der Priester nickte mit sarkastischer Miene. »Über dem Steiß sehe ich ganz deutlich das Zeichen des Teufels, so wie es im *Hexenzwang* beschrieben ist.« Die Knechte ließen Emma los, die schamhaft und zitternd wieder in ihr Gewand schlüpfte. Lauter fügte er hinzu: »Gesteht, Angeklagte! Habt Ihr es in wilder Ehe mit einem Ketzer hier auf der Burg getrieben?« Er näherte sich ihr mit dem hoch erhobenen Kreuz.

Emma wich vor seinem stechenden Blick zurück, der dem einer Schlange glich. Ihre Stimme zitterte. »Er ist kein Ketzer. Und er hat mir geholfen, wieder gesund zu werden. Ohne ihn wäre ich gestorben.«

Zufrieden nickte der Priester. »Gesteht weiter, dass der Teufel Euch verbotene Gelüste eingeflößt hat. Dass Ihr Euren Körper dem hier anwesenden Sigurd von Hohenstein angeboten habt, damit er von Euren Sünden schweige. Sagt die Wahrheit oder ich lasse Euch sofort in den Kerker bringen. Dann wird Euch der Prozess gemacht. Es gibt da gewisse Methoden, mit denen man Euch zwingen kann zu reden.«

Emma fiel auf die Knie. »Nein, niemals! Ich habe nichts getan. Ich schwöre es. Das ist alles nicht wahr.«

»Genug!«, mischte sich der Magistrat ein. »Wir haben gehört, was Ihr dazu zu sagen habt. Alles andere wird bei einem Gerichtsverhör geklärt werden, an dem der Bischof teilnehmen wird. Die wichtigsten Punkte der Anklageschrift sind ja bereits gesammelt.« Er sah in die Runde. »Wir alle sind Zeugen.« Er wandte sich wieder an Emma. »Jungfer von Schrockenstein. Hiermit verhafte ich Euch wegen Verdachts der Hexerei, Unsittlichkeit und Buhlschaft mit dem Teufel.« Er gab den beiden Waffenknechten einen Wink und sie traten erneut auf Emma zu.

Emma schrie auf und wich in die äußerste Ecke des Zimmers zurück. »Oheim Friedhelm – Ihr dürft das nicht zulassen! Ihr allein wisst, dass ich unschuldig bin. Sigurd lügt. Er hat mir Gewalt angetan. Er ist ein Verbrecher!« Sie stürzte zu ihm, fiel vor ihm auf die Knie und umfasste seine Stiefel. »Ihr kennt mich doch, Oheim! Euer Vetter, mein Vater, würde sich im Grab umdrehen, wenn er diese Beschuldigungen gegen mich hörte.«

Friedhelm fühlte sich unbehaglich und sah über sie hinweg. »Hab keine Angst, Mädchen«, erwiderte er halbherzig und kühl. »Das Gericht in Münsingen wird die Wahrheit bestimmt herausfinden. Aber wenn du gefehlt hast, musst du Buße tun. Und sollte es stimmen, dass du nicht das leibliche Kind meines Vetters bist, sondern ein untergeschobener Bastard«, er zuckte mit künstlichem Bedauern die Schultern, »dann kann ich dir leider auch nicht helfen.«

Emma schluchzte auf. Doch da waren die Waffenknechte schon bei ihr, zogen sie hoch und führten sie ab.

***

Ein Kitzeln auf ihrem Körper ließ Emma erwachen. Mit einem angewiderten Ausruf schüttelte sie die Schabe von ihrem Arm. Es war nur eine von vielen, die in dem feuchten Loch herumkrabbelten, in das man sie gesteckt hatte. Sie setzte sich auf und schlang frierend die Arme um den Körper. Die löcherige Decke und das Stroh, auf dem sie lag, wärmten kaum. Um sie herum schwitzten die grob behauenen Quadersteine eine muffige Feuchtigkeit aus, die von den Wänden tropfte. Aber das Schlimmste waren die Ratten, die umherhuschten und nach Nahrung suchten – vor allem in dem Napf mit dem Essen, das Emma kaum hinunterbrachte und den man ihr trotzdem zweimal am Tag mit ungenießbarem Hirsebrei füllte. Drei Tage lag sie nun schon hier, endlose Stunden, in denen sie nicht wusste, wie ihr Schicksal aussehen würde. Die erste Zeit hatte sie unablässig geweint, dann waren ihre Tränen versiegt und nur Ekel und Abscheu geblieben. Es war finster in ihrem Gelass, nur draußen beim Wärter, vor der vergitterten Tür, brannte eine blakende Pechfackel. Immer um die Mittagszeit zerrte man sie aus ihrem Gefängnis, brachte sie in einen von einem schwachen Kaminfeuer erhellten Raum und verhörte sie mit beschämenden und peinlichen Fragen, was sie genau mit dem Teufel getrieben, wo er ihr erschienen sei und was er von ihr verlangt habe. Mit Gewalt wollte man sie zwingen, etwas zu gestehen. Aber was sollte sie bloß gestehen? Aus jedem Wort drehte man ihr einen Strick, hörte man eine Lästerung heraus. Ihr graute vor der Folter, die man ihr androhte, und der Hexenprüfung, die ihr bevorstand und die ihr ganz sicher den Tod bringen würde. Das Schlimmste war, dass sie fürchtete, in der grässlichen Umgebung den Verstand zu verlieren und Dinge zu gestehen, die man ihr unablässig einredete.

Der Schlüssel drehte sich jetzt quietschend in der vergitterten Tür und der Wärter brachte ihr einen neuen Essensnapf und nahm den kaum angerührten mit, in dem die Ratten gewühlt hatten. Er war ein mittelgroßer junger Mann mit nussbraunen Haaren und ebensolchen Augen, der seine Stelle noch nicht lange innehatte. Er warf einen mitleidigen Blick auf das schöne junge Mädchen mit dem bis zu den Hüften reichenden blonden Haar. »Ist Euch kalt?«, fragte er zaghaft, denn eigentlich durfte er nicht mit der Gefangenen reden. Sie schlug ihre hellen grünen Augen mit einem so hoffnungslosen Blick zu ihm auf, dass es ihn im Herzen rührte. So ein unschuldsvoller Engel sollte eine Hexe sein? Das war ihm in der kurzen Zeit, in der er als Gefängniswärter seinen Dienst versah, noch nie vorgekommen. Bisher waren es immer nur alte Weiber, Witwen gewesen, mit Zahnlücken, zerzausten Haaren und Warzen im Gesicht, die man der Hexerei verdächtigte und die bis zur Hexenprobe hier sitzen mussten. Er war als Nachfolger seines Vaters eingesetzt worden, der zwanzig Jahre Wärter in diesen Mauern gewesen war. Man konnte nicht sagen, dass ihm seine Tätigkeit gefiel – aber man hatte ihm gesagt, dass man sich an die schlechte Luft, die Feuchtigkeit und das Elend der Gefangenen, die man ständig vor Augen hatte, gewöhnen würde. Die meisten waren schließlich Mörder, Totschläger oder Landesverräter – da sah er ein, dass sie büßen mussten. Aber so ein hübsches junges Mädchen, noch um einige Jahre jünger als er – das war doch sehr ungewöhnlich. Er ertappte sich dabei, dass er sie gerne beobachtete. Und manchmal brachte er ihr aus Mitleid sogar etwas mit. Ein Stück frisch gebackenes Brot von zu Hause, Zuckerwerk oder heißen Würzwein, den er sich in einer Kammer für die Wärter zubereitete. Er freute sich, wenn sie seine Aufmerksamkeiten dankbar annahm. Heute hatte er sogar einen Kamm mit groben Zinken für sie – bald würde ihr Prozess beginnen und da war es wichtig, dass sie nicht allzu verwildert aussah. Er lächelte ihr gutmütig zu und ließ den Kamm in ihre Hände gleiten.

Emma sah ihn dankbar an. Wenigstens gab es hier ein Wesen, das sie nicht verachtete und schlimmer Dinge verdächtigte. Kaum war der freundliche Wärter wieder hinter dem vergitterten Rost verschwunden, da hörte sie erneut die Eisentür quietschen. Ein anschließender Wortwechsel folgte. Das Gitter öffnete sich erneut, man zerrte sie hinaus und verfrachtete sie, begleitet von Waffen tragenden Gehilfen, auf einen Karren. Emma schlug das Herz bis zum Hals. Würde man jetzt die Wasserprobe mit ihr anstellen? Warten, bis sie unterging? Sie hatte davon gehört. Blieb sie oben, so war sie eine Hexe. Wenn sie ertrank, war ihre Unschuld bestätigt. Was hatte das bloß für einen Sinn?

Doch der Karren hielt vor dem städtischen Gebäude in Münsingen, der Vogtei, an der man Gericht über sie halten würde, wie der Büttel ihr erklärte. Die Richter und Geistlichen saßen schon auf einem erhöhten Podest am Ende des Saales und warteten auf ihr Erscheinen. In den Bänken sah sie zahlreiche Zuhörer und in der ersten Reihe auch Sigurd und Friedhelm sitzen. Sie wandten ohne eine Regung den Kopf, als sie eintrat und auf der Sünderbank Platz nahm. Sichtlich hatten sie nicht das geringste Mitleid mit ihr, sondern erwarteten mit der gleichgültigen Miene braver, unbescholtener Bürger die anstehende Verhandlung. Diese Erbschleicher, dachte Emma wütend. Sie würden keinen Finger rühren, wenn man sie verurteilte, kein gutes Wort für sie einlegen, um den schrecklichen Verdacht zu zerstreuen, mit dem man sie behaftete. Das

Grüppchen der Schöffen saß ein wenig abseits und streifte sie mit verstohlenen Blicken. Und es gab keinen Verteidiger – sie musste selbst für sich sprechen. Die Aussichtslosigkeit dieses Verfahrens lähmte sie. War dieser Prozess nicht schon verloren, noch bevor er begonnen hatte?

»Jungfer Schrockenstein«, begann der Ankläger, der Priester, der auch bei ihrer Festnahme anwesend war. »Gesteht Ihr, mit dem Teufel im Bunde zu sein und Hexenwerk zu treiben?«

Emma schüttelte stumm den Kopf. War es nicht gleichgültig, was sie hier sagte? Man würde sie ohnehin schuldig sprechen.

»Antwortet, Angeklagte!« Jetzt wurde der Ton schon schärfer und Emma brachte nur ein kläglich klingendes »Nein« heraus.

»Punkt eins«, fuhr der Priester unnachgiebig fort. »Man hat Euch im Wald gesehen, nackt um Räucherwerk tanzend, den Teufel lobend. Punkt zwei: Ihr habt Euch einem Ketzer hingegeben und einen braven Mann, den Herrn Sigurd von Hohenberg, unsittlich in Versuchung geführt. Punkt drei: Ihr seid ein Findelkind und daher keineswegs die Tochter des Ritters Ethelbert von Hohenberg und seiner Frau Magdalena. Zeugin ist die Hebamme Lucardis. Punkt vier: Der Teufel selbst hat Euch mit einem Zeichen gebrandmarkt, damit Eingeweihte sehen, dass Ihr zu seiner Zunft gehört. Leugnet Ihr diese Tatsachen?«

Ein Tuscheln der Empörung breitete sich im Raum aus und der Gerichtsschreiber sah von seinen Papieren hoch.

Emma stieg bei diesen Worten das Blut ins Gesicht. Sie brach in lautes Schluchzen aus. Dann fand sie ihre Stimme wieder. »Die Punkte sind allesamt nicht wahr!«, schrie sie in ihrer Verzweiflung, so laut sie konnte, durch den Raum. »Ich schwöre es, bei Gott und allen Heiligen. Das, was Ihr vorgebracht habt, ist gelogen – erfunden. Ich schwöre, dass ich mit dem, was in der Anklageschrift genannt ist, nichts zu tun habe.« Sie wandte sich um und fixierte Sigurd und Friedhelm mit scharfem Blick. »Hier, in der ersten Bank, sitzen mein Oheim Friedhelm von Hunoldstein und sein Sohn Sigurd. Sie sind es, die mich verleumden, die mir all diese Scheußlichkeiten vorwerfen. Und warum?« Sie sah sich im Raum um und musterte die Zuhörer mit festem Blick. »Weil sie das Erbe meiner Familie an sich bringen wollen. Ich habe in der letzten Zeit unsagbares Leid erfahren. Meine Mutter starb an der Pest. Mein armer Vater«, sie schluchzte auf, »und auch mein Bruder sind bis heute nicht von einer Pilgerfahrt zum Heiligen Grab in Jerusalem zurückgekommen. Man hat mir gesagt, mein Vater sei an einer Krankheit gestorben und in der Fremde beerdigt worden. Ich stand allein da – war plötzlich eine Waise. Und die Menschen, die ich immer geschätzt und respektiert habe, bezichtigen mich nun solch schlimmer Verbrechen. Ihres eigenen Vorteils wegen.«

Der Richter stutzte, beriet sich mit dem Vorsitzenden. »Wir werden zuerst die Zeugin hören. Ruft sie herein!«, befahl er sodann.

Der Gerichtsschreiber rief in den Gang: »Kreszentia Wolfbauer!«

Emma erschrak zutiefst. Die alte Vettel und ehemalige Gefängnisinsassin wurde als Zeugin vernommen? Das konnte nur das Schlimmste bedeuten. Kreszentia trat mit gesenktem Kopf ein. Sie war gekämmt, gewaschen und mit einem schlichten grauen Kleid angetan.

»Schwört, die reine Wahrheit zu sagen, so wahr Euch Gott helfe«, murmelte der Richter.

Und Kreszentia hob die Hand. »Ich schwöre.«

»Habt Ihr beobachtet, dass die Angeklagte Hexenwerk trieb, während Ihr auf der Burg wart?«

Die Frau nickte, ohne Emma anzusehen. »Ich habe sie

gepflegt, aber als es ihr besser ging, bekam ich Einblick in ihren Lebenswandel. Sie schmückte sich mit schönen Kleidern, wenn sie sich abwechselnd mit dem Ketzer und dem Teufel traf und mit ihnen Unzucht trieb. Um Mitternacht gab es immer ein lautes Getöse, dann, wenn sie ihre höllischen Feste feierten. Ich habe mich schrecklich gefürchtet – aber ich konnte ja nicht fort. Man hat mich geschlagen, in einen dunklen Raum gesperrt und wollte mich zwingen, den Teufel anzubeten. Ich habe widerstanden.« Sie zerdrückte eine künstliche Träne an ihrem Auge.

»Gute Frau«, sprach der Richter beeindruckt und voller Mitleid, »dann müsst Ihr ja ein wahres Martyrium durchgemacht haben.«

Kreszentia seufzte tief auf. »Mein graues Haar beweist meine Leiden.«

»Habt Ihr … die Vereinigung der Angeklagten mit dem Teufel mit angesehen?«

Eifrig nickte die Pflegerin. »Sie hat sich ihm nackt hingegeben. Da habe ich ganz deutlich das Zeichen an ihrem Körper gesehen, das Hexenzeichen.«

»Ihr lügt.« Emma konnte nur noch wimmern, als sie die erfundenen Anschuldigungen vernahm. »Hohes Gericht – diese Frau hat das alles erfunden. Sie ist nicht glaubwürdig – und sie wurde einst wegen Mordes verurteilt …«

»Kommen wir zum Fortgang, derartige Einwände sind überflüssig und halten uns nur auf«, unterbrach sie der Richter, ohne näher auf ihren Protest einzugehen. »Das Hexenzeichen. Wir wollen es sehen.« Kreszentia ging auf Emma zu und versuchte, ihr das Mieder auszuziehen, was ihr schließlich mit der gewaltsamen Unterstützung seitens der Waffenknechte gelang.

»Ahh!« Unter den Zuschauern und Schöffen stieg ein langer Seufzer auf, als man das Mal am Rücken erkannte.

»Ich danke der Zeugin für ihre Hilfe und die Ausführungen. Nun ist nur noch festzustellen, ob die Angeklagte noch Jungfrau ist. Dazu rufe ich die stadtbekannte Hebamme Aloysia Krutzenbichler auf, im Nebenraum eine diesbezügliche Untersuchung über die Unschuld der Emma von Schrockenstein vorzunehmen.«

Die Hebamme, eine stämmige Bürgersfrau, erschien. Zwei Stadtbüttel packten Emma am Arm, zerrten sie in den Nebenraum, wo Frau Aloysia ohne Verzug ihre Röcke hochschob, mit ihren schmutzigen Fingern zwischen Emmas Beine fuhr und versuchte, das Jungfernhäutchen zu ertasten. Doch dort, wo sich Sigurd bereits mit Gewalt Eingang verschafft hatte, konnte sie nichts finden. Emma zappelte und schrie aus Leibeskräften, bis die Hebamme endlich von ihr abließ. »Sie ist keine Jungfrau mehr«, stellte sie trocken fest, zog Emmas Röcke zurecht und kehrte ihr den Rücken. Gedemütigt und schluchzend wurde Emma wieder in den Gerichtssaal geführt und nahm auf der Anklagebank Platz, während die Hebamme ihre Aussage beschwor.

Die Schöffen redeten empört aufeinander ein und sandten Emma strafende und misstrauische Blicke.

»Was sagt Ihr dazu, Angeklagte?«, fragte der Richter mit steinerner Miene.

»Sigurd von Hunoldstein hat mir Gewalt angetan … er war es und nicht der Teufel. Ich schwöre es, so wahr mir Gott helfe.« Emma hob flehend die gefalteten Hände.

»Einspruch!«, meldete sich der Bischof als Beisitzer zu Wort. »Die Angeklagte versucht, Mitleid zu erwecken und von ihren Taten abzulenken. Ich vertrete hier den Klerus als oberste Instanz. Man hat mir die alleinige Verfügungsgewalt über diesen Fall übertragen, im Namen der Kirche und nach meinem besten Gewissen zu urteilen. Es täte mir leid, die Württemberger Fürsten oder einen für diesen speziellen Fall befugten Kardinal um Beistand anzurufen. Wenn die Angeklagte nicht gesteht, mit dem Teufel Unzucht getrieben zu haben, verlange ich nach Recht und Gesetz, sie zunächst der Folter zu unterziehen. Sollte sie dann noch nicht die Wahrheit gestehen, bleibt uns nur noch die Hexenprobe. Gott wird diesem Mädchen unzweifelhaft helfen, wenn es wirklich die Wahrheit gesagt hat.« Stille entstand nach diesem Antrag.

»Der Forderung wird stattgegeben.« Der Richter klopfte mit einem kleinen Hammer auf den Tisch. »Das Urteil ist somit rechtskräftig. Die peinliche Befragung der Folter soll vorbereitet und angewandt werden. Gesteht die Angeklagte dann noch nicht, so soll die Hexenprobe entscheiden.« Der Priester nickte beifällig, die Beisitzer und Schöffen erhoben sich und verließen den Raum. Grob führten die Knechte die von einem Weinkrampf geschüttelte Emma zu dem wartenden Karren, der sie ins Gefängnis zurückbrachte, wo sie wie tot auf ihr Strohlager fiel.

Es dauerte eine ganze Weile, bis der freundliche junge Wärter es wagte, sich ihr zu nähern. Zum ersten Mal in seinem Leben empfand er das Unrecht dieser Bestrafung wie am eigenen Leib. Er kniete sich vor Emma hin und versuchte, ihre Hand zu ergreifen. »Ich habe gehört, was man mit Euch tun will. Ihr … Ihr solltet nicht so weinen.«

Emma antwortete nicht, sondern heftete ihre in Tränen schwimmenden Augen auf ihn. »Wie ist dein Name?«, fragte sie leise.

»Jörg – Ihr könnt mich einfach Jörg nennen.« Er hätte immer so bei ihr sein wollen und ihre Hand halten. »Ich … glaube jedenfalls nicht, dass Ihr eine Hexe seid«, stammelte er schließlich aus ehrlichem Herzen. Vorsichtig legte er den Arm um sie und ließ dabei seine Blicke über ihre zarte Gestalt gleiten, den zerbrechlich scheinenden weißen Hals, die Schultern, die hilflos zuckten, das zerrissene Mieder. Alles an ihr entzückte ihn, ihre vor Kummer bebenden Lippen, das heiße Rot ihrer Wangen, über die die Tränen liefen. Der unwiderstehliche Wunsch, sie ganz in die Arme zu schließen, an seine Brust zu drücken und sie zu trösten, stieg plötzlich in ihm auf.

»Hilf mir, Jörg«, stieß Emma verzweifelt hervor, der seine Bewunderung nicht verborgen geblieben war. »Bitte! Du bist der Einzige, der Mitleid mit mir hat. Ich muss hier hinaus, damit ich meine Unschuld beweisen kann.«

Furchtsam zog der Wärter seinen Arm zurück. Was redete dieses Mädchen da? Wie sollte er ihr helfen? Ohne ein Wort sprang er auf, lief zurück, schloss das Gitter hinter sich und setzte sich wieder auf seinen Platz.

Emma erhob sich und folgte ihm ein Stück. Das Gesicht an die Stäbe gepresst, flüsterte sie ihm zu: »Du bist gut, Jörg, ich fühle es.«

Der Wärter senkte den Kopf. Er sollte nicht antworten, so sagten es die Vorschriften. Doch dann, wie unter einem Zwang, sah er auf. »Ich darf nicht mit Euch reden«, flüsterte er stockend. Herr im Himmel, dieses Mädchen brachte ihn völlig in Verwirrung.

»Hilf mir, Jörg«, hauchte Emma, »und du wirst es nicht bereuen. Wir beide – wir sollten zusammen fortgehen. Du kannst mich haben – ich bin keine Jungfrau mehr. Ich weiß dich zu verwöhnen. Und ich bin reich, habe an einem heimlichen Ort Geld versteckt, von dem wir leben könnten.«

Trotz der überwältigenden Vorstellung, der Versuchung, die sich ihm bot, schüttelte Jörg hilflos den Kopf. Emma kehrte wieder zu ihrem Platz zurück und ließ sich auf das feuchte Stroh fallen. Er folgte ihr begehrlich mit den Blicken. Dann brütete er eine Weile dumpf vor sich hin, von Zweifeln und Wünschen hin und her gerissen. Die Versuchung war groß. Er hätte nicht mit der Gefangenen reden, sie nicht ansehen und anhören sollen. Wie ein süßes Gift waren ihre Worte in sein Herz getropft. Er versuchte, gleichgültig zu tun, den Gedanken an sie beiseitezuschieben, aber es gelang ihm nicht und er war froh, als sein Dienst beendet war. Doch auch in der Nacht fand er keine Ruhe. Ihn quälten seltsame Träume, von ihr – von ihnen beiden, wie sie sich liebten und zusammen in die weiten Räume der Freiheit zogen. Reich und frei – nicht mehr in diesem stickigen Gemäuer zu sitzen, in dem es weder Luft noch Licht gab. Ein seltsames Glücksgefühl überkam ihn bei dem Gedanken. Als er am Morgen erwachte und seinen Dienst antrat, wagte er kaum, zu ihr hinüberzusehen. Sein Herz klopfte unruhig. Man würde dieses zauberhafte Geschöpf töten, es unter der Folter quälen. Der Gedanke daran ließ ihn schaudern, verursachte ihm Pein. Sollte er sich nicht besser an einen anderen Platz versetzen lassen? Aber er empfand eine solche Sehnsucht, sie zu sehen, mit ihr zu sprechen und sie zu berühren, dass er diesen Gedanken wieder verwarf. Mit zitternder Hand stellte er Emma den Essensnapf hin, bückte sich zu ihr hinunter und konnte dabei nicht verhindern, dass seine Hand wie von selbst verschämt über ihr Haar und ihren Nacken fuhr. Emma hob den Kopf. Sie hatte bemerkt, dass ihm ihr Schicksal nicht gleichgültig war, aber das Leuchten, das jetzt in seinen Augen brannte, ließ nur einen einzigen Schluss zu. Er empfand etwas für sie – gebärdete sich wie ein Verliebter. Wenn dies keine Täuschung war, dann gab es vielleicht noch eine Chance, der grausamen Marter zu entkommen. Ihr Schicksal lag in seiner Hand, er konnte das Gitter unverschlossen lassen und sie damit vor der Qual der Folter und sinnlosen Hexenprobe bewahren, die ihren sicheren Tod zur Folge haben würden. Aber was tun? Jörg war schüchtern und unentschlossen und ihr wurde klar, dass sie die Initiative ergreifen musste. Zwar hasste sie jede Verstellung und Unehrlichkeit, aber um ihr Leben zu retten, musste jedes Mittel recht sein. In der vergangenen Nacht hatte sie schon darüber nachgegrübelt und erkannt, dass es nur eine Hoffnung für sie gab: die Flucht. Der verliebte Wärter würde ihr dazu verhelfen, wenn sie sich geschickt anstellte und das Feuer, das in seinen Augen brannte, noch mehr anfachte. Aber dazu musste sie über ihren Schatten springen und ihn glauben lassen, auch sie empfände etwas für ihn.

»Jörg«, flüsterte sie mit zärtlicher Stimme, sah ihn schmachtend an und hielt seine Hand fest, die in der ihren leise zitterte. Er schien mit sich zu kämpfen und sich abwenden zu wollen, doch da hatte sie schon die Arme um seinen Hals geschlungen. Er machte keinen Versuch, sie abzuwehren, als sie ihn sanft auf den Mund küsste. Starr und stumm, mit herabhängenden Armen stand er vor ihr, als wüsste er nicht, was er tun sollte. Doch plötzlich kam Bewegung in ihn und er flüchtete wieder aus der Zelle hinter sein schützendes Gitter. Mit dem trüben Gefühl, genau das Falsche getan zu haben, erlosch nun auch die letzte Hoffnung in Emmas Herzen. Sie hatte sich getäuscht – der Wärter empfand nichts für sie. Nun konnte sie nichts anderes mehr machen, als sich auf die härteste Prüfung ihres Lebens vorzubereiten. Morgen würde die erste Tortur stattfinden, bei der sie zugeben sollte, eine Hexe zu sein. Die Vorahnung dieses schrecklichen Ereignisses ließ sie erst nach längerem Wachen in einen bleiernen Schlaf seelischer Erschöpfung fallen. Doch mitten in der Nacht wurde sie vom Geräusch eines Schlüssels und leisem Quietschen des Gitters ihrer Zelle geweckt. Sie sprang auf, ihr Herz klopfte wie rasend. Wollte man sie jetzt schon holen? Ein leises »Psst!« ließ sie erstarren. Das flackernde Licht einer Laterne näherte sich und dahinter tauchte das bleiche, ängstliche Gesicht ihres Wärters auf. Sie riss sich mit aller Gewalt zusammen. Jetzt durfte sie nichts falsch machen. »Jörg!«, flüsterte sie leise. »Liebster!«

Er schlang die Arme um sie und küsste sie hastig und leidenschaftlich. Emma ließ es geschehen. »Komm mit«, flüsterte er fast unhörbar, sich von ihr lösend. »Ich habe deine Flucht vorbereitet. Du wirst bald frei sein. Und ich gehe mit dir. Nichts kann uns dann mehr trennen.«

Emma nickte und zwang sich zu einem liebevollen Lächeln.

»Wir müssen sehr vorsichtig sein«, raunte er und verschloss das Gitter. »Hier, zieh das an!« Er warf ihr klobige Stiefel, Hosen, ein Hemd und eine Mütze zu, darüber sollte sie einen Kittel ziehen, wie ihn die Aufseher trugen. »Und sei leise!«, mahnte er.

Emma beeilte sich, in die Männerkleidung zu schlüpfen, die ihr viel zu groß war. Die Hose band sie mit einer Kordel zusammen, versteckte ihr Haar unter der Mütze und zog den Kittel darüber. Sie nahm den Spieß, den Jörg ihr reichte, und folgte ihm mit gesenktem Kopf durch die schmalen, modrigen Gänge des alten Gefängnisses mit seinen mächtigen Eisentüren und vergitterten Eingängen. Jörg besaß für alle Türen einen Schlüssel und die jeweiligen Wärter, schläfrig und halb eingenickt, warfen ihnen nur einen kurzen, einverständlichen Blick zu und ließen sie vorbei. Der Posten, der vor dem Portal stand, grüßte freundlich und auch dort konnten sie anstandslos passieren. Emma hatte die ganze Zeit das Gefühl, etwas Unwirkliches zu erleben, etwas, das sie nur träumte und wovon sie bald erwachen würde. Die Nacht war kühl, der Himmel sternenklar und sie stolperte wortlos mit ihren viel zu großen Stiefeln hinter Jörg her, bis sie zu einem einfachen Holzhaus mit angebautem Stall kamen. Jörg drückte sie an sich und wurde nicht müde, sie zu küssen und zu liebkosen. Emma ließ alles fühllos über sich ergehen. Obwohl der junge Wärter nicht unansehnlich war, musste sie sich doch überwinden, stillzuhalten, denn sie liebte ihn nicht. Mehr als zuvor spürte sie in diesem Moment, dass ihr Herz nur Wolfram gehörte und dass sie immer auf ihn warten würde, egal, was geschah.

»Bleib hier und rühr dich nicht vom Fleck«, sagte Jörg jetzt hastig, »ich sehe nach, ob die Luft rein ist, und hole Proviant für uns. Dann können wir uns in meine Kammer schleichen. Niemand wird etwas davon merken.« Wieder presste er sie gierig an sich und bedeckte ihr Gesicht mit Küssen. »Ich will dich zuerst haben, bevor wir fliehen.« Er schob seine Hand ungeduldig unter ihr grobes Leinenhemd, tastete lüstern stöhnend über ihren Busen und griff durch die weiten Männerhosen zwischen ihre Schenkel. »Du willst es doch auch, nicht wahr?«, flüsterte er heiser. »Schließlich bist du ja auch keine Jungfrau mehr.«

Emma musste sich mit aller Gewalt beherrschen. Also das war es, was Jörg wollte. Heftig atmend schob er das Hemd halb von ihrer Schulter und presste seine Lippen auf ihre nackte Haut. »Wie sehr sehne ich mich danach, dass du ganz mein bist. Dich an meiner Brust zu spüren, davon habe ich die ganze Zeit geträumt.« Er riss sich gewaltsam von ihr los. »Nur ein paar Minuten, dann bin ich wieder bei dir.«

Emma sah sich voller Verzweiflung um, als er verschwunden war. Ihr schauderte vor Ekel vor den nassen Männerlippen, die an ihrem Mund gesaugt hatten, vor seiner gierigen Zunge, die er so weit in ihren Mund geschoben hatte, dass sie beinahe ein Würgen überkam, und vor seinen suchenden Händen, die sie so unanständig berührten. Der Gedanke, mit Jörg das Bett zu teilen, und daran, was er dort mit ihr anstellen würde, erfüllte sie mit Abscheu. In einem fahlen Streifen der nahenden Morgendämmerung waren in der Ferne die Schemen des Ortes zu erkennen und die Umrisse eines Kirchturms, an dem gedämpft die Glocke schlug. Ein Hund bellte. Vor ihr erstreckte sich ein kleines Feld, das an ein Waldstück grenzte. Schaudernd dachte sie daran, dass sie Jörg nun völlig ausgeliefert war und dass er ihr jetzt die gleichen Schmerzen zufügen würde wie Sigurd. Ein Gefühl der Panik ergriff sie. So schnell sie konnte, rannte sie über das Feld dem Waldstück zu. Sie hatte kaum die schützenden Bäume erreicht, da sah sie Jörg vors Haus treten und sich nach ihr umsehen. Er rief leise und verblüfft ihren Namen, doch dann verzerrte sich sein Gesicht und er begriff. Mit einem lästerlichen Fluch schmiss er den Proviantsack zu Boden und spähte angestrengt in die Ferne. Dann lief er los.

Doch Emma war schon wie ein Schatten in der schützenden Dunkelheit des Waldes verschwunden. Jörg ballte hilflos die Fäuste. Wo sollte er das Mädchen suchen? Sie war wie vom Erdboden verschluckt. Er hatte seine Liebe verloren – oder das, was er in seiner Verblendung dafür hielt.

***

Wolframs Schädel dröhnte, er rang nach Luft und sein Bewusstsein schien auszusetzen. Er fiel auf den Rücken und der Mönch beugte sich triumphierend über ihn. Doch in diesem Moment gelang es Wolfram, noch einmal alle Kräfte anzuspannen. Er bäumte sich auf, umklammerte den Kopf des Mönches, riss ihn zur Seite und stieß ihn mehrmals heftig auf den gepflasterten Boden. Der Zug um seinen Hals ließ nach, röchelnd kam er zu Atem und schaffte es, sich aus der tödlichen Schlinge zu befreien. Würgend und hustend richtete er sich auf. Vor ihm lag der Mönch, unter dessen Kopf eine sich rasch vergrößernde Blutlache hervorsickerte.

Er blickte in das bärtige, aschfahle Gesicht. Wer war dieser Mann? Ein gedungener Mörder der Kurie? Hatte er ihm aufgelauert, damit das Traktat mit den Thesen John Wyclifs nicht in die Hände der Anhänger von Hus gelangte? Er tastete nach der schmalen Pergamentrolle unter seinem Hemd. Sie war unversehrt. So leicht würde er sich das wertvolle Stück nicht abnehmen lassen. Er hörte die Schritte eines Passanten. Jetzt aber fort, bevor der Verletzte das Bewusstsein wiedererlangte. So schnell wie möglich musste er Nürnberg verlassen. Rasch machte er sich davon, packte im Wirtshaus »Zum Bären« seine Sachen, zahlte zur Verwunderung des Wirtes noch in derselben Stunde seine Rechnung und führte die Pferde aus dem Stall. Wieder wählte er den Braunen, der kräftig genug war, den langen Ritt über Wald und Feld durchzuhalten.

Über Lauf an der Pegnitz kam er nach Sulzbach und übernachtete im Gasthof »Zum Roten Krebs«, in der Nähe des Rathauses, das ihm Hieronymus von Prag für seine Reise empfohlen hatte. Die Pferde ritt er jetzt im Wechsel, denn es waren noch etliche Meilen bis zur Burg Krakovec zu bewältigen. Um den Zollstationen auszuweichen, hielt er sich abseits der Goldenen Straße, des Handelswegs nach Prag. Auf ihr zogen größere und kleinere Gruppen von Geschäftsleuten voran, die Salz brachten oder kostbare Stoffe, Gewürze, Getreide und Wein ausführten.

Da Wolfram ohne bewaffnete Begleitung unterwegs war, musste er auf den Nebenpfaden besonders vorsichtig sein. Man hatte ihn gewarnt, dass auch im Unterholz kleinere Gruppen Räuber des untersten Schlages lauerten; wenn auch die meisten Überfälle auf der Goldenen Straße auf die Handelszüge stattfanden. Wolfram ging es jedoch hauptsächlich darum, keinem übereifrigen Zöllner aufzufallen, damit er mit seiner Schriftrolle sicher in Krakovec ankam. Auf einem Bauernhof deckte er sich mit Proviant ein, kaufte einen Sack Hafer und ein drittes Pferd. Die hellbraune neue Stute erschien ihm kräftig und wendig genug, die Steige auf den kaum sichtbaren, von Wind und Wetter ausgewaschenen Pfaden in den Waldgebieten zu meistern.

Er wechselte sehr häufig die Pferde, um schneller voranzukommen. In den ersten Tagen hatte er jedoch durch eine kleine Unachtsamkeit plötzlich die Richtung verloren. Der Pfad war verschwunden und weit und breit erstreckte sich der grüne Dschungel des Waldes vor ihm. Zu allem Übel kam Wind auf, die Zweige neigten sich mit hörbarem Rauschen ihrer Blätter und eine nasse Flut Regen brauste herab. Da gleichzeitig auch die Dunkelheit hereinbrach, blieb Wolfram nichts anderes übrig, als haltzumachen und sich aus Ästen und Moos ein halbwegs schützendes Lager unter einer mächtigen Tanne zu bauen.

Er verfluchte seine eigene Nachlässigkeit. Weitaus besser wäre es gewesen, in einem der Gasthöfe nahe der Goldenen Straße zu rasten und ein warmes Mahl einzunehmen, anstatt sich hier in der feuchten, unbequemen Finsternis, in seinen Mantel gehüllt, unter nassen Zweigen zu krümmen. Er kaute ein wenig an einem Kanten Brot und einer Scheibe Speck, zog sich den Hut über die Ohren und versuchte, etwas Ruhe zu finden. Ein leises Summen an seinem Ohr zog seinen Blick nach oben. Ein paar Bienen suchten vor dem prasselnden Regen Schutz in ihrem Nest, das direkt über ihm in der Baumhöhle lag. Die Augen fielen ihm zu, während er daran dachte, dass ein wenig Honig aus dem Bienenstock eine gute Zugabe zum Abendbrot gewesen wäre.

Nach kurzem oberflächlichem Schlummer wurde er plötzlich vom Geräusch knackender Äste und dem schleppenden Tapsen eines schweren Körpers geweckt. Die Pferde wieherten aufgeregt und bäumten sich an dem Strick auf, mit dem sie angebunden waren. Wolfram horchte angespannt in die Dunkelheit. Der Regen war versiegt, es herrschte Stille im Wald und für einen kurzen Moment schien alles den Atem anzuhalten. Doch dann ertönte ein furchterregendes Brummen direkt neben ihm. Er sprang auf und zog sein Schwert. Es war zu dunkel, um Genaueres zu erkennen, aber ganz plötzlich sah er die Umrisse einer pelzigen Masse hoch aufgerichtet und mit erstaunlicher Geschwindigkeit näher kommen. Ein Bär, schoss es ihm durch den Kopf. Und er ist kräftig genug, um mich mit einem Griff zu zermalmen. Mit ein paar Sätzen war er bei den Pferden und hob sein Schwert kampfbereit in die Höhe. Der Bär zertrampelte achtlos das Nachtlager, riss sein schreckenerregendes Maul auf, zeigte seine spitzen, langen Zähne und schlug die scharfen Krallen seiner schweren Tatzen in die Rinde des Baumes. Das Schwert in Wolframs Hand bebte. Diese hungrige Bestie wäre ihm bei einem Kampf bei Weitem überlegen.

Einige Hiebe seiner mächtigen Tatzen – und er und die Pferde wären erledigt. Trotzdem wollte er sich nicht wehrlos ergeben. Wenn er fest und mit aller Kraft zuschlug, konnte er dem Bären vielleicht den Schädel spalten oder ihn so schwer verletzen, dass er aufgab.

Mit geiferndem Maul, die feucht schimmernde schwarze Nase zur Witterung erhoben, kam der Bär näher. Wolfram versuchte, sich auf den Punkt zwischen den im schwachen Mondlicht schimmernden kleinen Augen zu konzentrieren. Dorthin musste er zielen, hart zuschlagen, um ihm das Schwert ins Hirn zu treiben. Unvermutet wandte sich das mächtige Tier jedoch von ihm ab und drehte ihm den Rücken. Verblüfft sah Wolfram zu, wie der ungelenk wirkende Bär ganz behände den Baum hinaufkletterte, unter dem er gelegen hatte, geschickt mit seinen plumpen Tatzen die Waben aus der Baumhöhle holte und sie genüsslich ableckte, ohne auf die Stiche der wütend umherschwirrenden Bienen zu achten.

Erleichtert ließ Wolfram das Schwert sinken. Ein Lächeln trat auf seine Lippen. Nicht auf ihn oder seine Pferde hatte es das wilde Tier abgesehen, sondern nur auf die Leckerei in der Baumhöhle. Der Bär hatte ihn verjagt, weil er die Beute nicht teilen wollte. Trotzdem musste er sich jetzt so schnell wie möglich aus dem Staub machen. Vorsichtig schlich er heran, um seine Sachen zu holen, doch der Bär riss sein Maul auf und brüllte noch einmal gewaltig, um den vermeintlichen Konkurrenten an der Honigquelle zu verscheuchen. Das ließ sich Wolfram nicht zweimal sagen. Noch nie hatte er so schnell sein Bündel gepackt und die Pferde losgebunden.

Voller Hast galoppierte er los, weiter durch den Wald. Als der Morgen dämmerte und der weiße Nebel fast bis zu den Baumspitzen reichte, blieb er erschöpft stehen. Es war dumm von ihm gewesen, sich ohne Führer in eine unbekannte Landschaft zu wagen, auf Nebenpfaden sein Ziel erreichen zu wollen, ohne sie zu kennen, das sah er jetzt ein. Es kam ihm vor, als ritte er im Kreis und jeder Baum, jeder Strauch sähe gleich aus. Seufzend stieg er ab. Er war todmüde und auch die Pferde senkten die Köpfe vor Erschöpfung. Er hängte ihnen die Futtersäcke um, damit sie fressen und neue Kraft schöpfen konnten. Das kleine Stück wolkenverhangenen Himmels über ihm ließ die Sonne nicht sehen, nach deren Stand er sich hätte richten können. Was sollte er tun? Ratlos setzte er sich auf den Waldboden und lehnte den Kopf an einen Baum. Seine Gedanken verwirrten sich und trotz der unbequemen Lage fielen ihm bald die Augen zu.

Leiser Hufschlag und das Knacken von leichten Schritten in der Nähe schreckten ihn jedoch gleich wieder auf und ließen ihn nach seiner Waffe greifen. Zu seiner Überraschung sah er einen etwa zwölfjährigen Jungen mit struppigem karottenrotem Haar und zerlumptem Kittel vor sich, der ein Pferd am Halfter führte, das über und über mit Warenkörben beladen war. Der Junge, genauso überrascht wie er selbst, sah ihn erschrocken an, und da es für eine Flucht oder Umkehr zu spät war, blieb er einfach stehen. Froh, einem menschlichen Wesen zu begegnen, das ihm den Weg weisen konnte, ließ Wolfram sein Schwert sinken und erhob sich. »Hab keine Angst«, sagte er freundlich, »ich tu dir nichts. Wer bist du und was machst du hier im Wald?«

Der Junge schien verlegen. »Gott zum Gruß, Herr. Ich … ich«, stotterte er. »Ich bringe das Pferd zu meinem Herrn.«

Wolfram musterte den beladenen Gaul, der unter dem Gewicht der Waren fast zusammenbrach. »Und wohin wäre das?«, fragte er vorsichtig. »Wer ist denn dein Herr?«

»Das möchte ich lieber nicht sagen. Ich bitte Euch, mich durchzulassen und nicht zu bestrafen«, bat der Junge ängstlich.

»Wieso sollte ich dich denn bestrafen?«

»Weil – weil ich etwas Verbotenes tue.«

»Hast du das Pferd denn gestohlen?«

»Nein!« Der Junge betrachtete ihn genauer und schien zu

begreifen. »Seid Ihr denn keiner von – denen …?« Er stockte.

»Von welchen?«

»Na, die Helfer der Zöllner, die hier herumschleichen.«

»Was meinst du damit?«, fragte Wolfram.

»Nun«, erwiderte der Junge zögernd und sah sich um, »es ist wegen der Zollkontrollen. Das hier ist schließlich ein Nebenpfad – abseits der großen Zollstation auf dem Goldenen Steig«, setzte er hinzu.

Endlich begriff Wolfram. Er begann laut zu lachen. »Dein Herr möchte sich also die Zollgebühren sparen und hat dich mit dem Gaul einen Umweg durch den Wald machen lassen, nicht wahr? Keine Angst, ich verrate dich nicht. Mit dem Zoll habe ich nicht das Geringste zu tun. Machst du das oft?«

»Ja.« Der Junge schien erleichtert. »Ich kenne die Gegend sehr gut«, fügte er hinzu. »Und bis jetzt hat es jedes Mal gut geklappt. Noch nie habe ich auf diesem Pfad jemanden getroffen. Er ist zwar länger und umständlicher, aber dadurch sicherer.«

»Und dieser Herr, dem du das Pferd bringst – ist das dein Vater?«, fragte Wolfram und sammelte die Futtersäcke ein.

»Nein, mein Vater lebt nicht mehr«, sagte der Junge traurig. »Meine Eltern und Geschwister wurden im letzten Jahr von Söldnern getötet. Ich konnte weglaufen …« Er stockte, von der Erinnerung überwältigt. »Und seitdem verdiene ich mir mein Brot selbst. Bis jetzt habe ich noch jeden Dienst angenommen«, fügte er stolz hinzu.

»Vor allem wohl den des Warenschmuggels.« Wolfram lächelte.

»Warum nicht.« Trotzig schob der Kleine die Unterlippe vor. »Es lohnt sich. Die Zöllner verlangen auch mehr, als sie dürfen, und stecken den Rest dann in die eigene Tasche. Ist das etwa gerecht?«

»Nein, natürlich nicht. Wie viel bekommst du denn für diesen ›Dienst‹ bei deinem Herrn?«

»Drei Kreuzer für jede Tour durch den Wald. Ich kenne die Wege hier inzwischen sehr gut.«

»Mmh.« Wolfram überlegte. »Und würdest du auch zu einem anderen Herrn wechseln, der dir mehr zahlt?«

»Das käme darauf an, wie viel das ist.« Die Augen des Burschen leuchteten auf. Sie waren glasklar und von einem hellen Grau, wie Wolfram feststellte. »Und ob mir die Arbeit gefällt.«

»Zwei Dukaten im Monat, wenn du dich gut anstellst.«

»Zwei Dukaten!« Der Junge strahlte. »Das ist ein Wort!« Dann schlug er die Augen nieder. »Aber was müsste ich dafür tun?«

»Mich begleiten – zur Burg Krakovec, die ist in der Nähe von Prag. Ich bin Ritter und du wärst mein Pferdeknecht. Hast du nicht gesagt, dass du dich in der Gegend auskennst?« Er sah ihn fragend an. »Wie heißt du überhaupt?«

»Hannes«, sagte der Junge. »Mein Heimatdorf liegt in der Nähe von Brandeis, ein gutes Stück hinter Prag. Ihr könnt Euch mir ohne Sorge anvertrauen. Ich weiß die kürzesten Wege.«

»Jemanden wie dich habe ich gesucht«, erwiderte Wolfram erleichtert. »Dann sind wir uns also einig?«

Hannes nickte. »Aber zuerst muss ich das Pferd und die Waren abliefern.« Er blieb noch eine Weile unschlüssig stehen. »Verzeiht mir die Frage, Herr. Aber seid Ihr wirklich ein Ritter?« Mit leichten Zweifeln musterte er Wolfram von der Seite. »Ich habe noch nie einen gesehen. Eigentlich habe ich ihn mir ganz anders vorgestellt. In einer Rüstung, mit Helm und Schwert und einem Kettenhemd. Und auf einem schön geschmückten Schlachtross.« Er besah enttäuscht die drei Pferde mit ihren schlichten Sätteln.

Wolfram lachte herzlich. »Ich gebe dir mein Wort, dass ich der Ritter Wolfram zu Hohenberg bin und aus einem sehr alten Geschlecht stamme. Mein Kampf gilt allerdings einer ganz besonderen Sache, die mir sehr am Herzen liegt: die Reform der Kirche. Ich will zu meinen Waffenbrüdern, die sich auf der Burg Krakovec treffen.«

Der Junge nickte eifrig, obwohl er sich darunter nichts vorstellen konnte. Aber sein neuer Herr musste ja wissen, wovon er sprach. »Wartet hier auf mich. Ich bin, so schnell es geht, wieder bei Euch.«

Wolfram nickte und machte die Pferde bereit. Ob der Junge Wort hielt? Immerhin wusste er jetzt, dass er nicht weit von der Goldenen Straße entfernt war. Und wenn der gewitzte kleine Bursche zurückkam, konnte er ihn als Ortskundiger sicher durch das Gewirr der Wege im böhmischen Wald führen. Im nächsten Dorf würde er ihm auf dem Markt etwas Ordentliches zum Anziehen kaufen, denn in dem löchrigen Kittel, den er getragen hatte, sah er wie ein Bettelknabe aus.

15. Kapitel

Noch vor dem Morgengrauen wurde Ekart von zwei bärtigen Männern unsanft geweckt. Sie rissen ihn auf die Füße, lösten seine Fesseln und gaben ihm mit Stößen in den Rücken und rauen Worten zu verstehen, dass er sich beeilen solle. Zu seiner großen Empörung trieb man ihn wie ein Stück Vieh den Berg hinauf, durch felsiges Gelände und dorniges Gestrüpp. Wenn er stehen blieb, um sich umzusehen, peitschten ihn seine Begleiter gnadenlos mit einem Lederriemen. Schon bald begriff er, dass der Pfad zu jenem Kloster führte, das über der Schlucht lag und bei jeder Wegbiegung näher kam.

Bald lag der gewagt und bewundernswert in die Felsen gehauene Klosterbau direkt vor ihm und sie traten durch das halb verfallene Portal mit dem bröckelnden Wappen Sankt Georgs. Doch das so malerisch gelegene Gebäude entpuppte sich bald als eine halb verfallene Ruine voller Unrat, in der Vögel nisteten und Scharen von Ratten Quartier bezogen hatten. In einem noch gut erhaltenen kleinen Raum hatten die Nomaden auf Befehl des Anführers Tarik ihr Diebesgut gelagert, das sie auf den Märkten und in Jericho gewinnbringend verkaufen wollten. Dort hinein stießen sie Ekart, dessen Hände und Füße sie zuvor wieder gefesselt hatten. Dann luden sie sich einige Packen Ware auf den Rücken und verschwanden damit.

Ekart ließ seine Augen durch den kleinen Raum mit der hohen Decke schweifen. Die Wände waren mit verwaschenen und kaum mehr erkennbaren christlichen Motiven bemalt, aber man sah auch, mit welcher Wut die Muslime nach der Schließung des Klosters in seinen Räumen gewütet und alle Kostbarkeiten, die sich darin befanden, verschleppt und zerstört hatten. Der Raum war fast gänzlich mit der geraubten Handelsware von Karawanen gefüllt, die die Nomaden vermutlich auf Eseln hier heraufgeschleppt hatten. Kostbare Stoffballen aus reiner Seide in schimmernden Farben, Säcke mit Gewürzen, deren Duft angenehm in die Nase stieg und den Moder des Gebäudes übertönte, waren hier aufgestapelt. Daneben lagerten halb zerbrochene Glaswaren, Salbentiegel, Schmuckstücke und Kannen mit wertvollen Ölen.

Ekart rutschte auf den Knien über den staubigen Boden zu einer Öffnung in der Wand, die einstmals ein Fenster gewesen war, und zog sich an der Mauer hoch. Der Ausblick auf das Tal des Wadi Qelt und die Wüste war atemberaubend. Die nackten felsigen Bergformationen, über denen die Sonne gleißte, und die in der Ferne liegenden ockerfarbenen und wellenförmig aufgetürmten Sandhügel ließen ihn für einen kurzen Moment seine unsichere Lage vergessen. Wie Ameisen zogen auf der Handelsstraße Karawanen durch das Tal, aber er konnte nicht ausmachen, wo sich die Nomadentruppe mit Al Hadi befand. Erst als er wieder auf dem schmutzigen Boden an seinen Platz zurückrutschte, wurde ihm bewusst, dass er nichts weiter als eine armselige Geisel war und sein Leben einzig und allein davon abhing, ob das Lösegeld rechtzeitig eintreffen würde.

In unbequemer Haltung auf dem Boden liegend, wartete er ungeduldig darauf, dass etwas geschah, dass man kam und ihn befreite. Es war zermürbend und er verspürte starken Durst, der immer heftiger wurde. Sicher gab es eine Quelle in der Nähe des

Klosters. Doch wo war sie und wie sollte er dorthin gelangen? Er träumte von rinnenden Wasserbächen, strömendem klarem und erfrischendem Nass, das er in großen Schlucken trinken und in das er seine Hände und sein Gesicht tauchen konnte. Verzweifelt begann er, den Strick seiner Fesseln an der rauen Mauer zu scheuern.

Schnell senkte sich die Nacht und mit ihr die Einsamkeit auf das verlassene Kloster herab, in dem nur die Ratten suchend umherhuschten. Er versuchte, sich das Bild Suleikas vor Augen zu rufen, ihren Duft, ihr liebliches Gesicht mit den dunklen, geheimnisvoll schimmernden Augen, ihren süßen Mund, den er so oft geküsst hatte. Dann wieder sah er den Vater vor sich, wie er sich, von Fieberschauern gequält, auf seinem Lager wälzte. Er betete, dass ihm nichts geschehen sei, dass er die Krankheit durch die Heilkunst der Mönche gut überstanden hatte. Seine Vorstellung spielte ihm die Szene vor, wie er das Lösegeld zählte und es dem Boten übergab. Dann durchfuhr ihn ein beängstigender Gedanke. Was würde passieren, wenn dieser Mann, der Bote, so unehrlich war wie die ganze Räuberbande, zu der er gehörte? Wenn er mit dem Geld einfach auf Nimmerwiedersehen verschwand? Wenn der Vater zahlte und man ihn trotzdem nicht freiließ? Was geschah dann mit ihm? Aber nein, versuchte er sich zu beruhigen. Der Vater war ebenso gewitzt wie die anderen. Er würde dem Boten einen sicheren Bewacher zugesellen oder sich sogar selbst auf den Weg machen. Irgendwann fiel Ekart in einen kurzen, unruhigen Schlaf. Die Nacht war kalt und windig wie alle Nächte in der Wüste. Im Kloster zog es an allen Ecken und Enden und Ekart fror so erbärmlich, wie er am Tag geschwitzt hatte. Er kroch unter die Stapel der Seidenballen, die ihn ein wenig wärmten.

Als der Morgen anbrach und die Sonnenstrahlen durch das Fenster über den Boden wanderten, hielt er den Durst kaum mehr aus. Seine Lippen waren aufgesprungen und trocken und seine Kehle rau. In einem Anfall von Wut fuhr er fort, den um seine Handgelenke geschlungenen Strick an der rauen Wand zu scheuern. Es war seine einzige Beschäftigung und er gab sich ihr mit aller Konzentration hin. Nach und nach gaben die Fasern des Seils nach, sie lösten sich und er konnte seine Fesseln abstreifen und auch die an seinen Füßen aufbinden. Die eingeschlafenen, schmerzenden Glieder streckend, stand er schwankend auf und machte sich auf die Suche nach Wasser.

Nachdem er einen nach dem anderen der halb verfallenen, nach christlichem Vorbild gestalteten Räume des Klosters durchquert hatte, erreichte er schließlich den Kreuzgang mit dem von Unkraut überwachsenen Hof. Zwischen den bemoosten Steinen, die einst ein Brunnen waren, sprudelte eine frische Quelle. Ekart stürzte sich förmlich auf das kühle Nass und ihm war, als hätte er noch nie so etwas Köstliches geschmeckt. Er tauchte sein Gesicht hinein, ließ das Wasser über seine Hände, seinen Kopf rinnen und besprengte den ganzen Körper damit. Neu belebt, setzte er sich auf eine bröckelnde Stufe und überdachte seine Situation. Sollte er weiter warten? Zweifel beschlichen ihn. Besser wäre es vielleicht, zu fliehen und nicht mehr auf das unsichere Lösegeld des Vaters zu warten. Er konnte sich einer regulären Handelskarawane anschließen, die nach Jerusalem zog. Dazu brauchte er allerdings ein Kamel und Geld, um es zu bezahlen – und das hatte er nicht. Aber warum sich nicht einfach an dem Diebesgut bedienen, das in dem Raum lagerte, in dem er gefangen war? Vielleicht würde er dort einiges von Wert finden, das er mit sich tragen konnte.

Noch bevor er diesen Gedanken zu einem Plan formen konnte, hörte er das Geräusch von Stimmen unterhalb des Klosters. Er kletterte auf einen Felsen und sah hinab. Tatsächlich, es waren die Männer Tariks, die in ihren Umhängen und langen Hemden den schmalen Pfad heraufstiegen und auf zwei Eseln weitere Beute anschleppten. Als er seinen Freund Al Hadi unter ihnen erblickte, fühlte er sich erleichtert. Brachten sie ihm endlich die Freiheit? Vielleicht wartete ja der Vater schon unten im Tal auf ihn. Um keinen falschen Verdacht zu erregen, begab er sich wieder in den Vorratsraum, fesselte sich die Füße und legte den Strick so um seine Hände, dass sie wie gebunden wirkten.

Keuchend und schwitzend erreichten die Männer jetzt das Kloster und luden die Esel ab. Ihre lauten, kehlig klingenden Stimmen und Zurufe, mit denen sie sich untereinander verständigten, hallten von den leeren Wänden wider. Ekart sah ihnen gespannt entgegen, als sie den Raum betraten und ihre Bündel ablegten. Al Hadi wandte verlegen den Blick, als er ihn fragend ansah und heimliche Zeichen machte, um zu erfahren, was nun mit ihm geschehen sollte. Keiner der Männer schien zunächst Notiz von ihm zu nehmen. Sie füllten als Erstes ihre eigenen Wasserflaschen an der Quelle auf und erfrischten sich. Dann endlich brachten sie ihm zu trinken und warfen ihm wie einem Hund ein paar Brotstücke hin, bevor sie sich im Kreuzgang zu einer Rast versammelten. Aus ihrem Verhalten war weder zu entnehmen, wie seine Sache stand, noch, wie es mit der Freilassung aussah. Erst nach einer Weile gelang es Al Hadi, sich unter einem Vorwand zu ihm in den Lagerraum zu schleichen.

»Was ist mit dem Lösegeld?«, flüsterte Ekart leise. »Ist es da? Habt Ihr meinen Vater gefunden?« Al Hadi sah sich sichernd um und schüttelte dann mit ernster Miene den Kopf. »Ich kann dir leider keine guten Nachrichten bringen. Der Bote hat deinen Vater auf dem Berg Zion nicht mehr angetroffen.«

»Aber wieso – warum?«, fiel ihm Ekart aufgeregt ins Wort. »Er muss doch noch dort sein!«

»Ja … aber … Hör zu, es fällt mir sehr schwer«, Al Hadi senkte den Kopf, »es dir zu sagen. Aber dein Vater ist tot. Die Mönche ließen ausrichten, er sei sehr krank gewesen und trotz ihrer Bemühungen plötzlich verschieden. Einen Teil seines Besitzes soll er dem Kloster gespendet haben, in dessen Nähe man ihn beerdigt hat. Und den Rest seiner Habe hat man einem Priester der Pilgergruppe mitgegeben, der sich erbot, sie nach der Rückreise nach Oberschwaben seinen Nachkommen auszuhändigen.«

Die Nachricht traf Ekart wie ein Keulenschlag. Mit dem Tod des Vaters hatte er nicht gerechnet. Er verbarg das Gesicht in den Händen. Dann sah er eine Weile schweigend vor sich hin, als könne er nicht begreifen, dass der zähe, kraftstrotzende Vater seiner Krankheit erlegen war. »Er ist … also tot! Und was geschieht jetzt mit mir?«

»Es tut mir sehr leid für dich«, erwiderte Al Hadi hastig, sich noch einmal umsehend. »Aber unser Anführer hat beschlossen, dich als Sklave auf dem Markt in Jericho zu verkaufen.«

»Was?«, stieß Ekart entsetzt hervor. »Ihr seid wohl völlig verrückt geworden. Ich – ein Sklave! Das kann Euer Anführer nicht mit mir machen. Ich bin ein freier Mann, Ritter des Heiligen Grabes Christi …«

Al Hadi legte den Finger auf die Lippen. »Pst! Was du bist, was du warst, interessiert hier niemanden. Ich rate dir, dich vorerst in dein Schicksal zu ergeben. Hab noch etwas Geduld und gib nicht auf. Ich werde sehen, was ich für dich tun kann. Wenn du Geld hättest, könnte ich jemanden für dich bieten lassen.« Er zuckte bedauernd die Schultern. »Aber so … wird es etwas schwierig werden. Kopf hoch, Bruder! Die Lage ist nicht aussichtslos. Ich finde schon einen Weg.« Er klopfte ihm ermunternd auf die Schultern, gesellte sich zu den anderen und ließ Ekart mit seiner Trauer und Verzweiflung allein.

Ein Sklave, er? Das war so unvorstellbar, dass er es nicht

einmal denken wollte. Er fürchtete sich. Mit dem, was ihm nun bevorstehen sollte, hätte er in seinen schlimmsten Träumen nicht gerechnet.

***

Der Wald, der Emma bei ihren heimlichen Ausritten und dem Beerensuchen auf bekannten Wegen so schützend erschienen war, nahm in der fremden Umgebung eine finstere und bedrohliche Färbung an. Er glich einem Irrgarten, in dem sie die Angst befiel, sich nicht zurechtzufinden. Blindlings war sie losgelaufen, immer weiter, nur fort, auf der Flucht vor dem Gericht, der Hexenprobe und auch vor Jörg, der glaubte, ein Recht auf ihren Körper zu haben. Seine lüsternen Hände, die sich an ihre geheimsten Stellen gedrängt hatten, seine saugenden Lippen, der ranzige Geruch seines Körpers, das alles wollte sie jetzt nur noch vergessen. Nichts als Ekel hatte sie gefühlt, einen Widerwillen, der ihr fast den Magen umdrehte.

Außer Atem, am ganzen Körper zitternd, blieb sie schließlich stehen und kauerte sich unter einen Baum. Tränen stürzten aus ihren Augen und sie schluchzte ihr bitteres Leid und die Ungerechtigkeit heraus, die man ihr angetan hatte. Als sie ruhiger wurde, begann sie über ihre Lage nachzudenken. Was sollte nun werden? Vor Folter und Tod war sie vorerst sicher, aber wenn man sie fand, würde sie erneut eingesperrt werden und alles begann von vorne. Wo sollte sie nur hin – auf welche Weise sich ohne Geld, ohne Bleibe und Unterstützung durchschlagen? Musste sie betteln gehen? Sie fand keine Lösung dieser quälenden Fragen.

Den ganzen Tag irrte sie durch den Wald, bis sie am Abend schließlich erschöpft auf ein Moospolster sank. Sie rollte sich zusammen und die Augen fielen ihr zu. Das Männerhemd und die dicke Jacke, die ihr Jörg gegeben hatte, schützten sie ein wenig vor der nächtlichen Kälte, aber im Morgengrauen erwachte sie mit klammen Gliedern. Immerhin war sie frei, dem schmutzigen Kerker, der drohenden Folter und dem verliebten Jörg entronnen – und das war im Augenblick das Wichtigste. Mit neuer Hoffnung kämmte sie ihr Haar mit den Fingern und stopfte es wieder unter die Mütze. Dann sah sie sich um. Sie kaute an Wurzeln, die den ersten Hunger stillten, und marschierte weiter. Sie war jung, am Leben und ihre Peiniger waren weit weg. Was hatte sie jetzt noch zu verlieren? Sie würde vielleicht nach Nürnberg gehen und sich dort als Magd verdingen. Das war weit genug weg, niemand kannte sie dort und die Stadt war groß genug, um sich darin zu verlieren. Dann würde man weitersehen. Alles schien ihr in diesem Moment wieder möglich.

Zu ihrer Erleichterung endete der Wald plötzlich an einer großen Wiese. Dahinter lagen weite Felder und ein paar Ansiedlungen. Als sie in der Ferne einen Bauern mit einem von zwei Ochsen gezogenen Wagen vorbeirumpeln sah, lief sie ihm nach und fragte, ob er sie nicht ein Stück weit mit aufsitzen ließe. Der Mann musterte den blassen jungen Burschen, dem die Hose am Körper schlotterte, und nickte mürrisch. »Von mir aus. Dafür musst du mir aber auf dem Markt in Wallerstein beim Abladen und Standaufbauen helfen«, knurrte er gönnerhaft, ohne die Pfeife aus dem Mund zu nehmen.

»Gerne!« Emma sprang auf den Wagen, der gefüllt war mit Kohlköpfen, Rüben und Töpfen mit Eingemachtem. Immerhin hatte sie jetzt schon ihre erste Arbeit gefunden, wenn auch noch ohne Bezahlung.

In Wallerstein, einem belebten, hübschen Ort, war am heutigen Sonntag und in der ganzen darauffolgenden Woche Jahrmarkt. Eine kleine Burg, die Emma wehmütig an ihren verlorenen Besitz erinnerte, erhob sich unweit des Dorfes stolz auf einer Anhöhe.

Nach und nach gesellten sich weitere Karren, Wagen und Pferde zu ihnen, die von der Landstraße direkt auf den Marktplatz fuhren, auf dem schon die Händler dabei waren, ihre Stände aufzubauen und Waren auszulegen. Ein reges Gedränge herrschte, denn von überall in der Umgebung waren Leute herbeigeströmt, um etwas anzubieten, zu kaufen oder einfach nur Zerstreuung zu suchen.

Auch eine Schaustellertruppe lud gerade die bunt bemalten Kulissen aus und schüttelte den Staub aus den Kostümen. Emma sprang neugierig vom Wagen und sah sich um. Jeder war mit sich selbst beschäftigt und niemand achtete auf sie. Auf den Wink des Bauern, der mit einigen Hammerschlägen rasch einen Stand zusammengezimmert hatte, schleppte sie seine Kisten mit Rüben und eingelegtem Kraut, die Töpfe mit Eingemachtem und Schmalzgeselchtem herbei und stapelte alles sorgsam auf den etagenförmigen Brettern. Dann half sie, die Ochsen zu einem Stall in der Nähe zu treiben und sie mit Futter und Wasser zu versorgen.

Langsam strömten schon die ersten Besucher herbei, Bauersfrauen im besten Sonntagsstaat mit langen Baumwollkleidern und Schürzen, die wohlhabenderen mit einem Surkot, aber alle mit bestickten dunklen Hauben auf dem sorgsam geflochtenen Haar. Die Burschen trugen leinene Kittel und Kniehosen, die Kappen keck in den Nacken geschoben.

Emma, die dem Bauern ein paar Karotten stibitzt hatte, knabberte lustlos an dem Gemüse, um ihren Hunger zu stillen, während köstliche Düfte von Schmalzgebackenem, gebrannten Mandeln und Zuckerkringeln in ihre Nase stiegen. Langsam schlenderte sie über den Marktplatz, mischte sich unter die Schaulustigen und Käufer und suchte nach einer Beschäftigung, die ihr vielleicht etwas einbringen konnte. In ihrem Aufzug, den Hosen, der Mütze und dem Leinenhemd schien niemand daran zu zweifeln, dass sie ein Bursche war.

Von den laut deklamierenden Stimmen der Schaustellertruppe angezogen, blieb sie stehen. »Ich hab's satt!« Eine schrille Frauenstimme hatte die Probe unterbrochen. Emma trat neugierig näher. Ein Bursche mit Buckel und künstlicher langer Nase, eine dicke Alte und ein junger Mann in schreiend grünen, glänzenden Pumphosen mit gebleichten Haaren und schwarz geschminkten Augen standen auf der Bühne. Sie umringten eine schöne junge Frau mit langen schwarzen Haaren, auf deren Kopf ein abgeschabtes Blechkrönchen mit falschen Steinen saß. »Ich trete heute nicht auf!« Die Schöne stampfte wenig vornehm mit ihrem silbern beschuhten Fuß auf die Bretter. »Nicht in diesem schmutzigen Lumpen – und auf keinen Fall mit dem verdammten Affen. Er hat mir das Kleid völlig ruiniert!« Sie hob ein vom vielen Tragen verschmutztes rotes Seidenkleid mit grauen, einstmals wohl weißen Spitzen in die Höhe, das einen weithin sichtbaren Riss und einen großen dunklen Fleck aufwies. »Einfach draufgepinkelt hat mir das Mistviech. Hat man jemals eine Prinzessin in einem solch stinkenden, widerlichen Kleid gesehen? Man wird mich wie beim letzten Mal auslachen, wenn ich darin auftrete. Der Affe kann sich wohl alles erlauben. Er zieht an meinen Haaren, schleckt mich ab und hopst auf mir herum. Ich hasse ihn! Konntest du dir keine andere Rolle für mich ausdenken, Carlos?«

»Aber wir wollen ja gerade, dass die Zuschauer lachen – sich amüsieren«, versuchte der Blonde zu erklären. »Sie mögen das. Die Schöne und das Biest. Kapierst du das nicht? So was lockt die Leute an. Die Nummer mit dem Affen ist unser Schlager! Alles andere haben wir doch schon tausend Mal heruntergeleiert. Es langweilt die Leute. Wenn du deinen Text besser lernen würdest und dir mal was Besonderes einfallen ließest, käme das ganze Stück besser an.«

»Du gehst zu weit, Carlos. Ich habe Talent – aber in einem Schmierentheater, dessen Erfolg von einem Affen abhängt, kann es nicht zur Geltung kommen!«, empörte sich die Prinzessin.

»Schmierentheater? Du nennst meine Schaustellergruppe Schmierentheater?« Carlos wurde rot vor Wut. »Du warst doch froh, dass wir dich genommen haben, nachdem du dich überall durchgehurt hast.«

»Unverschämt«, zischte die falsche Prinzessin. »Ich lasse mich nicht von dir beleidigen. Ohne ein anständiges Kleid trete ich jedenfalls nicht auf. Und ohne den Affen. Basta!« Mit Nachdruck riss sie ihr Krönchen vom Kopf und warf es in den Straßenschmutz.

»Du Schlampe!«, schrie Carlos und stürzte auf sie zu. »Bleib hier!« Doch die Prinzessin entwand sich ihm geschickt und verschwand im Schaustellerwagen.

»He!«, rief eine Stimme hinter Emma, die den Streit interessiert verfolgt hatte. »Geh gefälligst aus dem Weg, Kleiner!« Sie sprang beiseite, als hinter ihr ein lautes Krachen ertönte, und sah sich erschrocken um. Die Karre der beiden Männer, die einen halb verrosteten Käfig transportierten, war umgefallen, die vergitterte Tür hatte sich geöffnet und gab ein zähnefletschendes zottiges Ungeheuer frei, das mit einem Purzelbaum herausgekugelt war. Die Umstehenden sprangen schreiend beiseite, als der große Menschenaffe sich auf die Hinterbeine stellte, mit den Fäusten an die Brust trommelte und ein dumpfes Grollen ausstieß. Verwirrt taumelte er ein Stück vorwärts und sah sich suchend um.

»Ashoka!«, lockte ihn der blonde Schausteller, der von dem Vorbau des Wagens, der als Bühne diente, herabgesprungen war. »Komm her, komm zu mir, guter Junge.« Doch das Tier reagierte nicht, sondern flüchtete hinter einen Stand mit Töpferwaren, die klirrend zu Boden fielen und deren Besitzer sich rasch in Sicherheit brachten.

Emma hatte sich nicht gerührt, sie war die Einzige, die ruhig stehen geblieben war. Ein Stück ihrer Karotte abbrechend, hielt sie dieses dem Tier entgegen. Der dressierte und an

Menschen gewöhnte Affe näherte sich ihr langsam und mit tapsenden Schritten. In seinen bernsteinfarbenen Augen flackerte Scheu, gemischt mit Neugier und Angst.

Zögernd streckte er die dunklen, langen Finger aus, die einer Menschenhand verblüffend ähnlich sahen, griff nach kurzer Bedenkzeit rasch nach dem Karottenstück und steckte es in den Mund. Emma wagte es, zart über das raue Fell seines Armes zu streichen, was sich der Affe nicht ungern gefallen ließ. Vorsichtig tastete er erneut nach ihrer Hand. Das Eis war gebrochen und auch die beiden restlichen Karotten, die Emma eigentlich für einen späteren Imbiss aufbewahren wollte, nahmen den Weg in das Maul ihres neuen Freundes. Carlos, der Schausteller, und seine beiden Helfer hatten ihr verblüfft zugesehen. Jetzt kamen sie näher, packten das Tier mit einem gekonnten Griff an Armen und Beinen und schoben es in seinen Käfig zurück. Der Affe protestierte mit seltsamen quäkenden Lauten und blickte traurig durch das trennende Gitter seines Gefängnisses.

»Danke«, sagte der Schausteller mit einem kurzen Blick zu Emma hinüber, »du bist wirklich ein tüchtiger Junge. Hast ganz schön Mut gezeigt. Kannst wohl gut mit Tieren umgehen, was?« Er klopfte ihr anerkennend auf die Schultern, bevor er sich abwandte, um wieder auf die Bühne zurückzukehren.

»Halt!« Emma lief ihm nach. »Ich kann wirklich gut mit Tieren umgehen, Herr. Wenn Ihr Hilfe bräuchtet – ich mache alles.« Sie wies auf die Hühner, die hinter einem knapp mit Brettern eingezäunten Stück auf der Wiese herumpickten, und auf den an einen Pflock gebundenen Esel. »Füttern – und auch sonst …« Sie hielt inne, als sie das abweisende Gesicht des Blonden sah, der den Kopf schüttelte.

»Kein Bedarf!«, rief er. »Wir machen alles selbst.«

»Aber ich … ich könnte doch auch spielen!«, rief Emma aus und folgte ihm bis zum kleinen Treppchen vor der Bühne.

Der Mann musterte sie von Kopf bis Fuß. »Was bildest du

dir ein? Verschwinde! Wir haben keine einzige Rolle für einen schmutzigen Straßenjungen.«

»Glaubt Ihr das wirklich?« Mit einem Ruck riss sich Emma die Mütze vom Kopf, versuchte einen verführerischen Augenaufschlag und lächelte ihn so schmeichelnd an, wie sie es nur vermochte. Ihr helles Haar glitt wie eine seidige offene Flut herab.

Der Schausteller starrte sie an wie eine Erscheinung. »Du … bist ein Mädchen?«

»Ja. Wollt Ihr es nicht einmal mit mir versuchen? Ich hab Erfahrung«, behauptete Emma kühn. »Und keine Angst vor dem Affen. Wir hätten viel Spaß miteinander und die Zuschauer vielleicht auch.«

»Die Schöne und das Biest …«, murmelte der Schausteller nachdenklich. In der Tat – wenn man dieses Mädchen aufputzte und nett herrichtete, konnte sie die widerspenstige Jolanthe vielleicht ersetzen, wenn sie heute Abend Schwierigkeiten machte. Als Geliebte hatte er sie sowieso längst satt. Aber Achtung: Zuerst sollte er feststellen, ob das Mädchen hier überhaupt einen Funken Talent hatte. Schüchtern schien sie jedenfalls nicht zu sein, das war schon mal gut. »Ich überlege es mir«, sagte er ausweichend. »Wie heißt du überhaupt?«

»Emma.«

»Komm heute am späten Nachmittag vorbei, Emma, dann sehen wir weiter. Frag nach Carlos. Du kannst ja mal eine Probe geben, zeigen, was du so drauf hast. Wir werden dann sehen, wie die Zuschauer dich finden.«

Emma wandte sich mit leichter Enttäuschung ab und verbarg das Haar wieder unter der Mütze. Das hieß alles und gar nichts. Auf jeden Fall musste sie sich etwas einfallen lassen, um diesen Carlos und die Zuschauer zu beeindrucken. Aber was? Sie hockte sich ein wenig abseits auf einen Stein und beobachtete die Komödianten aus den Augenwinkeln. Zu den Vorbereitungen für die Vorstellung entfaltete sich auf der Bühne ein reges Treiben. Carlos, mit nacktem Oberkörper und glänzend grünen Pumphosen, jonglierte geschickt kleine Holzteile durch die Luft. Der Bucklige ordnete bewegliche Figuren an Fäden, die eine Geschichte von Rittern, Dirnen, Königen und ihren Mätressen erzählen sollten. Eine Wahrsagerin in einem mit Sternen bestickten Umhang schleppte ein wackliges Tischchen und eine Glaskugel herbei. Ein paar Leute sahen neugierig den Proben zu, doch die meisten gingen bald wieder ihrer Wege, kauften Bier und Würste an den Ständen und labten sich an Zuckeräpfeln und kandierten Früchten. In Emmas Magen bohrte der Hunger. Sie widerstand der Verlockung, die Hand nach den bunten Süßigkeiten auszustrecken, die vor ihr so verlockend dufteten. Die Gefahr war zu groß, dass man sie als Diebin verhaftete und sofort dem nächsten Gardisten auslieferte. Die Zeit bis zum Nachmittag schien unendlich langsam zu vergehen und ihr war immer noch nicht eingefallen, mit welchem sensationellen Auftritt sie sich bei der Schauspieltruppe hervortun konnte. Heimlich schlich sie den Menschen nach, die etwas zu essen in der Hand hielten. Ein paar weggeworfene Reste, die sie aus dem Staub auflas, konnte sie dabei erwischen, aber sie musste schnell sein und den hungrigen Straßenkötern zuvorkommen, die das gleiche Ziel hatten. Nie hätte sie gedacht, dass es einmal so weit mit ihr kommen würde – aber diese Freiheit war besser als Kerker und Tod.

Schon zeitig ging sie erwartungsvoll zur Bude der Schausteller zurück. Dort hatte man inzwischen die Bühne geschmückt, Lampen angezündet und alles mit Vorhängen und Bretterwänden abgeschirmt. In der Mitte waren Bänke für die Zuschauer aufgestellt. Carlos machte den Ausrufer, ging umher, verkaufte Sitzplätze, pries laut das Programm an und lockte die Vorüberschlendernden persönlich mit dem Gewinn eines Lotterieloses. »Kommen Sie, meine Herrschaften! Treten Sie näher! Sie werden es nicht bereuen!«, schrie er mit künstlicher Begeisterung. »Sehen Sie den besten Schlangenbeschwörer der Welt, der es wagt, sich eine tödlich giftige Kobra um den Hals zu legen!« Er sprang auf die Bühne und lüftete den Korb, aus dem der Kopf einer züngelnden Schlange herausstieß, was bei den Umstehenden entsetzte Schreie hervorrief. »Aber das Beste ist«, er holte tief Luft und sprang auf die Bühne, »unsere spannende Komödie: ›Die Prinzessin und der Ritter‹. Sehen Sie, wie die schöne Lola von einem echten, gefährlichen Menschenaffen bedrängt wird, und erleben Sie, wie der Ritter Kunibert ihn besiegt. Ich garantiere ein unvergleichliches Erlebnis, das dem verehrten Publikum in ewiger Erinnerung bleiben wird. Und wenn Sie unsere Frage richtig beantworten, gewinnen Sie dazu noch ein wertvolles Geschenk.« Einigen Vorübergehenden flüsterte er geheimnisvoll zu: »Und für nur zwei Pfennige sagt Ihnen unsere weltweit geschätzte Wahrsagerin Marissa, genannt die Erleuchtete, die Zukunft voraus.« Lachend fügte er hinzu: »Bei Nichteintreffen bekommen Sie natürlich ihr Geld zurück.«

Zögernd ließ sich ein junges Paar überreden, zu der Wahrsagerin hinüberzugehen, die an ihrem kleinen Tisch Platz genommen hatte und die Karten mischte. Von farbigen Fackeln hell erleuchtet, wirkte die einfache Bretterbühne mit ihren Girlanden, dem schmückenden Krimskrams und davorstehenden Bänken einladend und geheimnisvoll. Ashoku, der Affe, lugte aufgeregt durch das Gitter seines Käfigs vor dem Eingang und rüttelte von Zeit zu Zeit grollend und zähnefletschend an den Stäben, was den Zuschauern eine Gänsehaut über den Rücken jagte.

Als Carlos Emma erblickte, schob er sie rasch hinter die Bühne in den Wagen hinein. »Da bist du ja endlich. Du kommst gerade recht. Jolanthe, die Hauptdarstellerin, ist krank. Du wirst sie ersetzen. Erna, unsere Garderobenfrau und Mädchen für alles, wird dir helfen, dich umzuziehen und einzuweisen. Rasch, beeil dich!«

Ihre Mütze vom Kopf streifend, betrat Emma zögernd den wackligen Wagen, in dem es muffig roch. Eine ziemlich beleibte ältere Frau mit grauen Haaren sah ihr gleichgültig entgegen. »Du bist also die Neue? Ist Jolanthe nicht da?«

Emma schüttelte den Kopf. »Nein. Ich … ich soll sie vertreten«, sagte sie steif.

»Du?«, murmelte sie erstaunt und musterte sie kritisch. »Na gut, geht mich ja nichts an. Wahrscheinlich haben die beiden wieder gestritten.« Sie seufzte. »Ich bin übrigens Erna. Da in der Ecke findest du Schminke und alles, was du brauchst. Sei nicht zimperlich und trag sie so dick auf, dass man die Konturen auch aus der Entfernung sieht.« Emma betrachtete die unappetitlich klebrigen Farben in dem Behälter vor sich, die schon halb eingetrocknet waren, und sich selbst in dem halb blinden Spiegel darüber.

»Na los, beeil dich, wir fangen gleich an. Dort.« Die dicke Frau wies mit ihrer Hand, an der falsche Ringe glänzten, auf das schmuddelige Kleid mit den grauen Spitzen. »Da in der Ecke, das ist dein Kostüm. Ich hab den Riss, so gut es ging, zusammengenäht. Der Fleck geht leider nicht mehr raus. Zieh die Schärpe drüber, damit man ihn nicht sieht. Und pass ein bisschen auf die Schuhe auf, ein Absatz ist wacklig.«

Emma betrachtete mit einem ungutenGefühl die silbernen Schühchen, die Absätze, auf denen sie stehen sollte, und begann vorsichtig, Wangen und Lippen mit ein wenig roter Farbe zu betupfen. Die Alte zerrte inzwischen an ihrem langen Haar und band ihr eine lächerliche rote Schleife hinein, auf die sie das metallisch glänzende Krönchen setzte, das sie schon bei Jolanthe gesehen hatte. Zuletzt schlüpfte Emma in das am Rücken geschnürte Kleid und stellte entsetzt fest, dass der Ausschnitt viel zu tief war und ihr Busen fast aus dem Ausschnitt rutschte, wenn sie sich bewegte. Verschämt zupfte und zog sie an dem dünnen Stoff und bat vergeblich um ein Brusttuch. Doch Erna, die Garderobenfrau, blieb unerbittlich. Nach einem kritischen Blick auf Emmas Schminkversuche griff sie schließlich selbst in die Farbtöpfe, kleckste ihr trotz ihres Protestes zwei kreisrunde Punkte auf die Wangen und zog ihre Augenbrauen mit Kohle zu dicken schwarzen Balken, die sich in ständigem Erstaunen über ihren Augen wölbten. Im Spiegel glaubte Emma eine völlig Fremde mit aufgeplusterten Haaren vor sich zu sehen, eine Karikatur ihrer selbst. Aber so würde sie wenigstens niemand erkennen.

»Du kannst gleich raus auf die Bühne gehen«, beschied ihr Erna. »Heiz das Publikum ein wenig an, mach es neugierig auf das Kommende.«

»Jetzt gleich?« Verblüfft sah Emma sie an. »Aber ich weiß ja nicht einmal, worum es in dem Stück geht. Gibt es keinen Text? Welche Rolle spiele ich denn überhaupt?«

»Du stellst vielleicht Fragen! Die Prinzessin natürlich. Dazu brauchst du nicht unbedingt einen Text. Lass dir was einfallen.« Sie schüttelte den Kopf. »Scheinst ja ein schöner Neuling zu sein.«

»Ja … aber …« Emma fühlte sich plötzlich völlig hilflos. »Was sage ich denn dann?« Tränen drohten ihr in die Augen zu treten.

»Sagen? Mach was! Tanz, sing, schneid ein paar Grimassen, wenn dir sonst nichts einfällt! Wackle mit den Hüften, schäkere mit dem Publikum.« Die Alte machte eine wedelnde Handbewegung. »Nun geh endlich.«

Emma spürte, wie sich ihr Körper versteifte. Ein dumpfes Gefühl von Unsicherheit und Angst, sich zu blamieren, stieg in ihr auf. »Könnt Ihr mir keinen Ratschlag geben?«

»Carlos hat gesagt, du wüsstest ungefähr, worum es geht.« Erna seufzte und strich über ihr spärliches graues Haar. »Illusion – das ist das Zauberwort. Früher, da war ich mal die Prinzessin – aber das ist lange her. Seit ich aus der Form gegangen bin, nimmt man mir die Rolle nicht mehr ab.« Sie sah bedauernd an sich herab. »Außerdem bin ich zu alt dafür. Jetzt bin ich nur noch die stärkste Frau der Welt, die angeblich Ketten zerreißt. Aber auch das kann man lernen. Schau her, Mädchen.« Sie stülpte sich die vor ihr liegende schwarze Perücke über den Kopf und krempelte ihren Ärmel hoch, der einen nackten schwabbligen Arm zum Vorschein brachte. »Und das hier sind meine Muskeln.« Sie nahm ein fleischfarbenes Polster vom Tisch, mit dem sie den Arm verstärkte. »Jetzt noch ein wenig braune Schminke – und fertig ist die stärkste Frau der Welt.« Geheimnisvoll fügte sie hinzu: »Das mit dem Zerreißen der Kette ist natürlich ein Trick. Ich lasse mich von einem Zuschauer fesseln, tu so, als spannte ich alle Kräfte an, um mich zu befreien. Wenn ich dann ein bestimmtes Glied der Kette drücke, geht sie von selbst auf. Die Leute glauben einfach alles, wenn man es nur geschickt anfängt.« Sie lachte meckernd.

Emma überlief ein Frösteln. Worauf hatte sie sich da bloß eingelassen? Aber sie kam nicht dazu, weiter darüber nachzudenken. Erna schob sie jetzt mit sanfter Gewalt aus der Tür und bald stand sie in ihrem Kleid mit den schmutzigen Spitzen und der lächerlichen roten Schleife im Haar auf den Brettern der kleinen Bühne. Beifall brandete auf. Im gelblichen Licht der Fackeln sah der blonde Carlos in seiner blechernen Ritterrüstung, das Pappschwert an der Seite, sehr imposant aus. Er kündigte sie mit einer tiefen Verbeugung an. Während der Harlekin mit dem Hut herumging, empfingen die angeheiterten Zuschauer Emma mit lauten Zurufen. Steifbeinig und unbeholfen stand sie da, während Carlos ihr unsanft mit dem Ellenbogen in die Rippen stieß. »Mach einen Knicks! Lächle, zum Teufel noch mal!«, zischte er. »Du bist hier nicht auf einer Beerdigung.«

Emma gehorchte, verzog die Lippen zu einem gezwungenen Lächeln und versuchte einen ungeschickten Knicks, wobei sie mit dem Schuh an den Spitzen ihres Kleides hängen blieb und stolperte. Eine Lachsalve des Publikums war die Folge. Carlos, der Ritter, zog sein Schwert, wirbelte es durch die Luft und gab dem Feuerschlucker ein Zeichen für eine kleine Einlage.

»Trampel! Kannst du nicht aufpassen?«, flüsterte er ihr beim Vorübergehen zu. »Beweg dich endlich. Mach etwas – rede mit den Leuten.« Er schubste sie wieder auf die Bühne. Doch Emma war wie gelähmt. Sie versuchte, Grimassen zu schneiden, und stolzierte geziert und unbeholfen von einer Seite zur anderen.

Das Publikum reagierte belustigt, aber auch ein wenig verärgert. »Was ist denn das für eine komische Prinzessin!«, rief ein Bursche, der schon einige Gläser zu viel hatte. »Die ist ja furchtbar langweilig. Kannst du nicht singen, Puppe?« Er sprang auf und grölte ein populäres Lied. »*In des Gartens dunkler Laube saßen beide Hand in Hand. Ritter Ewald mit seiner Lena schlossen beid' ein festes Band.*« Das einfache Publikum fiel lachend in den Refrain mit ein: »*Ritter Ewald mit seiner Lena schlossen beid' ein festes Band.*«

Carlos zischte Emma wütend zu. »Hast du was im Hals? Sing gefälligst mit!«

»Ich kann nicht singen.«

»Unsinn! Jeder Mensch kann singen. Reiß dich zusammen!« Carlos sah sie drohend an und Emma krächzte mit belegter Stimme ein paar Töne des Liedes, dessen Melodie sie nicht kannte. »Noch einmal!«, befahl Carlos und winkte dem Harlekin, der jetzt den Gesang auf der Laute begleitete. Emma bemühte sich nach Kräften, nach dem Takt des Instruments mit erfundenen Tanzschritten und Verrenkungen umherzuhüpfen und gleichzeitig zu singen. Ständig geriet sie aus dem Takt und wurde immer unsicherer. Sie schämte sich vor all den Leuten, die sie anstarrten und sich köstlich über ihre Ungeschicklichkeit und ihre billige Aufmachung amüsierten. Doch plötzlich schlug die Stimmung um. Erste Pfiffe ertönten. Die Leute hatten das ungeschickte Gehopse satt. Einige standen von den Bänken auf, verließen die Bretterumrandung und schlenderten gelangweilt weiter. Carlos gab dem Harlekin einen Wink, Ashoku ins Spiel zu bringen. Vielleicht konnte der Affe jetzt für bessere Stimmung sorgen. Der Käfig wurde geöffnet, doch das Tier, an einer Kette herausgeführt, riss sich los und stürmte wie wild heraus, geradewegs auf Emma zu. Carlos tat, als wolle er sie als tapferer Ritter mit dem Pappschwert verteidigen, doch Ashoku beachtete ihn gar nicht. Freudig blieb er vor Emma stehen und schlang die Arme um ihren Hals. Emma verlor das Gleichgewicht und stürzte. Das Publikum kreischte, während Carlos und der Harlekin gemeinsam versuchten, den Affen von Emma wegzuzerren, seine Kette einzuklinken und ihn wieder in den Käfig zu verfrachten. Wie betäubt rappelte sich Emma unter dem schadenfrohen Gelächter der Zuschauer vom Boden auf. Ihre Schleife und das Krönchen waren heruntergefallen, die Schminke war verwischt und ihr Haar vom Griff des Affen zerzaust. Zu allem Übel hatte sich bei dem Sturz der notdürftig zugenähte Riss in ihrem Prinzessinnenkleid bis zur Taille vergrößert, die Schärpe war verrutscht und man konnte auch den dunklen Fleck des beschmutzten Kleides deutlich erkennen. Den Stoff notdürftig zusammenhaltend und damit ihre Blöße bedeckend, stolperte Emma von der Bühne. Ein Pfeifkonzert, Lachen und zweideutige Spottworte folgten ihr.

Carlos lief ihr wutentbrannt nach und versetzte ihr eine grobe Ohrfeige. »Verschwinde, du talentloses Miststück!«, schrie er. »Aber vorher wirst du mir noch das teure Kostüm bezahlen. Du hast uns alle blamiert und die ganze Vorstellung verdorben.«

Emma hielt die Hände vors Gesicht, während weitere Schläge ungezielt auf sie einprasselten. Erschöpft ließ Carlos endlich von ihr ab. Er wischte sich den Schweiß von der Stirn, wandte sich ab und sah durch den Spalt des Vorhangs zum Vorplatz hinaus, auf dem sich die Leute langsam zerstreuten. Am ganzen Körper zitternd riss Emma sich die Fetzen des verdorbenen Kleides vom Leib. Dann packte sie mit einem Griff ihre alten Sachen, sprang vom Wagen und lief im Hemd, mit bloßen Füßen und wie von Furien gejagt über den sich langsam leerenden Marktplatz.

»Schlampe, elende! Hier geblieben!«, hörte sie hinter sich Carlos' wütende Stimme, der ihr kurz nachsetzte, dann aber aufgab und ihr nur noch ein paar böse Schimpfworte nachrief. Einige Leute wandten sich verwundert um und zeigten mit dem Finger auf sie. Emma lief ziellos davon, bis ihr der Atem ausging.

Zum Glück dämmerte es bereits und es gelang ihr, sich unbemerkt hinter einer Ansammlung leerer Holzkisten zu verstecken. Atemlos blieb sie eine kurze Weile auf dem Boden sitzen. Aus ihrer Nase rann Blut und vermischte sich mit den Tränen, die ihr über die Wangen liefen. Erst als sie sich ein wenig beruhigt hatte, zog sie Jörgs alte Hose und sein Hemd wieder an, schlüpfte in die zu großen Stiefel und zog die Mütze tief ins Gesicht. Diese Vorstellung war wirklich ein totaler Reinfall gewesen. Sie hatte sich aber auch zu dumm angestellt. Entmutigt und geschwächt hockte sie da und überlegte, was sie jetzt tun und wo sie die Nacht verbringen sollte.

Mit Gras und Blättern wischte sie den Rest der verschmierten Schminke fort. Ein paar herrenlose Katzen schlichen miauend umher. Sie zitterte und fror, mehr vor Enttäuschung als vor Kälte. Ihr Magen knurrte, der Hunger wühlte in ihrem Magen, ließ ihren Körper erschlaffen und jede vernünftige Überlegung aus ihrem Kopf verschwinden. Wenn sie nicht bald etwas zu essen bekam, würde sie hier niedersinken und so schnell nicht wieder aufstehen können. Der Aufenthalt im Kerker, die Anstrengungen der Flucht, das alles hatte an ihrer Substanz gezehrt. Sie war an der Grenze ihrer Kraft. Ein Stück, nur ein einziges Stück Brot, dachte sie, während ihr schon bei dem Gedanken daran ganz schwindlig vor Hunger wurde. Schließlich raffte sie sich auf und schlich hinter den

Kisten hervor. In der Ferne sah sie ein paar Pechfackeln vor einer einfachen Holzhütte brennen, einer Schenke, die für die Standleute, Krämer und Budenbesitzer des Jahrmarkts gedacht war. Vielleicht konnte sie dort ein paar Abfälle ergattern.

Langsam und vorsichtig schlich sie näher. Aus den beschlagenen Fenstern leuchtete es heimelig in die Dunkelheit draußen. Fröhliches Lachen und Stimmengewirr tönten aus dem Innern. Sie spähte neugierig hinein. Drinnen herrschte enges und lautes Durcheinander von fröhlichen Menschen, die sich auf schmalen Holzbänken an langen Tischen drängten. Weinkrüge wurden herbeigetragen, Zinnbecher klirrten aneinander; es ging nach dem Abschluss guter Geschäfte hoch her und kaum einer der Gäste war mehr nüchtern. Auch eine Anzahl geschminkter Frauen mit eng geschnürten Miedern, offenherzigen Blusen und geschürzten Röcken hatten sich unter die eifrigen Zecher gemischt. Aufreizend, mit wiegenden Hüften und frechem Lachen spazierten sie durch die Reihen und setzten sich mal dem, mal jenem Burschen bereitwillig auf den Schoß.

Emmas Blicke wurden jetzt von einem knusprig braunen Braten, der von fetten Würsten umrahmt war, wie magisch angezogen. Die Mägde trugen ihn gerade feierlich auf einer Platte herein und setzten diese auf dem Tisch ab, auf dem noch weitere Speisen standen. Der Braten dampfte und sein Duft drang verlockend durch die Luft. Der Wirt, angetan mit einer langen Schürze, säbelte mit seinem großen Messer für jeden zahlenden Gast eine ordentliche Scheibe herunter. Das Wasser lief Emma bei diesem Anblick im Mund zusammen, sie glaubte den Geschmack des saftigen Fleisches mit der krossen Kruste schon auf der Zunge zu spüren. Sie schluckte und ihr Magen krampfte sich schmerzhaft zu einer harten Kugel.

»He, du da! Was lugst du so neugierig durch das Fenster?« Jemand stieß ihr den Ellenbogen in die Rippen. »Hast wohl auch Lust, da drinnen mitzumachen.«

Emma sah sich um. Ein braunlockiger kleiner Kerl stand neben ihr, der über sein ganzes pausbackiges Gesicht strahlte.

»Lust schon, aber kein Geld!«, erwiderte sie trocken und verschlang den Braten weiter mit ihren Blicken. »Schon lange her, dass ich so was Gutes zwischen die Zähne bekommen habe.«

»Na, dann pass mal gut auf«, sagte der Kleine vergnügt. »Ich hab zufällig meine Spendierhosen an. Heute ist nämlich mein Glückstag.« Er musterte Emma von oben bis unten. »Scheinst 'n netter Kerl zu sein. Was sagst du dazu, wenn ich dich einladen würde? Zur Feier des Tages? Allein mag ich da nicht reingehen. Die Saufköpfe da drin bilden sich ja wer weiß was ein und fangen leicht Händel mit einem einfachen Burschen wie mir an. Zu zweit sind wir stärker – und können uns ein bisschen unterhalten. Außerdem schmeckt es mir in Gesellschaft besser.«

»Das stimmt.« Emma sah ihn zögernd an. »Und du willst mich wirklich einladen? Einfach so? Für mich zahlen?«

»Klar, hab ich doch gerade gesagt.« Er nickte zur Bestätigung.

»Aber wieso – ich meine – wieso ist heute dein Glückstag? Ist heute etwa dein Namenstag?« Sie betrachtete ihn aufmerksam.

»Nein.« Der Bursche sah sich um und legte den Finger auf den Mund. »Kannst du schweigen?«

»Klar! Worum geht es denn?«

Er griff unter sein Hemd. »Schau mal – hier!« Er zog eine dick gefüllte Börse hervor und schwenkte sie triumphierend vor ihren Augen. »Na, was sagst du dazu? Davon können wir uns sogar ein paar nette Huren leisten. Sieh mal, die da zum Beispiel.« Er zeigte durch das Fenster in die Richtung eines vollbusigen blutjungen Mädchens mit kastanienbraunem Haar, das laut auflachte, als einer der Gäste ihr derb unter die Bluse greifen wollte. »Die täte mir gefallen. Ich hab sie schon länger im Auge. Ein süßer Fratz!«

»Aber die Börse da? Hast du … die etwa gestohlen?«, fragte Emma verhalten.

»Leise«, flüsterte der Kleine mit gesenkter Stimme. »Ich hab sie natürlich nur gefunden. Mitten auf dem Weg lag sie.« Er drückte verschmitzt ein Auge zu. »Muss einer verloren haben. Pech für ihn, Glück für mich. Aber lass uns jetzt nicht länger drüber reden, sonst meldet sich noch der Besitzer – oder einer, der sich dafür hält. Die Börse lag da, ich hab sie genommen, basta! Und jetzt komm.« Er zog Emma zum Eingang und sie traten ein. Drinnen schlug ihnen eine trübe Wolke von dickem Pfeifenrauch entgegen, Schweißgeruch und eine geradezu erstickende Hitze vom Feuer eines Eisenofens, die durch die vielen schwitzenden Menschenleiber noch verstärkt wurde. Sie quetschten sich auf einen freien Platz auf der harten Holzbank neben ein paar Männern, die deutlich über den Durst getrunken hatten.

»He, Süße!«, schrie der kleine Rothaarige und winkte der Kellnerin mit einer Münze. »Bring einen ordentlichen Krug starken Würzwein und eine halbe Flasche Schnaps. Auf meine Rechnung!« Er wandte sich wieder Emma zu. »Wie heißt du überhaupt?«

»Emm…«, sie verschluckte sich beinahe, »Emmerich…«

»Emmerich?«, wiederholte er und lachte. »Was für ein komischer Name. Ich bin Jonas.« Er hielt ihr die Hand hin und sie schlug ein. Kurze Zeit später wurde der dampfende Krug auf den Tisch gestellt und Jonas leerte die halbe Flasche Schnaps hinein. Er prostete Emma generös zu und sie leerte den Becher mit dem heißen, scharfen Getränk auf einen Zug. Sofort spürte sie, wie der gewürzte süße Trank belebend durch ihren Körper rann, ihr aber auch in den Kopf stieg und sie schwindlig machte. Ihre vorherige Gliederschwäche machte einem tauben Wohlgefühl Platz. Plötzlich schien alles viel einfacher, leichter und ihre Zukunft nicht mehr so ungewiss.

»Hast einen ganz schönen Zug«, sagte ihr Begleiter anerkennend, der es ihr nachtat. Er griff nach dem jungen Mädchen mit der kastanienbraunen Mähne, die sich ihm mit einem verführerischen Lachen genähert hatte, und zog sie zu sich. Dann bestellte er einen zweiten Krug Wein und zwei Teller des saftigen Bratens mit feinen Mehlknödeln. Emma schlang die Fleischstücke gierig hinunter, tunkte die Mehlknödel genussvoll in die Sauce und spülte mit mehreren Bechern Würzwein nach. Tiefes Behagen überkam sie. Noch nie im Leben hatte ihr etwas so gut geschmeckt und die Mahlzeit vermittelte ihr eine innere Wärme, die ihre Lebensgeister weckte. Sie lachte Jonas dankbar zu. Doch dann spürte sie, wie der seltsame Schwindel des Alkohols ihren Kopf stärker benebelte und sich allmählich alles um sie herum wie auf einem Karussell zu drehen begann. Sie schwankte auf ihrem Sitz und wäre beinahe nach hinten gekippt.

Doch niemand nahm Notiz von ihr, außer dem blutjungen Mädchen Anna, das jetzt auf Jonas' Schoß saß. »Wer ist denn der hübsche Knabe?«, fragte sie und zwinkerte Emma zu. »Der gefällt mir. Scheint noch wenig Erfahrung mit Frauen zu haben.«

Jonas' Gesicht verfinsterte sich. »Was geht das dich an? Ich hab für dich bezahlt. Das ist nur ein Freund.«

Anna schien seine Worte nicht zu hören, sie schob sich von seinem Schoß und drehte ihm den Rücken. »Na, Kleiner!«, sagte sie mit einem anzüglichen Lächeln, zu Emma gewandt. »Wie wär's denn mit uns beiden?«

Emma schüttelte den Kopf. Trotz ihrer Trunkenheit spürte sie die Gefahr, die hinter diesen Worten auf sie lauerte. Umständlich erhob sie sich – doch der Raum begann sich jetzt ganz schnell um sie zu drehen. »Bei mir bist du an der falschen Adresse«, artikulierte sie mühsam, »lass mich gefälligst in Ruhe.« Ihre Zunge war plötzlich schwer und sie verschluckte die Silben.

»Komm, sei doch nicht so«, schmollte das Mädchen und stieß Jonas zurück, der sie festhielt und an sich pressen wollte.

»Du gefällst mir viel besser als dein Freund.« Sie schlang beide Arme um Emmas Hals, um ihr einen Kuss zu geben.

Emma wehrte sie ab, doch Jonas war schon aufgesprungen, rot vor Wut und Eifersucht. »So haben wir nicht gewettet. Du willst mir wohl mein Mädchen ausspannen zum Dank, dass ich dich eingeladen habe!« Er gab Emma einen Stoß vor die Brust, der sie nach hinten taumeln ließ. Sie hielt sich gerade noch an der Tischkante fest, aber als sie in Jonas' erbostes Gesicht sah, packte sie eine unwiderstehliche Lachlust, die kaum zu beherrschen war. Mit einem Kichern fing es an, dann platzte sie los, lachte und prustete und konnte sich kaum mehr beruhigen. Aber Jonas verstand jetzt keinen Spaß mehr. Er war blass geworden. »Hör auf, mich auszulachen, du Schmarotzer!«, schrie er, so laut er konnte, und ballte die Fäuste. »Lass das Mädchen in Ruhe, sonst wirst du was erleben!«

Emma wischte sich die Lachtränen aus den Augen. »Aber ich will sie doch gar nicht ...«, lallte sie mühsam und schubste die aufdringliche Anna von sich. »Du kannst sie gerne haben.«

Diese Bemerkung schien Jonas noch mehr aufzuregen. Er holte aus und schlug Emma mit der Faust direkt ins Gesicht, sodass sie stolpernd zu Boden sackte. Es wurde plötzlich ganz still im Raum, doch dann brach der Lärm wie ein Inferno los. Anna warf sich kreischend auf Jonas, doch der wurde bereits von seinem Nachbarn angegriffen. Eine herzhafte Prügelei kam in Gang und jeder schlug auf jeden ein. In das Krachen brechender Stuhlbeine, das Klirren und Scheppern herabfallender Bratgeschirre, Blechteller und Krüge mischten sich Kraftausdrücke und wilde Beschimpfungen. Nur langsam verebbte der Tumult. Die Hütte leerte sich und die Gäste verschwanden wie durch Zauberhand. Der Wirt hatte sich schon vorher in Sicherheit gebracht. Als Emma zu sich kam, lag sie halb unter dem Tisch, zwischen Essensresten und Scherben. Ihre Mütze war herabgerollt und gab die zu einem Knoten aufgesteckten blonden Flechten frei.

Anna hatte sich über sie gebeugt und sah sie prüfend und ein wenig enttäuscht an. »Du bist also gar kein Mann?«, seufzte sie. »Schade – ich fand dich so süß. Aber was machst du hier in dieser Verkleidung?«

Emma hob ächzend den Kopf und betastete ihre blutende Nase und die Schramme auf ihrer Wange. »Das ist eine ziemlich lange Geschichte, die erzähle ich dir ein anderes Mal. Jetzt muss ich aber schnellstens hier weg. Der Büttel sucht mich.« Sie griff nach ihrer Mütze, die ein Stück weit von ihr entfernt unter den Tisch gerollt war.

»Der Büttel?«, hauchte Anna erschrocken. »Wieso? Was hast du denn angestellt?«

»Das tut jetzt nichts zur Sache. Aber wenn sie mich finden, stecken sie mich in den Kerker. Versprich mir, dass du das niemandem erzählst.« Sie sah Anna beschwörend an.

Anna nickte eifrig. »Du kannst dich auf mich verlassen. Aber was willst du denn jetzt machen? Wo gehst du hin?«

»Ich weiß es nicht. Ich hab niemanden mehr. Bin Waise.«

»Genau wie ich«, gab Anna wehmütig zurück. »ich schlag mich halt so durch – mit ein paar anderen Mädchen, mit denen ich mich zusammengetan habe. Was soll man machen?« Sie zuckte die Schultern. »Ich habe eben nur einen hübschen Körper, den ich verkaufen kann. Aber es gibt zum Glück immer Männer, die dafür zahlen. Wenn du mal nicht weißt, wohin – ich kann für dich bürgen, wenn du willst. Wir nehmen schließlich nicht jede auf.«

»Was meinst du damit?«, fragte Emma. Sie griff sich an den Kopf. »Oh je, hab ich einen Brummschädel! Bin eben keinen Wein gewohnt.« Dann sah sie Anna fragend an. »Erklär mir das. Du verkaufst also deinen Körper? An wen?«

»Na, an den, der ihn gerade haben will«, meinte Anna gleichmütig. »Du bist vielleicht naiv. An Söldner, Durchreisende, Marktleute – manchmal auch an einen Ritter. An die hochgestellten Persönlichkeiten kommt man natürlich nicht so leicht heran. Die sind ziemlich anspruchsvoll. Da muss man schon Glück haben.«

Emma wunderte sich, dass das junge Mädchen so unbeteiligt von einer Sache sprach, die ihr Ekel eingeflößt und Pein bereitet hatte.

»Man muss die Zeit nutzen, solange man jung ist«, fügte Anna ein wenig altklug hinzu.

»Aha. Und wie alt bist du?«

»Fünfzehn, gerade geworden. Da hab ich noch genügend Zeit, später was anderes zu machen.« Ihr schmales, herzförmiges Gesichtchen verzog sich ein wenig. »Falls ich den Absprung schaffe.« Sie seufzte. »Es könnte ja mal wer kommen, der mich aufrichtig liebt. Der mir schöne Kleider kauft und mich verwöhnt.« Unter Emmas kritischem Blick wurde sie ganz kleinlaut. »Man darf wohl noch Träume haben, oder? Kuhmagd möchte ich jedenfalls keine sein. Und einen armen Tagelöhner, für den ich waschen und putzen muss, mag ich auch nicht. Davon gibt es hier genug. Die haben selbst nichts zum Leben.«

»Du bist ganz schön anspruchsvoll. Ich wünsche dir jedenfalls, dass du deinen Traumprinzen eines Tages finden wirst«, versicherte ihr Emma.

»Danke.« Anna lächelte selbstvergessen. Es graute inzwischen der Morgen und Geräusche und Stimmen ertönten von draußen. »Sie kommen zum Saubermachen«, wisperte Anna, »wir müssen hier verschwinden.« Sie führte Emma am Arm mit sich, die unter dem missbilligenden Blick des mit einem Besen bewaffneten Mannes neben ihr herschwankte.

»Schert euch gefälligst raus, ihr Weiber!«, rief der Mann und beide beschleunigten den Schritt. »Könnt wohl den Hals nicht vollkriegen«, brummelte er und begann verdrossen sein Tagwerk. »Saufen und huren – und was hat ein ehrlicher Mann davon? Er muss den Dreck wegräumen.«

Emma atmete die frische Luft tief in ihre Lunge. Der nicht weit entfernte Marktplatz war noch leer, nur ein paar Katzen strichen zwischen den Kisten und Ständen umher. Sie versuchte, die Gedanken in ihrem immer noch leicht benebelten Hirn zu ordnen. Geld zu verdienen war ziemlich schwer. Vielleicht sollte sie lieber ihre Haare abschneiden und sich eine Anstellung als Knecht suchen. Aber ob sie die schwere Arbeit schaffen würde? Sie zog die Mütze wieder tief über beide Ohren

Anna wusch sich inzwischen Gesicht und Hände notdürftig in einem herumstehenden Wasserbottich. Sie befreite ihr Kleid vom Staub, kämmte sich und steckte züchtig das Brusttuch zurecht. Emma half ihr, das lange kastanienbraune Haar neu zu flechten und aufzustecken. »Ich muss jetzt wieder zu den anderen zurück«, sagte Anna geschäftig und mit neu erwachtem Tatendrang. »Wir haben da drüben im Wald ein kleines Lager aufgeschlagen – da sind wir ganz unter uns. Und trotzdem nah am Markt. Manche Männer kommen schon morgens, bevor ihre Arbeit beginnt. Unser nächster Standort wird dann Babenberg oder Nürnberg sein – dort ist eigentlich noch viel mehr los.« Sie umarmte Emma. »Überleg es dir, ob du nicht mitkommst.«

Emma schüttelte den Kopf. »Nein, ich glaube, das kann ich nicht.«

»Dann wünsche ich dir alles Gute. Vielleicht sehen wir uns irgendwann einmal wieder. Und dann musst du mir unbedingt deine Geschichte erzählen.« Anna winkte ihr lachend zu.

Kaum dass sie fort war, fühlte sich Emma ziemlich verlassen. Gähnend erschienen die ersten Marktleute und schlossen ihre Stände auf. An der Schaustellerbude war alles still, dort schlief man wohl bis zum Mittag. Ashokus Käfig war verhängt und der Affe rührte sich nicht. Siedend heiß fiel ihr Jonas ein. Wo war er? Würde sie ihm über den Weg laufen? Konnte er ihr schaden, weil er vielleicht gemerkt hatte, dass sie gar kein

Mann war? Sie hatte kaum mehr eine Erinnerung daran, was sonst noch geschehen war. Warum hatte sie Anna nicht gefragt? So nett Jonas anfangs zu ihr gewesen war, so wütend war er zuletzt, sodass sie fürchten musste, dass er ihr die Polizei auf den Hals hetzen würde. Das durfte auf keinen Fall passieren. Kaum hatte sie das gedacht, da sah sie zwei Ordnungshüter herbeischlendern, die sorgsam hinter jeden Stand sahen, als wenn sie etwas suchten. Emmas Herz begann, bis zum Hals zu schlagen. Wohin sollte sie gehen? Anna hatte gesagt, dass sie und ihre Freundinnen im Wald ihr Lager hätten. Bei den Mädchen wäre sie vielleicht eine Weile sicher gewesen – niemand würde sie dort vermuten. Ängstlich schlich sie hinter den Marktbuden entlang und ließ dabei die suchenden Ordnungshüter nicht aus den Augen.

»Holla!« Einer von ihnen hatte sie bereits erspäht, lief ihr nach und packte sie beim Kragen. »Was suchst du da, Bürschchen? Warum drückst du dich hier rum? Willst wohl was stehlen?«

»Ich habe nichts gestohlen.« Emma riss sich los und versuchte wegzulaufen.

»Das sagt doch jeder.« Der zweite Wächter hielt sie mit ausgebreiteten Armen auf und sah sie kritisch an. »Schau her, ist das nicht der Kerl, der die Börse gestohlen und dann noch die Zeche geprellt hat?«, rief er. »Es gab da eine Anzeige.«

»Scheint so.« Sein Kollege sah Emma misstrauisch an. »Die Beschreibung passt jedenfalls. Tief ins Gesicht gezogene Mütze, schmale Gestalt, mittelgroß. Den nehmen wir gleich mal mit auf die Wache. Da wird er schon auspacken.«

Emma wehrte sich. »Mit mir habt ihr den Falschen erwischt!«, schrie sie. »Ich kann es gar nicht gewesen sein. Seht her.« Sie riss sich die Mütze vom Kopf und ihre Flechten fielen heraus.

Die beiden Ordnungshüter starrten sie an, wie vom Donner gerührt. »Potz Teufel – ein Mädchen. Und was für eins! Wer hätte das gedacht.« Der eine, ein blasser, dicknasiger Kerl, fasste ihr prüfend an die Brust. »Kein Zweifel – da ist was dran.« Er leckte sich begehrlich über die Lippen und seine Augen verengten sich. »Ein selten hübsches Vöglein, das kann man wohl sagen.«

»Na na, halt dich zurück!«, wies ihn sein Kollege zurecht. Er wandte sich wieder an Emma. »Du behauptest also, du hättest nichts mit dem Diebstahl zu tun?«

»Ich weiß gar nicht, von welchem Diebstahl Ihr sprecht«, erwiderte Emma mit einem naiven Augenaufschlag. »Ich weiß auch nichts von einer Börse. Gestern kam ein junger Kerl ins Wirtshaus, der hatte Geld und spendierte mir was. Er stellte sich als Jonas vor, war sehr freigiebig und wir haben uns gut amüsiert.«

»Ihr habt euch also amüsiert. So nennt ihr Huren das.« Belustigt schüttelte der Wächter den Kopf. »Und warum bist du dann wie ein Bursche gekleidet? Da stimmt doch was nicht. Wollen mal sehen, was du dabei hast.« Unter dem Vorwand, nach der gestohlenen Börse zu suchen, begann er ihren Körper abzutasten.

Emma wehrte sich gegen seine gierigen Hände, die überall da waren, wo sie nicht hingehörten. »Ich schwöre, ich hab nichts bei mir – nicht einen einzigen Heller.«

»Lass sie doch«, wiegelte der Dicknasige ab. »Die ist noch unerfahren, das sieht man auf den ersten Blick. Wir haben sozusagen die Pflicht, ihr etwas beizubringen. Was meinst du, Jakob?« Er zwinkerte seinem Kollegen zweideutig zu.

Dieser nickte und griff Emma an die Taille. »Nicht viel dran«, stellte er fest, »aber mir gefällt sie. Ein gefallener Engel – und eine Haut, so weiß und fein wie Schnee.« Er tätschelte ihre Wangen, doch sie schlug seine Hand mit den schmutzigen Fingernägeln fort, was ihn noch mehr zu reizen schien. »Wehr dich nur, kleines Biest. Das wird dir allerdings wenig nützen.«

Sein Kollege sah sich um und warf ihm einen warnenden Blick zu. »Vorsicht, Karl. Nicht hier. Die Leute schauen schon zu uns rüber. Los, komm!« Er wandte sich Emma zu. »Hör mal, Mädchen. Wenn du uns dahin führst, wo die anderen Huren ihre Zelte haben, lassen wir dich laufen.«

Emma zeigte zum Wald, obwohl sie den Platz gar nicht kannte. »Dort drüben ist es. Nicht weit weg.«

Die Ordnungshüter sahen einander an. Sie kannten den Ort, stellten sich aber unwissend. »Geh nur voraus, Mädchen. Wir folgen dir.«

Kaum hatten sie den Waldrand erreicht, da blieben sie plötzlich stehen. »Zieh dich nackt aus, aber schnell«, befahl der Dicknasige, »wir müssen dich noch einmal genau durchsuchen.«

Emma starrte ihn fassungslos an. Sie begriff nicht gleich.

»Na, mach schon, Mädel, wir haben nicht ewig Zeit.« Er zerrte an seinem Gürtel und machte sich schwer atmend an seiner Hose zu schaffen. »Ausziehen, sag ich!«

Als Emma sich immer noch nicht rührte, trat sein Kollege auf sie zu, packte sie und warf sie mit einem groben Stoß rücklings zu Boden. Dann zog er der sich wild Wehrenden das Hemd über den Kopf und steckte es ihr wie einen Knebel in den Mund, als sie zu schreien begann.

»Ich bin zuerst dran, Jakob!«, rief der Dicknasige und zerrte Emma, die sich verzweifelt aufbäumte und um sich trat, die Baumwollhose bis zu den Knien herab.

»Was für ein süßes Früchtchen«, stöhnte der Wächter erwartungsvoll. »Da haben wir ja einen guten Fang gemacht. Los, hilf mir, Karl, halt sie fest. Das scheint eine schöne Wildkatze zu sein.« Mit einem Tritt seiner Stiefel spreizte der Karl Genannte ihre Beine, während Jakob ihren Kopf mit den langen blonden Haaren wie in einem Schraubstock hielt. Karl warf sich auf sie, knetete mit dumpfem Grunzen ihre Brüste und drang dann mit groben Stößen mehrmals in sie ein, bevor er über ihr zusammensackte. Jakob drängte ihn nun ungeduldig beiseite, um selbst an die Reihe zu kommen. Er hatte sich schon vorher entblößt, um sich besser in Stimmung zu bringen. Emma wand sich, versuchte, sich zur Seite zu rollen, doch der Mann, aufgebracht über ihre Gegenwehr, packte seinen Ledergürtel und schlug auf sie ein, bis sie, vor Schmerz gekrümmt, hilflos vor ihm liegen blieb und er sich ihrer wie einer leblosen Puppe bedienen konnte. Dann presste er ihren Kopf an sein stinkendes Glied und zwang es ihr in den Mund. Emma keuchte, würgte und erbrach sich vor Ekel. Der andere hatte mit wieder zunehmender Erregung die Szene verfolgt und konnte es kaum erwarten, sich ein weiteres Mal zu betätigen. Er rollte sie mit ausgestreckten Armen auf den Bauch, warf sich auf sie, bis ihr die Luft wegblieb. Während des scharfen Schmerzes, der ihre empfindlichsten Teile und ihr Innerstes zu zerreißen drohte, hatte Emma plötzlich das Gefühl, als löse sich ihr Körper langsam von ihrem eigenen Ich und schaue dem schandbaren Treiben zu. Nur ihr Schatten lag noch dort auf dem Waldboden und ertrug wie leblos die Misshandlungen, die die Männer ihr antaten. Erschöpft vor Erregung und heftig atmend ließen sie endlich von ihrem Opfer ab, das auf dem Waldboden lag und sich nicht mehr rührte.

»Ahh«, stieß Karl mit einem erleichterten Ächzen hervor. »Hat sich doch gelohnt, was?« Mit einem schiefen Grinsen wischte er sich den Schweiß von der Stirn. »Immerhin haben wir das Vergnügen jetzt ganz umsonst gehabt.« Er band sich erleichtert die Hose zu. »War auch mal wieder Zeit – mit meiner Alten kann ich so was nicht machen.« Er grinste und sein Kollege nickte ihm verständnisinnig zu. »Wohl wahr! Gut, dass es die Huren gibt. Denen gefällt so was.«

Jakob sah auf Emma herab. »Meinst du?«, fragte er unsicher. »Wir haben sie ganz schön hergenommen. Ich war ziemlich ausgehungert.«

»Klar – aber die erholt sich schon wieder. An so was ist noch keine gestorben.« Beide lachten. »Was sollen wir jetzt mit ihr machen?«

»Wir schaffen sie ins Lager der Huren. Die kümmern sich schon um sie.«

»Und wo finden wir die?«

»Da hinten, ich kenn den Platz von früher.« Karl stieß Emma mit dem Stiefel in die Seite. »Los, hoch mit dir, du lahme Krähe. Sei froh, dass wir dich nicht mit auf die Wache nehmen. Du hast sicher einiges auf dem Kerbholz. Marsch, zieh dich an und heb deine Beinchen, sonst bist du gleich noch mal dran.«

»Sag mal, was hat die denn da auf dem Rücken?« Jakob stutzte und blickte genauer hin.

»Was soll das sein? Das ist ein Muttermal.« Karl beugte sich vor, um besser zu sehen.

»Ja, aber – die Form!« Jakob war blass geworden. »Es sieht aus wie ein Hexenzeichen.«

»Quatsch, wie kommst du denn darauf?«

»Ich weiß nicht. Ich habe so etwas mal bei einer Hexe gesehen. Beim Prozess hat man sie daran erkannt. Sie kam auf den Scheiterhaufen.«

Die beiden blickten einander unsicher an. Furcht stand in ihren Augen.

»Du, Karl – hoffentlich bringt uns das kein Unglück.« Jakob trat einen Schritt von Emma zurück.

»Was redest du da für dummes Zeug?« Karl lachte krampfhaft auf. »Die Kleine ist keine Hexe. Und nicht jedes Muttermal ist ein Hexenzeichen!«

»Das kommt ganz auf die Form an …«

»Hör auf damit! Komm, pack mit an, damit wir sie loswerden. Je schneller, desto besser. Und dann vergessen wir das Ganze.«

Karl warf Emma das Hemd hin und half ihr, die Hose überzuziehen. Dann hob er sie hoch und stellte sie auf die Beine. Schwankend taumelte sie ein paar Schritte, bevor sie wieder zu Boden sackte.

Jakob hatte inzwischen an einem Rinnsal Wasser geschöpft und schüttete es ihr ins Gesicht. »Wach auf, Mädchen! Und wehe, du hältst nicht den Mund über das, was hier passiert ist. Glauben wird dir das sowieso keiner. Und jetzt komm mit. Sonst kannst du hier liegen bleiben, bis dich die Ratten auffressen.«

»Verflucht sollt ihr sein«, stöhnte Emma, »im Fegefeuer dafür schmoren. Mein Fluch soll euch auf ewig verfolgen ...«

»Halt's Maul, du Schlampe.« Karl hob die Hand.

»Lass sie«, beschwichtigte ihn Jakob. »Ich will keinen Ärger bekommen, wenn sie hier krepiert. Los, pack mit an. Halt sie – an der anderen Seite.« Sie fassten Emma unter die Arme und schleiften sie zwischen sich vorwärts. Auf einer Lichtung kamen jetzt ein paar bescheidene Zelte in Sicht, Mädchenlachen, helle Zurufe und Küchendüfte zogen durch die Luft. Jakob und Karl wurden wie alte Bekannte begrüßt. »Na, Lust auf ein bisschen Gesellschaft, Männer?« Die dunkelhaarige Mona tänzelte ihnen erwartungsvoll entgegen und wiegte sich in den Hüften. Dann stutzte sie: »Wen bringt ihr uns denn da?« Neugierig kamen auch die anderen Huren herbei und betrachteten das Mädchen, das die Wächter in ihrer Mitte hatten.

»Die haben wir im Wald gefunden«, sagte Karl gleichmütig. »Dachten, das ist eine von euch. Hat wohl gestern zu viel getrunken. Wir wollten sie erst mit auf die Wache nehmen, aber dann hat sie uns leidgetan. Sie blutet ein bisschen. Vielleicht hat ihr jemand Gewalt angetan. Bei euch ist sie bestimmt gut aufgehoben. Ihr werdet sie schon noch aufpäppeln, nicht wahr?« Er grinste tölpisch.«

»Bleibt ihr noch auf ein Stündchen, Männer? Wir würden euch gerne ein bisschen verwöhnen«, fragte Mona mit verführerischem Lächeln und zog ihren Ausschnitt tiefer.

»Heute nicht«, lehnte der dicknasige Karl ab. »Wir ... äh haben gerade zu viel im Kopf. Ein dringender Fall. Nicht wahr, Jakob?«

Der Angesprochene nickte. »Sehr dringend. Auf ein anderes Mal.«

»Schade«, schmollten die Mädchen und sahen ihnen hinterher.

»Nette Kerle«, sagte Mona versonnen.

»Auf die kann man sich wirklich verlassen«, fügte eine dralle Blonde mit krausen Haaren hinzu. »Sie drücken jedes Mal ein Auge zu, wenn wir hier lagern. Die würden uns niemals verpfeifen.« Sie beugte sich zu Emma hinunter. »Oh Gott! Was waren denn das für Schandkerle, die dir das angetan haben, Mädchen?« Sie schöpfte aus einem Krug Wasser in eine Schale. »Hier, trink etwas. Dann fühlst du dich sicher gleich besser.«

Emma wandte vor Scham den Kopf ab. Sie wäre am liebsten gestorben.

16. Kapitel

Die böhmischen Wälder wechselten sich mit Tälern und Höhen ab, dazwischen lagen immer wieder unbebaute Felder und vereinzelte Behausungen und alles zusammen ergab ein vielgestaltiges Landschaftsbild. Felsen, hoch aufstrebende Burgen und Schlösser rückten nach und nach ins Blickfeld. Wolfram und Hannes ritten durch ein fruchtbares Tal und schlugen nach einer Weile den direkten Handelsweg der Goldenen Straße ein. Schon nach kurzer Zeit tauchte die alte Bergstadt Stribro vor ihnen auf und nicht weit davon sahen sie auf einer Anhöhe das Minoritenkloster mit der Sankt-Augustin-Kirche liegen, das die Herren des Adelsgeschlechtes von Schwanbergin gestiftet hatten, wie Hannes Wolfram mit großer Wichtigkeit erklärte. Ein von dicken Steinquadern umgebener Turm, der mit Sicherheit einen weiten Ausblick über das Land bot, reckte sich gleich neben der Kirche in die Höhe.

»Die Minoriten – ist das ein besonderer Orden?«, fragte Hannes in seiner naiven Art und betrachtete aus der Ferne die Klosteranlage. »Sind das etwa auch Anhänger dieses Jan Hus, von dem Ihr immer sprecht?«

Wolfram schüttelte den Kopf. »Ich glaube nicht – aber vielleicht hat er auch Einfluss auf sie gehabt. Wir werden sicher mehr darüber erfahren, wenn wir sie um Obdach bitten. Jan Hus hat hier sehr viel verändert und gepredigt. Er verbreitete den Inhalt der Bibel nicht in lateinischer, sondern in tschechischer Sprache, damit alle Christen ihn verstehen konnten. Die Leute merkten, dass viele Regeln, die die römische Kirche festlegte und deren Einhaltung sie vehement fordert, gar nicht in der Heiligen Schrift verankert sind. Jan Hus wollte das alles ändern. Dadurch wurde er zum Feind des Papstes und des gesamten Klerus.«

Hannes sah mit großen Augen zu Wolfram auf. »Aber … dann lügen die Priester die Gläubigen ja an«, stieß er hervor. »Sie verändern die Wahrheit.«

»Genauso ist es. Und deshalb bin ich hier. Jesus wollte niemals töten. Doch die grausame Inquisition der Kirche macht genau das.«

Hannes runzelte die Stirn. »Und warum ist das so?«

»Dem Klerus geht es nur um Macht und Geld. Den frommen Menschen müssen endlich die Augen darüber geöffnet werden. Und die schreiende Ungerechtigkeit, mit der Jan Hus als Ketzer verurteilt und hingerichtet wurde, muss gerächt werden.«

»Und dafür kämpft Ihr?«

»Ja, auf meine Art. Aber allein kann ich nichts bewirken. Hier in Böhmen gibt es einen starken Zusammenschluss der Adelsbünde. Ihre Mitglieder sind empört über das, was in Konstanz geschehen ist. Sie wollen sich wehren. Es wird ein Kampf gegen Lüge und Heuchelei werden. Und Gott wird mit uns sein.«

Hannes nickte beeindruckt und mit glänzenden Augen. »Ihr könnt mit mir rechnen. Ich bin ganz auf Eurer Seite.«

Wolfram schlug ihm lächelnd auf die Schulter. »Recht so! Du hast das Herz auf dem rechten Fleck.« Er wies auf das Kloster, dem sie sich langsam näherten. »Die Minoriten, bei denen wir heute übernachten, sind übrigens aus einem Zweig des Franziskanerordens entstanden. Sie gehören der römischen Kirche an. Aber da der heilige Franziskus sein Leben lang Armut gepredigt hat, sollten sie den Reformen gegenüber nicht abgeneigt sein.«

Hannes war tief bewegt. Er sann über die Worte Wolframs nach. Das war alles neu für ihn. Zwar war er ohne Schulbildung aufgewachsen, doch er besaß eine natürliche Intelligenz und begriff schnell. Nie zuvor hatte jemand zu ihm von solchen Dingen gesprochen. Weder er noch sein Vater, ein einfacher Leibeigener, hätten es jemals gewagt, die Worte der Priester, die einem das Leben, die Hölle und das Paradies erklärten, anzuzweifeln. »Gott gibt – und Gott nimmt«, das war der Wahlspruch seiner Familie gewesen. Wenn man arm war, musste man gehorchen und nicht denken.

»Ob sich die Menschen in Glaubensdingen jemals einig sein werden?« Wolfram sah zum Kloster hinüber, als hätte der steinerne Bau mit der gotischen Kirche eine Antwort darauf. Mit einem plötzlichen Entschluss wendete er sein Pferd. »Komm, wir werden später zum Kloster zurückkehren. Ich möchte zuerst in die Stadt, bevor man die Tore schließt.«

»Wieso reitet Ihr jetzt so offen über die Straße – wenn wir zuvor solche Umwege durch die Wälder nehmen mussten?«, fragte Hannes verwundert.

»Es bleibt mir nichts anderes übrig, als diesen Weg zu nehmen, wenn ich in die Stadt hineinwill. Aber Jan Hus hat hier viele Anhänger. Und ich hoffe, dass mir die Empfehlung des Hieronymus von Prag hilft, den ich in Konstanz kennengelernt habe. Er hat mir einen weiteren Verbündeten genannt, an den ich mich wenden kann. Er ist Priester und Professor und predigt die Armut der Geistlichkeit.«

»Und wie heißt dieser Mann? Wo können wir ihn finden?« Hannes sah ehrfürchtig auf die Silhouette der königlichen

Bergstadt, die vor ihnen lag und deren Fahnen im Wind flatterten.

»Sein Name ist Jakoubek, auf Deutsch Jakobus von Mies. Wir werden uns nach ihm erkundigen.«

Sie ritten weiter, reihten sich in die Gruppen der Händler ein, die mit ihren Karren und Wagen stadteinwärts zogen. Zwischen den Befestigungsmauern, die die beiden Stadttore an den Seiten begrenzten, herrschten bereits lebhaftes Treiben und Zollverkehr. Der Reichtum der Stadt war unübersehbar. Durch ihre Silber- und Bleivorkommen hatte sie sich rasant entwickelt, denn König Wenzel IV. hatte verfügt, dass alle Waren über die Goldene Straße nach Prag auch durch Stribo geführt werden sollten. Diese Strategie brachte den Bewohnern auf den Märkten einen regen Handel und somit Gewinn. Ein leichtes Frühlingslüftchen erhob sich und wehte Wolfram und Hannes frisch um die Nase. Irgendetwas Neues, Verheißungsvolles lag in der Luft – eine Stimmung zum Aufbruch. Die Anspannung, die Wolfram während seiner Flucht fest im Griff hatte, löste sich und sein Atem ging freier und leichter. Hannes folgte ihm ein wenig eingeschüchtert zu den Wachen, die sie mit ernster Miene durchwinkten, nachdem Wolfram ihnen den Empfehlungsbrief des Hieronymus von Prag vorgezeigt hatte. Unbehelligt ritten sie weiter, an stabil gebauten Häusern mit Ställen und Gärten vorbei, bis sie in die untere, etwas ärmlichere Stadt kamen. Dort fragten sie einen Knecht, der gerade den Hof auskehrte, nach der Kleingasse, in der Jakobus von Mies wohnen sollte. Die Gasse verlief zwischen ineinander verschachtelten Holzbauten, die sich unterhalb eines Hügels entlangreihten. Vor einer bescheidenen Kate blieben sie stehen. Die Fensterläden waren geschlossen und der kleine Kräutergarten, der das Anwesen umgab, schien verwildert. Nichts wies auf die Anwesenheit eines über die Grenzen hinaus bekannten Predigers hin.

»Ich fürchte, wir haben Pech«, sagte Wolfram, der vergeblich gegen die Tür klopfte. »Hier ist niemand zu Hause.«

Eine neugierige Magd aus dem Nachbarhaus streckte den Kopf aus der Tür.

»Gott zum Gruß. Wir suchen Jakobus von Mies!«, rief Wolfram zu ihr hinüber. »Hast du ihn gesehen? Wo ist er?«

»Ach der«, winkte die Magd ab. »Der war schon länger nicht mehr hier. Wir sind ganz froh drüber, denn dauernd lungerten hier seine Anhänger herum. Es heißt, er predige jetzt in Prag, in der Bethlehem-Kapelle. Mir ist es lieber, wenn er die Leute woanders aufwiegelt.« Sie senkte die Stimme: »Ich sag immer, der ist hier oben nicht ganz richtig.« Sie tippte an ihre Stirn. »Sich mit dem Bischof und dem Kaiser anzulegen! Dabei gibt es doch die Möglichkeit, einen Ablass zu kaufen, um sicherzustellen, dass man in den Himmel kommt.« Sie lachte auf. »Und kann so viel sündigen, wie man will, wenn man genug Geld hat. Wie denkt Ihr darüber?« Als Wolfram nicht antwortete, schloss sie mit einem lauten Klappen das Fenster.

»Da siehst du es, Hannes«, seufzte er. »Ist das nicht zum Verzweifeln? Das Volk wird belogen – man versucht, es in Unwissenheit zu halten. Man legt sich die Dinge zurecht und manch einer zieht sogar noch seinen Vorteil daraus.«

Hannes schwieg verwirrt. Unwissend war auch er bisher gewesen.

»Der Weg war vergeblich«, sagte Wolfram bedauernd. »Schade. Ich hätte Jakobus gerne kennengelernt.«

Als sie im Minoritenkloster ankamen, hieß der Abt Peter sie freundlich willkommen. Im Refektorium lauschten die Mönche später voller Entsetzen Wolframs Schilderung vom Märtyrertod des Jan Hus in Konstanz, von seiner Verbrennung und seinen letzten Worten. Man spürte, wie sehr das Geschehen sie mitnahm und dass sie ganz auf Hus' Seite standen.

»Was ist eigentlich mit Hieronymus von Prag?«, fragte Abt Peter besorgt. »Wir fürchten auch um sein Leben. Er wollte Hus zu Hilfe eilen. Aber Kundschafter haben uns überbracht, dass er inzwischen eingekerkert wurde. Gebe Gott, dass man ihn frei und seines Weges ziehen lässt.«

»Ich weiß nichts darüber«, erwiderte Wolfram, »denn ich bin seit Monaten auf der Flucht. Weil ich Hus im Konstanzer Münster vor dem König und dem Klerus verteidigt habe, gelte ich als Ketzer. Jetzt bin ich auf dem Weg zur Burg Krakovec, um Verbündete des Adels zu treffen und ihnen ein wertvolles Dokument zu bringen, das die Essenz unserer Überzeugung und unseres Glaubens enthält: das Vermächtnis von John Wyclif und seine fünfundvierzig Thesen gegen die Kirche. Wir müssen dafür kämpfen, dass diese anerkannt werden.«

Der Abt neigte das Haupt. »Auf unsere Hilfe könnt Ihr leider nicht zählen. Wir sind schwach und unsere Gemeinschaft ist auf die Gnade der Kirche und unseres Königs angewiesen. Aber die Gedanken sind immerhin frei.«

»Ich werde morgen versuchen, Jakobus von der Mies in Prag zu treffen. Was denkt Ihr, wie lange wir von dort noch zur Burg Krakovec brauchen?«, erkundigte sich Wolfram.

»Eine knappe Tagesreise«, sagte der Abt. »Aber Ihr werdet ihn nicht in Prag finden, den Weg dorthin könnt Ihr Euch sparen. Er wollte in den Dörfern predigen. Ich kenne Jakobus. Er ist ein kluger Mann, der die Wahrheit nicht scheut. Es geht das Gerücht, dass sich unter seiner Führung eine Gruppe Adeliger zusammentun will, um König Sigismund zu stürzen. Aber damit wollen wir nichts zu tun haben. Unsere Rolle ist, Frieden zu bringen – und nicht das Schwert.«

»Ich verstehe Euch, Abt Peter. Ihr seid an Euren Orden gebunden. Aber ich … ich bin ein Ritter, ein freier Mann, der nach seinem Gewissen handelt. Ich hatte nicht vor, Hus vor dem Konzil zu verteidigen – doch dann konnte ich gar nicht anders.«

»Gottes Wege sind unergründlich. Nicht jeder ist auserwählt. Er hat Euch die Worte in den Mund gelegt, die ihr sprechen solltet«, antwortete der Abt voller Güte. Er schlug das

Kreuzzeichen über ihm. »Gott schütze Euch, mein Sohn, er gebe Euch Kraft und Mut für alles, was Ihr in Zukunft unternehmen werdet.« Den Segen murmelnd, fügte er mit glänzenden Augen hinzu: »Ich spüre, dass ein neues Zeitalter anbrechen wird. Die christliche Religion muss eine Veränderung erfahren.«

Einer der Mönche, hager, mit kleinen, stechenden Augen und dünnen Lippen, trat plötzlich vor und verzog sauersüß das Gesicht. »Abt Peter, erlaubt mir, Euch zu widersprechen. Alles sollte so bleiben, wie es seit Hunderten von Jahren ist. Wir haben Gehorsam gelobt, die Einfachheit und den Glauben unseres Vorbilds, des heiligen Franziskus, so weiterzutragen, wie er es wollte. Wir dürfen dieses Gelöbnis nicht brechen. Nur weil irgendwelche Wirrköpfe die Worte Jesu, die in der Bibel stehen, auf einmal anders auslegen wollen. Nur wir auserwählten Priester sind des Lateinischen mächtig und kennen die Wahrheit und deshalb achtet uns das Volk. Wir dürfen nicht vergessen, wie einfältig es ist und wie sehr es dazu neigt, unzufrieden zu sein und aufzubegehren. Daher warne ich davor, die Bibel in die Sprache des Volks zu übersetzen. Die Leute werden sie missverstehen, nur das heraushören, was sie brauchen, und sich gegen die Kirche erheben.«

»Ja, ja«, beeilte sich der Abt, hastig und mit furchtsamer Miene zuzustimmen. »Ihr mögt recht haben, Bruder Josebius. Unsere Aufgabe auf Erden ist, in Demut alles anzunehmen, was uns die Kirchenältesten vorgeben.«

Mit gesenktem Kopf trat Josebius wieder in die Reihe der anderen Mönche zurück, die ihm leise murmelnd zustimmten. Wolfram wusste nicht, was er von dieser kurzen Einmischung halten sollte. Aber er spürte deutlich, dass etwas zwischen dem Abt und Bruder Josebius stand, das nicht ausgesprochen wurde. War der Mönch ein Spitzel, wie es jetzt öfter in Klöstern vorkam? Abt Peter hatte Angst – vielleicht davor, dass man ihn absetzen würde, wenn er etwas Kritisches von sich gäbe.

Hannes, der neben Wolfram stand, spürte ebenfalls die Spannung, die in der Luft lag. Schweigend sandte er ein kurzes Gebet zum Himmel: »Oh Gott, lass die Wahrheit ans Licht kommen. Strafe die Priester, die Lügen erzählen und sich bereichern.«

Nach einem einfachen Mahl aus Hirsebrei mit gekochten Bohnen suchten Wolfram und Hannes ihre Zellen auf, in denen mit Stroh bedeckte Pritschen standen. Obwohl ihnen nur grobes Sackleinen als Decke diente, waren sie dankbar, ein Dach über dem Kopf zu haben, und schliefen rasch ein.

Am nächsten Morgen erhoben sie sich vor Morgengrauen. Auch Bruder Josebius war zu dieser frühen Stunde schon auf den Beinen und zeigte sich sehr geschäftig. Als er vom Abtritt zurückkam, ertappte Wolfram ihn, wie er unter dem Vorwand, die Zelle aufzuräumen, seine Sachen durchsuchte. Da sich Wolfram nie von dem Dokument Wyclifs trennte und es immer bei sich trug, warf er Josebius nur einen warnenden Blick zu. Dieser zog den Kopf ein und verschwand eilends. Wolfram schlich ihm heimlich hinterher und beobachtete, wie er im Arbeitszimmer des Abtes eifrig ein Stück Papier bekritzelte. Was hatte der Mönch dort zu suchen? Offensichtlich besaß er einen Schlüssel. Mit einem falschen Lächeln und guten Wünschen servierte Josebius ihnen wenig später das Frühstück, wässriges Bier mit in Brühe eingeweichtem hartem Brot. Er war plötzlich von einer beinahe untertänigen Freundlichkeit, die sich von seinem scharfen Benehmen am Vortag völlig unterschied. Besorgt warnte er die Reisenden vor Wegelagerern und erklärte ihnen die angeblich sicherste Route nach Prag und zur Burg Krakovec. Wolfram blieb wortkarg und drängte zur Eile. Er traute Josebius nicht und fühlte sich bei dessen Geschwätz unwohl. Den von ihm bezeichneten Weg würden sie vorsichtshalber lieber nicht einschlagen.

Es war ein trüber, kühler Morgen und der Tau der Nacht

bedeckte noch Wald und Feld. Wolfram und Hannes ritten still und ein jeder in Gedanken vertieft dahin. Absichtlich hatten sie einen anderen Weg gewählt als jenen, den der Mönch ihnen empfohlen hatte. Das Gelände erwies sich als schwierig, der Pfad führte durch eine von Dickicht bewachsene Felsenschlucht, sodass sie die Pferde führen mussten. Am Ende der Schlucht lichtete sich unerwartet das Gestrüpp, das Gelände wurde wegsamer und sie stießen in der Nähe eines Baches auf eine Quelle. Dort machten sie Rast, fütterten und tränkten die Pferde und ruhten sich aus. Hannes gelang es, am Bach Fische zu fangen. Blitzschnell packte er sie mit der Hand, nahm sie geschickt aus, spießte sie auf einen Stock und briet sie über einem schnell entfachten Feuer langsam von allen Seiten. Dem köstlichen Duft konnte auch Wolfram nicht widerstehen. Er nahm eines der Stöckchen, zog hungrig das gare Fleisch von den Gräten und verschmauste es mit großem Behagen. Hannes hatte in der Nähe eine kleine Höhle entdeckt und machte sich dort auf die Suche nach Kaninchen, die er fangen wollte. Sie wären eine wohlschmeckende Speise zum mitgeführten trockenen Brot und harten Käse. Der fade Hirsebrei mit Zwiebeln und Bohnen, den man ihnen gestern serviert hatte, war auch nicht gerade eine Delikatesse gewesen.

»Herr, Herr!« Die hallenden Rufe aus der Höhle schreckten Wolfram aus dem leichten Halbschlaf, in den er trotz aller Wachsamkeit gefallen war. »Kommt schnell!«

Wolfram verließ seinen Platz und sah ins Dunkel der Höhle, in dem Hannes verschwunden war. »Was ist los?«, rief er laut und sein Echo hallte ihm entgegen.

»Hierher! Geht noch ein Stück weiter!«

Gebückt tastete sich Wolfram vorwärts. Seine Augen mussten sich erst an die Finsternis gewöhnen. Weiter hinten sah er etwas Blankes schimmern und hörte den Klang von Metall. Hannes stand lachend vor einer Truhe, deren Deckel er angehoben hatte. Seine beiden Hände waren voller Geldstücke, die er zwischen den Fingern hindurchgleiten ließ. Wolfram traute seinen Augen nicht. Das war ein verborgener Schatz, eine Truhe, gefüllt mit wertvollen Münzen. Ein unschätzbares Vermögen!

»Schaut her!«, rief Hannes begeistert und räumte weitere Fichtenzweige und angehäuftes Moos beiseite. Eine zweite, bedeutend größere Truhe kam jetzt zum Vorschein. Sie enthielt fein geschmiedete Schwerter, Armbrüste, Speere, Schilder und Kettenhemden.

Wolfram trat wieder aus der Höhle und beschloss, sich das Gelände ein wenig näher anzusehen. Waren die Hufspuren auf dem schmalen Pfad ihre eigenen? Wem gehörte wohl dieser Schatz, der hier lag, diese Ansammlung von Waffen und Geld? Wer hatte das alles hier versteckt und warum? Wolfram blieb nicht genügend Zeit, darüber nachzudenken. Hannes' warnender Ruf kam zu spät. Er spürte einen Schlag in den Nacken und brach in die Knie. Der letzte Gedanke, der ihm durch den Kopf schoss, war, dass es ein Fehler gewesen war, Feuer zu entzünden. Der Rauch musste sie verraten haben.

***

Der Ritter in Kettenhemd und Helm sah bedauernd auf Wolfram herab, der für kurze Zeit das Bewusstsein verloren hatte. Er versuchte, ihn mit Quellwasser zu beleben, das er ihm ins Gesicht spritzte. »Es tut mir leid«, sagte er zu Hannes, der erschrocken herbeigeeilt war und ihm inzwischen Rede und Antwort gestanden hatte. »Aber ich habe Euren Herrn für einen der Spione von König Sigismund gehalten. Sie wollen unsere Adelsbünde zerschlagen und uns entmachten. Neuerdings durchsuchen sie die Wälder, um unsere sorgsam gehüteten Waffen und Geldverstecke ausfindig zu machen, unsere Reserven.«

»Wozu braucht Ihr denn das alles?«, fragte Hannes in seiner naiven Art. »Und warum versteckt Ihr es? Plant Ihr einen Aufstand?«

Der Ritter lächelte und nahm seinen Helm ab. »Du bist ein wenig zu neugierig, mein Kleiner. Ich kenne dich nicht und bin nicht sicher, ob ich dir trauen kann, auch wenn deine Geschichte von dir und deinem Herrn sehr plausibel klingt. Wir haben einen Spitzel in unseren eigenen Reihen, der uns zum Narren hält. Wenn wir wenigstens seinen verdammten Namen wüssten!«

Hannes hob die Hände. »Ich schwöre Euch bei Gott und allem, was mir heilig ist: Mein Herr und ich – wir sind auf Eurer Seite und werden Euer Versteck gewiss nicht verraten.«

Wolfram hatte inzwischen die Augen geöffnet. Er tastete nach der Beule an seinem Kopf und versuchte, sich an einem Felsvorsprung hochzuziehen. Sein Blick fiel auf den fremden Ritter und dessen drei Begleiter, die mit ihren Pferden um ihn herumstanden, und er griff suchend nach seinem Schwert.

Hannes fiel ihm in den Arm. »Haltet ein, Herr! Das sind keine Feinde!«

Der fremde Ritter nickte, gab seinem Knappen einen Wink und dieser zog aus den Satteltaschen der Pferde eine Lederflasche mit Branntwein und hielt sie Wolfram hin. »Verzeiht – ich hielt Euch für einen Kundschafter König Sigismunds, der unser Versteck entdeckt hat. Aber Euer Pferdeknecht hat uns bereits aufgeklärt. Nehmt einen Schluck, dann wird Euch bald wohler sein.«

Wolfram trank und spürte, wie sich der Nebel vor seinem Blick langsam lichtete. Trotzdem blieb er misstrauisch. »Wer seid Ihr? Wo kommt Ihr her?«

»Ich bin Ritter Stanislaus Tabor von Brozmidal. Und dort«, er wies auf die drei Männer, die stumm in Kampfmontur neben ihm standen, »seht Ihr meine guten Freunde, die Herren

Boldomir, Sarobski und Prokowibra.« Die Angesprochenen nickten ernst und deuteten eine Verbeugung an. »Verzeiht mein grobes Benehmen, aber ich konnte ja nicht wissen, wen ich vor mir habe. Ihr befindet Euch schließlich auf meinem Grund und Boden.«

»Geht Ihr immer so hart mit Reisenden auf Eurem Grund und Boden um, die Euch nichts getan haben?«, grollte Wolfram, dessen Kopf noch schmerzte.

»Ja«, gab der Ritter unumwunden zu. »Vor allem mit solchen, die an unseren Truhen stehen. Und ich erkläre Euch gerne, warum. Späher und Vasallen des Königs machen in letzter Zeit unsere Gegend unsicher. Sie erhalten den Auftrag, die Wälder rund um unsere Burgen und Schlösser auszuspionieren und unsere Waffenverstecke zu plündern. Sie wissen, dass wir unsere Reserven für mögliche Aufstände an heimlichen Orten gelagert haben. Jetzt denken wir daran, alles zu vergraben. Das ist sicherer.«

Wolfram nickte. Er musste unwillkürlich an den Mönch Josebius denken. »Nun, das sind wirklich Gründe genug. Aber verlangt bitte nicht, dass ich mich für Eure grobe Behandlung auch noch bedanke. Ihr habt mir beinahe den Schädel eingeschlagen.«

»Das tut mir aufrichtig leid und ich entschuldige mich in aller Form.« Stanislaus schmunzelte leicht. »Einen Augenblick dachte ich sogar daran, Euch und Euren Knappen gleich mit einem Schwerthieb ins Jenseits zu befördern. Doch der gute Junge sieht nicht besonders gefährlich aus. Somit hat er Euch vor Schlimmerem bewahrt. Und mir erklärt, dass Ihr Augenzeuge der schrecklichen Ereignisse in Konstanz wart und jetzt zur Burg Krakovec wollt. Ich kenne den Grafen Dobruska gut, der Jan Hus' Reise finanziert und ihn nach Konstanz begleitet hat. Auch er musste das ganze Unglück mit ansehen. Daher schätze ich mich glücklich, in Euch einen tapferen Mann getroffen zu haben, der unsere Sache unterstützt. Ihr habt, wie ich hörte, sogar Euer Leben gewagt, um Hus zu verteidigen.« Stanislaus reichte ihm die Hand. »Das werden wir Euch nie vergessen.«

Wolfram tat dieses Lob gut. Oft waren Zweifel in ihm aufgestiegen, ob er richtig gehandelt hatte. Aber sein angenehmes, zuvor mit Nichtigkeiten ausgefülltes Leben hatte nun einen tieferen Sinn bekommen. Noch vor Monaten hätte er jeden ausgelacht, der ihm prophezeit hätte, dass er einmal so innig und fest glauben würde. An Gott – und daran, auf dem richtigen Weg zu sein. Der Ritter unterbrach seinen Gedankengang. »Folgt uns! Wir haben den gleichen Weg und kennen eine Abkürzung, die Euch auf direktem Weg zur Burg Krakovec führt.«

Die Höhle wurde wieder sorgsam verschlossen und mit Ästen und Zweigen unkenntlich gemacht, bevor die Männer längere Zeit über einen unwegsamen Pfad voranritten. Ein Felsensteig versperrte die Sicht, die Ritter stiegen von ihren Pferden und gingen zu Fuß aufwärts. Oben lag, umgeben von einem tiefen Graben, die Burganlage Krakovec, von deren Spitze die Landesfahne mit dem Wappen der Burg wehte. Die Zugbrücke war hinuntergelassen und man hörte schon von Weitem lautes Stimmengewirr und das aufgeregte Wiehern der Pferde. Rund um die Burg waren Zelte aufgebaut und ein Stück entfernt gab es auch einen kleinen Turnierplatz. Feuer loderten in der Mitte des Burghofs, über dem sich Spieße mit erlegten Wildschweinen drehten. Die Knechte schleppten auf dem Vorplatz gerade große Tafeln und Bänke herbei, Diener trugen Schüsseln, Becher und Krüge. Der Duft von Gebratenem und Gewürztem waberte wie bei einem großen Volksfest schwer durch die Luft. Inzwischen hatte sich der Himmel dunkel gefärbt. Gab es Regen, Sturm? Wolken ballten sich in verspätetem Schneegrau zusammen und ein einsamer Blitz zuckte wie eine plötzliche Warnung auf. Ein Zeichen vom Himmel, der nicht mit sich spaßen ließ? Wolfram hatte Hannes die Pferde übergeben, die gefüttert und getränkt werden mussten. Langsam spazierte er durch die Reihen der unbekannten Ritter, die sich versammelt hatten, um nach den Ereignissen in Konstanz Rat abzuhalten. Vor einer heftig diskutierenden Gruppe blieb er abrupt stehen. Eines der Gesichter, vom Feuer hell beleuchtet, kam ihm bekannt vor. War das möglich … hatte der Mönch Josebius einen Zwillingsbruder? Oder handelte es sich bei dem Mann, der vor dem Feuer lachte und aus einem großen Humpen Bier trank, nur um jemanden, der Josebius täuschend ähnlich sah? Nein, Wolfram war sich sicher, den Klosterbruder vor sich zu haben. Nur trug dieser statt seines Mönchsgewands nun eine Tracht aus Kniehosen, Leinenhemd und Weste sowie den üblichen Umhang mit Gugel, die seinen Kopf bedeckte.

»Ihr hier?« Wolfram, der zu Josebius getreten war, sah an dessen ungewohnter Kleidung herab. »In diesem Aufzug? Wo habt Ihr Eure Kutte? Und warum habt Ihr uns nicht gesagt, dass Ihr auch hierher wollt? Wir hätten den gleichen Weg gehabt.«

Im Gesicht des Mönchs zuckte es einen Moment, doch rasch fasste er sich. »Ich … kann Euch alles erklären. Es gibt gute Gründe.« Er sah sich um, erhob sich und zog Wolfram beiseite. »Ich bin auf Eurer Seite. Ihr könnt mir vertrauen. Habt Ihr die Thesen Wyclifs bei Euch?«

»Woher wisst Ihr davon?«, fragte Wolfram erstaunt. »Ihr wart doch der Meinung, man müsse die Kirchentradition so lassen, wie sie ist?«

»Das habe ich nur aus Vorsicht gesagt. Ich bin einer der Euren. Meine Rolle im Kloster spiele ich nur, um keinen Verdacht aufkommen zu lassen. Gebt mir die Thesen und, wenn möglich … eine Namensliste der Getreuen, die mit Hus in Konstanz waren. Bei mir sind diese Dokumente sicher, ich werde sie gut verwahren.« Seine Miene verzog sich zu einem gezwungenen Lächeln. »Ihr könnt mir vertrauen. Fragt Graf Dobruska.«

»Ich weiß nicht, wovon Ihr sprecht«, antwortete Wolfram kühl. »Und warum ich Euch trauen sollte. Der von Euch beschriebene Weg hätte uns völlig in die Irre geführt. Sagt mir lieber, warum Ihr in dieser lächerlichen Verkleidung hier erscheint.« Er betonte das letzte Wort deutlich und zog ihm mit einem Ruck die Gugel vom Kopf. »Ich habe das Gefühl, Ihr spielt ein doppeltes Spiel.«

Josebius bedeckte sich rasch wieder. »Ihr zieht voreilige Schlüsse, Ritter Wolfram. Ich schwöre Euch – ich bin ganz auf der Seite der Hussiten.«

»Davon habe ich im Kloster nichts bemerkt. Sagt mir, welche Funktion Ihr hier ausübt, Mönch. Wechselt Ihr Eure Meinung mit dem Habit? Ich habe mit eigenen Ohren gehört, wie Ihr gegen die Adelsbünde, die Änderungen der Kirchenregeln, gewettert habt.«

»Ich sagte Euch doch, es war nur Schein.« Josebius sah nervös über die Schulter und legte rasch den Finger auf den Mund. »Ich führe Verhandlungen – mit beiden Seiten.«

»Also doch ein Doppelspiel. Fragt sich nur, zu wessen Gunsten. Wer zahlt Euch mehr?« Wolfram zog die Stirn zusammen. »Der König oder Graf Dobruska? Ihr habt Abt Peter rüde gemahnt, die Regeln der Kirche korrekt zu beachten.«

»Das mit dem Abt war eine Finte«, flüsterte Josebius. »Der Mann hat ein weiches Gemüt und schwankt zwischen seinen Kirchenpflichten und den Reformen von Jan Hus hin und her. Das ist gefährlich. Ich musste ihn über meine Person in Sicherheit wiegen, um die Sache nicht zu verraten. Aber selbstverständlich bin ich auf der Seite der Verbündeten. Mein Mönchsgewand habe ich längst abgelegt. Ich trage es nur noch zur Tarnung.«

»Ich glaube Euch nicht«, sagte Wolfram ihm offen ins Gesicht.

»Gebt mir die Thesen. Vertraut mir und ich werde Euch auf der Stelle den Beweis für meine Loyalität liefern …«

»Nicht nötig«, erwiderte Wolfram kurz und drehte ihm den Rücken, »in solchen Dingen verlasse ich mich ganz auf mein Gefühl. Seht Euch vor!«

Josebius blickte ihm zähneknirschend nach, als er in Richtung des Turnierplatzes verschwand. Verflixt, da hatte wieder mal der Teufel seine Hand im Spiel. Wenn er nur das Dokument in seinen Besitz bekäme – die verbotenen Thesen, den Beweis, den König Sigismund von ihm erwartete. Erst dann konnte der König die Aufständischen wegen Ketzerei und Ungehorsams gegen die Kirchenordnung verhaften lassen. Irgendwo musste dieser Wolfram von Hohenberg das Pergament doch versteckt haben. Als er im Kloster seine Sachen durchsuchte, hatte er nichts gefunden. Und auch der Mann, den er ausgesandt hatte, um Wolfram unterwegs in eine Falle zu locken, hatte ihn nicht erwischt. Wenn er die Thesen am Körper mit sich herumtrug, blieb eigentlich nur eine Möglichkeit – er musste ihn töten. Es gab da ein Pulver, das dem, der es zu sich nahm, das Bewusstsein trübte – aber wie konnte man es ihm verabreichen? Er seufzte. Welche Mühe hatte es ihn gekostet, sich das Vertrauen der Adelsbünde zu erwerben! Eine Namensliste anzufertigen! Niemand ahnte hier, dass er in Wirklichkeit ein Spion König Sigismunds war. Doch das plötzliche Auftauchen dieses misstrauischen Ritters, der Verdacht geschöpft hatte, machte ihn unruhig. Schnelles Handeln war jetzt gefragt. Er tastete nach dem Kräutersäckchen, das an einer Schnur um seinen Hals hing, und befühlte den Inhalt, der sich in verschiedenen Kammern befand. Eine kleine Prise aus dem mit einem weißen Kreuz bestickten Fach würde den Verstand verwirren. Und das schwarze Kreuz daneben besagte, dass die feinen Pflanzenfasern, die es kennzeichnete, denjenigen, der sie schluckte, für ewig außer Gefecht setzen würden. Dann würde das Dokument in seine Hände fallen. Er nahm eine Prise heraus und hielt sie unschlüssig in der Hand. Aber wie sollte er dem argwöhnischen

Wolfram von Hohenberg das Gift beibringen? Doch siehe da, schlenderte vor ihm nicht gerade dieser Reitknecht Hannes aus den Ställen, den Blick begehrlich auf ein vor Fett tropfendes Wildschwein geheftet, das über dem Feuer bereits eine appetitliche braune Kruste gebildet hatte? Der Küchenmeister war soeben dabei, es mit einem großen Messer in mundgerechte Scheiben zu schneiden. Josebius' Gesicht entspannte sich. Der dumme Reitbursche würde ihm vielleicht dabei helfen, seinen Herrn ins Jenseits zu befördern. Er stellte sich kurz entschlossen neben den Küchenmeister und ließ sich einen Zinnteller mit Braten geben. Unauffällig streute er etwas aus dem Inhalt seiner Handfläche darüber und bedeckte das Fleisch mit Soße, die reichlich dabei war. Dann rief er Hannes zu: »He, Bursche! Bring das rasch deinem Herrn, bevor es kalt wird. Er hat es vorhin bei mir bestellt.«

Hannes drehte sich überrascht um und nahm den Teller entgegen, der ihm verlockend entgegenduftete. »Ich danke Euch«, sagte er freundlich, ohne den Mann näher anzusehen.

Wolfram hatte sich inzwischen in eine ruhige Ecke auf dem Burghof verzogen. Er wollte allein sein, um nachzudenken. Langsam leerte er seinen Pokal mit rotem Wein. Sobald es etwas ruhiger war, würde er Graf Dobruska die zusammengerollten Thesen übergeben. Und mit ihm über den Mönch Josebius sprechen. Was dachte der Graf über ihn? Und was hielt er davon, dass dieser so brennend an dem Dokument Wyclifs interessiert war? War Josebius wirklich so ein fanatischer Anhänger der Kirchenreform oder doch ein raffinierter Spion? Irgendetwas stimmte da nicht.

Hannes lief inzwischen mit dem gefüllten Teller herum, um seinen Herrn zu finden. Dass Josebius ihm folgte, bemerkte er nicht. Der Braten war sicher bereits kalt geworden. Jetzt würde er noch auf dem Turnierplatz nachsehen. Er balancierte das Gericht durch den Burghof, den er rasch überquerte. Die

Zugbrücke über den Graben war hinuntergelassen und die Wächter ließen ihn passieren. Doch auch dort fand er seinen Herrn nicht. Eine Gruppe Bettler hatte sich am Eingang postiert, die hungrig die köstlichen Düfte einsogen, die von der Burg herüberzogen. Sie warteten auf die Reste des Mahles. Einer von ihnen, in Lumpen gekleidet, trat auf Hannes zu. »Habt Mitleid, Herr! Wir leiden Hunger. Gebt uns doch etwas ab.« Er hob bittend die Hände. Hannes zögerte. Er hatte die Zeit nicht vergessen, in der auch er und seine Familie bitteren Hunger gelitten hatten. Aus dem Bedürfnis heraus, ihnen etwas Gutes zu tun, verteilte er die Bratenstücke an die Bettler.

***

Der Weg nach Jericho war nicht lang – aber in der Hitze anstrengend und ermüdend. Ekart stolperte wie betäubt hinter den Kamelen her durch den staubigen Sand. Er war ohne Hoffnung, durstig und erschöpft. Sandfarbene Lehmhäuser säumten die Straßen der Stadt, Tempel erhoben sich an erhöhten Stellen und das Volk strömte in gestreiften und bunt gewebten Burnussen dem Marktplatz in der Mitte der Stadt zu. Schon am Eingang lagen an Pflöcken gebundene junge Kamele in der Sonne, die zum Schlachten verkauft wurden. Zwischen den Eseln, die stumpf ihre Köpfe hängen ließen und an ausgebleichten Strohhalmen knabberten, hatten umtriebige Händler unter schützenden Zeltdächern Töpfergefäße, gewebte Umhänge und aus Leder gefertigte Waren vor sich auf Tüchern ausgebreitet. Lebhafter ging es auf dem Basar der Lebensmittel zu, von dem Gewürze herüberdufteten, prall mit Körnern, Linsen und Nüssen gefüllte Säcke bereitstanden und saftige Feigen und Kaktusfrüchte verkauft wurden. Es roch nach reifen Melonen, Knoblauch und gebratenem Fleisch. Mit großem Geschrei und ohne Rücksicht aufeinander riefen die Händler ihre Waren aus. Gleich nebenan lag der Sklavenmarkt, auf dem sich ein großes Podest befand. Dort wurden regelmäßig Sklaven aller Herren Länder, darunter Kinder und als Kriegsbeute mitgebrachte Gefangene, angeboten und verkauft. Ekart wusste nicht, wie ihm geschah, als man ihm die Kleider vom Leib zog und eine Art Lendenschurz zuwarf, den er schamhaft um die Hüften band. Man zerrte ihn auf das Podest, auf dem schon einige Sklaven stumpfsinnig und mit starrem Blick in der prallen Sonne standen. Ekart stach mit seiner hellen Haut unter den schwarz verbrannten Männern heraus und es bildete sich sogleich eine kleine Gruppe Interessenten um ihn, die ihn fachmännisch begutachteten. Ein stinkender bärtiger Greis fuhr mit seinen schwieligen Händen über seine Haut und wollte seinen Lendenschurz anheben. Ekart stieß ihn fort und als ein anderer versuchte, seinen Mund zu öffnen, um seine Zähne zu begutachten, biss er ihn kurzerhand in den Finger. Die Interessenten um ihn herum lachten, doch der Aufseher zückte seine Peitsche und versetzte ihm einen empfindlichen Schlag auf den Rücken.

Tarik, der Anführer der Nomaden, betrachtete das Treiben um seinen Gefangenen mit großer Zufriedenheit. »Ich denke, dass wir für ihn bei der Auktion eine ordentliche Summe erzielen«, flüsterte er Al Hadi zu, der verzweifelt überlegte, wie er seinem Freund helfen konnte. »Er ist jung und fällt unter den wenigen Hellhäutigen besonders auf.«

»Ich finde, er ist nicht besonders kräftig«, sagte Al Hadi abschwächend. »Man wird ihn wohl kaum zu schwerer Arbeit brauchen können …«

»Na und? Er ist ein hübscher Kerl.« Tarik bohrte grinsend mit einem Holzstück in seinen Zähnen. »Als Lustknabe eignet er sich auf jeden Fall. Sieh nur, wie ihn alle anstarren.« Er kniff ein Auge zu und leckte sich über die dicken Lippen. »Ich bereue es jetzt schon, mich nicht als Erster an ihm bedient zu haben.« Mit einem obszönen Auflachen stieß er Al Hadi aufmunternd in die Seite. Dieser zwang sich zu einem Grinsen, um sich nicht anmerken zu lassen, was er wirklich davon hielt. Er suchte fieberhaft nach einer Lösung, wie er Ekart aus seiner schlimmen Lage befreien konnte. Im Moment schien es so gut wie aussichtslos. Alle waren scharf auf den jungen Weißen, der verzweifelt versuchte, sich gegen jede Annäherung oder demütigende Prüfung seines Körpers zu wehren. Ein in einen groben Burnus gekleideter Schwarzer erschien jetzt mit seinem Gehilfen und hob gebieterisch die Hand. Es wurde ruhig. Der Reihe nach wurden die Sklaven aufgerufen und jeder musste sich passend in Szene setzen, seine Muskeln zeigen, sich nach allen Seiten drehen und wenden und sein Gebiss zeigen. Aus dem Publikum wurden durcheinander Summen gebrüllt und beim jeweils höchsten Gebot ließ der Gehilfe seine Stöcke auf eine mit Tierhaut bezogene Trommel herabsausen. Mürrisch und gleichgültig schienen sich die meisten Sklaven mit ihrem Schicksal abgefunden zu haben. Sie verkauften sich für nur wenige Silbermünzen, während der Preis um Ekart bis zu Golddinaren hochging. Im Hintergrund stand unauffällig unter einer Dattelpalme eine von zwei Dienern begleitete Sänfte. Sie war mit feuchten Tüchern vor der Sonne geschützt und in ihrem Innern saß ein in weißes Leinen gekleideter Fremder mit goldverziertem Turban, der sich mit einem großen Fächer Luft zufächelte, während die Bieter sich gegenseitig überschrien. Gerade als der Trommler die Stöcke zu einem letzten Gebot für Ekart herabsausen lassen wollte, rief der Weißgekleidete eine Summe aus, die alle anderen Bieter mit einem Schlag verstummen ließ. Zwanzig Golddinare, das war der höchste Preis, der jemals für einen Sklaven in dieser Stadt erzielt worden war.

Al Hadi sank der letzte Rest an Hoffnung, die er bislang noch gehegt hatte. Traurig sah er zu, wie die Diener Ekart packten, ihm einen Umhang umlegten und ihn in einen Käfig auf einem kleinen Eselskarren stießen. Die Sänfte setzte sich in

Bewegung und die Tiere zogen den Karren hinterher.

»Wer ist der Mann? Ist er so reich? Wo wohnt er?«, fragte Al Hadi seinen bärtigen Nachbarn, der ebenfalls mitgeboten hatte und jetzt sehr enttäuscht war, dass ihm dieses exotische Wesen, ein echter Ritter Christi, wie man munkelte, durch die Lappen gegangen war.

»Ich kenne ihn nicht«, knurrte er, »noch nie hier im Ort gesehen. Immer schnappen uns Fremde die besten Sklaven weg und wir müssen uns mit dem faulen Hundspack, das übrig ist, begnügen.« Er spuckte aus und gab den beiden höchstens vierzehnjährigen kraushaarigen Sklaven, die er gerade ersteigert hatte, einen Tritt. »Los, bewegt euch, Brüder! Wenn ihr was zum Essen wollte, müsst ihr es euch verdienen.«

Die beiden warfen ihm einen unterwürfig scheinenden, aber mit Groll erfüllten Blick zu. »Euch zu Diensten, Herr. Befehlt – wir gehorchen.«

Al Hadi seufzte und folgte rasch der Sänfte, die sich mit dem rumpelnden Eselskarren langsam Richtung Stadtrand entfernte. Er versuchte, dem Freund ein Zeichen zu machen, wurde aber von den grimmig dreinblickenden Bewachern verscheucht. Tief sog er die Luft ein. Das war es dann wohl. Er hatte getan, was er konnte. Wahrscheinlich würde er den armen Ekart im Leben nie mehr wiedersehen.

Auf dem steinigen Weg wurde Ekart in seinem Käfig kräftig durchgerüttelt, er stolperte von einer Seite zur anderen und fühlte sich unendlich elend. Warum schickte Gott ihm eine solche Prüfung und Demütigung? Warum half er ihm nicht? Bitter wurde ihm bewusst, dass er in diesem Moment nicht mehr war als eine lebende Ware, ein Nutztier, oder ein Stück Fleisch, über das man nach Belieben verfügte. Dieser einsame Ort mitten in der Wüste – würde er jetzt sein ganzes Leben hier verbringen müssen? Wie ein dunkler Schatten, dessen Umrisse sich vor der Sonne abzeichneten, verschwand Al Hadi, der ihm gefolgt war und auf den er seine ganze Hoffnung gesetzt hatte, seinen Blicken. Er schloss die Augen und öffnete sie erst wieder, als sie an einem weißlich schimmernden Bau hielten. Die Diener packten den Käfig, hoben ihn vom Karren und trugen ihn in das kühle Innere des Hauses, in einen Patio, wo grüne Pflanzen wuchsen, ein kleiner Brunnen plätscherte und Vögel zwitscherten. Was würde jetzt mit ihm geschehen, was musste er tun? Böden schrubben, das Essen herbeitragen? Wasser aus dem Brunnen schöpfen? Was gab es für Pflichten für einen Sklaven? Gut, dass sein Vater und seine Mutter – und auch Emma – ihn nicht so sehen konnten. Wenigstens war er bei einem reichen Mann gelandet. Die beiden Diener, die kurz verschwunden waren, eilten soeben wieder herbei, öffneten den Käfig und ließen Ekart frei. In einem Nebenraum mit Springbrunnen, der mit bunten Mosaiken ausgelegt war, dampfte ein in den Boden eingelassenes Bad. Die Diener gaben ihm wortlos zu verstehen, ins heiße Wasser zu steigen, und begannen, ihn mit Tüchern, Bürsten und Seife zu bearbeiten und seine Haare von Flöhen zu säubern. Ekart versuchte Fragen zu stellen, Worte zu formen, doch er erntete in den unbewegten Mienen der Diener nicht das geringste Verständnis. Nach der Prozedur hüllte man ihn in warme Tücher, führte ihn zu einer Liege aus Korbgeflecht und reichte ihm einen nach Orangen schmeckenden Trank. Er wurde mit einem Mal sehr müde, seine Lider waren schwer und senkten sich, ohne dass er es wollte, über seine Augen. Träumte oder wachte er? Wo war überhaupt sein Herr, der Mann, der ihn gekauft hatte? Nach all den Strapazen, den Aufregungen, die in letzter Zeit auf ihn eingestürmt waren, rollte er sich seufzend zusammen und bekam bald nichts mehr von dem mit, was um ihn herum vorging.

Als er erwachte, hörte er als Erstes wieder das lustige Vogelgezwitscher und das sanfte Plätschern des künstlichen Baches im Innenhof. Ein Sonnenstrahl kitzelte sein Gesicht und er musste niesen. Zu seinen Füßen erblickte er einen am Saum bestickten weißen Leinenumhang, den er sich überwarf. Vorsichtig erkundete er seine Umgebung und erschrak, als sich plötzlich die Tür öffnete. Er stieß einen leisen Überraschungsruf aus und glaubte zu träumen. Suleika stand vor ihm, bezaubernd schön, unverschleiert und in ein leichtes blau-weißes Seidenkleid gehüllt. Sie lief auf ihn zu und strahlte ihn voller Liebe an. »Ich hatte solche Sehnsucht nach dir, Liebster«, flüsterte sie und schlang die Arme um ihn. Ekart war überwältigt. Er drückte sie an sich, strich zärtlich über ihr seidiges Haar und küsste sie mit hungriger Sehnsucht. Nach einer Weile hielt er sie ein Stück von sich weg, als wolle er sich versichern, dass ihre Erscheinung Wirklichkeit war. Er versuchte, sich jede Einzelheit ihrer Erscheinung und ihres Gesichtes einzuprägen. Seine Augen waren feucht geworden.

»Ich kann es nicht fassen«, sagte er schließlich mit brüchiger Stimme, »dass du auf einmal vor mir stehst! Ich glaubte, dich für immer verloren zu haben. Wie hast du mich gefunden? Hier, mitten in der Wüste?« Er konnte den Blick nicht von ihrem zarten Gesicht lösen, den samtschwarzen Augen, deren Blick ihn jede Nacht bis in seine Träume verfolgte.

Suleika lächelte. »Ich habe mich erkundigt, Liebster. Es gibt nicht viele Wege, sich unbequemer Fremder zu entledigen, und einer besteht darin, sie als Sklaven zu verkaufen. Ich muss schon sagen, dass dein Marktpreis ausgesprochen hoch war.« Sie wurde wieder ernst. »Mein Vater hat alles getan, um dich loszuwerden, dich von mir fernzuhalten. Er ist den Einflüsterungen seines Wesirs gefolgt, der auch versucht hat, dich umzubringen. Ich habe einen Hungerstreik begonnen, gedroht, mich aus dem Fenster des Palastes zu werfen. Da hat er nachgegeben und versprochen, dein Leben zu retten – unter einer einzigen Bedingung …« Sie stockte. »Aber ich wollte dich zuerst noch einmal sehen, bevor ich ihm gehorche …«

»Und wie … lautet diese Bedingung?«, fragte Ekart misstrauisch.

»Lass uns in diesem Moment nicht darüber reden«, wich Suleika aus, »und lieber unser Wiedersehen genießen …« Ihre Stimme brach.

»Sag es mir«, drängte Ekart, »ich will es wissen.«

Suleika senkte den Blick: »Ich gelobte – auf dich zu verzichten, nachdem wir uns ein letztes Mal allein getroffen haben.« Ihre Stimme zitterte leicht. »Ich bin einem anderen Mann versprochen. Elim Ben Pascha, einem Freund meines Vaters. Wenn ich zurück bin, soll die Hochzeit sein.«

»Nein!«, protestierte Ekart mit Leidenschaft. »Niemals! Dein Vater hat dich zu dieser Vereinbarung gezwungen. Aber jetzt werden wir uns nie mehr trennen – nie mehr, solange ich lebe! Das schwöre ich dir!« Er wollte sie küssen, doch sie wandte sich ab.

Ihre Augen blickten plötzlich starr und so, als habe sie einen Vorhang vor ihre Gefühle geschoben. »Ich muss mein Wort halten«, flüsterte sie. »Sonst bestraft uns Allah.« Sie sah ihn verzweifelt an. »Willst du etwa für immer ein Sklave bleiben? Du weißt nicht, was es bedeutet, nie mehr frei zu sein. Wir haben gar keine andere Wahl.« Sie sank in einen Sessel, wie von einer ungeheuren Anstrengung ermattet. »Ich habe mit meinem Leben für dich gebürgt. Denk daran«, mit zitternder Stimme fuhr sie fort, »mein Vater ist erbarmungslos, ein einmal gegebenes Wort ist ihm heilig. Vor allem das Versprechen seiner Tochter.«

»Unsinn. Jetzt nehme ich die Sache in die Hand«, wehrte sich Ekart. »Ich vertraue auf Gott. Er hat mir bis jetzt geholfen und er wird nicht zulassen, dass ich ein Sklave bleibe. Er weiß, dass unsere Liebe rein und aufrichtig ist. Ich lasse dich nie mehr gehen!«

Suleika seufzte. Sie spürte, dass sie gegen die Zuversicht des Geliebten nicht ankam.

»Wem gehört dieses Haus? Lass uns fliehen – du musst mit mir kommen oder ich mit dir. Wir brauchen Kamele, Wasser, Verpflegung. Such nach einem Mann namens Al Hadi. Er ist mein Freund und wird uns helfen. Wir müssen nach Jaffa. Es ist nicht weit, wie ich hörte. Wir könnten es noch in der Nacht schaffen. Am Morgen schiffen wir uns ein, nehmen Kurs auf Zypern oder eine andere Insel und bleiben dort eine Weile, bis wir wissen, wie unsere Zukunft aussehen wird.« Mit glänzenden Augen fuhr er fort: »Dein Vater ist reich. Nimm von seinem Geld – wir geben es ihm später zurück. Mach dir keine Sorgen. Wir gehen dorthin, wo du willst, Liebste. Ohne dich werde ich mein Leben lang unglücklich sein, wo auch immer ich bin. Vertrau mir! Aber bleib bei mir! Versprich es – schwöre es!« Er sah Suleika so bittend in die Augen, dass ihr für eine Weile die Worte fehlten.

»Gut. Ich verspreche es«, sagte sie schließlich, schlang die Arme um ihn und drückte sich zärtlich an seine Brust. Ihre Lippen verschmolzen zu einem nicht enden wollenden Kuss, bis das Räuspern der beleibten Sklavin Eurika im Hintergrund sie aus ihrer Verzückung riss. Schritte näherten sich auf dem Steinboden und sie fuhren wie ertappt auseinander.

Mit wehendem Mantel und undurchschaubarer Miene blieb der Emir vor ihnen stehen. Er zwirbelte sich grimmig den Bart, bevor er seine Tochter mit harten Worten anfuhr und von Ekarts Seite riss. Suleika sah zu ihrem Vater auf, schlug gehorsam die Augen nieder und flüsterte ein paar Worte, die Ekart nicht verstand. Mit eiligen Schritten floh sie aus dem Patio. Der Emir befahl seinen begleitenden Dienern, Ekart in ein Zimmer mit vergitterten Fenstern im Ostteil des Hauses zu sperren. Wütend und hilflos starrte er gegen die nackte Wand. Suleika hatte versprochen, mit ihm zu fliehen. Und er war fest davon überzeugt, dass sie es tun würde. Sie liebte ihn, das hatte er in ihren Augen gelesen. Er musste nach einem Ausweg suchen, auch wenn er damit riskierte, für alle Zeit ein Sklave zu bleiben. Als die Nacht hereinbrach, legte er sich auf die Pritsche, die ihm zum Schlafen diente. Leise Sägegeräusche schreckten ihn auf. Ein kaum vernehmbares »Psst!« am Fenster ließ ihn hinaussehen. Er erkannte in dem dunklen Schatten draußen seinen treuen Freund Al Hadi, der schon zwei der nicht allzu fest sitzenden Gitterstäbe gelöst hatte.

»Al Hadi, du bist es!«, flüsterte er erleichtert. »Ich hatte gehofft, dass du mir hilfst. Ist Suleika bei dir?«

Al Hadi nickte. »Sie hat versprochen zu kommen«, murmelte er. »Vielleicht wartet sie schon bei den Kamelen.«

Schon nach kurzer Zeit konnte Ekart aus dem Fenster klettern. Die Nacht war mondhell und klar, die Sterne standen wie ein Zelt mit glitzernden Steinen über der weiten Landschaft.

»Komm.« Al Hadi zog ihn mit sich und sie schlichen zum verabredeten Treffpunkt, an dem schon der Treiber mit Kamelen, Proviant und Wasser wartete.

»Wo ist Suleika?«, fragte Ekart unruhig und spähte umher.

»Hab Geduld. Sie wird kommen«, beruhigte Al Hadi ihn. »Aber du darfst kein Wort mit ihr reden. Sie hat mit ihrer Dienerin die Kleider gewechselt, um ihren Vater zu täuschen.«

Ekart sah ihn irritiert an. »Dann sind wir also zu viert? Du kommst doch auch mit, oder?«

»Frag nicht so viel. Du wirst sehen.«

Der Treiber ließ die Kamele niederknien. Alles war bereit. Ekart sah in die Richtung des Hauses, das sich dunkel in der mondhellen Nacht abzeichnete. »Wo bleiben sie bloß?«

Endlich tauchten in der Ferne zwei vermummte Gestalten auf, in schleppende lange Gewänder gehüllt. Ekart hielt es vor Spannung kaum mehr aus. Welche davon war Suleika? Ihre zarte Gestalt war so verborgen, dass er sie selbst an ihren Bewegungen nicht erkennen konnte. Sein Herz klopfte wie wild vor Spannung. Keinen Schritt würde er gehen, wenn er nicht genau wusste, dass eine der Frauen wirklich Suleika war. Al Hadi mahnte zur Eile, doch Ekart ließ sich nicht drängen. Er stürzte auf die Näherkommenden zu.

Da lüftete Suleika selbst ihre Vermummung. »Ich bin es, hab keine Angst«, sagte sie mit einem Lächeln. »Steig auf dein Kamel. Ich komme mit dir.«

Ekart schwang sich erleichtert auf den Sitz seines Tieres, das der Treiber vor ihm hinknien ließ. Er sah sich nach Suleika um. Plötzlich zerriss ein lauter Alarmschrei die Nacht. Ein Wächter hatte etwas bemerkt und schlug auf einen Gong. Nun ging alles sehr schnell. Suleika versuchte, hastig auf das für sie bestimmte Kamel zu klettern, das einen bequemeren Sitz und ein Sonnendach trug. Doch dieses, ein noch junges Tier, erschrak, erhob sich ruckartig und machte dann einen ausweichenden Satz. Suleika, die schon fast oben war, schwankte, während sich das Tier in schnelle Bewegung setzte und zu laufen begann. Sie verlor den Halt, stürzte kopfüber zu Boden und blieb reglos liegen. Ekart stieß einen Schrei aus und wollte zu ihr. Doch sein Tier folgte den anderen, die in vollem Tempo losgaloppierten. Ihr Treiber, in seiner Angst, entdeckt und bestraft zu werden, hatte nach dem Alarm die Peitsche geschwungen und heftig auf seine Tiere eingeschlagen, damit sie schnell fort und in die Wüste liefen. Er selbst ritt, wild mit der Peitsche fuchtelnd, auf seinem Kamel hinterher. Die kleine Gruppe war alsbald von der Dunkelheit verschluckt. Al Hadi war als Einziger geblieben und beugte sich zu Suleika hinab, um ihr zu helfen. Doch ihre Augen blickten starr, ihr Kopf, der auf einen Stein geschlagen war, fiel mit gebrochenem Genick haltlos in den blutgetränkten Sand zurück. Von der anderen Seite liefen jetzt Diener und Wachleute herbei. Der Emir selbst ritt auf seinem arabischen Schimmel heran. Er gab ein Zeichen, die Verfolgung abzubrechen, und sprang von seinem Pferd. Erschüttert kniete er vor seiner leblosen Tochter nieder. Mit erhobenen Händen blickte er zum Himmel und stieß einen klagenden Wehlaut aus. Dann nahm er Suleika vorsichtig auf seine Arme, drückte sie an seine Brust und wiegte sie mit murmelnden Klagelauten wie ein Kind. Der unförmige Mantel war von ihren Schultern geglitten, ihr Kopf hing herab und ihr von einem Goldreif gefasstes schwarzes Haar reichte fast bis zum Boden. Mit versteinerter Miene trug der Emir sie selbst ins Haus. Sie war seine Lieblingstochter gewesen. Aber mit einem Ungläubigen, einem Giaur, hätte sie niemals glücklich werden dürfen. Das war ein Gesetz, sein Gesetz, und sie hatte es nicht befolgt. Die Strafe Allahs war gerecht. Das Schicksal hatte ihm die Entscheidung zu handeln auf grausame Weise abgenommen.

Al Hadi war den flüchtenden Kamelen eine Weile nachgelaufen, bis ihm der Atem ausging. Er musste versuchen, Ekart mit allen Mitteln zur Vernunft zu bringen, ihn davon abhalten zurückzukehren. Am Tod Suleikas war nichts mehr zu ändern – er würde sich nur selbst in Gefahr bringen. Sich fest in seinen Umhang wickelnd, setzte er sich auf einen Stein und wartete.

Es dauerte eine ganze Weile, bis die einsame Gestalt Ekarts vor ihm auftauchte, der sein widerwilliges Kamel mit einem Stock zurücktrieb und ein zweites im Schlepptau hatte. »Wo ist Suleika?«, waren seine ersten Worte, doch Al Hadi konnte ihm nicht gleich antworten.

Nach einer kleinen Pause erhob er sich und sah ihn ernst an. »Geh«, sagte er schließlich, »geh zurück in deine Heimat. Du wirst sie nicht wiedersehen.« Er senkte den Kopf.

Ekart schluckte. »Das kann nicht sein. Sag mir, was geschehen ist. Hat ihr Vater sie zurückgeholt?«

Al Hadi schüttelte den Kopf. »Er konnte es nicht. Sie ist von selbst gegangen.«

»Was soll das heißen?«, fuhr Ekart ihn an. »Sie hat versprochen mitzukommen. Niemals würde sie ihr Wort brechen.«

»Du verstehst nicht. Sie ist tot! Bei dem Sturz ist sie mit

dem Kopf an einen Stein geschlagen.«

»Tot … tot.« Mit monotoner Stimme wiederholte Ekart dieses unbegreifliche Wort. »Das ist nicht wahr. Du lügst …« Er ließ sein Kamel niederknien und stieg ab. »Wo ist sie? Ich will sie sehen, bevor ich es glaube.«

Al Hadi schüttelte den Kopf. »Ich schwöre, dass es die Wahrheit ist. Beim Leben meiner Mutter! Wenn du zurückgehst, wird der Emir dir die Schuld an ihrem Tod geben. Du wirst ewig ein Sklave sein und es bleiben. Allerdings unter verschärften Umständen, das kannst du mir glauben. So viel habe ich in der Wüste bereits gelernt.«

Ekart stürzte zu Boden und vergrub das Gesicht in den Händen. Seine Schultern zuckten wie im Krampf. Erst nach einer Weile erhob er sich. Leere stand in seinen Augen. »Gehst du mit mir?«

Al Hadi nickte. »Wohin du willst, Bruder.«

17. Kapitel

Als Emma erwachte, wusste sie erst nicht, wo sie sich befand. Ihr Mund war trocken, ihr Körper glühte und Albträume hatten sie gequält, von denen sie nicht wusste, ob sie Wirklichkeit waren. »Hier, trink das!« Sie erkannte eine sanfte Stimme, die sie irgendwo schon einmal gehört hatte, und sah das Mitleid im Gesicht des jungen Mädchens, das sich über sie beugte und versuchte, ihr einen bitter schmeckenden Kräutertrank einzuflößen.

»Wo bin ich«, flüsterte Emma heiser. »Wer bist du?«

»Ich bin Anna. Erkennst du mich denn nicht?« Die liebliche Stimme klang beinahe vorwurfsvoll. Emma versuchte den Kopf zu schütteln, doch ein scharfer Schmerz verhinderte die schwache Bewegung. Ihre Erinnerung war wie ausgelöscht und sie zermarterte sich vergebens den Kopf, wo sie das junge Mädchen schon einmal gesehen hatte. »Du hattest hohes Fieber«, tröstete Anna sie. »Dein Gedächtnis wird wiederkommen, wenn du ganz gesund bist.«

»Ich weiß nicht einmal mehr meinen eigenen Namen, geschweige denn, was mir fehlt«, stöhnte Emma. Sie horchte in sich hinein. Ihr Körper schmerzte nicht mehr so stark, das starke Brennen an den empfindlichsten Stellen in ihrem Schoß, das ihr Qualen bereitet hatte, war dank Salben und kühlenden Umschlägen zurückgegangen. Aber in ihren Fieberträumen waren Gesichter aufgetaucht, die sich zu Fratzen wandelten, sobald sie versuchte, sie zu erkennen.

»Du hast dir Verletzungen zugezogen, die sich entzündet hatten«, sagt Anna ausweichend. »Eine Woche schwebtest du zwischen Leben und Tod. Aber jetzt ist es wohl überstanden, Gertrudis.«

»Ist das ... mein Name?«

Anna zuckte die Schultern. »Das musst du doch wissen. Jedenfalls hast du ihn immer vor dich hin gemurmelt, wenn man dich fragte. Emma Gertrudis. Jetzt sei ganz ruhig, bald wirst du wieder auf den Beinen sein und anschaffen können.«

Emma blieb erschöpft liegen und sah nach oben. Anschaffen? Was meinte Anna damit? Was sollte sie anschaffen? Und für wen? Sie wusste in diesem Augenblick nicht einmal, wer sie war und woher sie kam. Über ihr zeigte sich zwischen grünen Baumwipfeln ein Stück blauer Himmel. Sie hob den Kopf ein wenig und ließ ihren Blick über das Lager schweifen. Einfache Zelte standen ringsum auf dem Waldboden, davor Kochgeschirr mit Essensresten und andere Utensilien, daneben ein Karren mit Gepäck und auf einer etwas entfernten Lichtung suchten zwei magere Pferde nach Gras oder Stroh. In der Nähe des Feuers saßen Frauen, rührten in Töpfen, flickten ihre Sachen, lachten und schwatzten miteinander. Eine von ihnen sah jetzt zu ihr hinüber und Emma schloss schnell die Augen.

»Sie schläft«, sagte sie halblaut zu ihrer Nachbarin. »Wir sollten zusehen, dass wir sie so bald wie möglich loswerden.«

»Warum denn? Sie soll uns zuerst mal etwas einbringen. Wir haben sie schließlich nicht umsonst die ganze Zeit durchgefüttert.«

»Na ja – da wussten wir ja noch nicht, was mit ihr los ist.

Vor ein paar Tagen habe ich zufällig gesehen, dass sie dieses komische Zeichen auf dem Körper hat.«

»Was für ein Zeichen?« Die andere sah sie erschrocken an.

»Na, so eine Art Muttermal. Wenn du mich fragst – das sieht aus wie ein Hexenzeichen.«

»Bist du sicher?«

»So wahr ich hier sitze. Als ich neulich half, ihr Hemd zu wechseln, habe ich es auf ihrem Rücken gesehen. Ein dunkles Dreieck ...«

»Was du nicht sagst! Das sollten wir dem Schultheiß melden. Der kann es vor Gericht prüfen lassen«, schlug die dunkelhaarige Mona vor. »Dann wissen wir wenigstens Bescheid.«

»Lieber nicht«, wisperte die rothaarige Elsbeth, »mit Gerichten will ich nichts zu tun haben. Das könnte uns in Schwierigkeiten bringen.«

»Du hast recht. Ich halte das ohnehin nur für Aberglauben«, mischte sich Anna ein, die herbeigekommen war und etwas Holz ins Feuer legte. »Jede von uns hat irgendwo ein Muttermal.«

»Aber nicht so eins. Da wird schon was dran sein.« Die schwarze Mona zog die Brauen hoch. »Mir kam es gleich so vor, als sei etwas Geheimnisvolles um sie. Und wenn sie wirklich eine Hexe ist?« Sie sah die anderen fragend an.

»Ob Hexe oder nicht – sie soll arbeiten, statt auf der faulen Haut zu liegen«, sagte eine dicke Blonde ganz pragmatisch.

»Das finde ich auch. Später können wir sie immer noch loswerden.«

Ohne es zu wollen, hatte Emma alles mit angehört. Sie dachte über die Reden der Frauen nach und versuchte, einen Zusammenhang zu finden. Nach und nach kehrte ihre Erinnerung zurück. Der Tod der Mutter, Wolfram, den sie liebte, der sie aber verlassen musste – der Prozess mit Sigurds Anschuldigungen, die brutalen Wächter, die sie geschändet hatten. Und dann das Muttermal – das angebliche Hexenzeichen!

Der ganze Schrecken der Vergangenheit stand plötzlich wieder vor ihren Augen. Sie barg das Gesicht in den Händen. Da berührte sie jemand sanft an der Schulter. Es war Anna. »Denk nicht mehr daran. Du wirst es schon bald vergessen haben.« Sie stellte eine dampfende Schale Suppe vor sie hin, die aus Waldpilzen und Wurzeln gekocht war. »Probier mal. Das wärmt und gibt Kraft.«

Emma seufzte tief auf, lächelte ihr dankbar zu und nahm den Holzlöffel, den sie ihr reichte. »War ich lange krank?«, fragte sie nach einer Weile.

»Ein paar Tage. Sie wollten dich ins Gemeindehospital bringen, aber ich hab es verhindert und gesagt, du könntest uns allen noch sehr nützlich sein.« Sie kniff schelmisch ein Auge zu. »Im Hospital stirbt man nur.«

»Manchmal wünschte ich, ich wäre tot«, entfuhr es Emma.

»Sag so etwas nicht. Das Leben ist doch schön – trotz allem.« Anna strich ihr beschwichtigend übers Haar. »Ruh dich noch etwas aus. Später helfe ich dir, dich zu waschen. Ich hab schon Wasser aufgesetzt. Danach wirst du dich gleich besser fühlen.«

Emma nickte und löffelte die Suppe. Dann legte sie sich wieder zurück und schloss die Augen. Was hatte man ihr nur angetan! Sie dachte an Wolfram und sah sein Bild vor sich, seine blauen Augen, die sie liebevoll anblickten; und sie fühlte seine starken Arme, die sie schon einmal vor einer Gefahr beschützt hatten. Aber wenn er wüsste, was ihr geschehen war – was man mit ihr gemacht hatte und was aus ihr geworden war! Vielleicht würde er dann nie wieder etwas von ihr wissen wollen. Dicke Tränen liefen über ihre Wangen.

Als der nächste Tag anbrach, fühlte sie sich wesentlich besser. Anna hatte ihr gestern noch geholfen, sich in einem Bottich mit warmem Wasser gründlich zu waschen. Jetzt fiel ihr Haar wieder locker und weich über die Schultern und ihre Augen hatten neuen Glanz bekommen. In einem abgelegten und mehrfach geflickten Miederkleid von Anna kamen ihre schmale Gestalt und ihre außergewöhnliche Schönheit wieder zur Geltung. Neidisch verfolgten die anderen Huren die begehrlichen Blicke der Männer, die zu Emma hinüberwanderten, wenn sie zu ihnen kamen.

Die Stadtwächter Jakob und Karl hatten es während der Dauer des Jahrmarktes nicht mehr gewagt, sich im Waldlager der Huren blicken lassen. Es war einiges geschehen, was den beiden abergläubischen Männern zu denken gab. Jakobs Frau hatte bei ihrer Niederkunft ein Kind mit einer Wolfsscharte auf die Welt gebracht und Karl, der stolz auf seine robuste Gesundheit war, hustete sich plötzlich die Lunge aus dem Leib. An dem Unglück, das sie mit einem Mal zu verfolgen schien, gaben sie dem Mädchen die Schuld, der Hexe, die sie auf dem Jahrmarkt aufgelesen hatten. Besser wäre es gewesen, sie hätten sich nicht mit ihr eingelassen, sondern sie gleich dem Gericht überstellt. Doch jetzt war es dafür zu spät. Sie fürchteten vor allem, dass herauskommen könnte, was sie getan hatten. Abgesehen von einer empfindlichen Bestrafung, würde alle Welt glauben, der Teufel habe sich durch den Verkehr mit der Hexe auch ihrer Seelen bemächtigt. Untereinander sprachen sie über ihre Furcht und berieten, was sie tun konnten. Als dann Jakobs ältester Sohn auch noch an einem heftigen Fieberanfall starb, entschlossen sie sich, dem Spuk bei der nächsten Gelegenheit ein Ende zu bereiten.

»Warum haben wir die Hexe nicht gleich umgebracht?«, fragte Karl eines Tages unvermittelt. »Dann könnte sie sich nicht weiter mit ihrem Zauberwerk an uns rächen.«

»Besser wär's gewesen«, sagte Jakob mit finsterer Miene. »Da haben wir einen Fehler gemacht.«

»Du bist schuld. Hast wohl das Hirn in der Hose gehabt!«, fuhr Karl ihn an.

»Ich?« Jakob wurde rot vor Wut. »Du hast ihr doch gleich die Röcke angehoben und …«

»Hör auf«, unterbrach ihn Karl. »Die Hexe hat uns in Versuchung geführt. Und uns dann einen Fluch auf den Hals gehetzt. Jetzt sind wir machtlos. Wenn wir sie festnehmen, könnte sie unter der Folter gegen uns aussagen.«

Karl nickte schweigend und bedrückt. »Es bleibt uns eigentlich nur noch eins. Wir schleichen nachts in ihr Zelt. Du hältst sie fest, ich stopfe ihr einen Knebel in den Mund. Dann stichst du zu. Man wird denken, dass sie irgendein Freier getötet hat.«

Jakob schüttelte den Kopf. »Nein, ist keine gute Idee. Aber wir müssen irgendetwas unternehmen, damit uns der Fluch dieser Hexe nicht länger verfolgt. Es muss eine andere Möglichkeit geben, sie uns vom Hals zu schaffen.«

Am Abend des nächsten Tages marschierte plötzlich ein größerer Trupp Soldaten der Armee des Königs mit einer Verstärkung fremdländischer Söldner in Wallerstein ein und verlangte Quartier. Das änderte die Lage für die Huren, die schon Pläne für den nächsten Jahrmarkt machten, der in einigen Wochen in Babenberg stattfinden sollte. Das Fußvolk des kleinen Heeres schlug seine Zelte nicht weit von ihrem Waldlager auf, während der Hauptmann Unterkunft auf der nahe gelegenen Burg nahm und die Pferde in den Ställen der Bauern unterbrachte. Dem Tross der Soldaten hatten sich Spielleute und Musikanten angehängt und zum Unmut der Bürger auch etliches Bettlervolk. An diesem Abend ging es auf der Burg und auch im Lager der Soldaten hoch her. Fackeln brannten, Spieße mit Wildbret brieten über großen Feuerstellen und raues Männerlachen mischte sich mit hellen Frauenstimmen, Flöten- und Lautenklängen. Rasch zusammengezimmerte Bretter, die als Tische dienten, bogen sich unter der Last der Speisen, die man bei der Bevölkerung beschlagnahmt hatte. Obwohl dem

Tross auch eine Gruppe Marketenderinnen angehörte, machten die Huren jetzt gute Geschäfte. Der Wein floss in Strömen auf der Burg. Die Stadtbewohner murrten zwar, machten aber ihre Abgaben freiwillig, damit die Soldaten nicht auf die Idee kamen zu plündern.

Emma hatte sich schon beim ersten Ansturm der liebebedürftigen und nach Frauen lechzenden Soldaten in den hintersten Winkel des Zeltes geflüchtet, aber Mona zerrte sie mitleidslos hinaus ins Freie. Jetzt sollte sie beweisen, ob sie sich für etwas Besseres hielt und bei ihnen nur schmarotzte oder doch eine Hure war wie jede andere hier. »Nicht ein einziges Mal hast du bis jetzt die Beine breit gemacht«, schnaubte Mona wütend. »Nur auf der faulen Haut gelegen. Mach jetzt endlich deine Arbeit und zahl deine Schulden zurück, mit denen du uns für Essen und Unterkunft auf der Tasche liegst!« Beifallsgemurmel erhob sich unter den anderen Frauen, die herbeigekommen waren und sie umringten. Nur Anna hielt den Kopf gesenkt und blieb stumm. Emma sah in harte Gesichter, die sie feindselig anstarrten, und begriff, dass sie sich jetzt nicht länger weigern konnte.

»Ich bin bereit«, sagte sie leise und sah in die Runde. Ihr Gesicht hatte alle Farbe verloren.

»Dann tu was. Beweise es.« Mona lachte höhnisch und gab ihr einen Stoß, mit dem sie vorwärtsstolperte. »Jetzt gleich.« Sie wies auf ein paar Freier, die, angezogen von der lauten Debatte, grinsend näher kamen. »Nimm jeden, der dich haben will. Vergiss nicht, deinen Preis zu nennen, und verlang das Geld im Voraus.« Mona streckte die Hand aus und rief marktschreierisch: »Kommt her, Männer! Zwei Silberlinge für unsere Neue! Ganz frisch auf dem Markt. Ein besonderes Erlebnis.« Zögernd zogen zwei Männer ihre Börse hervor und legten das Geld in Monas Hand, die sich rasch um die Münzen schloss. »Lächle!«, zischte sie Emma zu, die völlig verängstigt dastand. Sie zog mit einem Ruck das Brusttuch vom Ausschnitt ihres Kleides.

Emma wagte es nicht, sich zu wehren.

***

Die Soldaten und der Haufen Landsknechte, die sich in Wallerstein einquartiert hatten, zogen nicht so schnell weiter, wie es die Bevölkerung erhoffte. Uniformen waren zu reparieren, Pferde zu beschlagen und Verletzte und Kranke auszukurieren.

Mit Anstrengung, ihre starken Ekelgefühle nur mühsam überwindend, hatte sich Emma in die Hurengemeinschaft eingefügt und respektierte deren Regeln, in die Anna sie nach und nach einweihte. Niemand, nicht einmal sie selbst, konnte sagen, auf welche Weise sie das überhaupt durchhielt. Bei jedem Akt, mit dem sie ihren Körper einem Fremden überließ, hatte sie das dumpfe Gefühl, unbeteiligt neben sich zu stehen und sich selbst zuzusehen. Ihr Körper war zu einer funktionierenden Maschine geworden, die sich anfassen, ausziehen und auf verschiedene Weise benutzen ließ. Ihr Mund lächelte und plapperte immer die gleichen Worte, während in ihrer Seele Verachtung, Widerwillen und Abscheu tobten. Sie wunderte sich über die taube Gefühllosigkeit, mit der sie hinnahm, was mit ihr geschah. Anna zuckte die Schultern, wenn sie sich doch einmal beschwerte, und meinte, dies sei ein Geschäft wie jedes andere, man gebe etwas und nehme etwas dafür. So sei es eben im Leben. Eines Abends setzte sie sich zu Emma, die am Feuer saß und Rübenscheiben und Pilze für den Eintopf schnitt.

»Morgen könnt ihr nicht auf mich rechnen«, flüsterte sie ihr beinahe unhörbar zu. »Ich hab endlich genügend Geld beisammen, um mir die Zukunft lesen zu lassen. Kommst du mit? Ich hab dir doch von der weisen Frau erzählt, der Hebamme Klothilde.«

»Du willst deine Zukunft wissen?«, sagte Emma wenig begeistert und starrte dabei ins Feuer. »Was haben wir in diesem Metier schon zu erwarten.«

Anna schüttelte den Kopf. »Sag das nicht. Alles kann sich ändern. Stell dir vor, ich hab mich verliebt. Anton ist Hufschmied beim Hauptmann und will, dass ich mit ihm komme. Ich möchte natürlich wissen, ob er es ehrlich mit mir meint.« Ihre Augen glänzten und spiegelten den Schein des Feuers wider.

»Ich will gar nicht wissen, wie meine Zukunft aussieht«, seufzte Emma. »Es ist schlimm genug, dass ich Geld verdienen muss, um meine Schulden bei Mona abzuzahlen.«

»Sei nicht traurig.« Anna schlang die Arme um sie. »Ich kenne das. Weltschmerz! Aber dann geht es plötzlich wieder aufwärts. Nicht alle Männer sind schlecht. Man muss nur die Guten herausfinden.« Sie lächelte so überzeugend, als wäre dies das Selbstverständlichste von der Welt.

***

In der Burgkapelle von Krakovec wurde früh am Morgen die Messe gelesen. Wolfram kniete andächtig auf der harten Fußbank und verfolgte die Worte des Priesters mit den ewigen Wahrheiten, als hörte er sie zum ersten Mal. Über dem Tal war gerade die Sonne aufgegangen und färbte die Landschaft mit ihrem blutroten Schein. Sie beleuchtete die lieblichen Wälder und Täler Böhmens, wie wenn sie eine Schlacht ankündigte, einen Kampf, der bereits am Horizont tobte. Es war ein feierlicher Moment, als die Verbündeten in gehobener Stimmung aus der Kapelle traten und gemeinsam die Hand zum Schwur hoben. Am Abend hatten sie noch lange am Feuer zusammengesessen und Pläne geschmiedet. Alle waren voll glühendem Eifer. Außer den Getreuen um den Kreis des Grafen Dobruska hatten sich auch viele andere Hus-Anhänger, Ritter, Adelige, Freiherren und Professoren der

Universität Prag auf Burg Krakovec versammelt. Die Empörung über die Verurteilung von Hus und das Verhalten König Sigismunds war groß und die Diskussionen darüber wurden zornig und leidenschaftlich geführt. Die »Hussitische Gemeinschaft«, wie sie sich nannten, war bereit, für ihre Überzeugung zu kämpfen. Es sollte ein Feldzug gegen die Willkür der Bischöfe und Kardinäle werden. Das Geflecht von Lüge, Prunk, Luxus und Macht musste notfalls mit dem Schwert zerschlagen werden, wenn eine friedliche Lösung nicht möglich war.

In der vergangenen Nacht hatte allerdings ein trauriges Ereignis die gute Stimmung unerwartet getrübt. Während die Männer Pläne schmiedeten und ihre Einigkeit feierten, spielte sich draußen bei der Zugbrücke ein Besorgnis erregendes Drama ab. Einige der Bettler, die wie üblich auf die Reste des Abendessens warteten und sich hungrig darüber hermachten, waren plötzlich ohnmächtig zusammengebrochen. Ohne das Bewusstsein wiedererlangt zu haben, verstarben sie noch in derselben Nacht, denn keiner vermochte ihnen zu helfen. Niemand konnte sich diesen Vorgang erklären, aber die Wächter erhielten den Befehl, die Toten aus Angst vor Pest oder anderer Krankheit sofort fortzuschaffen. Der Mönch Josebius, der das Geschehen beobachtet hatte, ballte vor verhaltener Wut die Fäuste. Wieder ein durchkreuzter Plan! Das Gift hatte nicht den getroffen, für den es bestimmt war. Er musste sich etwas anderes überlegen. Am besten, er würde diesen Wolfram von Hohenberg gleich dem Henker ausliefern. Ihm irgendeine Untat unterschieben. Das würde König Sigismund beruhigen und sein Vertrauen zu ihm, Josebius, wieder stärken.

***

»Ich danke Euch von Herzen für das Dokument mit den Thesen John Wyclifs.« Graf Dobruska trank Wolfram zu. Im Palas der

Burg hatten sich die Getreuen versammelt, um das weitere Vorgehen zu beraten. »Es ist das Wertvollste, das wir besitzen. Wir werden Wyclifs Regeln folgen und sie in Ehren halten. Die Zahl unserer Anhänger wächst täglich.« Nachdenklich strich sich der Graf über seinen Bart. »Ich weiß zwar, dass es nicht in Hus' friedlichem Sinne ist, eine Armee zu bilden, aber es wird uns nichts anderes übrig bleiben. Der König bekennt sich eindeutig zu den Formeln und Traditionen der römischen Kirche. Und er droht uns – will unseren Bund zerschlagen.«

»Es ist kaum zu begreifen«, sagte Wolfram niedergeschlagen, »dass uns nichts als Gewalt bleibt. Jesus hat den Menschen Frieden gepredigt und nicht Hass.«

»Ihr habt recht. Aber haben Hus und Hieronymus von Prag nicht versucht, das Schisma der Kirche friedlich und mit Vernunft zu lösen? Und was wurde daraus? Bestialischer Mord im Namen der Kirche! Hus war ein Gelehrter. Er hasste Gewalt.«

Ein tiefes Aufseufzen war die Antwort. »Lasst uns nicht mehr zurückblicken, sondern in die Zukunft schauen. Was können wir tun?«

»Zunächst werden wir verhandeln und versuchen, unsere Ziele im Guten durchzusetzen. Doch dabei dürfen wir niemals vergessen, was in Konstanz geschehen ist. Deshalb müssen wir uns wappnen, eine eigene Armee bilden. Die Adelsbünde stehen hinter uns. Viele Ritter und auch Männer aus dem Volk sind bereit, sich uns anzuschließen.«

»Ich weiß nicht, ob das der richtige Weg ist«, zögerte Wolfram. »Aber es gibt keinen anderen. Es lohnt sich, für die Wahrheit zu kämpfen.«

»Vor allem müssen wir dafür sorgen, dass Hieronymus von Prag sofort freigelassen wird. Man hat ihn gezwungen abzuschwören – und er hat es getan. Aus Angst vor weiterer Folter und einer drohenden Verurteilung. Doch ich befürchte trotzdem das Schlimmste für ihn.«

»Gott wird nicht zulassen, dass die Ungerechtigkeit weiter siegt«, stieß Wolfram hervor.

»Und wo war er, als Jan Hus auf dem Scheiterhaufen starb?« Wolfram senkte den Kopf und der Graf fuhr fort: »Wir können Gott nicht für die Dummheit der Menschen verantwortlich machen. Er wird mit uns sein, wenn wir für ihn und die wahre Auslegung der Heiligen Schrift kämpfen.«

Mit einer impulsiven Geste sprang Dobruska auf die Holzbank, hob seinen Kelch und sah in die Runde. »Männer! Wer ist auf meiner Seite?«, rief er mit leidenschaftlichem Pathos. »Wer will unter dem Banner der Hussiten der ewigen Wahrheit ans Licht verhelfen?«

»Nieder mit der römischen Kurie! Heil den Hussiten!«, schallte es ihm entgegen. »Zur Ehre Gottes! Auf die Menschen, die an sein heiliges Wort glauben!« Eine Welle unerschütterlichen Glaubens und tiefer Enthusiasmus schien die Männer ergriffen zu haben. Manche umarmten sich mit Tränen in den Augen. »Jan Hus soll nicht umsonst auf dem Scheiterhaufen gebrannt haben. Auf ihn! Seine Botschaft ist unsterblich.«

Während sich die Männer auf der Burg verbrüderten, hielt Wolfram unauffällig Ausschau nach dem Mönch Josebius, der sich am gestrigen Abend so auffällig in seiner Nähe herumgedrückt hatte. Jetzt war er plötzlich verschwunden. Er nahm den Grafen Dobruska im allgemeinen Tumult beiseite. »Habt Ihr eigentlich keine Angst vor Spionen? König Sigismund ist sicher nicht unbekannt, dass sich in Böhmen etwas gegen ihn zusammenbraut. Was ist mit diesem ehemaligen Mönch aus dem Minoritenkloster, der gestern im weltlichen Habit hier herumgeschlichen ist? Ich traue ihm nicht. Wo ist er geblieben?«

Dobruska lachte laut auf. »Ihr meint wohl den guten Josebius? Der Mönch ist einer meiner besten Spione! Er hat ein Doppelgesicht – versteht es, sich überall einzuschleichen, zu verstellen und umzuhören. In Wahrheit ist er ein leidenschaftlicher

Eiferer und fanatischer Gegner des bischöflichen Pompes. Seid unbesorgt – er ist ganz auf unserer Seite. Er hat uns schon wichtige Informationen aus Kirchenkreisen zugespielt und besitzt das Vertrauen enger Günstlinge des Königs.«

»Ich weiß nicht recht … ich werde nicht ganz schlau aus ihm. Er wollte, dass ich ihm das Dokument Wyclifs aushändige und die Namensliste der Getreuen von Jan Hus, die mit ihm in Konstanz waren.«

Graf Dobruska hielt einen kurzen Moment inne. Sein Gesicht verfinsterte sich. »Ihr solltet ihm das alles geben? Und warum?«

»Ich weiß nicht. Jedenfalls habe ich ihn dabei ertappt, als er meine Sachen durchsuchte. Es wäre sicher sehr interessant für König Sigismund, einige Namen zu kennen.«

»Josebius ist kein Verräter.« Dobruska schüttelte den Kopf. »Dafür lege ich meine Hand ins Feuer. Immerhin hat er selbst viele unserer Getreuen angeworben und sie dazu gebracht, ihre Unterschrift unter ein Dekret zum Aufruf des Widerstandes zu setzen. Dieses Dekret ist in Sicherheit. Es befindet sich an einer geheimen Stelle in der Gruft meiner Väter. In einem der Sarkophage, der nur durch einen bestimmten Mechanismus zu öffnen ist.«

»Vielleicht ist mir der Mönch nur einfach unsympathisch«, gab Wolfram zu. »Aber ich würde ihn gerne einem Test unterziehen. Schickt ihn mit einem gefälschten Dekret und einer Liste von erfundenen Namen der hussitischen Bewegung ins Deutsche Reich, damit er dort Leute für unsere Bewegung rekrutiert. Dann werden wir sehen, was er macht. Ich werde ihn im Auge behalten.«

»Keine schlechte Idee. Aber heißt das, dass ihr wieder zurück wollt? Was für ein unsinniges Vorhaben. Ich biete Euch an, hier, unter meinem Schutz, eine Armee aufzustellen. In den Augen König Sigismunds seid Ihr nichts weiter als ein Ketzer.

Ich könnte Euch nicht helfen, wenn man Euch festnimmt.«

»Ich weiß. Und deshalb bitte ich Euch, dass Ihr mir zu einer neuen Identität verhelft.« Er machte eine kurze Pause. »Ich habe noch etwas in meiner Heimat zu erledigen. Etwas sehr Wichtiges, das mich Tag und Nacht beschäftigt und nicht mehr loslässt. Dafür nehme ich jede Gefahr in Kauf.« Er sah träumerisch in die Ferne. »Ich muss zurück.« Er betonte das Wort. »Weil ich es jemandem versprochen habe.«

Graf Dobruska lächelte verständnisvoll. »Dann kann es sich wohl nur um eine Frau handeln?«

Wolfram nickte. »Ihr habt es erraten. Ich kann nicht anders – ich muss sie wiedersehen. Vielleicht ist sie in Schwierigkeiten. Ihre Mutter ist der Pest erlegen, der Vater und Bruder im Heiligen Land geblieben. Sie war ganz allein, als ich sie verließ.«

»Und Josebius?«

»Er wird mir bei dieser Reise beweisen müssen, dass er ehrlich ist. Wenn sich mein Verdacht jedoch bestätigt, dann gnade ihm Gott!«

Graf Dobruska sah ihn ernst an. »Ihr werdet einsehen, wie falsch Ihr diesen Menschen einschätzt.«

Wolfram neigte den Kopf. »Das wird sich zeigen.«

»Dann geht mit Gott – wenn Ihr nicht anders könnt. Ich bereite inzwischen das Dekret mit der Namensliste vor und besorge Euch geeignete Ausweise und Passierscheine.«

***

Es hatte fast die ganze Nacht gedauert, bis Al Hadi Ekart davon überzeugt hatte, dass es Wahnsinn wäre, nach Jericho zurückzukehren, nur um Suleika die letzte Ehre zu erweisen. Der Emir würde ihn umbringen oder als Sklaven weiterverkaufen.

Als der Morgen graute, brachen sie endlich auf. Die Sonne brannte bald mit unverminderter Kraft herab und die Luft flirrte in Formen, die zusammen- und auseinanderflossen wie in einem Schmelztiegel. Al Hadi drängte zur Eile, er zog vor, keine Pause einzulegen, um es so rasch wie möglich in den Hafen nach Jaffa zu schaffen. Er kannte jeden Stein, jeden Sandhügel, jede Quelle und vor allem den für nicht geübte Augen unsichtbaren Pfad. Wie oft hatte er mit seinem Freunden, den räuberischen Nomaden, diese Strecke schon zurückgelegt, anstatt weiterzuziehen? Den Landweg über das Osmanische Reich, über Konstantinopel, Bulgarien und Ungarn zurück ins Heilige Römische Reich – in seine alte Heimat.

Warum hatte er gezögert und dieses Vorhaben immer wieder verschoben? Weil ihm das ungebundene Nomadenleben so gefiel? Die Raubzüge, der Verkauf der gestohlenen Ware, die raue Gesellschaft, bei der nur zählte, wer den Dolch am schnellsten ziehen konnte? Er wusste es selbst nicht. Aber nun war es so weit, jetzt hatte er sich entschlossen. Er brauchte nur noch ein Schiff zu besteigen und so, wie er gekommen war, auf dem Wasser der Heimat entgegenzusegeln. Es würde ganz einfach sein.

Er sah zurück, seinen von Schweiß und Sand gehärteten Turban zurechtrückend. Hinter ihm trottete Ekarts Kamel mit gleichmäßig langen Schritten durch den heißen Wüstensand. Sein Reiter schwankte wie ein Rohr im Wind, so, als wäre es ihm gleichgültig, im nächsten Moment hinabzufallen und im Sand liegen zu bleiben. Trauer und Hilflosigkeit hatten Ekart überfallen und nagten wie wilde Tiere an seiner Seele. Sein Kopf schien ausgedörrt, leer, nur von einem einzigen Gedanken beherrscht.

Suleika! Sie hatte ihr Leben für ihn gewagt – und es verloren. Was sollte er jetzt noch auf dieser Welt, die ohne sie so arm und farblos war? Wie die Mühsal des Daseins ertragen, das ihm nichts mehr bedeutete? Er spürte weder die gleißende Hitze, den Sand in seinen brennenden Augen noch das schmerzende

Kreuz und die wund gescheuerten Knöchel. Was war das alles gegen die Trauer über den Tod der Frau, die er so sehr liebte?

Al Hadi sah ihn von Zeit zu Zeit von der Seite her an. Er ahnte, was in dem Gefährten vorging. Sie wechselten kein Wort, ritten nur schweigend nebeneinander her.

Am Hafen war es dann Al Hadi, der die Kamele verkaufte und mit den Reedern und Patronen verhandelte. Um diese Jahreszeit drohten Winterstürme und die Galeeren hatten ihre Fahrten nach Venedig bereits eingestellt. Doch bei den Dukaten, die Al Hadi aus seinem Beutel zog, fand sich dann doch noch ein williger Patron einer Handelsgaleere, mit dem er einig wurde. Das Schiff sollte gleich am nächsten Tag ablegen, sofern der Wind günstig war.

Ekart hatte immer noch kein einziges Wort gesprochen. Seine Kehle war wie zugeschnürt, er verweigerte den Bohneneintopf, den der Kapitän an Bord servierte, und es schien ihn nicht zu interessieren, was um ihn herum vorging. Al Hadi dagegen wurde plötzlich redselig und schwatzte mit den anderen Pilgern, die sich den beiden anschließen wollten. Er hatte die Kleider eines verstorbenen Pilgers gekauft und angezogen, seinen Bart abrasiert und die verfilzten Haare, die ihm bis über den Rücken gefallen waren, bis auf Kinnlänge stutzen lassen. Bartlos, mit einer hellhäutigen Partie um Mund und Wangen sah er sehr verändert aus. Er erzählte von seiner Burg im Schwarzwald, dem rauen Klima, seinen Geschwistern, dem Schnee, der im Winter fiel, und wie sehr er sich darauf freute, dies alles wiederzusehen. Er lachte und trank mit dem Patron, radebrechte auf Sarazenisch, streute italienische und osmanische Wortfetzen ein, Dialekte, die er perfekt beherrschte, und verblüffte alle mit kleinen Kunststückchen und Taschenspielereien, die er von den Nomaden gelernt hatte. Am Abend saß er an Deck und sah mit einem melancholischen Ausdruck auf die Küste, zu den bizarren Sandhügeln und Steinformationen hinüber, die das Licht der untergehenden Sonne rötlich reflektierten. Die Galeoten hatten das Schiff ein Stück aus dem Hafen gerudert und man wartete nur noch auf die nötige Brise, um loszusegeln.

Mitten in der Nacht erhob sich dann ein starker Wind, der fast einem Sturm glich. Ekart erwachte von den Rufen der Matrosen, als sich die Segel des Schiffes blähten. Er sah sich nach Al Hadi um, doch der war nirgendwo auszumachen. Rasch lief er an Deck. Aber auch dort fand er keine Spur des Freundes. Das Schiff gewann an Fahrt, die Küste entfernte sich, die Galeoten und der Patron jubelten über die prallen Segel und die schnelle Fahrt, die sie vorwärts übers Meer trug. Ekart eilte von einer Seite des Schiffes zur anderen. War Al Hadi über Bord gefallen? Schließlich hielt er es nicht mehr aus und eilte auf die Brücke.

»Mann über Bord!«, rief er dem Steuermann zu. »Es fehlt jemand!« Der lachte. »Du meinst wohl deinen Freund? Der hat es vorgezogen, wieder an Land zu gehen.«

»An Land? Wie das? Und wann?«

»Als wir noch im Hafen lagen. Da bat er mich plötzlich, ihn mit der kleinen Barke zurückzubringen. Einer meiner Männer hat ihn an Land gerudert. Er hat gut dafür bezahlt.«

»Aber … warum hat er mir nichts davon gesagt? Sich nicht einmal verabschiedet?«

Der Steuermann zuckte die Schultern. Sein rotbackiges Gesicht verzog sich zu einem breiten Grinsen. »Er ließ Euch Grüße ausrichten. Und meinte, Ihr wüsstet schon Bescheid. Er sei die Zivilisation einfach nicht mehr gewohnt.« Er stutzte kurz, als fiele ihm noch etwas ein. »Wartet!« Er griff nach einem Bündel unter dem Steuerruder. »Das hat er mir für Euch gegeben. Zur Erinnerung. Er meinte, Ihr könntet das vielleicht noch brauchen.«

Ekart sah auf das sorgfältig verschnürte Lumpenbündel. Was sollte er damit? Das Lachen des Steuermannes über sein verdutztes Gesicht schallte über das ganze Schiff. Doch dann wurde es vom plötzlichen Aufbrausen des Windes verschluckt.

»He, holla, passt auf, jetzt geht der Tanz los!« Alle Matrosen eilten an Deck. Das Schiff bäumte sich im Wellengang auf, wobei es ächzte und knarrte wie ein alter Karren mit ungeölten Rädern. Die Mannschaft bewegte sich hin und her, von einer Seite des Schiffes auf die andere, um mit ihrem Gewicht die Balance zu halten, je nachdem, wie die Segel sich drehten.

Ekart verspürte ein flaues Gefühl im Magen und begab sich wie alle anderen Passagiere auf Befehl des Kapitäns unter Deck. Nicht befestigte Fässer, Säcke, Handelswaren und andere Gegenstände rumpelten durch den Schiffsbauch und jeder war damit beschäftigt, seinen Besitz in Sicherheit zu bringen. Ekart warf das Bündel mit den Habseligkeiten Al Hadis achtlos und enttäuscht in eine Ecke. Was sollte er mit den Lumpen anfangen? Etwas fiel dabei mit metallischem Klang heraus. Am Boden glitzerte ein Gegenstand.

Ekart bückte sich. Sein Kreuz an der goldenen Kette! Sein vermisster Talisman mit dem winzigen Stück vom Grabtuch des heiligen Petrus! Er legte die Kette um seinen Hals. Wie kam Al Hadi dazu? Wusste er, wie viel das Kreuz ihm bedeutete? Hatte er es den Nomaden weggenommen, um es ihm wieder zurückzugeben? Das würde er wohl nie erfahren. Er seufzte. Der Talisman hatte weder ihm noch dem Vater Glück gebracht.

Mit trüben Gedanken legte er sich auf seine Matratze. Das Schiff schwankte und schaukelte gefährlich, aber er verspürte keine Angst. Mochte das Meer ihn ruhig verschlingen – ihn, den neu ernannten Ritter vom Heiligen Grab Christi in Jerusalem. Bis jetzt hatte der lang ersehnte Titel ihm nichts genützt. Den Vater hätte er damit stolz gemacht – doch nun war er in fremder Erde bestattet und sein Sohn kannte nicht einmal die Stelle seines Grabes. Rang und Titel, das alles war Suleika gleichgültig gewesen. Woher er kam, was er war und wie viel er besaß. Sie hatte in ihm nicht den Ritter des Heiligen Grabes geliebt, sondern nur den Mann, der ihr bestimmt war.

Er vergrub das Gesicht in den Händen. Der Gedanke war kaum zu ertragen, dass er nie mehr den Klang ihrer Stimme hören sollte. Ihre dunklen Augen, das liebliche Lächeln auf ihrem Gesicht, ihre zarte Gestalt – dies alles würde vermodern und zu Staub zerfallen, als wäre sie niemals dagewesen. Er fühlte sich schrecklich allein. Erst nach langen Stunden, in denen er sich unruhig auf seinem Lager hin und her wälzte, schlief er endlich ein.

Auch die weitere Seefahrt erwies sich als ausgesprochen stürmisch. Die Galeere kämpfte sich bei hohem Seegang und tückischen Windböen durch die Wellen und ging mehrmals im Hafen einer nahe liegenden Insel vor Anker, um auf besseres Wetter zu warten.

Mit der Verspätung von einigen Wochen erreichten sie schließlich wohlbehalten Venedig. Es regnete heftig, nasse Schleier fielen vom grauen Himmel und Ekart erkannte die farbige Stadt kaum wieder, die ihn bei der Abreise so begeistert hatte. Die Türme und Kuppeln versanken im nebligen Dunst, dessen Feuchtigkeit sich in und unter die Kleidung der frierenden Passanten fraß. Auf dem Markusplatz gluckerte das Wasser und machte ein Überqueren kaum möglich.

Ekart wurde bewusst, dass er nicht einmal genug Geld besaß, um die Übernachtung in einer bescheidenen Kammer zu bezahlen. Wie sollte er da erst über die Alpen kommen. Er brauchte Pferde, Bewaffnung und Proviant. Zwar hatte der Vater die eigenen Pferde bei einem Bauern eingestellt – doch bei deren Abholung waren Kostgeld und Stallmiete fällig. Woher sollte er das nehmen?

Frierend, mit nassen Füßen und nur in seinen Mantel gehüllt, verbrachte er eine kalte Nacht im Beichtstuhl der Kirche

San Trovaso. Dort war es nicht viel wärmer als draußen, aber windgeschützt. Und er konnte das Samtkissen der Empore, auf das sich der Priester bei der Predigt stützte, sowie den Vorhang des Beichtstuhls als Decke benutzen. Zur ersten Frühmesse wechselte er rasch in eine der harten Kirchenbänke, damit der Mesner keinen Verdacht schöpfte. Als er die Kirche verließ, knurrte sein Magen. Verpflegung und Unterkunft auf der Galeere hatte Al Hadi bezahlt – aber jetzt musste er selbst sehen, wo er etwas fand.

Der Fischmarkt auf der Piazza war schon geöffnet und die Händler boten ihren nächtlichen Fang zum Kauf an. Er beobachtete, wie die Marktleute die Fische geschickt ausnahmen und Köpfe und Innereien ins Meer warfen. Die Möwen fingen die Beute im Flug auf. Nur für ihn sprang dabei nichts heraus.

Aus den Bäckereien drang der appetitliche Duft frischen Brotes und süßer, runder, mit Zucker bestreuter Krapfen, die noch warm waren. Ekart lief das Wasser im Munde zusammen. Er schnürte den Gürtel enger.

»Was darf ich Euch anbieten, mein Herr?«, fragte ein Fischer, dem Ekarts begierige Blicke nicht entgangen waren und der seinen Fang, eine reichliche Menge Doraden, Heringe, einen prächtigen Wolfsbarsch und einen großen Thunfisch, in einem Korb anbot.

»Glück gehabt. Da sind dir ja prächtige Exemplare ins Netz gegangen«, sagte Ekart und betrachtete die Fische fachmännisch.

Der Händler sah ihn mit zusammengezogenen Augenbrauen an. »Wir waren auch die ganze Nacht unterwegs. Ich kann Euch die Doraden empfehlen. Sie haben ein köstliches weißes Fleisch.«

»Danke«, wehrte Ekart ab. »Ich bin nur vorübergehend in Venedig. Unsere Galeere kam erst gestern aus Jerusalem an.« Als der Fischhändler nicht antwortete, fügte er hinzu: »Mein Name ist Ekart von Schrockenstein.« Er setzte rasch hinzu: »Ritter vom Heiligen Grab Christi. Gerne würde ich dir etwas abkaufen, aber leider …« Er stockte.

Der Händler trat einen Schritt zurück, schüttelte den Kopf. »Leider! Hab ich's mir doch gedacht. Die alte Geschichte«, sagte er spöttisch. »Der Herr Ritter kommt aus Jerusalem. Aber da man ihn ausgeraubt oder übers Ohr gehauen hat, hat er leider keinen Pfennig Geld mehr.«

»Woher«, stotterte Ekart, »woher … weißt du das alles?«

»Weil ich es schon Hunderte Male von Leuten wie Euch gehört habe. Es ist immer das Gleiche.« Der Fischhändler schnitt mit seinem Messer geschickt einen neuen Fisch auf und warf die Innereien fort, bevor er ihn in einem Bottich mit Wasser abspülte und in den Korb legte. »Ihr seid nicht der Erste, der sein ganzes Vermögen dort verloren hat. Seid froh, dass Ihr überhaupt noch am Leben seid. Und sagt nicht, Ihr wollt mir Edelsteine oder irgendwelche gefälschten Reliquien anbieten, die Ihr dort teuer eingekauft habt …«

»Nein, nein«, unterbrach ihn Ekart. »Das hatte ich wirklich nicht vor.« Er setzte hinzu: »Mein Schicksal war anders – sehr ungewöhnlich. Ich liebte eine Frau muslimischen Glaubens und sie liebte mich. Da gab ihr Vater den Auftrag, mich gefangen zu nehmen und als Sklaven zu verkaufen. Ich bin gerade noch entkommen …«

»Ja, ja, erzähl das anderen Leuten als mir. Eine Geschichte ist hier toller als die andere.« Der Fischhändler kramte aus seiner Tasche einen mit Pudding gefüllten Teigfladen heraus und biss herzhaft hinein. Die süße Masse tropfte auf sein Kinn und er wischte sie achtlos mit dem Handrücken weg. »Ich kann Euch wirklich nicht helfen«, sagte er, mit vollem Mund kauend.

»Aber … was soll ich denn bloß machen?« Ekart setzte sich mit verzagter Miene auf eine Holzkiste und stützte den Kopf in die Hände. »Ich möchte nach Hause!«

Der Fischhändler warf ihm einen mitleidigen Blick zu.

Dann packte er den üppig mit Zucker bestreuten zweiten Teigfladen aus. »Versucht es doch mal bei den Juden«, sagte er mit vollem Mund. »Die verleihen Geld – allerdings in Fällen wie Eurem wahrscheinlich mit sehr hohen Zinsen.«

Ekart starrte ihn an und sah zu, wie ein Stück des Gebäcks nach dem anderen in seinem Mund verschwand. Sein Magen knurrte so eindringlich, dass es laut zu hören war.

»Und wo finde ich denn einen solchen Juden – und wo ist hier das Judenviertel?«

»Es gibt keins. Bei uns sind die Juden über die ganze Stadt verstreut. Einige der ärmeren haben sich in Cannaregio zusammengetan und angesiedelt. Ich empfehle Euch, es dort zu versuchen. Geht über den Platz geradeaus, dann links durch die kleine Gasse. Haltet Euch anschließend rechts – immer am Kanal entlang. Die Palazzi, die Ihr dort seht, gehören den reichen jüdischen Kaufleuten. Weiter hinten findet Ihr die einfacheren Behausungen. Dort wohnen ein paar Geldverleiher, soviel ich weiß.«

»Hast du vielleicht die Adresse von jemand Bestimmtem, der mir helfen könnte?«

»Mmh! Der alte Joshua vielleicht. Fragt nach ihm, den kennt jeder in der Ecke, die ich Euch genannt habe. Aber seid vorsichtig. Man sagt ihm nach, er sei ein Halsabschneider, ein Wucherer ersten Ranges. Immerhin hat er eine Nase für Geschäfte und geht auch Risiken ein. Hat schon einigen Jerusalempilgern in Eurer Lage geholfen. Seht Euch aber ganz genau an, was Ihr unterschreibt.«

Ekart nickte und schluckte mehrmals. Er konnte den Blick nicht von dem halben Fladen lassen, den der Fischhändler noch in der Hand hielt. Mit einem gutmütigen Lachen drückte dieser ihm schließlich das klebrige Gebäck in die Hand. »Hier, nehmt«, sagte er, »bevor Euch vor Hunger noch die Augen aus dem Kopf fallen.«

Ekart biss in den Fladen und es war ihm, als hätte er noch nie so etwas Köstliches zwischen den Zähnen gehabt. »Ich danke dir«, sagte er kauend und leckte sich genießerisch die Finger ab. »Gott wird es dir lohnen.« Dann ging in die angegebene Richtung davon.

Der Fischhändler sah ihm kopfschüttelnd nach. Als er aufsah, stand eine hübsche, gut gekleidete Magd mit einem bereits gefüllten Einkaufskorb vor ihm. Sie warf einen kritischen Blick auf die Fische. »Ist das frische Ware?«

Der Fischhändler nickte. »Das kann ich beschwören.«

»Dann nehme ich alles. Der Conte de Barberino gibt heute ein Fest. Hast du auch Austern?«

»Selbstverständlich.« Dienstbeflissen deutete der Fischhändler auf ein Netz, in dem mehrere Dutzend frischer Austern lagen. »Beste Ware.«

»Hilf mir, alles zum Palazzo des Conte zu bringen.« Sie entnahm ihrer Geldbörse die geforderte Summe und zählte alles sorgfältig ab. Der Fischhändler dienerte, rief nach seinem Gehilfen und trug ihm auf, die Fische und Austern auf einen kleinen Holzkarren zu laden und der Magd zu folgen. Das eingenommene Geld klimperte angenehm in seiner Tasche. Er hob die Augen dankbar gen Himmel. Ein gutes, sehr gutes Geschäft, dachte er. Gott wird es dir lohnen, hatte der junge Pilger gesagt. Er schien einen guten Draht nach oben zu haben.

***

Ekart drängte sich durch die venezianischen Gässchen, in denen Lastträger den großen Pfützen auswichen und über den Regen fluchten. Der Kanal war schmutzig und das überschwappende Wasser, das den Müll von den Ufern schwemmte, stank bestialisch. Es rann von den Hauswänden und Balkonen und tropfte Ekart in den Kragen. Irgendwann hatte er das

Gefühl, sich in den verzweigten schmalen Gassen völlig verirrt zu haben. Wenn er einen der hastig Vorübereilenden fragte, bekam er entweder ein Kopfschütteln zu sehen oder umständliche Erklärungen zu hören, die schwierig waren zu befolgen.

Nach den prunkvollen Palazzi am Canal Grande kam er jetzt in eine weitaus bescheidenere Gegend. Der Regen hatte aufgehört und es zeigte sich die Sonne hinter den Wolken, die für Wärme sorgte und die Feuchtigkeit verdampfen ließ. Langbärtige Männer mit hohen, halbkugel- oder trichterförmigen gelben Hüten spazierten hier gemächlich durch die Gassen. In wollene Umhänge gehüllt, betrachteten sie mit kritischer Miene den Himmel und sprachen miteinander in einem seltsamen Dialekt. Ekart trat auf einen weißbärtigen Mann zu und fragte höflich nach dem Geldverleiher Joshua. Der deutete auf ein mit rauem Putz versehenes Haus von schlichter Bauweise am Ende der Gasse. Ekart fasste sich ein Herz und betätigte den Klopfer in Form eines eisernen Ringes.

Ein alter Mann, gekleidet in einen bunten Hausmantel aus Samt, ein gelbes Käppchen auf dem Kopf, öffnete ihm. Ein wenig gebückt blinzelte er unter halb geschlossenen schweren Lidern zu ihm auf. »Ihr wünscht?«

»Mein Name ist Ekart von Schrockenstein. Ich bin Ritter des Heiligen Grabes Christi und komme geradewegs aus Jerusalem …«

Der Alte nickte, als wüsste er bereits, was er von ihm wollte.

Tapfer fuhr Ekart fort. »Ich … ich bin in einer schwierigen Lage. Man hat mir Euren Namen genannt und gesagt, Ihr könntet mir helfen.«

Der Alte nahm das Vergrößerungsglas, das um seinen Hals hing, und musterte den jungen Mann von oben bis unten. »Tretet ein«, beschied er ihm lächelnd mit einer dünnen, schwer verständlichen Greisenstimme. Er führte ihn zu einem schweren

Schreibtisch, ließ sich nieder und hieß ihn, ihm gegenüber Platz zu nehmen. Ein aufgeschlagenes dickes Buch lag vor ihm, in dem in feiner, gleichmäßiger Schrift Eintragungen ordentlich nebeneinanderstanden. »Nun«, er lehnte sich in seinen Sessel zurück. »Was kann ich für Euch tun, Ritter des Heiligen Grabes Christi?« Es klang ein wenig ironisch, doch Ekart überhörte den Unterton.

»Ich bin in einer Notlage … mit hundert, besser gesagt, zweihundert Gulden wäre mir geholfen«, kam er direkt auf sein Anliegen zu sprechen.

»Ihr braucht also Geld«, murmelte Joshua. »Und ich soll es Euch leihen. Habt Ihr ein Pfand, Sicherheiten? Ich habe schon viel Geld durch meine Gutmütigkeit verloren. Ihr versteht, dass ich Euch nichts ohne bestimmte Gegenleistungen leihen kann.«

Ekart senkte betrübt den Kopf. »Ja, das dachte ich mir. Aber ich habe alles verloren. Man wollte mich als Sklave verkaufen.« Er erzählte ihm einen Teil seiner Geschichte und sprach vom Tod des Vaters.

Ein tiefes Schweigen entstand, indem sich Joshua unablässig den Bart zwirbelte und nachdachte. Erst nach einer Weile begann er zu sprechen. »Wenn ich es recht verstehe, dann seid Ihr nach dem Tod Eures Vaters der Erbe einer Burg mit diversen Ländereien. Wenn ich also das Risiko eingehe, Euch Geld zu leihen, dann sollten wir einen Vertrag schließen. Wir werden eine Frist ansetzen, in der Ihr mir mein Geld mit einer Zinshöhe von dreißig Prozent zurückzahlt. Solltet Ihr damit in Verzug sein«, er machte eine kleine Pause, »dann würde besagte Burg mit allem Inventar an mich fallen.«

Ekart sprang auf. »Das sind Bedingungen, die ich nicht annehmen kann. Es könnte ja etwas Unvorhergesehenes geschehen …«

»Das geht mich nichts an.« Joshua klappte das Buch vor ihm zu. »Es liegt an Euch, ob Ihr mein Angebot annehmt oder nicht. Ich verleihe niemals Geld auf die übliche Art. Das hat man Euch doch sicher gesagt.« Er blinzelte ihn unter seinen hängenden Augenlidern beinahe schelmisch an und Ekart verabscheute ihn in diesem Augenblick von ganzem Herzen. Dieser Mann wusste genau, was er tat. Er war gerissen und in Finanzdingen erfahren.

»Hört!«, sagte Ekart hastig. Er nestelte das Kreuz unter seinem Hemd hervor und zog die Kette über den Kopf. »Das ist mein teuerstes Gut. Mein Vater hat es mir von einem Kreuzzug mitgebracht. Es enthält eine kostbare Reliquie – ein Stück des Grabtuchs vom heiligen Petrus. Es ist von unschätzbarem Wert. Nehmt es als Pfand.«

Der Jude nahm das Kreuz und betrachtete die Granaten und Smaragde im Schein des Talglichts unter einer Lupe. »Für Euch als Christ mag der Schmuck wertvoll sein.« Er reichte es ihm zurück. »Für mich nicht. Behaltet es. Ich bestehe auf dem Vertrag, über den wir eben gesprochen haben. Soll ich ihn aufsetzen – oder nehmt Ihr davon Abstand? Entscheidet Euch schnell – ich habe noch andere Geschäfte.« Er erhob sich. »Es war mir eine Ehre, Euch kennengelernt zu haben, Herr Ritter vom Heiligen Grab.«

»Wartet!«, rief Ekart, in die Enge getrieben. »Ich nehme Euer Angebot an und gebe Euch mein Wort, dass ich pünktlich zahlen werde.«

Der Jude schüttelte den Kopf. »Aufgrund meiner Erfahrung bestehe ich auf einem schriftlichen Vertrag. Mein Gehilfe wird ihn aufsetzen. Es wird nicht lange dauern. Ich habe Vertragsvorlagen, die man nur ausfüllen muss.« Ein sparsames Lächeln umspielte seine dünnen Lippen. »Ihr bekommt das Geld sofort – nach Eurer Unterschrift.« Er klapperte mit den

Schlüsseln an seinem Gürtel und deutete auf den Tresor, die eiserne Kiste in einer Ecke des Raumes.

***

Eigentlich hatte sich Emma die Ausübung dieses verachteten Metiers bedeutend schlimmer vorgestellt. Sie wunderte sich über sich selbst, aber es war ihr gelungen, Gefühle wie Ekel und Abneigung völlig auszuschalten. Sie setzte ihren Körper wie ein Werkzeug ein, das sie zu gebrauchen wusste, weil es bestimmte Funktionen erfüllte. Die vier Kunden, die sie in dieser Nacht bediente, waren allesamt ein wenig schüchterne junge Männer, die schnell zur Sache kamen und nicht viele Umstände machten. Vielleicht hatte sie bislang auch nur Glück gehabt. Von dem Geld sah sie allerdings nichts, denn Mona war flink und kassierte im Voraus. Anna hatte ihr kichernd erzählt, dass Betrunkene manchmal bei ihr nur den Rausch ausschliefen und sich nachher nicht mehr erinnerten, was geschehen war. Schlimmer war es bei den Kunden, die brutal wurden oder so stanken, dass man ständig ein Würgen unterdrücken musste, während sie sich abmühten.

Emma wusch sich gerade in einem Bottich mit Wasser, als Anna außer Atem und mit vor Aufregung ganz roten Wangen auf sie zukam. »Stell dir vor«, stieß sie lachend hervor, »heute Abend sind wir auf die Burg geladen. Der Hauptmann braucht ein wenig Abwechslung für seine Männer. Ich habe die Marketenderinnen gesehen, die den Soldaten nachlaufen. Lauter alte, zauselige und hässliche Weiber mit schmutzigen Bälgern im Schlepptau. Gegen diese Konkurrenz können wir leicht antreten.«

»Und – was versprichst du dir davon?«, fragte Emma nicht gerade erbaut.

»Hast du eine Ahnung.« Anna breitete die Arme aus und drehte sich tänzerisch um die eigene Achse. »Das wird ein Fest.

Wir werden uns gut amüsieren, können essen, so viel wir wollen, und verdienen dabei noch Geld. Davon können wir dann den ganzen Winter leben – ohne etwas zu tun.«

»Ich habe keine große Lust mitzukommen.« Emma stieg aus dem Zuber, hüllte sich in eine alte Decke und löste ihr zu einem Knoten geschlungenes Haar, das leuchtend über ihren Rücken fiel.

»Aber sicher wirst du das!«, sagte Anna entrüstet. »Mona wird darauf bestehen. Du bist die Hübscheste von uns. An deiner Stelle würde ich von den Freiern glatt zehn Silberpfennige verlangen.«

Emma seufzte. »Na gut, ich komme mit. Aber nur, wenn wir beide an diesem Abend zusammenbleiben.«

Eifrige Vorbereitungen begannen. Anna half der Freundin, die Haare aufzustecken und ein buntes Tuch hineinzubinden. Aus ihrem Fundus lieh sie ihr ein rotes Samtmieder mit schwarzen Schleifen, das eng geschnürt Emmas schmale Taille zur Geltung brachte und ihren Busen offenherzig nach oben presste. Anna dagegen hüllte sich in ein violettes Leinenkleid mit gelbem Mieder, das in seinem tiefen, raffinierten Ausschnitt ihre Üppigkeit betonte. Mit einem Tuch darüber würde es auf den ersten Blick harmlos wirken – aber später seine Wirkung sicher nicht verfehlen. Die anderen Huren hatten sich ebenfalls geschminkt und so hübsch hergerichtet wie nur möglich. Aufgeregt schwatzend machten sie sich bald darauf auf den Weg zur Burg. Scheele Blicke der Bauersfrauen und neugierige der Männer folgten ihnen, wenn sie an ihren Gehöften vorbeikamen, und Emma fühlte sich in ihrem auffallenden Aufzug nicht besonders wohl.

Im Palas der Burg und im Hof war das Fest schon in vollem Gange, die Musik spielte und die Mädchen wurden daher begeistert begrüßt und sogleich im Tanz herumgewirbelt. Emma hielt sich beiseite. Ein wollenes Tuch fest um die Schultern geschlungen, stand sie an der Mauer und sah hinab ins Tal. Vage Erinnerungen stiegen in ihr auf, an die Burg Schrockenstein, an ihre Kindheit und daran, wie das Unglück über sie hereingebrochen war.

»So nachdenklich, meine Schöne?« Die sonore, angenehm tiefe Stimme riss sie aus ihren Gedanken. Sie sah sich um. Ein Mann mittleren Alters stand vor ihr, das Gesicht markant, die Haare grau gesträhnt unter einem Federbarett. Sein muskulöser, kräftiger Körper steckte in einer gestreiften Kniehose, engen Beinkleidern und einem Oberteil mit weit gebauschten Ärmeln. »Hauptmann Conrad von Geldern«, stellte er sich mit einer leichten Verbeugung vor, ganz so, als wäre sie eine Dame seines Standes.

»Emma von Schrockenstein«, erwiderte Emma verblüfft und der Hauptmann lachte laut auf. »Du bist schlagfertig, das gefällt mir.« Er fasste sie lachend um die Taille. »Und eine ganz Süße. Du bist mir gleich aufgefallen.« Ohne dass sie es verhindern konnte, fuhr er ihr ins Haar und löste mit einem Griff die Spange, die es zusammenhielt. »So siehst noch viel hübscher aus«, meinte er bewundernd. »Du solltest es immer so tragen. Lass mal sehen, was du sonst noch zu bieten hast.« Er zog das wollene Tuch von ihren Schultern und starrte auf das freizügige rote Mieder, das mehr zeigte, als es verbarg. »Du bist wirklich sehr schön«, sagte er anerkennend. Dann winkte er dem Diener, der ihm einen Pokal Wein reichte, den er mit tiefen Zügen austrank. Auch Emma ließ er einen Becher Wein bringen und bestand darauf, dass sie ihn bis auf den Grund leerte. Der Diener schenkte nach und Emma stürzte auch den zweiten Becher mit einem Zug hinunter. Das Unvermeidliche, das nun käme, würde ihr dann leichter fallen.

»Gib mir einen Kuss«, verlangte der Hauptmann jetzt, doch Emma warf den Kopf zurück, als er ihr zu nahe kam. »Du zierst dich?«, stieß er mit gierig aufleuchtenden Augen hervor.

»Das werde ich dir schon noch abgewöhnen. Komm«, sagte er und zog sie mit sich, die Treppe hinauf in eine verlassene Kammer. Dort warf er sie aufs Bett und beugte sich über sie. Emma schloss die Augen und erwartete das, was sie bisher erlebt und durchgestanden hatte.

Doch irgendetwas war anders. »Du bist wohl ziemlich unerfahren?«, fragte der Hauptmann. Sie öffnete die Augen und nickte fast unmerklich. »Du wirst sehen, es wird dir Spaß machen.« Sie auf den Hals küssend, begann er, behutsam ihr Mieder aufzuschnüren.

Nach und nach sanken ihr Rock, das Unterkleid, ihre Strümpfe und Schuhe auf den Boden. War es der Wein? Emma spürte, wie das Blut in ihrem Körper zu pulsieren begann und sie ein leichter Schwindel erfasste. Sie stellte sich vor, dass es Wolfram wäre, dem sie angehörte, der sie umarmte, der sie berührte.

Etwas erwachte in ihr, das geschlummert hatte. War es Begehren, Hingabe oder Ersatz für verlorene Liebe? Ohne sich dessen bewusst zu sein, begann sie, die zärtlichen und fordernden Berührungen des Hauptmanns zu erwidern. Er presste sie leidenschaftlich an sich und sie ertappte sich dabei, dass sie die Liebkosungen und Wärme des anderen Körpers an dem ihren genoss. Ein bisher nie gekanntes Lustgefühl durchdrang sie und ließ sie erzittern und für eine Weile alle Probleme vergessen.

Als alles vorbei war und der Hauptmann sich von ihr löste, blieben die Ernüchterung, Scham und Reue über sich selbst. Jetzt war sie wirklich zur Hure geworden. Tränen stürzten aus ihren Augen, als er zwei Gulden aus seiner Tasche zog und sie vor ihr hinlegte.

»Es war sehr schön mit dir«, sagte er mit belegter Stimme. Ohne ihn anzusehen, schlüpfte sie so schnell wie möglich in ihre Kleider. Sie war schon an der Tür, als der Hauptmann ihren Arm ergriff und sie zurückhielt. »Sag mal, schönes Kind, willst du nicht mit mir kommen? Bei mir bleiben – nur für mich da sein? Übermorgen ziehe ich mit meinem Haufen weiter. Vorerst nach Nürnberg und dann weiter nach Korbach. Wenn du mitgehst, zahle ich dir mehr, als du jemals als Hure verdienen kannst.«

»Nach Nürnberg und dann nach Korbach? Was wollt ihr da?«

Der Hauptmann grinste. »Was wohl? Kämpfen. Wir sind in Korbach zu einer Fehde gerufen. Die Herren von Padberg streiten mit dem Grafen Heinrich VII. von Waldeck. Der Erzbischof von Köln, dem die Padberger Burg Ober-Ense zu Lehen aufgetragen ist, hat uns um Hilfe gebeten. Obwohl bereits Blut geflossen ist, gibt es keine Einigung zwischen den Parteien. Leider müssen wir den Umweg über Nürnberg in Kauf nehmen, da ich dort vom Verwalter des Erzbischofs persönliche Anweisungen erhalte, wie der Kampf abzuwickeln ist und welche Strategie wir anwenden sollen. Auch das Geld für den Sold der Truppe wird er mir dort übergeben. Ich halte das eher für eine diplomatische List, denn der Kölner Erzbischof gedenkt, bei dieser Sache lieber im Hintergrund zu bleiben. Sein Name soll auf keinen Fall mit der Fehde in Verbindung gebracht werden.«

Emma schüttelte den Kopf. »Ich kann nicht mit Euch gehen.«

»Und warum?«

»Ich würde Euch nur Unglück bringen. Weil ich ... von der Gerichtsbarkeit gesucht werde.«

Der Hauptmann lachte laut auf. »Das macht nichts. Ich werde dich schon beschützen. Aber was hast du denn angestellt?«

»Verzeiht mir ... aber ich kann jetzt nicht darüber sprechen.«

»Na gut, dann behalt es für dich.« Er band seinen Gürtel um und befestigte den Dolch an seiner Seite. »Du musst dich allerdings jetzt gleich entscheiden, ob du mitkommen willst.«

Emma sah ihn an. Sollte sie das wirklich tun? Aber bei

diesem Mann würde sie sicher sein. Er war stark, von anziehendem Äußeren und hatte vertrauenerweckende graue Augen.

»Gut, ich bleibe bei Euch – wenn Ihr mich wollt.«

»Du bist ein Teufelsweib.« Er drückte sie fest an sich. »Hast mir jetzt schon völlig den Kopf verdreht. Das ist mir schon lange nicht mehr passiert.«

Am übernächsten Tag verließ der Söldnerhaufen den Markt Wallerstein und machte sich in Richtung Nürnberg auf. Emma war ein wenig traurig über den Abschied von Anna, die bei den anderen Frauen blieb. Aber sie musste an sich selbst denken. Karl und Jakob, die beiden Wachmänner, konnten es sich jederzeit noch überlegen und sie dem Richter überstellen. Wahrscheinlich hatte sie bisher nur die Angst davor zurückgehalten, dass ans Licht kommen würde, was sie ihr angetan hatten.

Bequem in Decken gehüllt, saß Emma während der Fahrt auf dem von zwei Pferden gezogenen Wagen, der einen Teil der Ausrüstung wie Armbrüste, Speere, Schilder, Kettenhemden und andere Waffen sowie Hafersäcke für die Pferde transportierte. Vor ihr standen eine Schale mit Leckerbissen, kandierte Zuckerfrüchte und ein Glas eingelegte Mirabellen, die ihr der Hauptmann gebracht hatte. Die Marketenderinnen, die den Tross hinter den Reitern und Landsknechten zu Fuß begleiteten, sahen neidisch zu ihr herauf, doch keine wagte es, ein falsches Wort zu sagen.

Als sie im Begriff waren, das Stadttor zu passieren, wurden sie durch Soldaten der Stadtwehr angehalten. Emma duckte sich, als sie den Wachmann Karl erkannte, der mit suchendem Blick neben dem Schultheiß und dem Stadtbüttel stand. Doch es war zu spät. Er hatte sie schon erspäht.

»Im Namen des Königs«, wandte sich der Schultheiß an den Hauptmann, der vorausritt, »bitten wir, Euren Tross nach einer bestimmten Person durchsuchen zu dürfen.«

Hauptmann von Geldern wendete sein schweres Ross und sah den Schultheiß ärgerlich von oben bis unten an. »Was faselst du da? Um wen geht es? Aber fass dich kurz, wir sind in Eile.«

»Es handelt sich«, der Schultheiß wischte sich nervös den Schweiß von der Stirn, »um eine Frau mit Namen«, er sah auf die Wachstafel vor ihm, »Emma. Diese Frau wurde als Hexe verurteilt und floh aus dem Gefängnis. Sie soll sich bei den Huren im Wald versteckt haben und«, er zögerte, »sich auf der Burg bei Euch eingeschlichen haben.«

»Was soll der Unsinn, Mann.« Der Hauptmann sah ihn verächtlich an. »Hast du nichts Wichtigeres zu tun? Aus dem Weg, sag ich dir!« Er drängte den Schultheiß mit seinem Pferd zurück, der ängstlich auswich. »Während du behäbig in deinem Federbett schnarchst, reiten wir zum Kampf. In unserem Tross gibt es keine Hexen, das hätten wir sicher schon gemerkt.« Beifall und ein raues Lachen aus den Kehlen der Landsknechte antworteten ihm.

»Werter Herr«, der Schultheiß machte aus einem respektvollen Abstand heraus noch einen letzten Versuch, »wir haben Beweise, dass diese Frau dort«, er wies mit dem Finger auf Emma, »die gesuchte Hexe ist.«

»Und was wären das für Beweise?«, horchte der Hauptmann auf.

»Ein besonderes Mal auf ihrem Körper!«, rief der Wachmann Karl dazwischen und wies mit dem Finger auf Emma, die spürte, wie alle Farbe aus ihrem Gesicht wich. »Ein sogenanntes Hexenzeichen!«

»Ich kann das beschwören!«, kreischte eine Frau hinter ihr. Emma wandte sich um. Es war keine andere als Mona. »Ich habe es auch ganz deutlich an ihr gesehen. Sie hat unsere Freier behext und sie uns abspenstig gemacht.«

»Und du? Hast du dieses Zeichen auch gesehen?«, fuhr von Geldern den Wachmann an.

»Ich … wieso? Ich hörte nur davon …«, stotterte Karl verlegen und senkte den Kopf.

»Hauptmann von Geldern«, begann jetzt der Schultheiß, »ich bitte Euch im Namen des Gesetzes, uns die Frau zu übergeben. Dann könnt Ihr getrost Eurer Wege ziehen. Eine Hexe wird Euch bei Eurem Feldzug bestimmt kein Glück bringen.«

Dumpfes Murmeln erhob sich unter den abergläubischen Landsknechten und Söldnern. Der Hauptmann sah Emma prüfend an, die unter seinem Blick zu zittern begann. Er schien zu überlegen.

18. Kapitel

Unwillig, aber unter dem Druck der Kardinäle und Bischöfe hatte König Sigismund nun auch der Verbrennung des Hieronymus von Prag zugestimmt. Man musste das Übel mit der Wurzel ausreißen. Die Kirchenfürsten hatten recht: Die Spaltung der Kirche konnte nur mit der Ausrottung der Querköpfe und Besserwisser gelöst werden, die das Volk verdarben und es zum Aufruhr anstifteten. Er war mittlerweile die ganzen Querelen, die ständigen Ansprüche und Diskussionen der Teilnehmer des Konzils von Herzen leid und entschloss sich, bei der nächstbesten Gelegenheit Konstanz zu verlassen. Diese bot sich, als die Meldung kam, dass Heinrich V. von England die Franzosen siegreich bei Azincourt geschlagen und die Normandie und Paris besetzt hatte. Nach einem Pakt mit Burgund sah sich Heinrich V. nun nach weiteren Verbündeten um. Das bedeutete eine neue Machtverteilung, bei der Sigismund nicht abseits stehen wollte. Mit großem Gefolge wurde die Abreise vorbereitet. Der König hatte versprochen, am Ende der Verhandlungen so schnell wie möglich nach Konstanz zurückzukehren.

Inzwischen hatte sich Wolfram, begleitet von Hannes und Josebius, zurück von Böhmen auf den Weg ins Deutsche Reich gemacht. Er war mit Dokumenten falscher Identität und der Wahrung bestimmter Rechte im Reich ausgerüstet, die das Siegel des Königs trugen. Sein Deckname lautete Ritter Etzel von Rechberg. In seinem Gepäck befanden sich das Dekret und eine Liste mit Namen von angeblichen Freidenkern. Josebius hatte er wissen lassen, diese Auflistung habe Jan Hus auf seinen Reisen als Wanderprediger selbst erstellt.

Die erste Etappe ging nicht auf der Goldenen Straße voran, sondern wie zuvor über Stock und Stein auf Nebenwegen, auf denen Hannes sich sehr gut auskannte. Wolfram und Josebius hatten nicht nur den Auftrag, ihre Verbündeten mit neuen Nachrichten und dem weiteren Vorgehen der hussitischen Gemeinschaft zu versorgen, sondern auch Söldner und Landsknechte anzuwerben, die gewillt waren, für guten Lohn am Glaubensfeldzug teilzunehmen. Überall im Volk wurde die neue und wahre Lehre der Bibel freudig aufgenommen und verbreitet. Der Unmut der einfachen Leute gegen die verschwenderischen und raffgierigen Bischöfe und Kardinäle breitete sich immer weiter aus.

Obwohl Wolfram große Sehnsucht nach Emma hatte und sich jeden Tag fragte, wie es ihr wohl gehen mochte und ob sie überhaupt noch mit seinem Kommen rechnete, hatte er sich vorgenommen, die Burg Schrockenstein noch zu meiden. Er traute Josebius nicht, den er nicht zu durchschauen vermochte. Auf welcher Seite stand dieser Mann wirklich? Obwohl er ihm bis jetzt nichts Konkretes vorwerfen konnte, hatte er immer noch das Gefühl, dass der Mönch ein doppeltes Spiel spielte. Doch um das zu beweisen, würde er warten müssen, bis er ihm mit der Namensliste in die Falle ging. Das Ziel, das ihnen Graf

Dobruska genannt hatte, war die Stadt Köln. Dort hatte Jan Hus oft gepredigt und sich eine große Anzahl von Anhängern geschaffen, die eine geheime Zentrale bildeten.

Josebius fiel es schwer, sich freundlich und zuvorkommend zu zeigen, weil er sich unter Wolframs Beobachtung ausgesprochen unbehaglich fühlte. Diesmal musste er eben ganz besonders vorsichtig sein. Sein Plan war, Wolfram beim Kölner Erzbischof anzuschwärzen und als Ketzer zu enttarnen. Dann war der unbequeme Mann endlich aus dem Weg geschafft und er konnte dem Erzbischof in aller Ruhe das Dekret und die Liste der Hus'schen Getreuen übergeben, die sie im Gepäck hatten. Den Kontakt zum Kölner Erzbischof pflegte er schon seit geraumer Zeit und dieser besaß bereits etliche Informationen über die heimlichen Zusammenkünfte der böhmischen Adelsbünde auf der Burg Krakovec. Mit der Namensliste würde dem Erzbischof endlich ein vernichtender Schlag gegen die Anhänger des ehemaligen Wanderpredigers gelingen. Josebius dachte an die hübsche Summe Geldes, die ihm in Aussicht gestellt war. Seine Doppelrolle als Spion gefiel ihm, weil sie ihm ein Gefühl von Macht und Stärke verlieh – etwas, was in seinem Leben bisher immer gefehlt hatte.

Sie ritten jetzt zügig, denn bis Nürnberg, in dem sie Station machen wollten, war es nun nicht mehr weit. Josebius hatte vorgeschlagen, dort im Franziskanerkloster bei der Sankt-Pauls-Kapelle zu nächtigen, doch Wolfram bestand auf einer einfachen Herberge. Dort konnte er den Mönch besser beobachten. Er würde ihn keine Minute aus den Augen lassen.

***

Es war für Ekart nun ein Leichtes, sich für die zweihundert Gulden, die ihm der jüdische Geldverleiher gegeben hatte, Pferde und eine ordentliche Ausrüstung zu beschaffen. Er heuerte ein paar Männer zur Bewachung und einen Führer an, der sie über die Alpen geleiten sollte. Der Ritt über die Berglandschaft, die Herausforderung steiler Pfade und so mancher Aufstieg zu schneebedeckten Gipfeln lenkten ihn ab und gaben ihm neuen Lebensmut. Sein Herz schlug freudiger, als sie sich der Heimat näherten. Bald würde er die Mutter in die Arme schließen können – und er sah Emma vor sich, wie sie ihm voller Freude mit leuchtenden Augen entgegenlief. Das Einzige, das ihn dabei bedrückte, war, dass er seinen Lieben die Nachricht vom Tode des Vaters überbringen musste. Schon von Weitem erblickte er im Abendlicht den Turm der Burg Schrockenstein, der sich auf der kleinen Anhöhe erhob. Dahinter lagen friedlich das Dorf und etwas weiter entfernt der Schatten des nahen Klosters. Als er zur Burg hinaufsah, überkam ihn jedoch ein seltsames Vorgefühl. Die Fenster waren dunkel, alles sah merkwürdig und öde aus. Den schmalen Weg hinaufreitend, erkannte er, dass die Zugbrücke herabgelassen war. Er hieß sein Gefolge anhalten, stieg vom Pferd und pochte an das mächtige Portal.

Ein fremder Pförtner öffnete das kleine Fenster. »Was wollt Ihr?«, fragte er mürrisch.

»Ich bin der Herr dieser Burg. Öffne gefälligst.«

»Herr dieser Burg? Soll das ein Witz sein?« Der Pförtner lachte kurz auf. »Der Herr von Hunoldstein ist hier zu Hause.« Mit diesen Worten schloss sich das Fenster.

Ekart hämmerte mit den Fäusten gegen das Holz des Portals. »Wirst du wohl öffnen, Kerl! Wo ist meine Mutter, Magdalena von Schrockenstein? Und Emma, meine Schwester? Ich bin Ekart von Schrockenstein, Sohn des Ethelbert von Schrockenstein!«

Nach einer kleinen verblüfften Pause schloss der Pförtner das Tor auf und sah den vor ihm Stehenden neugierig an. »Ihr seid Herr Ekart? Man hat Euch und Euren Vater für tot erklärt …«, sagte er trocken und mit ausdrucksloser Miene.

»Ich möchte zu meiner Mutter – und zu Emma, meiner Schwester. Wo sind sie?«, beharrte Ekart, sich an ihm vorbei durch das Tor drängend. Unrat lag im Hof, alles sah verwahrlost aus.

»Eure Mutter, Gott hab sie selig, starb an der Pest.« Der Pförtner bekreuzigte sich.

»Sie starb an der Pest?«, wiederholte Ekart und blieb wie vom Blitz getroffen stehen. Er spürte, wie Tränen in seine Augen stiegen. »Wann?«

»Vor einiger Zeit. Und Eure Schwester …«, fuhr der Mann fort und kratzte sich den Kopf. »Soviel ich weiß, wurde sie vor Gericht gestellt.«

»Vor Gericht? Wieso – was hat sie denn getan?« Ekart spürte, wie alles Blut aus seinem Gesicht wich.

»Man hat herausgefunden, dass sie in Wahrheit ein Findelkind ist. Sie wurde als Säugling ausgesetzt, weil sie von Geburt an ein Hexenzeichen am Körper trug. Eure Mutter hat sie Eurem Vater anstatt ihres eigenen totgeborenen Kindes untergeschoben.«

»Aber das ist doch Unsinn! Eine freche Lüge!« Ekart wankte und lehnte sich mit dem Rücken gegen die Mauer. »Aber sprich weiter, was geschah dann?« Seine Stimme versagte fast.

»Eure Schwester – oder die, die Ihr dafür haltet – konnte noch vor der Hexenprobe aus dem Gefängnis flüchten. Sie verschwand einfach. Sicher hat der Teufel ihr geholfen. Seitdem hat man nichts mehr von ihr gehört.«

Ekart verharrte eine Weile in dumpfem Schweigen. Er konnte kaum fassen, was er da vernahm. »Du sagtest doch vorhin … Herr von Hunoldstein sei hier?«, fragte er schließlich vorsichtig. »Er ist wohl nach den Ereignissen hier eingezogen?«

»Ja, mit seinem Sohn Sigurd. Sie galten als die nächsten Erben. Doch dann traf Herrn Friedhelm eines Tages der Schlag …«

»Genug«, unterbrach ihn Ekart. Der Kopf schmerzte ihm von dem Gehörten. »Alles Weitere wird mir Sigurd sicher selbst berichten. Lass inzwischen meine Knechte und den Geleitschutz ordentlich versorgen. Sie brauchen Quartier und sind hungrig und durstig.« Er übergab einem Reitburschen sein Pferd.

»Ich … weiß nicht recht«, druckste der Pförtner herum. »Der Herr Sigurd hat fast alle Leute auf der Burg entlassen. Wir haben nur noch zwei Küchenmädchen und ein paar Knechte, die …«

»Mach, was ich sage!«, fuhr Ekart ihn an und legte die Hand an sein Schwert.

Der Mann duckte sich. »An mir soll's nicht liegen, Herr!«

Ekart riss die Tür zum Palas auf und nahm die Treppen mit großen Schritten. Schon im Flur hörte er lautes Kichern und Gläserklirren. Im Raum bot sich ein verwirrendes Bild. Sigurd lag mehr, als er saß, im Lehnstuhl vor dem Kamin. Vor ihm knieten zwei Mägde, das Mieder zur Taille herabgezogen, die Brüste entblößt. Ihre Gesichter glühten trunken, denn Sigurd flößte ihnen, ohne auf den Eintretenden zu achten, roten Wein ein, der wie Blut über ihre Brust und Schultern rann. Die beiden kreischten vor Entzücken, als Sigurd begann, den Wein genussvoll von ihrer Haut zu lecken. Voller Empörung zog Ekart sein Schwert und fegte klirrend das Geschirr und die Reste des Mahls vom Tisch. Die Mägde kreischten auf und flüchteten hinaus.

Sigurd wandte überrascht den Kopf. Sein hübsches Gesicht war gedunsen, das Haar hing ihm wirr in die Stirn. In seine vom Trunk rot geäderten Augen trat plötzliches Erschrecken, als sähe er ein Gespenst vor sich. Taumelnd erhob er sich. »Du, Ekart?«, stieß er ernüchtert hervor. »Du … lebst?«

»Was tust du hier auf meinem Besitz?« Ekart drohte ihm mit dem Schwert. »Du Erbschleicher!«

Sigurd wich zurück. »Sei vorsichtig mit dem, was du sagst. Man hat dich und deinen Vater für tot erklärt«, stammelte er unsicher.

»Und was ist mit meiner Mutter – meiner Schwester? Was soll der Unsinn mit dem Findelkind und dem Hexenzeichen? Du weißt genau, dass Emma keine Hexe ist. Warum hast du nicht verhindert, dass man sie solcher Dinge bezichtigt? Wo ist Emma? Rede!«

Sigurd zuckte hilflos die Schultern und wich dem Blick des Vetters aus. »Ich weiß es nicht! Sie ... sie ist verschwunden.«

»Dann wirst du mit mir kommen, um sie zu suchen! Und gnade dir Gott, wenn wir sie nicht finden.«

Sigurd schüttelte abwehrend den Kopf. »Das hat keinen Sinn. Sie wurde als Hexe angeklagt und ins Gefängnis gesteckt. Was sollte ich denn machen? Ich schwöre, ich konnte ihr nicht helfen. Die Gerichtsbarkeit entschied ...« Weiter kam er nicht. Ekart hatte sein Schwert fallen lassen und versetzte Sigurd einen so heftigen Fausthieb, dass er zu Boden stürzte.

»Es wird sich zeigen«, er sah verächtlich auf Sigurd herab, »ob du ihr nicht helfen konntest.«

***

Der Hauptmann ritt zum Wagen Emmas. Er sah ihr prüfend in die Augen, während sie den Atem anhielt, aber seinem Blick nicht auswich. Dann hob er den Arm: »Weiter, Leute!« Er ritt zur Seite und zog die Zügel seines Pferdes knapp vor dem Schultheiß an, der einen hastigen Schritt nach rückwärts machte. »Verschwinde, Dummkopf!«, rief er. »Dein schwachsinniges Geschwätz über Hexen hat mich genug Zeit gekostet!« Die Wagen des Trosses zogen an und fuhren an der ihm verärgert nachblickenden Delegation vorüber.

»Haltet an! Ich werde eine Petition an den König über

diesen Vorfall verfassen!«, schrie ihnen der Schultheiß mit verkrampfter Miene und geballter Faust nach. Doch niemand hörte auf ihn. »Du wirst dich noch wundern«, knurrte er, bevor er sich wütend abwandte. Ein so arroganter Kerl wie dieser Hauptmann, dem Recht und Gesetz nichts galten, war ihm im Leben noch nicht vorgekommen.

***

Auf Burg Schrockenstein hatte Ekart Sigurd schließlich so weit gebracht, dass er ihm jede Einzelheit von dem berichtete, was inzwischen geschehen war. Immer wieder beteuerte er, dass ihn keine Schuld an der Verhaftung Emmas traf. Es sei die Pestpflegerin Kreszentia gewesen, durch die die Sache ins Rollen gekommen war. Sie hatte das Muttermal an Emmas Rücken gesehen und es gemeldet. Er erzählte Ekart auch von der inzwischen verstorbenen Kräuterfrau Lucardis, ihrem Schwur, dass Emma ein Findelkind sei. Eine innere Stimme sagte Ekart jedoch, dass er dem Vetter nicht alles glauben dürfe und dass dieser möglicherweise ein schlechtes Gewissen habe. »Ich muss Emma finden«, sagte er entschlossen, »und von ihr selbst erfahren, was geschehen ist. Und du wirst dabei sein.«

»Warum ausgerechnet ich?«, jammerte Sigurd. »Wahrscheinlich lebt sie längst nicht mehr. Wer weiß, wo sie jetzt ist. Man hat einen jungen Burschen festgenommen, ihren Gefängniswärter, der ihr nach dem Prozess zur Flucht verholfen hat. Sie muss ihm völlig den Kopf verdreht haben.«

»Den Kopf verdreht? Wie kommst du dazu, so etwas von meiner Schwester zu sagen!« Ekart hob wieder die Faust und Sigurd duckte sich kleinlaut.

»Ich wiederhole ja nur, was die Leute behaupten!«

»Das sind alles schändliche Lügen!«, brauste Ekart auf. »Ich werde schon noch herausfinden, was daran wahr ist. Sobald ich einige wichtige Dinge geregelt habe, beginnen wir zu suchen. Ich gebe nicht eher Ruhe, bevor ich weiß, was mit Emma geschehen ist und wo sie sich befindet.«

Sigurd warf ihm einen wütenden Blick zu. Er fühlte sich wie ein Gefangener, denn Ekart hatte einem der Knechte befohlen, ihn auf Schritt und Tritt zu bewachen.

Inzwischen stieg Ekart in das Verlies der Burg hinunter, wo der Vater an einer bestimmten Stelle, hinter einem losen Mauerstein, fünftausend Golddukaten versteckt hielt, einen »Notgroschen« für schlechte Zeiten. Umgehend schickte er einen vertrauenswürdigen Boten zu dem Juden Joshua nach Venedig, der diesem das geliehene Geld samt Zinsen und noch vor der vereinbarten Frist zurückbringen sollte. Und nachdem er auch einen Verwalter gefunden hatte, der sich um den vernachlässigten Zustand der Burg kümmern sollte, machte er sich mit Sigurd im Schlepptau auf den Weg nach Münsingen, dem Ort, an dem der Prozess gegen Emma stattgefunden hatte. Doch dort wusste man auch nicht, was aus ihr geworden war. Der junge Wärter, der ihr angeblich zur Flucht verholfen hatte, konnte sich mit der Behauptung aus der Affäre ziehen, dass die Angeklagte ihn behext und dadurch willenlos gemacht habe. Er war deshalb nur zu einer milden Strafe verurteilt worden. Ekart war nahe daran zu verzweifeln, denn Sigurds Bericht war bis jetzt in allen Punkten richtig gewesen. Er suchte die Umgebung ab, doch nirgends ließ sich auch nur eine Spur der Schwester finden. Sie war wie vom Erdboden verschluckt. Nach wochenlanger Suche gab Ekart schließlich auf. Es hatte keinen Zweck, der Vergangenheit nachzulaufen. Vielleicht war Emma längst tot. Er beschloss, sich um einen Posten als Ritter im Gefolge eines Fürsten zu bewerben. Kampf und Krieg würden ihn ablenken und er konnte das traurige Geschehen, an dem er nichts zu ändern vermochte, so am ehesten vergessen. Er würde nach Nürnberg ziehen und den König oder den Kurfürsten bitten, ihn in seine Dienste zu nehmen. Einen Ritter vom Heiligen Grab Christi würde man nicht so leicht abweisen. Sigurd, der nicht wusste, wo er bleiben sollte, begleitete ihn.

***

Der Tross mit den Landsknechten und Söldnern unter der Führung des Hauptmanns von Geldern zog unbehelligt auf der Handelsstraße nach Nürnberg dahin. Ein Volksauflauf hielt den Hauptmann mit seiner Truppe kurz vor den Toren der Stadt auf.

»Der Reichsverweser und Kurfürst«, rief ein Vorläufer, »Platz für den Markgrafen Friedrich I.!«

Die Bürger und Händler, die mit ihren Waren auf den Markt ziehen wollten, reckten die Hälse und wichen vor den mit Speeren bewaffneten Wachen zurück, die den Markgrafen, den König Sigismund vor seiner Abreise nach Frankreich und England als Reichsverweser eingesetzt hatte, mit seinem Gefolge durch das Stadttor geleiteten und abschirmten. Alles, was im Weg war, wurde rücksichtslos an den Straßenrand gedrängt, um den Zug des Stellvertreters von König Sigismund vorbeizulassen. Auch Emma erhob sich von ihrem Platz auf dem Wagen, um das Geschehen besser verfolgen zu können. In einen pelzverbrämten, kostbar bestickten Mantel gehüllt, ritt Friedrich I. stolz, umgeben von schwer gerüsteten Rittern und Banner tragenden Pagen, nahe an ihr vorbei. Ein Sonnenstrahl ließ die mit Edelsteinen besetzte kostbare Goldkette auf seiner Brust aufblitzen und verfing sich in den Silberfäden seines bestickten Mantels. Friedrich I. war beliebt.

Unter den Hochrufen der Schaulustigen war es Emma plötzlich, als hätte jemand ihren Namen gerufen. Es war der Klang einer Stimme, die Nuance des Tons, die sie stutzen ließ.

Sie ähnelte derjenigen, die sie seit ihren Kindertagen kannte. Unruhig wandte sie den Kopf und sah ringsum über die Menge, als sich der Ruf wiederholte. Heiß schoss ihr das Blut in die Wangen. Das konnte keine Täuschung sein – diese Stimme war einzigartig. Die Augen mit der Hand beschattend, suchte sie die Umgebung ab. Das Gedränge war jedoch zu groß, als dass sie etwas erkennen konnte. Noch bevor die Söldner es verhindern konnten, war ein Mann zu ihr auf den Wagen gesprungen. »Ekart!«, rief sie, als sie den Bruder erkannte und ihm unter Tränen und Lachen in die Arme fiel. Eine Zeit lang konnten beide vor innerer Bewegung nicht sprechen. »Du lebst!«, stellte Emma schließlich mit erstickter Stimme fest. »Gott sei es gedankt – du bist gesund aus dem Heiligen Land zurückgekehrt! Ich habe nicht mehr damit gerechnet.«

»Ja, ich lebe – nur unser guter Vater blieb in Jerusalem«, antwortete Ekart gerührt und wischte sich die Tränen von den Wangen. »Aber was ist mit dir? Ich habe dich überall gesucht – doch vergeblich. Warum bist du hier? Sigurd berichtete mir abscheuliche Dinge – sie hätten dich der Hexerei angeklagt, ins Gefängnis gesteckt ...«

Eine harte Hand riss die beiden in diesem Moment auseinander. Von Geldern stieß Ekart so grob vom Wagen, dass er in den Staub taumelte. »Mach dich fort, Kerl, und fass diese Frau nicht an! Sie gehört mir!«, rief er zornig und zog sein Schwert.

Am ganzen Körper zitternd, hielt Emma ihn zurück. »Conrad! Das ist mein Bruder. Er war in Jerusalem verschollen ... ich dachte, er sei tot und ich sähe ihn nie wieder.«

Der Hauptmann ließ sein Schwert sinken. Mit finsterem Blick sah er zweifelnd auf Ekart. »Das ist dein Bruder?«

Ekart erhob sich, legte die Hand aufs Herz und verbeugte sich. »Es ist so, wie sie sagt. Mein Name ist Ekart von Schrockenstein, Ritter vom Heiligen Grab Christi.«

»Du lügst, Mann!«, schnaubte der Hauptmann. »Wenn du Ritter vom Heiligen Grab Christi bist, kannst du nicht der Bruder dieser«, er sah zögernd zu Emma hinüber, »Hure sein.«

»Habt Ihr meine Schwester gerade eine Hure genannt?«, fuhr Ekart auf und zog seinerseits das Schwert. »Nehmt Euch in Acht! Diese Beleidigung nehme ich nicht kampflos hin.«

Emma schrie auf, warf sich zwischen die beiden und hielt den einen vom anderen mit einer verzweifelten Geste zurück. »Bitte, Conrad! Ekart – ich muss euch alles erklären. Es ist so viel geschehen, seit du fort warst.«

Der Streit hatte inzwischen unliebsames Aufsehen erregt, Neugierige drängten sich um den Wagen und auch das Gefolge Friedrichs I. hatte angehalten. Man schickte einen Herold, der nach dem Rechten sehen sollte.

»Ich höre«, knurrte der Hauptmann mit verhaltener Wut, »aber dann werde ich diesem Grünschnabel da eine gehörige Lektion erteilen!«

***

Ermüdet und kreuzlahm vom langen Ritt auf den verwurzelten Wegen durch die Wälder Böhmens, drängten sich Wolfram, Hannes und der Mönch Josebius ungeduldig durch die Menge der Gaffenden, der Landsknechte und Soldaten vor dem Stadttor zu Nürnberg. Wolfram sehnte sich nur noch nach einem kühlen Trank, einer Mahlzeit und einem guten Bett. »Zur Seite, Leute!« Hannes stieg von seinem Pferd und bahnte sich, gefolgt von Wolfram, mithilfe der Ellenbogen einen Weg durch das Gedränge. »Was geht da überhaupt vor?«, rief er dem Mönch ärgerlich zu, der sich eifrig erbot, Erkundigungen einzuziehen.

»Nur ein Streit zwischen den Söldnern um eine Hure!«, grölte grinsend ein junger Bursche neben ihm, der Wolframs

Worte gehört hatte. »Wahrscheinlich können sie sich nicht einigen, wer sie haben soll!«, rief ein anderer. Lautes Lachen ertönte ringsum.

»Platz für Friedrich I.! Lasst den Markgrafen durch!«, rief der Herold des königlichen Vertreters und hob drohend die Pike.

Wolfram sah suchend über die Menge, als sein Blick auf eine Frau fiel, die in einiger Entfernung aufrecht auf einem mit Waffen beladenen Wagen stand. Ihr goldenes Haar leuchtete in der Sonne und sein Herz schlug ein paar Takte schneller. Er kniff die Augen zusammen, um ihr Gesicht erkennen zu können. Sie wandte sich um und es durchfuhr ihn wie ein Blitz: War das nicht … Emma? Seine Emma? Er schluckte und fuhr sich über die Augen. Unsinn, er täuschte sich. Das war eine Frau, die ihr sehr ähnlich sah. Dennoch warf er die Zügel Hannes zu und drängte sich durch die Umstehenden.

Wortfetzen drangen zu ihm herüber. »Holt den Büttel und nehmt das Weib da fest! Ich kenne sie. Das ist eine geflohene Hexe«, hörte er plötzlich jemanden laut den Wachen zurufen. Es war Sigurd, der sich plötzlich und ungefragt eingemischt hatte.

»Bist du jetzt völlig verrückt geworden?« Ekart hatte sich auf Sigurd gestürzt und ihn beim Kragen gepackt. »Was redest du da, Mistkerl?« Auf einen Wink des Hauptmanns rissen die Landsknechte die beiden auseinander.

»Ich kenne die Hure auf dem Wagen!«, rief jemand aus der Menge. »Hab sie schon in Wallerstein gehabt.« Raues Lachen der Umstehenden antwortete.

Der Hauptmann trat neben Emma und legte schützend den Arm um sie. »Diese Frau mag eine Hure sein. Aber sie steht unter meinem Schutz. Keiner rührt sie an!«

Wolfram glaubte zu träumen. Was hatte der Mann da gesagt? Seine große Liebe – eine Hure? Und dieser Hauptmann umarmte sie, als hätte er ein Recht darauf! Mit ein paar Sätzen war er am Wagen. Er sah Emma an, blickte ihr in die Augen, die wie ein Licht in der Dunkelheit sein Herz wärmten. Sie war es – daran gab es jetzt keinen Zweifel mehr. Und auch sie hatte ihn erkannt. Ein schmerzlich verzagtes Lächeln trat auf ihr Gesicht. »Emma!«, rief er und streckte die Arme nach ihr aus. »Sag, dass das nicht wahr ist!«

In diesem Moment versetzte ihm der Hauptmann einen derben Stoß gegen die Brust. »Du auch? Was fällt dir ein!«, schnaufte er wütend. »Ihr habt wohl alle eines Weibes wegen den Verstand verloren. Verschwinde!«

Wolfram rang nach Fassung. »Das werde ich tun. Aber beantwortet mir erst eine Frage. Was habt Ihr mit dieser Frau zu schaffen?«

»Das sollte ich besser dich fragen«, knurrte der Hauptmann. »Sie gehört zu mir. Und ich wüsste nicht, was dich das angeht. Kennst du sie?«

Wolfram nickte. »Selbstverständlich.«

»Dann weißt du ja, wer sie ist. Ich habe sie im Lager der Huren in einem Ort aufgelesen, durch den ich mit meiner Truppe gezogen bin.«

»Ihr habt sie – im Lager der Huren aufgelesen?«, wiederholte Wolfram mit stockender Stimme. »Das glaube ich nicht.«

»Du kannst von mir aus glauben, was du willst.« Von Geldern sah ihn von oben bis unten abschätzend an. »Wer bist du überhaupt?«

»Ich bin Ritter Wolfram von Hohenstein.«

»Du siehst nicht gerade wie ein Ritter aus – nicht einmal, als wärst du von Adel«, gab der Hauptmann verärgert zurück, abschätzig seine einfache Reisekleidung musternd. »Und jetzt verschwinde endlich – sonst mache ich dir Beine!«

Wolfram rührte sich nicht. Schweigend sah er Emma an, die am ganzen Körper zitterte. Dann packte er sie bei den Schultern und stieß hervor: »Ist das wahr, was dieser Mann von dir behauptet?«

Emma wusste nicht, was sie sagen sollte. Jedes Wort, das sie jetzt aussprach, würde alles noch schlimmer machen, sie weiter belasten und möglicherweise zu einer neuen Verhaftung führen. Sie nickte mit gesenktem Kopf und niedergeschlagenen Augen.

»Hure!«, schrie er ihr laut und zutiefst enttäuscht entgegen. »So weit bist du also gesunken?« Er spürte das Blut in seinen Ohren brausen. »Schämst du dich nicht?«

In diesem Augenblick mischte sich Ekart ein, der Wolfram erkannt hatte und sich nicht länger beherrschen konnte. »Was fällt Euch ein, meine Schwester als Hure zu beschimpfen? Das ist eine infame Lüge, Verleumdung – eine Intrige gegen sie, gegen unsere ganze Familie. Ich lasse das nicht zu. So vergeltet Ihr mir die Hilfe, die ich Euch damals in Konstanz zukommen ließ? Nehmt Eure Beleidigung zurück, oder …!« Er drohte ihm mit dem gezogenen Schwert.

»Ihr seid Emmas Bruder?« Wolfram sah ihn erstaunt an. »Hat man Euch nicht für tot erklärt …?«

»Ihr seht ja, dass ich sehr lebendig bin.«

»Dann habt Ihr sicher gehört, was der Hauptmann gerade gesagt hat. Und Eure Schwester hat ihm zugestimmt. Sie ist eine Hure!«

»Wenn Ihr dieses Wort noch einmal aussprecht«, schrie Ekart außer sich, »stoße ich Euch das Schwert ins Herz!« Er stellte sich in Position. »Die Wahrheit wird sich herausstellen, auch wenn mir niemand glaubt. Ich verlange ein Gottesgericht. Kämpft!«

»Wie Ihr wollt. Ich habe keine Angst vor Euch!«, rief Wolfram und zog ebenfalls seine Waffe. Die Schwerter blitzten in der Sonne.

Der Hauptmann war der Einzige, der in diesem Tumult Ruhe bewahrte. Er stellte sich breitbeinig zwischen die Kontrahenten und hob die Hand. »Ihr wollt kämpfen? Aber nicht hier vor meinem Wagen. Ihr wisst wohl auch, dass zuerst die Regeln festzulegen sind und eine Erlaubnis des Reichsverwesers und Markgrafen eingeholt werden muss.« Er wandte sich an den Herold des Markgrafen, der sich eine Gasse durch die Menge gebahnt hatte, um nach der Ursache des Tumultes zu sehen. »Meldet Eurem Herrn, dass es hier einen Streit zwischen zwei Rittern gibt, der mit dem Schwert entschieden werden soll. Frag deinen Herrn, ob er Zeuge und Richter bei diesem Zweikampf sein will. Die Streiter verlangen ein Gottesgericht.«

Der Herold entfernte sich und erschien kurze Zeit später in Begleitung des Markgrafen, der sich die Fehde erklären ließ und seine Erlaubnis zum Kampf erteilte. Man brachte Friedrich I. einen Sessel und die Soldaten drängten die Menge in den Hintergrund.

Plötzlich schob sich Josebius vor, flüsterte einem Mann der Leibgarde etwas zu und beugte nach dessen Einverständnis das Knie vor Friedrich. »Hoher Herr«, begann er in demütigem Ton. »Ich bin nur ein einfacher Mönch. Verhindert dieses Duell! Einer der Streiter ist der geflüchtete Ketzer Wolfram von Hohenstein, der die Irrlehre des Jan Hus unterstützt und in Anwesenheit von König Sigismund bei dessen Prozess für einen Skandal im Konstanzer Münster gesorgt hatte. Er hat eine Liste der Anhänger von Jan Hus und eine Aufforderung zum Widerstand gegen die Kirche im Gepäck. Ihr solltet ihn auf der Stelle verhaften lassen und die Liste konfiszieren.«

Ein Schweigen entstand. Der Markgraf beugte sich vor und musterte Wolfram mit unverhohlenem Interesse. Er selbst war im Stillen schon immer der Meinung gewesen, dass der Klerus Geld verprasste und sich zu viel anmaßte. »Ich hörte davon«, murmelte er. »Und bewundere den Mut dieses Mannes. Aber du, Mönch – woher weißt du das mit der Liste?«

Josebius schoss das Blut in den Kopf. »Unter dem Vorwand, Hus-Anhänger zu sein und Wolfram von Hohenberg zu dienen, bin ich mit ihm von Böhmen nach Nürnberg gereist. Wir wollten weiter nach Köln. Dort hätte ich dafür gesorgt, dass er und die Liste der Gerichtsbarkeit übergeben werden.«

»Dann bist du ein falscher Freund, ein Spion, der sich wohl mit beiden Seiten gut hält. Und ein Verräter!«

Josebius wand sich verlegen. »Euer Urteil ist hart, Hoheit. Ich will nur das Beste.«

Friedrichs Mundwinkel zuckten verächtlich und er wandte sich Wolfram zu. »Was habt Ihr dazu zu sagen?«

Dieser senkte den Kopf. »Nichts. Der Mönch hat in allen Fällen die Wahrheit gesprochen.«

»Und Ihr?« Er sah Ekart an. »Was ist mit Euch? Um was wollt Ihr kämpfen?«

»Um die Ehre meiner Schwester. Der Mann, von dem ich beim Konzil zu Konstanz glaubte, dass er mein Freund sei, hat sie schwer beleidigt, bezichtigt, eine Hure und Hexe zu sein. Doch ich weiß, dass das nicht wahr ist, dass sie rein und unschuldig ist. Sie ist einer Intrige zum Opfer gefallen.«

»Könnt Ihr das beweisen?«

»Nein, hoher Herr, aber lasst mich zuerst erklären, wie alles kam. Als ich mit meinem Vater ins Heilige Land zog, um Ritter vom Heiligen Grab Christi zu werden, blieben meine Mutter und meine Schwester allein auf der Burg zurück. Das Schicksal prüfte uns hart. Mein Vater starb in Jerusalem, und man verbreitete die Kunde in der Heimat, dass ich verschollen sei. Als meine Mutter von der Pest dahingerafft wurde, war meine Schwester Emma allein auf unserem Besitz, der Burg Schrockenstein. Der Bastard meines verstorbenen Onkels«, er wies auf Sigurd, »half mit, sie als Hexe zu denunzieren, um an das Erbe zu kommen.« Er holte tief Luft, bevor er weitersprach. »Doch das war nur ein Gespinst von Lügen, das er sich gemeinsam mit der Pestpflegerin, einer Giftmörderin namens Kreszentia, ausgedacht hatte …«

»Genug, genug!«, gebot ihm der Markgraf Einhalt. Er bedachte sich eine Weile. »Ein sehr komplizierter Fall. Hier kann tatsächlich nur ein Gottesgericht die Wahrheit ans Licht bringen. Ich erteile Euch die Erlaubnis, diesen Kampf hier und jetzt auszuführen, um Ruhe und Ordnung wiederherzustellen. Seid ihr bereit? Gott wird entscheiden, wer recht hat. Werdet Ihr sein Urteil anerkennen?«

»Ja«, erwiderte Ekart mit fester Stimme.

»Und Ihr?« Er nickte Wolfram zu, der ebenso deutlich zustimmte.

»Dann liegt die Entscheidung jetzt in der Hand des Allmächtigen.«

Friedrich lehnte sich in seinem Stuhl zurück und gab dem Herold einen Wink, der die Worte des Markgrafen und Reichsverwesers, die dieser ihm zuflüsterte, noch einmal laut ausrief: »Der Sieger soll nach der Entscheidung durch das Gottesurteil recht bekommen, begnadigt werden und einen Wunsch frei haben.«

Die Umstehenden hielten den Atem an. Wolfram und Ekart nahmen ihre Positionen ein und warteten darauf, dass Friedrich das Zeichen gab. Als er den Arm hob, stürmten sie aufeinander los. Verzweifelt vergrub Emma das Gesicht in den Händen, um nicht hinsehen zu müssen. Ihr geliebter Bruder und der Mann, der ihr so viel bedeutete, kämpften miteinander! Sie hoffte, ohnmächtig zu werden, denn das Klirren der Schwerter, die Schreie, Zurufe und anfeuernden Kommandos der Zuschauer hallten quälend in ihren Ohren.

Ekart schlug sich verbissen, doch sein Gegner Wolfram machte ihm schwer zu schaffen. Manchmal glaubte er, ihn in der Hand zu haben, und visierte den tödlichen Streich. Doch dann entkam er ihm mit einer geschickten Finte, die ihn selbst in Gefahr brachte. Der Kampf kostete Kraft und erschöpfte beide. Die Attacken wurden bald weniger hitzig, die Hiebe langsamer. Ekart beschloss, noch einmal einen kühnen Vorstoß zu wagen, einen Trick anzuwenden, den ihn sein Vater gelehrt hatte. Mit schnellen Paraden drang er auf Wolfram ein und zwang ihn nach rückwärts. Der Moment schien gekommen, die Gelegenheit konnte nicht günstiger sein. Wolframs Brust war für einen kurzen Augenblick frei und ohne Schutz. Ekart legte seine ganze Kraft in seinen Arm, um im entscheidenden Moment zuzustoßen. Doch irgendetwas ließ ihn innehalten. Er stieß ins Leere, spürte, wie er das Gleichgewicht verlor und ihm das Schwert klirrend aus der Hand geschlagen wurde. Der nackte Stahl von Wolframs Waffe ritzte seine Kehle, als er am Boden lag. Er schloss die Augen. Es war vorbei. Der andere hatte den Kampf gewonnen. Gleich würde ihn der tödliche Hieb treffen.

Wolframs Arm bebte. Ein kleiner Faden Blut floss aus Ekarts Wunde und tropfte auf die Erde. Bravorufe ertönten, die umstehenden Landsknechte jubelten ihm zu. Wolfram sah zu Emma hinüber und zog mit einem Ruck sein Schwert zurück. Dann kniete er vor dem Markgrafen Friedrich nieder und legte die Waffe vor ihm auf den Boden. »Verzeiht, aber ich kann ihn nicht töten«, murmelte er.

Friedrich erhob sich und legte ihm die Hand auf den Kopf. »Das Gottesurteil ist vor Zeugen gefallen. Ihr habt tapfer gekämpft und gesiegt. Jetzt zeigt ihr wahre Charakterstärke, indem Ihr Eurem Gegner das Leben schenkt. Ich habe versprochen, den Sieger zu begnadigen, und erwarte von Euch, dass Ihr wieder in den Schoß der wahren Kirche zurückfindet. Wenn Ihr jetzt noch einen Wunsch habt, werde ich ihn erfüllen.«

Wolfram zögerte kurz, doch dann ging er zum Wagen des Trosses hinüber und blieb vor Emma stehen. Ihr Gesicht war tränenüberströmt, doch sie lächelte ihm erleichtert zu. Mit einem raschen Griff hob er sie herunter und trug sie vor den Markgrafen. »Diese Frau ist weder eine Hexe noch eine

Hure. Und selbst wenn sie es wäre, möchte ich sie trotzdem zur Frau nehmen. Lasst Gerechtigkeit walten, sprecht sie von allen Anschuldigungen frei und gebt uns Euren Segen.«

Friedrich runzelte die Stirn. Doch dann erhellte sich seine Miene. »Meinen Segen habt Ihr – und der Erzbischof wird sich einem so eindeutigen Gottesurteil wohl oder übel beugen müssen.« Er winkte dem Pagen, der seinen geschmückten Rappen herbeiführte und ihm beim Aufsteigen half. Er ritt zu Ekart hinüber, der sich beschämt erhoben hatte. »Auch Ihr habt tapfer gekämpft, Ritter vom Heiligen Grab Christi. Ich wäre sehr geneigt, Euch in meine Dienste zu nehmen. Meldet Euch beim Obersten meiner Garde.«

Ekart verneigte sich und ein freudiges Lächeln trat auf sein Gesicht. »Ich danke Euch, hoher Herr. Ihr würdet mir damit meinen innigsten Wunsch erfüllen.«

Der Markgraf nickte ihm zu. Dann wandte er sich noch einmal um und sein Gesicht verfinsterte sich. »Nehmt den Mönch fest!«, befahl er und deutete auf Josebius. »Werft ihn ins Gefängnis! Verräter wie er haben keine Ehre. Sie sind eine Schmach und ein Geschwür, das es im Heiligen Römischen Reich auszurotten gilt.«

Einige der Soldaten ergriffen den protestierenden Mönch und führten ihn ab. Andere von ihnen sorgten dafür, dass die Leute sich verstreuten, während die Landsknechte sich anschickten, auf dem Feld vor den Toren der Stadt ihr Lager aufzuschlagen. Der Hauptmann warf Emma einen bedauernden Abschiedsblick zu. Er musste die Entscheidung des Markgrafen wohl oder übel akzeptieren. Im Grunde hatte er dunkel geahnt, dass es sich bei Emma um keine gewöhnliche Dirne handelte, sondern um eine Frau, die ohne Schuld ins Unglück geraten war. Die genauen Umstände würde er wohl nie erfahren, denn er hatte sich jetzt um Wichtigeres zu kümmern. Die Padberger Fehde duldete keinen Aufschub und er musste in Nürnberg für den Sold der Truppe sorgen.

Ekart hatte sich erhoben und wischte das Blut von seiner Kehle, die das Schwert nur geritzt hatte. Er verspürte keine Kränkung, als Ritter des Heiligen Grabes Christi bei diesem Kampf der Unterlegene gewesen zu sein, sondern fühlte sich geehrt durch das großherzige Angebot des Markgrafen.

Emma lief auf den Bruder zu und fiel ihm um den Hals. »Ekart! Ich bin so froh, dass du lebst. Lass deine Wunde verbinden. Später werden wir uns gegenseitig erzählen, was geschehen ist und was wir alles durchmachen mussten.«

Wolfram war neben Emma getreten, legte den Arm um sie und hob ihr Kinn ein wenig an, damit sie ihm in die Augen sah. »Kannst du mir verzeihen? Es hat etwas gedauert, bis ich alles begriffen habe. Aber was auch immer geschehen ist, was du getan und erlebt hast – es war aus der Not geboren und kann deshalb nichts Schlechtes sein. Ich spüre, dass ich dich, so wie du bist, von ganzem Herzen liebe.« Er zögerte. »Nur eins gibt es noch, das du wissen musst. Ich kann meine Verbündeten, die Hussiten, jetzt nicht im Stich lassen. Auch wenn der Markgraf mich begnadigt hat, so werde ich mich doch niemals ganz der römischen Kirche unterordnen.« Er blickte Emma fragend an. »Willst du trotzdem an meiner Seite bleiben?«

Emma sah ihn lange an. »Ja, das will ich«, antwortete sie. »Weil ich mich nie wieder von dir trennen möchte.« Sie sah zu Ekart hinüber. »Vertragt euch! Es darf keine Feindschaft mehr zwischen euch geben.«

Wolfram streckte die Hand aus und Ekart zögerte. Doch nur kurz, dann schlug er ein.

Im selben Moment drängte sich Sigurd zwischen die beiden. Sein Gesicht war verzerrt, rot vor Zorn. »Ich werde Beschwerde beim Vogt und beim Erzbischof einlegen!«, brüllte er völlig außer sich. »Die Entscheidung des Markgrafen ist nicht rechtens. Und wenn ich bis zum König gehen muss. Dieses lächerliche Gottesgericht zählt nicht. Wenn der Markgraf das

Hexenzeichen auf dem Rücken Emmas gesehen hätte, dann ...«
Er stockte, denn Emma hatte ihm einen Blick zugeworfen, in dem etwas lag, das ihm Angst machte.

»Verschwinde!«, rief ihm Ekart zu. »Noch ein Wort – und du landest selbst im Kerker. Und lass dich nie wieder auf Schrockenstein blicken!«

»Ihr werdet noch von mir hören!«, antwortete Sigurd aus sicherer Entfernung. Kopf und Schultern einziehend machte er sich eilig davon.

»So viel Gemeinheit hätte ich ihm gar nicht zugetraut«, sagte Ekart, der ihm nachsah. »Er hatte keine schlechte Erziehung. Aber man weiß schließlich nie, was im Innern eines Menschen wirklich vorgeht.«